Lea Singer

Der Opernheld

Roman

| Hoffmann und Campe |

1. Auflage 2011

www.hoca.de
Satz: atelier eilenberger, Leipzig
Gesetzt aus der Warnock Pro
Druck und Bindung: Friedrich Pustet, Regensburg
Printed in Germany
ISBN 978-3-455-40329-9

HOFFMANN
UND CAMPE

Ein Unternehmen der
GANSKE VERLAGSGRUPPE

Copiare il vero può essere una buona cosa,
ma inventare il vero è meglio, molto meglio.

Giuseppe Verdi an Clara Gräfin Maffei

Rom

März 2010

Es gibt ein Geheimnis, das mehr beglückt als alle anderen: zu wissen, dass diejenigen, die einen für verrückt halten, arme Irre sind. Sie erkennen den Erleuchteten nicht. Sie ahnen nicht, was er ihnen voraushat. Helligkeit am dunkelsten Ort, ungeachtet jeder Demütigung, und Freiheit, selbst in der Zwangsjacke; vor allem aber Dankbarkeit dafür, der Erleuchtung teilhaftig geworden zu sein.

Dieses Glück konnte Maurizio Salvatore keiner mehr nehmen. Geboren als Moritz Redder in einer süddeutschen Mittelstadt am 3. November 1971, einhundertsiebzig Jahre nach Bellini, ziemlich genau auf demselben Längengrad wie Verdi, war er entschlossen, am 24. November 2024, hundert Jahre nach Puccini, zu sterben. Ein relativ früher Tod für die Maßstäbe der westlichen Welt des 21. Jahrhunderts, aber die Vorstellung eines späten, womöglich sanften Todes schmeckte ihm schal. Dumm war dieser Wunsch, im Schlaf zu sterben und den Höhepunkt des Lebens zu versäumen, vor dem sich die meisten fürchteten, anstatt ihn zu einem grandiosen Finale zu gestalten.

Maurizio bedachte bereits genau die Umstände seiner letzten Szene und des endgültigen Abtritts von der Bühne. Musik und Beleuchtung konnte er programmieren, doch die Todesart, sollte er sich nicht für den Freitod entscheiden, lag nicht allein in seiner Hand. Ein Trinker konnte sich *andante, presto* oder *prestissimo* zu Tode trinken, ein solches Ende aber passte in keine Oper, höchstens in eine, die Salvatore nicht als solche bezeichnet hätte. Bellini war, was den letzten Akt seines Daseins anging, vorbildlich gewesen. Ein Mann der Oper bis zum Tod und über ihn hinaus. Umraunt war sein frühes Ableben mit dreiunddreißig, Mord schien wahrscheinlich. Als Mörder waren

Hunderte in Frage gekommen: Ehemänner, Verlobte, Liebhaber, von ihren Frauen, Bräuten, Freundinnen mit Bellini hintergangen, im Bett, hinter den Gardinen der Logen, auf den Chaiselongues irgendwelcher Hotels zwischen Palermo und Paris, vielleicht auch nur im Kopf. So zu sterben setzte freilich eine Karriere als Verführer voraus, und an der gebrach es Maurizio mit über achtunddreißig Jahren noch immer.

Maurizio Salvatore war guter Stimmung, was außer ihm in dieser Situation kaum einer gewesen wäre. Ein Mann seines Alters und seiner Ansprüche schlief ungern in einem Zimmer mit Männern eingesperrt, die ihn als das behandelten, was er war, ein Fremder. Ein Mann, der vor ein paar Jahren seinen ersten Achtzylinder abbezahlt hatte und die Eigentumswohnung zur Hälfte, war es nicht gewohnt, die Dusche mit so vielen zu teilen, dass er meist kein heißes Wasser mehr abkriegte. Die anderen Männer hier tuschelten über ihn und mieden es, ihm nahe zu kommen. Sie verließen die Dusche oder blieben ihr fern, wenn er sie betrat. Vielleicht ahnten sie, schon weil er fast immer lächelte, dass er über irgendein verborgenes Vermögen verfügte, und waren verärgert, nichts Näheres darüber herausfinden zu können. Vielleicht fürchteten sie sich auch vor ihm. Es war durchaus möglich, dass sie erfahren hatten, warum er hier gelandet war.

Die Vorstellung, gefürchtet zu werden, behagte Salvatore und tröstete ihn über sein Äußeres hinweg: Die Haut blass, die Brauen aschblond, die Wimpern beige, auch das gekrauste Haupthaar beige. Einer aus der Schule hatte gesagt, es schaue aus wie das Haar an seinen Eiern. Den Entschluss, es schwarz zu färben, bereute Salvatore nicht, aber dass es nun am Ansatz beige herauswuchs, war ihm peinlich. Brusthaar besaß er gar keines. Die Augen waren von undefinierbarer Farbe, bräunlich wäre wohl alles, was einem Menschen dazu eingefallen wäre, der sie für einen Steckbrief beschreiben sollte. Der Schulfreund hatte sie als bierfarben bezeichnet. Die Iris des rechten Auges war trüb. Vor sich selbst gab Salvatore zu, dass er von Kopf bis

Fuß harmlos aussah. Gähnte ihn sein Wesen aus dem Spiegel über dem Waschbecken an, schnitt er sein gefährliches Gesicht, zog die Brauen zusammen, schob das Kinn vor und ließ den Blick funkeln, bedrohlich natürlich.

An dem Tag, an dem geschah, was er befürchtet hatte, roch es wie immer, seit er sich hier gezwungenermaßen aufhielt, nämlich seit Ende Februar 2010. Es roch nach der Feuchtigkeit in der Mauer, dem Bodenputzmittel, das er aus diesen langen, dunklen *generi-misti*-Läden mit Chenillekordeln in der offenen Tür kannte, und nach Ammoniak; nur mittags legte sich der Duft von Knoblauch über alles, oft vermischt mit dem gekochter Tomaten. Welchem Umstand die Ammoniaknote zu verdanken war, wusste Maurizio. Die Toiletten im Hause befanden sich in einem beklagenswerten Zustand. Er beklagte ihn nicht. Dorthin auszutreten hieß eine Rückreise anzutreten, mehr als dreißig Jahre zurück, hieß, sich mit Kletten an den Strümpfen im Bauernhaus der rumänischen Urgroßmutter durch den dunklen Gang zum Plumpsklo zu tasten, dort im beißenden Gestank über der Verwesung zu thronen, die Leben gären ließ, über den Dämonen im Abgrund, die nach seinem nackten Hintern griffen, schaudernd diese Prüfung zu überstehen und dann wieder in den Sommertag zurückzukehren, der tat, als wäre nichts geschehen. Bemitleidenswert nur diejenigen, die keine Reisen dieser Art kannten, Exkursionen auf die Gipfel, in die Täler der Erregung, organisiert und finanziert von nichts als der Phantasie.

Salvatore erinnerte sich genau an die Jahre, Jahrzehnte, in denen er zu den Armen gehört hatte. Als Kind hatte er wie jeder über Einbildungskräfte verfügt, die ihn überall hintrugen. Dann aber war es ihm ergangen wie Millionen anderer, früher oder später. Hatten die Eltern oder die Grundschullehrer das Einbildungskraftwerk nicht zerstört, dann übernahmen das später Ausbilder, Geistliche irgendeiner Sorte, Vorgesetzte, Karriereberater, Anlageberater, oft auch sogenannte Lebenspartner, alle mit demselben Argument, egal ob sie es Realismus oder Pragmatismus nannten oder behaupteten, Phantasterei sei eine Art von Lüge, ein Versuch, sich der Wirklichkeit und damit der Verantwortlichkeit zu entziehen; eine sichere Voraussetzung dafür, zu scheitern. In seinem Fall hatten bereits der Vater und die erste Klassenlehrerin ihre Energien gebündelt, ihm seine Phantasien auszutreiben. Ihm, einem Kind, das seine Wunde am Knie damit erklärte, es habe einem ausgehungerten Fuchs erlaubt, sich ein Stück von ihm abzubeißen, das erzählte, nachts habe ihn eine Königin mit Haaren aus echtem Gold besucht, das behauptete, seinen Rucksack auf dem Heimweg von der Schule einem Waisenmädchen geschenkt zu haben. Maurizio erinnerte sich genau an den Abend, als er noch einmal aus dem Bett gestiegen war, um im Badezimmer aus dem Wasserhahn zu trinken, und seinen Vater hörte, wie er auf die Mutter einredete. Der Junge werde im Gefängnis enden, sagte er, wenn er nicht, mit welchen Maßnahmen auch immer, zur Vernunft gebracht werde. Zurück im Bett hatte Moritz den Drachen und die schwarze Fee, die im Furnier seines Kleiderschrankes lebten, gefragt, was Vernunft eigentlich sei. Sie hatten gesagt, das sei eine Erfindung von Erwachsenen. Anfangs hatte er sich im Stillen Krankheiten überlegt, die für seine Lehrerin in Frage kämen, wenn sie ihm erneut vor den anderen erklärte, seine Phantasiegeburten seien Teufelswerk und Zeichen eines verdorbenen Charakters. Auf Dauer aber waren die Exorzisten erfolgreich gewesen. Moritz Redder war geworden, was er werden sollte. Ein Abiturient wie jeder andere, der mit zehn Fingern seinen Laptop bediente und konsequent jedes Innehalten vermied, in dem vielleicht wieder die Dämonen aufgestiegen wären, ein Student wie jeder andere, der nicht Erfahrungen, sondern Punkte sammelte, ein Absolvent wie jeder andere, der mit perfektem Business-Englisch vergessen ließ, dass er nichts zu sagen hatte. Gerade dreißig Jahre alt, war er bereits einer dieser Männer, mit denen für alles Mittelmäßige geworben werden kann: für eine Krankenversicherung, einen umweltfreundlichen Mittelklassewagen, eine neue Software oder einen Vitamindrink. Seine Innenwelt war übersichtlich, ausgeleuchtet und bis in den hintersten Winkel steril.

Das wusste Maurizio Salvatore jedoch erst seit seiner Erleuchtung. Davor war es ihm keineswegs so erschienen. Es hatte in seinem Leben keine Fragezeichen gegeben, und er hatte nichts vermisst, weil er gar nicht wusste, was er hätte vermissen können. Er hatte über das gesamte Instrumentarium verfügt, um überall und jederzeit seinen Adrenalinspiegel hochzujagen. Was waren Emotionen denn sonst schon? Wer dafür zahlte, konnte sie sich von jedem Bildschirm holen. Wie Milliarden anderer auf dem Planeten wusste er Knöpfe, Tasten und Displays routiniert zu bedienen und bekam frei Haus geliefert, was als Phantasieersatz, zuweilen unter der Bezeichnung Fantasy, auf dem Markt war. Wenn Maurizio Salvatore diesen Moritz Redder vor sich sah, der er einmal gewesen war, lachte er.

Auch an diesem Tag im Frühling lachte er. Die Ärztin, die im Flur vorbeiging, sah herein und schüttelte mit Betschwestermiene den Kopf. Er kannte das und lachte leise weiter.

Es war ein Götterfunken gewesen, der in ihm die Erleuchtung ausgelöst hatte. Ein Götterfunken, wie ihn jeder Erlöser verhieß, der auf dem Planeten Seelen kaufte, ob er einer Kirche oder Sekte angehörte, die Rettung mit Mitteln der Technik, der Wissenschaft, der Diätetik oder der Esoterik verhieß. Maurizio wusste aber, dass der Funke nur von einem Gestirn kommen konnte, einem einzigen Gestirn, das über allen stand, Lichtjahre entfernt von den Seelenkäufern, trotzdem für jeden da, der es wahrzunehmen vermochte.

Er hatte aufgehört, anderen davon zu erzählen. Sie verstanden ihn nicht. Er hatte eingesehen, dass seine Religion zu kostbar war, um mit missionarischem Eifer besudelt zu werden. *Erlöse uns von den Erlösern*, war sein Stoßgebet gewesen, bis er erkannte, dass er es an jemanden richtete, den er für einen Erlöser hielt. *Jeder kann nur sich selber erlösen* hieß seither sein einziges Bekenntnis. Auch Freundlichkeit ließ ihn nicht mehr rückfällig werden. Hier waren sie freundlich, vermutlich auch deshalb, weil er den Richtigen umgebracht hatte. Sie redeten leutselig miteinander, übereinander, mit ihm, über ihn. Doch er hatte ein feineres Ohr als alle anderen, das absolute Gehör für Gedanken, die unausgesprochen mitschwangen, oft im Schweigen.

Die Fachleute hier hielten seine Heiterkeit für ein Symptom dessen, was sie mit immer neuen Bezeichnungen versahen. Wahn kam meistens irgendwie darin vor. Die Worte, die sie verwendeten, wenn es um ihn ging, hatten ihm von Anfang an gefallen, *follia, superstizione, pazzia, fissazione.* Mittlerweile redeten die Freundlichen auch von *paranoesia* oder von *irrazionalità archaica.* Letzteres gefiel ihm. Das klang nach antiker Tragödie. Oder Komödie? Egal. Für ihn waren Tragödie und Komödie ein und dasselbe.

Draußen, im Garten genannten Gelände mit getretener Erde, hatten die ersten Blattlanzen die Armstummel und Beinstümpfe der amputierten Platanen durchstochen. Maurizio sah selten hinaus, obwohl ihm dieser Sieg der Platane über ihre Chirurgen imponierte. Meistens sah er auf einen der Flecken in der Mauer oder an der Decke in fünf Metern Höhe. Ob ein Schwamm, ein Pilz oder durchgeschlagene alte Farbe sie verursachten, interessierte ihn nicht; er war den Flecken einfach dafür dankbar, dass sie da waren. Jeder von ihnen war auf seine Weise unersetzlich. Jeder ließ, sah er ihn an, eine eigene Musik ertönen. Der über dem Waschbecken die Sterbeszene der Gilda. Rechts ihre Körperkonturen im Sack, links daneben Rigoletto. Im Liegen sah er in dem grünlichen Fleck neben dem Stuhl, durch die Gusseisenstäbe am Fußende des Bettes vergattert, Toscas Geliebten Cavaradossi sitzen, den Blick in die Sprengsel oberhalb gerichtet, den von den Kerkermauern verborgenen Sternen nachtrauernd. Dann hörte er sein *E lucevan le stelle.* Zwischen seinem Spind und einem Kalender leuchteten in einem dunklen Geviert, schulheftgroß, zwei Spritzer. Richtete er sein Augenmerk darauf, erklang das letzte Duett von Aida und Radames im gemauerten Grab. Der ganze Raum war Musik.

Es wäre ihm gut gegangen, hätte er nicht Marquis Posa vermisst. Obwohl Marquis Posa weder lesen noch schreiben konnte, regte er Maurizio an wie niemand sonst. Keiner wusste besser, ihn zum Nachdenken zu bringen, als Marquis Posa, schon dadurch, wie er seine Stirn in Falten legte. In den Falten konnte Maurizo Salvatore die Gedanken seines Freundes lesen, deutlicher, als wenn er sie ausgesprochen hätte. Sein Blick war nie vorwurfsvoll, jedoch fast immer fragend. Diese Fragen waren für Salvatore notwendig geworden. Sie halfen ihm, seine Antworten mit wachsender Bestimmtheit zu geben. Nachts fehlte ihm das gleichmäßige Schnarchen von Marquis Posa. Vor allem aber vermisste er die Treue seines Freundes. Gleichgültig, wie viel Ärger er ihnen beiden eingebrockt hatte, war der Marquis immer bereit gewesen, Seite an Seite mit ihm in ein neues Abenteuer loszuziehen. Spott, Verwundungen oder Ärger mit der Obrigkeit hatten ihn davon so wenig abhalten können wie Maurizio Salvatore selbst.

Wäre Marquis Posa in seiner Nähe gewesen, hätte Salvatore wenig Bedürfnis verspürt, diesen Ort zu verlassen. Es störte eigentlich nichts, außer den Versuchen der Freundlichen hier, ihn zum Abschwören zu bewegen. Abschwörer verachtete er. Nichts machte in seinen Augen einen Menschen kleiner als der Verrat seiner Überzeugungen, ob er ihn eines schnöden Lohnes wegen beging, aus Angst, in der Hoffnung, sich dadurch ein leichteres Leben oder gar Seelenheil einzuhandeln. Täglich drängten sie ihn, seine Erlebnisse als Einbildungen zu bezeichnen, was für ihn geheißen hätte, sie als Hirngespinste zu entwerten.

Hier in Italien und erst recht in Rom, sagte er, seien die Menschen vom Vatikan verseucht; dabei könne jeder leicht durchschauen, warum dort gegen Phantasien und Phantasten gewettert werde. Seit die Menschen vom Baum der Erkenntnis gegessen hätten, erklärte Salvatore, würden ständig Erkenntnisse verkündet und Entdeckungen gefeiert, die Phantasie sei ins Hintertreffen geraten. Doch nur die Phantasie ermögliche es, das verlorene Paradies zu sehen und zurückzugewinnen. Vermutlich werde deshalb bereits den Kindern die Phantasie ausgetrieben. Sonst würden sie autark, bräuchten keine Urlaubsparadiese, keine Einkaufsparadiese, keine Rentnerparadiese und keine geistlichen Paradiesverheißer. Das führe die Wirtschaft und die Kirchen in den Bankrott.

Auch das, fanden die Freundlichen, solle er nie mehr in der Öffentlichkeit sagen, falls er wieder ein Opernhaus betreten oder Marquis Posa wiedersehen wolle und das zurückgewinnen, was sie Freiheit nannten. Doch ihre Bedingung war und blieb für Maurizio unannehmbar.

Ihm war, als sängen sie wie der Komtur, wie Donna Elvira in *Don Giovanni* andauernd *Pentiti!* Bereue! Kehre um! Für ihn war das gleichbedeutend mit: Falle um! Mozarts Opern waren seine Welt nicht. Zu weise, um ihn zu entführen, zu vollendet, um ihn zu ergreifen. Das *No!* des Don Giovanni aber, mit dem er jenes Ansinnen wieder und wieder zurückschlug, imponierte ihm. Ohne Reue unterzugehen, das war kein Untergang, das war ein Aufstieg, der Apotheose der Helden vergleichbar, nur in umgekehrter Richtung, wobei zu überlegen war, ob der Himmel eines Wüstlings nicht ohnehin nur die Hölle sein konnte. Doch ein Wüstling wie Verdis Jago packte ihn mehr, seine Bosheit stank stärker nach Mensch, sie war absolut. *Assoluto, assoluta, passione,* keine Kompromisse. Leidenschaft kannte keine, nicht im Lieben, nicht im Leiden, nicht im Morden. Leidenschaft war rückhaltlos. Selbst wenn einem Menschen das Zeug zum Helden fehlte, sah Maurizio Salvatore in der Leidenschaft die Möglichkeit, Größe zu erringen.

Er versank in dem Flecken, der den Hafen von Genua zeigte, eine Männergestalt und einen Palast, alles leicht zu identifizieren.

»Was singen Sie da?«, fragte die *zuppa inglese.* Sie war neu, erst seit zwei Tagen Hilfsschwester auf dieser Station. Er mochte sie, schon wegen dieser Oberarme aus eingeweichten Löffelbiskuits.

»Erkennen Sie es nicht? Verdi, *Simon Boccanegra*, erster Akt«, sagte er. Nur stumm; laut wäre es der Anfang missionarischer Blödheit gewesen.

»Sie können nicht singen, Signore Redder«, sagte *die zuppa inglese.*

Maurizio Salvatore lächelte. »Jeder Mensch kann singen. Nur hören können das leider nicht alle. Vielen fehlt das Ohr für die besondere, innere Schönheit einer Stimme.«

Auch das sagte er, ohne die Lippen zu bewegen.

»Warum starren Sie auf diesen Fleck an der Wand? Davon verschwindet er nicht.« Die *zuppa inglese* wischte den Nachttisch seines Bettnachbarn rechts ab, seinen, den seines Bettnachbarn links, und ihre ganze Aufmerksamkeit wurde aufgesogen von ihrem Schwammtuch.

Salvatores Lächeln zerfloss, leuchtende Farbe auf nassem Aquarellpapier. Er sah es vor sich und kostete es aus. Er verzieh der *zuppa inglese* ihre Ahnungslosigkeit. Wie sollte sie auch erkennen, was er sang, wenn sie behauptete, er könne nicht singen?

Sein Freund Marquis Posa hätte sie sofort erkannt, die große Arie des Simon Boccanegra an das Volk, zu dessen Dogen er gerade gewählt worden war. Dass dem Marquis der Zugang zu Opernhäusern verwehrt war, hatte Maurizio anfangs als Nachteil empfunden. Bald war er aber dahintergekommen, was ihm dieser Verzicht auf die liebste Gesellschaft an Gewinn bescherte. Im Dialog hinterdrein, wenn er Marquis Posa erzählte, was er erlebt hatte, war ihm so vieles erst in seiner Tiefe verständlich geworden. Manchmal war es sogar das kurzatmige Schnaufen von Marquis Posa, das ihn nötigte, seine Empfindungen genauer zu formulieren. Dieses Korrektiv fehlte ihm täglich mehr, wenngleich er niemals etwas hatte korrigieren müssen.

Fragte Maurizio nach dem Marquis, versicherten ihm die Freundlichen, er befinde sich in einem Heim, es werde für ihn gesorgt, es gehe ihm gut. Wie konnte es ihm gut gehen, ohne das, was er zum Leben so dringend brauchte wie Schlaf und Nahrung? Wie sollte er auf Dauer überleben ohne Rossini, Verdi, Bellini, Catalani, Puccini, Donizetti, Ponchielli, Mascagni? Maurizio redete sich ein, der Marquis sei wie er selbst imstande, sich das Notwendige zu verschaffen. Die Oper im Kopf konnte dem Marquis so wenig genommen werden wie ihm. Die Zweifel daran ließen ihn jedoch nicht in Ruhe. Der Marquis war verständig, und der Verstand lähmte jene Flügel, die ihn selbst jederzeit hinaustrugen in die Opernreiche. Der Marquis würde wohl die Meinung der Freundlichen teilen, es sei besser, abzuschwören, alles nachzusagen, was sie ihm vorsagten, und zu unterschreiben, was sie ihm vorschrieben.

Der Gedanke an Marquis Posa drohte Maurizios Standhaftigkeit zu schwächen, und er wusste, welche Gefahr darin lag, dass eine Welle der Sehnsucht nach seinem Gefährten in dem Augenblick über ihn schwappte, wenn einer der Obersten hier das Zimmer betrat, um ihm besonders freundlich ins Gewissen zu reden.

Es war ein Nachmittag, an dem geschah, was er befürchtet hatte, *giovedì santo,* Gründonnerstag. Die letzten Wochen war es kalt gewesen, zu kalt für die Jahreszeit, doch an diesem Tag wehte es, trotz Nieselregens, lau durch die Fenster herein. Mit einem Geruch aus Erde und Honig stieg noch ein anderer auf. Er wusste sofort, woher ihm der vertraut war: Wenn Marquis Posa feucht neben ihm saß und seine leise Ausdünstung sich vermischte mit Parfums aus der Oper, die Maurizio noch in der Nase hatte, dann hatte es genauso gerochen.

In diesem Augenblick betrat eine der Ärztinnen das Zimmer, das leere Zimmer; die anderen Patienten waren zu Beginn der Karwoche entlassen worden. Es war ausgerechnet jene Ärztin, die der Callas so ähnlich sah wie eine Zwillingsschwester. Maurizio bewunderte sie. Welcher Mut, auf einer psychiatrischen Station diesen Lidstrich, diesen Lippenstift, diese Frisur zu tragen: Ihr Gesicht zeigte eine tragische Maske von antiker Wucht.

Auf ihrem Namensschild war vom Vornamen nur der Anfangsbuchstabe angegeben, ein M. Maria oder Medea, etwas anderes kam für Maurizio nicht in Frage. Er hatte beschlossen, beide Namen zu verwenden. Maria Medea trat auf, nicht ein. Ihre Gummitierstimme vermochte Maurizio Salvatore wie immer nicht zu ernüchtern. Als sie ihm gegenüber auf dem verlassenen Bett Platz nahm und er die schwarzen Schwerter auf ihren Augenlidern betrachtete, schärfer als jedes Samuraischwert, hörte er eine andere Stimme, eine, die seine Nerven vibrieren ließ, seine Seele hypnotisierte, sein Hirn sexuell erregte. Wenn sie gewusst hätte, was seine Einbildungskraft aus ihrer Stimme machte, hätte sie dann auch noch versucht, ihm das, was sie Wahn nannte, auszureden?

Wie alle hier sprach Maria Medea ihn nicht mit dem Namen an, den er eingetragen hatte, Maurizio Salvatore, sondern als Signore Redder. Offenbar eine erzieherische Maßnahme. Er sah ihren Lippen zu, hibiskusrot geschminkt, wie sie sich in dem blassen Gesicht bewegten. Hibiskusrote Reptilien, die sich bäumten, erschlafften, erstarrten, erneut ganz Muskel wurden. Ihre Worte drangen nicht zu ihm durch. Erst als sie ihn fragte, ob ihm der Name Franco Basaglia etwas sage, sah er seine Füße und ihre Füße auf dem Linoleumboden seines Zimmers. Seine Füße in weißen Turnschuhen, was er herabwürdigend fand, aber hinnahm, und ihre Füße in schwarzen Pumps. Die Absätze waren hoch, unvernünftig hoch für eine Ärztin; das ließ ihn hoffen, Maria Medea werde ihn früher oder später doch verstehen.

Franco Basaglia? Der Name brachte nichts zum Klingen, keinen Tenor, keinen Bariton, keinen Bass.

»Ein Dirigent?«

Maria Medea lachte. Die Schwerter hinderten ihre Augen daran, mitzulachen. Das war gut so, fand Salvatore. Die Oper kannte das befreite Lachen nicht, nur das bittere, spöttische, verzweifelte, höhnische, irre, künstliche, triumphierende, höllische, vor allem das unter Tränen.

»Basaglia hat vor fast fünfzig Jahren die Leitung in Gorizia übernommen; Görz, sagen Sie vermutlich.«

Maurizio schluckte den Protest hinunter. Wie konnte sie nur vermuten, er zöge den Rachenkratzer einem vollmundigen Rotwein vor. Maria Medea verstand nichts von den Deutschen, die es als Ordensverleihung empfanden, wenn ein italienischer Kellner sich heuchlerisch erkundigte, ob der Gast aus dem Veneto oder dem Trentino stamme. »Ich wusste nicht, dass Gorizia ein Opernhaus besitzt«, sagte er nur.

»Ich rede vom psychiatrischen Krankenhaus dort. Das wurde in den Sechzigern geführt, als säßen dort Schwerverbrecher ein. Die Patienten wurden in den Betten angeschnallt, beim geringsten Widerstand in Zwangsjacken oder in Eisbäder gesteckt, brachen sich bei Elektroschocks die Knochen und wurden ohne ihr Einverständnis operiert. Lobotomie war dort Routine.«

Wie alle Freundlichen erkannte auch Maria Medea die Wissbegierde des Patienten Redder an. »Das ist eine Hirnoperation, bei der Nervenbahnen zwischen Frontallappen und Thalamus in der Nähe des Marklagers durchtrennt werden, auch Teile der Hirnsubstanz. Erfunden wurde die Technik von einem Italiener namens Fiamberti und einem Portugiesen namens Moniz, um die Schmerzleitung auszuschalten. Für manche soll das erlösend gewesen sein, Moniz bekam sogar den Nobelpreis für die Entdeckung. Aber dann machten zwei Amerikaner, ein Psychiater und ein Neurochirurg, daraus eine Standardtechnik, die bei Psychosen und schweren depressiven Erkrankungen regelmäßig angewandt wurde. Obwohl sie wussten, was die Folge war.«

Maurizio versuchte, die Falten von Marquis Posa zu imitieren. Es gelang. Maria Medea bedurfte keiner weiteren Aufforderung.

»Franco Basaglia hat es offen formuliert. Die Lobotomie zertrümmert die Phantasie, lähmt den Antrieb, stumpft die Gefühle ab, zerstört die Fähigkeit, abstrakt zu denken, macht völlig gleichgültig. Das Ergebnis sind Menschen, die nur noch wie

Roboter ihre Tätigkeiten verrichten. Basaglia hat die Lobotomie zuerst in Görz, dann in ganz Italien abschaffen lassen.«

Maurizio ahnte, weshalb ihm Maria Medea das erzählte. »Der Mann wird mir sympathisch. Wo steckt er?«

»Der ist längst tot. Hirntumor«, sagte Maria Medea.

»Trotzdem bedanke ich mich bei ihm«, erklärte Maurizio.

»Ich nicht unbedingt.« Sie schlug ihre Beine übereinander, die früher einmal erheblich dicker gewesen sein mussten. Die Haut an den Knien lag nicht an, wie das für eine Frau von Mitte dreißig normal gewesen wäre. Auch der straffe Strumpf vermochte nicht zu verbergen, dass die Haut die Kniescheibe leicht überlappte. Vielleicht war ihr Gesicht auch einmal von Pickeln übersät gewesen, vielleicht hatte sie geschmacklose Kleider und eine dicke Brille getragen und an den Nägeln gekaut.

Während Maria Medea weiterredete, sah Maurizio sie als Raupe, eine, wie die Callas es gewesen war, die sich ebenfalls in einen Falter verwandelt hatte. Maria Medea erzählte von den Folgen der Basaglia-Reform, verheerend, sagte sie, verheerend, weil die Schließung der psychiatrischen Anstalten die Angehörigen seelisch Kranker in den Selbstmord getrieben habe. Während die Gummitierstimme jammerte, die Basaglia-Reform habe nur Missstände abgeschafft, aber nichts Neues gebracht, hörte Maurizio eine Sirenenstimme, die zu singen begann. Die Callas in der Partie der Lucia di Lammermoor. *Il dolce suono, mi colpi di sua voce.* Als das Gummitier quiekte, der Basaglia-Reform bleibe man keineswegs wegen ihres Erfolges treu, nur wegen der leeren Kassen, hörte er, wie Lucia lockte, ihr in die Weltverlorenheit des Wahns zu folgen, ins Reich der Entrückten, von den Törichten verrückt genannt.

Dann hatte die Callas die Arie beendet, und es drangen Wörter wie Gesetzgeber, Anweisung, Vorschrift, Entlassung an sein Ohr. Maria Medea wirkte entschlossener als sonst. Sie wolle ihn nicht loswerden, sie müsse es. Das hier sei eine Notfallstation, ein Daueraufenthalt sei nicht vorgesehen und auch nicht gestattet. Es sei aber nur möglich, ihn zu entlassen, wenn er die

Ereignisse am 19. Februar so schildere, wie sie im Polizeiprotokoll stünden.

Salvatore konzentrierte sich auf die Schwerter, dachte an Marquis Posa, atmete tief durch und begann. Maria Medea griff zu ihrem Kugelschreiber.

»Am 19. Februar besuchte ich nachmittags Sant'Andrea della Valle.« In seinem Kalender stand unter diesem Datum: *100. Jubiläum der UA von Massenets Don Quichotte in Monte Carlo.* Uraufführungen waren die wesentlichen Daten, ihr Klang vermochte das Rattern der Menschheitsmaschinerie zu übertönen. Doch das erwähnte Salvatore nicht. Er verriet auch nicht, in welcher Verfassung er sich befunden hatte; Maria Medea hätte es nicht nachempfinden können, wie berauscht er gewesen war. Ihm war es gelungen, im Morgengrauen, eine Stunde vor Sonnenaufgang, auf der Plattform der Engelsburg zu stehen, als die Glocken der Kirchen ringsum das erste Ave Maria läuteten. Dort hatte Puccini gestanden, als er während der Arbeit an der *Tosca* dem Klang der Glocken detektivisch nachgegangen war. So wie sein Körper musste dort zur selben frühen Uhrzeit damals der von Puccini gedröhnt haben. Sicher hatte Puccini wie nun Salvatore den Kopf nach Sankt Peter gewandt, um die schwerste aller Glocken, die größte von Sankt Peter, genau zu hören, die im dritten Akt der *Tosca* erklingt, auf einem tiefen E. Ob es wirklich ein tiefes E war, hätte Salvatore nicht sagen können, er besaß kein absolutes Gehör; viele behaupteten, er besäße überhaupt keines, das diesen Namen verdiente. In diesen Minuten hatte sich seine Existenz in der von Puccinis *Tosca* aufgelöst. Er war Künstler, war Cavaradossi, war Toscas Geliebter. Er lächelte dem Hinrichtungskommando entgegen, das ihn nur zum Schein erschießen würde, wie Scarpia versprochen hatte, um Tosca zur sexuellen Hingabe zu erpressen, spürte die Kugeln der Scharfschützen in seine Brust einschlagen, sah Tosca, die auf ihn zustürzte, und dann nur noch Finsternis.

»Warum reden Sie nicht weiter?«, fragte Maria Medea.

»Es ist so finster«, sagte er.

»Dann machen Sie doch die Augen auf.«

Maria Medea saß gespannt vor ihm.

»Ich betrat dort die Cappella Ginetti, auch Lancellotti genannt, sah einen Künstler das Relief restaurieren und wurde Zeuge, wie sich ein Mann einer Frau näherte, die dort betete. Einer schönen, mondänen Frau. Natürlich wusste ich sofort, wer er war.«

Es war Maria Medea anzusehen, dass sie es nicht gewusst hätte und auch nicht den Drang verspürte, ihn danach zu fragen. Dabei war gerade der erste Akt in dieser Kirche grandios, wo im Weihrauchdunst Eifersucht, Sehnsucht, Begierde aufstiegen. Maurizio Salvatore durchlebte es erneut, wie sich hier, in Sant'Andrea della Valle im Jahr 2010, mit etwas veränderten Vorzeichen zu wiederholen drohte, was in Puccinis *Tosca* geschah. Eine Sängerin, die einen Künstler liebte, wurde von einem skrupellosen Polizeichef erpresst und zum Sex gezwungen. Ihm selbst war damals augenblicklich klar gewesen, dass die schöne, mondäne Frau in der Kirche Floria Tosca war, der Restaurator dort ihr Geliebter Cavaradossi, der Eindringling eindeutig Scarpia.

Doch Maurizio Salvatore spürte, wie seine Standhaftigkeit schwand. Es geschah, was er befürchtet hatte, die Sehnsucht nach dem Marquis hatte seinen Stolz geschwächt. Salvatore hörte sich reden, unfähig, der eigenen Feigheit ins Wort zu fallen.

»Vermutlich durch mein Dazwischentreten, vielleicht auch durch das eines Geistlichen, wurde der Mann von seinem Vorhaben abgebracht. Die Dame verließ die Kirche. Aus Sorge um ihre Sicherheit folgte ich ihr in Begleitung meines Freundes, der vor der Kirche auf mich gewartet hatte. Sie ging auf dem corso Vittorio Emanuele II Richtung piazza Vidoni, bog beim largo di Torre Argentina links ab, ging bis zur via Torre Argentina weiter, wandte sich dann bei der via dell'Angelo nach ...«

»Bis wohin sind Sie und Ihr Freund der Dame gefolgt?«, unterbrach ihn Maria Medea.

»Bis zur piazza Barberini. Dort verloren wir sie aus den Augen. Sie ging sehr rasch, und ich musste mich ja ständig umwenden, um sicher zu sein, dass der Mann, der sie bedrängt hatte, abgeschüttelt war. Wir landeten schließlich, wie fast jeden Abend, an der *biglietteria* des Teatro dell'Opera in der via Firenze. Ich erwarb eine Karte für die Aufführung am Abend. *Tosca* von Puccini. Die männlichen Hauptrollen waren nicht erstklassig besetzt, aber die Titelpartie! Meinen Freund ließ ich wie gewohnt in Gesellschaft einer der Garderobefrauen zurück; sie kannten sich und schätzten einander.«

Maria Medea wirkte erleichtert. Der Kugelschreiber flog über das Papier.

»Wohin begaben Sie sich nach dem Ende der Vorstellung?«

»Zum Bühnenausgang, um der Sängerin der Floria Tosca für ihre überragende Leistung zu danken und sie vielleicht zum Essen einzuladen, zu Kisso, einem Japaner in nächster Nähe. Sängerinnen gehen gerne zum Japaner, weil das Essen nicht dick macht.«

Maria Medea hielt den Blick gesenkt. Die schwarzen Schwerter auf den Lidern vibrierten an den geschwungenen, in die Schläfen hineinragenden Enden. Augen wie Audrey Hepburn wollte sie haben, die Callas, überhaupt aussehen wie die Hepburn. Aber eine Tigerin konnte niemals zum Reh werden, das brachten die besten Visagisten nicht hin. Salvatore sah den Ring an Maria Medeas rechter Hand, ein einfacher Reif, aber es konnte kein Ehering sein. Anfang dreißig war sie doch schon geschieden gewesen von Meneghini.

»Also, zum Japaner wollten Sie …«

Maurizio Salvatore sah es genau vor sich, wie er da in der nassen Kälte gestanden und gewartet hatte. Mit Geigenkästen, Cellokästen, Flötenkoffern waren sie herausgekommen, dann die schwer bewaffneten Blechbläser, die viel lauter redeten, schließlich die Sänger und Sängerinnen. Sie war nicht dabei gewesen, ihr schweres schwarzes Haar, das bis zum Hintern reichte, hätte er sofort erkannt. Erst am Schluss, als Allerletzte erschien sie. In der Sekunde, in der er einen Schritt auf sie zugehen wollte, war ein Taxi auf den Bordstein gefahren, zwischen ihn und sie, hatte hart gebremst.

»Ich sah, wie aus dem Fond der Polizeichef von Rom, Barone Scarpia, heraussprang, wie er Floria Tosca ergriff, und hörte, wie er im Einsteigen zum Fahrer sagte: ›Castello Sant'Angelo.‹ Natürlich wusste ich, was der großen Sängerin dort drohte. Ich hatte schon ihr *O Scarpia! Avanti a Dio!* im Ohr. Ich sah sie von ganz oben hinabspringen, über die Brüstung der Engelsburg, und hörte das Geräusch, mit dem ihr Körper aufklatschte. Ich musste handeln.«

Maria Medeas Seufzer klang schrecklich. »Der Mann ist kein Polizeichef, er heißt nicht Scarpia, sondern Gabriele Santo. Und sie ist keine berühmte Sängerin, sondern eine Choristin namens Cecilia Cucinotta.« Er solle doch bitte, setzte sie noch hinzu, einfach wahrheitsgemäß erzählen.

Schade, er hatte sich getäuscht. Maria Medea verstand nichts, gar nichts.

»Was ist Wahrheit?«, fragte Maurizio Salvatore.

»O Gott!", stöhnte Maria Medea. «Bitte nicht.« Er möge einfach die Namen und Berufsbezeichnungen weglassen.

»Ich sprang mit meinem Freund in das nächste vorbeifahrende Taxi. Auf dem Lungotevere Farnesina, auf der anderen Tiberseite, holten wir sie ein, fast. Am Ospedale Generale Santo Spirito bog das Taxi mit ... der Dame und ihrem ... Begleiter scharf nach rechts, so als wollte er gar nicht zur Engelsburg.«

»Er wollte nicht zur Engelsburg«, sagte Maria Medea so leise, dass ihre Stimme nicht quiekte.

Maurizio Salvatore bebte, als er weitersprach, ein Beben, von dem keiner außer ihm etwas bemerken konnte. Er schilderte, wie das Taxi von Scarpia, den er nicht so nannte, vor einem *ristorante* namens Romeo & Giulia angehalten hatte, seines direkt dahinter, wie Marquis Posa vor ihm heraussprang und Scarpia angriff, der ihm an Größe und Kraft weit überlegen war, wie Scarpia aufschrie; die Namensnennung vermied er. War er dabei, seine Werte zu verraten? Hatte die Sehnsucht nach dem Marquis seinen Stolz gebrochen? Er hörte sich reden, wie die Vernunft es befahl.

»Ich nahm meinen Korkenzieher, ohne den ich nie unterwegs bin, wollte damit das Gesicht dieses … dieses Verbrechers zerkratzen. Als er in seine Tasche griff, sicher um eine Pistole zu ziehen, da stieß ich mit dem Knauf des Korkenziehers auf seinen Kehlkopf, auf diesen hässlichen Adamsapfel.«

»Epilepsia laryngealis«, nuschelte Maria Medea.

»Er brach zusammen«, sagte Maurizio Salvatore.

Nie würde er vergessen, welches Geräusch Scarpia dabei von sich gegeben hatte. Schade, dass Puccini nicht dabei gewesen war; er hätte sofort die Tonhöhe bestimmt und gewusst, wie es zu instrumentieren war.

»Woher haben Sie gewusst, dass er ein Verbrecher war?«

Maria Medea enttäuschte ihn mit jedem Satz mehr.

»Jeder weiß, dass Scarpia ein Verbrecher ist.«

Hatte er versehentlich in das Gummitier gestochen? Ein Zischen entwich Maria Medea, und nur mühsam konnte er erraten, was sie in die entweichende Luft hineinsprach.

Eine deutsche Stadt

Herbst 2008

An diesem Ort im Süddeutschen, an dessen Namen er sich nicht erinnern wollte, hatte alles begonnen. Es war ein Dienstag gewesen, irgendwann Anfang Oktober des Jahres 2008. Der Paketdienst hatte in Abwesenheit von Moritz Redder bei dessen Haushaltshilfe eine Sendung angeliefert, die nicht erwartet worden war: drei stabile große Kartons, ein kleinerer. Die Haushaltshilfe hatte sie im Flur abstellen lassen. Redder kam wie gewohnt kurz vor sechs von seiner Arbeit in der Anwaltskanzlei zurück und hatte wie jeden Abend ein festes Programm. Sobald er das Büro verließ, glotzte ihn die namenlose Einöde in seinem Inneren an. Ein Soldatenfriedhof, auf dem sich Paragraph an Paragraph reihte. Doch er wusste, was zu tun war, um ihn zu überschwemmen.

Mit einem Tastendruck konnte er die Schleusen der verschiedensten Kanäle öffnen und die Flut der Bilder hereinbrechen lassen. Den Serienmörder, der seine Opfer tranchierte, Männer mit Sonnenbrillen, die eine Pizzeria in ein Schlachthaus verwandelten, den Amokläufer, der eine Schulklasse niedermähte, den Vater, der seine Tochter vergewaltigte, die Bankräuber, die ihre Geiseln massakrierten, Detonationen, die Fleischfetzen in den Himmel jagten, Feuersbrünste, in denen Familien verkohlten, Springfluten, kosmische Katastrophen und neue Varianten von Armageddon.

Ohne die Errungenschaften des privaten Fernsehens, der Computerspiele, der DVD und des Internet, dessen war sich Moritz Redder sicher, wäre er dem Wahnsinn anheimgefallen. Dass die Geschäfte in dieser Stadt in Süddeutschland alle abends schlossen, fand er rücksichtslos; es beruhigte ihn, dass wenigstens die Kanäle zu jeder Uhrzeit randvoll waren und zu seiner Verfügung standen. So vermochte Redder die Erinnerung an den Tag versinken zu lassen, der hinter ihm verschwand wie Tausende von Tagen, die hinter ihm lagen, und auch den Gedanken an den Tag, der vor ihm lag und der sein würde wie Tausende von Tagen, die vor ihm lagen.

Danach, gegen 23 Uhr, ging er allabendlich zum Training, einem Training, das jedem Anfänger den Puls rasen ließe. Seiner blieb unverändert ruhig. Er hatte viel erreicht seit seinem achtzehnten Geburtstag, und seit dem dreißigsten hatte er sich nahezu vervollkommnet. Jede Woche gelang es ihm, den eigenen Rekord zu überbieten im Abschießen von Terroristen, Bandenmitgliedern, extraterrestrischen Feinden oder Monstren der jüngsten Generation. Vor fünfzehn, zwanzig Jahren schon hatte er an diesem Ort, an dessen Namen er sich später nicht mehr erinnern wollte, als einer der besten Ego-Shooter gegolten und hatte seine hundert Lebenspunkte länger als alle anderen behalten. Er stürzte nicht, zögerte nicht, reagierte niemals falsch. Kein Gegner traf ihn. Mit dem Maschinengewehr war er Anfang der neunziger Jahre so souverän umgegangen wie mit dem Plasmagewehr, der Nagelpistole, der Schrotflinte, dem Pumpgun, den Scharfschützenwaffen, den Raketenwerfern und Handgranaten. Doch während er früher den Drang verspürt hatte, das anderen vorzuführen, genoss er seine stetige Weiterentwicklung nun für sich allein.

Er war unabhängig geworden; seit dem Tod seiner Mutter im Sommer dieses Jahres fühlte er sich in seinem Privatleben gänzlich frei von Verpflichtungen oder fremden Ordnungen. Sie hatte noch darauf bestanden, dass abends der Tisch gedeckt und gemeinsam gegessen wurde; sie hatte auch, ein ewiger Streitpunkt, dafür plädiert, dass in Deutschland die Geschäfte nachts und sonntags geschlossen blieben. Seither störte Moritz Redder nichts mehr in seinem privaten Dasein, fast nichts mehr, kein Widerstand, keine Zäsuren, nichts Ungeplantes, nichts, worum er sich hätte kümmern müssen, nichts, was ihn belästigt hätte. Nur dass ihn am Dienstag und Donnerstag der Geruch seiner Haushaltshilfe empfing, obwohl sie wie abgemacht die Wohnung immer schon drei Stunden vor seiner Rückkehr verließ, beeinträchtigte sein Wohlbefinden. Die Zwiebelnote darin passte nicht in sein Gehäuse, in dem es keinerlei Schwachstellen gab.

Alle Oberflächen perfekt, Glas, Chrom oder Lack; Macken duldete Redder nicht. Kein Gerät, vom Schnellkocher über die Mikrowelle bis zum Wäschetrockner, das im Warentest nicht mit Bestnote ausgezeichnet worden war. Designklassiker im Remake, aber im legitimen, von diesen Leuten, deren Namen dem Wohnungsinhaber etwas von der Aura eines Architekten verliehen. Redder besaß nicht irgendeinen PC, nicht irgendein Mobiltelefon, nicht irgendeine Sonnenbrille, er besaß den PC, das Mobiltelefon, die Sonnenbrille. Im Badezimmer standen Nahrungsergänzungsmittel bereit; Redder war informiert über die Rolle von Flavonoiden und Antioxidantien. Er ging selbstverständlich davon aus, an die hundert zu werden. Er wusste sich unangreifbar, von allen Seiten versichert und abgesichert. Die Übersichtlichkeit seines Lebens war dessen Inhalt geworden. Sein Kleiderschrank hätte jederzeit als geschlossene Herrenabteilung verkauft werden können, und in seiner Küche roch es nach nichts. Umso mehr behelligten ihn an diesem Dienstag die Kartons in seinem Flur. Auf jedem war derselbe Absender vermerkt, ein Wiener Notariat. Redder trug den ersten, den kleinsten Karton in sein Wohnzimmer.

Obenauf lag ein Schreiben der Kanzlei, es handle sich bei dieser Sendung um das Vermächtnis eines ihrer jüngst verstorbenen Klienten. Eigentlich habe es Frau Rosemarie Redder gegolten, da der Klient aber von deren Ableben unterrichtet worden sei, gelte es nun deren Sohn. Darunter befand sich, in bräunlichrotes Papier eingeschlagen, verschnürt und versiegelt mit einem altmodischen Siegel aus Siegellack, ein Packen, auf dem nur *E.* stand. Warum *E.*? Redder schlitzte ihn auf. Er enthielt Briefe in der Handschrift seiner Mutter an einen Herrn Stephan S. Pollacek, Rudolfsplatz, Wien.

Redder hatte nicht vorgehabt, diese Briefe zu lesen, schon gar nicht alle. Handschriftliche Briefe warf er üblicherweise sofort ungelesen weg. Meister der Effizienz nannten ihn die Kollegen; so einer eliminiert, was ihn aufhalten könnte. Dann sah Redder sich die Daten der Poststempel an. Oktober bis Dezember 1969, das ganze Jahr 1970, die letzten Briefe waren im Mai 1971 zugestellt worden, der allerletzte am 3. Mai 1971. Warum löste das in seinem Kopf ein Ticktackgeräusch aus? Es war doch vermutlich reiner Zufall, dass die Korrespondenz ein halbes Jahr vor seiner Geburt abbrach. Der erste Brief las sich, wie sich Briefe von jemandem lesen, der Jeans mit Bügelfalte trägt. Darin beschied Rosemarie dem lb. Stephan, es sei sehr nett gewesen, sich mit ihm auf der Hochzeit der Cousine in München unterhalten zu haben; und es ergäbe sich nun die Gelegenheit zu einem unverbindlichen Treffen in Wien, weil sie mit dem Evangelischen Studentinnenverein dorthin reise, anlässlich der Melanchthon-Ausstellung. Unterzeichnet war er *mfG Rosemarie.* Den zweiten Brief hielt Redder für eine Fälschung. Niemals konnte der von seiner Mutter stammen, auch wenn er so aussah.

Liebster Stephan!
Meine Eltern halten mich für gestört, vielleicht sogar für krank, auf jeden Fall für gefährdet, seit ich aus Wien zurück bin, und es macht sie verrückt, dass ich ihnen nichts verrate. Sie werden schon nervös, wenn sie diese Musik aus meinem Zimmer hören, halten es für alarmierend, dass ich von zu Hause ausziehen will, und für verräterisch, dass ich so viel abgenommen habe. Meine Mutter stellt mir jeden Tag dieselben Fragen. Warum ich auf inmal Schwarz trage, ohne dass jemand gestorben ist, oder gar noch Rot an einem ganz normalen Alltag. Wie ich auf diesen Schuhen gehen könne. Ob mir bewusst sei, dass ich billig wirke mit diesem Lippenstift, das könne Männer auf falsche Gedanken bringen. Wie ich auf die Idee komme, meine Augen mit dieser Schminke zu entstellen und mein rotblondes Haar pechschwarz

zu färben. Mein Vater versucht, mich mit Fangfragen zum Stolpern zu bringen. Was mich denn in Wien am meisten beeindruckt habe, in welcher Gegend der Stadt ich mich denn am meisten aufgehalten habe und ob ich Lust hätte, mit ihnen zusammen noch einmal hinzureisen. Bisher hat es mir Gewissensbisse beschert, etwas zu verschweigen, jetzt ist es Teil unserer Verschwörung. Übrigens, Liebster, brächte es gar nichts, ihnen etwas zu erzählen von unserer Welt, sie können nicht abheben, weil sie Angst davor haben. Was wir erleben, fänden sie pervers. Weißt Du, dass ich erst jetzt in Farbe träume, dass ich auch am Tag die irrsten Bilder sehe und dabei dieselben Stimmen höre, die Du hörst? …

Abheben? Irre Bilder? Stimmen hören? Offenbar war seine Mutter in Wien irgendwelchen Drogen verfallen. Hatte dieser Stephan S. Pollacek sie in seine Szene hineingezogen? Ein paar Briefe weiter wusste Redder, dass dieser Stephan S. Pollacek die vierundzwanzigjährige Studentin Rosemarie O. innerhalb weniger Tage dazu gebracht hatte, ihr Geld für denselben Suchtstoff auszugeben wie er. Zurückgekehrt in ihre Heimatstadt, in ihren Alltag, war sie bereits so abhängig, wie Pollacek es anscheinend schon seit Jahren war, von der täglichen Dosis. Oper, italienische Oper in irgendeiner Darreichungsform.

Ob es Ekel oder Angst war, was ihn von der weiteren Lektüre abhielt, wollte Redder nicht wissen. Aber es musste ihn interessieren, schon im Namen des Rechts, welches Erbe dieser offenbar wirklichkeitsfremde Mann seiner Mutter zugedacht hatte.

Der nächste Karton war so schwer, dass Redder ihn ächzend in sein Wohnzimmer schob. Was er sah, als er den Deckel aufklappte, erfüllte ihn mit Widerwillen. Auf den ersten Blick erkannte er, dass ihn der Inhalt dieses Kartons aufhalten würde, selbst wenn er ihn nur entsorgte: Dutzende von Langspielplatten, teilweise in Boxen. Drohte aus den anderen Kartons Ähnliches? Er öffnete den zweiten Karton im Flur. Er enthielt das Gleiche. Im dritten kam unter einer Lage Schallplatten und

Styroporchips ein Schallplattenspieler aus den siebziger Jahren zum Vorschein.

Redder hatte keine Ahnung, was ihn den Fehler begehen ließ, einen Stapel Platten herauszuziehen. Teile von Beschichtungen schilferten in seine Sauberkeit. Speckige Gesichter glotzten ihm entgegen, mit dicken Pasten geschminkt, auf asiatisch, spanisch, martialisch, diabolisch, verhärmt oder verrucht. Auf anderen Hüllen gaben Gestalten mit übertriebener Gebärde der Klage, der Verzweiflung, der Raserei, der Liebesleidenschaft Ausdruck, Figuren in Togen, Rüstungen, falschem Hermelin, faschingsseidenem Pomp – lächerlicher Mummenschanz. Viele der Wörter und Namen auf den Hüllen endeten auf a: *Aida, Traviata, Cavalleria, Angelica, Attila, Giulia, Boccanegra, Norma, Maschera, Tosca, Favorita, Sonnambula;* ein paar auf o: *Nabucco, Carlo, Leoncavallo, Rigoletto, Stiffelio, Destino, Otello, Regno*; sehr viele auf i: *Vespri Siciliani, Donizetti, Ernani, Ponchielli, Pagliacci, Bellini, Ernani, Capuleti e Montecchi, Catalani, Mascagni*. Sie sagten Redder nichts. Die Diagnose war dennoch klar: Oper. Italienische Oper.

Das sollte etwas mit seiner Mutter zu tun haben? Darauf sollte sie gebrannt haben? Ausgerechnet sie! Unterwäsche und Nachthemd nur aus reiner Baumwolle, zu Hause Gesundheitssandalen, Absätze immer flach, um keinen Halux valgus zu riskieren, Hosen im Jeansschnitt mit Bügelfalte, Pullover in Beige oder Marine, manchmal ein lebensbejahendes Graublau, niemals Make-up und Nagellack, morgens Müsli, jeden Abend grünen Tee, keinesfalls Wein oder Knoblauch, gedünstetes Gemüse, Kartoffelbrei zum Anrühren, mal ein Kalbsfilet, gerne Rohkost. Als sie sechzig war, ergraute ihr Haar. Es zu färben, hatte sie für verlogen erklärt. *Künstlich* war aus ihrem Mund ein Schimpfwort. Alte Musik auf Originalinstrumenten hatte sie gerne gehört, aber nur wenn sie ohne Vibrato gespielt wurde, völlig ohne Vibrato. Einmal hatte sie Opernkarten geschenkt bekommen, zum dreiundsechzigsten Geburtstag, ihrem letzten. Sie waren anonym an sie gesendet worden, teure Plätze. Sie hatte sich aufgeregt. Moritz schien es damals übertrieben, wie sehr sie sich aufgeregt hatte. Von verlogenem Pathos, von sinnloser Verschwendung hatte sie geredet und erklärt, Opern anzuhören sei absurd, italienische Opern erst recht. Opern seien brutal, irrational und *künstlich*, die Libretti idiotisch. Außerdem sei es sozial unverantwortlich und undemokratisch, ein Vergnügen staatlich zu subventionieren, für das sich die Mehrheit gar nicht interessiere. Als er den Papierkorb entleerte, hatte ihr Sohn die Opernkarten ein letztes Mal gesehen, als Konfetti.

Redder setzte sich vor den Fernseher und vertraute darauf, dass aus den privaten Kanälen genügend Schlamm, Blut, Sperma, Seifenlauge und Katastrophen hereinbrachen, um diese Störung aus Wien ebenso zu überfluten wie den Soldatenfriedhof. Viermal stand er auf, ging in die Küche, holte sich zuerst frisch angerührten *Latte macchiato instant*, dann seine biologische Limonade, schließlich alkoholfreies Bier, zu guter Letzt richtiges Bier. Dann griff er sich die Briefe.

Redder hatte noch kein Drittel des Konvoluts hinter sich, da begannen die Briefe auf einmal mit *Carissimo Carlo* und endeten mit *sempre la tua Elisabetta.* Was sollte dieser Blödsinn? Gleichzeitig brach in den schwärmerischen Ton ein anderer ein. Redder hatte für diesen anderen Ton kein Wort zur Verfügung, es wäre eines von der Sorte gewesen, wie sie sein Beruf verbot.

Carissimo Carlo!
Seit meine Eltern wissen, womit Du Dein Geld verdienst, dass Du katholisch getauft bist, was schon schlimm genug wäre, aber das S. auch noch für Samuel steht, ist hier die Hölle los. ›Dann verstehe ich, dass er seine beiden Vornamen nicht mit S. S. abkürzt‹, hat mein Vater gesagt. Ich habe ihnen erklärt, dass eine Putzerei keine Gebäudereinigung sei und dass Du neben dem Hauptgeschäft im Fetzenviertel noch zwei Filialen besitzt,

die alle gleichermaßen gut laufen, sonst hättest Du gar nicht genug Geld für die Oper. Dieses Argument hätte ich mir besser verkniffen. Schreib mir also bitte an das Postfach, das ich unten anführe. Ich werde so tun, als gäbe es Dich nicht mehr.

Auf einmal war in den Briefen von einem Philipp die Rede, zwanzig Jahre älter als die Briefschreiberin, ein Mann, der jeden Satz mit *Aber* anfing, sich überflüssigerweise zweimal am Tag rasierte, Buch führte über seine Ausscheidungen, Blumen, vor allem Schnittblumen in der Wohnung hasste, sieben verschiedene Sammlungen komplettierte, von Briefmarken über Füllfederhalter und bis hin zu Bierfilzen, und auch sonst stark an den Vater von Moritz Redder erinnerte, der allerdings Peter geheißen hatte.

Ungefähr um elf nahm er sich den letzten Brief vor.

Carissimo Carlo!
Sie haben Deine beiden letzten Briefe in meiner Handtasche gefunden. Heute haben sie mir gesagt, dass sie Dich und mich anzeigen werden, wenn wir unsere Pläne umsetzen, und die Engelmacherin, von der Du geschrieben hast, ebenfalls.

Redder las nicht weiter. Er wusste, dass seine Mutter ihn siebenunddreißig Jahre lang getäuscht hatte und dass sein leiblicher Vater Besitzer einer chemischen Reinigung in Wien gewesen war, der sein Ziel, Sänger zu werden, verfehlt hatte. Er ahnte außerdem, dass es sich bei Philipp um Peter handelte.

Um Mitternacht hatte Redder den Plattenspieler installiert. Er entschied sich für die Aufnahme, bei der ihm der Name des Komponisten von einer Gewerkschaft vertraut war; der Name des Werkes erinnerte ihn an *Travian,* eines seiner bevorzugten Browserspiele. Auf der Vorderseite der Hülle eine Frau in ausladender weißer Robe, aus dem weißen Gesicht starrten schwarz umrandete schwarze Augen. Er setzte sich auf einen Stuhl, nicht auf die Couch.

Geigen begannen, Geigen, sonst nichts. Ein heller Klang, fahl, sphärisch, von irgendwoher, nicht fassbar. Ausgezehrt hörte sich das für Redder an, nein, ausgeblichen wie die Hülle dieser Langspielplatte. Was für ein matter Beginn. Oper, waren das nicht Pauken und Trompeten, großer Klang, großer Effekt? Dann mischte sich das übrige Orchester im Viervierteltakt ein, eine Melodie erhob sich darüber, sie klang für Redders Ohren zerkratzt. Daraufhin versuchte ein tieferes Instrument, ein Cello wohl, zu singen, darüber zirpten irgendwelche hohen Streicher bis zu einem Schluss, der keiner war. Die Musik versickerte nur. Was dann unter Schreien wie Platzregen niederging, war wohl Applaus.

Wer applaudierte solchem Gewimmer? Danach setzte die Musik wieder ein – nervöse Flötentöne oder waren das andere Instrumente? Von Fülle und Wohlklang keine Spur. Es schepperte wie aus dem Radio der rumänischen Urgroßmutter. Mitten hinein sangen aufgeregte Stimmen italienisch, offenbar unter Mullbinden hervor. Wie konnte sich jemand einer solchen Belästigung freiwillig aussetzen? Eine Frauenstimme mischte sich ein, eine schlingernde Stimme, die dennoch an die Nieren ging, befand Redder. Oder ging sie nur auf die Nerven? Ungemütlich, absolut nicht gefällig war sie jedenfalls, was die anderen Sänger offenbar verwirrte. Sie sangen durcheinander, bis mit einem Walzertakt wieder etwas Ordnung in das Ganze kam. Am lautesten herauszuhören war eine einzelne hohe Männerstimme und diese bedrängende weibliche. Ob sie alle zusammen jammerten oder jubelten, hätte er nicht sagen können, aber darunter lag immer dieses Einszweidrei, Einszweidrei. Zum Walzer wurde üblicherweise nicht geweint, vermutlich sollte dieses Geseire also fröhlich sein. Redder war fassungslos. Wo blieb das, was seine Mutter *verschwenderisch* genannt hatte? Dann auch noch Störgeräusche, Klappern, Lärm, Gerumpel im Hintergrund. Er besah die Rückseite des Kartons.

Violetta Valéry – Maria Callas
Alfredo Germont – Giuseppe di Stefano
Orchester und Chor der Mailänder Scala
Leitung – Carlo Maria Giulini
Live-Mitschnitt, Teatro alla Scala, Milano 1955

Eine Zumutung. Keine Minute später saß Redder in seinem Arbeitszimmer am Computer, um die Möglichkeiten zu erkunden, diese Erblast ohne Verlust, vielleicht mit Gewinn loszuwerden. Er ging zurück, um das Gedudel abzustellen, da kam ihm wieder diese Frauenstimme entgegen, dünn, aber doch durchdringend. *È strano! è strano!* Als er ins Zimmer trat, geriet sie ins Wanken. Sie war weitgehend ohne Begleitung. Dann stieg sie allein nach oben, brauchte alle Kräfte, um die Höhe zu erreichen, hielt sich dort oben mit großer Anstrengung. *Ah fors'è lui che l'anima* sang sie, wiegte sich, eine Schlafwandlerin auf einem Dachgesims, sang aus einem Traum heraus. Schön war das nicht, manchmal gurgelte die Stimme, doch sie ließ ihn frieren, bangen, hoffen. Dann holte sie allen Atem der Welt. *A quell' amor*, sang sie mit diesem Atem in eine endlose Weite.

A quell' amor ch'è palpito
dell' universo intero.

Das Orchester verstummte fast ganz. Alleingelassen stand diese Stimme da. Er wollte sie umarmen. Erneut ging der Platzregen des Beifalls nieder. Das erregte sie. Besessen fing die Stimme an, sich um die eigene Achse zu drehen, schneller, immer schneller, verharrte plötzlich, begann dann einsam einen Walzer zu tanzen, beschleunigte, drehte sich schließlich haltlos in wahnwitzigem Tempo, taumelte wie angetrunken. *Sempre libera* triumphierte sie, ein Triumph, der Redder Angst machte. Eine Frau in Champagnerlaune, die sich frei fühlte, weil sie nicht erkannte, wie gefährdet sie war. Jede Sekunde musste sie stürzen.

Da war aus der Ferne eine Männerstimme zu hören. *Amor ch'è palpito.*

Was immer *palpito* hieß, es brachte die Frauenstimme zum Innehalten.

Oh!, stöhnte sie.

Dieses Stöhnen war, als bemerke sie nun erst, dass diese Männerstimme sie meinte, sie und nur sie.

Die Männerstimme sang weiter. Dass sie aus der Ferne erklang, gab ihr eine Bannkraft, der niemand widerstehen konnte. Dieses Sehnen war ein Sog.

Noch immer hielt die Frauenstimme inne.

Amore!, stöhnte sie.

Wieder war der Mann aus zunehmender Ferne zu vernehmen.

Follie! Follie!, schrie sie auf und kreiselte noch schwindelerregender als zuvor, bis sie von dem niederprasselnden Applaus verschüttet wurde.

Redder stand auf und hielt die Platte an. »Sehnsucht«, sagte er, schüttelte den Kopf, um etwas abzuschütteln, sagte wieder »Sehnsucht«. Er schob den Tonarm zurück, starrte auf die Rillen, spielte dasselbe von vorn. Als er zum zweiten Mal dieses *Amore!* hörte, riss etwas in einem nicht lokalisierbaren Muskel. Er verspürte ein Ziehen, das wehtat und das er dennoch wollte. Warum dachte er jetzt an den Nachmittag, als er mit zwölf allein im Zimmer von Dulzi gestanden hatte? Die Jalousien waren herabgelassen, das Licht war in Streifen auf den Flokatiteppich gefallen. Dulzi mit den schwarzen Haaren, den schwarzen Augen, den schwarzen Wimpern, zwei Klassen über ihm, damals schon vierzehn, Dulzi, die in ihm etwas freisetzte, was er nicht benennen konnte, ein Ziehen, das wehtat und das er dennoch wollte. Dulzi war nicht da und doch da gewesen, und er hatte nach ihr gerufen wie dieser Mann aus der Ferne nach der Frau, die sich um sich selbst drehte.

Redder legte später ein drittes Mal auf. Diesmal setzte er sich auf sein Ledersofa. Er verstand allmählich, ohne die Worte zu verstehen, was geschah. Etwas trat aus seiner Vergangenheit in die Gegenwart. Es brauchte Zeit, bis er ahnte, was es sein konnte. Bis jetzt war ihm nicht aufgefallen, dass in seinem Dasein seit Dulzi dieses Gefühl nicht mehr vorgekommen war. In seinem Fadenkreuz hatte es nichts zu suchen, das, was sie hier besangen und Liebe nannten. *Liebe schwächt den Schützen und lässt seine Hand zittern,* hatte er einmal gelesen. Frauen hatte Redder gehabt, Sex hatte er gemacht. Ohne Erfolg. Er hatte sich in den Augen der Frau gespiegelt und sah nur sich selbst darin. Mithilfe von Videos und diskret verpackten Katalogbestellungen aus Flensburg hatte er versucht, seine Begehrlichkeit aufzuheizen, so heiß zu werden, dass nichts anders mehr Platz hatte in seinem Hirn als Gier. Es hatte nicht funktioniert. Die Frau unter ihm, über ihm oder neben ihm hatte Wünsche geäußert und ihn von sich abgelenkt. Bei Sexszenen auf dem Bildschirm wurde er von solchen Problemen nicht behelligt. Redder war froh, endlich erkannt zu haben, wo das Problem lag: Beim Sex störte der Partner. Vom Überdruck vermochte er sich selbst effizienter zu befreien. War eine Frau im Spiel, dann stand dauernd irgendwo dieses Gerede von Liebe im Weg. Liebe, erklärte Redder, wenn ihm diese Frage gestellt wurde, vor der sich alle Männer fürchteten, sei ein Begriff aus der Werbung und die Ausrede von Frauen, die keinen Sex wollten.

Jetzt aber rumorte etwas in seinen inneren Höhlen, das nichts mit Sex zu tun hatte. Diese Stimme war schuld daran, diese Stimme der Violetta Callas; oder hieß sie Maria Valéry?

Den Rest der Nacht brachte er mit ihr zu. Er war dabei, wie sie aufloderte, in Liebe entbrannte, darin leuchtete, gleißte, funkelte, wie dieser flammende Sopran vom erzwungenen Verzicht auf den Geliebten fast erstickt wurde und verglühte. Dreimal zerfiel an seiner Seite diese Stimme in tonlosem Flüstern zu Asche. Dass Violetta Valéry zum Schluss nur noch sprach, als habe sie sich mit der Seele die Stimme oder mit der Stimme die Seele aus dem Leib gesungen, war das Schönste und das Schlimmste. Mit der Stimme starb diese Frau. Seine Frau.

Moritz Redder hatte sich in sie verliebt und wäre auf der Stelle bereit gewesen, sie zu heiraten.

Als nächster Hinterbliebener besaß er am anderen Morgen nicht die Kraft, Reihe um Reihe die Paragraphen auf dem Soldatenfriedhof abzugehen. Außerdem musste er sich darüber klar werden, was in dieser Nacht mit ihm geschehen war. Das alles hatte sich doch nur in seiner Phantasie abgespielt, wie konnte er dann todtraurig und erschöpft sein? Die Spezies Mensch, hatte sein vermeintlicher Vater ihm beigebracht, habe sich ausschließlich durch die Perfektionierung ihrer Werkzeuge, ihrer gesellschaftlichen Ordnungen, ihrer Arbeits- und Denkmethoden weiterentwickelt. Phantasie sei dafür überflüssig gewesen. Nützlich sei nur die kombinatorische Phantasie, alle anderen Varianten seien dem Fortkommen so hinderlich wie Labyrinthe. Phantasie sei etwas für Leute, die Realität und Fiktion nicht auseinanderhalten konnten oder wollten, für Neurotiker und Künstler, im Alltagskampf nicht zu gebrauchen. Seine Mutter hatte ihn gewarnt, Phantasie mache für den Lebenskampf untauglich; dafür führte sie den frühen Tod ihrer jüngeren Schwester an. Die hatte Wein getrunken, Knoblauch gegessen, einen italienischen Liebhaber gehabt, ein schweres Parfum benutzt und schwarze Strümpfe mit Naht getragen. Ihrem kleinen Neffen hatte sie bei den seltenen Besuchen einen Geldschein zugesteckt und geflüstert: »Tu mir den Gefallen und verschwend's.« Schon mit zehn hatte er das Geld, ohne dazu aufgefordert zu werden, auf sein Sparbuch einbezahlt. Als er dreizehn war, hatte die Tante sich umgebracht, aus Liebesschmerz, wie es hieß. Liebe, hatte Rosemarie Redder gesagt, sei der Triumph der Phantasie über die Intelligenz. Ein Jahr nach der Schwester starb ihr Mann. Die Lebenslinien der Eheleute waren parallel verlaufen. Moritz hatte nie gesehen, dass seine Mutter und sein Vater sich berührt hätten. Doch, einmal, auf einer überfüllten Fähre, da war sie ihrem Mann an die Brust gewankt, aber dafür hatte sie sich bei ihm auch entschuldigt. Sonst hatte sie ihrem Ehemann die Stärke ihrer Intelligenz sein

Leben lang vorgeführt. Versagte die nun bei ihrem Sohn den Dienst? Wurde es jetzt Zeit, die Phantasie niederzuknüppeln, bevor sie die Überhand gewann?

Erstaunt stellte Redder fest, dass er dazu keinerlei Lust verspürte. Vielleicht weil er nun wusste, dass er selbst ein Kind explodierender Verrücktheit war, kein Ergebnis planender Vernunft.

Redder nahm sich zwei Wochen Urlaub. Nach zwei Tagen wusste er, dass *amore* und *addio* die zwei wichtigsten Vokabeln für die italienische Oper waren. Am dritten Tag kaufte er eine Kiste mit zwölf verschiedenen italienischen Rotweinen ein. Am Morgen des vierten Tages beschloss er, bevor er eine Oper oder einen Querschnitt daraus hörte, das jeweilige Libretto zu lesen, und stellte fest, dass Librettisten offenbar ebenfalls Meister der Effizienz waren. Ein Grundrezept genügte, um fast alles zubereiten zu können. Der Tenor und der Sopran liebten sich, ein Widersacher, meist Bariton oder Bass, Mezzosopran oder Alt, wollte das verhindern, und am Ende starb der Tenor, starb der Sopran oder es starben alle beide. Nur die Todesarten waren vielfältig.

Der Ablauf der Geschichte machte Redder jedes Mal konfus. Glaubwürdigkeit schien hier so wenig gefragt zu sein wie Transparenz oder Logik. Ein Titelheld war am Anfang Räuber und stolz darauf, am Ende Herzog und Grande der Krone; überall waren Gifte vorrätig, die einen Menschen scheintot, halbtot oder ganz tot machten; häufig entpuppte sich unerwartet der Erzrivale des Machthabers als dessen Sohn, die Braut des Todfeindes als Tochter oder eine halbkriminelle Gestalt als rächende liebende Mutter. Kleinste, meist gefälschte Indizien für einen Betrug reichten aus, um harmlose Existenzen in Mörder zu verwandeln, und die Intrigen waren so wirr, dass sich nicht einmal der Intrigant noch auskannte. Den Libretti war auch zu entnehmen, dass Sterbende lange Arien zu bewältigen hatten und der Tod erst eintrat, wenn diese ganz abgesungen waren.

Schauspieler konnten ächzend und röchelnd enden, Sänger offenbar nicht. Egal ob sie vergiftet, verbrannt, erdolcht, gehängt, erschossen, erdrosselt, eingemauert, erstickt wurden, ob sie an Schwindsucht oder Hunger starben, bis zum Schluss mussten sie singen. Viele Eifersuchtsdramen, Todesdrohungen oder Racheschwüre lasen sich so, dass Redder auch die Comedy-Shows nicht mehr vermisste. Seine Mutter hatte recht: Oper war brutal, künstlich und idiotisch.

Dann aber kam die Musik.

Tausende hatte Redder auf dem Bildschirm sterben sehen. Ob sie erschossen, zerfetzt, zerfleischt oder zerhäckselt wurden, hatte ihn so unberührt gelassen wie die Leichenberge, die er als Ego-Shooter aufhäufte. Doch wenn die Heldin der Oper starb, spürte er, was er kaum zu denken oder gar zu sagen wagte – Ergriffenheit. Es wäre ihm peinlich gewesen, hätte ein Außenstehender davon erfahren, aber zu leugnen war es nicht. Diesen Griff nach seinem Herzen spürte Redder körperlich. Er schmerzte. Dennoch sehnte Redder sich danach, mitgeschleift zu werden bis ans Ende, ohne jede Chance, zu entkommen.

Am siebten Tag wurde erhellt, was bisher im Dunklen geblieben war. Redder hatte, obwohl er die Briefe ein zweites und drittes Mal gelesen hatte, bis dahin nicht herausgefunden, warum seine Mutter ihren Liebhaber Carlo und der Liebhaber sie Elisabetta genannt hatte. Warum war er nicht früher darauf gestoßen? 1971, im Jahr seiner Geburt, war die Aufnahme entstanden, auf der unübersehbar stand:

Giuseppe Verdi
Don Carlo

Eine einfache Geschichte, nach dem bekannten Grundrezept bereitet. Elisabetta (Sopran, also gut) und Carlo (Tenor, also gut) lernen sich auf einem Ausflug kennen. Die Liebe überfällt sie, ihre Heirat ist erwünscht. Liebesheirat auf Bestellung. Ein Glücksfall. Die Hoffnungen fliegen hoch. Da bringt eine Nachricht sie zum Absturz: Der Vater von Carlo (Bass, also böse) beschließt aus Gründen der politischen Vernunft, Elisabetta selbst zu heiraten. Sie willigt ein, ebenfalls aus Gründen der politischen Vernunft. Carlo hat nur noch einen, dem er sein Leid vor die Füße gießen darf, dem Freund Rodrigo, Marquis Posa (Bariton, also nicht ganz vertrauenswürdig). Elisabetta meint eine zu haben, der sie ihr Leid anvertrauen darf, die Hofdame Prinzessin Eboli (Mezzosopran, also möglicherweise verdächtig).

Während Redder hörte, wie sich Elisabetta und Carlo ewige Liebe schworen, starrte er im Begleitheft das Foto der Sängerin an, die Elisabetta verkörperte. Das Kinn eines barocken Fürsten, der Hals eines Sumo-Ringers, der Blick einer spanischen Muttergottes mit Glasaugen unter dicken falschen Wimpern, Lippen, die eher nach Essen als nach Küssen aussahen, und das Lächeln einer Frau, die schlüpfrige Witze als Erste kapierte. Dann sang sie und war voll Anmut, Unschuld, Leidenschaft, nur nicht vollschlank, hieß eigentlich Rosemarie und war einem Putzereibesitzer namens Stephan S. Pollacek verfallen. Redder sah seine Mutter als die, die sie gewesen war, bevor die Vernunft ihr die hohen Schuhe ausgezogen, den Lippenstift abgerieben, die Lider und die Visionen abgeschminkt hatte: eine durchglühte Liebende. Er sah auch, wie der Putzereibesitzer wuchs; sein Brustkorb weitete sich, seine Muskeln schwollen an, sein Ausdruck wurde tragisch, sein Auftritt heroisch. Was für ein Paar! Es blieb Moritz Redder gar nichts anderes übrig, als den Vater von Carlo, König Filippo, zu hassen. Der Sänger sah im Begleitheft unwiderstehlich aus. Doch vor den Augen von Moritz Redder fielen ihm die Haare aus, sein Mund wurde schmallippig, seine Haut blass, der Blick leer, die Nase spitz und lang. Schließlich war Philipp die Rolle von Peter Redder.

Die Phantasie triumphierte über die Wirklichkeit, und Redder genoss diesen Triumph als einen eigenen. Es war seine Einbildungskraft, die das leistete.

Sie trug ihn über drei Akte des *Don Carlo*, durch Kirchen, Paläste, Säle, Gärten, ohne dass er eine Taste drückte.

Vierter Akt. Erstes Bild. Das Arbeitszimmer des Königs, stand nun in dem zweisprachigen Textbuch auf seinen Knien und darunter, was König Philipp/Filippo in diesem Zimmer vor sich hinsang.

Ella giammai m'amò. Sie hat mich nie geliebt.

Er klagte, immer habe er vor dem verschlossenen Herzen Elisabettas gestanden. Niemals hatte sie ihn eingelassen. Gehört ja, erhört nicht. *Amor per me non ha*. Liebe hat sie keine für mich übrig.

Da passierte es. Redder verriet Elisabetta und Carlo, er litt mit diesem Mann, den er doch zu hassen entschlossen war, er weinte mit ihm. Hätte der König hier gesessen, er wäre hingegangen und hätte ihm über das Haar gestrichen, dem Vater des Don Carlo. Oder war es sein Vater, der ihn auf einmal rührte? Ein Ersatzmann, der ein Leben lang büßen musste, dass er eben das war.

Ella giammai m'amò. Sie hat mich nie geliebt.

In den folgenden Tagen wurde das Seelengelände von Moritz Redder durch mehrere Beben erschüttert. Die Musik machte mit ihm, was sie wollte. Sie entschied, wen er hasste und wen er liebte. Die Musik warf seine Gewissheiten um und entführte ihn in Regionen, deren Existenz er früher nicht einmal erahnt hatte.

Nach vierzehn Tagen, in denen er die längste aller Weltreisen unternommen hatte, kehrte er in seine Kanzlei zurück. Der Weg dorthin erschien ihm nicht vertraut, sondern irgendwie falsch. Die deutschen Beschriftungen auf Fassaden und Schildern irritierten ihn. Er hatte nur Italienisch gehört auf seiner Reise, hatte mit sich selbst nur Italienisch geredet, sein Bett *letto*, sein Badezimmer *bagno*, sein Abendessen *cena* genannt, hatte italienische Vokabeln gebüffelt und sich jede italienische Beschriftung auf der Weinflasche oder der Oivenölflasche laut vorgelesen. An der Pforte, im Treppenhaus, am Empfang grüßte ihn keiner. Niemand erkannte Dr. jur. Moritz Redder wieder. War daran der Bart schuld, den er sich hatte wachsen lassen? Offenbar nicht; auch wenn er redete, starrten ihn seine Kollegen, Mitarbeiter und Partner an wie einen Fremden. Er sprach eine ihnen fremde Sprache, und ihre war ihm ebenfalls fremd geworden. Die Wörter in den Gesetzbüchern, mit denen er vor jener Nacht schnell und sicher jongliert hatte, entglitten ihm. Betrachtete er die ihm vor wenigen Wochen noch so vertrauten Formulierungen aus der Nähe, wurde ihm schwindelig. Oper sei absurd, hatte er von seiner Mutter übernommen. Nun las er Sätze wie: *Nicht rechtmäßig, aber bestandskräftig.* Oder: *Ein Verschollener hat seinen Wohnsitz bei der Ehefrau.* War das nicht entschieden absurder? Wie seine Mutter hatte er Oper verrückt gefunden. In einer seiner letzten Korrespondenzen war von einem *verrückten Grenzstein* die Rede. Warum lachte er jetzt erst darüber? Warum fiel ihm erst jetzt auf, dass Paragraphenzeichen aussahen wie Folterwerkzeuge?

Redder war spezialisiert auf Familienrecht, genau gesagt auf Scheidung, und die zunehmende Gnadenlosigkeit der Scheidungskriege hatte ihn belebt. Wie langweilig wirkten sie gegen jene Gefechte, die er nun kannte! Die Ungerechtigkeiten, gegen die er als Anwalt angehen sollte, waren lächerlich, die Gegner blutleer, die Gefühle nur Attrappen, die Gleichgültigkeit verbargen.

Redder wurde in Kollegenkreisen wegen seiner lückenlosen Argumentation bewundert. Aber argumentierte er nur deshalb lückenlos, weil er sich der Sache nicht sicher war und befürchtete, aus einer Lücke könnten Zweifel aufsteigen? Absolute Gewissheit musste einem doch die Fähigkeit zur Argumentation nehmen. Früher hatte er auf die Frage, ob ihn nicht manchmal Skrupel überfielen, entgegnet, sein Gewissen sei rein. Jetzt fragte er sich, ob es so rein war, weil er es nie benutzt hatte, es gar nicht berührt worden war.

Einmal hatte sich Moritz Redder, bevor er seinen Arbeitstag

antrat, bis in die Morgenstunden hinein mit seinen Helden und Heldinnen in höchster Erregung, in höchster Not, höchster Gefahr befunden, ganz oben jedenfalls. Der Aufprall auf seinen Akten war hart. Redder freute sich darüber, dass es wehtat. Der Schmerz machte ihm bewusst, dass die sogenannte Wirklichkeit alles Große kleinmachte, alles Erhabene herunterholte. In dieser Wirklichkeit war Violetta Valéry nicht mehr als eine Prostituierte, bereits aktenkundig, ohne Lizenz arbeitend. Hier hieß es nicht: sie starb an gebrochenem Herzen, sondern: erlag den Folgen einer Infektion durch das *mycobacterium tuberculosis*. Mit den Augen der Nüchternheit betrachtet, wäre Tosca keine Diva voll Liebesglut und Löwenmut, nur Absolventin einer klassischen Gesangsausbildung ohne feste Anstellung und nichteheliche Lebensgefährtin eines freien Kunstschaffenden unter geheimdienstlicher Überwachung, die mit Tötungsvorsatz auf einen hohen Polizeibeamten eingedrungen war.

Redder hatte bisher nur beweisen wollen, dass er mit seiner Strategie im Recht war. Nun wollte er etwas zeigen, woran er früher nie gedacht hatte – Größe. Größe in der Liebe und im Hass, in der Verteidigung von Werten, die mit der Oper untergehen würden. Sein Auftrag war, sie in die Zukunft zu retten. Er nahm ihn an.

Beim Mittagessen mit den Partnern der Kanzlei erklärte Redder, er vermisse bei diesen Scheidungskriegen Leidenschaft. Es gehe nicht um Liebe und Hass, Ehre und Schmach, nur um so alberne Dinge wie Geld und Besitz. Daraufhin gab ihm der Kollege für Baurecht die Adresse eines Psychiaters, der für Erbrecht den einer Therapeutin, der für Arbeitsrecht einen Zeitungsartikel über die neuesten Psychopharmaka. Der Kollege im Familienrecht gab ihm den Tipp, eine Partnerschaftsagentur aufzusuchen. Es setze ihm offenbar zu, allein zu sein. Als Redder erklärte, er sei nicht allein, nie habe er sein Leben mit so vielen spannenden Menschen zugebracht, las er in dem Gesicht gegenüber, dass seines Bleibens hier nicht länger war. Diese aus Gesetzen und Grundsätzen betonierte Welt war völlig bedeutungslos, wichtig war jene Welt, die er nun zu entdecken im Begriff war. Redder war sich bewusst, dass sie dem Neuling ein Initiationsritual abforderte, bevor er sich als aufgenommen betrachten durfte. Doch dieser Ort im Süddeutschen, an dessen Namen er sich nicht erinnern wollte, schien ihm nicht würdig für diesen feierlichen Akt. Das örtliche Opernhaus hatte schon von außen den Charakter einer Mehrzweckhalle und würde mit Ortsansässigen gefüllt sein. Es war damit zu rechnen, dass er dort Bekannten begegnete, die mit ihm reden wollten: über die Probleme bei der Kostenerstattung für Zahnersatz, über die Vertragskonditionen beim Erwerb einer Doppelhaushälfte oder die Gütertrennung bei der geplanten Heirat.

Ein Live-Mitschnitt aus der Scala, damit hatte alles begonnen. Die Scala war der würdige Ort für den Akt der Initiation. Nur lag sie in Italien, und Italien als Reiseziel zu wählen hatte Redder in seinem bisherigen Leben als grobe Fahrlässigkeit gegolten, so grob, dass es ein Delikt war, es auch nur zu erwägen; bestechliche Kellner, betrügerische Verkäufer, Schmeichler und Diebe überall. Gefahren im Essen, Knoblauch, Knoblauchduft in Verkehrsmitteln, an der Hand eines Zimmermädchens, einer Konditoreiverkäuferin, von jedem Teller aufsteigend. Doch es half nichts. Italien war das Geburtsland der Oper, die Heimat der Diva Divina, die Nation von Verdi. Wo sonst war Oper wirklich Leben und Leben wirklich Oper? Was er über das Schicksal der Callas in Italien gelesen hatte, war in keinem anderen Land vorstellbar. Nur dort wurde eine Sängerin mit Tomaten und Unflat beworfen, wenn sie Töne nicht traf. Nur dort wurde sie öffentlich zur Hölle gewünscht, wenn sie wegen Halsschmerzen eine Vorstellung abbrach. Nur dort hatte sie die Chance auf eine Apotheose und ein ewiges Leben nach dem Tod.

Im Internet erfuhr Redder, die Saisoneröffnung der Scala di Milano finde wie üblich an Sant'Ambrogio, am 7. Dezember statt, dieses Jahr mit *Don Carlo.* Ein Fingerzeig, ein Orakel. Die Karten für sämtliche Vorstellungen waren restlos ausverkauft, nur Gruppenreisen mit einem Operngalaabend in der Scala waren im Angebot. Obszöner Gedanke für einen Adepten.

Fahrten ins Blaue seien Fahrten ins Risiko, also Fahrten für Dumme, war stets Peter Redders Ansicht gewesen. Er hatte sie seinem Sohn, der nicht sein Sohn war, vererbt. In der Oper aber brachen Helden ins Ungewisse auf, erst recht, wenn das Orakel den Aufbruch nahelegte.

Vier Wochen nach seinem achtunddreißigsten Geburtstag verließ Moritz Redder in seinem Achtzylinder, den er nun *cavallo andante* nannte, die Stadt, an deren Namen er sich nicht erinnern wollte, und fuhr nach Süden.

Mailand

Dezember 2008

Seine Sehnsucht nach ihr war, seit er den Brenner hinter sich gelassen hatte, immer schneller gewachsen. Der Eros gedieh wie der Wein gen Italien offenbar besser. Anfang Dezember stand er endlich vor ihr. Er war maßlos enttäuscht. Wie unscheinbar und glanzlos war sie. Redder fragte sich, woher seine Vorstellung kam, sie müsse mondän und eindrucksvoll sein. Hatte er von ihrem Ruf auf das Äußere geschlossen? Die Enttäuschung ließ seinen Mut schwinden. Lohnte es denn überhaupt, sich um sie zu bemühen, viel Geld, sehr viel Geld dafür zu zahlen, in sie eindringen zu dürfen?

Von außen wirkte die Scala auf ihn wie der Bahnhofsbau einer mittleren Provinzstadt. Rossinis *La Gazza Ladra*, Donizettis *Lucrezia Borgia*, Bellinis *Norma*, Verdis *Nabucco, Otello, Falstaff*, Puccinis *Butterfly* und *Turandot* waren hier zum ersten Mal erklungen. Und solch ein Gehäuse leuchtete nicht? Möglicherweise wiederholte sich im Inneren die Enttäuschung. Doch Redder wusste von den Ferienspielen mit Bauernkindern bei der Urgroßmutter, Initiationsrituale waren von jeher mit Gefahren verbunden, und wo es keine Gefahr gab, konnte er auch keine Größe beweisen. An der *biglietteria* fragte er auf Italienisch, was es noch an Karten gebe für *Don Carlo* in den nächsten Tagen. Die als Tragödin geschminkte Dame antwortete auf Deutsch. Er könne nur noch mit etwas Glück ein Ticket von privat erwerben. Wer Karten loswerden wolle, biete sie vor Beginn der Vorstellung dort an. Der *Don Carlo* stehe in den nächsten Wochen mehrmals auf dem Spielplan. Redder kaufte ein Programm, vertraute dem Glück und begann umgehend mit den Vorbereitungen zu seinem Aufnahmeritual.

Auf der Fahrt Richtung Süden hatte er den *Ballo in Maschera* gehört, über Maskierung, Verkleidung und Kostümierung nachgedacht, für ihn ein bisher so weit entfernter Gedanke wie der, einen Faschingsball zu besuchen. Korrekt, perfekt und zweckmäßig solle Kleidung sein, war früher seine Überzeugung gewesen. Selbst die kurzen Socken, die er zu seinen korrekten und perfekten Anzügen trug, erfüllten einen Zweck; sie waren witziger als er selbst. Doch seit Redder die Callas kannte, ahnte er, dass Kleidung mehr vermochte. Betrachtete er, während sie für ihn sang, ihre Rollenporträts in den Begleitheften, dann erlebte er, wie sie mit ihren Kleidern verschmolz, wie sie im Kimono der Butterfly unterwürfig wurde, im weißen Bauernkleid der *Sonnambula* naiv und im flatternden Plissee der Lucia körperlos schien, wie sie im archaischen Gewand der Medea zur Furie erbrannte und im Juwelenglanz der Prinzessin Turandot erstarrte. Warum hatte er bisher ignoriert, welch hypnotische Kraft Kleidung ausübte, auf andere, vor allem aber auf den, der darin steckte? Ärzte ohne weiße Kittel heilten vermutlich nicht, Mönche ohne Kutten bekehrten nicht. Die Carabinieri hier in Blauweißrot und Stiefelstolz befehligten an einer Straßenkreuzung eine Armee, die deutschen Polizisten in Schlammtönen schlichen auf ihren Kreppsohlen als Verlierer zur Ergreifung des Täters. Helden in der Oper waren Retter und Ritter, Ritterlichkeit konnte nicht bequem sein und schon gar nicht zweckmäßig. Sie war außergewöhnlich, und das durfte den Rittern anzusehen sein.

In Designer-Jeans, kurzärmeligem Marken-Polohemd und Blazer unter der wattierten Jacke betrat Redder ein Herrengeschäft nahe der via Montenapoleone, das im Programmheft des *Don Carlo* annonciert hatte. Man empfing ihn leise und mitleidig. Das Mitleid wuchs, als er weder seine Hüftweite, Armlänge oder Hosenlänge nennen konnte. »Ihre Ringweite und ihre Hutgröße«, komplimentierte der Verkäufer ihn in eine der Umkleidekabinen, »kennen Sie wahrscheinlich auch nicht.« Der Benzinverbrauch seines Autos interessierte hier keinen. Nach zwei Stunden lächelte Redder sein Spiegelbild an. Als er das Geschäft in einem neuen Anzug, einem Hemd mit von Hand angenähten Knöpfen und schwarzen Kniestrümpfen verließ, hinterließ er den Eindruck eines lernfähigen Deutschen, der die Niederlage gegenüber dem Verkaufspersonal mit Fassung zu tragen wusste. Außerdem ließ er dort eine Pikeeweste und einen Frack zurück, die bis zum nächsten Tag für ihn geändert werden sollten. »Jeans sind Arbeiterhosen«, hatte der Verkäufer gesagt, »und ein Sweatshirt ist da, um den Schweiß des Arbeiters aufzusaugen, Dottore.« Praktisch sei eine Vokabel, die ein Herr nicht führe.

Bis in den späten Nachmittag übte Redder vor dem Spiegel im Hotelzimmer, die weiße Fliege um den Kragen des Frackhemds zu binden, und spürte, wie sein Bedürfnis wuchs, jene Regeln und Ordnungen zu verteidigen, die in der weltumspannenden Monokultur vom Aussterben bedroht waren, weil sie so unzweckmäßig waren wie ein Frack oder eine Verbeugung im Dunklen. Gegen fünf machte er sich auf den Weg zum Teatro alla Scala, um rechtzeitig vor Beginn der *Don Carlo*-Premiere eine Karte von privat für die nächste Aufführung zu erwerben.

Auf dem Rückweg zum Hotel kam er bei der Oper vorbei. War eine Bombendrohung eingegangen? Das Haus von außen grell beleuchtet, der Platz davor verrammelt mit Absperrgittern. Carabinieri in wasserfesten Anoraks und Stiefeln, mit Helmen und Schildern gerüstet, versperrten den Blick auf die pelzverbrämte Gesellschaft, die erwartet wurde. Blaulicht, berittene Polizei, hysterisches Geschrei, Sprechchöre, die Redder nicht verstand. Aus der Nähe sah er dann Kamerateams, Mikrophone in schmuddligem Fell, die denen vor die Nase gehalten wurden, die dem Fond schwarzer Limousinen mit Chauffeur entstiegen. Wohl aus dem Foyer heraus drang Lärm, wie er ihn aus dem Börsensaal kannte, wenn die Kurse explodierten.

Das sei normal, sagte die Dame an der Rezeption, als Redder zerzaust ins Hotel zurückkehrte. Jedes Jahr bei der Saisoneröffnung gehe es vor der Oper schlimmer zu als drin. Die einen schrien gegen die Verschwendung von Steuergeldern, die anderen, weil sich irgendein Fernsehstar vom Bildschirm hinab in die Wirklichkeit begab, die meisten einfach nur, weil Wochen vorher schon in allen Sendern, Zeitungen und Magazinen über diesen Zirkus berichtet werde und die Stimmung derart aufgeheizt sei, dass sie sich nur noch durch Geschrei entladen könne. Sie interessiere das alles nicht. Oper und Politik seien ihr egal.

Am 9. Dezember wusste sich Redder im Besitz eines perfekt sitzenden Fracks. So gestärkt sprach er vor der Scala einen Mann an, dessen Pappkarton auf Magenhöhe *2 × DON CARLO 10 decembre* anpries. Nein, eine einzelne Karte gebe er nicht her. Redder kaufte beide zum Doppelten des aufgedruckten Preises. Wer den Schlüssel zum Tempel ausgehändigt bekommt, feilscht nicht. »Warum verkaufen Sie die Karten?«, fragte er nur. »Weil ich von den zehn Prozent Unterschied zwischen Einkaufs- und Verkaufspreis einen Monat lebe«, sagte der Mann.

Am Tag seiner feierlichen Initiation bangte Redder, die Schlüssel könnten gefälscht sein und nicht passen, doch auf dem Weg zur Scala beflügelten ihn die Schwalbenschwänze seines Fracks. Zwecklos waren sie, sinnlos keineswegs. Redder spürte es, dass nicht er einen Frack trug, der Frack trug ihn. Er trug ihn durch das Foyer und die Verunsicherungen, die der Marmorglanz auslöste, durch den glitzernden Lärm, an den hünenhaften Bewachern am Aufgang zur Ehrenloge vorbei, hinauf in seine Loge im vierten Rang, genau der Bühne gegenüber.

Vom Parterre herauf, von rechts und links herüber drangen Alltagsgeräusche aus heiseren Kehlen, Handtaschen, elektronischen Geräten, glasierten Mündern. Als das Licht der Lüster erlosch, knisterte der Raum noch immer aus jeder Ritze. Redder versuchte, das Knistern zu vergessen und zu versinken in dem, was vor ihm leuchtete – der rote Vorhang. Ein großes Stück Samtstoff, mehr nicht. Er markierte die Pforte, die sich heute für ihn öffnen würde, um ihn vorzulassen und zu einem Eingeweihten zu erheben.

Vor dem Vorhang regierte die Wirklichkeit, dahinter die Magie. War er nur dazu da, die Spannung zu erhöhen und die Konzentration zu steigern auf dieses Geviert dort vorne. Sollte er es größer und bedeutsamer machen? Oder war der Vorhang aus rotem Samt die Robe eines Regenten, die dessen Aura bewahrte? Vielleicht sollte der Vorhang verhindern, dass etwas von dieser Aura zu früh in die Banalität davor entwich, noch bevor die Zeremonie den Banalen den Atem verschlug, und so die Vermengung ihres Atems mit jenem Atem vermieden wurde.

Rot und Gold, das signalisierte Würde, die keiner antasten durfte. Redder nahm dieses Rot und Gold in sich auf, fühlte, wie sich Erhabenheit in ihm ausbreitete, setzte sich steiler und mächtiger hin, was jemanden hinter ihm hörbar störte. Plötzlich Stille im Haus, dann ein Raunen, alle starrten auf den roten Vorhang. Eine Krähe flog von rechts davor, ein Unglücksvogel in schwarzem Anzug. Redder war starr, als der dort unten zu krächzen anfing. Leider habe der Vertrag mit dem eigentlich als *Don Carlo* vorgesehenen Tenor aufgelöst werden müssen, und man sei froh, in letzter Minute einen erfahrenen, stimmlich überragenden Einspringer aus den USA gefunden zu haben.

Dann öffnete sich der Vorhang. Es war nichts zu sehen vom Wald von Fontainebleau, wie es im Libretto stand. Auf nackten Steinplatten hatten die Jäger der entflohenen Beute zu singen und Don Carlo von der Waldeinsamkeit ringsumher zu schwärmen. Der Heldenimport aus den USA im schwarzen Renaissancekostüm wog an die zwei Zentner. Weiß trat ein Wurmkopf aus dem schwarzsilbrigen Wanst hervor. Die Dame an Redders Seite verglich den Don Carlo im Programm mit dem auf der Bühne und schnalzte missbilligend. Redder tat sie leid. Er genoss es, mit der Kraft seiner Einbildung das Bild des Sängers dem des Ideals anzugleichen und sich als Meister dieser wunderbaren Verwandlung zu wissen. Er hatte das Programmheft studiert und wusste, dass auch der historische Don Carlos mit dem Verdis nichts zu tun hatte, der aus einem sexbesessenen Epileptiker und Paranoiker den ängstlichen, aber großen Liebenden gemacht hatte, größer als der Schillers schon dadurch, dass er sang.

Filme anglotzend der Wirklichkeit zu entfliehen vermochte jeder Trottel, doch die Oper verlangte ihren Adepten mehr ab. Deshalb gab es dort die Eingeweihten, die sich von der Masse abhoben und sich nicht mit ihr vermengen durften. Die Dame neben Redder raschelte sich ihre Verärgerung aus dem Sinn.

Unten im Zuschauerraum krähte ein elektronischer Hahn und wurde abgewürgt. Dann klingelte ein Flipperautomat und ertönte Beethovens Neunte auf E-Gitarre. Unwürdige. Redder merkte, wie er sich über die Nichteingeweihten erhob.

Als Elisabetta die Bühne betrat, erschrak er. Konnte das sein? Er nahm sein Opernglas. Was er nun vergrößert sah, erschreckte ihn noch mehr. Der erste Eindruck war richtig gewesen. Diese Frau war schön. Kein Wunder, dass Don Carlo, als er sie erblickte, verdattert eine Vision besang und gar nicht recht glauben konnte, was sich da auf ihn zubewegte. Als Elisabetta in ihrer Arie das Glücksgefühl feierte, das sie erfüllte, und die Erleichterung zugab, dass der Fremde, den sie auf Anhieb begehrt hatte, ihr aus Staatsraison zugedachter Bräutigam war, schaute sie ihn nicht an.

Redder legte das Opernglas nicht mehr aus der Hand. Täuschte er sich oder stimmte es, dass sie im großen Liebesduett nicht in den Armen von Carlo versank, sondern Abstand hielt? Als Don Carlo am Ende des ersten Aktes *O destin fatal, destin crudel* sang und um Mitleid flehte für dieses grausame Schicksal, das ihn nun erwartete, ahnte Moritz Redder als Einziger, dass dieser Mann dort unten keines erfahren würde. Er selbst war es, der betroffen war. Und als Elisabetta dann gegen Ende des zweiten Aktes voll Schmerz *O Carlo, o Carlo!* schrie, da war es eindeutig. Redder beobachtete genau, wie sie vermied, Don Carlo anzusehen, sich abwandte, ihr goldenes Gesicht, gerahmt von schwarzem Haar, zum Saal drehte, den Blick nach oben richtete, wie er suchend wanderte, bis er direkt in seinen traf, als stünden sie einander gegenüber. Redder lächelte ihr zu. Mit einer kaum wahrnehmbaren Bewegung der Mundwinkel erwiderte sie sein Lächeln.

Sie hatte ihn erkannt, den wahren Don Carlo, der bereit war, sich ihr aufzuopfern.

Die Pause verbrachte Redder in der feuchten Kälte vor der Scala, bereitete sich auf die Intrigen, Demütigungen und Qualen vor, die ihn im zweiten Teil dieses Abends erwarteten, und übte ihren Namen ein. *Elisabetta – Giuseppina Pollini* stand im Programm. Er ließ den weichen Laut zu Beginn ihres Vornamens über die geschürzte Unterlippe gleiten und in den Kuss des u münden, dann das p wie eine Silvesterrakete platzen und ein leuchtendes i freigeben, das in dem weit geöffneten a landete. *Dschuussebpina.*

Er war froh, in seiner Loge den Sitz zu seiner Linken leer zu wissen; so hatte sie dort ihren Platz, für alle Fälle. Es sah so aus, als werde sie ihn brauchen, den Beistand des echten Carlo. In immer kürzeren Abständen sah sie zu ihm herauf; sobald die kleinste Schwäche ihren Sopran bedrohte, holte sie sich von ihm Bestärkung, um erneut alle anderen zu überstrahlen. Golden war ihr Gesicht, warmes Metall, das von innen heraus glänzte. Redder schien es viel länger zu dauern als auf seinen Aufnahmen, bis Don Carlo endlich von der Stimme seines vermeintlich toten Großvaters Kaiser Karl V. ins Kloster der Geister gerufen wurde und Elisabetta den Himmel anrief, wissend, dass Carlo ihr nun für immer entzogen war. Als sie dieses *O ciel* sang und der Vorhang bereits fiel, hatte sie sich völlig abgekehrt von dem Kloster, der Vergangenheit, von allem, was sich in Raum und Zeit hinter ihr befand. Ihr Blick galt nur der Loge im vierten Rang, genau der Bühne gegenüber. In diesen letzten Sekunden stand der flehentliche Wunsch in ihren Augen, der Vorhang möge nicht fallen und sie nicht trennen von dem, für den sie den ganzen Abend gesungen hatte.

Der Vorhang fiel.

Nichts hielt Moritz Redder noch. Er stand vor dem Hauptausgang der Scala, bevor irgendein anderer das Haus verlassen hatte. Er stand dort noch immer, als alle anderen es verlassen hatten. »Worauf warten Sie hier noch bei diesem Scheißwetter!«, rief eine fremde Frau im Vorbeigehen. War es die Tragödin vom Kartenvorverkauf?

Redder wunderte sich, dass sie das nicht wusste. Er war nicht bereit, die Höhe seiner Empfindungen zu verlassen. Die Frau blieb stehen und wandte sich um.

»Falls Sie ein Autogramm von einem der Sänger wollen, sind Sie hier falsch. Die gehen zum Künstlereingang hinaus.« Sie klappte ihren Kragen hoch, ging weiter, blieb erneut stehen und drehte sich um. »Sind längst gegangen«, rief sie durch die Nacht.

Redder schlief schlecht. Am nächsten Morgen stand er, schon bevor geöffnet wurde, vor dem Blumengeschäft, das im Programmheft annonciert hatte. Dort wusste man, dass Callae ebenso mit Aberglauben behaftet waren wie Anturien, welche Blumen Giuseppina Pollini bevorzugte und in welchem Hotel sie wohnte. Auf der Karte, die Redder mitschicken ließ, lud er die Heldin für einen der nächsten Abende, an denen sie keine Vorstellung hatte, in ein Restaurant ihrer Wahl ein.

Sein Telefon blieb still. Sein Brieffach im Hotel blieb leer. Doch das ließ ihn nicht an seiner Bestimmung zweifeln.

Bei seinen Wanderungen durch Mailand buchstabierte Redder sämtliche Namen, die ihm vor Augen kamen, auf Straßenschildern, Läden, in Schlagzeilen oder auf Buchtiteln in der Auslage. Jeder Metzger hatte hier einen Namen wie Musik. War es das, was Giuseppina Pollini abhielt, sich mit ihm zu treffen, dieser vorn spitze, hinten schlampig verwahrloste Klang seines Namens? Langsam sprach er ihn vor sich hin. Bei jeder Wiederholung widerte er ihn mehr an. Lächerlich, ein Mann, der mit einem Messer fuchtelte in schlotterndem Pyjama. Für eine Primadonna unzumutbar.

Redder nahm sein Abendessen in einem der Lokale ein, die sein Reiseführer als *typisch mailändisch* beschrieben hatte, *ein Geheimtipp, alle Kreditkarten.*

Der Kellner sprach ihn auf Englisch an, empfahl ihm den

menu turistico in drei Gängen. Vorspeise Mozzarella mit Tomaten, Hauptgang Lasagne oder Spaghetti Carbonara, dazu einen offenen Chianti, Dessert Tiramisu, *Germans usually like it.*

Während Redder seine Lasagne aß, hörte er um sich her Schwäbisch, Amerikanisch, Berlinerisch, Japanisch und Bayrisch und las in einem Sprachführer Deutsch-Italienisch, der praktische Redewendungen für den Alltag enthielt; sie kamen in den Libretti zu selten vor. Vokabeln wie *Öffentliche Toilette, Tiefgarage* oder *Steckdose* kannte er noch nicht.

»Und von wo kommen Sie?«, fragte der Herr, der neben ihm auf der Bank saß, ebenfalls ein allein Essender.

»Aus einer Stadt in Süddeutschland, an deren Namen ich mich nicht erinnern will«, murmelte Redder. Schon der Klang ihres Namens sei ein Störgeräusch, beleidigend für ein empfindsames Ohr. Hier, in Italien, höre sich jeder Name wie eine Arie an. Giuseppina Pollini, zum Beispiel.

Das heiße wörtlich übersetzt nichts anderes als Josefine Hähnchen, sagte der Nachbar.

Redder war in der ersten Sekunde nahe dran, den Tischnachbarn tätlich anzugreifen. Doch da wurde es hell in ihm. Redder sah, wie nah die Lösung lag, die Erlösung von dem, was sich zwischen Giuseppina und ihn stellte.

Der nächste Strauß, den er an sie senden ließ, bestand aus hundert roten Rosen, wenngleich ihm der Florist von dieser Farbe abgeraten hatte, und war mit einer Karte versehen, auf der als Absender *Maurizio Salvatore* stand. Dass sie darauf wieder nicht reagierte, erstaunte ihn nicht. Mit überwältigenden Gesten hatte jeder zu kämpfen, auch eine Primadonna.

Er musste es als Fügung begreifen, dass er an derselben Stelle vor der Scala von demselben Mann erneut zwei Karten für den nächsten *Don Carlo*, dieselbe Loge im vierten Rang, wieder zum doppelten Preis erwerben durfte.

Am 12. Dezember saß Maurizio Salvatore auf demselben Platz, wo er auf den ersten Blick Giuseppina und sie auf den ersten Blick ihm verfallen war. Er trug denselben Frack, dasselbe Frackhemd, dieselbe Pikeeweste, doch er war ein anderer. Der neue Name hatte ihn verändert. Wenn er jetzt morgens beim Rasieren in den Spiegel sah, blickte ihm ein Mann entgegen, der mediterranes Charisma besaß, und sei es nur in diesem Zug um die Lippen.

Diesmal fand Giuseppinas Blick seinen schneller, ihre Abneigung gegen diesen Tenor, der im Duett mit seinen lauten Tönen ihre *pianissimi* erschlug, war heftiger, ihr Leiden an dem aufgezwungenen graubärtigen Königsgemahl erschütternder, ihr Lächeln hinauf zu Maurizio deutlicher.

Als er am Künstlereingang auf sie wartete, stellte sich ein großer Mann neben ihn, der Bart schon grau, vom Alter her hätte er sein Vater sein können. Giuseppina erschien, das goldene Gesicht leuchtete unverkennbar aus dem schwarzen Rahmen, leuchtete ihm, ihrem Carlo, entgegen, wem sonst? Da trat der Graubart vor, sie nahm seinen Arm.

Später korrigierte Redder sich. Er hatte ihren Arm genommen, herrisch wie der altersgraue spanische König den der Elisabetta, die seinen Sohn Carlo liebte. Doch da war es zu spät. Zu spät für diesen Abend.

Allein machte er sich auf den Weg zum *ristorante Don Carlos* im *Grand Hotel et de Milan*, via Manzoni Nr. 29, wo er einen Tisch für zwei Personen reserviert hatte. In jenem Haus hatte Verdi mehr als siebenundzwanzig Jahre lang während seiner Mailandaufenthalte übernachtet.

Der Abend dort begann mit einem Triumph. Der Kellner antwortete auf Salvatores Frage, welcher sein Tisch sei, auf Italienisch und empfahl ihm als Vorspeise *crespelle di grano saraceno agli ortaggi con scamorza affumicata*. Salvatore nahm die Empfehlung sofort an. Er hatte keine Ahnung, worum es sich dabei handelte, aber das Vertrauen des Kellners in ihn als Gast beglückte ihn. Für dieses Glück hätte er sogar Nieren gegessen.

Vor dem Hauptgang erkundigte er sich, wo die *gabinetti* seien. Als er zurückkam, war der zweite Stuhl an seinem Tisch besetzt. Salvatore verbarg seine Verblüffung und nahm Platz. Wer hatte das in einem Lokal dieses Anspruchs erlaubt? Er beschloss, abzuwarten, was geschah. Der zweite Stuhl stand seinem nicht gegenüber, sondern übereck. Man hatte daran gedacht, dass die Distanz im Gespräch nicht zu groß sein sollte.

Dunkle, kreisrunde, große, leicht vorstehende Augen schauten ihn an, sanft, fragend, etwas sorgenvoll. Vielleicht empfand er den Ausdruck auch nur wegen der in Falten gelegten Stirn als besorgt. Was Redder sofort auffiel waren die unteren Schneidezähne, weiß, makellos, vollkommen in der Stellung.

Da kam der Kellner an seinen Tisch. Er entschuldigte sich. »Wir nennen ihn Marquis Posa. Sein Besitzer war Stammgast bei uns und wurde hier im Ristorante verhaftet, mitten im Menü, während des Hauptgangs, *bistecca di fassone scottata al ginepro,* ein Jammer. Seither lebt Marquis Posa hier. Immer wieder will ein Gast ihn übernehmen, aber er weigert sich. Hier, wo Sie sitzen, hatte Jahre lang sein Besitzer gesessen. Jetzt sitzt er in irgendeinem der Luxusgefängnisse, aber Gefängnis bleibt Gefängnis.« Bisher, sagte der Kellner, sei es unmöglich gewesen, diesen Gaganlino Camuso mit irgendjemand anderem auf den fälligen Spaziergang zu schicken als mit ihm selbst oder dem Koch, der für den Stammgast immer die *bistecca* gebraten habe. Eigensinn sei anscheinend ein Merkmal dieser Rasse.

Er sah hinunter auf Maurizios Tischgast. Marquis Posa benehme sich einwandfrei, er sei nie laut, nie aufdringlich, auch nicht wehleidig. Das einzige Problem sei, dass man ihm nichts abschlagen könne. »Dieser Blick, mein Gott! Das ist wohl typisch für den *Gaganlino Camuso.*«

Salvatore schloss, dass *Gaganlino Camuso* das italienische Wort für Mops war. Dessen deutschen Artgenossen ging es wie ihm selbst; mit solch einem Namen geschlagen, war das Leben ein anderes. Jeder Mops sollte im Zeichen seiner Würde darauf bestehen, *Gaganlino Camuso* genannt zu werden. Dieser hier war eine Persönlichkeit und wusste es.

Der Kellner griff in den kräftigen Nacken von Marquis Posa.

Die Sorge in den runden, leicht vorstehenden Augen vertiefte sich.

»Wenn es Sie nicht stört, lassen Sie ihn«, sagte Salvatore und bestellte als *Secondo* eine *Costoletta Milanese* und dazu einen Rosato aus der Region.

Marquis Posa sah ihm unverwandt in die Augen. Es lag nun ein Vorwurf darin. Was hatte Salvatore falsch gemacht? Er rief den Kellner zurück und bat ihn, ihm statt des Koteletts dieses Gericht zu bringen, von dem er außer *bistecca* nichts verstanden hatte.

Der Vorwurf verschwand nicht aus den Augen von Marquis Posa.

»Was hat sein Besitzer dazu getrunken?«, fragte Salvatore.

»Einen Nebbiolo von …«

»Bringen Sie den.«

Beim Dessert, einer lauwarmen Apfeltorte, die hatte *er* meistens genommen, bekannte Salvatore dem Marquis Posa, wie er neuerdings über Treue dachte. Treue war für Redder etwas Ähnliches wie Ladenschlusszeiten gewesen, ein Hindernis für den notorischen Grenzüberschreiter. Doch seit er in den Opern lebte, hatte die Treue für ihn ihre Farbe verändert. Sie war nicht mehr sentimental himmelblau, sie schien ihm dunkel wie alles, was Umsturz und Gefahr verhieß. *Treue kann tödlich sein,* stand auf den Särgen von Romeo und Giulia, über der Leiche von Desdemona oder Gilda. Sie gehörte zu dem Sortiment des Unzeitgemäßen, das er retten wollte, um die Welt vor ihrer Entwertung zu bewahren.

Marquis Posa hieß Salvatores Gedanken zur Treue gut, kein Zweifel. Als Salvatore seinen zweiten Espresso aufs Haus getrunken hatte, wusste er, dass er einen Verbündeten gefunden hatte, den einzig wahren. Dennoch überlas er nicht die Warnung in den Augen des Marquis Posa. Wer am ersten Abend fragt: »Kommst du noch mit rauf?«, erlebt mit der ersten Nacht oft die letzte, hieß es. Dieses Vorpreschen wirke gierig, und Gier kennzeichne die Treulosen. Eine Gebrauchsanweisung, die Redder bisher nicht gebraucht hatte. Nun hatte er Angst, sich eine Absage einzuhandeln oder gar diese erblühende Freundschaft zu verscherzen. Er zahlte und verließ den *ristorante Don Carlos* allein, aber nicht ohne sich noch einmal nach Marquis Posa umzuwenden.

Nebel verstellte den Blick, nasse Kälte kroch durch die Kleidung. Salvatores Rückweg hätte kurz sein können, er hätte nicht vorbeiführen müssen an dem Hotel, in dem Giuseppina Pollini wohnte, doch er widerstand der Versuchung nicht. *Il Suo servo,* sagte er unterwegs, wieder und wieder, bis das o offen und männlich genug klang. Sein Schritt verlangsamte sich, je näher er dem gleißenden Hoteleingang kam. Zufälligen Begegnungen muss man eine Chance geben. Sie trat aus der Drehtür, als er diese passierte. Das Kleid, in dem sie zu einer Zeit, in der andere ins Hotel zurückkehrten, ihres verließ, war sehr kurz und sehr eng, ihr Begleiter hatte ungefähr das Alter von Salvatore. Es war klar, was sie damit bedeuten wollte: Dieser graubärtige König vorher entsprach nicht ihren Ansprüchen an jugendlicher Dynamik, er war ein Zugeständnis an irgendwas oder irgendwen.

»*Il Suo servo*«, sagte Salvatore und stellte sich zwischen sie und das wartende Auto, dessen Tür ihr Begleiter aufhielt.

»*Mi lasci in pace*«, sagte sie, ohne ihn anzusehen, »*per favore*«, und stieg in den Wagen.

Nachdenklich setzte Salvatore seinen Weg durch die Winternacht fort. War ihr Verhalten nicht ein Zeichen, das ihn ermuntern musste? Eine Sängerin sang den Schrei, sie schrie nicht. Direkt ihre Liebe zu erklären musste ihr vulgär erscheinen. Aber wie sie dieses *per favore* ausgesprochen hatte, der Tonfall, die Intensität, das sagte dem, der die leisen Töne verstand, alles. Eine Künstlerin vom Format Giuseppinas knallte ein Wort wie *amore* nicht dem Publikum ins Gesicht, eine wie sie hauchte das im *pianissimo.*

In dieser Nacht machte Maurizio Salvatore Pläne, wie sein Dasein an der Seite einer begehrten Opernsängerin aussehen würde, welche Tätigkeit sich ausüben ließe, wenn er sie begleitete und beschützte.

Er war damit auch am drauffolgenden Tag gründlich beschäftigt und bemerkte kaum, dass Giuseppina auf seine neuerliche Einladung in keiner Weise reagierte. Als Italienerin und Opernsängerin bestand sie sicherlich auf einer kirchlichen Trauung, und nachdem Mailand vermutlich eine Stadt war, in der sie viele wichtige Kontakte pflegen musste, würde das der Ort ihrer Wahl sein. Ein Blick in seinen Stadtführer bescherte Salvatore eine grandiose Idee – Santa Maria della passione, unweit vom Dom und der Scala, eine Kirche, die als *von nahezu mystischer Magie erfüllt* beschrieben wurde.

Bis zu jenem Tag im Oktober hatte er katholische Messen ähnlich eingeschätzt wie Opern; nun war es für ihn selbstverständlich, zu der Kirche, in der er heiraten würde, zu wandern, um die Zeiten der Hochämter zu erfahren und sich schon einmal Gedanken über die Platzierung der Gäste zu machen.

Er stand unter der oktogonalen Kuppel, erahnte im Halbdunkel das Altarbild der *Madonna della passione* und wartete, was mit ihm geschah. Nach einer Weile hatte er sich nicht nur an das leise Gemurmel der Betenden gewöhnt, er wuchs bereits hinein in Giuseppinas Welt. Sie musste sich von ihm verstanden fühlen. Seine Rücksichtnahme sollte sie umhüllen, tags und nachts. Er würde, auch auf Reisen, getrennte Schlafzimmer vorschlagen, beide natürlich mit *letto matrimoniale*, eine bereichernde Vokabel aus dem Sprachführer.

Für den Abend bestellte Maurizio Redder auf dieselbe Uhrzeit denselben Tisch im *Don Carlo*. Als er eintrat, saß Marquis Posa bereits auf seinem Platz. Der Kellner brachte unaufgefordert einen *tortino di riso dorato con carciofi*, den hatte *er* immer, wenn er auf der Tageskarte stand, als Vorspeise gewählt. Als Salvatore erneut die *bistecca* vom Piemontesischen Fassone-Rind, an Wacholder gebraten, bestellte, sah er in den Augen seines Tischgastes ein Feuer, das Leidenschaft verriet. Davon ermuntert, berichtete Salvatore ihm von seinen Plänen. Er vergaß nicht, dabei den Knopf seines Kopfhörers fürs mobile Telefon ins Ohr zu stecken und das Kabel sichtbar neben dem Teller zu drapieren. An der Wahl des Essens konnte es nicht liegen, dass Marquis Posas Stirnfalten Skepsis signalisierten. Doch er kannte eben Giuseppina nicht. Wie sollte er da einen kompetenten Rat erteilen können? Marquis Posa musste sie, musste seine Lebensumstände aus eigener Anschauung kennenlernen.

»Wie lange wird er denn noch inhaftiert sein?«, fragte Salvatore den Kellner.

Das sei unklar. Die Anklage laute zwar, er sei in den Todesfall jenes gottesdienlichen Bankiers verwickelt gewesen, der sich, *con sasso in bocca*, aus freiem Willen unter der Themsebrücke erhängt hatte, er sei aber auch Mitglied der Loge P2 hier gewesen. Einer seiner ehemaligen Logenbrüder sei der Condottiere, und das könne eine frühere Entlassung bedeuten.

Maurizio Salvatore verstand kein Wort. Er hatte an den Logen in der Scala keine Codierung gesehen wie P2. Was bedeutete *Stein im Mund*? Und wer war dieser Condottiere?

Salvatore wandte sich wieder Marquis Posa zu. In den Opern wurden die Frauen, diese wunderbaren Frauen, fast alle zum Opfer. Laut Libretto starben sie durch Gift oder Dolchstoß, an Lungenentzündung oder Schwindsucht, eigentlich aber starben sie an der Kälte der Welt. Er war dazu auserwählt, die Frauen vor diesem Erfrierungstod zu bewahren, und wer auserwählt war, der hatte keine Wahl.

Bis dahin las er im Gesichtsausdruck des Marquis Zustimmung. Als er begann, ihn in seine Pläne mit Giuseppina einzuweihen, neigte der Marquis seinen großen Kopf zur Seite, seine eng am Kopf anliegenden Ohren mit der Längsfalte richteten sich auf, Wachsamkeit stand in seinem Blick. Oder war es Skepsis? Sollte Salvatore vielleicht bei einem dritten Besuch der Scala seine Eindrücke überprüfen? Der Marquis schüttelte sich, wobei die Falten seines Gesichts leise schmatzten. Ein Hinweis darauf, dass Salvatore etwas abschütteln sollte? Hatte er sich zu sehr verfangen in seinen Erwartungen?

Der Kellner riet Salvatore, die Entscheidung, was den Marquis betraf, einer Art Gottesurteil zu überlassen, so etwas habe in Italien Tradition. Wenn der *Gaganlino Camuso* ihm folge, spreche das für sich. Salvatore wagte nicht, bereits nach dieser zweiten Begegnung das Risiko einer Ablehnung einzugehen.

Wieder ging er allein hinaus in die Kälte und dieses Mal ohne Umwege zurück in sein Hotel.

Am Freitag vor dem vierten Advent stand der *Don Carlo* erneut auf dem Spielplan, wieder mit Giuseppina Pollini als Elisabetta. Obwohl sein Verkäufer wie durch ein Wunder erneut Karten anbot, ging er standhaft an ihm vorbei und verhandelte mit einem anderen. Wieder zwei Karten, wieder genau zum doppelten des aufgedruckten Preises. Wie gelangten die Leute zu der Unterstellung, in Italien herrsche in geschäftlichen Belangen keine Verlässlichkeit?

Maurizio Salvatore saß an jenem Freitag im Parkett, Reihe zehn, etwas links von der Mitte. Trotzdem hielt er seinen Operngucker bereit. Dass Elisabetta bei ihrem ersten Auftritt seinen Blick nicht fand, durfte ihn nicht verwundern. Er meinte sogar zu erkennen, dass sie wie gewohnt zum vierten Rang hinaufsah. In den Szenen danach nahm sie ihn ebenfalls nicht wahr, und er stellte fest, dass das Metall ihrer Stimme nicht Gold war; blechern schien es ihm, Weißblech, das bei den ersten Aufführungen noch geblendet hatte mit Vergoldung. Jetzt war diese ab, weggerieben in zu langen Nächten von Männern, die damit nicht umzugehen wussten. Putzfrauen aus Kroatien ruinierten auch das Versilberte, hatte seine Mutter gesagt.

Lange konnte die Pollini diesen Schwindel nicht durchhalten, bald würden es alle erkennen, wie dünn die Vergoldung war; daran vermochte das goldene Gesicht nichts zu ändern. Salvatore war froh, als der erste Akt überstanden war. Er hatte ständig belauscht, was hinter ihm geflüstert wurde, hatte an seinen Harndrang gedacht, an das Kratzen im Hals, warum er keine Pfefferminzbonbons eingesteckt hatte und wie viel ihn eigentlich die Rosen für die Pollini gekostet hatten.

Als zu Beginn des zweiten Aktes Prinzessin Eboli auftrat, die ersten Takte sang, vibrierten Salvatores Nerven. Er zog die Besetzungsliste des Abends heraus. Konnte das dieselbe Sängerin sein, die er schon zweimal gehört hatte? Es war dieselbe. Etwas musste mit ihr geschehen sein. Wie sie das Schleierlied sang und dabei ihre Arme bewegte, lange, weiße Arme, wie sie mit dieser dunklen Stimme lockte, ihr zu folgen, das war unwiderstehlich. *Vien!* Komm!, lockte sie. Wer kam da nicht? Salvatore gab auf und begab sich in die Hand der Eboli. Sie machte mit ihm, was sie wollte, riss ihn mit in ihren Hass, ließ ihn in ihrem Stolz erstarren, in ihrer Rachsucht lodern. Salvatore war willig. Zeigte sich nicht darin die Größe der Musik, dass sie jeden liebte, auch die Verwünschenswerten? Zeigte sich nicht darin die Macht der Stimme, dass sie alle Bosheiten und Intrigen vergessen machte und jeder, der ihr verfiel, zum Verbündeten wurde in allen Taten und Schandtaten? Wütend kämpfte Salvatore an der Seite der Verräterin, reuig kniete er schließlich neben ihr. In ihrer letzen Arie, in der sie Abschied nahm von allem, war er an ihrer Seite und verhüllte ihre nackte Verzweiflung.

Eboli. Kein weltlicher Name durfte diesen Namen überdecken. Er würde sie nie anders rufen als Eboli. Behutsam, sehr behutsam musste er mit ihr umgehen, sie war eine Verwundete; gescheiterte Ehe, betrogen, verraten, ausgenommen, was immer. Ohne Wunden hätte sie niemals so singen können von den Schmerzen einer leidenschaftlichen Frau. *Passione.* Sie war die *Madonna della passione.* Vor ihrem Andachtsbild hatte er im Oktogon der Kirche gestanden, ohne sie zu erkennen. Nein, diese Frau durfte er nicht bedrängen.

Salvatore ging direkt aus der Scala in die via Manzoni. Marquis Posa hatte recht gehabt. Kaum hatte er seinen Blickwinkel verändert, hatte er die Pollini als das erlebt, was sie war, und die Seele, die seiner wirklich bedurfte, erkannt.

Der Abend der Entscheidung war gekommen. Heute wollte Salvatore wissen, was das Schicksal zu ihm sagte, ob er als er selbst Geltung hatte oder nur als Ersatz angenommen wurde.

Der Marquis erwartete ihn. Sein Fell schimmerte, schwarz, silbrig und sandhell. Hatte man ihn schön gemacht, oder war er heute einfach schöner?

Ohne seinen Tischgast zu beachten, bestellte er eine *Rotola di verza e crema di asciughe*, danach einen *petto di faraona marinato con purè di patate tartufata* und zum Dessert eine *Merendina di semifreddo al whisky con insalata di mango*, einen lombardischen Weißen, *Torre della Sirena.*

»Er hat Wirsing gehasst, Perlhuhnbrust und Kartoffelbrei als weibisch verschmäht, Whisky als amerikanisch abgelehnt und gefunden, dass Mango nach Terpentin schmeckt«, sagte der Kellner.

Salvatore verstand davon fast nichts, er wusste auch nicht, was *verza* oder *asciughe* hieß geschweige den *Merendina.* Er hörte den warnenden Ton in der Stimme des Kellners, doch er bestand auf seiner Wahl.

Während er sich vorsichtig seiner Wirsingroulade näherte, hob er den Blick. Marquis Posa wirkte amüsiert.

Salvatore erzählte vom vergangenen Abend. Marquis Posa wirkte zufrieden.

Salvatore begann, von Eboli zu berichten, und hörte, wie sich der Atem von Marquis Posa beschleunigte. Weshalb? Er hatte doch gar nichts unternommen, war nicht einmal versuchsweise am Bühnenausgang angetreten. Doch, einwandfrei. Marquis Posa erregte sich zunehmend. Als Salvatore darüber nachdachte, die Eboli freizukämpfen aus dem Dickicht ihrer Verstrickungen und mit ihr, auf Capri vielleicht, Weihnachten zu feiern, saß sein Gegenüber so starr mit erhobenem Kopf da und atmete so heftig, dass Salvatore den Kellner rief.

»Ich weiß nicht, was er hat. Es geht ihm nicht gut«, sagte der. »Solche Beschwerden zeigt er sonst nur im Hochsommer, bei Smog und großer Hitze. Ich glaube, er braucht Luft. Wollen Sie mit ihm…?«

Die Stunde der Entscheidung war da. Es sollten keine Zweifel daran bestehen, dass Salvatore das Gottesurteil annahm. Er ließ die Rechnung kommen und seinen Mantel bringen. Was er dem Marquis zuflüsterte, konnte kein Außenstehender vernehmen.

Dann ging Maurizio Salvatore, ohne sich umzudrehen, auf den Ausgang des Don Carlos zu. Er meinte zu hören, dass Marquis Posa vom Stuhl gesprungen war. Oder täuschte er sich?

Unter der Tür spürte er neben seinem Unterschenkel eine Wärme, und dann berührte ihn etwas. Er senkte den Blick nicht. Er trat in die Nacht hinaus.

Er wusste, wer neben ihm stehen blieb vor der Tür.

Es hatte aufgeklart. Zum ersten Mal seit Wochen waren die Sterne am Himmel zu erkennen. Die Luft war rein und knackte.

Marquis Posa atmete ruhiger.

Salvatore wartete und atmete selbst und sagte nichts. Er wartete und atmete hörbar, so lange, bis sein Atem mit dem raschen des Marquis im selben Rhythmus ging. So musste es sein, bevor Marquis Posa und Don Carlo ihr großes Duett begannen. Dieses Duett, bei dem sich Tenor und Bariton in den Armen lagen. Sie redeten nicht miteinander, es war kein Dialog. Was sich offenbarte, muss nicht erklärt werden. Zwei Helden, ein Ziel, ein Herz, eine Stimme sangen denselben Text im selben Rhythmus in derselben Melodie, nur mit einem naturgegebenen Höhenunterschied. Wie auch hier: Die Schulterhöhe des Marquis Posa lag wohl bei knapp dreißig Zentimetern.

Giuriamo insiem di vivere
E di morire insieme.
Ich schwöre, mit dir zusammen zu leben
und mit dir zusammen zu sterben.

Drei Tage später bereitete Maurizio Salvatore seine Abreise aus Mailand vor. Er hatte es seinem Verbündeten versprochen.

Sabbioneta

Januar 2009

Es würde ungemütlich werden, das beruhigte Maurizio Salvatore. Er hatte von den Helden und Bösewichten der Oper gelernt. Deren Ziele waren immer groß, groß in der Liebe und im Hass, in der Leidenschaft und in der Zerstörungswut. Meistens erreichten die Helden ihre Ziele nicht, aber noch die Größe des Scheiterns bemaß sich an der des Ziels. Ein Heimwerker schafft keine Werke.

Salvatores Ziel war ungeheuer, auch ihm selbst. Den Marquis hatte er in sein Vorhaben eingeweiht. Einen Feldzug wolle er mit seinem Verbündeten antreten, so gestrig, dass er kühner schien als jede Avantgarde, einen Feldzug im Namen der Ritterlichkeit und der Phantasie. Als ein Ritter des dritten Jahrtausends wollte er Höflichkeit und Ehrenhaftigkeit bis aufs Blut verteidigen, obwohl er kein Blut sehen konnte, kein echtes. Hier in Italien werde er den großen Illusionen nachreisen, die in den letzten Jahren als nicht mehr zeitgemäß und nutzlos ausgemustert worden waren, verriet er dem Marquis. Überall dort, wo man früher der Verzauberung Paläste gebaut hatte, werde er üben, dem Anspruch der Wirklichkeit zu trotzen.

Beim Frühstück auf dem Zimmer am Tag der Abreise hatte er Marquis Posa in seine Philosophie eingeweiht. »Man sieht nur mit dem inneren Auge gut«, hatte Salvatore ihm erklärt. Er war bewegt gewesen von diesem Satz, wenngleich er nicht ganz sicher war, ob er ihn selbst erdacht hatte. »Wir beide werden nicht auf das Sichtbare und schon gar nicht auf das Offensichtliche hereinfallen.«

Marquis Posa hatte ihn dabei unverwandt angeschaut: Nichts außer der Spitze seiner hoch angesetzten über den Rücken geringelten Rute hatte sich bewegt. Nie zuvor in seinem Leben hatte sich Salvatore so verstanden gefühlt.

Marquis Posa hatte ihm längst deutlich gemacht, dass er mit anderen Hunden so wenig zu tun hatte wie Salvatore mit anderen Männern. »Er isst alles, Ihr Freund«, hatte der Kellner vom Don Carlos zu Salvatore gesagt. Er aß alles außer Hundekuchen, Hundeflocken, Hundewurst oder Hundefutter, ob frisch oder aus der Konserve. Er aß einfach alles, was Salvatore aß. An diesem Morgen zuerst etwas Mailänder Salami, dann etwas Panettone.

Zwei weibliche Navigatoren, eröffnete Salvatore seinem Begleiter, sollten den Kurs bestimmen. Zuerst natürlich sie, auf deren Fährte er das Land bereisen wollte, in dem sie geboren worden war: die Oper; sie werde Herrin seiner Pläne sein. Herrin seiner Ideale aber, das Maß aller Klänge, werde Maria Callas sein. Der vom Autohersteller eingebaute Navigator hingegen sei ein Versuch der Entmündigung, er werde ihn außer Kraft setzen und sich ohne Karte auf Landstraßen durchschlagen. Helden schlugen sich nun einmal durch, schon um zu beweisen, dass sie welche waren. Als er das ankündigte, hatte der Marquis ein eigentümliches Geräusch von sich gegeben, eines, das Salvatore bisher nicht von ihm vernommen hatte. Er wusste es nicht zu deuten.

Mit dem Ziel Venedig bestieg Salvatore zu Beginn des neuen Jahres seinen *cavallo andante* und steckte den Marquis in den Fußraum vor dem Rücksitz. Obwohl der direkte Weg nach Osten geführt hätte, steuerte Salvatore konsequent gen Süden. Das Opernhafte war niemals direkt, direkt war die Seifenoper.

Bereits kurz vor Pavia roch er, dass der Marquis sich seines Frühstücks entäußert hatte, nachdem andere Unmutsäußerungen nicht verstanden worden waren. Kaum stand der Wagen, sprang der Marquis auf die Rückbank und von dort auf die Kruppe des *cavallo*, von wo er durch das hintere Fenster ins Weite blickte. Offenbar wollte er nicht nur mit dem inneren Auge sehen.

In Pavia wagte sich Salvatore zusammen mit dem Marquis in die Käfigarena einer Tierhandlung, atmete flach über Sägemehlstaub und Hamstergestank hinweg und versuchte, der Verkäuferin sein Problem zu schildern. Die Blicke, die sie mit dem Marquis austauschte, erübrigten Diskussionen. Das übliche Brustgeschirr zum Anschnallen sei eines *Carlino* unwürdig, nur die teuerste Hundebox, spezial gepolstert, mit einem zusätzlichen Kissen *prima qualità* ausgelegt, sei angemessen und gewähre, mittig auf der Rückbank platziert, dem *Carlino* zwischen den Vordersitzen hindurch freie Sicht auf die Straße.

»*Carlino*? Nicht *Gaganlino Camuso*?«

»*Gaganlino Camuso* sagen nur Leute, die sich ihre Bildung raushängen lassen. Ich glaube, das stammt aus der *Commedia dell'arte*. Kommt jedenfalls nicht gut an«, sagte die Verkäuferin. »Einen *Carlino* zu besitzen, ist elitär genug. Nur wenn Sie«, sie beugte sich über den Tresen vor und senkte die Stimme, »*botolo* sagen, dann ist er gekränkt. Zu Recht.«

Auf der Weiterfahrt ließ sich Salvatore erneut von seinem Instinkt leiten.

Sie führte in eine Gegend, die frei von Erhebungen, Sehenswürdigkeiten und Bäumen war. Sie war übersichtlich und ökonomisch. Familien konnten hier entlang der Landstraßen alles erwerben, um ihr Dasein zu möblieren, Wohnung, Balkon und Grünflächen zu füllen. *Lampadari, arredamenti* und *giardinaggio* wechselten sich mit Tankstellen ab und großflächiger Werbung für *Pelliccerie*.

Salvatore, mittlerweile vertraut mit Lobpreisungen Italiens als dem Land, wo Orangen im dunklen Laub glühten, Zypressen loderten, Lorbeer schwieg und Pinien die lieblichen Hügel beschirmten, verweigerte es der Enttäuschung, sich bei ihm einzunisten. War es nicht die Oper der kleinen Leute, sich Kronleuchter aus Fernost in ihre Zweieinhalbzimmerwohnungen zu hängen, um den Alltag in eine Bühne zu verwandeln? Offenbarte sich nicht die uritalienische Sehnsucht nach Oper in pompös dekorierten Betten? Zeigte sich in dem Bedürfnis,

Venusgestalten, Genien oder Kopien von Michelangelos David aus Betonguss in den Vorgarten oder auf den *altano* zu stellen, nicht die Nähe zu den großen Mythen und Legenden? Wirkte in dem Wunsch nach Pelzmänteln nicht die Geste der großen Operndiven fort?

Südöstlich von Cremona, kurz nachdem jene Straße durch die Einöden des Konsums den Oglio überquert hatte, erklärte Salvatore seinem Freund auf der Rückbank sonor, das Sichtbare sei nicht wesentlich. Es sei notwendig, vor der Wirklichkeit die Augen zu verschließen, um das Wahre zu sehen. Ihm war später, als habe daraufhin der Marquis wieder dieses Geräusch von sich gegeben, das mit den vertrauten Geräuschen nichts gemein hatte.

Der entgegenkommende Wagen musste von einem sturen Besserwisser gesteuert sein. Er wich dem *cavallo andante* nicht aus, zwang ihn zur Seite, brachte ihn samt seinen Reitern ins Schleudern und in Konflikt mit einem Straßenschild. Ein Tusch von Blechinstrumenten feierte Salvatores Waffengang. Dann war es auf einmal sehr still.

Ganz langsam entstieg dem gegnerischen Wagen eine Frau in langem wollweißem Mantel und fuchsfarbenem Haar; dem *cavallo andante* entstieg ebenso langsam Maurizio Salvatore. Auf der Rückbank des gegnerischen Wagens erkannte er zwei Kinder. Die Frau im wollweißen Mantel redete schnell, laut und undeutlich in einem Dialekt, der Italiens Antwort auf das Schwäbische zu sein schien. Salvatores Bitte, sie möge langsamer, leiser und deutlicher sprechen, verstand sie offenbar nicht. Er verstand nichts von dem, was sie sagte. Sie deutete auf einen Kratzer an ihrem Auto und auf den leicht beschädigten linken Scheinwerfer, redete von tausend Euro, wiederholte die Summe und nuschelte irgendetwas von *padre*. Nach der zehnten Wiederholung weinte sie ein wenig, nach der fünfzehnten weinte sie noch mehr. Schwarze Teiche bildeten sich unter ihren Augen, und von dort bahnten sich graue Rinnsale ihren Weg durch die golden gepuderte Landschaft. Noch vor der zwanzigsten Wiederholung händigte Salvatore ihr das Geld in bar aus, woraufhin sie plötzlich Englisch konnte und versprach, sie werde einen Abschleppdienst anrufen, der Salvatore gratis zu einer Reparaturwerkstätte in Sabbioneta bringe, zur besten weit und breit. Sie gehöre zufällig ihrem Verlobten.

Andere hätten das, was geschehen war, als Unfall bezeichnet, Salvatore sah es als Glücksfall an. Wie er angehängt an die hundertzwanzig Pferdestärken eines Helfers langsam über die Landstraße gezogen wurde, ähnlich dem Wagen eines Helden, der hinter einer Quadriga starker Rösser im Triumphzug durch die Reihen des Volkes rollte, besaß etwas Feierliches.

Neben der Einfahrt zur *autofficina* stand rechts eine Plakatwand, die für Brautmoden warb, und links eine, auf der ein Getränk angepriesen wurde, dessen Wirkung ein Stier symbolisierte. Der Verlobte trug ein goldenes Armband am Handgelenk, einen goldenen Anhänger mit Madonna und Jesuskind auf seinem Pullover; sein Haaransatz reichte tief in die Stirn, seine Unterarme waren dicht schwarz behaart, auch sein Bass war schwarz und behaart. Kein Zweifel, ein Mann, der imstande war, den *cavallino* zu kurieren. Er werde dazu ein bis zwei Tage benötigen, meinte der Verlobte. Die Frau im weißen Mantel legte diesen ab, reinigte die beiden Kinder von bräunlichen Spuren und bestellte für Salvatore und Marquis Posa ein Zimmer in einer Pension im Zentrum. Sie gehöre zufällig einer Cousine; der Übernachtungspreis sei ein Freundschaftspreis.

Die *autofficina* des Verlobten lag im Osten, wahrhaftig vor den Toren von Sabbioneta; die Stadt war umgürtet von einer breiten geschlossenen Maueranlage, mit sechs Bastionen versehen und nur durch die Porta Imperiale oder die Porta della Vittoria zu betreten. Der Himmel über Sabbioneta war eisblau. Die hohe Nebeldecke war am frühen Nachmittag aufgerissen, der Tag leuchtete neonhell, als Maurizio Salvatore und Marquis Posa durch die Porta Imperiale einen Ort betraten, von dem beide bisher nichts gewusst hatten: Sabbioneta, der Stein gewordene Wunschtraum eines Fürsten, in der sandigen, sumpfigen Poebene zwischen Parma und Mantua eine Residenzstadt zu errichten. Nicht irgendeine, nein, die ideale Stadt, bei der nichts dem Zufall überlassen blieb. Vespasiano Duca di Gonzaga hatte sie gegen Ende des 16. Jahrhunderts nach Plänen des antiken Roms erbauen lassen. Hier erlebte er sich selbst als Roms mythischen Gründer Aeneas und legitimen Nachfolger aller Kaiser, speziell seines Namenspaten Vespasian.

Salvatore segnete die Fügung, die ihn hierhergeführt hatte, und vertiefte sich in einer dunklen Osteria bei *guanciale di bue stufato*, einer geschmorten Ochsenbacke, die der Marquis gewählt hatte, in die Geschichte seines Asyls. Jener Vespasiano Gonzaga wuchs ihm zunehmend ans Herz. Innerhalb weniger Jahrzehnte hatte er das, was die Vernünftigen als Wahn bezeichneten, ohne Abstriche umgesetzt und für dreitausend Menschen einen Theaterraum als Stadt errichtet. Zentrale Bühne war die piazza Ducale, und der Balkon an der Schmalseite des Palazzo Ducale sah dort hinaus. Eine Loge, von der aus der Herrscher das Leben des Volkes als Drama betrachten konnte, Komödie, Tragödie oder Tragikomödie. Jeder Einwohner wurde zum Darsteller, ob er wollte oder nicht. Die Dekorationen aller Hausfassaden entlang des Platzes hatte der Herzog vereinheitlichen lassen, Kulissen seiner Inszenierung. Zusätzlich hatte Gonzaga der Illusion ein Denkmal errichtet, ein festes Theatergebäude. Er war einer der Ersten gewesen, denen seit dem Untergang Roms die Idee gekommen war, den aufwendigen Flüchtigkeiten eine Heimat zu geben, nur in Vicenza waren sie schneller gewesen. Der Teatro Olimpico des Vespasiano Gonzaga stand dort, wo er hingehörte, an der Scharnierstelle seiner Stadt, zwischen der öffentlichen Bühne der piazza Ducale und der privaten des Fürsten um die piazza d'Armi, unübersehbar hineingerückt in die via Vespasiano Gonzaga. Den unteren Teil der Fassade trennte ein Gesimsband vom oberen. ROMA QVANTA FVIT IPSA RVINA DOCET, entzifferte Salvatore dort. Die Ruinen selbst lehren uns, wie Rom gewesen ist.

Wer über Phantasie verfügte, der konnte wie Vespasiano Gonzaga in diesen niedrigen Gebäuden um Paläste, Kirchen, Galerie und Synagoge Rom auf seinen Hügeln erleben, nur durch das Sechseck der Stadtmauern geschieden von der Nützlichkeit des erregungslosen Landes ringsum.

Salvatore und Marquis Posa betraten das Theater durch den östlichen Eingang. Vom Foyer aus führte ein schmaler Treppenaufgang hinauf zur Herrscherempore, die dem Fürsten und seinen Hofdamen vorbehalten war. Im Anschluss an das Foyer öffnete sich der Theaterraum. Die Zuschauerränge stiegen in fünf Stufen an und wurden von einer aus zwölf schlanken Säulen gebildeten Kolonnade überragt. Auf deren Architrav posierten olympische Gottheiten, die Salvatores Führer als Herkules, Minerva, Neptun, Bacchus, Diana, Apoll, Merkur, Venus, Mars, Saturn, Juno und Jupiter auswies. Der Fürst hatte sich inmitten der Götter auf seinem Olymp, dem mythischen Sitz Jupiters, befunden und damit klargemacht, wie er zu behandeln war.

Mythen hatten Moritz Redder einst so wenig interessiert wie Opern, doch wer für die Oper brennt, muss mit Mythen zumindest warm werden. Dass der oberste Olympier ein gewohnheitsmäßiger Ehebrecher war, der seinerseits Frauen zum Ehebruch verleitete, die jedoch ihm unbedingte Treue zu beweisen hatten, war Salvatore im Gedächtnis geblieben. Er fragte sich, ob Vespasiano sich auch darin dem Olympier verwandt gefühlt hatte, und beschloss, das zu erkunden.

An diesem und dem nächsten Tag ging Salvatore mit dem Marquis im Stein gewordenen Wahn des Vespasiano Gonzaga spazieren. Dieser Ort im platten Niemandsland, dessen Anspruch so viel größer war als seine Existenz, schlug Salvatore in Bann. In diesem gebauten Größenwahn fühlte er sich geborgen. Allein die Antikengalerie, die von außen an die Bögen römischer Aquaedukte erinnerte und im Inneren, gemalt oder gemeißelt, antike Göttinnen zeigte, die mit prallen Schenkeln, Armen und Brüsten irdische Gelüste weckten, überzeugten von dem Drang des Herzogs, das antike Rom als fleischgewordene

Gegenwart zu erleben. Ja, in ihm hatte Salvatore einen Geistesverwandten entdeckt, der seinen Träumen das Recht eingeräumt hatte, Tatsachen zu werden, und der die Tatsachen zugleich seinen Träumen unterworfen hatte. Seine Inszenierung gewann mit jedem Schritt.

Vespasiano selbst aber verlor, je mehr Salvatore über ihn erfuhr. Dass er sich im Dienst des spanischen Königs Filippo II. als Condottiere erfolgreich geschlagen hatte und den Spaniern verbunden fühlte, hatte dazu geführt, dass die beiden ersten seiner drei Frauen ganz oder zur Hälfte Spanierinnen waren; die erste, Diana Cardone, hatte er mit achtzehn geheiratet, die zweite, Anna d'Aragona, mit dreiunddreißig. Beide waren auffallend rasch und keineswegs im Kindbett gestorben. Vage war davon die Rede, eine tödliche Krankheit habe die Frauen in ihrer Jugendblüte hinweggerafft, doch wie in den Broschüren um die Todesursache herumgeredet wurde, wirkte verdächtig. Wachsendes Misstrauen verdunkelte das Bild des strahlenden Helden Vespasiano, des hoch gebildeten Kriegers, des kunstbesessenen Festungsbaumeisters, des patriotischen Weltkundigen.

Am Nachmittag des zweiten Tages trafen Salvatore und Marquis Posa beim Besuch in der *autofficina* zwar die Braut und die beiden Kinder vor dem Fernseher im Hinterzimmer an, doch von dem Verlobten fehlte jede Spur. Jetzt erst nahm Salvatore die Falten um ihre Augen wahr und auch andere Hinweise darauf, dass sie wohl schon an die vierzig war. Sie wusste nicht, wo sich der *sposo* aufhielt, und fummelte an ihren Lippen herum.

Ihr zuliebe, nur ihr zuliebe verlängerte die Pensionswirtin den Aufenthalt der beiden Gäste um eine weitere Nacht.

Im *Ristorante Ducale*, nach dem gemeinsamen Verzehr von *cotechino*, gefolgt von *bollito misto*, las Salvatore seinem Freund vor, was über den Traumbaumeister zu erfahren war. In seiner Begeisterung für alles Spanische hatte Vespasiano von dort auch den Ehrenkodex mitgebracht, dem er sich verpflichtet fühlte. Darin kreiste alles um den *punto d'onore*, und dieser

Ehrenpunkt war offenbar leicht zu verletzen. Wurde er zum wunden Punkt, war der Strafvollzug unvermeidbar. Das hatten andere spanisch begeisterte Adlige in Italien vorgeführt. Die Principessa Violante Carafa di Paliano hatte angeblich ihren Principe betrogen, da musste ihr Bruder, der Conte d'Aliffe, seiner Schwester die Binde um die Augen legen und ihr Vetter, der Edle Leonardo di Cardine, den Strick um den Hals. Das war für Vespasiano Gonzaga eine Vorgabe. Als er erfahren hatte, dass seine Gattin Diana sich über seine lange Abwesenheit mit seinem Sekretär hinweggetröstet hatte, ließ er den ermorden, führte seine Frau in das Zimmer, in dem die Leiche des Geliebten lag, überreichte ihr eine Flasche Gift mit der Aufforderung *Bevi!* Trink!, ließ sie damit allein und schloss die Tür hinter sich ab. Zwei Tage kämpfte die junge Frau mit sich und hoffte, ihr Mann werde Erbarmen zeigen. Der kam regelmäßig vorbei, sah durchs Schlüsselloch und schrie *Bevi!* Schließlich trank sie. Vespasiano verkündete, sie sei einem Herzschlag erlegen, legte Trauerkleidung an, inszenierte einen grandiosen Trauerzug, folgte dem Sarg schmerzgebeugt und schaute sich nach einer neuen Gattin um.

Salvatore sah, wie die Augen von Marquis Posa, diese runden, leicht vorstehenden Augen, feucht glänzten. Sein eigener Zustand spiegelte sich darin. Beide drängte es, sich zu bewegen, obwohl längst die Nacht über Sabbioneta herabgesunken war. Als sie aus dem Lokal ins Freie traten, ging ein Mann in wattierter Jacke auf den Eingang zu, den sie beide sofort erkannten, obwohl weder das goldene Armband noch das fromme Medaillon sichtbar war. Seinen Arm hatte er um eine fein gedrechselte Nymphe mit Rabenhaar gelegt. Seine Verlobte war das nicht, die hatte der Nymphe wohl fünfzehn Jahre voraus. Salvatore und Marquis Posa blieben stehen und starrten den beiden nach, obwohl sich die Tür hinter ihnen bereits geschlossen hatte.

Die Frauen als Opfer, die liebenden Frauen. Männer hatten die Oper geschaffen, männliche Librettisten und Komponisten. Männer hatten die Vernichtung der Frauen zum Thema der

Oper gemacht. Männer bestraften in der Oper die Frauen dafür, dass sie Männer verwirrten und deren rechtwinkliges System ins Wanken brachten. Sie wurden entmachtet, ermordet, verraten und verkauft. Ihre Würde wahren konnten sie erst im Sterben. Sterbend siegten sie dann meistens doch, indem sie die einzig mögliche Rache übten – sie vergaben den Tätern. Hatte Diana Cardone sich an Vespasiano Gonzaga auch auf diese Weise gerächt, obwohl er sich als Rächer fühlte? Ihn hatten offenbar keine Schuldgefühle gequält. Als Jupiter war ihm jede Art jovialer Exkursionen erlaubt, wie den herrschenden Männern der Oper. Die durften ungestraft die Ehe brechen oder die Geliebte betrügen. Folgten jedoch die Frauen dem, was sie Stimme des Herzens nannte, wurden sie wahnsinnig oder mussten sterben, ob von eigener oder fremder Hand.

Vermutlich ahnte die Frau im weißen Mantel, was ihr sogenannter Verlobter trieb, der Mann, den sie liebte und dem sie zwei Kinder geboren hatte, der ihr aber offenbar die Heirat verweigerte.

Salvatore beschwor das letzte Bild von ihr herauf. Das fuchsrote Haar, war es nicht glanzlos gewesen? Ihre Stimme, hatte die nicht geflattert? Hatte sie nicht Hautfetzen von ihren Lippen gerissen, sodass die bluteten? Wie hatte er nur den Hinweis auf das Seelendrama übersehen können! Bestimmt hatte sie selbst das Brautkleiderplakat neben der Einfahrt aufstellen lassen und er das stierstarke auf der anderen Seite. Schlagartig erhellte sich alles, was Salvatore bisher beobachtet hatte. Dieser *padre*, von dem sie geredet, der sie zum Weinen gebracht hatte, war sicher ihr Vater, der nichts wissen durfte von ihren Exkursionen mit diesen Kindern und von den Kindern selbst. Drohte von dort die moralische Hinrichtung, falls alles aufflog? Ehrenmord, das soufflierte der Jurist Redder seinem neuen Ich, war keineswegs muslimischen Sippen vorbehalten. Er kannte genügend andere Beispiele aus katholischen Regionen des Südens. Oper erfüllte die Gegenwart, diese Stadt, diese Nacht. Salvatore hörte, wie er gerufen wurde.

Er trat mit Marquis Posa hinaus auf die piazza Ducale. Sie war weit und leer. Ein Platz außerhalb der Zeitrechnung. Der Mond stand kreisrund neben dem Turm der Chiesa dell'Assunta. Die Kirchenfassade leuchtete hell und papieren, als sei dahinter nichts.

Die Szene war nicht friedlich, sie barg etwas Lauerndes. Salvatore spürte eine aufziehende Gefahr, ohne sagen zu können, wo sie dräute.

Da trat jemand aus dem Portal, eine Frau. Das Fuchshaar fiel über den weißen Mantel. Kein Zweifel, das war sie, die dort gerade zur Muttergottes gebetet hatte. Und doch war sie es nicht. Es war Norma, die Druidenpriesterin im römisch besetzten Gallien, Norma, die Geliebte des römischen Prokonsuls Pollione, der ihre beiden Kinder gezeugt hatte, Norma, der ihre kindjunge Novizin Adalgisa gestanden hatte, dass Pollione sie entführen und heiraten wolle. Norma, die alternde Frau, die sich verraten sah von ihrer engsten Vertrauten und ihrem Geliebten. Konnte es nicht hier gewesen sein, wo römisches Militär die Gallier unterworfen und ihre Druidentempel den eigenen Göttern umgewidmet hatte? Vielleicht war Vespasianos Vision von Rom nicht aus seinem Kopf, sondern aus den Sedimenten aufgestiegen, aus den Ruinen des römischen Reiches, das sich bis hierher ausgedehnt hatte.

Norma blieb stehen, machte ein paar Schritte auf den Platz hinaus. Ihr langer weißer Mantel erinnerte in dieser Szene an ein antikes Gewand. Dann wandte sie sich um, blickte hinauf zum Mond, dem Gestirn der jungfräulichen Göttin Diana, die jede ihrer Gefährtinnen mit dem Tod bestrafte, wenn sie das eherne Gesetz brachen und sich auf einen Mann einließen. Dianas Moral war so rigide wie die des Vatikan, der im Namen der Muttergottes den Frauen bis heute untersagte, zu verhüten, um handgreifliche Beweise für verbotene Leidenschaft zu bekommen.

Salvatore wusste, was die Frau im weißen Mantel sang, auch wenn es außer ihm niemand hörte, er kannte jedes Wort, das von Andacht und ahnungsvoller Angst durchdrungen in den Nachthimmel hinaufstieg.

Casta Diva, chi inargenti
Questi sacre antiche piante,
A noi volgi il bel sembiante,
Senza nube e senza vel!

Tempra, o Diva,
Tempra tu de' cori ardenti,
Tempra ancora lo zelo audace.
Spargi in terra quella pace
Che regnar tu fai nel ciel.

Wenn die Callas so die keusche Göttin beschwor, dann schmerzte es Salvatore, dass er sie nicht davor hatte bewahren können, von ihrem Geliebten mit einer anderen betrogen zu werden, ob der nun Pollione oder Onassis hieß. Er hasste den Verräter, er verachtete ihn, der dieser Frau niemals würdig gewesen war, die für ihn alles gewagt hatte. Und dann, als sie ihren Glanz verloren hatte, da hatte er sie weggeworfen, einer Larve zuliebe.

Keusche Göttin, die du diese
Heiligen alten Bäume versilberst,
Wende uns dein schönes Gesicht zu,
Unumwölkt und unverschleiert.

Mäßige die brennenden Herzen.
Mäßige auch den verwegenen Eifer,
Verbreite auf der Erde den Frieden,
Den du im Himmel regieren lässt.

Nach einem Mann, der seine späte Brunst zügeln konnte, und nach Frieden sehnte sie sich. Doch da war nichts mehr zu wollen. Das war ihr selbst sicher längst bewusst. Nicht mehr lange, dann würde sie ganz andere Töne anschlagen. Auch die vernahm Salvatore bereits.

Te sull'onde e te sui venti
Seguiranno mie furie ardenti!
Mia vendetta e notte e giorno
Ruggirà intorno a te!

Bald schon würde sie so die Furien aufhetzen, den Abtrünnigen auf dem Wasser und in der Luft zu verfolgen. Bei diesen Worten flackerte die Stimme der Callas flammengleich, brandgefährlich und doch in Gefahr, zu erlöschen.

Marquis Posa zerrte an seiner Leine. Es war vermutlich besser, nicht länger Zeuge zu sein, wie Norma diese keusche Göttin beschwor, deren Verbote sie missachtet hatte, weil die Liebe stärker war als die Angst vor den Folgen des Frevels. Wer mit Norma fühlte, würde am Ende miterleben müssen, wie sie die Götter anrief, ihr bei ihrer Rache zu helfen, und dann, anstatt sie zu üben, sich selbst aufopferte, um mit dem Tod ihre Verfehlungen zu sühnen und sich von ihren Sünden zu reinigen. *Santa Maria Assunta*, der himmelfahrenden Muttergottes, war diese Kirche geweiht, in der die betrogene Braut, die unverheiratete Kindsmutter, gebetet hatte. Schaudernd wandte sich Salvatore ab und ging mit dem Marquis zurück in den *albergo*.

Am Morgen des folgenden Tages war er überzeugt, in der vergangenen Nacht keine Minute geschlafen zu haben. Die Visionen dessen, was nun geschehen würde, hatten ihn verfolgt. Er war gerufen worden. Musste er nicht eingreifen, bevor das Drama seinen Lauf nahm? Noch konnte er den Verlobten warnen und ihm erklären, dass auch er untergehen würde, zusammen mit Norma, wenn er nicht jetzt aus freiem Willen die junge Nymphe aufgab.

Die Falten auf der Stirn von Marquis Posa vertieften sich, als Salvatore ihn einweihte in seine Gedanken und Pläne. Waren die Zweifel des Marquis berechtigt? Leicht würde es nicht, diesem haarigen Verlobten zu schildern, was ihn erwartete, ließe er nicht ab von der jungen Nymphe. Statt sich an ihr oder an dem untreuen Geliebten zu rächen, würde die Mutter seiner Kinder ihrem strengen Vater gestehen, dass sie in wilder Ehe mit zwei unehelich geborenen Kindern lebte, und sich dann umbringen. So wie dieser Pollione aus der *autofficina* aussah, konnte es sein, dass er achselzuckend sagte: Na und? Anstatt, ergriffen von der Heldenhaftigkeit seiner Braut, mit ihr in den Tod zu gehen, würde er seine Nymphe heiraten und die Alte vergessen. Schließlich lebte er in der Stadt des Vespasiano Gonzaga.

Es war Marquis Posas Blick, der Salvatore Abstand nehmen ließ von seinen Plänen, das Drama aufzuhalten. Doch er ertrug es nicht, länger am Ort der unterlassenen Rettung zu verweilen. Es war besser, sich von Sabbioneta zu verabschieden, bevor ihn die Erinnyen einholten.

Beim Besuch in der *autofficina* trafen sie den Verlobten an. Frühestens morgen sei der Wagen fertig. Es seien unerwartet private Verpflichtungen dazwischengekommen, ein Besuch.

Am Nachmittag spazierte Salvatore mit schlechtem Gewissen ein letztes Mal durch die Straßen, als er in der via Galleria jäh innehalten musste. Vor dem Fenster eines Reisebüros standen ein Mann und eine Frau und betrachteten Fotos, auf denen sich Weiß, Palmengrün, Türkisblau und Azurblau trafen. Es waren der Verlobte und die Nymphe. Nun war alles klar: Pollione plante mit Adalgisa die Flucht. Maurizio Salvatore spürte ganz kurz eine Furcht in sich hochsteigen, doch es konnte nur die Furcht vor dem eigenen Mut sein. Er riss die Nymphe an sich und schrie dem Betrüger ins Gesicht, er solle von ihr ablassen und zurückkehren zu seiner *sposa*. Die Nymphe schrie ebenfalls, irgendetwas von *fratello*. Dann sah Salvatore am helllichten Tag Sterne.

Während er mit einem feuchten Tuch auf dem Kopf in seinem Hotelbett lag, neben sich den unruhig atmenden Marquis

Posa, holte der Mann der Pensionsbesitzerin den Wagen ab. Sie selbst hatte das arrangiert. »Ich kenne ihn, er ist ein herzensguter Kerl, aber seit dem Tod seiner Frau voriges Jahr hat er sehr dünne Nerven und rastet leicht aus. Obwohl meine Cousine ihm und seinen Kindern wirklich guttut.« Es sei besser, der Herr Dottore trete ihm nicht mehr unter die Augen, in beider Interesse.

Als sie am frühen Nachmittag das freie Land erreichten, erklärte Salvatore seinem Freund auf dem Rücksitz, die schlimmsten Fehler seien diejenigen, die man nicht gründlich begehe.

Marquis Posa stimmte zu.

Venedig

Februar, März 2009

Die Wirtin der Pizzeria bei San Giacomo hatte ihn gewarnt. Der Blick von den Fondamenta San Giacomo aus über den Giudecca-Kanal hinweg auf die Postkartenkulisse sei das Beste an Venedig. »Bleiben Sie auf der Giudecca. Fahren Sie nur hinüber in die Stadt, wenn Sie das Paradies gegen die Hölle eintauschen wollen. Dort drüben war schon vor fünfhundert Jahren eine Satansbrut zugange, und so ist es nach wie vor. Nur die Mischung hat sich geändert.«

Salvatore wusste, ohne Venedig zu kennen, dass sie recht hatte. Er wusste es von ihr, der venezianischen Straßensängerin Gioconda, die bei ihrer Premiere die Mailänder Scala im Sturm erobert hatte. Nur ihretwegen hatte er sich entschlossen, auf dieser Fischgräte im Süden der Serenissima zu wohnen. *La Gioconda*, die Tröstende, Herzerfreuende. Schon der Name tat ihm gut. Die Wunden, die sein Heldenmut ihm geschlagen hatte, waren noch nicht verheilt, und ein Backenzahn links unten wackelte. Er wollte in ihrer Nähe sein und die Ruine suchen, in der sie hier auf der Giudecca gehaust hatte.

Salvatore bezog ein Quartier in der *Ca' Paradiso*, wo kleine Haustiere erlaubt waren und für Marquis Posa sofort ein Hundekorb aufs Zimmer gestellt wurde. Sie konnten dort nicht wissen, dass ihm die Hälfte eines *letto matrimoniale* zur Verfügung stand.

Im *albergo* war es die Hausdame, die Salvatore davor warnte, die Giudecca zu verlassen. Zuerst entnahm er nur ihrer Miene und ihren Gesten, dass es Warnungen waren, die sie ihm zuraunte. Jeden Konsonanten weichte sie auf, die Enden der Worte zog sie lang, und ihre maulfaulen Vokabeln hatte Salvatore noch nie zuvor vernommen. Es schien sich um Venezianisch zu handeln. Sie sah ihm an, dass er nicht mitkam, und wechselte zu einer Sprache über, die sie wohl für Englisch hielt; dann versuchte sie es auf Deutsch. Sie sprach perfektes Fränkisch. Der Vater war Ende der Sechziger Gastarbeiter in Fürth gewesen. Jetzt, in der Endphase des *carnevale*, sagte sie, werde drüben in Venedig mehr Amerikanisch und Deutsch als Italienisch geredet. Die verkleideten Touristen seien wie Truthähne auf der Balz, die nähmen nur sich selbst wahr. Das gefundene Fressen für die Venezianer. Leicht abzuknallen und auszunehmen. Sie lachte und meinte, das mit dem Abknallen sei natürlich nicht wörtlich zu nehmen. Als Salvatore einwandte, sie seien hier, auf der Giudecca, doch auch Venezianer, erklärte sie nur: »Aber wir fühlen uns nicht so.«

Salvatore konnte nachempfinden, dass sie nichts zu tun haben mochte mit dem, was zum Venedig auf der anderen Seite gehörte. Als er angekommen war auf der piazzale Roma, wäre er am liebsten wieder umgekehrt. Fast zwei Stunden hatte er vor einer der Autogaragen in der Schlange gestanden, und Marquis Posas Kurzatmigkeit hatte ihn zunehmend Sorgen bereitet. Er hatte kein Wasser und schon gar kein Weltwunder gesehen, nur einen der hässlichsten Parkplätze, die ihm je unter die Augen gekommen waren. Doch ein Ritter darf sich nicht angesichts der Hindernisse, die Pragmatismus und Gewinnsucht errichten, geschlagen geben.

Drei Tage lang erkundete Salvatore mit dem Marquis die Giudecca. Die Prominenz der Bauten am Ufer gegenüber hätte bei klarer Sicht ihre Forderungen gestellt, Nebel rückte sie in den Hintergrund. Die Prominenz musste warten. Hier auf der Fischgräte forderte fast nichts. Nur ein paar Kirchen stellten Ansprüche, vor allem der Redentore, einem Erlöser gewidmet, dem der Name Salvatore für Maurizios Geschmack besser stand. Erlöser hörte sich passiv und verschwommen an. Retter, das vibrierte von Tatendrang. Erlöser verkauften Gutscheine fürs Seelenheil ohne Angabe, wo sie eingelöst werden konnten,

Retter traten auf und handelten. Es war also ein Salvatore, dem Palladio dieses Gotteshaus errichtet hatte, diesen weiten, lichten Raum hinter der theatralischen Fassade, in dem der Glaube Opern aufführen konnte.

Im Übrigen war die Giudecca von schläfrigem Zauber. Die gedämpften Geräusche von den Werften, das Hupen der vorbeiziehenden Dampfer und Tanker vom Kanal herüber, der Hall der eigenen Schritte in den Gassen überlagerten allmählich den Lärm, der seit dem Finale von Sabbioneta in Salvatore dröhnte. Abseits der großen Hotels war hier um diese Jahreszeit nichts los, und Salvatore mied diese Häuser. Die Stille machte ihn langsam, und die Langsamkeit machte ihn ruhig. Die Ruine der Gioconda fand er nicht, doch die Kirche der Sant'Eufemia leistete ihm Ersatz. Die halbrunden Fensteraugen in der nackten Fassade glotzten verheult; graue Spuren trielten unter den Simsen, Ruß, Ausdünstungen der Dampfer und Tanker und der Müllverbrennungsanlage, die sich, wie er erfahren hatte, auf der Giudecca befand, hatten das Weiß verschmutzt. Eine Ruine des Erdölzeitalters. Nach dem, was die Deckenfresken über die Märtyrerin Eufemia erzählten, schien sie ähnlich belastbar gewesen zu sein wie Gioconda. Sie starb nicht, als römische Schergen sie eine Woche lang an den Haaren aufgehängt hatten, sie starb auch nicht, nachdem sie sieben Tage zwischen Steinplatten gepresst worden war, und als sie in eine Grube mit wilden Tieren geworfen wurde, zeigten diese keinerlei Appetit. Der Scherge, der schließlich in die Grube sprang, um Eufemia zu erdolchen, hatte damit Erfolg, den er jedoch nicht feiern konnte, weil die wilden Tiere schlagartig Hunger bekamen.

Diese Frauen, die den Tod nicht fürchteten, beeindruckten Salvatore zunehmend. Sterbend triumphierten sie. Allen voran Gioconda. Als sie erfahren hatte, dass ihr geliebter Enzo schon lange eine andere namens Laura liebte, die in die Ehe mit dem ungeliebten Alvise Badoero gezwungen worden war, aber einstmals ihre Mutter vor der Hinrichtung bewahrt hatte, beschloss sie, Enzo samt Nebenbuhlerin zu retten. Ein Scheusal hatte Enzo und Laura verraten, um Enzo zu beseitigen und Gioconda zu gewinnen. Zum Zweck der Rettung versprach sie, sich dem Scheusal hinzugeben, erdolchte sich dann aber vor seinen Augen, um der Vergewaltigung zu entgehen.Was für eine Frau!

Bei der Uraufführung in der Scala war *La Gioconda* ein sensationeller Erfolg beschieden, und in Vorbereitung seiner Reise hatte Salvatore herausgefunden, dass Ponchiellis Oper auch heute in Italien ständig irgendwo auf dem Spielplan stand, außerhalb Italiens kaum. Warum das so war, hatte er nicht in Erfahrung bringen können. Die Hausdame, vor sechsunddreißig Jahren aus Fürth auf die Insel der Gioconda zurückgekehrt, musste es wissen. Sie wusste es nicht. Sie kannte die Geschichte nicht einmal, hörte sie sich aber willig an. Ja dann, strahlte sie, sei alles kein Wunder. Eine Frau wie Gioconda sei der Traum nahezu jedes Italieners.

»Hier hält sich ein Mann zum Zeichen seines Erfolgs, ob er ihn schon hat oder erst erwartet, eine Geliebte, die sich an seiner Seite zeigen darf. Niemals aber darf sie an Familienfeiern teilnehmen. Sie muss seine Gattin als Herrin akzeptieren und damit leben, dass deren Schmuck immer ein paar Karat schwerer ist.« Die Hoffnung auf Scheidung müsse sie sich aus dem Hirn schlagen. Üblicherweise rebelliere die Nebenfrau früher oder später und mache Scherereien. Sehr unangenehm für den jeweiligen Herrn. Vielleicht sei das Modell Gioconda deshalb so begehrt auf der Bühne, meinte die Hausdame. Venedig sei voll von ausrangierten Geliebten, die sich als Abfindung eine Wohnung hier ausbedungen hatten. Sie selbst sei übrigens unverheiratet.

Salvatore jedoch war überzeugt, dass er einen exklusiven Anspruch darauf hatte, sich Gioconda näher als jeder andere zu fühlen. Er erkannte in ihr die große Liebende. Wie Violetta, wie Desdemona, wie alle ihre Schwestern liebte sie bedingungslos. Besitz, Ansehen, Ehre, alles war ihr gleichgültig, wenn es um das ging, was ihr das liebende Herz befahl. Was ihn selbst mit

Gioconda verband, über die Jahrhunderte hinweg, war die Bereitschaft, groß zu denken und zu handeln, wenngleich sich ihm dazu noch nicht ausreichend Gelegenheit geboten hatte.

Über Venedig wusste Salvatore viel. *La Gioconda* war eine lehrreiche Gebrauchsanweisung für die Stadt. Darin ging es vor allem um Verrat, Verleumdung, anonyme Denunziation, Selbstmord auf Bestellung, wie ihn bereits Vespasiano Gonzaga geschätzt hatte, und Selbstmord als letzten Ausweg. Deswegen nahm Salvatore die Warnungen der Ansässigen ernst. Der Karneval hatte die Venezianer noch nie daran gehindert, grausam zu sein. Im ersten Akt kamen Alvise und Laura maskiert und verkleidet vorbei, als Giocondas blinde Mutter zum Scheiterhaufen geführt wurde. Laura flehte ihren Mann um Gnade an: Diese Frau sei fromm, sie halte einen Rosenkranz in Händen. Alvise zeigte sich gnädig, vielleicht wegen des *carnevale.*

1980 hatten die Venezianer ihren *carnevale*, der, von Napoleon verboten, fast zweihundert Jahre scheintot darniedergelegen hatte, wieder zum Leben erweckt. Damals habe alles noch ganz anders ausgesehen, meinte die Hausdame. Damals hätten die Kostüme, Masken und Bälle wenigstens überzeugt; ein Stammgast aus Bielefeld, der seither jedes Jahr anreise, könne ihm dazu bestimmt mehr erzählen. Aber das sei vorbei. Der *carnevale* sei ein Spektakel für Touristen und eine Schande für die Stadt. »Nur in einem ist der *carnevale* geblieben, was er war: die beste Gelegenheit, im Schutz der Maske zu lügen und zu betrügen.«

Dennoch bestieg Salvatore mit dem Marquis vier Tage nach seiner Ankunft den Vaporetto, der die beiden zur gegenüberliegenden Anlegestelle Le Zattere brachte. Er hatte Gründe für diese Zuwiderhandlung. In Venedig waren *opera* und *carnevale* siamesische Zwillinge. Die Opernsaison hatte mit der Karnevalsballsaison im Herbst begonnen. Nur mit einer neuen Oper konnte der Karneval eröffnet werden, nur mit einem brandneuen Auftragswerk konnten die Rialto-Millionäre und *nobili* von Venedig, wo die Oper erstmals für zahlendes Volk zugänglich war, Eindruck schinden, damals, zu Vivaldis Zeiten, als in fünfzehn, zwanzig Häusern gleichzeitig Opern aufgeführt wurden und jeder seine Claque zur Konkurrenz schickte, um dort die Sänger niederzubrüllen. Oper hieß Verwandlung, Karneval auch. Hier wie dort erlaubte die Maske den Menschen, ihr wahres Ich auszuleben. Ihr frivoles, grausames, liebessüchtiges oder lasterhaftes Ich. Auch ein Sänger, eine Sängerin, die das Böse verkörperten, mussten eine Beziehung zum Bösen haben und durften es singend freigeben. Nein, Salvatore konnte den *carnevale* nicht ablehnen.

Der Teatro la Fenice war sein Wallfahrtsziel, und kürzer als der Jakobsweg war der Weg dorthin zweifellos. Welch bemitleidenswerte Irre, die sich Blasen liefen an einer Strecke ohne jede Oper weit und breit und die Ankunft auf einem Rummelplatz voll Devotionalien für Erleuchtung hielten. Vor allem aber konnte er nur dort, wo Verrat, Verleumdung und Mord regierten, wirksam werden. Gute, friedliche Menschen brauchten keine Ritter.

Einen Stadtplan verschmähte Salvatore ebenso wie den Navigator, er fühlte sich der Landessprache so weit mächtig, dass er nach dem Weg fragen konnte. Jedes Mal lautete die Antwort *sempre diritto*, und das war nur für ein paar Schritte anwendbar. Salvatore haderte nicht damit, dass er sich verlief. Er genoss es, sich zu verlieren; dieses Gemisch aus Angst und Erregung war der Treibstoff des Opernliebenden. Gradlinigkeit empfand er als Gefängnis, das Labyrinth als einen Garten der Lüste. Als Salvatore und Marquis Posa endlich auf dem Campo San Fantin ankamen, hatten sie einen Kampf hinter sich, der ihnen zur Ehre gereichte. Sie hatten allen Versuchungen widerstanden, keine Maske erworben, keinen Kostümverleiher erhört, sich neben keiner der Gestalten mit Dreispitz oder Schultüte auf dem Kopf, mit goldener, silberner Larve oder weißer Vogelmaske vor dem Gesicht und leicht brennbaren Friseurumhängen um die Schultern fotografieren lassen. Sie hatten keinem Verkäufer in Hollywood-Rokoko Karten für exklusive Privatbälle in einem der Paläste abgenommen und keine Tickets für die Abschlussparade, den Kostümwettbewerb auf der piazza di San Marco erworben.

Angegriffen, aber stolz strandeten sie in der *biglietteria* von La Fenice.

Nein, *La Gioconda* stehe nicht auf dem Programm, erfuhren sie, aber *I Due Foscari* am Faschingssonntag.

Am folgenden Tag machte Salvatore sich und den Marquis Posa mit dem Theater vertraut. Dass es erst seit fünfeinhalb Jahren wieder in Betrieb war und beim letzten Brand vor dreizehn Jahren nichts außer den Außenmauern stehen geblieben war, konnte man ihm ansehen. Das erschreckend reine Weiß der Fassade war zwar schon von einigen Flecken gemildert worden, im Inneren aber war das Rot der Stoffe zu rot, das Gold der Rocaillen zu golden, das frische Türkisblau der Decken zu frisch, das Rosa der Putten und Blüten zu rosig. Eine perfekte Schönheit faltenlos, makellos, die alles verriet bis auf ihr Alter und die Adresse ihres Chirurgen.

Maurizio Salvatore ließ sie kalt. Es berührte ihn jedoch, wie die Führerin jedes Relikt eines Schnörkels, eines Medaillons, eines Gesimses als einen Helden feierte, der die Vernichtungsschlacht mit Brandwunden, Brüchen oder Verlusten von Gliedmaßen überlebt hatte. Nach dem Phönix hatten die Venezianer seit seiner Eröffnung 1792 dieses Haus benannt, weil die Idee zu ihm aus der Asche eines Vorgängerbaus aufgestiegen war. Den Namen rechtfertigte, was nach dem nächsten verheerenden Brand 1836 geschah. Wider jede rechnerische Vernunft war das Theater bereits ein Jahr später in Marmor- und Terrazzoglanz erneut erstrahlt. 1996 war die Fenice dann nach dem schlimmsten aller Brände endgültig totgesagt worden. Mit nassen Augen verriet die Führerin zuletzt, dass der golden gefasste Phönix wie durch ein Wunder die Feuersbrunst überstanden hatte. Als damals in den Schlagzeilen, auch in den deutschen, Italiens berühmtester Tenor geschluchzt hatte, mit diesem Theater sei ein Stück seines Daseins untergegangen, hatte Moritz Redder das lächerlich gefunden. Nun war er ergriffen. Es verwirrte ihn nur, dass der Phönix im Italienischen weiblich war.

In der Bar *Al Teatro* brütete er drei Bellini lang über dieser Frage. Je länger Salvatore über das weibliche Geschlecht dieses Vogels nachdachte, der nicht totzukriegen war, desto richtiger schien es ihm. Waren die Heldinnen der italienischen Oper nicht alle phönixgleich? Sogar die vermeintlich hilflos ausgelieferten Opfer wie Verdis Desdemona. Wo sie war, da war alles rein, wo sie nicht war, versanken die Männer im Dreck. Am Anfang, als Otello sie um einen Kuss bat, da gleißte die Musik in der Reinheit ihrer Liebe. Nachdem er sie erdrosselt hatte, kehrte diese Reinheit wieder und vollendete, was Otello nicht mehr zu sagen vermochte. Die Auferstehung der Desdemona. Von den Verschmutzungen der Intrigen reingewaschen, triumphierte sie nach ihrem Tode. *Una fenice.*

Opfer gab es hier genug, wenn der venezianische Geist in der Gegenwart hielt, was die Opern versprachen. Ein Ritter musste entschlossen sein. Verführerische Nixen durften ihn nicht seine Bestimmung vergessen lassen. Hier würde er zu seinen Pflichten gerufen. Gestärkt kehrte Salvatore mit dem Marquis auf die Giudecca zurück.

Die Hausdame versuchte weiterhin, ihn von seiner Aufgabe abzubringen; sie zeigte sich nach wie vor besorgt um den Deutschen und wurde nicht müde, ihm einen Besuch *drüben*, wie sie immer sagte, auszureden.

In der Bar hinter Sant'Eufemia schob sich eine kurvenreiche Strecke von Einmeterfünfzig zwischen Salvatores Hocker und den des Marquis an den Tresen. Als sie eine Hand auf Salvatores Schenkel legte, hörte Salvatore seinen Freund zum ersten Mal knurren. Er pflückte die Hand der Dame ab.

Was er denn noch vorhabe heute, etwa hinüberzufahren? Auch sie riet ihm dringend ab. »Typen wie du, ich meine solche blassen Rotblonden, sind ein gefundenes Fressen für die da drüben. Früher haben sie in ihren Palästen Leute wie dich ans offene Fenster gestellt, gegen die Mückenplage.«

Hatte er da etwas falsch verstanden? Sie lachte. »Den Stechmücken schmeckt dieses sommersprossige Milchfleisch offenbar besonders gut.« Salvatores Blick war noch immer ratlos. »Vorne trugen sie Livree, zum Fenster hin waren sie nackt«, lachte die Serpentine. »Hier auf der Giudecca wissen wir Frauen Männer wie dich zu schätzen.«

Der Blick von Marquis Posa war unmissverstehbar. »Zurzeit gibt es keine Stechmücken«, entgegnete Maurizio Salvatore, bezahlte ihre Grappa und verließ mit dem Marquis die Bar.

Nein, *den* Bar. *Der* Bar und passend dazu *der* Leber. Salvatore begann, die Weisheit der Artikel in dieser Sprache zu erkennen. Die *primavera,* nicht der Frühling, die *estate,* nicht der Sommer. Wenn es blühte und und reifte und Früchte trug, war das weiblich. *La casa,* die Haus, *la stufa,* die Ofen? Aber selbstverständlich. Eine Gebärmutter musste einfach weiblich sein, genauso wie ein Mutterkuchen. Der Pfannekuchen? Nein, *la frittata.* Widernatürlich, eine Öffnung wie den Mund dem männlichen Geschlecht zuzuordnen und ein Gebilde wie die Nase dem weiblichen, *la bocca, il naso.* Dafür konnte man zur Not hinnehmen, dass der *teatro* den Männern zugestanden wurde, die *opera* gehörte schließlich den Frauen. *La Fenice,* murmelte Salvatore vor sich hin. Ein weibliches Losungswort, das ihm den Zugang zum Innersten der Oper eröffnete.

Am Mittag des nächsten Tages wollte Salvatore drüben einkehren. Zwar war ihm nur hinter vorgehaltener Hand anvertraut worden, welche Stars aus dem Film- und Popmusikgeschäft hier auf der Giudecca ihre venezianischen Schreberhäuser und -gärten hinter hohen Mauern hegten, doch in den Lokalen, die unter Geheimtipp geführt wurden, plauderten die Preise es aus. Anfangs hatte Salvatore den *prosecco della casa* für eine erlesene Sorte gehalten, er kostete entsprechend viel. Dann aber hatte sein *Dizionario* ihm bestätigt, was sein Kopf am nächsten Morgen sagte. Hausmarke nannte sich, was dem Haus am meisten Gewinn einbrachte.

In der Nähe von Märkten seien die Lokale meistens authentisch, versicherte sein Reiseführer. Es wurde sieben Uhr abends, bis Salvatore sich an sein Ziel verirrt hatte. Die Händler auf dem *mercato* hinter der Rialtobrücke waren bereits dabei, abzuräumen. Es stank nach verdorbenem Fisch, zertretenes Gemüse bedeckte das Pflaster, doch die Leute waren hilfsbereit.

Der *bàcaro* beim *sottoportego* Carampane, zu dem sie ihm geraten hatten, war gesteckt voll. Es roch nach feuchten Kleidern, Zigaretten, Wein und Knoblauch. Nur in der Ecke im hinteren Teil des Lokals war neben den Gabinetti ein Tisch fast frei. Der Mann dort in blauem Hemd und rehfarbener Lederjacke hatte ein Kinn, das floh, aschblondes Haar, das nicht mehr lange bleiben wollte, eine Brille, die von der Kasse bezahlt worden war, den sparsamen Ausdruck des korrekten Untergebenen und sah auch sonst aus wie ein Deutscher. Trotzdem fragte Salvatore ihn, ob er und Marquis Posa sich dazusetzen dürften. Der Deutsche antwortete in erstaunlich flüssigem Italienisch. Die Bedienung sagte auf, was es gab. Salvatore verstand nur, dass er Venezianisch nicht verstand. *Chiceti al bacalà montecato, sarde in saor* und *folpeti* seien empfehlenswert, übersetzte der Deutsche ins Italienische.

Salvatore bestellte alles, wollte aber nicht als Deutscher unter Einheimischen auffallen und kramte aus seinem Sprachkurs den Satz heraus: »*Lei mangia qui sovente?*«

Der andere Deutsche lächelte. Ja, notgedrungen sei er oft hier. Er habe in der Nähe beruflich ständig zu tun. Dieses Lokal sei eine der wenigen Rettungsstationen, Venedig verkomme zur Fastfood-Kantine. Hier schmeckten die Fischgerichte wie in seiner Kindheit daheim in Chioggia.

Nachdem der Marquis sich zögerlich mit dem Stockfischbrei angefreundet hatte und von seiner Portion marinierter Sardinen nur die Rosinen ausgespuckt hatte, berichtete Salvatore dem Mann aus Chioggia, er werde am Sonntag *I due Foscari* in der Fenice erleben. Besser hätte er das nicht erzählt. Der Name Foscari verjagte die Sparsamkeit aus dem Gesicht des korrekten Untergebenen. Die Lippen schürzten und verzogen sich, die Nase nässte, die Haut glühte, die Hände flogen über die Tischplatte und brachten die Flasche und die Gläser voll Garganega in Gefahr.

Als Maurizio Salvatore dreieinhalb Stunden später mit Marquis Posa wieder die Fondamenta di San Giacomo betrat, war ihm schwindlig. Unter seinen Füßen war alles eingebrochen, was er für stabile Fundamente gehalten, worauf er den Tempel seiner Italienliebe errichtet hatte. Die unschuldigen Opfer waren nicht unschuldig, also auch nicht beschützenswert. Der Brand, den dieser Tischgenosse in seinem Hirn entzündet hatte, war nicht mehr zu löschen. Die Foscari? Bei Verdi an den Tatsachen vorbei zu Helden und Märtyrern verklärt. Francesco Foscari, der milde greise Vater, sei einer der militantesten Dogen gewesen, derer sich die Republik rühmen konnte. Sein Vorgänger, Tommaso Mocenigo hatte vor diesem Kriegstreiber gewarnt, vergebens. In den vierunddreißig Jahren, die dieser Foscari im Amt war, habe sich Venedig so gut wie dauernd im Krieg befunden; mehr Niederlagen als Siege übrigens. Jedes Mitleid mit dem alten Mann, der drei seiner vier Söhne auf dem Schlachtfeld verlor, sei verfehlt, er hatte diese Abschlachterei zum Wohle der *Serenissima Repúbblica* selbst angeregt. Und was den vierten, diesen bei Verdi zum Justizirrtum geschönten Jacopo Foscari angehe, der sei mit gutem Grund aus Venedig verbannt worden wegen Korruption, Mord und Verrat. Nur seinetwegen habe der Zehnerrat den Vater aus seinem Amt als Doge entlassen. Das Opernpublikum sei vermutlich zu Tränen gerührt, wenn der Vater kurz nach seinem grässlich gefolterten Sohn sterbe, aber nur, weil es nicht Bescheid wisse. In Wirklichkeit sei Jacopo, kriminell, uneinsichtig und verschwenderisch, im Exil auf Kreta eines natürlichen Todes gestorben, umsorgt von ausreichend Personal und seiner Frau Lucrezia. Der alte Foscari sei bei seinem Tod damals Mitte achtzig gewesen, fürs 15. Jahrhundert ein unfasslich hohes Alter. Hier in Venedig, wo bereits die Kinder an Lungenerkrankungen litten, seien Bosheit, Machtgier und Geiz offenbar die besten Konservierungsmittel.

Anfangs hatte Salvatore den Tischgefährten für einen Historiker gehalten, der sich vor allem mit der Renaissance befasste. Er kannte sich aber auch in der Gegenwart aus. Die Foscari seien ihrem Stil treu geblieben, sagte er. Piero Foscari, Jahrgang 1923, habe sich des Vorfahren Francesco würdig erwiesen; er sei als Mitglied der faschistischen Partei Mussolinis in den Senat gezogen und habe als Kapitän der Marine eine Strafexpedition nach Ostafrika geleitet, deren Gräuel einen Rekord der italienischen Kolonialgeschichte darstellten. Sein Sohn Marco, ganz dem Vorbild Jacopo Foscaris nacheifernd, habe in den Bombenjahren Italiens, in den Siebzigern und Achtzigern, eine zündende Rolle gespielt und für den rechtsradikalen Anschlag auf die *Università Cattolica* in Mailand höchstpersönlich die Bombe von Mestre zum Ort des Einsatzes transportiert. In den Palästen der Foscari hier in Venedig und ihren Villen im Veneto hätten noch in den Nachkriegsjahren Gipfeltreffen von Rechtsextremen stattgefunden; schlagende Verbindungen hatten dort die Nächte durchgezecht. In Venedig sei eben nicht nur die Oper erfunden worden, sondern auch das Spielcasino und damit die Halbwelt.

Ganz am Schluss erst, nach der zweiten Flasche, es konnte auch eine dritte gewesen sein, als sie bereits unter der engen Tür des *bàcaro* standen, hatte Salvatore seinen Zechkumpan befragt, wer er sei. »Sagen Sie Effeci zu mir«, hatte der geantwortet und war im Nebel der Nacht verschwunden.

Die Fenice war bis auf den letzten Platz besetzt. Jeder Platz war zu hören. Es raschelte und tuschelte und zischte. Salvatore saß im Parkett und wandte sich um. Keine Ränge, nur Logen. War das daran schuld, dass keine Stille einkehrte? Trieb hier jede Logengemeinschaft ihr Spiel neben dem Spiel? Er versuchte, mit scharfem Zischen Stille zu erzwingen, da lachte der Mann zu seiner Rechten. »*Ah, un tedesco!*« Seine Frau lachte mit. Dann raschelten und tuschelten auch sie.

Als Jacopo Foscari im ersten Akt den Hass auf seine venezianischen Feinde besang, der in ihm loderte, blieb Salvatore kühl. Doch schon im zweiten Akt fasste Lucrezia Foscari an seine Seele, als sie ihren Mann beschwor: *No, non morrai.* Nein, du sollst nicht sterben.

Die Sängerin der Lucrezia bewegte ihre Arme mit einer Anmut, der Salvatore erliegen musste, und dann lag er da im Samt ihrer Stimme. Der Mann aus Chioggia hatte behauptet, den Annalen zufolge habe sich Jacopo außer mit kriminellen Machenschaften nur durch sein selbst für hiesige Verhältnisse maßloses Hochzeitsfest unvergesslich gemacht. Angeblich mit Stierkampf im Hof des Palazzo Ducale, an dessen Ende drei Stiere vom Schlachter enthauptet wurden, mit Bärenjagd auf dem Campo Sant'Angelo, Regatta und einem Festbankett, bei dem mehr Delikatessen, teuerste Weine, Gold und Silber aufgetischt worden waren als bei den Feierlichkeiten zur Krönung des Dogen. Für eine Frau wie diese würde er etwas Ähnliches inszenieren, gestand Salvatore sich ein, statt Stierkampf und Bärenjagd ein Feuerwerk und eine Oper.

Sein Programmheft verriet ihm ihren Namen: Stella Luna. Als sie am Ende des dritten Aktes verkündete, ihr unschuldiger Mann lebe nicht mehr – *Più non vive, l'innocente* –, und ihre Stimme mit dieser Nachricht erstarb, da weinte Salvatore, von der Unschuld des Jacopo Foscari ebenso überzeugt wie sie. Als der Vorhang fiel und Stella Luna wieder und wieder hervorgeschrien wurde, ging Salvatore erst auf, was er übersehen hatte. Diese junge Witwe brauchte seinen Beistand, ihr Name wies eindeutig darauf hin. Stella Luna – wie weise auch hier wieder das Italienische, das die Weiblichkeit der Mondgöttin und der Venus bewahrte. Wie dumm dagegen das Deutsche, weiblich war dort ausgerechnet die Sonne, deren stechende Kraft *il sole* würdigte. Diese Frau harrte seiner.

Er holte Marquis Posa an der Garderobe ab und weihte ihn ein. Zwischen den Augen des Marquis bildeten sich drei tiefe senkrechte Furchen, ein Grunzlaut entrang sich seiner Brust. Nur deshalb machte sich Salvatore nicht auf den Weg zur

Künstlerpforte, sondern zur Anlegestelle San Zaccaria, von wo der Vaporetto die beiden zurück auf die Insel Giocondas brachte.

Bis zur Wochenmitte verließen sie die Giudecca nicht. Am Donnerstag drängte es Salvatore, noch einmal den *Bàcaro* aufzusuchen, in dem er dem Mann aus Chioggia begegnet war. Wenn er so vieles wusste über die Täter in Venedig, dann waren ihm vermutlich auch Geschichten über Opfer zu entlocken. *I Due Foscari* hatten Salvatore erkennen lassen, dass ein Retter den Übeltätern dankbar zu sein hatte; vor wem hätten die Hilflosen, Ahnungslosen und Schutzlosen sonst bewahrt werden müssen?

Der Mann aus Chioggia, der sich Effeci nannte, saß wieder, diesmal im grauen Anzug, an demselben Tisch neben dem Eingang zu den Gabinetti. Er begrüßte Salvatore und den Marquis mit der Einladung zu einer Flasche Cartizze. Es gelte, ein Jubiläum zu feiern. Heute sei es auf den Tag genau zwei Jahre her, dass in Cancún, einem Badeort in Mexiko, eine beispiellos mühsame Arbeit beendet worden sei. Eine Arbeit, die ihn als Operngänger vermutlich interessiere. Elf Jahre nachdem die ersten Spuren im Teatro La Fenice gesichert worden waren, war der eine der beiden Brandstifter, der Elektroningenieur Enrico Carella, festgenommen und nach Italien ausgeliefert worden. Er sei zwar ebenso wie sein Cousin Massimiliano Marchetti schon im März 2001 schuldig gesprochen worden, doch bis zum Inkrafttreten der Strafe hatte er Gebrauch von dem freien Fuß gemacht, auf den man ihn gesetzt hatte.

Er habe gar nicht gewusst, brachte Salvatore heraus, dass in der Fenice ein Brand gelegt worden sei. Über die Verheerungen des Feuers hätten die deutschen Medien unisono geheult, doch über die Hintergründe und einen Prozess sei wohl nichts berichtet worden, jedenfalls nicht so, dass es aufgefallen wäre.

Effeci grinste. »Unser Condottiere leistet eben doch gute Öffentlichkeitsarbeit. Auch wenn es immer wieder passiert, dass Vaterlandsverräter Bücher über Familienbetriebe mit hohem Bleigehalt schreiben und solche Bücher dann von den Feinden Italiens ins Deutsche übersetzt werden.«

Er bestellte die empfohlene *granseola*, danach *figà a' la venessiana* und einen Tocai. Salvatore schloss sich an und berichtete, wie sehr ihn *I Due Foscari* eben doch überzeugt habe, vor allem von der Unschuld des Jacopo Foscari.

»Das haben die Italiener allen anderen Nationen voraus«, sagte Effeci. »Auch wenn sie keine Verdis sind, kriegen sie es hin, dass Verbrecher die Herzen erobern. Vor allem die der Frauen.« Dieses Talent, meinte er, hätte auch Enrico Carella retten können, aber in dieser Hinsicht habe er versagt. Außerdem sehe er nicht gut aus und habe bei seinem Vergehen wenig Witz bewiesen. »Die Tat muss etwas Opernhaftes besitzen, dann kommt sie gut an«, sagte Effeci. »Wenn einer mit Maske und Phantasie, aber ohne grobe Gewaltanwendung den Reichen ihre Klunker raubt und anwesenden Damen noch einen netten Abend wünscht, wird er bewundert.«

In diesem Fall sei es zwar um die Oper gegangen, aber das Ganze sei banal gewesen; so etwas imponiere keinem, den Frauen schon gar nicht. Am Anfang habe Carella durchaus Chancen gehabt, mithilfe der Frauen seinen Kopf aus der Schlinge zu ziehen. Zwei Nachtwächter hätten den Elektriker nicht etwa im Arbeitsanzug, sondern in seinen privaten Kleidern auf dem Dachboden angetroffen, wo er wenig später rasch brennbare Flüssigkeiten ausgegossen habe. Auf ihre Frage, was er dort treibe, habe er erwidert, er beobachte eine Frau beim Ausziehen. Für so etwas finde man hier sofort Verständnis. »Trotzdem«, sagte Effeci und beträufelte seine Seespinne mit Zitrone, »machen die Frauen bei allem mit.« Im festen Vertrauen auf ihre Zuverlässigkeit hatte Carella beide Frauen, mit denen er damals ein Verhältnis hatte, in die Sache hineingezogen: seine neue Flamme, die vierzigjährige Krankenschwester Alessandra, die auf dem Lido wohnte, und Elena, mit der er schon seit neun Jahren zugange war. Beide hatten ihm auch als Kreditgeber gedient. Kurz nachdem sie beide als Alibis ihre Schuldigkeit getan hatten, trennte er sich von Alessandra und von Elena und wechselte zu einer neuen Bank namens Renata. Vermutlich nicht ganz freiwillig, denn die beiden Frauen hatten durch die Zeugenaussagen voneinander erfahren. »So etwas ist dumm und dilettantisch«, sagte Effeci. Da fehle es Carella an den entscheidenden Qualitäten. »Einem wie *Faccia d'angelo,* venezianischer Bankräuber und Bandenchef erster Kategorie, haben sie wegen seines Engelsgesichts und seines Charmes immer geholfen.« Der sei jahrelang für seine Überfälle auf Banken oder die Safes vom *Hotel Des Bains* genauso bewundert worden wie sein Onkel Silvano Maistrello, Sohn einer Prostituierten, Ausbrecherkönig und Volksheld. Er wurde bei seinem achten Fluchtversuch mit gerade dreißig erschossen und damit zum Mythos.

»Es sind die Frauen«, sagte Effeci, »die den Gangstern hier die Stange halten. Die Ehefrauen, die Geliebten, die Freundinnen und die Mütter. Das macht die Typen glaubwürdig und verschafft ihnen Sympathien. So schlimm kann es dann ja gar nicht sein, was sie treiben.«

Salvatore dachte an Lucrezia Foscari. Effeci hatte recht. Sie hatte ihn dazu gebracht, an Jacopos Unschuld zu glauben. Oder war es Stella Luna gewesen?

Erst später überlegte Salvatore, ob es ein unbewusster Bestechungsversuch gewesen war, dass er Marquis Posa von der Leber den Löwenanteil gab, bevor er den Namen Stella Luna aussprach.

Nein, Effeci kannte sie nicht persönlich. Für Oper habe er keine Zeit. Aber Opernsängerinnen würden am liebsten ins Danieli ausgeführt, weil dort angeblich die Callas gefeiert hatte.

»Hat sie. Diese unselige Party der Elsa Maxwell«, murmelte Salvatore. »Dort, im Danieli, hat die alte Klatschhure angefangen, die Callas mit ihrem Landsmann, diesem Tankermacho, zu verkuppeln. Das hat letztlich dazu geführt, dass die Callas in der parfümierten Kloake der High Society versank.«

Effeci zeigte sich erstaunt, dass der Deutsche das wusste.

Salvatore zeigte sich erstaunt, dass der Italiener das nicht wusste.

Marquis Posa wendete seinen Kopf von einem zum anderen, vom anderen zum einen, wirkte jedoch überwach, fast misstrauisch, seit der Name Stella Luna gefallen war. Salvatore kehrte zum Eingangsthema zurück. Was denn das Motiv der Brandstifter gewesen sei?

Ein niedriges, erfuhr er. Ihre Firma wäre nicht in der vertraglich festgesetzten Frist bis zum 31. Januar fertig geworden, obwohl sie Schwarzarbeiter und Hilfsarbeiter angeheuert hatten. Dann hätte Carella 25 Millionen Lire, heute mehr als 12 000 Euro, Konventionalstrafe zahlen müssen, also völlig unentgeltlich gearbeitet. Außerdem hatte er umgerechnet 75 000 Euro Schulden, mit siebenundzwanzig eine reife Leistung. Aber das *fare una bella figura* sei eben eine kostspielige Angelegenheit. Umso teurer, je weniger die Natur zu dieser *bella figura* beigetragen habe. »Carella brauchte Geld für Frauen, Autos, Bars, Diskotheken, Haschisch und Ecstasy.«

Salvatore starrte Effeci an. Er konnte nicht glauben, was dieser Mann sagte. Für diese Summe zerstörte ein Mensch aus dem Land der Oper das schönste Opernhaus im Lande?

»Für ein Zehntel davon haben hier vor kurzem vier junge Freunde die Eltern von einem ermordet«, sagte Effeci. »Das kann Sie als Deutschen nicht überraschen, so etwas geschieht auch in Ihrem Land. Aber als Opernkenner darf Sie das schon gar nicht verwundern. In der Oper reicht ein Taschentuch in falschen Händen aus, um einen Mann die eigene Frau erwürgen zu lassen, oder, wie im Fall von Rossinis *Otello*, eine Locke.«

Salvatore sah ihn traurig an. »Aber heute geht es nur um Geld. Damals ging es wenigstens um Eifersucht, um Gefühle.«

Effeci lächelte milde.

Auf dem Heimweg in die *Ca' Paradiso* nahm Salvatore den Marquis auf den Arm. Salvatore brauchte die Wärme seines

Körpers. In ihm standen vier Eisblöcke, beschriftet: *Die Macht. Die Frauen. Das Geld. Der Tod.* Oper war die Entdeckung der Wahrheit. Doch dort gab es etwas, das diese Eiskristalle schmelzen ließ: Liebe. Die nicht käufliche, die unbezahlbare, die bedingungslose. Sie musste er in die Wirklichkeit retten.

Am Tag darauf kaufte er Rosen, eingedenk der Eifersucht weiße, und lieferte sie persönlich an der Künstlerpforte der Fenice ab, mit einer Einladung zum Abendessen im Danieli am nächsten Tag. Für die Vorstellung heute war Stella Luna erneut als Lucrezia angekündigt. Salvatore gab Marquis Posa an der Garderobe ab, nachdem er ihm im Bàcaro eine halbe Portion *fegato* besorgt hatte. Nach der Aufführung folgte der Marquis Salvatore ohne Widerstand zum Danieli.

Eine Viertelstunde nach ihnen traf Stella Luna ein.

Sie kreuzte durch das Restaurant, als wäre es die kalte Küche, musterte Salvatore und sprach ihn in einer ihm fremden Sprache an, es war wohl Russisch.

»*Non capisco niente*«, sagte er. »*Parla Italiano*?«

Nun antwortete sie auf Englisch. »Entschuldigung, ich dachte, Sie seien auch Russe oder zumindest aus einem Land, wo man Russisch lernen musste.«

Salvatore war es nicht entgangen, dass sein Italienisch, von den Libretti Bellinis, Rossinis und Verdis geprägt, nicht zeitgemäß war. Verstanden hatten es aber bisher fast alle. Dass sie ihn nicht für einen Italiener hielt, kränkte ihn etwas, dass sie ihn für einen aus dem ehemaligen Ostblock hielt, beleidigte ihn.

»Weil Sie zum Frack diese schwarzen Schnürschuhe tragen, so etwas passiert keinem Italiener«, kicherte Stella Luna und kippte das erste Glas Champagner.

Es beruhigte Salvatore, aber es verstörte ihn auch, dass sie sogar mit dem italienischen Kellner englisch redete.

Wie konnte eine Frau namens Stella Luna etwas anderes sein als eine Italienerin?

»Madonna, sind Sie naiv. Kein Mensch heißt Stella Luna, so ein Name ist immer erfunden.« Ihre Haut war wie ihre Stimme, samtig, makellos. »Ich heiße eigentlich Krassimira Kalaschnikowa Katsow. So heißt man hier einfach nicht.«

»Was stört Sie an Katsow?«, fragte Salvatore.

»Spricht sich Kazzo.«

Salvatore schwieg. Er sprach in Gedanken den Namen aus. Wenn man die beiden z stimmhaft sprach wie in *carezzare*, dann streichelten sie. Es war doch nichts gegen diesen Namen einzuwenden, von dem krassen Anfang und dem brisanten Mittelteil abgesehen. Das ließe sich wie bei der Callas abkürzen, die sich als eine Cecilia Sophia Anna Maria Kalogeropoulos auch schwer getan hätte. Mira Kazzo klang nach Weltkarriere.

»Offenbar sind Sie doch nicht so zu Hause im Italienischen«, lachte der russische Stern und blendete ihn mit seinen Zähnen. »Hier fühlt sich jeder Mann als Santa Cazzone.«

Wie sie dabei ihre Hände vor ihren Unterleib hielt, machte Salvatore klar, was *cazzo* hieß und Stella meinte. Während sie den Antipasto und die Spaghetti mit Hummer verzehrte, erzählte Stella Luna anzügliche Witze. Marquis Posa fand sie auch nicht komisch.

Salvatore erkannte nun, warum sie ihn brauchte. Sie verfügte zwar über die geeignete Stimme, um die großen Liebenden zu singen, doch nicht über die Empfindungen. Ihre Stimmorgane beherrschten alles, doch ihr Herz war ein Analphabet.

»Sie sind eine erfolgreiche Sängerin«, sagte er. »Aber Sie könnten eine unvergessliche werden.«

Der Satz saß. Stella Luna fuhr mit der Zunge über ihre Lippen, die wie die Stimme und die Haut und die Hände waren, samtig makellos.

»Mit wessen Hilfe?«, fragte sie.

Er schwieg, bevor er sehr leise sagte: »Mit meiner.«

Sie interessierte sich nun für ihn. Dass er Notar war, beeindruckte sie, dass er es nicht mehr sein wollte, bedauerte sie. Damit sei doch sehr gutes Geld zu verdienen.

Marquis Posa gab mit seiner Schnauze das Signal zum Aufbruch. Salvatore ignorierte es.

Bis zum Dessert wusste er, dass Stella Lunas Vater sich dem Nichtstun und dem Wodka mit gleicher Hingabe gewidmet hatte und ihre Mutter Traktoren repariert hatte; Stella Luna erfuhr, dass Salvatore eine Eigentumswohnung und einen Achtzylinder besaß.

Salvatore sah ihr an, wie sehr sie dürstete nach dem, was er ihr geben konnte. Ihr Denken in Zwecken und Zielen und Konten war entschuldbar und erklärbar. Doch erst wenn ihr Inneres getränkt würde von seiner Liebe, konnte wahres Künstlertum in ihr wachsen. Das eröffnete er ihr nicht, noch nicht.

Als er die Rechnung beglich, erklärte sie, Geld sei ihr eigentlich immer unwichtig gewesen.

Zwei Grappe aufs Haus später sagte Stella Luna zu, sich mit ihm in den folgenden Tagen nochmals zu treffen. Vielleicht, schlug sie vor, an einem intimeren Ort.

Die späte Stunde, die sie telefonisch für das Rendezvous durchgab, erregte ihn: 23 Uhr. Die Adresse verblüffte ihn. Mestre, das war doch diese Bannmeile der Trostlosigkeit am Festland drüben.

Als er die Hausdame um Rat bat, fragte sie, wie alt die junge Frau denn sei. Sehr jung?

»Ende zwanzig, vermute ich.«

»Dann hält sie es in Venedig am späten Abend kaum aus.« Das sei ein Altenheim, wo es nur zwei armselige Diskotheken gebe. Im Winter seien auch die Nachtclubs auf dem Lido geschlossen. »Die jungen Venezianer und alle, die noch arbeiten wollen und nicht nur Masken, Gondeln oder Schürzen mit aufgedrucktem nacktem Unterleib verkaufen, die leben in Mestre.«

Der Ort, an dem Salvatore und Marquis Posa landeten, wirkte von außen nicht intim. Sieben Geschosse Beton, Geschosshöhe Sozialwohnung, Balkone asozial.

Doch vor der Eingangstür war ein Baldachin in Dunkelblau

und Gold aufgebaut, und zu der Tür im Messingglanz führte ein roter Teppich.

Ob das Innere intim war, konnten die beiden schwer beurteilen, weil sie kaum etwas sahen, abgesehen von der Bühne, auf der eine Frau begann, sich umständlich von ihren wenigen Textilien zu befreien.

Nach zehn Minuten bereits erschien Stella Luna, trotz des Schummerlichtes leuchtender denn je. Sie küsste Salvatore auf die Wange, den Marquis auf die Stirn und erklärte, sie fühle sich hier wie daheim. Dort gehöre es zum guten Stil, nach dem Abendessen ein Striptease-Lokal aufzusuchen.

Salvatore beschloss, sein hohes Lied auf die Liebe erst zu singen, wenn die Nummer zu Ende und der begleitende Lärm verstummt war.

Nachdem die Flasche Roséchampagner zum Preis eines Geschäftsanzugs, wie er ihn früher getragen hatte, serviert war, setzte er an. Es sei eine Tragödie, dass dem Geschlechtsleben dasselbe Schicksal widerfahren sei wie der Wissenschaft. »Die Wissenschaft hatte zu Beginn der Neuzeit die Selbstbefreiung des Verstandes gefeiert, mit dem Ergebnis, dass sie den Menschen heute als Maschine betrachtet, ohne freien Willen, ein Roboter der eigenen Gehirnchemie.«

Im Halbdunkel sah er Stella Lunas Augen glühen. Durchglüht sprach er weiter. Die Befreiung der Sexualität von moralischen Bedenken sei das nächste große Versprechen der westlichen Welt gewesen. »Aber nun«, sagte er und genoss es, wie der Belag von seiner Stimme verschwand und sie baritonal zu schwingen anfing, »wird das Geschlechtsleben genauso betrieben wie die Forschung: sie würdigt den Menschen herab zu einem Automaten seiner Körpervorgänge. Liebe gilt heute vielen als ein Überbleibsel, das dem Fortschritt im Wege steht. Unökonomisch und anachronistisch.« Eine Primadonna wie sie aber, die von der Liebe singe, müsse wissen, wie sich die Liebe anfühle. Nur dann könne sie als Cenerentola bei Rossini im Duett mit Ramiro jedem vermitteln, was dieses Gefühl sei, das sie nicht benennen könne – leise sang Salvatore *Un soave non so che* –, nur dann flögen ihr die Herzen zu bei den Worten *Sprezzo quel don.* Ich verachte solche Geschenke. Nur dann sei sie imstande, als Desdemona im *Otello,* als Leonora im *Trovatore,* als Amelia im *Ballo in Maschera,* als Violetta in *La Traviata* oder als Norma den Opfertod so sterben, dass die Zuhörer nur noch ein Wunsch beseelte, mit ihr von dieser Welt zu scheiden. Nur dann sei sie imstande, das Publikum zu ergreifen wie dereinst die Callas.

Stella Lunas Blick schien gebannt auf ihn gerichtet. Oder doch nicht?

Bevor er weiterreden konnte, wurde es heller im Raum, nicht sehr, aber hell genug, um zu erkennen, wo Stella Luna hinschaute – nicht in sein Gesicht, sondern über seine rechte Schulter hinweg. Er drehte sich um. Wer war dort?

Ein Spiegel.

Vielleicht war es, dass er daraufhin verstummte, vielleicht auch, dass er zögerte, eine dritte Flasche Champagner zu bestellen. Stella Luna sah auf ihre Uhr, schlug mit der Hand auf den Mund und sagte, sie müsse dringend los. Über dem Gespräch habe sie beinahe eine berufliche Verabredung vergessen.

Sie erhob sich und ging zum Ausgang. Salvatore warf Geld auf den Tisch, nahm Marquis Posa an die Leine und folgte ihr, wegen des Beruflichen um halb ein Uhr früh; so sehr war er doch Jurist geblieben. Dort, wo der rote Teppich begann, blieben sie stehen. Sie sahen, wie Stella Luna dort, wo der rote Teppich endete, auf der Beifahrerseite in einen Maserati einstieg. Sie lachte, dass die kalte Nacht heiß wurde und der Nebel zerriss.

In den folgenden beiden Tagen hörten Salvatore und der Marquis in der Stille des Hotelzimmers die Aufnahmen mit Stella Luna, die er im Foyer der Fenice erworben hatte. Erst jetzt erkannte Salvatore, wie verblendet er gewesen war. Wie hatte er jemals glauben können, diese Frau sei fähig, eine neue

Callas zu werden? Der Samt ihrer Stimme bestand aus Polyester, Karnevalssamt. So etwas alterte schlecht, würdelos, wurde nicht einmal brüchig oder morbide, es wurde nur schäbig.

Salvatore fühlte sich nicht als Verlierer, im Gegenteil. Er hatte, übersah man den Kontostand, in Venedig gewonnen. Marquis Posa und Maurizio Salvatore waren entschlossen, Sodom und Gomorrha hinter sich zu lassen und sich nicht umzudrehen. Es würde innerhalb weniger Monate untergehen, wenn der erste der zahllosen Tanker, den die Geldgier der Serenissima in den Canale della Giudecca eingelassen hatte, die Lagune mit Öl verpestete. Stella Luna? Sie passte nach Venedig.

Am 11. März 2009, auf den Tag genau 158 Jahre nach der Uraufführung des *Rigoletto* im Teatro La Fenice, verließen Salvatore und Marquis Posa die Stadt der Ernüchterung und nahmen Kurs auf Mantua.

Auf dem Weg nach Mantua

Frühling 2009

In der Mitte des Theaters die Bühne. Auf der Bühne eine Leiche, um sie herum Männer, nur Männer. Im Publikum auf allen sechs Rängen ebenfalls nur Männer. Kerzen und Fackeln beleuchteten die Szene. Die Stille bebte, alle wussten, dass sie Zeugen einer kriminellen Handlung waren. Zu hören war nichts außer den Schritten der Zuschauer, die unablässig in ihrem Rang umherwanderten, um von allen Richtungen das Geschehen verfolgen zu können, hallende Schritte auf hölzernen Planken. Ganz genau wollten sie sehen, wie der Schädel aufgesägt, das Herz herausgeschnitten, die Lunge tranchiert wurde.

Nicht nur die Akteure und die Zuschauer waren männlich, es waren auch Männer, die Aufführungen dieser Art verboten hatten, vorgeblich im Auftrag eines Mannes, den sie Vater nannten. Die Leiche war bei manchen Vorstellungen weiblich. Da ging es nicht ums Geschlecht, die Herkunft musste gesichert sein. Zugelassen waren nur Hinrichtungsopfer ohne Familie, von Männern verurteilt, geköpft, gehängt oder zu Tode gefoltert und bei Nacht in den Keller des Theaters verfrachtet. Eine Bühnenvorrichtung konnte die Leiche in Sekundenschnelle wieder dort verschwinden lassen. Das entspannte die Zuschauer nicht.

Es roch nach Bohnerwachs und Mottenpulver und ein wenig süßlich nach Verwesung. Oder bildete Salvatore sich das nur ein? Er sah es und erlebte, was vor mehr als vierhundert Jahren in diesem Theater über die Bühne gegangen war. Andere hätten es einen Irrtum genannt, dass er hier gelandet war, Salvatore nicht. Im *Caffè Pedrocchi* hatten Reisende mit Einheitsfrisur, beige meliert, nicht nur über die miserable Qualität des italienischen Brotes und des italienischen Hotelfrühstücks geschimpft, sondern auch von einem Theater geredet, das sie soeben besucht hatten. Salvatore wollte sich nicht als Landsmann zu erkennen geben und erfragte vom Kellner, worum es sich dabei handle. Um den *teatro* im *Bo*, sagte er. *Bo* werde die Universität hier genannt.

Ein Theater war das zweifellos, eine elliptische Holzkonstruktion, eingebaut in einen fensterlosen Raum. Errichtet worden war dieser Teatro Anatomico, erklärte der Führer, gegen Ende des 16. Jahrhunderts, zur selben Zeit, als in Florenz ein Club von Humanisten darüber nachdachte, das antike Drama durch moderne Musik zu neuem Leben zu erwecken, und dabei die erste Oper ausheckte. Ein Zufall?

Salvatore hatte aufgehört, an Zufälle zu glauben. Zufall war nur ein Deckname für Vorsehung, für Rätsel, die Menschen nicht zu lösen vermochten, für Zusammenhänge, die sie nicht sahen. Der Beweis dafür stand täglich in Gestalt Marquis Posas vor seinen Augen. *La forza del destino*: Mit dem Titel von Verdis Oper ließ sich für Salvatore das gesamte Dasein überschreiben. Die Macht des Schicksals hatte ihn in den Teatro Anatomico geführt und ihm dort offenbart, was die Gegenwelt der Oper war – eine Welt ohne Frauen, in der Erkenntnis nur möglich schien durch den sezierenden Verstand.

Der *teatro*, die *opera*.

Irgendwoher wusste er, dass derselbe römische Männerbund, der den Männern damals das Obduzieren untersagte, den Frauen das öffentliche Singen verboten und lieber Sängerknaben die Hoden abgeschnitten hatte. Nur, was hatte den Männerbund an der weiblichen Stimme gestört? Vor allem wie, wann und wo war die Bühne doch von Sängerinnen erobert worden?

Moritz Redder hätte ihn ausgelacht und ihm vorgerechnet, was er an neuen PC-Treibern für dieses Geld hätte kaufen können. Das hinderte Maurizio Salvatore nicht daran, bei einer Buchhandlung in der Nähe des *Bo* eine fünfhundertseitige *History of the Opera in Italy* zu erwerben, um die Frauenfrage zu klären.

Auf Seite 20 wusste er bereits, dass die Männerbündler in Rom zwar verbrecherisch, aber musikalisch gewesen waren: Frauenstimmen, hatten sie gewarnt, seien verführerisch. Recht hatten sie. So gesehen waren ihre Konsequenzen verständlich, befand Salvatore. Verführung war in ihren Augen Sache des Teufels, und dass die Verführten mit abgestraft wurden, war allen aus dem ersten Standardwerk zu diesem Thema geläufig. Ihm gefiel, dass der Männerbund Sängerinnen als die Töchter der Sirenen, der Hetären, der Kurtisanen sah, die singend Schleusen öffneten.

Doch es drängte ihn, gleich am Montag einen Ausflug nach Vicenza zu unternehmen und den Teatro Olimpico des Andrea Palladio zu besichtigen, wo Sängerinnen schon vor vierhundert Jahren verführen durften. Dieser erste freistehende Theaterbau der Neuzeit überwältige mit seinen scheinperspektivischen Effekten, versprach sein Reiseführer, auch wenn das Äußere wenig beeindruckend sei. Es blieb leider beim Äußeren: *lunedì chiuso* stand am Tor.

Salvatore beschloss, sich auf die Rückfahrt zu freuen. Nirgendwo, hatte sein Reiseführer im Vorwort behauptet, sei der Weg von einem Ziel zum nächsten so lehrreich für den Fremden wie in Italien. Er hatte nicht zuviel versprochen. Hier durfte ein Mann auf seinem Feldzug zu den Hochburgen der großen Vergangenheit noch zeigen, was in ihm steckte. Was konnte ihm, einem Ritter der Moderne, Besseres widerfahren? Die Oper lebte von Prüfungen; selbst an ihnen zu zerschellen war süß und ehrenvoll. Der Gefolgschaftstreue von Marquis Posa konnte Salvatore sicher sein, wenn er sie nicht durch zu lange Fahrten oder jähe Bremsmanöver strapazierte. Er fuhr in gemäßigtem Tempo, immer bereit, sacht zu verlangsamen, wenn eine Ampel auf Rot schaltete oder ein Hinweisschild auftauchte. Damit verriet er sich als Fremder, der sich den Gebräuchen des Landes widersetzte. Das Kriegsgeheul der Hupen und die Kampfschreie *Vada, vada!* sorgten bei ihm für Herzrasen und Schweißausbrüche. Er wusste nicht mehr, wo rechts und links war, nur noch, dass Entscheidungen ein Fluch waren. Doch er ließ sich nicht vom rechten Weg abbringen, folgte den Weisungen der Straßenschilder und landete genau dort, wo er nicht hinwollte.

Als Salvatore am frühen Abend dieses Tages vor Padua verlangsamte, um ein Schild zu lesen, auf dem *banchina non transitabile* stand, und überlegte, was das hieß, wurde er genötigt, so weit nach rechts auszuweichen, dass er es erfuhr. Sein *cavallo andante* hing fest in einem schmalen Graben, aus dem er sich mit eigener Pferdestärke nicht befreien konnte. Als Salvatore und Marquis Posa ausstiegen, um die Lage zu sondieren und einen Vorbeifahrenden anzuhalten, schallte ihnen aus bereitwillig geöffneten Fenstern heraus *cretini* entgegen. Was immer das genau hieß, es war ein Plural. Sie nahmen Marquis Posa ernst.

Es war bereits dunkel, als die Touristenattraktionen von Padua in der Ferne gelb aufleuchteten, so als habe man sie in gelbe Folie verpackt, die vor dem Ausbleichen im Schaufenster schützen sollte. Wie immer war Salvatore entschlossen, sich nicht von der Aufforderung, einer *tangenziale* zu folgen, demütigen zu lassen, sondern sich auf eigene Faust direkt den Weg ins Innere zu bahnen. Auf einer Straße, an der sich Gebrauchtwagenhändler, improvisierte Müllhalden, Tankstellen, Wohnkasernen und Getränkediscounter aneinanderreihten, begann der *cavallo andante* zu röcheln, zuckte unter den Hustenanfällen, dass Marquis Posa wimmerte, und blieb schließlich stehen. In derselben Sekunde zeigte der Kilometerzähler 100 000 an.

Weil Salvatore es aufgegeben hatte, an Zufälle zu glauben, und ihn diese großen Zyklen von Leben und Sterben in der Oper zunehmend gelassener gemacht hatten, nahm er es als *forza del destino* hin, dass der *cavallo andante,* mitgenommen von den letzten Erlebnissen, verschieden war.

Er überredete Marquis Posa, mit ihm zur nächsten Tankstelle zu spazieren, um dort jemanden zu finden, der den *cavallo* abschleppte und den Kadaver kaufte. Der Inhaber strahlte Salvatore an. *Non mi importa un cazzo,* sagte er.

Trotz der Kenntnis des Wortes *cazzo*, ein Vermächtnis von Stella Luna, verstand Salvatore ihn nicht. Der Mann senkte die Stirn, ballte die rechte Hand zur Faust und schlug mit der linken Hand in die Ellenbeuge. Nun zerrte Marquis Posa kläffend an der Leine. Salvatore gab nach. Die Ausschlachtung des *cavallo* ließ sich auch anders organisieren.

Als sie zu ihm zurückkehrten, lehnte eine Frau in einem ferrariroten Webpelzmantel an den ramponierten Flanken und rauchte. Ihre Frisur war pompös, als wolle sie in die Oper gehen, was nicht recht zu dem sehr kurzen ferrariroten Mantel passte. Sie sah Salvatore erwartungsvoll entgegen. Offenbar wartete sie auf eine Mitfahrgelegenheit in die Stadt. Noch bevor sie den im Rot des Mantels bemalten Mund öffnen konnte, erklärte Salvatore ihr, der Wagen sei leider defekt und nicht mehr zu reparieren. Sie warf einen Blick auf die Marke, schüttelte den Kopf, trat die Kippe auf dem Asphalt aus, setzte sich nach einem Kontrollblick zum Fahrzeughalter ans Steuer und steckte den Zündschlüssel ein. Nichts passierte. Sie lachte. Eine knappe Viertelstunde später kehrten Salvatore und Marquis Posa, begleitet von der Frau im roten Mantel, die Mona Lisa hieß, gemeinsam erneut zum *cavallo* zurück, gossen den Inhalt eines Kanisters Benzin in den Tank und starteten Richtung Stadtmitte.

Mona Lisa stellte die Musik lauter und erklärte, sie sei dankbar, nicht zu Fuß gehen zu müssen. Die Höhe ihrer Absätze entsprach der Länge ihrer Unterschenkel. Sie rückte die Nähte ihrer Strümpfe zurecht und fragte, was das sei.

Verdi? Sie liebe Verdi. Was von Verdi?

»*La Traviata*«, sagte Salvatore.

»*La storia?*«, fragte sie und rasselte mit ihren Armbändern.

Er erzählte sie ihr. Da begann sie zu weinen und erklärte unter Schluchzern: »*...ma Lei parla bene Italiano.*« Der sehr kurze ferrarirote Mantel erweckte anscheinend einen falschen Eindruck. Diese Frau war feinsinnig. Das Mindeste, was Salvatore ihr schuldete, war eine Einladung zum Abendessen. Die Wahl des Restaurants überließ er ihr. Ohne zu zögern, nannte sie ein *ristorante* namens Opera am Corso Vittorio Emanuele II.

Es befand sich in einem Renaissancepalast. Die Visitenkarten im Eingangsbereich lagen auf einer Silberschale, die Silberschale stand auf einer Barockkommode, die Barockkommode auf einem Perserteppich. Als der Oberkellner Mona Lisas ansichtig wurde, die königlich in ihrem roten Mantel auf ihren roten High Heels den Marmorboden des Restaurants enterte, öffnete sich sein Mund, heraus kam nichts. Doch seine Manieren entsprachen seinem nachtblauen Anzug. Gefasst half er Mona Lisa aus dem Mantel. Darunter trug sie einen schwarzen Stretchmini und das, was von einer Bluse übrig blieb, wenn sie nichts Sehenswertes verstecken wollte. Der Tisch, den der Oberkellner seinen drei Gästen zuwies, befand sich in einer Nische und war den Blicken der anderen Restaurantbesucher weitgehend entzogen.

Mona Lisa prüfte zwischen zwei Fingerspitzen die Tischdecke und lobte sie. Ihre ferrariroten Nägel waren mit Strass verziert. Dann wog sie Messer und Gabel in ihren Händen und schnalzte mit der Zunge. Wie bei der Rettung des *cavallo andante* erwies sie sich auch bei der Wahl der Speisen und Getränke als Frau von Entschlusskraft. Sie entschied sich für einen Weißwein mit dem Namen *Villa Verdi* und für ein Menü, das mit *scaloppina di fegato grasso* begann und über *Tagliatelle con tartufi bianchi* zu *astice con salsa di caviale* führte. Mit dieser Bestellung eroberte sie sich die Achtung des Oberkellners und mit der Hälfte der gebratenen Stopfleber die Sympathien von Marquis Posa. Sie lutschte die glasierten Birnen, auf denen die Leber serviert worden war, in einer Weise, dass Maurizio Salvatore zu seiner eigenen Beschämung nichts Besseres einfiel, als nachzurechnen, wann er zum letzten Mal mit einer Frau das Lager geteilt hatte. Er war erleichtert, als Mona Lisa ihn bat, ihr noch einmal die Geschichte von *La Traviata* zu erzählen. Dieses Mal weinte sie leiser über das Schicksal der Violetta Valéry, dafür aber länger; die Tagliatelle mussten inzwischen kalt geworden sein. Sie schlang sie hinunter, ohne eine Nudel oder einen Trüffelspan liegen zu lassen. Danach fing sie an zu husten. Der Husten galoppierte mit ihr dahin, schleifte sie mit, ließ sie nicht los, bis sie ihn mit einem Glas Wein löschte. Salvatore schien es, als sei sie unter dem Rouge blass und fahl. Mona Lisa stammte offenbar aus einfachen Verhältnissen; sie arbeite im Verkauf, sagte sie, körperlich sehr anstrengend. Ihre Mutter sei jung gestorben, die habe sich zu Tode gearbeitet. Doch es gab anscheinend musische Interessen in ihrem Elternhaus. Ihrem Vater, sagte sie, sei es sehr schlecht gegangen; er habe Jahre lang getrennt von der Familie in sehr beengten Verhältnissen gewohnt, aber als er angefangen habe zu singen, habe man ihm vieles erleichtert. Als der Hummer mit Kaviarsauce serviert wurde, riss der nächste Hustenanfall Mona Lisas Körper mit und beutelte ihn. Dieser Körper kam Salvatore auf einmal schmächtig vor, als seien die Halbkugeln in ihrem Ausschnitt nur Attrappe an einem Knochengestell. Als Mona Lisa endlich mit kundiger Hand den Hummerschwanz nahm und das Fleisch im Ganzen herauslöste und mit ihren gleichmäßigen weißen Zähnen hineinbiss, sah Maurizio Salvatore den Weg vor sich, den er zu beschreiten hatte. Die *forza del destino* hatte ihm dieses Geschöpf zugeführt, um an ihm gutzumachen, was die Männer an Violetta Valéry zerstört hatten. Er war dazu bestimmt, sie zu retten durch seine Liebe und diese gegen alle Widerstände zu verteidigen.

Die drei verließen das Restaurant eine halbe Stunde nach Mitternacht. In der Bar zwei Ecken weiter nahm Mona Lisa, um Salvatore bei seinem Espresso Gesellschaft zu leisten, noch zwei Grappe zu sechs Zigaretten, die Salvatore mit ihrem goldenen Feuerzeug entflammen durfte. Ihre Art, die Beine übereinanderzuschlagen, ließ die anwesenden Herren den Fernseher in der Ecke, in dem gerade ein Gutenachtporno lief, völlig vergessen. Mona Lisa hatte es zwar abgelehnt, sich von Maurizio nach Hause bringen zu lassen, war aber damit einverstanden, dass er sie bei einem nah an der Ausfallstraße gelegenen Taxistand absetzte.

Salvatore hielt an, Mona Lisa fasste in ihre Handtasche, dann in die Manteltasche rechts und die Manteltasche links. »*Porca Madonna*«, entfuhr es ihr, was Salvatore nicht übersetzen konnte, doch er verstand, dass sie etwas vermisste. Das Feuerzeug. Mona Lisa tastete den Fußraum vor ihren roten Schuhen ab, sagte »*Porco dio*«, beugte sich über Salvatore und begann den Fußraum auf seiner Seite zu durchsuchen. Es war ihm nicht unangenehm. Vorsichtig fasste er in ihr Haar, atmete ihr moschushaltiges Parfum ein, spürte ihre Brüste an seinen Oberschenkeln.

Da schlug ein Mann auf die Fensterscheibe an Maurizios Seite. Er trug eine dunkle Lederjacke.

»*Va, va!*«, schrie Mona Lisa. Maurizio fuhr an. Kein Zweifel, was dieser Kerl wollte.

Sie kamen nicht weit. Carabinieri überholten den *cavallo andante* und stellten sich vor ihm quer.

Maurizio Salvatore war erleichtert. Eine Razzia, bei der die Richtigen ins Netz gingen. Die Rechtshelfer würden ihm beistehen gegen Mona Lisas Bedroher. Doch als er bereitwillig die Wagentür öffnete und sich kurz zu seiner Begleiterin hinüberwandte, erblickt er nun auf deren Seite den Kerl in der schwarzen Lederjacke. In der Hand hielt er eine Plakette. Der Polizist auf seiner Seite redete von *in flagrante* und irgendeinem Gesetz, nach dem der *cliente* Mitschuld trage und genauso viel zu entrichten habe wie die Dame.

Salvatore bemerkte, dass es ihm an Worten fehlte, um aufzuklären, worum es hier ging, und entschloss sich, im Zeichen der Ritterlichkeit das Unrecht zu erdulden. Schlimm genug, dass diese Schergen, denen es an jeder Menschenkenntnis gebrach, eine hart arbeitende, atemwegskranke, hilfsbereite junge Frau, die es genossen hatte, einmal durch einen Herrn von Welt verwöhnt zu werden, wie eine Käufliche behandelten. Im Austausch gegen 500 Euro bekam er einen formvollendeten Strafzettel mit Quittung ausgehändigt.

Als er sich wieder zum *cavallo andante* umdrehte, sah er,

dass die Schergen Mona Lisa in die Flucht geschlagen hatten. Es saß dort nur noch Marquis Posa mit versteinertem Gesicht. Erst als ihm Salvatore im Hotelbett seinen Entschluss mitteilte, diese Stadt der Männer bereits in den Morgenstunden zu verlassen, lösten sich die Züge seines Begleiters.

Mantua versprach alles zu bieten, was Padua verweigert hatte. Nicht nur, weil es die Stadt des Rigoletto war, auch wegen Vincenzo Gonzaga. Zum ersten Mal war Salvatore ihm auf Seite 62 seiner Operngeschichte begegnet. Er war ihm sofort sympathisch gewesen. Der Verfasser ließ diesen Vincenzo, Herzog von Gonzaga in Mantua, zwar nur gelten, weil er den Sohn eines Cremoneser Wundarztes namens Monteverdi in seiner Hofkapelle angestellt hatte und weil in seiner Regierungszeit in Mantua zum Höhepunkt des Karnevals 1607 die *Favola in musica L'Orfeo* uraufgeführt worden war, seine erste Oper und die erste, die diesen Namen verdient. Das beeindruckte Salvatore wiederum wenig. Verdi, nicht Monteverdi bestimmte seine Wege. Ihm imponierte vielmehr, dass Vincenzo Gonzaga Unsummen für Festkonzerte und Opernaufführungen mit Sängerinnen ausgegeben hatte. Als der Vatikan die ersten Kastraten der päpstlichen Kapelle hätschelte, waren an seinem Hof *concerte delle donne* inszeniert worden. Sängerinnen, nur Sängerinnen waren dort aufgetreten. Für Sängerinnen hatte dieser Vincenzo Gonzaga alles getan, riskiert und gezahlt.

Das wiederum fand der Verfasser des Buches nicht lobenswert. Während sich Monteverdi, lamentierte er, nach achtzehn Jahren im Dienst des Herzogs mit leeren Versprechungen abfinden musste, sein Jahresgehalt werde auf 300 Scudi erhöht, hatte der Herzog der neapolitanischen Primadonna Adriana Basile vor Dienstantritt 2000 Scudi im Jahr geboten, zusätzlich 1000 Scudi an Sachbezügen. Nach einem Jahr hatte Gonzaga sie bereits mit dem Titel einer Baronin und einem eigenen Anwesen ausgestattet.

Das erklärte zwar, warum Monteverdi auf dem Porträt verbittert dreinschaute, doch Salvatores Mitleid hielt sich in Grenzen. Er fühlte mit dem Herzog, der sich mit Adriana über einen Verlust hinwegtrösten musste. Zuvor hatte er eine blutjunge Sopranistin namens Caterina Martinelli aus Rom nach Mantua gelockt, deren jäher, ungeklärter Tod mit nicht einmal vierzehn Gonzaga schwer getroffen hatte; er ließ ihr ein Denkmal in der Karmeliterkirche errichten, vor dem die Nonnen jeden Sonntag und jeden Feiertag Messen für die Verstorbene beten mussten.

Salvatore drängte es nach Mantua. Eine Stadt, in der man der weiblichen Stimme Adelsprädikate verliehen und Altäre errichtet hatte, war seine Stadt. Dem Porträt Vincenzos nach zu urteilen, hatte Vincenzo mit seinem rötlich blonden Haar, rötlich blonden Bartwuchs und blassen Milchfleisch auch äußerlich Ähnlichkeit mit ihm besessen. So machte er sich mit seinem Verbündeten auf den Weg, um die Stadt seines geistigen Ahnherrn zu erkunden.

In Rovigo legten sie für ein paar Tage einen letzten Zwischenhalt ein. Hier wollte sich Salvatore mit den Herausforderungen beschäftigen, die ihn in Mantua erwarteten. Er musste seine Gedanken ordnen, und das gelang ihm am besten, wenn er mit Marquis Posa gemeinsam zu Mittag aß. Bei seinem zweiten Besuch in der Tavernetta Dante wurde ihm sofort der Tisch am Weinregal gegeben, dessen Anblick Salvatore beruhigte.

Eine Rumpelkammer mit unbrauchbarem Zeug von gestern, mehr war Geschichte für Redder nicht gewesen. Salvatore aber hatte entdeckt, dass sie einen niemals zu erschöpfenden Vorrat an Opernstoffen bereithielt. Verdi hatte das schon vor ihm erkannt. Das Schöne an den historischen Vorlagen war, die Verbrecher darin sahen den Verbrechern der jeweiligen Gegenwart so ähnlich und auch die Verbrechen selbst wiesen so viele Parallelen auf, dass jenes Zeug aus der Rumpelkammer hoch aktuell wirkte. Als er das dem Marquis erklärte, ging dessen Atem auffallend rasch, obwohl die Tavernetta ebenerdig lag.

Salvatore wusste, dass die Helden in Verdis Oper nur aus widrigen Umständen in Mantua wohnten. Die Zensur hatte sie dorthin vertrieben. Eigentlich hätten sie in Frankreich leben, lieben und morden sollen. Verdis Librettist hatte die Oper dort angesiedelt, wo sie in der Vorlage, Victor Hugos Drama *Le roi s'amuse*, spielte, im Frankreich von *François I.*, auf Schloss Blois. Doch der österreichische Militärgouverneur in Venedig, Ort der geplanten Uraufführung, hatte revolutionäre Gesinnung hinter dieser Geschichte gewittert, auch wenn sie nun *La Maledizione*, Der Fluch, hieß. Ein Machthaber, der sich ohne Skrupel an den Ehefrauen, den Töchtern, den Geliebten seiner Untertanen und Freunde vergriff, war nicht geeignet, für die Monarchie zu werben. Die Verwünschungen würden sich danach auf die aristokratischen Besatzer richten. Das Stück, beschied der österreichische Zensor Verdi und seinem Librettisten, strotze von widerwärtiger Unmoral und obszöner Vulgarität. Seine Exzellenz verbiete eine Aufführung aufs Strengste. Erst als Verdi daraufhin seinen Vertrag für ungültig erklärt hatte und ein Skandal dräute, waren sie übereingekommen, dass er das Stück an einem anderen Ort ansiedeln und die aktenkundigen Protagonisten durch erdachte ersetzen müsse. Aus dem französischen König war ein Herzog von Mantua geworden, aus seinem verbürgten Narren Triboulet der erfundene Rigoletto, aus dem französischen Blois das oberitalienische Mantua des 16. Jahrhunderts.

Beim dritten Besuch in der Tavernetta brachte die Bedienung Salvatore mit dem Prosecco aufs Haus einen Stapel Zeitschriften, damit er etwas Unterhaltung habe. Marquis Posa grunzte unfreundlich. Salvatore zögerte, eines der Hefte aufzuschlagen. Da sprang ihm eine Schlagzeile ins Auge. *Condottiere feiert Geburtstag mit Minderjähriger*. Darunter war er im perfekt sitzenden Anzug zu sehen, das Lächeln der Muräne im Gesicht, den Arm um einen Rokokoengel gelegt, unschuldsvoll von den Honiglocken und kandierten Rosenwangen bis zu den Konditoreibeinchen, die aus blütenweißer Tortenspitze ragten.

Salvatore schlug das Heft auf, sah dort den Mann mit dem Muränenlächeln ohne Anzug in Badehose und napoleonischer

Pose, umringt von sehr jungen Frauen mit nackten Brüsten. Über dem Kopf des Badestrandnapoleons stand: *So creare, so commandare, so far mi amare.* Ich kann erschaffen, ich kann befehligen, ich kann die Menschen dazu bringen, mich zu lieben. Das Grunzen des Marquis wurde kräftiger, als Salvatore Anstalten machte, weiter in dem Heft zu blättern. Salvatore hatte auf einmal die Stimme des Herzogs von Mantua im Ohr, wie er im ersten Akt des *Rigoletto* sein *Questa o quella* sang. Diese oder jene, für mich sind sie alle gleich.

Die Platte mit *salumi e prosciutti misti* auf dem Tisch befriedete den Marquis. Salvatore beschloss, nichts mehr zu riskieren. Die Bedienung war erstaunt, dass ihr Gast den Condottiere nicht kannte. »Der ist hier laut Umfragen beliebter als Arnold Schwarzenegger und Jesus Christus. Darüber, dass er seine Frau betrügt, regt sich hier keiner auf.« Mit der Treue, erklärte sie, verhalte es sich in Italien wie mit den roten Ampeln; ein Mann mit Erfahrung könne damit umgehen. Er ignoriere zwar die meisten roten Ampeln, aber er wisse genau, welche er ausnahmsweise beachten müsse, und der Condottiere verfüge über ebenso viel Erfahrung wie Macht und Geld. Sie zuckte die Achseln und lächelte. »So ist das eben. Das weiß hier jede Fünfzehnjährige. Ich bin fünfzig.«

Der Duca di Mantova setzte seine Arie fort. *La costanza, tiranna del core, detestiamo qual morbo crudele,* hörte Salvatore ihn. Die Treue, Tyrannin des Herzens, verabscheuen wir wie eine grausame Krankheit.

Bei seinem letzten Besuch gähnte ihm die Tavernetta leer entgegen. Ein Fußballspiel. Der Gesichtsausdruck des diensthabenden Kellners war der von Christus am Kreuz. Salvatore lud ihn zu einem Glas Amarone ein.

Der Schmerzensmann kraulte Marquis Posa. Er habe auch einen Hund, einen Mischling. »Condottiere heißt er.« Etwas in Salvatores Miene verriet ihm, dass die Namensgebung erklärungsbedürftig war. »Er ist klein, aber er kennt keine Skrupel und bespringt jede.« Anscheinend wirkte Salvatore noch immer angespannt. Das finde er nicht schlimm, sagte der Kellner, im Gegenteil. »Natürlich hat der Condottiere Neider, die ihm über hundert Prozesse angehängt haben. Er muss ein Heer von Juristen beschäftigen, um die Vorwürfe niederzuschlagen, und er ist jedes Mal davongekommen. Wir alle verdanken dem Condottiere viel, sehr viel.«

Beim zweiten Glas erzählte er, sein Vater sei früher noch wie der Großvater und der Urgroßvater abends auf den Domplatz spaziert, in Anzug und Hut, um mit anderen Männern über Politik zu reden. Ihm selbst wäre es genauso ergangen, wenn nicht endlich das Fernsehen für Befreiung gesorgt hätte. Das Fernsehgerät in seiner Kindheit sei noch fast so groß wie der Kühlschrank gewesen und das Programm provinziell, rein italienisch. Ohne den Condottiere hätte sein Land niemals den Anschluss an die USA geschafft.

Zurück im Hotel versuchte Salvatore, die Verhedderungen seiner Gedankenstränge zu lösen, indem er sich in die Geschichten der Gonzaga vertiefte. Er bereute es. Als er gegen 23 Uhr das Buch auf den Nachttisch legte, war Vincenzos Heldenleben dem des Condottiere sehr ähnlich geworden. Die Sängerin Caterina Martinelli war dreizehn gewesen, als der Herzog sie aus Rom nach Mantua lockte. Seine Agenten hatten mit den Eltern des Mädchens hart verhandelt, das in der Heimat für seine körperlichen Reize berühmter war als für die stimmlichen. Der Vertrag hatte an einen Kaufvertrag erinnert, bei dem die Verkäufer garantieren mussten, das Objekt sei völlig unbeschädigt, vor allem an der strategisch wichtigen Stelle. Ein Potentat kauft keine Gebrauchtwaren, er will der Erstbenutzer sein. Über dieses Thema existierte ein umfangreicher Briefwechsel. Nach dem Tod der kleinen Martinelli, angeblich war sie vergiftet worden, hatte Vincenzo die Untersuchungen niedergeschlagen.

Mitten in der Nacht teilte Salvatore die Fragen, die in seinem Kopf randalierten, mit Marquis Posa. War dieser Vincenzo, Duca di Mantova, vielleicht das Rollenmodell für Verdis Duca di Mantova gewesen, und der wiederum das Rollenvorbild für diesen Condottiere?

Salvatore wusste, dass er nur in Mantua Klarheit gewinnen konnte.

Mantua

Frühling 2009

»Po«, sagte Salvatore. »Po.« Außer dem Marquis hörte ihm keiner zu. Den Mund aufmachen müsse er, weit und entspannt aufmachen, hatten sie ihm gesagt. Wer Po mit gespitzten Lippen ausspreche, entlarve sich sofort als Deutscher. Salvatore saß am Steuer, durchfuhr die Poebene und übte.

Ein halbes Jahr hatten sie in der Schule die Poebene durchgenommen. Doch außer dem Wort *Molassetrog* war Maurizio Salvatore alles entfallen. Das flache Land bot durchaus vertikale Reize. Silobunker auf weiten Äckern, Besamungsstationen, vor denen auf nacktem Gelände Tiertransporter parkten, Agrarmärkte, die von Stapeln plastikverpackter Ballen angekündigt wurden. An den Ortsdurchfahrten dämmerten Eigenheime unter ihren Satellitenschüsseln, die genauso aussahen wie die in der Stadt, an deren Namen sich Salvatore nicht erinnern wollte.

Doch den großen Unterschied machte der Frühling, der hier pünktlich und mit aller Macht ausgebrochen war und Bausünden gnädig verhüllte. Wo Magnolien blühten, sah Salvatore nichts als blühende Magnolien. Die Wiesen hatten das Winterbraun abgelegt. Hellgrüne Schleier lagen auf den Bäumen. Salvatore selbst fühlte sich ebenfalls schöner als im Winter und stark genug, jedem zu widerstehen, der ihn im Namen der Vernunft seines Glückes berauben wollte.

Während der Fahrt hörte er nichts anderes als den Verdi seines Zieles, er hörte, wie Monterone Rigoletto verfluchte, hörte, wie Gilda den Namen ihres Geliebten besang, hörte, wie der Herzog von Mantua sich über die treulosen Frauen lustig machte. Schließlich stieg am Nachmittag vor den beiden Reisenden aus der Alltäglichkeit der Ebene die Szenerie des *Rigoletto* auf. Türme, Kuppeln, Paläste, Loggien, Firste, Festungswerke. Die wenigen Hochhäuser konnten das Bild nicht beeinträchtigen.

Salvatore entschied sich, ein Hotel am Nordrand der Altstadt, in der Nähe des Palazzo Ducale zu suchen. *Ein Prunksaal im Palazzo Ducale. Im Hintergrund offene Türen, die in andere, glänzend erleuchtete Säle führen,* hieß es im zweisprachigen Textbuch. So begann die erste Szene des ersten Aktes von *Rigoletto*.

Die Einbahnstraßenregelung der Stadt verhinderte, dass die beiden zu früh ankamen und auf ein frei werdendes Zimmer warten mussten. Erst nach eineinhalb Stunden, um sechs Uhr abends, hatten sie ihren *albergo* gefunden und brachen auf zu einem ersten Erkundungsgang.

Der Palazzo Ducale sah nicht so aus, als würde dort noch jemand Feste feiern, bei denen sich Schönheiten mehr oder weniger willig verführen ließen. Die Backsteinfassade spröde, die gotischen Fenster unter der Traufe verklemmt, die Zinnen obenauf feindlich. Wer Salvatore beobachtete, musste sich wundern, wie schnell er die piazza Sordello der Länge nach durchschritt, als stünden dort keine Kunstdenkmäler, sondern Tankstellen. Kein einziges Mal blieb Salvatore stehen.

An der Leine zog ihn nicht der Marquis, es war eine Reisegruppe mit neonfarbener Radlerkleidung, Parfum und Goldschmuck, die einer Frau mit einem aufgespannten Regenschirm in der Hand folgte. Auch ohne gehört zu haben, was sie redeten, wusste Salvatore, das waren Italiener. Ihn interessierte, was sie interessierte.

Sie verließen die *piazza* am Nordende Richtung Sant'Andrea. Doch nicht die Basilika war ihr Ziel. Stehen blieben sie vor einem Anwesen, dessen Architekt sicher keiner kannte; linker Hand ein flacher Bau mit einer unter das Dach geklemmten Loggia, im Hintergrund ein sparsamer Ziegelbau, davor ein auf den übrigen beiden Seiten von Mauern verschlossener Garten.

Das, eröffnete die Frau mit dem Regenschirm, sei die *Casa del Rigoletto*. Hier habe er mit seiner Tochter Gilda gelebt, in diesem Garten sei sie ihm entgegengelaufen, hier habe sie geleugnet, ausgegangen zu sein, und behauptet, nur allein in der Kirche gebetet zu haben; hier habe Rigoletto seiner Tochter vorgeweint, nichts und niemanden zu besitzen, dem er vertrauen könne. Religion, Familie, Heimat, seine ganze Welt liege in ihr. Ein Mann aus der Gruppe in stramm sitzendem Schwarz und Pink, auf dessen Unterarm *Love* tätowiert war, fing leise an zu singen. *Culto, famiglia, patria, il mio universo è in te.* Eine Mitreisende begann zu weinen. Auch die Stimme der Führerin hielt sich kaum aufrecht, als sie erklärte, es gehe nun weiter zum Ufer des Mincio, wo Gilda ihrem Vater die Liebe zu einem armen Studenten gestand, bei dem es sich aber um den Herzog von Mantua handelte, und durch die Mauerrisse ins Wirtshaus des Berufskillers Sparafucile spähend zusehen musste, wie ihr Geliebter dort einkehrte, nach einem Zimmer, Wein und Maddalena verlangte, der Schwester des Sparafucile, die willig in seine Arme fiel.

Salvatore wusste Bescheid. Dritter Akt, erste Szene: *Das öde Ufer des Mincio. Links ein zweistöckiges, halbverfallenes Wirtshaus.* Zwar habe das Gebäude dort keine Risse mehr, sagte die Frau mit dem Regenschirm, Verdi zu Ehren sei es perfekt restauriert worden. Der Atem der Tragödie dringe dennoch durch die Mauern.

Salvatore sah die Ergriffenheit in den Gesichtern der Zuhörer. Italien war sein Land. Diese Menschen waren wie er durch Verdis Musik davon überzeugt worden, dass das Drama um *Rigoletto* in Mantua stattgefunden hatte.

Musste er, um ganz dazuzugehören, diesen Condottiere bewundern lernen?

Auf dem Rückweg von der *Casa del Sparafucile* zu seinem Hotel sah er an den Titeln der Illustrierten und den Schlagzeilen der Zeitungen, dass sie nur ein Thema kannten. Die Geburtstagsparty mit dem Zuckerengel hatte dazu geführt, dass überall das Charisma dieses siebzigjährigen Mannes diskutiert wurde, offenbar Fernsehproduzent im großen Maßstab.

In einer *enoteca* in der Nähe von Sant'Andrea polierte der Inhaber in hellblauem Hemd und Krawatte hinter dem Tresen die Gläser und unterhielt sich mit den Gästen über das zentrale Thema des Weltgeschehens. »Ach was, jeder wünscht sich doch so einen blonden Engel statt seiner Alten im Bett«, sagte er. »Wer sich darüber aufregt, ist nur sauer, dass er so was nicht hat. Diese Moralapostel, die über ihn herziehen, sind samt und sonders Neider.«

»Seine Mutter hat er immer aus allem herausgehalten«, sagte die einzige Frau unter den Gästen, vielleicht um die fünfzig mit zum Schlauchboot aufgeblasenen Lippen unter einer Schrumpfnase. »Er hat sie angebetet wie eine Madonna.«

Salvatore hielt eine deutsche Zeitung vor sein Gesicht, um die Unterhaltung der Weintrinkerfamilie auf der anderen Seite der Zeitung nicht durch erwachendes Misstrauen zu gefährden. Die Gäste der *enoteca* waren mit den Hintergründen vertraut. Schon in dem Nachtclub, wo der Condottiere in jungen Jahren als Sänger aufgetreten sei, habe er schon damit für Stimmung gesorgt, dass er von der Bühne sprang und den Frauen an die Wäsche ging oder zumindest ans Dekolletee. Als der Nachtclubbesitzer ihn auf Wunsch der übrigen Band rausgeschmissen habe, sei das Geschäft eingebrochen und der Condottiere wieder engagiert worden.

Das betagte Girl mit den Schlauchbootlippen fand, der Condottiere sei ein Mann, den sich junge Männer zum Vorbild nehmen könnten. Wie der Condottiere hasse sie diese Verlierer mit langen fettigen Haaren und tragischen Visagen.

»Der Condottiere gibt den jungen Männern den Rat, es zu machen wie er. Er sagt sich jeden Morgen vor dem Spiegel vor: ›Ich mag mich, ich mag mich, ich mag mich.‹ So etwas wirkt auf Frauen.« Sie bestellte einen zweiten Amarone, schimpfte noch eine Weile auf verlogene Weiber, die über den Condottiere herfielen und heimlich von ihm träumten, bis sie ihren Unmut im Wein ertränkte.

Ein Herr mit Hut in der hinteren Ecke der *enoteca* vermeldete, er sei genauso alt wie der Condottiere und kenne dessen Leibarzt. Der habe ihm nicht nur verraten, dass der Condottiere entschlossen sei, mindestens fünfundneunzig zu werden, und dafür gute Chancen habe, falls er nicht einem Attentat zum Opfer falle. Der Leibarzt vertrete die Ansicht, eine starke sexuelle Persönlichkeit wie der Condottiere verliere durch das Alter nicht an Attraktion.

Eine starke sexuelle Persönlichkeit – warum fiel Salvatore jetzt erst auf, dass sich nicht nur Maddalena, sondern auch Gilda dem Potentaten aus freien Stücken hingegeben hatte? Gilda, die nicht einmal wusste, wer er war, und ihm glaubte, er sei ein mittelloser Student. Warum bemerkte er erst jetzt, dass die Partie des Duca di Mantova bei Verdi nicht, wie es sich bei einem Übeltäter gehörte, für Bariton oder Bass geschrieben war, sondern für einen jugendlichen Heldentenor? Nein, auch dieser Duca musste Charisma besessen haben. Seine Liebeserklärung an Gilda hörte sich echt an. Jede Frau musste ihr erliegen. Gildas Liebe sorgte dafür, dass nicht er, sondern sie erstochen wurde. Nur weil er geliebt wurde, kam der Herzog lebend davon. Er wurde nicht bestraft wie andere Wüstlinge. Er behielt etwas von einem siegreichen Helden, bis ans Ende. Während die Frau, die ihn liebte, verröchelte, war er schon wieder unterwegs zum nächsten Liebesabenteuer, und niemand hinderte ihn daran, so als wäre das sein gutes Recht. Verhielt es sich mit diesem Condottiere ähnlich?

Salvatore wusste längst, dass dieser Mann so nicht hieß, und hatte nachgelesen, was sein Beiname bedeutete. Als *condottieri* waren in der Renaissance freischaffende Militärs bezeichnet worden, die mit Städten, Stadtherren und Fürsten eine *condotta*, einen Vertrag, abschlossen, in deren Auftrag Krieg gegen deren Feind zu führen. Nach Abschluss dieser Arbeit brandschatzten sie das Land, plünderten die Einwohner aus, ermordeten Zivilisten und erpressten hohe Lösegelder. Verlass war nur auf ihre Skrupellosigkeit. Oft wechselten sie während des Krieges das Lager, wenn es schien, als sei auf der anderen Seite mehr herauszuholen. Bald konnten die *condottieri* ihren Auftraggebern die Bedingungen diktieren. Sympathisch hörte sich das nicht an, doch auch damals hatten die *condottieri* sich Denkmäler, Paläste und Mausoleen errichten lassen, die großenteils erhalten geblieben waren.

Bis vor kurzem hatte Salvatore das Gefühl beflügelt, sich bei der Verfolgung seines Ziels auf stabilem Terrain zu bewegen, so verlässlich wie seine Werte. Nun meinte er, sich auf morastigem Grund zu bewegen. War der Condottiere der Verderber in diesem Lande?

Die Träume dieser Nacht ließen Salvatore mit einem Schwindelgefühl erwachen. Schon früh brach er mit Marquis Posa auf, um wieder sicheren Boden unter die Füße zu bekommen. Er hatte hier eine Station seiner Wallfahrt zu besuchen.

Wenige Schritte von der piazza Sordello entfernt lag der Palazzo dell'Accademia. Entworfen hatte ihn der Architekt der Scala, Piermarini, mit Sinn erfüllt hatte ihn Antonio Galli da Bibbiena, Sohn einer Sippe von Besessenen, die seit Generationen nur für das Theater lebte, für Bauten, Bühnen, Dekorationen. Teatro Scientifico nannte sich das Gebäude, weil es eigentlich als Fest- und Versammlungssaal der Mantovaner Akademiker gedacht war. Der Hausmeister, der Salvatore einließ, berichtete im *fortissimo maestoso*, Mozart sei als Vierzehnjähriger hier aufgetreten.

»Und Verdi?«, fragte Salvatore.

Von dem wisse er nichts, sagte der Hausmeister. Doch er wusste, dass hier Opern aufgeführt worden waren und die Logen früher mit Seidenvorhängen vor neugierigen Blicken aus dem Parterre verschlossen werden konnten. Die Vorhänge fehlten. Ohne sie gaben die Logen preis, was in ihnen geschah. Aber diese Logen waren Separees, gepudert in Weiß und Rosé, parfümiert mit Intimitäten. Sie geboten es, frivol zu sein und so zu tun, als solle das im Verborgenen geschehen.

Über siebzig sei Galli Bibbiena bei diesem Projekt gewesen

und habe das Ganze auf eigene Kosten errichten und ausstatten lassen, erzählte der Hausmeister. Einzige Bedingung des Mäzens: Fünfundzwanzig Jahre lang wollte er alleiniger Nutznießer dieser Logen sein. Männer vom Typ des Condottiere, stellte Salvatore fest, hatten offenbar Tradition in dem Land seiner Sehnsucht.

Nein, Opernaufführungen fänden auf absehbare Zeit nicht statt, und am Freitag sei der Teatro Sicentifico vermietet an eine geschlossene Gesellschaft. Gastgeber sei ein enger Freund des Condottiere. Da werde aber weder Mozart noch Verdi gesungen, es gebe die Lieblingslieder des Gastgebers, vorgetragen von seinen Lieblingsshowgirls. Gestern hätten sie geübt. Keine älter als neunzehn, einander zum Verwechseln ähnlich. Das Alter der männlichen Gäste, alles Wirtschaftskapitäne großer Industrieschlachtschiffe, liege zwischen fünfzig und achtzig. »Wenn die anrollen…«, sagte der Hausmeister. Er legte die rechte Hand auf den Reißverschluss seiner Hose und schnalzte mit der Zunge. »So viele PS sieht man in Mantua selten.«

Salvatore konnte nicht sagen, warum er auf einmal das Gefühl hatte, klebrig zu sein. Er verspürte das Bedürfnis, eine Buchhandlung zu besuchen. Früher waren Bücher für ihn bestenfalls Anleitungen für Drehbuchautoren gewesen, die sie verfilmten und damit überflüssig machten; mittlerweile aber waren Bücher für ihn Anstifter zu Anschlägen der Phantasie auf die Nüchternheit. In den Buchhändlern, diesen Einzelkämpfern, meinte Salvatore, Verbündeten zu begegnen. Wer Romane verkaufte, musste wie er selbst davon überzeugt sein, dass in der Illusion das einzig beständige Glück lag. In dieser Zuversicht badete er in jeder Buchhandlung, deren Inhaber sich allein durchschlug wie er. Ritter der Phantasie taten, was sie nicht lassen konnten. Die Söldner des Pragmatismus waren gewohnt, alles bleiben zu lassen, was sie nicht konnten. Die Ritter mussten sich gegen diese Söldner verbünden.

Um den Museo di Palazzo d'Arco herum, hieß es, finde er die

meisten Buchhandlungen. Es hatte zu regnen begonnen. Er musste sich beeilen, ins Trockene zu kommen. Jeder Regentropfen schwemmte ein Stück von Marquis Posas guter Laune weg. Junge Leute verteilten Handzettel, sie schienen den Regen nicht zu bemerken. Salvatore nahm jedem einen Zettel ab, einigen sogar einen Stapel; sie hielten ihn offenbar für einen Einheimischen. Aufgerufen wurde zu einer Demonstration gegen die neuesten Zensurvorhaben des italienischen Ministerpräsidenten. Nicht einmal in Zimbabwe seien derartige Eingriffe in die Freiheit der Schreibenden denkbar, wurde ein prominenter Journalist zitiert. Er forderte auf, am Samstag eine Buchhandlung in Mantua zu besuchen, in der aus Werken gelesen werde, deren Autoren der Ministerpräsident nach eigenen Worten am liebsten erwürgen würde.

Salvatore begriff sogleich. Das Thema Zensur war wie alle Themen bei und um Verdi zischende Gegenwart. Vermutlich hatten die Autoren die Akteure beim Namen genannt. Das war schon bei Verdi regelmäßig schiefgelaufen, wie die Entstehungsgeschichte des *Rigoletto* belegte. Doch es ging ja auch anders; das Publikum hatte immer verstanden, was und wen Verdi in seinen Opern meinte, da bedurfte es keines Namenschilds an der Brust der Täter. Seinen katholischen Landsleuten war sofort klar gewesen, dass mit den jüdischen Gefangenen, die im Babylonien des sechsten vorchristlichen Jahrhunderts die Freiheit besangen, sie selbst gemeint waren, Gefangene der österreichischen und französischen Besatzer. Salvatore erwog, mit den Protestlern einmal zu reden. Verdi führte vor, wie man die Zensur umschiffte. Sie konnten von ihm lernen, und Salvatore freute sich, Verdis Jünger und Verkünder zu sein.

Bevor er Marquis Posa den ungeliebten Aufenthalt in einer *Libreria* zumutete, führte er ihn zum Mittagessen aus. Die *Osteria Duca di Montova* hatte einen Schweinerücken *alla Sparafucile* auf der Karte und auch sonst Geschmack. Dieses Gericht, sagte der Kellner mit einer ebenso großen wie falschen Luxusuhr am haarigen Handgelenk, sei immer aktuell, weil in

Italien jede Woche ein Berufskiller vor Gericht stehe. Einer wie Gaspare Spatuzza stehe dort eigentlich ständig, seit sie ihn vor zwölf Jahren geschnappt hatten, und sei trotzdem immer wieder für Überraschungen gut. Auch das Babylamm Gilda sei zurzeit sehr gefragt. Er deutete mit dem Daumen auf den Ständer mit Zeitschriften. Auf allen Titelblättern pappte der Zuckerengel.

Salvatore bestellte den *Abbacchio Gilda*, weil der Marquis Milchlamm schätzte, und wollte wissen, wie der Kellner über diese Lustgreise denke, die sich als gute Hirten der Babylämmer ausgaben.

Der Kellner nahm die Hände hoch, als wolle er bitten, nicht auf ihn zu schießen, legte den Kopf in den Nacken und lachte. *Ma lo fanno tutti*. Das tun sie alle. Er sei nur zu jung und zu arm dafür – noch.

Die Buchhandlung, in der die Protestler lesen wollten, bestand zur Hälfte aus einem Antiquariat. Die Bücher dort hatten die Erinnerung an ihre einstigen Wohnungen mitgebracht, an die Studierstuben von Kettenrauchern, an Räume mit feuchten Mauern, an Bibliotheken mit gebohnerten Dielen, an Zimmer, die mit offenem Feuer beheizt wurden, an Wohnküchen, wo der Knoblauch sich mit Dante, Manzoni und Moravia vermählte. Salvatore liebte diese Gerüche, die Szenerien vor ihm erstehen ließen, und er wusste, wie der zugehörige Buchhändler aussehen würde, ob Mann oder Frau. Ein Tagträumer mit Spinnweben im Haar und Weltferne im Blick, ein fotografisches Gedächtnis ohne wahrnehmbaren Körper.

Der andere Teil der Buchhandlung glänzte in Übersichtlichkeit. Er war menschenleer, fast menschenleer. Ein Mann in knappem T-Shirt war dabei, mit einem kurzen Messer die Klebestreifen von Kartons aufzuschneiden. Schon von hinten war ihm anzusehen, dass die Bildung, der er sich widmete, seinem Body galt. Er richtete sich auf, der *Superman* auf seiner T-Shirt-Brust wurde straff, und der Soundtrack zu *Superman* erklang. Der Bizeps pulsierte im Rhythmus der Musik. Wo der

Chef oder die Chefin sei, fragte Salvatore. Es hörte sich herablassend an. Einem Geistesmenschen blieb nur Mitleid gegenüber Körperfanatikern.

»Der Chef? Das bin ich«, sagte eine dünne Stimme mit Krakelee. Auch durch die Augen des Buchhändlers liefen Risse und Sprünge. Er war wohl Anfang vierzig, sicher dreißig Jahre jünger als seine Stimme und seine Augen.

Ob es über diesen Condottiere irgendetwas gebe, wollte Salvatore wissen.

»Sie sind Deutscher?«, fragte der Buchhändler.

Trotzdem kaufte Salvatore das empfohlene Buch. Als er zahlte, wurde er die Frage los, was der Buchhändler von diesem Fernsehmogul halte, persönlich.

»Das ist der oberste Wirtschaftsweise im Lande«, sagte der Buchhändler. »Der Condottiere sagt, was nicht im Fernsehen zu sehen sei, existiere nicht. Wie recht er hat, beweisen meine Bilanzen.« Sein Grinsen hatte Minusgrade.

Salvatore schaute um sich. Die Regale, die Tische, die lederbezogenen Lesebänke, die Bilder an der Wand, der Boden, alles erstklassig. Die Möbel sahen nach Maßanfertigung aus.

»Das«, sagte der Buchhändler, »finanziere ich mit meinem Nebenjob. Ich arbeite bei einem Sicherheitsdienst.«

Salvatore schwieg. Seit wann verdienten Leute von der Wach- und Schließgesellschaft gutes Geld?

»Personenschutz«, sagte der Buchhändler. »Diese alten reichen Säcke müssen vor Paparazzi abgeschirmt werden, wenn sie auf ihren Partys ihre schlappen Schwänze vor jungen Mädchen herumschwenken.«

Zwei Stunden später saß Salvatore immer noch auf einer der lederbezogenen Lesebänke, neben ihm Marquis Posa, gegenüber der Buchhändler. Er hieß Gaudenzio. Erst nachdem Salvatore ihn lange betrachtet hatte, war ihm aufgefallen, dass dieser Supermann schief war. Die rechte Gesichtshälfte wirkte straff und wach, die linke schlaff und hundemüde; die rechte Augenbraue spannte einen steilen Bogen über dem Lid, die linke brach in der Mitte ein; die linke Schulter fiel stark ab, und die linke Hand, zart und weiblich, schien zu einem anderen Körper zu gehören als die Pranke rechts.

Ja, er führe ein Doppelleben, gab Gaudenzio zu. Salvatores Blick war ihm nicht entgangen. Vielleicht sei er so schief, weil er sich ständig verbiegen müsse. Aber das geschehe seinem einzigen Kind zuliebe. Das solle es einmal nicht nötig haben, sich krummzulegen für Leute wie diesen Condottiere, ein Typ, der sich wie alle Fäulnisbakterien in geeignetem Klima rasend schnell vermehre. Kein Kaff sei davor gefeit, dass einer von denen aus seinem Privathubschrauber Brillantarmbänder abwerfe, mitten im Familienfrieden lande, das jüngste weibliche Familienmitglied entführe und mit neuen Brüsten und neuer Nase als Gebrauchtware wieder abliefere. Überall feierten sie ihre Feste, auf Sardinien oder auf Ischia, auf dem Land im Veneto oder mitten in Mailand, und hinterließen gleichviel entkorkte Mädchen wie Champagnerflaschen.

Nach der ersten Stunde hatte Gaudenzio seinen Geldbeutel aus der Gesäßtasche gezogen und Salvatore gezeigt, wofür er sich in diesen Frondienst begab. Sie sah aus wie die Primavera von Botticelli. »Leider liest Virginia nichts, bestenfalls Illustrierte«, sagte er.

Für Donnerstagabend hatte sich Salvatore mit dem Buchhändler verabredet. Er wollte ihn im Laden abholen und dann mit ihm zusammen in der Osteria Duca di Mantova essen. Donnerstags gebe es dort eine Spezialität des Hauses, hatte Gaudenzio verraten. Dabei hatte er den Zeigefinger an die Lippen gelegt, die Mundwinkel wissend nach unten gezogen und gezwinkert.

In der Osteria war er bekannt. Kaum hatten die drei am besten Tisch Platz genommen, kam eine Bedienung mit großer weißer Schürze zu ihnen. Der Duft von Braten und Zwiebeln umhüllte sie. »*Prego*«, sagte sie und stellte zwei Kräuterliköre auf Eis vor den Gästen ab.

Vom Kellner mit der falschen Luxusuhr war nichts zu sehen.

»*Testicoli per due*«, orderte Gaudenzio.

Die seien leider schon aus, bedauerte das Küchenmädchen und wischte die Hände an ihrer Schürze ab.

Gaudenzio zog mit dem Zeigefinger das Unterlid seines linken Auges herunter, sah das Küchenmädchen mit leicht geneigter Stirn von unten herauf an und verlangte, mit dem Kellner zu sprechen.

Der Aperitif war geleert, als er endlich dahergeschlichen kam.

Die *testicoli* seien leider wirklich schon aus, sagte der Kellner mit der falschen Luxusuhr. Er bekreuzigte sich und bildete zur Sicherheit auch noch ein Kreuz aus beiden Zeigefingern vor dem Mund.

Gaudenzio öffnete die Lippen kaum beim Reden. Gestern bereits habe er *testicoli* für zwei Personen vorbestellt. Er beugte sich nach vorn und musterte den Kellner langsam von dem tief in die Stirn reichenden Haaransatz über den zum Ornament rasierten Bocksbart und das zu enge und zu breit gestreifte Hemd bis zu der falschen Luxusuhr, als sähe er ihn zum allerersten Mal. »Dein Vater bekommt die *testicoli* mittwochs und liefert donnerstags, ich habe gestern bestellt.«

Salvatore verspürte ein Ziehen im Unterleib. Es war nach dem Unfall gewesen, bei dem ihn ein Radler beinahe überfahren hätte, dreizehn war er damals. »Prellungen, Quetschungen und eine leichte Läsion der Testikel«, hatte der Arzt über den Kopf von Moritz Redder hinweg zu dessen Mutter gesagt. Und sie hatte gefragt, ob dadurch die Zeugungsfähigkeit ihres Sohnes beeinträchtigt werde. Bei den nicht mehr lieferbaren *testicoli* handelte es sich offenbar um Stierhoden oder Hammelhoden.

Salvatore segnete den Kellner und legte Gaudenzio die Hand auf den Arm. Der zuckte unter Salvatores Hand. Gaudenzio ließ sich nicht beruhigen.

Er schrie nicht, er schlug nicht zu. Er stand ganz ruhig auf. Der Griff war unauffällig, aber wirkungsvoll. Der Kellner gestand sofort, der Caterer einer Gesellschaft, eingeflogen aus Mailand, habe sämtliche *testicoli* aufgekauft, und sein Vater habe keinen einzigen mehr.

»Da hast bald auch keinen mehr«, sagte Gaudenzio. »Und diese Kriminellen erst recht nicht.« Er stand auf und verließ das Lokal. Salvatore und Marquis Posa folgten ihm. Gaudenzio blieb vor der Tür stehen und reckte die Fäuste in die Nacht. Leider war Neumond. Dennoch war das Bild großartig. Salvatore wartete auf den Beginn einer Arie.

Gaudenzio sang nicht. Er packte die Fäuste ein und stapfte, ohne sich umzudrehen, davon.

Am späten Freitagnachmittag, als sie sich auf den Weg zur Buchhandlung Gaudenzios machten, hatten Salvatore und Marquis Posa bereits ein Abenteuer bestanden. Ohne Stadtplan hatte Salvatore das Lustschloss des Herzogs von Mantua, den Palazzo del Te vor den Toren der Stadt, gesucht und auf diese Weise alles, was Mantua an Wohnsiedlungen zu bieten hatte, kennengelernt. Die Villa mit Portikus, vor der Stretchlimousinen mit verdunkelten Fenstern parkten, war nicht der Palazzo del Te gewesen, und die Wächter am Tor wussten auch nicht, wo der sich befand.

Was er dort dann endlich zu sehen bekam, hatte Salvatore überfordert und den Marquis gelangweilt. Ins Gedächtnis gebrannt hatte sich Salvatore nicht nur der Gigantensturz, sondern ein Fresko in den *appartamenti* der Isabella Boschetti, Geliebte des damaligen Herzogs von Mantua. Es zeigte einen nackten älteren Mann mit gebräuntem Körper, der einer sehr jungen blassen Frau an die Wange griff und dabei war, mit erigiertem Glied über sie herzufallen. Dass sein Körper in einem Reptilienschwanz endete, verstand Salvatore nicht, aber es passte irgendwie. Jupiter und Olympia stelle diese Szene dar, hieß es im Guide. Jupiter hatte sie sich alle genommen, die verboten waren, die verheirateten Töchter und die jungfräulichen. War vielleicht er das übergeordnete Rollenmodell für diese

Männer heute hier, für den historischen Herzog von Mantua, der sich bei blutjungen, garantiert jungfräulichen Sängerinnen bediente, für Verdis Duca di Mantova, dessen Freizeitfreuden die jeweiligen Väter *disonorare*, Entehren nannten, wie für den Condottiere und dessen Klone? Dass die Väter ihre Töchter vor Jupiters Erben warnten, hatte nirgendwo genützt. Vermutlich hatte auch der Vater dieser Olympia ins Leere geredet.

Auf der Wanderung zurück in die Stadt rechnete Salvatore nach: In fünf Opern Verdis waren Väter für den Tod der Tochter oder der Schwiegertochter verantwortlich, in *Nabucco*, *Aida*, *Luisa Miller*, *La Traviata* und *Rigoletto*. Ihre Schuld war, dass sie blinden Gehorsam erwarteten und dann auch noch darauf vertrauten, die Tochter sei dazu bereit. Verdi selbst hatte seine Tochter Virginia genannt, nach einer römischen Heldin, die es der sogenannten Schande vorzog, sich vom Vater ermorden zu lassen. Träumten die Väter davon? Oder waren sie im Zeitalter des Condottiere so abgefeimt, aus dem Schänder herauszuholen, was zu holen war, und so zu tun, als sei der Tochter nichts passiert?

Der Weg zu Gaudenzio war Salvatore vertraut. Doch ihn erkannte er erst auf den zweiten Blick wieder, was nicht daran lag, dass er nun ein weißes Kurzarmhemd mit Krawatte trug. Irgendwer hatte aus seinen Muskeln die Luft abgelassen. Nein, er habe keine Zeit für ein Glas Wein. Nein, auch zum Reden habe er keine Zeit. Heute Abend? Nein, heute Abend genauso wenig. Sein Gesicht war mehrfach verriegelt. Was er stumm verrichtete, tat er so laut wie möglich. Er schnitt die Kartons auf, als schlitze er Bäuche auf.

Salvatore und Marquis Posa zogen weiter in eine Bar, die letzte im Ort, die sie noch nicht kannten. Sie galt als Treffpunkt der Szene, was immer das hier sein sollte.

Als Salvatore die Tür öffnete, drang ihm der Geruch von Parmaveilchen entgegen. Es war noch zu früh, die Bar war kaum besucht.

Am Tresen, genau in der Mitte, saß sie. Salvatore hatte sie

sich größer vorgestellt, aber sie war es eindeutig, die Primavera von Gaudenzios Geldbeutelfoto. Sie saß auf dem Hocker, als habe sie Jahre geübt, so auf dem Hocker zu sitzen. Sie trug goldene Schuhe mit dünnen hohen Absätzen. Eine ihrer Waden streichelte die andere und machte die Hände jedes Betrachters begierig, den Waden zu zeigen, dass sie das noch besser könnten. Sie trug einen vermutlich selbst genähten karierten Minirock aus Herrentaschentüchern. Viele hatte sie dazu nicht gebraucht. Mit einem langen Löffel rührte sie in einem azurblauen Cocktail. Ihre Unterarme waren die zartesten Unterarme, die Salvatore jemals zu Gesicht bekommen hatte. Ums rechte Handgelenk trug sie ein Brillantarmband, das ein halbes Kilo zu schwer dafür war. Die Hocker rechts und links von ihr waren frei. Auf wen wartete sie?

Salvatore platzierte sich selbst direkt neben sie, Marquis Posa einen Hocker weiter und atmete Parmaveilchen ein. Sie nahm von keinem der neuen Nachbarn Notiz, ließ die Eiswürfel klickern, setzte das Liebesspiel ihrer Waden fort und redete mit dem Barkeeper.

Salvatore starrte auf das Brillantarmband und erkannte durch die Prismen kristallklar und vergrößert, was er bis zu dieser Sekunde verkannt hatte. Nun erst hörte er den Ton zu der Szene vor der Osteria Duca di Mantova, in der Gaudenzio die Fäuste gen Himmel geschüttelt hatte. Den Text kannte Salvatore auswendig, Arie des Rigoletto, zweiter Akt, letzte Szene:

Sì, vendetta, tremenda vendetta
di quest'anima è solo desío

Ja, Rache, entsetzliche Rache
ist das Einzige, was meine Seele verlangt.

Es war Fügung. Die *forza del destino* hatte ihn zur rechten Zeit an den rechten Ort geführt, um zu verhüten, dass jenes Drama seinen Lauf nahm. Einer der Stretchlimousinenhalter hatte ihr dieses Brillantarmband geschenkt. Gaudenzio hatte es gesehen, Gaudenzio, der vermutlich selbst die Stretchlimousinenhalter beschützte, wenn sie sich heute Abend von ihren Lieblingsshowgirls ihre Lieblingslieder vorsingen ließen und die Logen zu Peepshowkabinen herabwürdigten. Deshalb war die Luft aus Gaudenzios Muskeln entwichen.

Salvatore ahnte, auf wen Primavera hier wartete; ihr Vater wusste es sicher auch und hatte wohl schon einen Auftrag erteilt, den Erwarteten zu beseitigen. Im Personenschutz von Prominenten kannte man Leute, die diskret arbeiteten. Gaudenzio würde schuldig werden, um Primaveras Unschuld zu bewahren.

»Hast du keine Angst, so allein in einer Bar herumzusitzen?«, fragte Salvatore. »Wäre ich dein Vater, würde ich dir das nicht erlauben.«

Sie redete weiter mit dem Barkeeper. Ihre Stimme gluckerte. Offenbar hatte er zu leise gesprochen

Er legte seinen Arm um Primaveras Schultern. Warum knurrte Marquis Posa?

Sie schien seinen Arm nicht zu bemerken.

»Darf ich dich … Sie … dich nach Hause begleiten?«, fragte Salvatore.

Marquis Posa knurrte wieder. War er hungrig, oder gefiel ihm etwas nicht?

Sie warf einen Blick auf Salvatores rechte Hand auf ihrer linken Schulter, wischte sie weg und ließ weiter die Eiswürfel im Azurblau klickern.

Der Mixbecher in den Händen des Barkeepers gab aggressive Geräusche von sich. Warum hielt er ihn wie ein Wurfgeschoss?

Marquis Posas Knurren hatte die höchste Lautstärke erreicht. Er starrte Salvatore mit so viel Kraft an, dass sein Brustkorb bebte und die Augen aus den Höhlen traten. Auch ein Marquis Posa konnte sich täuschen. Dieser junge Mann war ungefährlich. Er lächelte Salvatore an, er lächelte, so breit es sein Gesicht ermöglichte. Seine Stimme war samtig. »*Vaffancullo*«, sagte er. Auch Primavera lächelte, ein Lächeln, das Salvatore beinahe die Beine wegzog. »*Vaffancullo*«, echote sie gluckernd.

Was immer das hieß, es war eine Aufforderung. *Va!* Geh! Salvatore legte erneut seinen Arm um die Schultern der Primavera, zog sie vom Hocker und drehte sie, obwohl sie sich sträubte, Richtung Ausgang. Sie reichte ihm nur bis zur Brust. Der Barkeeper knallte seinen Mixbecher auf den Tresen.

In diesem Augenblick betrat Gaudenzio das Lokal. Er nagelte mit seinem Blick Salvatore fest, verschränkte die Arme und spuckte auf den Boden. – Dieses Bild stand fotografisch genau vor Salvatore. Das letzte Bild in diesem Film.

Über das, was danach geschehen war, klärte ihn ein Mann auf, den er noch nie zuvor gesehen hatte. Es roch nicht mehr nach Parmaveilchen, es roch nach Äther und Desinfektionsmitteln.

Der Barkeeper habe ihn gerufen, erzählte der diensthabende Arzt, während er Klammerpflaster über die Platzwunden an Salvatores Kinn, Brauen und Wangenknochen klebte. Er wollte keinen herumliegen haben während der Stoßzeit. Anzeige erstattet hatten beide, sagte der diensthabende Arzt, der Barkeeper als Verlobter, der Buchhändler als Vater der sexuell belästigten jungen Frau. Die Platzwunden, sagte der Arzt, seien wie auch die Hämatome und Prellungen nur dem Sturz auf den Terrazzoboden zuzuschreiben. »Signore Gaudenzio ist ein Profi«, sagte er. »Der weiß, wie man hinlangt, ohne dass hinterdrein etwas zu sehen ist.«

In der Nacht hockte Primavera auf Salvatores Brust und traktierte mit den Absätzen ihrer goldenen Schuhe seinen Brustkorb. Der Barkeeper hielt seine Füße fest. Als sein Brustkorb gleichmäßig durchlöchert war, stand Primavera auf, zupfte ihren Taschentücherrock zurecht und sagte: »Fertig.« Dann kam Gaudenzio herein, einen Sack in der einen Hand, ein Messer in der anderen. Das Messer gab er dem Barkeeper. Und dann sang der Barkeeper *La donna è mobile*.

Schweißnass entfloh Salvatore, kurz bevor er in den Sack gestopft wurde, ins Badezimmer. Er stand vor dem Spiegel. Ihm sah ein Invalide entgegen, ohne jeden Anspruch auf Orden. Opfer eines selbst angezettelten Krieges, in dem es keine Kriegsgegner gab. Gegen wen hatte er gekämpft?

»Ich mag mich«, sagte er. »Ich mag mich.« Nach der zwanzigsten Wiederholung hörte er auf. Das Rezept des Condottiere funktionierte offenbar doch nicht bei allen.

Zwei Tage später verlangten Maurizio Salvatore und Marquis Posa die Rechnung. »Sie stehen heute in der Zeitung«, sagte die Dame an der Rezeption.

Sie zog eine aus dem Fach vor ihrem Bauch. »*Un tedesco ridiculoso.*« Darunter ein Foto von Salvatore.

»Manchmal verlangt es am meisten Mut«, sagte Salvatore Maurizio, »sich der Lächerlichkeit preiszugeben.« Es zählte, wofür er gekämpft hatte, und das wusste er.

Als er das Hotel verließ, spürte er, dass die Dame an der Rezeption ihm nachsah, bewundernd. Er wandte sich nicht um. Als er den *cavallo andante* besteigen wollte, sah Salvatore, dass dessen Flanken mit rostigen Nägeln zerkratzt worden waren.

Diese Stadt hatte es sich mit ihm verscherzt, für immer. Er konnte nicht verhindern, dass Gaudenzio an seiner Doppelmoral zerbrechen und zur Belustigung am Nasenring seinen Auftraggebern vorgeführt würde. Früher oder später musste Primavera das Opfer eines Condottiere werden. Dann aber würde Maurizio Salvatore nicht da sein, um sie zu schützen.

Florenz und Fiesole

April 2009

Dass er gefährdet war, wusste Maurizio Salvatore. Nur Italiener galten als resistent gegen diese Gefahr. Als Deutscher aus protestantischem Umfeld gehörte er zur höchsten Risikogruppe. Herzrasen, Schweißausbrüche, Halluzinationen und Erbrechen, damit musste er rechnen, wenn er leichtfertig verkehrte mit dieser Stadt. Stendhal-Syndrom, Hyperculturamie oder einfach Florentinische Krankheit nannten sich diese Panikattacken und ihre Folgen, ausgelöst durch eine Überdosis Kunst. Einundsechzig Museen, zweihundertvierzehn Paläste und Türme, einhundertsiebenundsechzig Kirchen und Klöster, nicht gezählte Meisterwerke in Bronze, Marmor, Fresko oder Öl auf Leinwand. Zu viele Weltberühmtheiten, von denen jede einen Kniefall heischte. Hundert Kniefälle pro Tag, das stand kaum einer durch.

Salvatore war gefeit vor dieser Touristenkrankheit. Er hatte sich Scheuklappen zugelegt, die ausblendeten, was nicht mit seiner Wallfahrt zu tun hatte. Umgehen konnte er Florenz auf keinen Fall. Jeder, der sie anbetete, die Diva divina, hatte an der Kultstätte dort zu opfern. In dieser Stadt hatte sich die Callas als Medea zum ersten Mal selbst zur Göttin gemacht, keiner schönarschigen Venus, nein, zu einer archaischen Muttergottheit, die alles gebären, alles zerstören konnte. Jedes menschliche Maß missachtend, grenzenlos in der Liebe, grenzenlos im Hass, hatte Maria Callas im Teatro Comunale am 7. Mai 1953 die Welt aus den Angeln gehoben.

Salvatore sehnte sich danach, am Ort des Geschehens zu erschaudern wie damals die Zeugen von Marias Raserei. Nachdem sie bereits aus Liebe zu Jason den Tod ihres Vaters verursacht, und, um Jasons Entkommen zu sichern, ihren Bruder ermordet und zerstückt hatte, versengte sie die Königstochter Glauce, Jasons neue Geliebte, mit giftgetränktem Schleier bei lebendigem Leib, erdolchte die eigenen beiden Söhne und stieg zuletzt aus dem lodernden Tempel hinab in die Unterwelt. *Die Callas war Medea,* hatte damals ein Kritiker geschrieben und jeder hatte es ihm nachgeschwätzt. Doch was hieß das? Wer war Medea, wer Maria?

Plinius nannte die Frau aus Kolchis eine Gottheit, die mit ihren Zauberkünsten Sonne, Mond und Sterne zu beherrschen vermochte; Herodot nannte sie allwissend und unsterblich. Der Siegeswagen, in dem Medea reise, werde von übermächtigen Schwingen durch die Lüfte getragen und auf der Erde von Schlangen gezogen. Sie kannte die Geheimnisse der männlichen Potenz, konnte jede Wunde, jede Krankheit heilen und Tote zum Leben erwecken. Sie überragte die gewöhnlichen Männer und Frauen an Kampfgeist, an Entschlusskraft. Neben ihr schrumpften alle zur Kläglichkeit, und die Ehrfurcht vor ihr schlug jäh um in Todesfurcht. Medea war im Geiste die Schwester der Sphinx, der Gorgo Medusa, der Chimäre. Eine tröstliche Gottheit war sie nicht. Medea war unheimlich.

Unheimlich war die Callas über die Ahnungslosen gekommen bei jenem *Maggio Musicale* vor 56 Jahren und hatte in die Festlichkeit Entsetzen gesät. Schlimmer noch: Zaubermächtig hatte sie alle im Saal zu Komplizen gemacht, die mit ihr bis zum Wahnsinn liebten, hassten und mordeten. Als sie schließlich ihre Kinder erdolchte, sah jeder im Saal auf seine blutigen Hände.

Salvatore hoffte, dass ihm am Ort des Geschehens etwas widerfahren würde, was den Schauder der Erinnerung verstärkte. Resonanz hatte schon die Mauern von Jericho einstürzen lassen. Er wünschte, etwas Ungeheures zu erleben.

Der April hatte erst begonnen, der Ostersonntag fiel auf den 12. des Monats. Doch nur mit Mühe hatte er noch ein Hotelzimmer in der Nähe des Palazzo Pitti auf der Südseite des Arno bekommen. Ostern beginne in Florenz direkt mit dem Neuen Jahr, wurde er aufgeklärt. Sein Zimmer, sagte die junge Frau an der Rezeption, liege im Mezzanin und gehe zu einer ruhigen Seitenstraße hinaus.

Das Zwischengeschoss war wohl dadurch entstanden, dass ein Geschoss halbiert worden war. Die Vorteile waren offensichtlich: Zwar funktionierten beide Glühbirnen nicht, doch die Ersatzlampen, die Salvatore ausgehändigt wurden, konnte er im Stehen ohne Zuhilfenahme eines Hockers eindrehen.

Beim ersten Stadtrundgang am späten Nachmittag blieben Salvatore und der Marquis auf dieser Seite des Arno. Wer sich vor dem Stendhal-Syndrom fürchtete, konnte sich hier sicher fühlen. Die Attraktionen waren gezählt, und was zwischendrin aufragte, war großenteils nicht von solcher Schönheit, dass es die Gesundheit gefährdete. Die Boboli-Gärten mit geebneten gesandeten Wegen entsprachen den Vorstellungen des Marquis Posa von einem Sportplatz, und die Grotten, aus denen nur feine Gischt sprühte, seiner Vorstellung von Duschbad. Doch wurde Salvatore gerade hier das erste Mal darauf hingewiesen, dass Florenz ihn und den Marquis nicht verdiente. Vor dem auf einer Schildkröte reitenden Morgante wurden er und Marquis Posa von blind knipsenden Menschen zum Stehenbleiben gezwungen. Ihr Opfer war dieser Hofzwerg mit kleinem Geschlechtsteil unter prallem Melonenbauch und einem Gesicht, das zeigte, wie sehr ihm diese Zuschaustellung missfiel.

Hatte Salvatore vor sich hingesprochen, oder was hatte ihn sonst als Deutschen verraten?

»Ihr Hund«, sagte ein Mann mit kurzen Socken und Sandalen, »sieht aus wie dieser Gnom da. Er schaut auch genauso mürrisch.«

»Das ist kein Hund, sondern ein *carlino*«, sagte Salvatore, »und er schaut nicht mürrisch, sondern indigniert.«

Erst nach dem Besuch der Boboli-Gärten widmete sich Salvatore dem, womit gewöhnliche Touristen ihre Pitti-Exkursion anfingen; um halb sieben stand er neben Marquis Posa vor dem

Kasten des Palazzo Pitti und ließ die Situation auf sich wirken. Der Platz dort besaß alles, was der Parkplatz eines Supermarktes brauchte. Er war frei von Brunnen, Denkmälern, Bäumen und Charme. Auch für Aufmärsche wäre er geeignet, dachte Salvatore. Vielleicht war er dazu gedacht. Um den Palast seiner Konkurrenten in der Ebene, der Bankiersfamilie Medici, zu übertreffen, hatte sich der Bankier Luca Pitti auf den Hügel am gegenüberliegenden Arno-Ufer diesen Bau hinsetzen lassen, so groß und mächtig wie möglich. Bis heute dröhnte er vor Geltungssucht. Ein Gefängnis, in dem der Wahn des Erbauers eingesperrt war, sich mit mehr Lärm mehr Beachtung zu erkaufen. Pitti hatte wohl selten Sängern zugehört. Sonst hätte er gewusst, dass verlor, wer den Konkurrenten auszustechen versuchte, indem er lauter sang. Die Medici der *Del-Piano*-Partei hatten, nachdem Pitti, Führer der *Del-Poggio*-Partei, von ihnen als Verschwörer verurteilt und ins Exil verbannt worden war, die Baustelle übernommen und um einen Innenhof bereichern lassen. Nur wegen dieses Innenhofs war Salvatore bereit, Pittis Gefängnis zu betreten.

Wer hatte das Gerücht in die Welt gesetzt, vor dem Palazzo Pitti müsse man Schlange stehen? Salvatore und Marquis Posa standen allein an der Kasse. Das Haus schließe gleich, erfuhr er. Er wolle nur den Innenhof sehen, sagte Salvatore. Der Eintritt blieb derselbe.

Ob dieser Innenhof eleganter war als der Rest des Baus, war Salvatore gleichgültig. Er sah nichts, er hörte. Still stand er im steinernen Geviert und hörte in der Dämmerung sie, die erste Primadonna in der Geschichte der Oper, damals schon Mitte vierzig. Vittoria Archilei hatte sie geheißen, die Sängerin der Titelpartie in Jacopo Peris *Euridice*, der ältesten erhaltenen Oper des Abendlandes, komponiert für die Hochzeit von Maria de Medici mit Frankreichs König Henri IV. Salvatore lauschte Vittoria Archilei in dem hallenden Hof. Sie sang viel mehr, als in den Noten stand. Ihre Verzierungen sprangen, hüpften, kreiselten, wirbelten, überschlugen sich. Wenig war bekannt von dieser Vittoria, nicht viel mehr als ihr Name, ihre Lebensdaten und ihre Kunst, bei jeder Aufführung neue akrobatische Triller, Vorschläge, Nachschläge und Arpeggien zu riskieren und damit das Publikum zu begeistern. Peri wurde verklärt als Erfinder der Oper, obwohl sein erstes Werk, die *Dafne*, verschollen war und Monterverdis *Orfeo* bald schon Peris *Euridice* abgehängt hatte. Doch was wäre dieser Peri gewesen ohne seine Primadonna? Salvatore vernahm ihre Stimme und spürte deren Vibrationen auf der Haut. Sie ließ die Jahrhunderte schmelzen, die Vergangenheit berührte die Gegenwart. Diese Sängerin war das Einzige, was ihn an dieser Oper interessiert hätte. Seine *History of Opera in Italy* behauptete, es habe damals nicht einmal ein richtiges Orchester gegeben, nur ein Cembalo, eine Lyra, ein paar Lauten und Flöten, und die hatten auch noch hinter dem Bühnenprospekt gespielt. Das Ganze war wohl weniger eine Oper gewesen, eher ein Einzelgesang mit kümmerlicher Instrumentalbegleitung. Der Hochadel, aus halb Europa angereist, hätte sich zu Tode gelangweilt ohne diese Vittoria Archilei. Es waren die Sängerinnen, die der Oper Eros in die Adern jagten. Doch wer hatte es ihnen gedankt? Vittoria war vergessen. In Salvatores *History* war kein Porträt von ihr abgebildet, es gab vermutlich keines.

»*Si chiude subito*«, riss ihn ein rostiger Bass aus den Armen von Vittorias Stimme. Ganz offensichtlich genoss er es, Salvatore so brutal auszunüchtern. Doch der lächelte, wie nur Erleuchtete lächeln können.

Als er wieder hinaustrat in die Leere des Platzes vor dem Palast, hatte Salvatore die Vision seiner Bestimmung: Er war von der *forza del destino* hierher geschickt worden, um sich für die Frauen zu schlagen. Die Rache derer, die nicht gebären konnten, an denen, die es konnten, hatte funktioniert, jahrhundertelang. Den Männern das Bleibende, den Frauen das Flüchtige; den Männern die Komposition, den Frauen die Ausführung; den Männern die Werke, den Frauen deren Huldigung. Wie viele Sängerinnen hatten es geschafft, sich ins Bewusstsein einzubrennen? Vielleicht nur sie, Maria Medea Medusa, weil sie Grenzen überschritten und in ihrer Schrecklichkeit alle versteinert hatte.

Als Salvatore und der Marquis zu Bett gingen, begann auf der stillen Straße unterhalb ihres Fensters ein Motorradfahrertreffen. Es musste sich um etwas Überregionales handeln. Die junge Frau an der Rezeption wusste Rat; man möge das Fenster schließen. Der Unterschied war mit bloßem Ohr nicht wahrnehmbar. Der Marquis zitterte am ganzen Körper. Salvatore zog sich an, ging hinunter und marschierte entschlossen auf die Schwadron zu. Es hatten sich fast ebenso viele Carabinieri wie Motorradfahrer versammelt. Die Polizisten schrieben keine Strafzettel, manche streichelten die Kurven der Maschinen, manche beteten stumm eine Einzige an, die aus vollem Rohr donnerte.

Das seien historische Motorräder, erfuhr Salvatore, man könne sie nur verstehen, wenn man sie höre. Dieses Argument machte ihn stumm. Es sprach immerhin dafür, dass die Carabinieri auch Sinn für die Diven besaßen.

Weil die Gäste in ihrem ruhigen Zimmer zur Seitenstraße erst in den Morgenstunden Schlaf fanden, war es bereits Mittag, als sie loszogen, um am Teatro Comunale vom *genius loci* und von der unauslöschlichen Szene des 7. Mai 1953 ergriffen zu werden.

Salvatore hatte vorgehabt, über den Ponte Vecchio ans andere Ufer des Arno zu gelangen. Doch offenbar hatten die Behörden, um ein Grassieren des Stendhal-Syndroms zu verhindern, die Brücke bis zum Anschlag mit Menschen angefüllt, deren Ausdünstungen die Herannahenden warnten. Dankbar gingen Salvatore und der Marquis weiter auf der südlichen Seite den Fluss entlang, überquerten ihn am Ponte alla Carraia und wanderten dann auf dem Lungarno Amerigo Vespucci weiter nach Westen.

Der Teatro Comunale, zwischen dem corso Italia und der

via Solferino gelegen, beeindruckte von außen wenig, eher ein Verwaltungsbahnhof als ein Haus für Opern. In den Schaukästen hing das Programm für den *Maggio Musicale* aus, der in einer Woche beginnen sollte. Es roch nach Abgasen, Espresso, Herrenparfum. Keine Spur vom *profumo* der Medea, dem duftenden Dunst, der aus ihren Kesseln aufstieg und Tote zum Leben erwecken konnte. Nein, die *Medea* habe, seit sie hier arbeite, nie auf dem Spielplan des Hauses gestanden, sagte die Dame in der *biglietteria*. Sie sitze seit zwanzig Jahren hier. Hatten die Intendanten Angst, dieser Ort werde jede Medea außer der Einen und Einzigen ausspeien? Befürchteten sie, als Schänder der Kultstätte zu gelten, wenn eine andere Medea diesen Boden betrat?

Auch Salvatores Hoffnung, im antiken Theater von Fiesole, das zu den Spielstätten des *Maggio Musicale* gehörte, finde Medea ihre Bühne, wurde enttäuscht. Das Programm dort war in Salvatores Augen nur eine verkaufsträchtige Hitparade: Orffs *Carmina Burana*, Léhars *Land des Lächelns* und irgendein Ariencocktail unter dem Titel *Nessun dorma*.

Das kleine Restaurant, in dem er sich mit Marquis Posa wieder aufrichten wollte, hatte vermutlich wegen der Nähe zum Teatro Comunale mit rotem Samt bezogene Bänke. Der Chef stürzte fuchtelnd auf die Gäste zu, als sie gerade Platz nehmen wollten. Er erklärte Salvatore, sein *cagnaccio* müsse draußen oder auf dem Boden bleiben. Das Wort *cagnaccio* kannte Salvatore nicht; doch Marquis Posa war Italiener, und er zitterte und grunzte bedrohlich. Von diesem *botolo* rede er, sagte der Chef. Der haare ungemein.

Erstens sei das kein *botolo*, sondern ein *carlino*, erwiderte Salvatore, und zweitens haare er nicht. Dann verließen sie erhobenen Hauptes das Haus und standen keine Stunde später mit gepackten Koffern in der kombüsengroßen Lobby des Hotels.

»Was wollen Sie denn in Fiesole?«, fragte die Dame an der Rezeption. »Das war nie mehr als die Sommerfrische der Florentiner.«

Er werde den Teatro Romano besichtigen, sagte Salvatore. Warum, verriet er ihr nicht. Sie hätte es nicht nachvollziehen können, dass er dort die Callas in ihrer Schicksalsrolle als Medea hören wollte.

Wenn die Biographen recht hatten, war sie niemals im antiken Theater von Fiesole aufgetreten, doch in Salvatores Kopf schoben sich Bilder der Maria Medea übereinander und bereiteten ihren Auftritt dort vor. Da war dieses Foto, das sie mit Sonnenbrille, ein Chiffontuch um den Kopf geschlungen, zeigte, während sie von Onassis die Treppen des Amphitheaters von Delphi hinaufgeführt wurde wie eine Braut vom Bräutigam zum Altar. Der Traum der Medea, mit Jason einen Thron zu besteigen, der Traum der Callas, die Onassis nie zu seiner Frau machte. Dann waren da diese Bühnenfotos der Maria Medea, von einem schiefergrauen Tuch zur Säule verhüllt, ohne Erhebungen und Erregungen. Ihre weiße Hand zog das Tuch sogar vor das Gesicht. Nur die Augen starrten über den Rand und schleuderten Medeas Wut in die Welt. In Aktion war sie auf den Bildern von Covent Garden zu sehen, vor den Stufen eines Tempels, die Stirn gesenkt, die Arme als Waffen ausgefahren. Und dann war da noch diese Ikone ihres Hasses. Der Mund war ein Schlund, zum Quadrat erstarrt, gerahmt von vier Fleischwülsten, die zum Äußersten geweiteten Augen waren die der Medusa, das Gesicht war eine Maske der Antike und doch verschlingende Gegenwart. Schließlich das Bild der Maria Medea im Amphitheater von Epidaurus, schwarze Rächerin vor weißer Steinkulisse. In Epidaurus hatte sie die Rolle, von der sie nicht lassen konnte und die von ihr nicht lassen konnte, sogar gesungen, als sie sich für ein Jahr von der Bühne zurückgezogen hatte. Eine Folie legte sich auf die nächste, das Bild wurde dichter, trat in die dritte Dimension, und auf einmal stand sie vor Salvatore, die Callas im Teatro Romano von Fiesole. Wenn er dort erst auf der Tribüne saß, würde sie zu singen beginnen. Maurizio Salvatore brauchte keine Wirklichkeit.

»Das Wirkliche ist nichts«, sagte er. Die Dame an der Rezeption tippte auf das Barometer in ihrem Rücken, schüttelte den Kopf und händigte ihm die Rechnung aus. Sie hatte für jeden Tag *2 x prima collazione* berechnet. Salvatore betrachtete es als Würdigung seines Gefährten und zahlte.

In Florenz war es ungewöhnlich warm und stickig gewesen für einen Tag Mitte April. Die Luft, die nun durch die geöffneten Fenster drang, als der *cavallo andante* sich die Florentiner Berge hinauf nach Fiesole bewegte, war würzig und frisch. Salvatore fühlte sich nicht enttäuscht, er selbst war nicht mehr zu enttäuschen. Er liebte und lobte das Reich der Illusionen, das von den Enttäuschten, die sich vernünftig nannten, verachtet wurde; es war der Fundus, mit dem er überall auf der Welt Oper möglich machen konnte. Das würde ihm auch in Fiesole gelingen.

Der Teatro Romano war leicht zu finden. Er lag direkt unterhalb von einigen Wohnhäusern und einem Parkplatz. War dieses Theater zerstört worden? War nur die eine Hälfte des Amphitheaters erhalten, oder hatte es immer so ausgesehen? Das Halboval der Tribüne war in eine begraste Böschung eingegraben. Von hier aus fiel der Blick hinunter auf das Oval der Arena und konnte ungehindert weit hinaus aufs Land fliegen, über das stumpfe Silber der Olivenhaine und das Piniendunkel hinweg bis zu den Anhöhen des Appenin.

Salvatore und Marquis Posa setzten sich auf eine der obersten Stufen und schauten dorthin, wo das Theater spielte. Auf der scheckigen Wiese unten stand eine Frau von vielleicht Ende dreißig. Groß, schwer, nicht dick. Schwer wie eine antike Statue. Sie kehrte dem Publikum den Rücken zu. Unbewegt und fremd stand sie dort, fremd in der Zeit und im Ort. Sie trug ein dunkelblaues Kleid mit weißen Punkten und weißem Kragen, in der Taille eng, der Rock weit, wie es in den fünfziger Jahren als chic gegolten hatte. Ihr schwarzes Haar war im Nacken zu einem Knoten geschlungen und in ein Haarnetz verpackt, wie es junge Frauen schon lange nicht mehr trugen. An jeder Hand hielt sie ein Kind. Die Kinder sahen nicht in die Weite, sie schauten hinauf zur Tribüne. Es hatte etwas Verdrehtes, wie die drei sich dort aufgestellt hatten, so als stünde die Mutter falsch herum.

Salvatore begrüßte es, dass sie überhaupt dort stand, und letztlich auch, dass ihr Gesicht nicht zu sehen war. So vermochte jeder und jede sie zu sein, und sie vermochte jeder und jede zu sein. Auf ihrem Körper konnte sich seine Vorstellungskraft niederlassen. Ihr Protokoll aus der Saison 1953/54 kannte er. Gioconda 92 / Aida 87 / Norma 80 / Medea 78. Noch drei Rollen und 14 Kilo war sie als Medea im April 1953 entfernt gewesen von der Elisabetta, als die sie an der Mailänder Scala im April 1954 den Triumph ihres Willens, schön zu sein, feiern sollte.

78 Kilo? Das konnte stimmen. Es erstaunte Salvatore nicht, dass sie stillstand. Er wusste ja, dass sie nur acht Tage Zeit gehabt hatte, um die Partie der Medea zu lernen. Sie brauchte höchste Konzentration.

Die Zypressen schwiegen, Thymiangeruch weihte die Luft. Nichts und niemand regte sich. Gleich würde sie zu singen beginnen. Da rissen die Kinder sich los, rannten die Stufen hinauf. Salvatore wandte sich um. Dort stand ein Mann mit großer dunkler Sonnenbrille, das Dreieck des offenen Hemdes gepolstert mit schwarzem Brusthaar, und rauchte. Die beiden Kinder setzten sich zu seinen Füßen.

Nun wandte die Frau unten sich dem Publikum zu. Sie schrie. Es klang so laut, als schreie sie in ein Megaphon. Salvatore verstand nicht, was sie schrie. Für ihn hörte es sich warnend und zugleich wütend an. Sie schaute herauf, dorthin, wo ihre Söhne saßen. Salvatore drehte sich um. Der Mann und die Kinder waren dabei, das Theater zu verlassen. Am Ausgang wartete eine Frau in Schwarz auf ihn, schlanker, eleganter, jünger als diese Medea im gepunkteten Kleid.

Salvatore blieb sitzen. Er wollte nicht Zeuge sein, wie Jason sich draußen mit Glauce küsste, seiner neuen Geliebten, die er in den nächsten Tagen heiraten würde, um als Mann der Königstochter König zu werden. Salvatore wollte ihr beistehen, dieser Medea im gepunkteten Kleid, die von dem Mann, dem sie alles geopfert, für den sie vielleicht sogar kriminelle Handlungen begangen hatte, nun verraten und ihrer Kinder beraubt wurde. Vermutlich war jene Glauce in Fiesole die Tochter irgendeines Fabrikanten vor Ort. Und Medea? Die Callas hatte betont, es sei elementar wichtig, dass die Medea der Tragödie eine Fremde war, eine Barbarenprinzessin aus dem fernen Kolchis, keine Griechin, sondern eine Frau, die von den Griechen nicht als gleichwertig empfunden wurde und sich alleingelassen, ausgestoßen fühlte in deren Land. Wie die Callas selbst sich als Griechin in Amerika gefühlt hatte und danach in Italien bestenfalls aufgenommen, angenommen niemals.

Woher kam diese Frau dort unten? Was sie geschrien hatte, war vermutlich Italienisch gewesen. Das musste nicht heißen, dass sie Italienerin war. Sie hatte nichts von der mondänen Selbstsicherheit, die italienische Frauen doch auszeichnete, sie wirkte unbeholfen und provinziell, wie sie nun in ihren breiten Pumps die Stufen heraufkam, Gesundheitsschuhe mit Riemchen. Schwer atmend ließ sie sich neben Marquis Posa nieder, begann ihn mechanisch zu kraulen und schaute hinunter auf die scheckige Wiese, auf der sie vorher gestanden hatte. Ihre vollen Lippen waren verzweifelt rot geschminkt, ihre Oberlippe zeigte den Schatten eines epilierten Damenbartes. Ihr Profil war stark und schön, eine antike Gemme.

Sie sagte nichts, kraulte Marquis Posa und starrte nur auf die Arena hinunter.

»Sehen Sie dort auch die Callas als Medea?«, fragte Salvatore.

Sie nahm ihre Hand von Marquis Posas Nacken, öffnete die Schnalle ihres rechten, dann ihres linken Schuhes, setzte ihre bestrumpften Füße auf die Stufen.

»Was soll ich dort sehen?«, fragte sie. Ihre Stimme war dunkel.

»Maria Callas als Medea«, wiederholte Salvatore.

Sie massierte ihre Zehen. »Warum?«, fragte sie, ohne die Stimme zu heben.

Salvatore sah sie von der Seite an. Natürlich konnte sie seinen Gedankengängen nicht folgen, Medea war eine Fremde. »Sie sind keine Italienerin?«

»Ich stamme aus Fiesole, lebe in Neapel und bin von dort hierhergefahren.«

Salvatore verschluckte sein Erstaunen. »Auf der Flucht vor der Camorra?«, fragte er. »Die hat dort ja alles und jeden im Griff, wie ich gerade gelesen habe in diesem Buch von …«

»Wie kommen Sie darauf?«, fiel sie ihm ins Wort. Sie wandte ihm ihr Gesicht nicht zu, während sie redete. »Ich meine, es ist ja schon ein Fortschritt, wenn die Deutschen – Sie sind doch Deutscher? – zwischen Mafia, Camorra und 'Ndrangheta unterscheiden. Aber ich bin wie jedes Jahr aus rein privaten Gründen nach Hause gereist. Nur ausnahmsweise nicht im August.«

Sie kam wohl sonst zur *Estate Fiesolana*, wenn hier im Juli und August vor dreitausend Besuchern Konzerte aufgeführt wurden. Noch bevor Salvatore danach fragen konnte, schnaubte sie: »Und falls diese Medea eine Oper ist, das vermute ich fast, wenn Sie von der Callas reden, irren Sie. Ich bin zwar Italienerin, aber ich kann mit Opern überhaupt nichts anfangen. Ehrlich gesagt, ich kann Opern nicht ausstehen.«

Sie zog zuerst den rechten Gesundheitspumps wieder an und schloss die Schnalle, dann zog sie den linken an und schloss die Schnalle. »Übrigens esse ich auch niemals Pizza.«

Sie griff wieder in Marquis Posas Nackenfell, schwieg und starrte weiter auf die scheckige Wiese.

»Und was sehen Sie dort unten?«, fragte Salvatore.

Die Frau antwortete nicht. Sie stand auf, strich das Kleid glatt, hob die Arme, weißfleischige, glatte Arme, um ihr Haar ebenfalls glatt zu streichen, wobei die schwarze, dichte Behaarung ihrer Achselhöhlen sichtbar wurde. Dann ging sie Richtung Ausgang. Sie trug den Kopf so hoch, dass ihr Hals länger und schlanker wurde. Als Tragödin verließ sie von der Stille umjubelt das Theater.

Salvatore wäre ebenfalls aufgestanden, hätte ihn nicht ein Raunzer des Marquis Posa davon abgehalten.

Er beschloss, zumindest die folgende Nacht in Fiesole zu bleiben.

Der Herr an der Rezeption des Hotels lächelte. »*Fortunato*«, sagte er, »soeben ist ein Zimmer frei geworden. Mit Blick auf die Domkuppel.«

Als Salvatore sich mit dem Marquis das Abendessen auf der Loggia des Hotelrestaurants, *with exceptional view over Florence, including the dome*, niederließ. Es gab einiges zu besprechen mit seinem Vertrauten.

Trippa fiorentina, empfahl ihm der Kellner als *primo piatto*. Sein gastronomisches Lexikon zu zücken war Salvatore in diesem Rahmen peinlich, doch das Gericht kostete so viel wie andernorts ein dickes Filetsteak, war also wohl eine Spezialität. Als der Kellner Kutteln servierte, brachte Salvatore sein Erstaunen über den Preis zum Ausdruck. Der Kellner grinste und deutete auf die Vedute vor den Arkaden, ein Landschaftsgemälde mit Sfumato, gerahmt von Zypressen, an dessen Horizont inmitten der Dächer von Florenz die Domkuppel zu sehen war.

Salvatore erzählte dem Marquis aus seiner Vergangenheit. Er kannte Hunderte von Medea-Fällen, Frauen, die von ihren Männern für Jüngere verlassen worden waren, die oft noch finanzielle Vorteile versprachen, Frauen, die für diese Männer ihre Kraft und ihre Jugend verschlissen hatten und dann ausrangiert worden waren. Auch diese Frauen waren rachedurstig gewesen, aber ihr Durst war mit Geld zu stillen, auch mit Bußgeld, indem sie ihren Mann bei der Steuerbehörde verpfiffen. »Keine von denen wäre je auf die Idee gekommen«, sagte Salvatore, »die Neue ihres Mannes oder ihre Kinder umzubringen. Keine verspürte das Bedürfnis, dramatisch Vergeltung zu üben. Keine einzige.«

»Das scheint Sie ja richtig zu enttäuschen«, meinte der Kellner in tadellosem Deutsch.

»Ihr Deutsch ist perfekt«, wunderte sich Salvatore.

»Ich bin Deutscher«, erwiderte der Kellner. »Ich bin nach Italien gezogen, weil meine letzte Frau vor dem Sex immer ein

Handtuch unter ihren Hintern breitete, ohne einen Muckser zu tun im Bett lag und Zungenküsse eklig fand. Keine Spur von Leidenschaft!«

Und jetzt?

Jetzt sei er mit einer Italienerin verheiratet. Sie breite vor dem Sex immer ein Handtuch unter ihren Hintern, liege im Bett, ohne einen Muckser zu tun, und finde Zungenküsse ekelhaft.

Salvatore beschloss, die Unterhaltung mit Marquis Posa im Zimmer fortzusetzen. Er skizzierte seinen Plan, an den folgenden Tagen wieder in den Teatro Romano zu gehen, denn so wie die Frau im gepunkteten Kleid auf die Arena gestarrt habe, sei sie durch irgendetwas an diesen Ort gefesselt. Der Marquis reagierte unwirsch. Die hausgemachte Gutenachtpraline lehnte er ab. Was missfiel ihm an diesem Vorhaben?

Am nächsten Mittag um dieselbe Uhrzeit wie am Vortag begleitete er Salvatore zum Teatro Romano, doch er pinkelte an jedem Baum und blieb immer wieder stehen, als leide er an Atemnot.

Sie war bereits da, saß in demselben Kleid wie gestern auf den Stufen und starrte hinunter auf die Arena. Dieses Mal war sie allein.

Salvatore ließ ein »*Permesso*« fallen, platzierte Marquis Posa neben sie und sich neben Marquis Posa.

Von ihrem Körper ging ein Geruch aus, den er am Vortag nicht wahrgenommen hatte. Veilchenduft mischte sich mit der Note von frischen Austern und der eines ungelüfteten Bettes. Der Geruch erregte ihn. Er sah die Frau im Gepunkteten von der Seite an. Sie bebte. Ihre Lippen bebten, ihr Wangenfleisch bebte, ihre Brüste bebten, kaum sichtbar, aber spürbar. Salvatore versuchte, sie sich mit gelöstem Haar vorzustellen. Wie lang war das, was sie in ihrem Haarnetz verbarg? Reichte es bis zum Hintern?

Haar besaß Macht. Die Callas hatte das gewusst und es als Medea offen getragen, nur am Hinterkopf zusammengefasst. Es zuckte Salvatore in der Hand, das Netz wegzureißen.

»Wie heißen Sie?«, fragte er.

Sie schwieg.

»Ich heiße Maurizio Salvatore«, sagte er.

Sie lachte. Ihr Lachen war eine Eruption. Sie heiße Crescenzo. Kassandra Crescenzo. *»Kassandra con K come Kursaal.«*

Warum sie sich mit K schreibe? K sei ein typisch deutscher Buchstabe. K wie in Bunker. Ein hässlicher Buchstabe. Ihre Mutter habe sie hässlich gefunden und ihr deshalb diesen Namen verpasst.

Meine Mutter hat mich nie geliebt. Nach meiner Geburt weigerte sie sich vier Tage lang, mich nur zu sehen, stand in einer der Callas-Biographien unter einem Foto, auf dem das Ehepaar Kalogeropoulos zu sehen war, lächelnd, dazwischen ein Engel im Sonntagskleid mit Schleife im Haar, lächelnd, und ein halbnacktes Monster, auf der Brust eine Königskette bis zum Nabel, das Kinn erhoben, die Lippen fest verschlossen. Das kleine Monster schaute nicht wie die anderen den Fotografen an, sein Feldherrenblick war in die Ferne gerichtet, auf die Schlachtfelder des künftigen Seins, eine Medea von elf Monaten. Erstand jede Medea aus der Missachtung? War das der Humus, der ihre Kräfte ins Ungeheure wachsen ließ? Kam von dort Medeas Mut und Wut, Grenzen zu überschreiten und niederzumähen, was sie am Überschreiten hinderte?

Meine Mutter hat mich hässlich gefunden.

Salvatore wusste, auch seine Mutter hätte Kassandra vulgär gefunden, trotz dieses Kleids. Des Geruchs, des Lippenstifts wegen? Nein, vor allem, weil sie ihre Weiblichkeit ausdünstete.

Ihm gefiel sie mit jedem Atemzug besser. Das war das fleischgewordene Italien, die Medea aus dem Gemälde von Anselm Feuerbach, das er vom Cover seiner Schallplattenaufnahme kannte. Dort hieß es, Feuerbachs Modell habe Nanna geheißen, sei die Frau eines römischen Schusters gewesen und Feuerbachs Geliebte.

Diese Medea aus Neapel konnte seine Nanna werden. Das Wilde an ihr gefiel ihm, sogar die dunklen Haare in ihren Achselhöhlen. Mit dieser Frau würde er sich Italien zu eigen machen, mit jedem Quadratzentimeter ihres Körpers und ihrer Seele das Land erobern. Sich mit ihr zu vereinen bedeutete, sich mit Italien zu vereinen.

Noch immer hatte Kassandra ihn nicht angesehen und war versunken in die leere scheckige Grasfläche dort unten.

Sah sie dort die Leere, die sich vor ihr auftun würde, nachdem der Ehemann ihr alles genommen hatte, das Heim, die Kinder, die Zukunft?

Nein, er wollte ihr heute nicht wieder die Frage stellen, was sie dort sah. Er würde sich damit Zeit lassen.

Salvatore erhob sich. Das »*Addio*« gelang ihm, das o vor allem. Dann verließ er mit Marquis Posa das Theater und wusste ihren Blick in seinem Rücken.

Diesmal beriet er sich mit seinem Freund vorsichtshalber gleich auf dem Zimmer. Er werde ihr seinen juristischen Beistand anbieten, unentgeltlich, und vorschlagen, sie zu heiraten und ihre Kinder zu adoptieren.

Was hatte der Marquis dagegen einzuwenden? Es konnte nur Protest sein, dass er in dieser Nacht so laut schnarchte wie noch nie.

Es nieselte, als Salvatore am drauffolgenden Vormittag mit dem Marquis loszog. Obwohl der übergroße Hotelschirm alle beide vor jeder Feuchtigkeit schützte, war der Marquis kaum von der Stelle zu bringen. Salvatore besichtigte mit ihm zuerst die Basilika Sant'Alessandro. Sie sei erbaut auf den Grundmauern eines römischen Bacchustempels, der seinerseits auf den Resten eines etruskischen Tempels errichtet worden war, las Salvatore. Nur Feinde des Glaubens zweifelten am Märtyrertod des heiligen Alexander. Es stehe fest, dass er an eine Säule gebunden worden sei, wo ihm die Schergen zuerst alle Glieder zerbrochen, ihn dann mit Schwerthieben zerfleischt und schließlich enthauptet hätten.

Warum hatten die Christen nicht den Tempel des Weingottes

wiederaufgebaut, eines rundum erfreulichen Mannes, der auch noch als Tröster der von Theseus sitzen gelassenen Ariadne erfolgreich war?

Vom Geist des Bacchus inspiriert, machte sich Salvatore nach einem Mittagessen mit dem hauseigenen Chianti Classico des Restaurants auf den Weg zum Theater.

Die erste Stunde wartete er gelassen. Die zweite dehnte sich. Das Geniesel war in einen leichten, gleichmäßigen Regen übergegangen. Der Schirm schützte den Marquis offenbar nicht ausreichend. Er hustete und keuchte, bis Salvatore mit ihm aufbrach. Ein weiteres Mal war er bestimmt nicht an diesen Ort zu bringen.

Am Morgen des drauffolgenden Tages zog Salvatore allein los. Es hatte die Nacht durchgeregnet. Der Teatro Romano dampfte. Die Stufen waren noch feucht. Sie stand bereits unten, auf der Bühne, und redete mit ihrem Jason. Jedes ihrer Worte war für Salvatore oben auf der Tribüne so gut zu verstehen, als säßen die beiden mit ihm an einem Tisch. Wussten sie das? Kannten sie die Akustik?

»Lass ab von dieser Wahnsinnsidee, das bringt nichts«, sagte Jason. »Du wirst dich ruinieren mit deinem Sühnefeldzug, restlos ruinieren. Keiner wird dich verstehen, wenn du die Kinder angreifst. Sie trifft keine Schuld.«

Medea trug an diesem Tag ein schwarzes Kleid mit rotem Muster. Waren es Drachen?

»Allein, die ganze Schandtat öffentlich zu machen, wird mir gut tun«, antwortete sie. »Egal, was es kostet. Ich zahle jeden Preis. Danach werde ich mich besser fühlen. Gereinigt. Du wirst mich nicht daran hindern zu tun, was ich tun muss.«

Salvatore folgte ihr in einigem Abstand, als sie den Teatro Romano allein verließ. Sie ging rasch und ohne zu zögern. Erst als sie vor einem Schaufenster stehenblieb, holte Salvatore sie ein. Hinter der Scheibe waren Messer zu sehen. Brotmesser, Tomatenmesser, Taschenmesser, Wurfmesser, Tranchiermesser, Jagdmesser. Ihre Blicke begegneten sich auf der Scheibe. »Was wollen Sie von mir, Signore Salvatore?«, sagte sie zu den Messern.

»Ich will Sie zum Abendessen einladen.«

»Um über Oper und Callas zu reden?« Sie lachte nach unten.

»Nein. Über Ihre Rachepläne. Ich bin vorher unfreiwillig Zeuge …«

Als sie sich umdrehte, wehte ihn ihr Geruch an. Ihr Blick nahm ihm den Atem.

»Sie sind Deutscher, das könnte helfen. Was sind Sie von Beruf?«

»Ich war … ich bin Jurist, Advokat.«

»Der Preis?«

Wie sie die beiden Worte *Il prezzo* aussprach, erhellte Salvatore, was in ihr steckte, wer in ihr steckte. *Quanto? Il prezzo!* Nur die Callas hatte das Ausrufezeichen hinter den beiden Worten gesungen, mit denen Tosca den Erpresser Scarpia nicht fragte, sondern forderte. Zu einem Duell, in dem sie vor nichts zurückschreckte. Sie war alles zu zahlen bereit.

Das Muster auf ihrem Kleid waren tatsächlich Drachen.

»Sie verstehen mich falsch«, sagte er. »Ich möchte wirklich nur mit Ihnen essen.«

»Und ich«, sagte sie, »will wirklich nur wissen, was ein Jurist wie Sie verlangt.«

Als sie auf der langgestreckten, zweireihig gedeckten Loggia des Hotelrestaurants an der Brüstung saßen und der deutsche Kellner mit einem Zwinkern, als verkaufe er Viagra, unaufgefordert zwei Glas Rosé-Champagner kredenzte, lichteten sich die Dunstwolken über Florenz.

Schließlich war die Kuppel klar zu sehen, beleuchtet von der müde zurückgekehrten Sonne. Da wagte Salvatore, Kassandra seine Frage zu stellen.

Was sie sehe, wenn sie im Teatro Romano hinunterstarrte auf die Bühne?

Sie sehe dort drei Männer, drei junge Männer in dunkelblauer Uniform, mit zerschundenen Gesichtern, mit geplatzten Brauen, geplatzten Lippen, kaum mehr imstande, sich aufrecht zu halten, die Hände im Rücken gebunden, vor ihnen ein Erschießungskommando, die Gewehre im Anschlag. Auf den Stufen stünden andere Männer in Zivil, in Angst erstarrt. Dann sehe sie die drei zusammenbrechen, sehe Soldaten in graubraunen Uniformen die Zivilisten mit Gewehrkolben zusammentreiben, zum Ausgang prügeln. Wer umfalle oder auszubrechen versuche, werde abgeknallt.

»Was ist das für eine Oper?«, fragte Salvatore.

»Keine Oper«, sagte sie.

»Ein Theaterstück?«

Kein Theaterstück. Aber es gebe einen Urheber.

Kassandra fasste zwischen die Falten ihres Kleides, zog aus der Tasche eine zusammengefaltete Zeitschriftenseite, klappte sie auseinander und strich sie auf dem Tisch mit der Hand glatt. Ein älterer Herr, leicht gebräunt, das Gesicht bis in die Mundwinkel und Lachfalten angefüllt mit Güte und Lebensfreude, war darauf zu sehen. *Bundeswehrchef Heinz Trettner*, stand unter dem Foto. Ob Salvatore den kenne, fragte Kassandra.

Er habe nicht gedient, nur Ersatzdienst geleistet, sagte Salvatore. Kassandras Blick war ein Auftrag. Er begann den Artikel zu lesen, ein Nachruf.

Einen Tag vor seinem neunundneunzigsten Geburtstag sei Heinz Trettner am 18. September 2006 in Mönchengladbach-Reydt gestorben. Der Sohn eines preußischen Offiziers, in Braunschweig zum Piloten ausgebildet, habe in Spanien während des Bürgerkrieges bei der Legion Condor gekämpft, sei nach seiner Rückkehr im Generalstab ausgebildet und im Januar 1938 zum Generalstabsoffizier bei den Fallschirmjägern der 7. Fliegerdivision ernannt worden. Salvatore übersprang das Folgende, denn vor dem letzten Drittel des Beitrags waren einige Zeilen rot unterstrichen.

Als Divisionskommandeur der 4. Fallschirmjägerdivision war Generalmajor Trettner nach der Landung der Alliierten bis 1944 in Mittel- und Norditalien in Kampfhandlungen aktiv. Am 17. September wurde ihm das Eichenlaub zum Ritterkreuz des Eisernen Kreuzes verliehen. Die Kapitulation der Südfront erlebte Trettner Anfang Mai 1945 in Mittelitalien. Nach dreijähriger Kriegsgefangenschaft arbeitete er beim Kölner Diözesan-Caritas-Verband und absolvierte in Düsseldorf eine kaufmännische Lehre. 1956, nachdem er ein Studium der Volkswirtschaftslehre und Rechtswissenschaft in Bonn abgeschlossen hatte, trat er als Generalmajor in die neugegründete Bundeswehr ein. 1964 wurde er Generalinspekteur der Bundeswehr. 1965 kam es wegen organisatorischer Fragen zu Meinungsverschiedenheiten mit der politischen Führung. Im August 1966 reichte er sein Rücktrittsgesuch ein.

Salvatore hob den Blick. »Und?«

»Lesen Sie zu Ende«, sagte Kassandra.

Es wurden die Auszeichnungen aufgeführt, mit denen Trettner dekoriert worden war. Eiserne Kreuze, Ritterkreuze, diverse spanische Orden, Ritter der amerikanischen und französischen Ehrenlegion, Großes Verdienstkreuz der Bundesrepublik Deutschland mit Stern und Schulterband, Großoffizier des Griechischen Ordens Georg I. und des Verdienstordens der Italienischen Republik. Die letzte Ehrung war rot unterstrichen.

Danach wurden Weggenossen des Verstorbenen zitiert und eine große deutsche Zeitung. Trettner sei *furchtbar nett im Gespräch, feinsinnig und aufrichtig fromm.*

Salvatore schwieg. Er fürchtete, sich mit jedem Wort zu blamieren.

»Wo ist übrigens Ihr *carlino*?«, fragte Kassandra.

Er sei erschöpft und deshalb auf dem Zimmer geblieben, sagte Salvatore.

»Sie schwindeln«, sagte Kassandra.

Als die Kutteln kamen, die Kassandra rühmte, war Marquis

Posa bereits mit von der Partie. Er rühmte sie stumm. Leider, meinte Kassandra, hätten viele *tripperie* in Florenz dichtgemacht. Die Touristen seien zu dumm, um zu kapieren, wie gut und echt dieses Gericht sei.

Als ihr Teller poliert war, erzählte sie weiter: »Einer von den drei Carabinieri, die auf Befehl von Trettner erschossen wurden, war mein Großvater.« Sie wisse es nicht zuverlässig, ob sie im Teatro Romano ermordet worden seien, bilde es sich aber ein. »Wegen der Wirkung. Es sollte denen draußen panische Angst einjagen. Im Amphitheater hallen Schüsse wie Kanonendonner.« Jedenfalls sei es in der Nacht vom 11. auf den 12. August 1944 geschehen. Die letzten Jahre sei sie immer zu diesem Tag angereist, aber dieses Jahr bekomme sie keinen Urlaub um die Zeit. »Außerdem hat mein Cousin am 12. August Geburtstag und beschwert sich, ich würde ihm jedes Mal die Feierlaune verderben. Dabei ist es doch auch sein Großvater.« Ihre Mutter hatte ihr die Geschichte die ganze Kindheit hindurch wieder und wieder erzählt, woraufhin Kassandra oft schlaflos im Bett gelegen oder von Hinrichtungskommandos geträumt hatte.

Kassandra wollte nach den Kutteln nichts mehr essen. Ihr sei der Appetit vergangen. Durst hatte sie. *Testamatta* hieß der Wein ihrer Wahl, strohgelb in der Farbe, nussig am Gaumen, in Fiesole hergestellt. *Testamatta* bedeute so viel wie Spinner, sagte sie und lächelte. Sie lächelte nach innen, trotzdem fühlte Salvatore sich gemeint. Verstand sie ihn?

Bis der Kellner die letzten beiden Gläser einschenkte, wusste Salvatore über Trettners Wirken in der Region Bescheid. Und er wusste, was Kassandra von ihm erwartete.

Mitte Juli 1944 hatte Trettners Fallschirmjägerdivision den Abschnitt Florenz übernommen. Obwohl Hitler Florenz zur offenen Stadt erklärt hat, wurden unter Trettners Oberbefehl Ende Juli 1944 Vorbereitungen zu Sprengungen im großen Maßstab getroffen. 50 000 Menschen wurden aus ihren Wohnvierteln evakuiert. In der Nacht vom 3. auf den 4. August wurden fünf alte Brücken, Renaissance-Bauwerke wie das Machiavelli-Haus, die Türme der Palazzi Girolami Gherardini und Parte Guelfa, der Palazzo Acciaiuoli und einige Kirchen gesprengt. Das Ganze machte Trettner so viel Spaß, dass er nach Räumung der Stadt weiter sprengte und auch noch andere Einfälle hatte, sich in Florenz unvergessen zu machen. Auf den Anhöhen nördlich der Stadt, etwas unterhalb von Fiesole, gingen Artillerieeinheiten von Trettners 4. Division in Stellung und schossen Brandbomben auf Florenz ab. Nachdem er nun schon mal in Fiesole war, machte er sich auch dort nützlich. Fiesole hatte damals nur um die zweitausend Einwohner. Trettner ließ fünfhundert von ihnen mit Waffengewalt zusammentreiben und zu Schanzarbeiten an die *Linea Gotica* deportieren.

Salvatore wusste nicht, was die *Linea Gotica* war, aber er wagte wieder nicht, zu fragen.

Nachdem besagte drei Carabinieri, die ihr Quartier verlassen hatten, um nicht gegen eigene Leute vorgehen zu müssen, erschossen worden waren, wurden bei Säuberungsaktionen gegen Partisanen weitere Fiesolaner ermordet. Am 1. Mai 1945 wurde der deutschen Heeresgruppe in Italien vom Deutschen Oberkommando die Kapitulation angeraten, doch Trettner, der sich den Vorstellungen von deutscher Gründlichkeit verpflichtet fühlte, setzte den Kampf noch vier Tage lang auf eigene Faust fort.

Salvatore sollte Kassandra helfen, ihren Großvater und alle anderen Mordopfer Trettners in Fiesole und Florenz zu rächen.

Dass Hitler diesen Mann für seine Verbrechen in Rotterdam, in Guernica und Italien mit höchsten Auszeichnungen belohnt habe, sei nicht erstaunlich, erklärte Kassandra. Aber dass dieser Verbrecher an Italien in den sechziger Jahren mit dem obersten Verdienstorden der Italienischen Republik bedacht worden sei, das müsse geahndet werden.

Wieder bebte alles an ihr. Der Marquis wurde unruhig, Salvatore ebenfalls. Wie sah die Rache aus, von der Kassandra träumte? Trettner war tot, seine Angehörigen, falls sie noch lebten, waren im Rentenalter. Doch Kassandras Hunger nach

Vergeltung war sicher nicht zu stillen mit einer Pressekampagne, die Trettners Gräueltaten aufdecke.

Bei der zweiten Flasche *Testamatta* erfuhr Salvatore, was Kassandra im Detail von ihm erwartete. Trettners Nachfahren, so noch am Leben, sollten im Winter barfuß die Alpen überqueren und sich auf der piazza della Signoria in Florenz und im Teatro Romano von Fiesole öffentlich vor versammelter Bevölkerung dieses Vaters schuldig bekennen und ihn verfluchen. Der italienische Staatspräsident habe bei diesem Anlass Trettner den Orden abzuerkennen und sich öffentlich für seinen Amtsvorgänger zu entschuldigen. Trettners Leiche müsse exhumiert werden. »Eigentlich sollten ihm die Eier abgeschnitten und die Augen ausgestochen werden, als Futter für die Krähen. Wahrscheinlich ist das aber schon alles verwest.« Doch die Knochen werde sie eigenhändig den *cani scabbiosi* zum Fraß vorwerfen.

Der Kellner schenkte nach. »Den räudigen Hunden«, raunte er in Salvatores Ohr.

Er befürchte, das sei nicht so einfach durchzusetzen, sagte Salvatore, jedenfalls nicht mit gesetzlichen Mitteln.

Kassandra sah ihm in die Augen. »*Il prezzo!*« Wieder in diesem Tonfall, ihrem Tonfall, den keiner vergaß, der ihn einmal vernommen hatte.

Es gehe ihm nicht um Geld, erklärte Salvatore.

»Das habe ich befürchtet!«, sagte Kassandra. »Was wollen Sie von mir?«

Salvatore atmete vorsichtig auf. War der Enge für eine Weile zu entkommen? Gewährte Kassandra ihm eine Galgenfrist, in der er sie ins Land seiner Visionen entführen konnte?

Er erzählte von Maria Callas als Medea, von ihrer Wildheit, ihrer Rachsucht, ihrem Mut, sämtliche Grenzen zu überschreiten, von dem Foto, das die Callas in einem dunkelblauen, weiß gepunkteten Kleid mit weißem Kragen zeigte, die Lippen leuchtend rot bemalt. Dass sich dort auch ein Schatten auf der Oberlippe abzeichnete, verschwieg er.

Abendwind wehte vom Tal her durch die Arkaden auf die Loggia, wehte Kassandras Geruch nach Veilchen, frischen Austern und ungelüftetem Bett zu Salvatore. Umnebelt sprach er weiter. Er sei zu allem bereit, auch dazu, den Weg des geschriebenen Rechts zu verlassen, selbst straffällig zu werden, für sie. Nicht, um sie zu besitzen, nur um sie liebend zu verehren und Maria in ihr.

»*Testamatta!*«, sagte sie. »Die Oper hat Ihnen den Verstand geraubt. Sie lieben und verehren nicht mich, sondern das, was Sie in mir sehen.«

Salvatore blickte hinauf zu den Schwalben, die in den Gewölbezwickeln neben den Arkaden ihre Nester gebaut hatten und aus- und einflogen, als gehöre die Loggia nur ihnen. Er fühlte, wie ihm die Sätze zuflogen, sobald er Kassandra nicht ansah. »Es geht in der Liebe nicht darum, dass die geliebte Person schön ist, sondern dass ich sie schön finde. Was ich in ihr sehe, zählt, nicht das, was andere in ihr sehen.« Das sei wie in der Oper. Die Musik lasse die Menschen schön werden, mache sie liebenswert und begehrenswert.

Kassandras Stimme war nachgedunkelt. »Nichts als Illusionen. Einer wie Sie steht im Boxkampf mit Gummiarmen da. *Pappamolle!*« Sie öffnete ihre Handtasche und entnahm ihr etwas flach Verpacktes. »*Vigliacco!*«, legte sie nach.

Warum zuckten die Ohren des Marquis?

»Wer die Illusionen nicht liebt«, sagte Maurizio Salvatore und beugte sich vor, »kann auch kein lebendes Wesen lieben. Wie könnte ich jemanden nur als das lieben, was er in der Wirklichkeit darstellt, aller Illusionen entkleidet? Dann sähe ich doch unter der glatten Haut, unter dem schönen Fleisch das Skelett, sähe das Elend und die Vergänglichkeit.«

Kassandra klappte die Handtasche zu. »*Vigliacco!*«, wiederholte sie.

Wie sie das Wort ausspuckte, ließ Salvatore den Sinn vermuten. Die Ohren des Marquis zuckten wieder.

Kassandra riss die Verpackung auf, zog ein Zellstofftuch

heraus und wischte sich gründlich die Hände ab. Künstlicher Zitronenduft, vermischt mit Kölnischwasser, zerschnitt die Luft. Da saß nicht Kassandra in schwarzem Kleid mit roten Drachen auf der Loggia, da saß Brigitte Redder in Twinset und Trevirahose, Beige in Beige. Von Kassandras Gesundheitsschuhen war es ohnehin nicht weit zu Frau Redders Birkenstocksandalen.

Das Bild lähmte Salvatore. Reglos sah er zu, wie Kassandra sich erhob, das Kleid glatt strich, sich durch das Haar fuhr und seine Brieftasche griff, die er neben den Platzteller gelegt hatte. Ruhig entnahm sie ihr sämtliche Scheine. »*Pappamolle,* das ist die Sühne eines Deutschen für seinen Landsmann«, sagte sie. »Ich werde das einem italienischen Advokaten geben. Einem mit Eiern.« Sie verließ die Loggia, ohne sich umzuwenden.

Maurizio Salvatore stand auf. Ihn schwindelte. Der deutsche Kellner stand hinter ihm, er legte ihm den Arm um die Schultern. »*Passione* hat zwei Seiten«, sagte er und rückte ihm den Stuhl zurecht. Salvatore setzte sich. Das nächste Glas gehe aufs Haus, sagte der Kellner, eine rote Lacrima Christi. Keine Angst, die habe nichts zu tun mit dem, was ihm aus Studentenzeiten als Betäubungsmittel bekannt sei.

Salvatore sah hinauf zu den Schwalben. Sie lebten ihr Dasein über den Menschen hier, die sich wichtig nahmen, ohne diese wahrzunehmen. Er schaute ihnen so lange zu, bis er nicht mehr wusste, ob er ein Mensch war, der sich als Schwalbe fühlte, oder eine Schwalbe, die kurz Mensch gespielt hatte.

Da wurde es auf einmal warm. Nicht ums Herz, nicht in der Luft, an seinen Füßen wurde es warm und feucht. Marquis Posa erinnerte an sich, seine Bedürfnisse und seine Verdienste. Salvatore nahm ihn hoch und sah ihm ins Gesicht.

Don Carlo. Dritter Akt, zweite Szene. Marquis Posa hatte ein Blutbad zu vermeiden gewusst, indem er, was keiner außer ihm wagte, seinen Freund Don Carlo entwaffnete. Als Verteidiger der Reue, Vorkämpfer der starken Frauen und Ritter der Illusion würde Maurizio Salvatore diesen Ort verlassen. Keiner hatte ihn seines Feldzeichens berauben können. Schon gar nicht Kassandra. Sie hatte ihn daran gehindert, der Held zu werden, der er war, weil sie das Zeichen, in dem er zu siegen versprach, verspottet hatte. Eine Frau, die nicht verstand, dass ihre größte Macht über den Mann in dessen Phantasie lag, war dumm. Erleichtert, auch um einigen Besitz, brachen Maurizio Salvatore und Marquis Posa auf, um im Monat Mai eine zu finden, die ihrer Verehrung würdig war.

Auf dem Toskanischen Land

Mai 2009

Nirgendwo ist es langweiliger als in den Thermen von Saturnia. Diesen Satz hatte Salvatore auf der Loggia in Fiesole gehört. Seither stand fest, dass sein nächstes Ziel Saturnia sein würde. Er hatte Marquis Posa versprochen, auf seiner Wallfahrt ein Intervall einzuschieben, in dem es keine Oper, kein Opernhaus, keine Opernsängerin, keine Erinnerungsstätten an Opernaufführungen oder Opernkomponisten gab. Der Geist des Marquis schien sich nach Langeweile zu sehnen wie ein müder Körper nach Schlaf. »Es wird dort nichts als Fadheit geben«, hatte Salvatore ihm eröffnet. Der Marquis stellte bei dem Wort *noia*, das Salvatore zum Gähnen brachte, die Ohren auf, die Spitze seines Schweifs hob sich, und aus seiner Miene verschwand alles Sorgenvolle.

Für Salvatore war das Fade ohne Geschmack, ohne Farbe, ohne Geheimnis, ohne all das, was erregen konnte. Die ungesalzene Sagosuppe seiner Mutter, das Blöken einer laienhaft gespielten Sopranblockflöte, ein Kettenhotelzimmer in feigem Pastell.

Die Fahrt zu den Thermen begann jedoch mit starken Reizen. Oleander trotzte in Kardinalsrot den Lastwagen auf den Landstraßen, ginstergelb leuchteten die Böschungen, das Grün der Wiesen war gesprenkelt mit Klatschmohnrot, in jeder Ortschaft blühten Rosenstöcke und Geranien in Terrakottatöpfen vor den Häusern, deren ins Dunkle geöffnete Türen die Phantasie verführten. Bougainvillea bedeckte blatternarbige Fassaden, und in jeder Hofeinfahrt feierten Menschen den Alltag im Mai.

Salvatore hatte gehört, es sei typisch deutsch und typisch amerikanisch, der Toskana zu verfallen. Grund genug für ihn, sie abzulehnen wie Junk-Food oder Telemann. Doch wenn er irgendwo den *cavallo andante* anhielt und sein Blick über Weinberge und Olivenhaine segelte, die bis an die Stadtmauern heranwuchsen, über Hügel, auf denen Piniendächer und Zypressensäulen die Architektur des Südens bauten und aus einem Glockenturm Wehmut schepperte, dann wusste er, dass nur in diesem Land die Oper erfunden worden sein konnte. Keine Vernunft konnte sich hier auf Dauer der Versuchung widersetzen, früher oder später musste jeder einsehen: Die einzige Möglichkeit, von ihr nicht mehr verfolgt zu werden, hieß, ihr zu erliegen.

Die Innentemperatur von Salvatore stieg stetig an. Er war auf dem falschen Weg, wollte er sein Versprechen an den Gefährten halten.

In einer Bar sprach er ein paar italienische Radler an, wo in der Toskana wenig los sei und vor allem nicht mit Bustouristen zu rechnen sei. Sie warnten Salvatore davor, auch nur in die Nähe von Montalcino zu geraten, und rieten ihm, sich einen abgelegenen *agriturismo* im Orcia-Tal Richtung Monte Amiata zu suchen.

Je näher die Reisenden dem Monte Amiata kamen, desto deutlicher spürte Salvatore, dass die Radler recht hatten. Harmlos lag der Bergkegel zwischen belanglosen Hügeln, ein Vulkan außer Dienst. Seit 180 000 Jahren war er nicht mehr ausgebrochen. Was an seinen Hängen wuchs, erinnerte Salvatore an Deutschland; Fichten, Buchen, Eichen, Ahorn, Weißdorn. Nur die Kastanienbäume waren anders, keine, die über Biergärten dösten, sondern solche, von denen im Oktober die Maroniigel geerntet wurden.

Von der aufregenden Vergangenheit des Monte Amiata war nichts zu bemerken. Keiner hatte Angst vor ihm. Die Bauern hatten ihre Felder in seinem Windschatten angelegt, weil sie darauf vertrauen konnten, dass dieser Vulkan ein erschlaffter Greis war. An das, was er einmal gewesen war, erinnerten nur noch die heißen Quellen und Geysire, denen die toskanischen

Thermen ihre Existenz verdankten. Wenn der Gast auf der Loggia in Fiesole recht hatte mit seiner Bemerkung über Saturnia, floss das Fade des Berges in diesen gesunden Wassern aus.

Nach einstündiger Fahrt auf einer *strada bianca* landeten die beiden mit dem staubgepuderten *cavallo andante* bei einem *agriturismo*, der mit handgeschriebenen Schildern auf sich hinwies. Der ockergelbe Putz am Hauptgebäude bröckelte, doch abgesehen davon wäre es mit Isolierplatten und weißem Anstrich versehen als Doppelhaus im Bausparervorort jener Stadt durchgegangen, an deren Namen sich Salvatore nicht erinnern wollte.

Außer den dunkel gebeizten Balken und ein paar Madonnenbildern erweckte auch im Inneren nichts den Eindruck, man befinde sich in Italien. »Wir haben viele deutsche Gäste, die hier wandern«, sagte die Chefin des Hauses. »Deshalb haben wir auch einen deutschen Koch.« Auf dem skandinavischen Kiefernholztisch mit karierten Acrylsets wurde abends nach Grissini, die mit einer zu dicken Scheibe Parmaschinken umwickelt waren, zuerst ein Teller mit Maccharoni und Tomatensugo, dann ein Teller mit Salami und als Hauptgang Kalbsragout mit Kartoffelbrei oder Polenta serviert, zum Dessert schnitt der Koch eine Packung mit Tiramisu auf.

Die deutschen Wanderer aßen schon um sieben, weil sie am nächsten Morgen früh aufbrachen. Gegen halb neun herrschte Friedhofsstille auf dem Gelände. Salvatore lehnte mit der Stirn an der Fensterscheibe und sah hinaus in das ereignislose Grün. Es fiel ihm schwer, der Langeweile standzuhalten. In der Oper galt sie als das schlimmste Verbrechen. Gab es überhaupt langweilige Opern? Für den italienischen Geschmack hatte Langeweile wohl mit Länge zu tun. Über jedem Bühnenportal war hierzulande eine Uhr angebracht, nicht allein, um den Besuchern anzuzeigen, wann der Vorhang aufging, denn pünktlich zu kommen galt lange als vulgär, sondern auch um den Abstand zum Ende und damit zum Abendessen anzuzeigen. Eine Oper, die mehr als zweieinhalb Stunden dauerte, war den Italienern immer unverdaubar erschienen. Erfahrene Verleger und Impresarii hatten noch zu Puccinis Zeiten Wagners Werke auf die Hälfte oder wenigstens um ein Drittel eingekocht und so die Italiener auf den Geschmack an der deutschen Kost gebracht. In Cosimas Namen waren solche Praktiken als gotteslästerlich unterbunden worden. Salvatore lähmte nicht der Gedanke an die Dauer oder die sich dehnende Zeit. Es war die Reizlosigkeit, die ihn quälte. Die ganze Welt spielte nur auf einem Ton, ohne Vibrato.

Am ersten Tag sah Salvatore von morgens bis in den hohen Mittag dem alten Vater der Chefin zu, der eine Tür mit brauner Lackfarbe anstrich. Vom hohen Mittag bis in den Abend sah er der Farbe beim Trocknen zu. Marquis Posa machte sich genüsslich im Nichtstun breit, was Salvatores innere Unruhe steigerte. Am zweiten Tag versuchte er, sich an der Musik der Zikaden zu freuen und die Gelüste auf andere Musik zu vergessen. Am Ende des zweiten Tages fühlte er sich, als habe er zwölf Stunden einem verstimmten Cembalo zugehört.

Am Abend des dritten Tages fragte er, ob auf einem *agriturismo* nicht Wein, Olivenöl und Gemüse aus eigenem Anbau auf den Tisch kämen.

»Bei uns nicht, wir bauen nur Mais an.«

Am vierten Tag fragte er nach irgendeiner nahegelegenen Trattoria oder Osteria, in der die italienischen Fernfahrer abstiegen.

»So viele Fernfahrer«, sagte die Chefin, »gibt es in ganz Italien nicht, um Osterien und Trattorien zu bevölkern, nur damit deutsche Italienkenner sie für authentisch halten.«

Am fünften Tag rettete sich Salvatore in eine Biographie über Donizetti. Mit jeder Seite nahm das Leben mehr Fahrt auf. In nicht einmal dreißig Jahren hatte Donizetti neben Hunderten anderer Werke um die achtzig Opern komponiert, im Durchschnitt also zweieinhalb Opern pro Jahr. Es wären mehr geworden, hätte nicht in den letzten Jahren die Syphilis sein Hirn und Wesen zersetzt. *Maestro orgasmo* hatten sie ihn genannt, wohl nicht nur deshalb, weil er sich bei Proben bis zum Siedepunkt erhitzte.

In Donizettis Dasein hatte die Langeweile niemals Zeit gehabt, sich auszubreiten. Atemlos hatte er sich aus der stinkenden Armseligkeit der elterlichen Kellerwohnung nach oben gearbeitet, und als er so weit oben war, dass es keine Steigerungsmöglichkeiten mehr gab, hatte er das Tempo beibehalten. Auf der Flucht vor dem Schmerz oder vor sich selbst? Nach der Heirat mit Virginia Vasselli in Rom hatte es nur kurz nach Glück ausgesehen, weil sie von den wechselnden Geliebten in den Armen ihres Ehemanns nicht wusste oder nichts wissen wollte. Das erste Kind war zwei Monate zu früh gekommen. Eine fingerdicke Vene lief über den Schädel von einem Ohr zum anderen. Nach sieben Tagen, in denen der Säugling nur gewinselt hatte, wurde er von Krämpfen durchzuckt, seine Augen verdrehten sich, er trank nicht mehr, Milch musste ihm mit dem Teelöffel gefüttert werden. Zwei Tage blieb er mit geschlossenem Mund liegen. Dann war er tot. Damals schon war gemunkelt worden, eine Geschlechtskrankheit des Vaters sei schuld daran, dass Virginia ein missgestaltetes Kind geboren habe. Seine Neigung, sich der weiblichen Schönheit in die Arme zu werfen, in so viele Arme wie möglich, hatte Donizetti offen zugegeben. Den *Elisir d'amore,* in nur zwei Wochen komponiert, hatte er *dem schönen Geschlecht in Mailand* gewidmet. Das Gemunkel war lauter geworden, als sich bei der Geburt des zweiten Kindes, einer Tochter, das Grauen wiederholte: Virginia wurde von einer kleinen monströsen Leiche entbunden. Nach der dritten Entbindung, der zweiten Totgeburt, starb auch Virginia, gerade neunundzwanzig. Witwer geworden, kannte Donizetti kein Halten mehr.

Der Biograph verhehlte nicht, wie sehr ihn das Liebesleben des Komponisten anwiderte. Wie er schrieb, strotzten die *Lettere inedite di G. Donizetti,* in den achtziger Jahren in verschiedenen Ausgaben erschienen, vor Obszönitäten und pathologischer Lüsternheit, obwohl die Herausgeber an vielen

Stellen Donizettis Worte durch Punkte ersetzt hatten, um das Bild des Helden fünfzig Jahre nach seinem Tod nicht völlig zu besudeln.

Ich will Gefühle auf der Bühne haben, keine Schlachten, hatte Donizetti kurz nach dem Tod Virginias an den Grafen Gaetano Melzi geschrieben. Er brauchte Nahrung für diese Gefühle und verschaffte sie sich wahllos, wie er selbst zugab. Salvatore las, dass Donizetti täglich nach acht Stunden Arbeit gierig war nach dem, was er *cuccagna* nannte, nach dem Schlaraffenland der Lüste. Immer, wenn der Biograph mit vielen Worten Donizettis Verwerflichkeit verdammte und seine Vergehen umschrieb, sich über seinen Umgang mit Mätressen, Hafendirnen, Gassenmädchen entrüstete, spürte Salvatore etwas Ähnliches wie vor fünfundzwanzig Jahren, als er sich selbst mit verbotenen Heften den Zugang zum sexuellen Untergeschoss verschafft hatte, dessen Existenz seine Eltern leugneten. Sogar das Wort Syphilis erregte ihn, anstatt ihn zu erschrecken.

War es die Langeweile, die jene Vibrationen noch steigerte? Salvatore genoss die Erregungen und fürchtete sie. Als Ritter, der sich für die wahre Liebe schlug, durfte er nicht dem sexuellen Heißhunger eines Donizetti anheimfallen. Er war dazu bestimmt, eine Liebe zu verteidigen, deren Macht im Hinweis auf das Mögliche lag, nicht im Eiweiß des Wirklichen.

Am Abend des siebten Tages entdeckte Salvatore auf dem üblichen Rundgang mit Marquis Posa am äußersten Rand des Anwesens den Vater der Chefin. Er saß auf einer von zwei Korbstuhlruinen unter einer großen Eiche, rauchte eine selbstgedrehte Zigarette und schaute in das ereignislose Grün. Der Korbstuhl neben ihm war leer. Mit einer Kopfbewegung lud der Alte den Gast ein, Platz zu nehmen. Das Licht auf den nützlichen Hügeln hatte bereits an Kraft verloren, als der Alte eine Zigarette für ihn drehte. Beide redeten kein Wort. Erst als es dämmerte, sagte der Alte: »Nur aus Langeweile haben die Götter die Welt erschaffen.« Dann schwieg er, bis es dunkel wurde. Als er aufstand, um zurückzugehen, fragte er: »Worauf wartest du?«

Sie waren nur noch wenige Schritte vom Haus entfernt, als Salvatore antwortete: »Auf die Liebe.«

Der Alte lachte.

Salvatore lag noch Stunden wach auf seinem Bett, die Hand auf Marquis Posas Nacken, und dachte über dieses Lachen nach. Vielleicht wollte der Alte ihm bedeuten, dass auch das Bedürfnis nach Liebe aus der Langeweile wachsen konnte. Mit offenen Augen ließ Salvatore auf den Laufstegen der Dachbalken die vielen Opernheldinnen an sich vorüberziehen, die sich, vom Vater vergattert oder vom Ehemann weggesperrt, gelangweilt und dem erstbesten Liebhaber hingegeben hatten, ohne über irgendwelche Risiken nachzudenken. Sie waren so leicht entflammbar wie ausgedörrtes Dickicht. Salvatore schienen sie den Prinzessinnen in der Boulevardpresse zu gleichen, die es mit Reitlehrern und Bodybuildern trieben, nur um der Langeweile zu entkommen. Und doch war Salvatore entschlossen, es noch ein paar Tage in der Abgeschiedenheit auszuhalten. Nicht allein, damit sein Verbündeter Kräfte sammeln konnte für die nächsten Akte. Salvatore war die Einsicht gedämmert, dass er selbst dringend eine Pause einlegen musste und dass Pausen keineswegs ereignislos waren. Im Gegenteil. Jedes musikalische Werk brauchte das vieltönende Schweigen zwischen den Klängen. In diesem Raum hallte, was verklungen war, nach wie der Flügel des Pianisten, wenn er die Hände von den Tasten nahm. In diesem Innehalten zwischen Daher und Dahin konnten Zuhörer wie Musiker erst der Empfindungen gewahr werden, die sie durchlebt hatten.

Die Verwandlung des Moritz Redder in Maurizio Salvatore war schnell geschehen, zu schnell. Nie war er zur Besinnung gekommen. Die Gier auf das Neue hatte seine Seele fest im Griff gehabt. Doch waren für die Seele Pausen nicht ebenso unverzichtbar wie für die Musik? Die Pause war ein Resonanzraum für seelische Schwingungen. Die Pause vibrierte. Als Maurizo Salvatore diese Vibrationen fühlte und begann, die Tonarten der Stille unterscheiden zu können, plante er bedächtig die

Weiterreise. Viele Tage waren zerronnen ganz ohne Oper, und doch von ihr erfüllt, als Salvatore mit Marquis Posa Richtung Saturnia aufbrach, in die zweite große Pause. Dort wollte er lauschen auf das, was kommen würde. Auch wenn das Orchester pausierte, war es doch, als kündigten sich bereits die zukünftigen Klänge an. In Saturnia gab es kein Haus für die Oper, keine Spuren der Erinnerung an große Operndiven oder Opernkomponisten, nicht einmal an opernreife Tragödien. In dieser Harmlosigkeit hoffte er, in sich hineinhörend etwas über den Fortgang seiner Lebensoper zu erfahren. War dieser Maurizio Salvatore stark genug, Moritz Redder zu begraben und ihm keine Träne nachzweinen? Würde er imstande sein, auf all jene Sicherheiten zu verzichten, die Trittsteine seines früheren Lebensweges gewesen waren?

Unterwegs widmete sich Maurizio Salvatore zum ersten Mal in seinem Dasein einer *opera buffa*. Er war sicher, sich dabei zu langweilen, und das wollte er. Kein Verrat, kein Mord, kein Liebestod war dort zu erwarten, vermutlich nicht einmal eine Intrige, nur Albernheiten, die keinen rühren oder gar ergreifen konnten. Dass er sich für Donizettis *L'elisir d'amore* entschieden hatte, war nicht nur seiner Lektüre zuzuschreiben. Wenn er schon keine Wallfahrtsorte der Oper aufsuchte, wollte Maurizio zumindest in eine Oper eintauchen, die dort spielte, wo er sich bewegte, auf dem toskanischen Land. Zudem meinte er, sich auf Donizetti verlassen zu können. Mit dessen Tragödien, von *Maria Stuarda* über *Lucrezia Borgia* bis zur *Lucia di Lammermoor* war er vertraut, sie waren Teil von Salvatores Alphabet gewesen, der Sammlung seines Vaters. Wer so zuverlässig zu Tränen rühren konnte wie Donizetti, würde diese Gabe auch bei einer lustigen Handlung nicht brachliegen lassen. Trotzdem fürchtete sich Salvatore vor der angekündigten Lustigkeit wie früher vor dem *geselligen Beisammensein* auf Familienfeiern.

Die Landschaft, durch die der Weg nun führte, erschreckte ihn nicht und sie entzückte ihn nicht. Das passte zu seiner Erwartung, zum ersten Mal von einer Oper kaltgelassen zu werden.

Im Anfangschor sangen die Schnitter. Sie sangen von der Liebe, aber nicht von einem harmlosen Sommerflirt. Salvatore war erleichtert: es versprach, brisant zu werden. Den Landmenschen war anzuhören, dass sie sich vor der Liebe fürchteten, vor einer, die diesen Namen verdiente. Vor der Mittagsglut könne man sich im Schatten schützen oder durch ein Bad im Fluss, sangen sie, der Liebesglut aber, die jeden versengt, sei nicht zu entkommen. In einem abgelegenen Dorf hatte Donizettis Librettist Romani die Handlung des *elisir d'amore* angesiedelt, einer Idylle, in der nichts passierte. Obwohl sich die Bauern, die Schnitter, die Knechte, die Mägde der Gefahr bewusst waren, Brandopfer der Liebe zu werden, sehnten sich offenbar alle danach. Weil ihr Dasein langweilig war.

Den schalen Geschmack der letzten Tage am Gaumen, verstand Salvatore sie. Er verstand, dass ihre Gier danach, etwas zu erleben, die Vernunft mundtot machte. Das Libretto erzählte von Soldaten, die unweit eines toskanischen Dorfes Krieg führten, von dem in jenem Dorf nichts zu spüren war. Es erzählte davon, dass die Soldaten dort immer wieder liebesausgehungert einfielen. Und es erzählte, dass die jungen Frauen im Dorf bereitwillig den fremden Männern die Türen und sich selbst öffneten und zuließen, dass sie sich bedienten, bis sie satt waren. Salvatore verstand auch das Verhalten der Frauen. Die Soldaten brachten mit ihrer Gier den scharfen Geruch des Abenteuers in die abgestandene Idylle. Sie hatten die Bitterkeit des Krieges geschmeckt, die in der faden Beschaulichkeit keiner kannte. Die Vorstellung, mit einem solchen Mann dringe auch etwas von der großen Welt in sie ein, knackte die Schale der gelangweilten Frauen. Es bedurfte keinerlei Gewalt.

Das Lachen des Alten veränderte in Salvatores Erinnerung seine Farbe. Die angekündigte Langeweile fing an, seine Phantasie zu animieren. Er begann zu spüren, wie die Erwartung das Fade durchpulste. Während er weiterfuhr und hörte, sah er auf den müden Hügeln, unter Pinien, vor den Hecken, in den

Mulden und Tümpeln die Nymphen aus den Gemälden der Renaissance und des Barock, die in der Trägheit ihres Mittagsschlafes von Göttern, Helden und Satyrn überwältigt wurden und dabei die Augen geschlossen hielten, als schliefen sie weiter und merkten nichts von alledem. Die fremden Männer kamen nicht gegen ihren Willen über sie. Die Nymphen hatten darauf gewartet, und ihr Warten war mit jeder Stunde der Ereignislosigkeit fiebriger geworden.

Salvatore beschloss, vor Saturnia nochmals Station zu machen, als er am Südhang des Monte Amiata den Hinweis auf eine Ortschaft namens Abbadia San Salvatore las. In der Dämmerung quälte sich der *cavallo andante* die Bergstraße hinauf zum höchstgelegenen Ort am Monte Amiata. Zu Fuß machten sich Salvatore und der Marquis auf den Weg durch den *borgo medievale*.

Die dunklen Türeinfassungen aus Lavagestein waren schön und kunstreich bossiert, und doch waren sie Trauerränder. Abbadia San Salvatore war jahrhundertelang eine Bergarbeiterstadt gewesen, in der sich die Menschen drängten. Die Quecksilbermine hier hatte weltweit als die größte ihrer Art gegolten, aus ihr hatten die Menschen Geld und Wichtigkeit und Krankheit bezogen. Dann war die Stadt verarmt, geschrumpft und gesundet. War ihre friedliche Bedeutungslosigkeit besser als das, was sie früher gewesen war?

Erst am nächsten Morgen pilgerte Salvatore mit Marquis Posa an den Rand des Ortes, zu den Resten des Klosters, das seinem Patron gewidmet war. Was von der Abtei übrig geblieben war, erzählte ebenfalls vom Abstieg. Salvatore und Marquis Posa standen in der Krypta zwischen den sechsunddreißig leuchtenden Säulen, die noch den Glanz von gestern in sich trugen. Oft wurde in den Opern Fortuna besungen, deren Rad sich unaufhaltsam drehte. Nie hatte das Salvatore berührt. Nun war ihm, als sei er damit gemeint. War er schon auf der Unterseite des Glücksrades angelangt, würde er nun aus der Langeweile heraufgetragen werden zu den Höhepunkten der Liebe?

Auf der Weiterfahrt in Richtung Maremma ließ Salvatore den Namen auf sich wirken. Maremma. Sie räkelten sich darin, die Nymphen. Ihre schläfrige Wollust brummte in den mms. Je öfter er *L'elisir d'amore* hörte, desto mehr wurde auch die Heldin Adina zu einer dieser Nymphen.

Laut Libretto war Adina die reiche toskanische Pächterin eines Landgutes, nicht nur schön, sondern schlau wie ein Fuchs und umschwärmt wie ein Honigtopf. Doch auch sie wartete untätig, Liebesromane lesend, auf den, der sie sich nehmen würde wie Jupiter die dösenden, planschenden Nymphen der Quellen und Bäche, Wiesen und Wälder, Höhlen und Grotten. Auch Adina war lüstern und nicht willens, ihre Lüsternheit für einen Romantiker wie Nemorino aufzugeben, der von ewiger Liebe schmachtete. Sie wartete auf einen Jupiter, einen, der Blitze schleuderte, der mächtig und gefährlich war. Und Jupiter kam über sie unter dem Namen Belcore, ein Militär, mächtig und gefährlich, der sich wie Jupiter nahm, was er wollte, und mit dem brüstete, was er genommen hatte. Und doch war es Nemorino, der zum Schluss Adina gewann.

Salvatore erkannte in Nemorino sofort einen Seelenverwandten; zuerst wurde er von der Frau seiner Wahl verlacht als romantischer Spinner, schließlich aber erkannt als der Einzige weit und breit, der wusste, was Liebe war. Nemorinos Erfolg beflügelte Salvatore. Hier, in der Langeweile, konnte offenbar auch einer wie er, einer wie Nemorino siegen. »Schon Großherzog Leopold hat gesagt, Saturnia sei das traurigste Kaff Italiens«, hatte er auf der Loggia in Fiesole gehört. In Saturnia gebe es nichts außer heißen Quellen, absolut gar nichts. Wo es nichts gab, schon gar keine Oper, wurde einer zum Helden, der einer Frau ihr Leben zu Oper machte.

Salvatore wurde deutlich, wo seine Chancen lagen. Mit anschwellender Hoffnung bewegte er sich auf schmalen Straßen dorthin, wo ihn die Langeweile erwartete mit allem, was sie mittlerweile für ihn versprach.

Kurz vor Saturnia folgte er der Wegweisung Le Cascate del

Mulino, wie es die Radler empfohlen hatten. Weil dort das Baden in den heißen Schwefelwasserfällen umsonst sei, fänden sich die Einheimischen ein. Das hieß für Salvatore die einheimischen, gelangweilten Frauen, die willfährigen Nymphen.

Es war später Nachmittag, als ihm der üble Geruch fauler Eier in die Nase stieg. Freunde, Freundinnen, Liebespaare, männliche, weibliche, gemischte, torkelten über die Straße, oft in Viererreihen oder Fünferreihen, hielten den *cavallo andante* auf, glotzten lachend durch die Scheiben, klopften an die hinteren, wo sie den Marquis brüten sahen, und torkelten weiter. Salvatore parkte den *cavallo* und ging zu Fuß dorthin, wo alle hingingen, Beutel oder Taschen über den Schultern.

Was er sah, war der Zeit entrückt. Ein dampfendes, schäumendes, stinkendes Arkadien. Da waren sie, die Nymphen, manche in Badekleidung, manche nackt, tauchten und planschten in den Becken, über die sich das heiße Wasser ergoss. Sie erfüllten die Langeweile mit ihrem Gekicher und reizten durch ihre Trägheit. Salvatore stand und schaute und lauschte und fühlte seine Gliedmaßen schwer werden.

Es wurde bereits dunkel, als er sich auf die Suche nach einem Hotel machte. Eine Pinienallee mit jenen Schwellen, die in deutschen Wohngegenden Raser einbremsten, führte unter Kurparkkugellampen auf ein Gebäude aus Naturstein zu. Nur das Pampasgras und die teuren Autos vor den Terme di Saturnia verhinderten, dass dieses teure Hotel für einen Bahnhof gehalten wurde.

Eine Stunde später schritt Salvatore als ein Pilger in weißer Frotteekutte über die Steinplatten auf das Becken im Freien zu, aus dem die Schwaden stiegen. Nymphen erwartete er dort vergebens. Frauen mit Bademützen lagerten am Beckenrand, die vielfach beringten Hände mit leuchtend lackierten Nägeln auf den Stein gebettet, daneben Männer, die aus dunklen Sonnenbrillen in den nächtlichen Dunst starrten. Die Langeweile war da, sie vibrierte jedoch nicht. Sie gähnte ohne vorgehaltene Hand.

Beim Frühstück zwischen den anderen Bademantelpilgern, die in Frotteelatschen durch den Raum schlurften, wusste Salvatore bereits, dass er hier nicht finden würde, was er suchte. Diese Frauen waren saturiert. Ihre Langeweile hatten die Männer mit Brillanten besetzt, deren Glitzern sie für Leben und Erotik hielten. Dass Marquis Posa übel war, offenbar vom Schwefelgestank, und er in der Nacht erbrochen hatte, beschleunigte Salvatores Aufbruch.

Er erinnerte sich, an der Straße ein Plakat gesehen zu haben, das eine Fattoria La Caraffa bewarb. Die Straße dorthin zweigte an der Osteria della Pernice Richtung Montemerano ab. Obwohl er den Wegweisungen dorthin folgte, gelang es Salvatore, die zehn Kilometer bis zu seinem Ziel in einer guten Stunde zu bewältigen.

Die Fattoria La Caraffa war direkt aus einem Reklamespot für Chiantiweine auf den Hügel gefallen, ein Gutshaus aus dem 16. Jahrhundert mit Zypressenallee, Buchsbaumhecken und braunen Markisen über den Fenstern. Das Gittertor war verschlossen. Salvatore läutete. Es meldete sich niemand, nur ein Hund kläffte. Durch die Stäbe sah Salvatore eine Hollywoodschaukel, auf der eine junge Frau in eisblauem Kleid saß, im Haar ein eisblaues Band. Sie las. Sie las laut. Um sie her lagerten auf dem Rasen junge Frauen und Männer mit auffallenden Sonnenbrillen und hörten ihr zu. Wenn die Frau in Eisblau lachte, lachten sie, wenn sie kreischte, kreischten sie, wenn sie stöhnte, stöhnten sie. Salvatore klingelte erneut. Keiner der Leute auf dem Rasen machte Anstalten, sich Richtung Tor zu bewegen, nur der Hund kläffte wieder. Marquis Posa zerrte zurück zum Auto. Als Salvatore ein drittes Mal auf den Knopf drückte, erhob sich eine junge Frau in einem Bikini mit Dalmatinermuster von der Wiese. Auch ihr Gang hatte etwas von einer Dalmatinerhündin. Man halte hier bis drei Uhr Siesta, erklärte sie Salvatore und verschwand wieder.

Er fuhr mit dem Marquis zurück bis zur Osteria della Pernice. Dem Marquis war anzusehen, dass ihn etwas beunruhigte.

War es das Kläffen gewesen, waren es die Geräusche der Menschen im Garten, oder war es Salvatores spürbare Neugier? Die *crostini* teilte er gerecht mit dem Marquis; die mit Olivenpaste nahm der sogenannte Herr, die mit Wildschweinschinken der sogenannte Hund.

Nach den Lammkoteletts mit Rosmarin wirkte der Marquis wieder gelassen, und Salvatore wagte es, um drei Uhr erneut den Klingelknopf am *cancello* der Fattoria La Caraffa zu drücken.

Die junge Frau im Dalmatinerbikini trug nun eine weiße Leinenhose und eine weiße Bluse. Sie blickte an ihm vorbei auf sein Auto. Ja, es gebe freie Zimmer. Als Salvatore hinter ihr herging, sah er, dass sie unter der Leinenhose nichts trug. Das war nicht die Nymphe, von der er träumte. Zu viel Absichtlichkeit.

Die Hollywoodschaukel war verwaist. Im Schatten des Hauses unter einer Pergola mit wildem Wein saß die Frau im eisblauen Kleid und war mit einem Sudoku beschäftigt. Neben der Zeitschrift stand eine Schale mit getrockneten Datteln.

Signora Diana, wurde sie vorgestellt, *la proprietaria.* Nicht Adina, aber immerhin Diana. Ihre Hände waren weich, weiß und endeten in Babyfingernägeln. Ihre Füße in den eisblauen Sandalen waren weich, weiß und endeten in Babyfußnägeln. Unter dem Stoff ihres Kleides zeichneten sich Mädchenbrüste ab, die so taten, als wüssten sie nichts von ihrer Wirkung.

Ohne den Blick von ihrem Rätsel zu heben, sagte Diana: »Sie sind Deutscher.« Es war keine Frage. Sie nahm eine Dattel und steckte sie in den Mund.

Salvatore schwieg. Sie betrachtete das Quadrat auf dem Tisch, füllte mit schwarzem Stift rasch einige Felder aus und sagte: »Sie haben exakt um drei geklingelt.«

Signora Diana schaute ihren Gast auch nicht an, als er ihr einen schönen Tag wünschte. Sie spuckte einen Dattelkern auf die Terrakottafliesen und sprach ein *grazie altretanto* in ihr Rätselheft.

Das Zimmer im Gutshaus, das Salvatore zugeteilt wurde,

war groß. Alles, was darin stand, war groß, der dunkle Eichenschrank, das Bett mit einem geschnitzten Kopfteil, der runde Tisch mit seinem Ballusterfuß, das Sofa. Ein Zimmer für zwei Bewohner. Obwohl es erst Nachmittag war, zog durch Salvatores Körper Abendstimmung. Durch das Fenster, das zum Garten hinausging, sah er Diana im eisblauen Kleid. Der Sudoku lag vergessen herum, sie flatterte über den Rasen. Wem flog sie zu?

Das Abendessen fand in einem langgestreckten Saal statt. Eine Längsseite öffnete sich zum Hof, an den drei geschlossenen Wänden hingen Silberteller und dazwischen hochformatige Ölgemälde; der Firnis war so stark nachgedunkelt, dass Salvatore übersah, was sie genau zeigten. Irgendwelche Gestalten mit Silbertellern in der Hand. Man hatte diese Bilder wohl in Hinblick auf die Funktion des Raumes ausgewählt. Er wurde am unteren Ende des Refektoriumstisches platziert, einen Hochstuhl für Kinder stellte die Dalmatinerin neben ihn. Am oberen Ende des Tisches, ihm gegenüber und an die fünf Meter entfernt, saß Diana. Ihr Blick musste auf ihn fallen, und er fiel auf ihn. Doch er fiel, wie ein Blatt vom Baum fällt.

Sie sprach mit denen rechts und links, denen, die sie im Garten umlagert und nun ihre auffallenden Sonnenbrillen ins Haar geschoben hatten; sie sahen aus wie Insekten. Es wurde Rotwein serviert, der hauseigene. Angebaut in den Weinbergen Dianas, geerntet von Dianas Leuten, gekeltert von Dianas Winzern, ausgebaut nach Dianas Vorgaben.

»Kein Chianti classico«, sagte Salvatores Tischnachbarin, die Dalmatinerin, und streichelte Marquis Posa, und als sie dabei seiner Hand begegnete, streichelte sie diese Hand, bis Salvatore sie ihr entzog. »Hundert Prozent Sangiovese.«

Diana konnte sie nicht gehört haben. *»Sangiovese, il sangue di giove«*, sagte sie zu allen und zu niemandem. Sie schwenkte ihr Glas im Kreis, ohne es von der Tischplatte zu nehmen, kleidete dabei dessen Wand bis zum obersten Rand mit dem Wein aus, nahm das Glas, atmete mit geschlossenen Augen darüber ein, öffnete den Mund, ohne zu trinken. Ein hellrosafarbener Rosenschlund. Salvatore starrte sie an. Sie fuhr mit ihrer rosafarbenen Zunge die rosigen Lippen entlang, einmal rundherum, dann noch einmal. Nachdem die Zunge zum dritten Mal gekreist war, setzte Diana das Glas an. Salvatore schaute zu, wie sie trank. Leer schluckend beobachtete er, wie Diana das Blut Jupiters in sich aufnahm. Sie wusste wohl, ohne die Lider zu öffnen, wie er ihr zusah und dabei an eine andere Dimension der Liebe als die wahre, einzigartige, ewige dachte.

Das nächste Abendessen verlief genauso. Anstatt ein Tischgebet zu sprechen, begrüßte Diana Jupiter und vereinigte sich mit ihm. Am dritten Abend hatte Diana ein tiefgelbes Kleid angezogen. Nun verstand Salvatore. Sie war hier die Königin der Drohnen in einer Welt ohne Ereignisse. Wie Adina wurde sie von allen angebetet, die verlernt hatten, ihrem Dasein aus eigener Kraft eine Ordnung zu geben und die Neugier zu bewahren, ein glitzerndes Idol inmitten der Gelangweilten.

Sie stand früh auf, um im Pool allein ihre vierzig Bahnen zu ziehen, war danach auf ihrer Terrasse mit einem Elektrostimulationsgerät zu beobachten, von dem Stromkabel zu ihrem fast nackten Körper liefen, überwachte bis zum Mittag die Küche und das Personal, las nach dem Mittagessen aus ihrem neuesten Lieblingsbuch vor oder erzählte ein modernes Liebesdrama nach, leicht, spöttisch und schnell, löste, wenn die anderen schliefen, ihre Sudokus, kontrollierte Restaurierungsarbeiten auf dem Anwesen, an Mauern, Fensterrahmen, Treppen und Bodenbelägen und hatte abends den Vorsitz über die Runde ihrer Verehrer.

Und er? Den Tag über war er auf der Flucht vor der Dalmatinerin und versuchte, irgendwo einen Blick auf die eisblaue, nicht fassbare Herrin des Hauses zu erhaschen. Diana trug täglich etwas Eisblaues. Salvatore erstaunte das nicht. Auch die Adina des *Elisir d'amore* gab sich so lange kühl, weil sie Angst vor der Glut hatte, ohne freilich diese Angst zuzugeben.

Wenn Diana ihn ansprach, vergaß Salvatore all sein Italienisch und schämte sich im Nachhinein für jeden der missglückten Brocken, die er abgesondert hatte. Doch er durfte sich nicht vereinnahmen lassen von der Langeweile; sonst würde auch er zu einer der Drohnen. Er musste Dianas Interesse wecken.

Es war ein Glücksfall, dass er während der Siesta Zeuge wurde, wie drei Männer in Sportkleidung und Goldarmbändern an den breiten Handgelenken durch die Hintertür in den Garten eindrangen und von dort durch die Gartentür in Dianas *salone*. Als sie herauskamen, waren sie schwer bepackt mit Weinkisten, solchen aus Holz, die der teuren *Riserva* vorbehalten waren. Hinter einem Pfeiler verborgen beobachtete er, wie sie die Kisten zum Tor trugen, sie dort im Kofferraum verstauten und das Ganze wiederholten. In der Gesäßtasche trug jeder eine Pistole. Diana wurde erpresst. Schutzgeld in Flaschen. Kein Einheimischer wagte gegen diese Mafia oder wie immer sie in der Toskana hieß, vorzugehen. Er, als Fremder, war berufen, die Ketten zu sprengen. Doch wie sollte er als Einzelner gegen drei Kriminelle vorgehen? Während Salvatore seinen Plan ausarbeitete, kamen die Mafiosi ein drittes Mal beladen aus dem Haus. Noch bevor Salvatore seine Strategie zu Ende gedacht hatte, hörte er ihren Wagen starten.

Am Tag darauf setzte er sich mitten in den Garten und las in der *Divina Commedia*. Ein Deutscher, der dazu imstande war, musste auf Diana interessant wirken. »Bis wohin haben Sie gelesen?«, fragte Diana. Sie wartete seine Antwort nicht ab. »Hören Sie auf, wenn das Paradies beginnt, da schlafen Ihnen die Füße ein. Nur die Hölle ist gut. Das hat Dante Spaß gemacht.«

Wenige Tage, nachdem die Mafiosi zu dritt angerückt waren, beschritt zur selben Uhrzeit ein Mann fortgeschrittenen Alters denselben Weg. Er trug Jeans, ein Hemd in Orange und das lange graue Haar offen. Salvatore durchschaute seine Tarnung, bevor er ihn mit Weinkästen zum Auto zurückkehren sah. Diesem Gegner war er gewachsen.

Der esoterisch verkleidete Mafioso sackte knochenlos und lautlos zu Boden. Nur die Weinkiste krachte. Aus dem orangefarbenen Haufen stieg ein Wimmern auf. Alle, die sich aus Angst vor dem Gangster verkrochen hatten, brachen nun ins Freie, die Drohnen, die Dalmatinerin und schließlich Diana.

Sie kniete sich neben den wimmernden Haufen. Dann wandte sie das Gesicht nach oben. »Wie ist das passiert?«, fragte sie.

Salvatore hätte nicht vermutet, wie hart eine weiche, weiße Hand mit Babyfingernägeln zuschlagen konnte. Seine Erklärungsversuche schienen nicht zu Donna Diana durchzudringen. In den folgenden Tagen war er für sie ein zahlendes und nur deshalb geduldetes Nichts. Die Dalmatinerin wusste, dass die drei bewaffneten Besucher ortsansässige Carabinieri waren, die sich den Jahreslohn fürs Wegschauen abholten.

»Wir haben Gäste, die wichtig sind, die halten es nicht aus, dreißig zu fahren, und brauchen auch mal Exkursionen in die Nachtclubs am Meer, wo sie keinen Kamillentee trinken.«

Und der Mafioso in Orange?

Das sei einer vom Monte Labbro und der *mago* von Dianas Mutter gewesen. Vom Monte Labbro, keine halbe Stunde von Saturnia entfernt, hatte Salvatore gehört. Ein Fuhrmann hatte hier vor hundertfünfzig Jahren statt eines Fuhrunternehmens einen Gottesstaat gegründet, was ihm als Vierzehnjährigem in himmlischen Visionen befohlen worden war. Weil sein Unternehmen nicht allein christlich, sondern auch sozialistisch war und sein Wahlspruch *Lang lebe Gott, die Republik und die Freiheit* lautete, wurde der erleuchtete Fuhrmann als gefährlich eingestuft und seine Wirkungsstätte nur als geschlossene Anstalt geduldet. Als der Fuhrmann mit seinen Jüngern bei einem Protestmarsch den Ort verließ, wurde er von einem Carabiniere erschossen und daraufhin zum Heiligen für andere nicht offiziell anerkannte Visionäre, ob christlich, buddhistisch oder freischwebend esoterisch. Und seit der Dalai Lama auf dem Monte Labbro eine Mönchsgemeinde beehrt hatte, warfen sich dort auch reiche Amerikaner in Dalai-Lama-farbenem Kaschmir zu Boden.

Doch wozu hatte Dianas Mutter einen Magier gebraucht?

»Sie war krank, und zwei Wochen nachdem der *mago* sie geheilt hatte, ist sie gestorben.«

Die Nachricht stärkte Salvatores Zuversicht, auch Diana sei realistisch genug, an Wunder zu glauben. Dann konnte er sie, wie Nemorino seine Adina, davon überzeugen, dass Illusionen das Fundament des Glücks waren.

An einem Sonntag, als er aus dem Fenster zusah, wie sie sich auf den Weg zur Kirche machte, erkannte Salvatore, dass es kein Eisblau war, das Diana täglich am Leib hatte, es war ein Vergissmeinnichtblau, das Sehnsuchtsblau der Romantiker. Wie hatte er das so lange übersehen können? Als sie sich an diesem Nachmittag in ihr Sudoku vertiefen wollte, setzte sich Salvatore neben sie, und während ihr schwarzer Stift die Quadrate füllte, erzählte er ihr von der wahren Liebe, einzigartig, unersetzlich und ewig.

Als er fertig war, fragte sie ihn, ob er Theologe sei.

Er sei Jurist, sagte Salvatore. Doch damit wolle er nichts mehr zu tun haben. Er habe sich von seiner Kanzlei, von seinem Beruf, von seiner Vergangenheit unwiderruflich abgewandt.

»Schade«, sagte Diana. »Trockene Weine und trockene Fakten interessieren mich. Ihre Liebesperlen können Sie einpacken.« Dann aber wandte sie den Kopf und sah ihn an.

Am Sonntagabend streckte sich Salvatore auf seinem Bett aus, neben sich ein Glas mit Jupiters Blut, und erklärte Marquis Posa seine Liebe zu Diana. Niemand werde ihn jemals davon abbringen. Er brauche nur jemanden, der ihn für sie begehrenswert mache. Er sei entschlossen, sich für die nächsten Wochen hier einzumieten. Marquis Posa lag starr auf dem Bett und gab keinen Laut von sich. Es war nichts zu hören als das Knacken des Schranks und Geräusche, die von dem Raum oberhalb der Dachschräge kamen, wo lüsterne Siebenschläfer die Siebenschläferinnen verfolgten.

Am nächsten Morgen stellte Salvatore fest, dass der Marquis zum ersten Mal während ihres Zusammenseins genässt hatte. Salvatore ignorierte die Warnung und eröffnete Diana persönlich, er wolle sein Zimmer für einen weiteren Monat behalten.

»Warum?«, fragte sie. »Es ist hier doch für einen Fremden nur langweilig.«

Wieder versagte Salvatores Italienisch. Sie verzog den Mund. War es ein Lächeln?

Dann kam jener Donnerstag, der alles veränderte. Um die Mittagszeit erdröhnte ein Motorengeräusch, das Salvatore sofort als bedrohlich empfand. Es klang nach Krieg. Marquis Posa tat, was er fast nie tat, er bellte kurz und hell. Dann verstummte der Lärm schlagartig. Als Salvatore ins Freie trat, in die reglose, hochsommerliche Hitze, rannte die Dalmatinerin mit zwei anderen Frauen zum Gittertor. Salvatore folgte ihr langsam. Vor dem Haus standen drei Maserati quattroporte in Silbergrau und vor den drei Maserati quattroporte standen drei Männer in dunkelblauen Zweireihern, hellblauen Hemden und dunkelblauen Krawatten. Sie hatten die Beine leicht gespreizt und die Hände auf Höhe der untersten Knöpfe übereinandergelegt.

Als Salvatore und Marquis Posa später von ihrem Spaziergang auf die Fattoria zurückkehrten, parkten die drei Maserati noch immer vor dem Tor, und aus dem *Salone* Dianas waren Männerstimmen zu hören, eine vor allem, etwas höher und schärfer als die anderen.

Die Tischordnung an diesem Donnerstagabend war abgeändert worden. Rechts und links von Diana saßen die drei Maseratifahrer. Salvatore war mit einigen anderen vom unteren Ende der Tafel an einen Zusatztisch komplimentiert worden, der immerhin oben, nahe Diana stand. Er saß Rücken an Rücken mit dem Lautesten.

Fedele Buonasera hieß er, genannt Trueman, und alle schienen ihn zu kennen. Sprach er, wippte er mit den Füßen. Und Diana schwieg, bis er geendet hatte. Sie schwieg beherrschend, kein anderer am Tisch wagte, etwas von sich zu geben. Endete Trueman, rief sie »*Bravo!*« Oder »*Ecco!*«, und die beiden anderen Maseratifahrer lachten die Runde nieder; keiner hörte, ob jemand protestierte oder sich räusperte. Truemans Reden und Truemans Rasierwasserwasser erfüllten den Raum.

Er sei der engste Mitarbeiter des Condottiere, wusste die Dalmatinerin.

Salvatore wurde zwangsläufig Zeuge von Truemans Vorträgen über die Macht des positiven Denkens. Er habe die Methode des Condottiere übernommen, angefangen mit der morgendlichen Übung, sich selbst vorzusagen, »Ich mag mich«.

Da wandte sich Salvatore um. »Und? Klappt es?«

»Mittlerweile«, sagte Trueman, »muss ich gar nicht mehr reden, nur in den Spiegel schauen.«

War es seine vermeintliche Bildung, auf die Diana hereinfiel? Fast jeden seiner Sätze untermauerte er mit einem Zitat. Wie Marc Aurel gesagt hat. Wie Galilei gesagt hat. Wie Dante gesagt hat. Wie Garibaldi gesagt hat. Wie Toscanini gesagt hat. Keiner widersprach ihm, auch dann nicht, wenn er Garibaldis Meinung zu Autobahnen oder Toscaninis Ansichten zum Privatfernsehen wiedergab.

Salvatore wusste, dass eine Frau den Verstand verlor, wenn solch ein Jupiter aufkreuzte. *Son galante, son sergente*«, sang Belcore im *Elisir d'amore*. Ich bin galant und bin Sergeant. »*Cede a Marte, Dio guerriero, / Fin la madre dell'Amor.*« Mars, dem Gott des Krieges, erlag sogar Amors Mutter. Das genügte, um Adina schwach werden zu lassen. Doch was half es, über die Qualität der Methode nachzudenken? Sie funktionierte, das zählte.

Trotz unmissverständlicher Reaktionen des Marquis sprach Salvatore am nächsten Morgen nach dem Frühstück Trueman Buonasera an und fragte ihn, warum er bei Signora Diana so gut ankomme.

»Ich habe ihr angesehen, dass ich ihr gefalle, und die Festung sofort gestürmt.« So halte er es immer. Zögern sei das Ende für den Zögerer. Das sei in jedem Krieg so, im Krieg der Politik, des Geschäftslebens, der Liebe.

Auch das war Salvatore nicht neu.

Al vincitore arrenditi!, forderte der Militär Belcore im *Elisir d'Amore*. Unterwirf dich dem Sieger! Und Adina unterwarf sich.

Ob ihn die Trias von Schönheit, Intelligenz und Bildung bei einer Frau nicht zaudern lasse, fragte Salvatore.

»Ich finde wie der Condottiere dumme Frauen anziehend«, sagte Trueman wippend.

Aber Diana sei schlau wie ein Fuchs, wandte Salvatore ein.

»Dann wird sie sich dumm stellen, damit ich sie liebe. In dieser Hinsicht habe ich profitiert von den Erkenntnissen unseres Ministerpräsidenten. Er holt Frauen ins Parlament, die früher Nacktmodels oder Halbnacktmodels waren und dann studiert haben. Er hat sie vor Augen, wie sie im Fernsehen, in einem der Magazine oder Kalender posiert haben, nur Titten und Arsch, und kann darüber ihr Hirn vergessen.«

Salvatore war beruhigt. Er hatte sich geirrt. Dieser Mann würde Diana nie gewinnen.

Auch am zweiten Abend gaben die Soli von Trueman vor, was gespielt wurde. Diana hatte ihn nach dem Rezept seines Erfolges gefragt, und er hatte erklärt, es sei wie alle Erfolgsrezepte ganz einfach. »Das Leben dreht sich um Sex, Fernsehen und Geld. Wer damit jonglieren kann, ist Sieger.«

Nun glotzten alle auf ihn, auch die Männer. »Du setzt dein Geld ein, um im Fernsehen an die Macht zu kommen. Du setzt Sex im Fernsehen ein, und zwar überall, um damit Geld zu machen. Du setzt das Fernsehen ein, um Geld und Sex zu verherrlichen. Schließlich glaubt jeder daran, dass nur durch diese Dreieinigkeit der Weg zum Heil führen kann. Ein Schlüsselloch, zu dem du allein den Schlüssel lieferst. Der Condottiere hat viel vom Vatikan gelernt.« Dann fing er an, von Erlösungstaten zu reden, die überall den Glauben festigten. »Der Condottiere hat die Werbung in Italien von ihren Fesseln befreit«, sagte er. »Er hat für das Fernsehen getan, was Lincoln für die Negersklaven tat.«

Salvatore stand auf und zog sich mit dem Marquis zurück ins

Freie. Die Nacht war sternklar und still. Die Maseratifahrer hatten sogar die Zikaden zum Schweigen gebracht. Da sah er sie, wie sie aus dem Nichts aufgetaucht durchs Dunkel fiel, eine Sternschnuppe. Salvatores Wunsch teilte die Bahn mit ihr, bis sie erlosch.

Er hatte gerade erst die Zigarette gerochen, da kam schon die Stimme von Trueman Buonasera. »Das war eine Leuchtrakete.«

Salvatore fing an, Trueman zu bemitleiden.

Dass es eine Sternschnuppe gewesen war, bewies der nächste Morgen: Diana sprach ihn an, ihn allein und persönlich, und erteilte ihm einen Auftrag. Sie brauchte Nachschub an Stecknadeln, speziellen Stecknadeln, die es nur in einem kleinen Geschäft in der Ortsmitte von Saturnia gebe, hinter der Kirche rechts bergab, dort, wo die Reste der alten via Clodia zu sehen seien. Auf dem Zettel sei alles notiert.

Salvatore und Marquis Posa machten sich zu Fuß auf den Weg zu der Anhöhe, auf der ein Dorf behauptete, die älteste Stadt Italiens zu sein, von den Etruskern dort gegründet, wo Saturn wütend einen Blitz in die Erde geschleudert habe.

Auf dem zentralen Stadtplatz standen zwischen Steineichen die Musiker der *banda,* der örtlichen Blaskapelle. Ein unentdecktes Mussolini-Double hielt eine Standarte, an der ein blaues Banner befestigt war. *Corpo Bandistico G. Donizetti* stand darauf. Vor der *banda* hatte sich ein Mann von eineinhalb Metern aufgebaut, der mit einer Trillerpfeife die Aufmerksamkeit auf sich zog. Dann steckte er die Trillerpfeife in seine Brusttasche, gab mit einem roten Kugelschreiber den Einsatz und dirigierte, indem er ihn in der Vertikalen rhythmisch auf- und niederzucken ließ. Er musste früher Tambourmajor beim Militär oder einer Karnevalskapelle gewesen sein. Die *banda* folgte seinen Anweisungen gut gedrillt. Sie begann mit dem Triumphmarsch aus der *Aida,* doch bereits das zweite Stück war ihrem Paten gewidmet. Die Umstehenden sangen, pfiffen, summten mit, als die ersten Takte von *Una furtiva lacrima* erklangen. Salvatore kannte den Text von Nemorinos Arie auswendig.

I miei sospir confondere
Per poco a' suoi sospir!...
Cielo, si può morir;
Di più non chiedo,
Si può morir d'amor.

Die *banda* spielte für ihn.

Meine Seufzer mit ihren
Für kurze Zeit vereinen!
Himmel, dann kann ich sterben!
Mehr verlange ich nicht,
dann kann ich sterben vor Liebe.

Salvatore kamen die Tränen. Auch die alte Dame im Leopardenkleid neben ihm schluchzte. Als der Dirigent mit der Trillerpfeife abpfiff, legte sie ihren Kopf an Salvatores Oberarm. »Wer da nicht weich wird, hat ein Herz aus Stein.«

Salvatore sah seinen Weg auf einmal vor sich. Nadeln sollte er ihr mitbringen. In allen Opern wurden damit Liebesbriefe verschlossen und andere geheime Botschaften. Er folgte der Wegweisung Dianas. Bei der Kirche führte die via Clodia begab zur Porta Romana. Er blieb stehen und ließ das Pflaster auf sich wirken. Die via Clodia war eine der dicksten Arterien des römischen Reichs gewesen und hatte Saturnia direkt mit Rom verbunden. Nun war Saturnia ein Provinznest. Zweitausend Jahre stiegen von den Sohlen her in Salvatore auf und erfüllten ihn mit Kraft. Das Rad der Fortuna drehte sich knirschend und begrub Belcore und Trueman unter sich.

Das Geschäft, in dem er die Schachtel mit Stecknadeln, sehr langen, dicken, mit großen Glasknöpfen, erwarb, führte auch Goldhamster, Kanarienvögel und Streu für Kaninchenställe.

Signora Diana, sagte der Inhaber, sei eine fanatische Jägerin, sie verfüge über eine bedeutende Sammlung. Salvatore vergaß zu fragen, welcher Art. Sollte es nur ein Hinweis auf ihre flüchtigen Liebschaften gewesen sein, eine Warnung?

Als er mit dem Marquis bergab wanderte, kam ihnen ein Mann in Orange entgegen, das lange Haar trug er offen. Einen Ausweg gab es nicht. Der *mago* grüßte ihn unbeteiligt. Offenbar hatte er nur Salvatores Faust, nicht aber sein Gesicht in Erinnerung. Wie hatte Salvatore übersehen können, dass er es war, der ihm helfen konnte?

Nach dem zweiten Glas Amaro in der Osteria della Pernice wusste Salvatore, dass Diana von ihrer Mutter die Bereitschaft, sich bezaubern zu lassen, nicht geerbt hatte. »Ich kenne sie seit Jahren. Sie glaubt nur an Wunder, wenn sie im Fernsehen propagiert werden. Will sie abnehmen, kauft sie Pillen, die dort von magersüchtigen Mädchen mit Silikonbrüsten angepriesen werden; will sie etwas über ihre Zukunft wissen, lässt sie sich von dem erdmagnetischen Volltrance-Epizyklen-Automaten, den sie im Fernsehen propagieren, informieren; wenn sie etwas an ihrer Figur ändern will, kauft sie den im TV beworbenen elektrischen Muskeltrainer, der lästige Turnübungen erspart.«

Dann sah er Salvatores Blick. Nein, er könne ihm wenig Hoffnung machen. Es sei denn, er werde Showmaster im Fernsehen oder einer der Strippenzieher im Hintergrund.

Der *mago* selbst verdiente sein Geld solide, mit Hypnose. Slavatore hatte Donizettis *Elisir d'amore* genau angehört. Es war ja nicht die Wirkung des Liebestranks, eines einfachen Bordeaux, die Nemorino begehrenswert machte. Es war sein Glaube an dessen Wirkung.

Ob er keine Hypnosetechnik kenne, mit der er ihn begehrenswert machen oder ihm zumindest suggerieren könne, er sei es? Das, lächelte der *mago*, sei derzeit sehr gefragt, leider könne er damit nicht dienen. Doch erfahrungsgemäß öffne ein ganz privates Geschenk, das viel über den Schenkenden verrate, das Herz einer Frau.

Als Salvatore in die Fattoria zurückkehrte, stand sein *cavallo andante* vor der Tür, jedoch kein Maserati. Das Rad der Fortuna hatte sich weitergedreht.

Die Dalmatinerin sagte ihm, er werde von Diana erwartet. Noch am Morgen hätte Salvatore aus allen Poren geschwitzt beim Gedanken, Dianas intime Räumlichkeiten zu betreten, nun aber war er beschwingt und von ungewohnter Sicherheit. Er trug seinen CD-Player mit sich, die Spur mit *Una furtiva lagrima* war eingestellt, der junge Pavarotti würde für ihn singen.

Auf Dianas »*Avanti*« trat er ein und schloss die Tür hinter sich. Es roch nach Krankenhaus. Sie kehrte ihm den Rücken zu, er trat näher. Sie war dabei, einen feuerroten Falter in ein zylindrisches Glas zu zwingen. Sie verschloss es. Kurz zitterten die Flügel des Schmetterlings noch, dann standen sie still. Diana wandte sich um. »Sie haben die Nadeln?«, fragte sie.

Er händigte Diana die Schachtel aus, setzte sich ihr gegenüber aufs Sofa und drückte den Knopf des Rekorders.

Er beobachtete Diana genau, während Pavarotti sang. Es musste sie Kraft kosten, ihre Tränen zu unterdrücken. Als die Arie zu Ende war, sagte sie: »*Grazie.*«

Dieses Danke köpfte seine aufgeschossenen Hoffnungen. Doch Salvatore war erstarkt. Diana stand auf.

Das war der Augenblick. Ihre Lippen schmeckten nach dem Blut Jupiters. Dass ihre Haut nach dem Rasierwasser Truemans roch, musste Einbildung sein.

Er sah und hörte nichts mehr, auch nicht das Motorengeräusch vor der Fattoria, auch nicht die Schritte der drei Musketiere im Flur, nicht einmal, dass die Tür sich öffnete.

Es war die Dalmatinerin, die an seinem Bettrand saß. Bis zum nächsten Abend werde es ihm besser gehen. Diana sei mit Trueman abgereist, nach Mailand. Er spendiere ihr neue Brüste.

»Arme Adina«, stöhnte Salvatore.

»Sie heißt Diana.«

Bei seinem letzten Abendessen im Speisezimmer war der Refektoriumstisch völlig verwaist. Salvatore hatte sich ans unterste Ende gesetzt, die Dalmatinerin saß zu seiner Rechten, Marquis Posa zu seiner Linken.

War das Licht heller gestellt worden? Oder warum erkannte Salvatore auf einmal, was das Bild, das hinter Dianas leerem Stuhl hing, zeigte? Auf der Silberplatte der Dargestellten lag ein Kopf. Der Kopf des Evangelisten.

Als er am nächsten Morgen in aller Frühe mit dem Marquis zu seinem *cavallo andante* ging, stellte er fest, dass Trueman sich auch für ihn eine Überraschung ausgedacht hatte. Er hatte dem *cavallo* Hörner aufgesetzt. Gekonnt waren zwei alte Sensen ins Dach getrieben worden.

Marquis Posa weigerte sich, den *cavallo* zu besteigen.

Salvatore setzte sich neben ihn auf die Treppen vor der Fattoria. Sie waren noch feucht. Schwalben durchzogen den Himmel. Er war eisblau.

»Wir haben gesiegt«, sagte Salvatore. »Die Verirrten, die unsere Welt zerschlagen wollten, haben das Feld geräumt. Sie sind in die Hölle der Wirklichkeit zurückgekehrt.«

Der Tau glitzerte. Die Hügel begannen, sich zu entschleiern. Diesig stand die Sonne darüber und beleuchtete das Bühnenbild zu einer Oper, die auf einem toskanischen Dorf spielte.

Die Stimme von Maurizio Salvatore klang siegreich wie die von Luciano Pavarotti, als er dem abziehenden Belcore sein *addio* hinterdreinschickte.

»Armselig sind die Verwirklicher. Selig die, die nie den Glauben an die Möglichkeit der Wunder verlieren.«

Es mussten diese Worte gewesen sein, die Marquis Posa umstimmten. Kaum hatte die Dalmatinerin ein Proviantpaket auf den Rücksitz gelegt, erklomm er beherzt den *cavallo andante*. Seinen Gefährten hinter sich und Großes vor sich verließ Maurizio Salvatore die Stätte, an der er seine Visionen gegen die Televisionen beherzt verteidigt hatte.

Torre del Lago und Lucca

Juni 2009

Über Nacht war der Sommer gekommen und mit ihm die Stechmückenplage. Salvatore hörte im Autoradio jene russische Sopranistin, die sich ihrer Verehrer nicht erwehren konnte, und verstand nun, was es hieß, umschwärmt, verfolgt und ausgesaugt zu werden. Die Luft, gesalzen vom Meer, gewürzt von der Macchia, war feucht und machte die Glieder schwer, auch die Hand, die nachts die Mücken erschlagen wollte. Salvatores Gehör war in den letzten Monaten fein geworden. Kein Sirren konnte so leise sein, dass es nicht ihn und seinen Kampfgeist geweckt hätte. Immer traf er mit voller Kraft das Mobiliar. Morgens bekam er mit dem Frühstück Mitleid serviert und neue Ratschläge, was gegen Mückenstiche am besten helfe. Die Straße nach Norden entlang der Küste schien Salvatore dennoch der einzig richtige Weg zu sein. Er bereitete ihn auf den Mann vor, dem er entgegenreiste.

Noch häufiger als Schilder, die auf etruskische Gräber oder Campingplätze hinwiesen, waren auf Salvatores Route solche, die *vietato caccia* oder *riserva di caccia* verkündeten. Für die Etrusker empfand Salvatore Mitleid. Sie hatten Feste zelebriert, Spiele inszeniert, volltönende Hörner und Tuben erdacht, einen Klappstuhl aus Elfenbein sowie den Purpurmantel erfunden und über schöne, starke Frauen mit Lust an Kostümierungen verfügt. So nah dran, war es ihnen dennoch nicht gelungen, die Oper zu erfinden. Für die Jäger hingegen fehlte Salvatore jeder Sinn. Er war froh, dass die Jagdsaison erst im September begann. Die Schießerei hätte Marquis Posas wiedergewonnenes Gleichgewicht gefährdet. Weil die Jagdleidenschaft untrennbar zu seiner Wahlheimat gehörte, versuchte Salvatore dennoch, seinen inneren Widerstand zu überwinden und zu begreifen, warum erwachsene Männer auf Hasen, Fischottern, Marder, Rebhühner, Schnepfen, Kaninchen und Fasane schossen, in einer Region, die gesegnet war mit Fischen und Bohnen, Meeresfrüchten und Tomaten, Schafen, Oliven und sanften Kühen mit Sichelhörnern und besonders zartem Fleisch, warum es sie beglückte, Zugvögel umzubringen, von denen bestenfalls die Katze satt wurde. Es gelang ihm nicht.

Wie sollte er dann mit Puccini empfinden können? Er sei ein passionierter Jäger, hatte Puccini von sich gesagt. Ständig sei er auf der Jagd nach Wasserhühnern, guten Opernlibretti und Frauen. Was die Ausbeute betraf, war er bei den Libretti am wenigsten erfolgreich gewesen: zehn Opern in vierzig Schaffensjahren und sechsundsechzig Lebensjahren.

Die Wirtin der Osteria Maremma amara in Fallonica war noch nie aus ihrem Ort herausgekommen. Deshalb war sie klug. »Unsere Männer brauchen das, um sich als Helden zu fühlen. Sie brauchen es umso mehr, je kleiner sie der Alltag macht. Oder der Chef. Oder ihre Frau.«

Ihre Antwort gab Salvatore zu denken. War Puccini deshalb ein Jäger gewesen? Längst hatten die meisten vergessen, dass er mehr Niederlagen als Triumphe erlebt hatte, dass die vielen zweiten und dritten Fassungen seiner Opern Versuche waren, endlich im Beifall die Pfiffe und Schmährufe nach den vorhergegangenen Premieren zu vergessen. Doch was waren schon Niederlagen!

In der Autoreparaturwerkstätte, in der die Hörner aus der Stirn des *cavallo andante* entfernt worden waren, hatte Salvatore das Grinsen der Mechaniker nicht übersehen können. Als er zahlte, fragte ihn einer, ob er dem Kerl wenigstens die Eier abgeschnitten habe.

Der Täter sei geflohen, hatte Salvatore erklärt.

»Das kann nicht Ihr Ernst sein«, sagte der Mechaniker, und als Salvatore sich unter der Tür noch einmal zu ihm umwandte, spuckte der ein *pappamolle!* aus und entfernte sich breitbeinig.

Pappamolle. Das Wort verfolgte Salvatore schon eine Weile.

Als ihn eines Morgens dann ein Blick von Marquis Posa traf, der mitleidig, aber auch verächtlich sein konnte, beschloss er, das flache Land zu verlassen, um in der Höhe seinen Kopf zu klären, und fuhr von Fallonica aus die Serpentinen hinauf nach Roccatederighi. Marquis Posa an der Seite stieg er dort zu Fuß durch die Gassen zum höchsten Punkt des Ortes, einer Kirche, fünfhundert Meter über dem Meer. Sie setzten sich auf einen Felsvorsprung und blickten über das Dunkelgrün der Steineichen, das lichte Grün der Reben, das graue Grün der Ölbäume und das frische Grün der Wiesen und Felder hinweg aufs Meer, wo in der Ferne Elba zu erahnen war.

Die Schönheit der Welt lag ihnen zu Füßen. Das Erhabene erfüllte Salvatore und rückte die Dimensionen zurecht. Hier, wo Tausende von Jägern dem September entgegenfieberten, wo sie sich beim Anblick toter Hasen auf Kühlerhauben als richtige Männer fühlten, erkannte er, dass es nur Jagdtrieb gewesen war, der den Eindringling in Saturnia gierig auf Diana gemacht hatte. Er wollte diesen Hasen erlegen, nicht mehr; zur Liebe war so einer nicht imstande. Sich an solch einem Mann zu rächen, wäre unter seiner Würde gewesen. Vermutlich war auch dieser Fedele Buonasera genannt Trueman einer, der sich seine Potenz als Jäger beweisen musste, weil er unter der Fuchtel seiner Ehefrau oder seines Vorgesetzten stand. Diese Einsicht stärkte Maurizio Salvatore.

Er saß und schaute in die Schönheit, die sich ihm darbot. Erhaben wollte er bleiben, unangefochten von allem, was gewöhnlich war. Es konnte für ihn keine Niederlagen geben, solange es ihm glückte, seine Erhabenheit zu bewahren und nicht auf jene zu hören, die den Erfolg ihrer Bestechungen als Wirkung ihres Charismas ausgaben. Die Ideale eines heldenhaften Mannes waren zu hoch, als dass die Kleingeister sie herabzuziehen vermochten. Wie Puccini, dessen Opern oft bei der Uraufführung durchgefallen waren, schließlich doch damit triumphiert hatte, würde er, der Missachtete, am Ende in seiner Größe erkannt werden.

Nach einer stillen Nacht in Roccatederighi setzte Salvatore ausgeschlafen den Weg nach Norden fort. Weiterhin verfolgte er die Motive des Jagdtriebs, speziell die des Jägers Giacomo Puccini.

Schon vor dem Tod seiner Mutter hatte Puccini in Lucca die Jagd auf Elvira Gemignani eröffnet, Ehefrau eines Schulfreundes und vermögenden Drogeriebesitzers, dem sie eine Tochter und einen Sohn geboren hatte. Die Beute war kostbar, weil derjenige, der sich für ihren Besitzer hielt, sie nicht hergeben wollte, und weil sie mit Gefahr verbunden war. Kaum war seine Mutter gestorben, hatte der Jäger mit der Beute über Nacht die Heimatstadt verlassen, war zuerst nach Mailand gezogen, dann in ein Kaff namens Torre del Lago, am Massaciuccoli-See gelegen, weit genug von Lucca entfernt, um die Empörung dort zu überhören, nah genug dran, um sich beheimatet zu fühlen. Vor allem aber konnte er im Röhricht und Dickicht dort unkontrolliert von den Lucchesi jagen. Der See sollte Salvatores nächstes Ziel sein, dort wollte er diesem Jäger auf die Schliche kommen. Als Garten Eden hatte Puccini die Gegend gepriesen und jeden Freund mit Bann belegt, der den See eine Pfütze und die Region trostlos nannte.

Salvatore ließ Pisa links liegen und folgte weiter der Route gen Norden, bis er in Torre del Lago einfuhr, an das die Stadtverwaltung Puccinis Namen angehängt hatte.

Das Herz des Ortes bildete ein Kreisverkehr, und die hohe Dichte an Baumärkten, Gartenmöbelcentern und Tankstellen erinnerten an Puccinis große Passionen. Er war einer der ersten Autofahrer des Landes gewesen, ein Autonarr geworden, und hatte an *mal di pietra*, an Bauwut, gelitten; an vielen entlegenen Orten der Toskana hatte Puccini Häuser in grüner Einsamkeit errichtet, die seine Familie als Gefängnisse, er selbst als Idyllen bezeichnete. Die Cafés und Pizzerien des Ortes profitierten sichtbar von den Baumärkten und den Gartenmöbelcentern, und die örtliche Gastronomie und Hotellerie profitierten von Puccini. Obwohl ein Hotel Turandot und ein Hotel Butterfly lockten, entschied sich Salvatore für eine Frühstückspension, die ihre Hundefreundlichkeit am Tor ankündigte und in jedem Badezimmer ein Bidet hatte. Von seinem Anspruch auf eine eigene Badewanne war Marquis Posa nicht mehr abzubringen.

Der erste Besuch in Puccinis Villa erweiterte Salvatores Kenntnisse über den Jagdtrieb des Maestro. Die Jagdgewehre in der Vitrine waren geschmiert und poliert, die Jagdstiefel strapaziert, die Lockenten ramponiert. Der Katalog berichtete, schon im Morgengrauen sei Puccini, das Gewehr in der einen, die Stiefel in der anderen Hand, strumpfsockig aus dem Haus geschlichen. Gleichzeitig wurde betont, bei Puccini habe es sich keineswegs um Lustmord oder Mordlust gehandelt. Wie seine Kumpane bezeugten, habe er oft bewusst danebengeschossen, und es sei kein Zufall, dass er von den Gesetzeshütern beim Wildern ohne *corpus delicti* aufgegriffen worden sei und deshalb habe freigesprochen werden müssen.

Was hatte Puccini dann zur Jagd getrieben?

Irritiert entschied sich Salvatore, dem Jäger auf der Spur zu bleiben.

Er kaufte am Bücherstand des Museums ein neu erschienenes Werk, in dem es um die Eifersucht der Elvira Puccini ging. Alles hatte sie für Giacomo aufgegeben, Ehre, Sicherheit, Familie, war allein mit ihrer Tochter dem Jäger gefolgt, in der Erwartung, er werde zum Siedler, ohne zu bedenken, dass ein Jäger immer ein Jäger bleibt. Offenbar hatte sie sich nicht mit den Werken ihres Mannes befasst.

Schon in Puccinis erster Oper *Le Villi* weiß der frisch verlobte Roberto auf seiner ersten Auslandsreise nichts Besseres zu tun, als die treue Anna zu Hause gegen eine Kurtisane in der Fremde auszutauschen. Die Braut stirbt an gebrochenem Herzen, und die ortsansässigen Geister, die *villi*, übernehmen für sie die Rache. In seiner zweiten Oper *Edgar* verschmäht der Held, der eher ein Fall für die Psychiatrie ist, zuerst das in ihn verliebte brave Bauernmädchen Fidelia, um der wilden Maurin

Tigrana nachzujagen. Als er die endlich erlegt hat, interessiert sie ihn nicht mehr. Nun wird Fidelia gejagt.

Puccinis Beutezüge waren auch in den Städten erfolgreich; anscheinend hatte ihm sein Ruhm das schöne Wild vors Rohr getrieben. Eine Verehrerin stand nackt im Hotelzimmer, als er aus der Ankleide trat. Puccini selbst hatte den Kumpanen daheim erzählt, es sei eine arme kleine Verrückte gewesen, der er sein Mitleid nicht habe versagen können. War es ihm nur um die Erregung gegangen, die jeder Jäger kannte, gar nicht so sehr um die Beute selbst?

Elvira kümmerte das wenig. Sie verfolgte die Geliebten ihres Mannes mit Drohbriefen, manchmal auch bewaffnet mit einem Regenschirm oder anderen Schlaginstrumenten. Sie war selbst zur Jägerin geworden, die auf die Pirsch ging, um ihren Mann in flagranti zu ertappen. In jedem weiblichen Wesen, das jünger und schöner war als sie, sah sie eine Rivalin, was die Beschaffung von Hauspersonal nicht erleichterte. Doria Manfredi, ein Mädchen aus Torre, das im Hause Puccini gearbeitet hatte und den Hausherrn auch beim nächtlichen Komponieren mit allem, was ihm fehlte, versorgte, war Elvira unverdächtig erschienen, scheu und unscheinbar, bis die Knospe platzte, Doria erblühte. Elvira ekelte sie aus dem Hause, raubte ihrem Mann den Schlaf, dem Haus jeden Frieden. Hatte sie schließlich doch den *Edgar* studiert? Dort erdolchte Tigrana das Bauernmädchen Fidelia in Edgars Armen. Elvira verleumdete die Kleine in Torre als Hure, drohte, sie im Massacuccioli-See zu ertränken, drängte den Pfarrer, sie aus dem Ort zu vertreiben, und hetzte das junge Wild so lange, bis es den letzten Fluchtweg wählte, um von der Verfolgerin nicht zur Strecke gebracht zu werden. Doria schluckte Gift und starb an den Folgen. Die Autopsie ergab, dass Doria Manfredi Jungfrau gewesen war, und Elvira Puccini entkam nur durch die Prominenz ihres Mannes einer Zuchthausstrafe.

Und der Jäger jagte weiter, auch ohne Flinte. Puccini jagte mit Autos und Motorbooten, bis ihn ein Verkehrsunfall außer

Gefecht setzte. Nur sein Wohnhaus, diese Schuldirektorenidylle ohne jeden Glanz, täuschte Ruhe vor.

Bei seinem vierten, vielleicht auch fünften Besuch in der Villa Puccinis zog eines der Familienfotos Salvatore in seinen Bann. Es zeigte Puccini mit Elvira und dem gemeinsamen Sohn Tonio im Garten hinter seinem Haus am Tisch sitzend. Über dem Tisch wölbte sich eine Pergola mit wildem Wein, dahinter stand die Tür zu einer angebauten Veranda offen. Der Tisch, dessen Blechbeine unter der Decke hervorragten, stand auf Kies. Er war leer, bis auf die Zeitung, in der Puccini paffend las, den Hut schräg auf dem Scheitel. Elvira und Tonio blickten den Fotografen an, Tonio ernst, Elvira misstrauisch. Dem Licht, der Bekleidung der drei Tischgäste und der Vegetation nach zu schließen, musste es sich um einen sonnigen Tag im Herbst handeln. Die Stimmung aber hatte Minusgrade. Salvatore fror. Er floh in Gedanken mit Puccini ins Schilf und verbot es sich sogleich. Er musste auf Elviras Seite stehen, auf der Seite der Betrogenen, deren Traum von der großen Liebe, Erkennungszeichen der italienischen Frauen, rasch erloschen war. Es fiel ihm schwer, dort zu stehen.

Am frühen Abend dieses Tages zog er los, um mit dem Marquis den Massaciuccoli-See zu umrunden. Das Licht war diesig. Birken raschelten, das Schilf knisterte, Espen wisperten. Pfahlbauten, laienhaft zusammengezimmert, dösten unter Trauerweiden. Im Wasser dümpelten Ruderboote, es roch nach Tang, Enten trieben auf dem See. Die Welt atmete Frieden. Salvatore aber spürte eine innere Spannung. Ihm war, als werde er verfolgt. Ob auf einem weichen morastigen Weg oder auf einem der hölzernen Stege, die über das Röhricht gebaut worden waren, ständig glaubte er Schritte hinter sich. Er wagte es nicht, sich umzudrehen. Elvira saß ihm im Nacken.

Am folgenden Tag verließen die Reisenden den Ort, an dem Puccini mehr auf der Flucht, als zu Hause gewesen war, gen Osten, um nach Lucca zu fahren. Durch die Gunst der Beschilderung gelangte Salvatore auf einen Umweg und näherte sich der Stadt von Süden auf der *via vecchia Pisana*. Es dämmerte bereits, als an der Mauer eines Anwesens ein Pappschild AFFITTASI APPARTAMENTO verhieß. Salvatore parkte vor der Pizzeria schräg gegenüber.

Durch das Gittertor sah er auf einen Garten mit hohen alten Bäumen, im Hintergrund stand eine Villa, die diese Bezeichnung verdiente. Unter den aus dem Hausesinneren beleuchteten Arkaden der Loggia im Erdgeschoss machte er eine Tischtennisplatte aus, im Garten einen Mann in Weiß, der den Kiesweg rechte.

Der Mann in Weiß, von tamilischer Saftmut, führte Salvatore und den Marquis in einen dunklen Flur und von dort in eine Küche. An der Balkendecke klebten in sieben Metern Höhe rechteckige Neonlampen. Im Licht der Neonlampen stand ein Küchentisch. Am Küchentisch floss eine ältere Dame in einem Seidenkleid, auf dem tiefrote Rosen blühten, über den Stuhl. Auch der Lippenstift in ihrem welkenden Gesicht blühte tiefrot. Sie reichte Salvatore ihre Hand so, dass ein Handkuss unvermeidbar war.

Das Apartment habe fünf Zimmer und Küche, insgesamt um die 200 Quadratmeter. »Und zu wievielt sind Sie?«, fragte sie.

»Wir sind zwei«, sagte er.

»Das wäre schön«, sagte sie, »schön für alle, auch für die Wohnung.«

»Ich nehme sie«, antwortete Salvatore. Seine Stimme klang nicht nüchtern. Es war der Duft in dieser Küche, der ihn benommen machte, ein Parfum, dessen Ingredienzien er kaum voneinander zu unterscheiden vermochte.

Am Herd stand eine junge Frau. Er sah nur ihre Rückseite. Sie trug das schwarze Haar hochgesteckt. Ihrem Rücken war anzusehen, dass sie mit gleichmäßigen Bewegungen rührte. Ein Beben lief von oben nach unten, den Nacken hinab, den Reißverschluss entlang über ihre Taille, die ein Schürzenband markierte, zwischen den Gesäßbacken hindurch, die sich unter dem Kleid abzeichneten, bis in die festen weißen nackten Waden.

Die Dame des Hauses forderte die Gäste auf, Platz zu nehmen. Marquis Posa nahm auf dem Stuhl zu ihrer Rechten Platz. Sie bat den weißgekleideten Mann, etwas anzubieten. Dann war sie damit beschäftigt, dem Marquis luftgetrockneten Schinken zu füttern, und Salvatore war damit beschäftigt, dem Rücken zuzusehen.

Damit verbrachte er auch das Abendessen, erst recht, nachdem er die Vorderseite zu Gesicht bekommen hatte, dieses marmorkühle Ebenmaß, in dem nur die Augen glühten. Sie hieß Renata und war seit fast sieben Jahren Haushälterin der *dottoressa*, sie vertrage sich nicht mit ihren Eltern, Gutsbesitzer in einem Dorf nördlich von Lucca, berichtete die Dame des Hauses auf Nachfrage. Renata sagte nichts als *prego* und *per favore.* Doch wenn die *dottoressa* nicht in der Küche weilte, sang sie, immer dieselbe Melodie, immer dieselben Worte. Salvatore kannte sie aus einigen Kinofilmen, Fernsehfilmen, Krimiserien, aus der Werbung einer Mineralölfirma, eines amerikanischen Speiseeisproduzenten, eines skandinavischen Möbelhauses, eines italienischen Kleinwagenherstellers und einer schottischen Whiskymarke. *Ebben? Ne andrò lontana,* begann sie.

Salvatore sah morgens, mittags, abends Renatas Rücken zu und hörte, wie ihre Stimme mit dem Geräusch des Schneebesens in einer Kupferschüssel, des Holzlöffels im Polentatopf, des Kräuter hackenden Messers auf dem Brett zu immer neuer Musik verschmolz.

Die Oper des täglichen Lebens gefiel ihm.

Es geschah nach einem Mittagessen. Renata räumte die Teller ab, während er sich mit der *dottoressa* über Puccini und Elvira unterhielt und ihr darlegte, dass Eifersucht, rasende Eifersucht kennzeichnend für die Italiener sei, auch für die Frauen. Er selbst verfiele nie auf den Gedanken, einen anderen mit Kastration und Tod zu bedrohen oder zu ermorden, weil er zwei Finger seiner Faust hochreckte.

Da setzte Renata den Stapel ab und sagte: »*Lei è tedesco.*« Es war keine Frage, es war eine Feststellung.

Nachmittags, wenn alle sich zum Mittagsschlaf zurückzogen, spähte Salvatore durch die Lamellen seiner Jalousie in den Garten hinunter, wo Renata im Schatten lag und las. Sie las Illustrierte, sonst nichts, eine nach der anderen.

Tage vergingen, an denen nichts geschah. Nichts veränderte sich, nur das Körpergewicht von Marquis Posa und Salvatore.

Nichts? Anfangs hatte Salvatore ein paar Mal die Lamellen gespreizt und hinuntergeschaut zu Renata. Dann blieb er sitzen, zuerst vielleicht zehn Minuten, schließlich so lange, bis Renata aufstand und ins Haus zurückging. Sie ließ ihn zurück mit einem Problem. Eine Frau, die Illustrierte las, sonst nichts, war unmöglich für die Größe der Oper zu begeistern.

Es war ein Freitag, an dem er sie auf ihre Lektüre ansprach. Sie interessiere sich nur für Geschichten, Geschichte interessiere sie nicht, sagte Renata. »Das geht allen so, nur geben die meisten es nicht zu.«

Salvatore begann, von der Größe der Oper zu schwärmen.

Sie hörte ihm unbewegt zu. »Ich kenne alle Opern von Puccini. Das sind auch nur Geschichten wie aus den Illustrierten«, erklärte sie. »Nur macht er sie groß.«

In diesem Augenblick verliebte sich Maurizio Salvatore in Renata, die keinen Nachnamen hatte.

Am Abend setzte sich Renata zu ihm und hörte mit ihm Verdis *Otello* vom ersten bis zum letzten Ton an.

Am Tag darauf wollte er sich ihr erklären. Doch kaum war Renata aufgetaucht, kam durch das Tor über den Kiesweg ein Mann mit Koteletten in hellblauem Hemd und gelber Krawatte; seine Schuhe waren spitz und ihr Braun fast gelb, in seiner Rechten ließ er einen Autoschlüssel kreisen. Er ging auf Renatas Liege zu und beugte sich über sie. Der Verdacht, dass er sie küsste, lag nahe.

Das Geschehen wiederholte sich tags darauf. Diesmal setzte sich der Fremde auch noch auf den Rand der Liege und streichelte Renatas Arm. Oder ihre Brüste?

Salvatore erinnerte sich seiner Erfahrungen; wahrscheinlich

handelte es sich um einen Bruder oder Cousin, der zu Gast war, jedenfalls um ein vorübergehendes Phänomen. Salvatore verlagerte den Schwerpunkt seiner Interessen auf Lucca – der Kultur wegen. Dort warteten neunzig Kirchen auf ihn, hatte sein Kunstführer gedroht. Salvatore zog es vor, seine Wallfahrtsstätten aufzusuchen.

Die erste war das Wohnhaus von Puccinis Familie; es lag in einer dunklen Gasse mitten in der Stadt, via di Poggio Nr. 30, nicht weit von der corte San Lorenzo. Im Erdgeschoss hingen über den Schinkenkeulen des Metzgers Borelli auf orangeroten Fliesen Porträts des Komponisten, im zweiten Stock lag die Wohnung, in der er mit seinen Schwestern aufgewachsen war. Auf einer Tafel verkündeten zwölf Zeilen die Größe des Giacomo Puccini, *der geistvolle Klänge voll Wahrheit und Anmut mit den neuen Stimmen des Lebens in Einklang brachte und so durch seine lautere und gewandte musikalische Sprache den ersten Rang unserer nationalen Kunst in der Welt aufs Neue bekräftigt hat.*

Ein Wilderer, notorischer Ehe- und Gesetzesbrecher, der angeblich als Kind schon Orgelpfeifen entwendet und versilbert und als Student chronisch die Zeche geprellt hatte, wurde da gefeiert mit Worten wie aus dem Katechismus. Jägern wurde hierzulande vieles nachgesehen. »Bald«, sagte der Metzger, »wird das ganze Haus hier ein Museum für unseren göttlichen *maestro.*«

Die zweite Wallfahrtsstätte des Maurizio Salvatore lag an der piazza del Giglio. Hier, im Teatro Comunale del Giglio, hatte Giacomo Puccini die ersten Opern gehört – Grund genug, das Theater zu besuchen. Für den Samstagabend war im Aushang ein Werk angekündigt, das Salvatore nicht kannte, *La Wally di Alfredo Catalani. Libretto: Luigi Illica. Dramma lirico in quattro atti dal romanzo »Die Geierwalli« di Wilhelmine von Hillern,* las Salvatore. Er hatte den Geschmack von Sauerkraut und Parmesan auf der Zunge. Es passte nicht zusammen. Trotzdem machte er sich an diesem Samstag auf den Weg, bestärkt durch den Aufschrei der *dottoressa.* Es sei eine Schande, dass er Catalani nicht kenne, den älteren, ebenso geliebten Sohn der Stadt, ihr wie jedem, der hören könne, sogar entschieden der liebere. Leider sei es typisch deutsch, nur Puccinis wegen nach Lucca zu reisen.

»Und kennen Sie denn Boccherini?«

Salvatore war auf der Hut. Vermutlich ein weiterer Sohn der Stadt. Opern kenne er keine von ihm, aber das Menuett, sagte er.

»Aus was?«, fragte die *dottoressa*.

»Aus dem Radio.«

Die *dottoressa* erklärte, nach der Oper gebe es hier kein Abendessen mehr, Salvatore möge sich in der Stadt verköstigen.

Der rote Samt war voll besetzt. Das Programmheft verriet Salvatore, dass die Oper im Ötztal, in den Alpen spielte. Das Bühnenbild verriet ihm, dass der Bühnenbildner das Ötztal nicht kannte oder nicht ausstehen konnte und eine gestörte Beziehung zu Kraftfahrzeugen hatte; er hatte die Szene auf einem Autofriedhof angesiedelt. Doch das alles spielte keine Rolle. Wally zählte, und Wally mit ihrem hochgesteckten schwarzen Haar und ihrem weißen Gesicht erinnerte ihn an Renata. Als sie am Ende des ersten Aktes ihre große Arie sang, mit der sie Abschied nahm von zu Hause, setzte Salvatore sein Opernglas an. Wally brauchte seine Empathie. Ihr Vater, der Gutsherr Stromminger, hatte sie verstoßen, weil sie seinen Gutsverwalter Vincenzo als Bräutigam verschmähte und für den Jäger Giuseppe schwärmte, mit dessen Vater ihr Vater in Urfehde lag. Und als sie sang, stand sie weder auf einem Autofriedhof noch im Ötztal, sie stand in der Küche und rührte.

Ebben? Ne andrò lontana
Come va l'eco della pia campagna …
Là, fra la neve bianca!
Là, fra le nubi d'or'!
Laddove la speranza
È rimpianto, è dolor!

Na gut, ich werde fortgehen so weit
wie das Echo der Kirchenglocke,
dorthin, in den weißen Schnee!
dorthin, zu den Wolken aus Gold!
wo die Hoffnung beweint wird und nur Schmerz ist!

Durchs Opernglas sah Wally Renata noch ähnlicher. Eine Frau mit Marmorfassade. Nun nahmen Salvatores Gedanken endlich die richtige Fährte auf. Plötzlich vermochte er Renatas Unnahbarkeit zu deuten. Wally war stark, widerstand ihrem Vater, widerstand der Bequemlichkeit und dem Gehorsam; sie panzerte ihre Verletzlichkeit mit Stolz. Wally liebte den Jäger, schämte sich aber, ihm ihre Liebe zu gestehen.

Salvatore verspürte auf einmal, dass auch in ihm ein Jäger steckte. War seine Eifersucht auf den Buhler um Renatas Gunst nicht Indiz dafür? Doch Renata erkannte den Jäger in Salvatore nicht, sie sah nur den Deutschen in ihm. *Lei è tedesco.* Nach dem Erlebnis in Fiesole hatte sich Salvatore beschämt ein Buch über die Verbrechen der Wehrmacht in Italien besorgt. Im Norden von Lucca, in Sant'Anna di Stazzema, hatten deutsche Soldaten im August 1944 die gesamte Dorfbevölkerung abgeschlachtet. Vor allem Frauen und Kinder. Hatte die *dottoressa* nicht erzählt, Renatas Eltern lebten auf einem Dorf nördlich der Stadt? Vielleicht konnte Renata gar nicht anders, als die Deutschen zu hassen, obwohl die Deutschen von heute in Italien als bieder galten, solide Kühlschrankbauer und Autobauer, ungeachtet der Tatsache, dass deutsche Kühlschränke meist in China und deutsche Autos meist in Korea gebaut wurden. Renata konnte nicht wissen, dass Maurizio Salvatore sich in keiner Hinsicht mehr den Deutschen zugehörig fühlte.

Catalanis Oper endete tragisch mit dem Tod des Jägers und dem Freitod Wallys. Sie musste so enden. Die Falschen sollten verkuppelt werden, die füreinander Bestimmten offenbarten einander ihre Gefühle zu spät. Zu spät – die Kurzformel aller Tragödien.

Maurizio Salvatore entschied sich, zu handeln.

Das Lokal, in dem er Marquis Posa das Nötigste mitteilen wollte, lag in der Nähe des *teatro*. Trotz der schlechten Beleuchtung erkannte Salvatore am Tisch schräg vis à vis Renatas Rücken. Der Mann ihr gegenüber trug Koteletten und eine gelbe Krawatte zum blauen Hemd.

Vielleicht lag es an den *tagliatelle alla cacciatora*, die nur mit wenig Rinderhack angereichert waren; jedenfalls schaute der Marquis misstrauisch drein, als Salvatore ihm erzählte, was er nun endlich verstanden und was er vorhabe. Auch der *coniglio al cacciatore* änderte die Stimmung des Marquis nicht.

Als Renata aufstand und in Richtung *donne* ging, grüßte sie Salvatore.

Als sie sich wieder setzte, brach der Streit los. Er musste losbrechen. Redder soufflierte Salvatore, dass im Jahr 2006 in Italien fast zweihundert Frauen aus Eifersucht ermordet worden waren. Die Männer hier waren so wenig wie Elvira Puccini imstande, sich aus der Verstrickung in das zu befreien, was im Fall von Mord oder Totschlag als niederer Beweggrund galt: wenn erhebliche Eigensucht und übersteigertes Ehrgefühl nachzuweisen waren. Diese gelbe Krawatte, dieser kreisende Autoschlüssel, diese Schuhe. Auch Brüder und Cousins, gerade Brüder und Cousins, begingen Ehrenmorde. Nur die Laute des Marquis hinderten Salvatore daran, sofort einzugreifen.

Renata und ihr Begleiter mussten an ihrem Tisch vorbei, als sie das Restaurant verließen. Es war der Marquis, der sie durch ein warnendes Grollen davon abhielt, nochmals zu grüßen.

Salvatore legte mehr Geld als nötig neben seinen Teller, um den beiden zu folgen. Er hatte verstanden. Jäger, nicht Siedler siegten bei den Frauen. Renata und ihr Begleiter bewegten sich zügig Richtung Porta San Pietro und stiegen dort in ein gelbes Auto ein. Salvatore warf sich, den Marquis auf dem Arm, ins nächstbeste Taxi. Ob das seine Frau sei, fragte der Taxifahrer. Salvatore bejahte. Der Taxifahrer gab Gas.

Es war kurz vor Mitternacht, Zeit, Renata in der Villa abzugeben. Das gelbe Auto fuhr in die entgegengesetzte Richtung. So seien sie, sagte der Fahrer. So seien sie alle, diese Zuckerfrauen, die das sauer Verdiente ihrer Männer verschleuderten. Deswegen gebe es in Lucca ebenso viele Privatdetektive wie Millionäre.

Das aufsteigende Jägertum in seinen Adern belebte Salvatore. Ihm war, als verwandle er sich nun erst den Italienern an und dem Kern aller Passionen.

Eifersucht trieb die Opern an, von *Otello* bis *Butterfly*, von *Ballo in Maschera* bis *Tosca*, von *I Pagliacci* bis *La Wally*. Ohne die Jäger gäbe es Hunderte von Opern nicht. Nur durch sein Jägertum vermochte Puccini seine Würde als Mann, die Elvira mit Füßen trat, zu wahren und damit seine Potenz zu erhalten, seine künstlerische. An Elvira konnte Salvatore jetzt keine Gefühle verschwenden.

Es hatte zu regnen begonnen. Durch die Scheibenwischer sah Salvatore auf die moderne Inszenierung eines Eifersuchtsdramas. Gelbe Lichter, rote Lichter, nasse Schwärze, Einsamkeit, Jäger und Gejagter allein auf der Bühne. Das Finale kündigte sich an. Der gelbe Wagen nahm Kurs nach Westen Richtung Viareggio, dann fuhr er direkt auf Torre del Lago zu. Salvatore hatte seine rechte Hand auf Marquis Posas Nacken liegen; der war feucht und pulsierte. Die Neonschilder steigerten die Dramatik der Verfolgungsjagd. *Centro paradiso, palazzo di danza, supermercato di caccia, casa intima*, dann über einem Betonquader *discoteca privata*. Da bremste das Auto des Gigolos überraschend, um scharf links abzubiegen. Der Aufprall warf Salvatore in den Gurt und den Marquis gegen die Lehne des Vordersitzes.

Maurizio Salvatore wusste, dass im Finale nur die Sänger überzeugten, die sich Zeit ließen, mit jeder Gebärde, jedem Ton. Langsam entstieg er dem Fond.

Renata wagte offenbar nicht, die Festung ihres Unterdrückers zu verlassen.

Der Gigolo stand im Neonlicht mit gespreizten Beinen vor

dem Wrack dessen, was einmal sein Mannesstolz gewesen war. Die gelbe Krawatte hing schief, das Gesicht glänzte schweißnass. Sein Oberkörper zuckte. Nun erst fiel Salvatore auf, dass dieser Mann einen Kopf kleiner war als er. Salvatore kostete den Anblick aus. Ein Jäger bewahrte Nerven, auch in der Oper. Es fehlten leider die Hörner des Halali, das Cello seiner Liebesleidenschaft und die glitzernde Attacke eines Heldentenors. Dann sickerte etwas auf den Asphalt, dort, wo der Gigolo von dem Taxifahrer, Jagdgehilfe Salvatores, zu Boden gestreckt worden war. Der Jäger und sein Jagdhund vollendeten das Werk.

In den Tagen danach beschwor Maurizio Salvatore jene Szene wieder und wieder vor sich herauf. Er projizierte sie aus seinem Hirn direkt auf die nackte weiße Wand der Zelle 33 im Untersuchungsgefängnis der *comune di Lucca.* Die theatralische Wucht seines letzten Auftritts durfte er durch den bevorstehenden Schluss der Oper nicht mindern lassen.

Ein Privatdetektiv wollte er sein, dieser Gigolo, und Renata gab er als seine berufliche Partnerin aus, die ihn bei seinen Ermittlungen deckte. Er behauptete, mit ihr in dem Vergnügungsviertel einem ungetreuen Ehemann nachgestellt zu haben. Damit versuchte er sich wohl selbst Jägertum anzumaßen und den wahren Jäger vor Renata herabzuwürdigen. Fürchtete er, dass sie nun verspürte, wer hier die ursprünglichen Jagdinstinkte besaß und den Mut, sie auszuleben? Es war doch verräterisch, dass dieser Gigolo am meisten verübelte, vom Marquis angepinkelt worden zu sein.

Er werde sich selbst verteidigen, hatte Salvatore dem Richter mitteilen lassen.

Der Palazzo di Giustizia lag unweit des Teatro del Giglio, nahe an der breiten, baumbestandenen Stadtmauer, auf der Salvatore mit dem Marquis oft spazierend seine Gedanken ausgetauscht hatte. Nur seines Freundes wegen war Salvatore entschlossen, den Aufenthalt in der absolut stechmückenfreien Zelle 33, deren Bett dem der meisten bisherigen Hotel- und Pensionsbetten weit überlegen war, abzukürzen.

Der Putz an der Fassade des Justizpalastes bröckelte, das Gelb war angegraut, das Weiß der Ecksteine verjährt. Dennoch würde Salvatore dort zeigen, was Größe war.

Als er das Gebäude verließ, hatte er Begriffe wie Falschaussage, Irreführung und tätlicher Angriff bereits so gut wie vergessen. Er hatte noch den Beifall einer Zuhörerin im Ohr, als er erklärt hatte, sein Hund sei ein Seismograph für das Menschliche. Er sah auch noch die Verblüffung im Gesicht des Richters, als er erklärt hatte, Größe zeige sich darin, seiner inneren Stimme zu folgen und hinter der Wirklichkeit das Wahre zu erkennen. »Jeder«, hatte Salvatore abschließend verkündet, »hat seine Sicht der Dinge. Doch nicht jeder ist zum Durchblick imstande.« Ihm war, als habe Renata, Zeugin der Anklage, ihn dabei bewundernd angeblickt.

Ihn belastete nur noch die Urteilsbegründung, die ihn als Deutschen brandmarkte. Dass er unter Anrechnung der Untersuchungshaft glimpflich davonkam und nur Bußgeld, Schmerzensgeld und Schadenersatz an Renata und deren Begleiter entrichten musste, hatte der Richter damit gerechtfertigt, die ethnische und kulturelle Prägung des Herrn Moritz Redder müsse berücksichtigt werden. Eifersucht liege im deutschen Charakter begründet. In Deutschland sei einer aktuellen Studie zufolge bereits jede vierte Frau Opfer von körperlicher und sexueller Gewalt geworden. Als Deutschem wurden dem Angeklagten daher mildernde Umstände zugesprochen.

Doch als Maurizio Salvatore und Marquis Posa die Mauern von Lucca hinter sich gelassen hatten und gen Küste steuerten, hatten auch jene Worte einen anderen Klang bekommen. Es war Neid aus ihnen herauszuhören, Neid auf den, der als Fremder jene Passion verkörperte, derer sich in den Opern Italien rühmte.

Schwere Wolken hingen über dem Meer, ihre Ränder waren schwefelgelb.

Auf der Wallfahrt zu Verdi, nach Parma und Busseto, hielten in Pietrasanta Carabinieri die Reisenden auf. Eine Demonstration verstopfe derzeit das Ortsinnere. Die beiden fuhren rechts ran, setzten sich in das nächste Straßencafé und beobachteten die vorüberziehenden Demonstranten. Was sie brüllten, verstand Salvatore nicht genau, doch aus den Transparenten schloss er, dass es sich um eine Protestaktion gegen die Änderung des Jagdgesetzes handelte.

Ein Faltblatt, das auf seinen Tisch flatterte, prangerte die Regierung an, sie habe sofort nach der Wiederwahl des Ministerpräsidenten im Vorjahr zum Angriff auf das geltende Jagdgesetz geblasen. Der Ministerpräsident hatte den Jägern große Wahlversprechen gemacht, und die Partei des Nordens hatte ihre Ideen beigetragen: Verlängerung der Jagdzeit um neun Wochen, Freigabe der Jagd auf die weltweit geschützten Haus-, Feld- und Italiensperlinge, Buch- und Bergfinken, Verkleinerung der Nationalparks, Genehmigung der Jagd in Schutzgebieten. Veränderung des Strafrechts bei Verstößen, Verbot von Hausdurchsuchungen bei Verdacht auf Wilderei, Ausstellung eines Jagdscheines ab sechzehn. Auf der Rückseite des Faltblattes waren Mitglieder der Regierung im Kreis ihrer Jagdfreunde zu sehen. Salvatore erkannte auf Anhieb den Condottiere und neben ihm Fedele Buonasera, genannt Trueman.

Der Protestzug war entschwunden. Die Straße schwieg. Salvatore hörte die Brandung. Sie löschte mit ihrem Brausen alles Niedrige. Da rissen Wolken über dem Meer auf. Gleißend brach das Licht hervor. Es wurde so hell, dass Salvatore alles sah, nicht nur den Lippenstiftabdruck an seinem Glas und den Taubenkot am Tischrand. Jäger vom Schlage eines Condottiere oder Trueman hatten mit einem wie Puccini nichts zu tun; die erlegten Beutestück um Beutestück und brüsteten sich mit ihren Jagdtrophäen. Einen Puccini interessierte das nicht; der wollte nur dem Begehrenswerten auf der Fährte sein und mit allen Sinnen wach für das, was um ihn her geschah. Jagd war für einen wie ihn die hohe Schule der Aufmerksamkeit. Kein Geräusch war auf der Pirsch bedeutungslos. Nur einer, der wie Puccini auf das vermeintlich Nebensächliche lauschte, konnte ein Stück komponieren wie *Il Tabarro* aus dem *Trittico*, wo in die Musik die Geräusche des Ufers eingingen, der Klang der Schiffssirenen, der Glocken und Hupen, die Kuckucksrufe und das Katzengeschrei. Der wahre Jäger war kein wirklicher, ihm ging es nicht um Beute, und der wirkliche, dem es nur darum ging, war kein wahrer.

Es konnte Salvatore nicht im Mindesten behelligen, dass der Geldautomat in Pietrasanta sagte, sein Kontostand erlaube keine weitere Abhebung. Innerhalb von drei Tagen hatte er in der Stadt, an deren Namen er sich nicht erinnern wollte, den Kreditrahmen auf ein der Oper angemessenes Format erweitern lassen, und bewegte sich auf die Heimatstadt Verdis zu. Mit jedem Kilometer entfernte er sich von der Wirklichkeit und näherte sich der Wahrheit.

Über Parma nach Busseto

Juli 2009

Als sie in einem barbarischen Ritus vom Geschrei niedergeknüppelt, dann mit Beschimpfungen bespuckt und mit Pfiffen zerstochen wurde, verließ Maurizio Salvatore seine blutrote Loge, um ihr beizustehen. Er ließ das Tosen hinter sich, stürmte die Treppe hinab und ging mit großen Schritten durch die noch leeren Säle und Gänge zum Foyer, um sie als Erster am Bühnenausgang zu erwarten.

Was nun zu tun war, wusste er von einer anderen Primadonna, von ihrem Desaster in Rom an jenem 2. Januar 1958. In einer solchen Situation war ein Mann gefragt, der nicht dem Blutrausch der Masse anheimfiel, der kühlen Kopfes einschritt und Rückendeckung bot. Als sich damals zuerst das Opernhaus in Rom, dann die Stadt, schließlich das ganze Land in eine Arena verwandelt hatte, in der das Volk die Callas zerfleischt sehen wollte, wurde sie als schamlos in ihren Forderungen und haltlos in ihrer Launenhaftigkeit verschrien. Sie wurde schuldig gesprochen, den Galaabend in Anwesenheit des Staatspräsidenten entweiht zu haben, weil alle nur ihretwegen gekommen waren.

Auch hier in Parma hatte wohl jeder wie Salvatore nur wegen Leonora Errari, gefeiert als größte *Sonnambula* weltweit, den horrenden Kartenpreis für diese Aufführung im Teatro Regio entrichtet. Die Errari, in der Rolle des schlafwandelnden Bauernmädchens Amina zu hören, war ein Gottesdienst für jeden, der großen Stimmen huldigte. Vor Beginn der Vorstellung hatte der Intendant verkündet, Signora Errari kämpfe mit einer beginnenden Influenza und bitte um Verständnis für eventuelle Indisposition. Da brauste es bereits um Salvatore, das sei nur ein Versuch, sich vor dem Publikum in Parma zu schützen, geboren aus der Angst, diesen Richtern nicht zu genügen. Eine berechtigte Angst. Schon zu Verdis Lebzeiten galten die Opernbesucher in Parma als gnadenlos, weil dort jeder singen konnte und sicher war, vom Singen vieles, wenn nicht alles zu verstehen. Selbst Toscaninis Vater, ein mittelloser Schneider, ein gescheiterter Revolutionär, durch Kerkerstrafen zum Wrack geworden, hatte im Chor des Teatro Regio mitgewirkt. Auch er hatte den zahnlosen Mund aufgerissen, wenn eine Stimme hier nicht brachte, was von ihr erwartet wurde. Bis heute leugnete kaum ein Sänger, vor dem Auftritt in Parma nervöser zu sein als vor einem in der New Yorker Met. Nur die *loggionisti* der Scala seien ähnlich gefürchtet, hieß es.

Es war nicht die *Sonnambula,* sondern ihr anderes Bellini-Glanzstück, die *Norma,* das die Callas an jenem 2. Januar 1958 nach dem ersten Akt wegen akuter Halsschmerzen abbrach, um dann noch im Bühnenkostüm so schnell wie möglich der Meute durch den Künstlerausgang zu entfliehen. Die Errari hatte den ersten Akt der *Sonnambula* bereits bewältigt und das dreigestrichene Es ihrer letzten Arie lange gehalten, doch es war darin nur ihre Anstrengung zu hören, nichts von der Verzweiflung, mit der die Errari an dieser Stelle sonst jedem das Herz aufschlitzte. Der Applaus blieb aus, ein Raunen wetterleuchtete warnend.

Als die Errari dann im zweiten Akt das *Oh! Se una volta* sang, traf sie jeden Ton, die Seele traf sie nicht. Die Callas hatte sich an jener Stelle, wo Amina davon träumt, ihren einstigen Geliebten ein einziges Mal wiederzusehen, im Dunkel ihrer Traurigkeit verloren. Die Errari versuchte, mit aller Kraft das Dunkel zu beleuchten, sie wagte nicht, die Stimme in der Verzeiflung des *Ah! Lo perduto!* erlöschen zu lassen. Sie riskierte nach dem *Gran Dio* nicht, fast verstummend das Publikum zu bannen. Das Geraune schwoll an. Vermutlich hatte wie Salvatore jeder im Saal die Callas im Ohr, als die Errari ihr *A credea mirarti!* begann.

Vergiss nicht, dass du die Callas bist, die vorgibt, Amina zu sein, hatte sie ihr Regisseur Visconti ermahnt. Sie hatte es nicht vergessen. Mit der Unschuld des Bauernmädchens hatte sie die

Menschen eingefangen, um sie mit der Raffinesse der Primadonna zu behexen. Die Errari, auf dem Dachfirst balancierend, sang ihre Koloraturen, triumphierend, es doch geschafft zu haben. Bei der letzten Arie, in der das Bauernmädchen sein Glück ins Publikum jauchzte, hatte die Callas alles Schlichte abgelegt, hatte sich zurückverwandelt in die glitzernde Diva und als solche Ovationen geerntet. Dazu hatte die Errari keine Gelegenheit mehr. Als sie ganz nach vorn an die Rampe trat und das Gesicht zum dritten Rang hob, um *O gioia!* zu jubeln, wurde sie gelyncht.

Die Grausamkeit der Schergen widerte Salvatore an. Sie hätten die Errari schlimm genug gestraft, indem sie ihr den Applaus versagten. Es kümmerte sie wohl gar nicht, dass sie mit dieser öffentlichen Erniedrigung vielleicht den Anfang vom Ende der Leonora Errari eingeleitet hatten. Auch für die Callas hatte der Skandal in Rom den Wendepunkt ihrer Schicksalskurve markiert, von da an war es, wenn auch unterbrochen von einigen Zuckungen nach oben, abwärts gegangen mit ihrer Stimmkraft. Eine Lava von Hass war ausgebrochen und hatte gezeigt, wie dünn die Schicht der Bewunderung war. Die Angst vor dem nächsten Ausbruch musste der Callas die Kehle zuschnüren.

Salvatore hastete, seinen Blumenstrauß für die Ferrari wie eine Waffe umklammernd, unter den Kolonnaden vor dem Portal zu der Seite, an der sich der Künstlerausgang befand. Heute Abend noch würde er neben ihr sitzen, wie damals Visconti neben der Callas auf jenem gestreiften Sofa im Hotel Quirinale, würde sie genauso von unten ansehen und auf den Sockel seiner Bewunderung stellen. Fünf Tage nach dem Desaster hatte die Callas eine Pressekonferenz gegeben. Auch dieses Bild hatte Salvatore vor Augen: Den Getreuen im Rücken wissend, streckte sie in der Rüstung ihrer Eleganz die Angreifer mit einem Lächeln nieder.

Einige Journalisten lauerten bereits, die Kameras im Anschlag, vor dem Bühnenausgang. Salvatore drängte sich an ihnen vorbei, die Beintritte spürte er nicht. Seine Mission verlieh ihm Skrupellosigkeit und Stärke. Leonora Errari trat spät, als Letzte der Solisten heraus. Salvatore stand ihr am nächsten, er spürte ihr Lächeln zittern. Wortlos nahm sie den Strauß von fünfzig roten Nelken, den Salvatore ihr überreichte, und schritt zu dem wartenden Wagen, als ginge sie auf einem Laufsteg. Als Salvatore ihr die Tür aufriss, sagte sie irgendetwas von *kein Geld* und rief dem Fahrer den Namen eines Lokals in der strada della Repubblica zu.

Nun galt es, sie keine Sekunde schutzlos zu lassen. Maurizio Salvatore war gerufen, ihr als Verbündeter zu dienen. Als Verbündeter? Es durchfuhr ihn ein Stromstoß. Er hatte Marquis Posa vergessen. Salvatore hetzte zurück, unter den Kolonnaden hindurch ins Foyer. Nur noch eine einzige Garderobiere war zu sehen, sie zog gerade ihren Mantel an. Ein Hund? Ein *carlino*? Ja, sie habe ihn beim Hausmeister gesehen. Eine Treppe tiefer, gleich zu Beginn des Flures, auf der rechten Seite.

Die Tür zum Büro stand offen. Der Hausmeister rauchte. Er konnte nicht wissen, dass Marquis Posa, der mit zerfurchtem Gesicht auf dem Sofa neben ihm lag, das nicht vertrug. Salvatore klopfte an den Türrahmen, erst sacht, dann lauter, schließlich drosch er mit der Faust darauf, doch die Musik, zu der halbnackte Mädchen zu Seiten eines Moderators in dunkelblauem Anzug ihre Hinterteile und Brüste schwenkten, erwies sich als überlegen. Der Hausmeister war ganz Bildschirm. Als Salvatore einen Schritt in den Raum tat und einen Hustenanfall inszenierte, wandte sich der Hausmeister zu dem Eindringling um.

Den *bottolo* wolle er abholen? Der Marquis knurrte. Eine Frau vom Bühnenpersonal habe ihn hier abgeliefert, sagte der Hausmeister, und ihm eingeschärft, den teuren Hund nur an jemanden abzugeben, der seinen Namen kenne. Salvatore schluckte seine Empörung über dieses Misstrauen hinunter und schwieg. Der Hausmeister wartete paffend. Dann grinste er. »Keine Sorge. Ich kann mir auch keine Namen merken, nicht einmal den meiner Frau.« Der des *bottolo* stamme aus einer Verdi-Oper.

»Don Carlo«, brachte Salvatore heraus und griff den Marquis.

Wenige Minuten später öffnete er die Tür zum *ristorante* Manzoni. Er sah sie sofort. Sie saß in der Mitte der langen Tafel, hob ihr Champagnerglas und prostete in die Runde. Ohne Zögern ging Salvatore auf sie zu, den Marquis unter dem Arm. Anscheinend erinnerte die Errari sich an seinen Beistand und die Blumenübergabe am Künstlerausgang. Sie reagierte heftiger als erwartet. Kaum hatte sie ihn erblickt, sprang sie auf, stieß einen bühnenreifen Schrei aus, stürmte auf ihn zu, küsste Marquis Posa auf die Stirn, entriss ihn Salvatore und setzte sich, den Marquis auf dem Schoss.

Salvatore spürte, wie die Errregung in sein Gesicht stieg. Welche Geste! Seinem Freund offenbarte sie ihre Dankbarkeit, um ihn selbst nicht in Verlegenheit zu bringen. Zu ihrer Linken saß ein Mann mittleren Alters in rosafarbenem Jackett. Der Stuhl auf ihrer anderen Seite wartete auf Salvatore. Er nahm Platz. Leonora hielt den Marquis an seinen Vorderpfoten und küsste seine Schnauze. Wie hätte sie ahnen sollen, dass ihm diese Zärtlichkeiten zuwider waren? Salvatore hatte sein Glas geleert, als Leonora ihm endlich einen Blick schenkte. Der entlohnte ihn für alles. »Ich bin Ihnen so dankbar«, sagte sie mit einer Stimme, die Salvatores Unterleib unruhig werden ließ.

Dann starrte sie wieder den Marquis an und sagte mit dieser Stimme: »*Perdona, Don Carlo mio, perdona!*«

Nachdem sie ihn das dritte Mal als Don Carlo angeredet hatte, warf Salvatore ein, sein Hund heiße Marquis Posa.

Wirkte Leonora erstaunt, belustigt oder verärgert? »Was?«, sagte sie nur.

Salvatore bereute sofort, sie zurechtgewiesen zu haben. Nach dem, was ihr heute Abend widerfahren war, musste sie aus dem seelischen Gleichgewicht geraten sein und durfte sich irren. Was waren schon Namen!

Doch nun mischte sich der Mann in Rosa zu Leonoras

Linken ein. Signora Errari werde doch wohl noch wissen, wie ihr Hund heiße, erklärte er.

Salvatore blieb stumm. Leonora war zu schonen. Der Herr im rosafarbenen Jackett beugte sich hinter Leonoras Rücken zu Salvatore herüber und wiederholte laut, sie werde wohl noch wissen, wie ihr Hund heiße, und übrigens sei der Stuhl, auf dem er sitze, für einen Impresario aus Amerika reserviert; er werde jeden Augenblick erwartet. Salvatore erhob sich. Dieser Mann war sein Gegner, ein Feigling in Rosa, vermutlich wichtig und vermögend, der ihn aus dem Feld schlagen wollte, bevor Salvatore Leonora eroberte, durch nichts als Charakterstärke. Noch immer war die Errari in Marquis Posa versunken und flüsterte Entschuldigungen. Wofür? Doch das konnte nun nicht Salvatores Sorge sein. Wie konnte er seinen Freund an sich nehmen, ohne zudringlich zu wirken?

Die Tür des Lokals ging auf, ein Mann mit Baseballmütze und grauem Schnurrbart trat ein. Leonora schoss hoch, setzte den Marquis auf ihren Stuhl, eilte dem späten Gast entgegen. Das war die Chance.

Salvatore kam nicht weit. In der Mitte des Lokals wurde er bereits umzingelt. Nach einigem Hin und Her hob der Impresario die Handflächen. *Let's decide him,* sagte er. Mit einem *Pardon me* nahm er Salvatore Marquis Posa ab und platzierte ihn auf dem Terrazzoboden. Leonora kicherte. Das Kichern hüpfte auf nackten Beinen durch den Raum und drohte Salvatore die Sinne zu rauben. Der Mann im rosa Jackett maß den Abstand der Duellanten, der Impresario hielt den Marquis fest und rasselte den Countdown herunter.

Leuchtend erhob sich das *Carlo!* der Errari über dem dumpfen *Marquis Posa!* von Salvatore. Marquis Posa riss es in die geöffneten Arme der Errari, jauchzend hob sie ihn empor. Alle wandten sich ihr zu. Maurizio Salvatore sah nur Kehrseiten. Er existierte nicht mehr.

Als Maurizio Salvatore in dieser Julinacht auf der Straße stand und ein warmer Westwind ihn streichelte, hasste er ihn.

Die Welt hatte zu erstarren. Marquis Posa hatte ihn verraten. Er war der Stimme dieser Sirene verfallen, und Salvatore durfte ihm das nicht einmal verübeln. Er selbst hatte ihn infiziert mit seiner Passion für Sängerinnen. Schon Tage vor der Aufführung war in Erwartung des Ereignisses unterwegs im Auto ständig sie zu hören gewesen. Hätte er dem Marquis die Ohren verstopfen sollen? So leicht kam es über die Lippen, eine Stimme sei unwiderstehlich – die Errari hatte vorgeführt, was das hieß. Das Versagen der Leonora Errari hatte der Marquis nicht miterlebt, aber nun diese Stimme, die ihn, die jedes männliche Wesen vom rechten Weg wegzulocken vermochte und alle Ziele, Aufgaben und Gefährten vergessen ließ.

Als Salvatore auf die piazza Battistero trat und das angestrahlte Marmortabernakel in seiner Vollendung vor im aufstieg, senkte er die Lider. Nie mehr sollte Schönheit in ihn eindringen, kein schöner Anblick, keine schöne Stimme. Nie mehr wollte er dieser Verführung ins Netz gehen. Mechanisch tappte er, aufs Pflaster starrend, weiter ins Nirgendwo, bis sich irgendwann die Erde auftun und ihn verschlingen würde. Der monotone Klang seiner Schritte begleitete den stummen Abgesang auf das Leben.

Es war ein Geräusch, das ihn herausriss, ein Geräusch, wie es kein Instrument des Orchesters hervorzubringen imstande war, metallisch und tief. Es klang im Resonanzraum seines Schädels weiter, schwoll an, drohte die Schädeldecke zu heben. Süß schmeckte das Blut, das in seinen Mund lief, als Salvatore sein Gelübde brach und den Blick hob. Der fiel auf den Laternenpfahl, der sich ihm in den Weg gestellt hatte, und auf die Wand dahinter. Dort stand Schwarz auf Weiß *Leonora*. Nicht nur *Leonora*. Darunter stand *Azucena, Ferrando, Ines* und *Ruiz,* darüber *Conte Luna* und *Manrico,* dahinter jeweils die Namen der Sänger und ganz oben *Il Trovatore di Giuseppe Verdi, Teatro Regio di Parma*. Nun erhellte sich die Finsternis. Diese Leonora wies den Weg zur Lösung.

Sie war nur eines der Opfer von Verwechslungen im *Trova-*

tore, in dem so vieles und so viele verwechselt wurden, dass Salvatore, obwohl er die Oper an die zwanzig Mal gehört und die Inhaltsangabe doppelt so oft gelesen hatte, noch immer nicht wusste, worum es eigentlich ging. Sicher war nur, dass sich ständig einer im anderen täuschte, dass der falsche Säugling verbrannt, der falsche Mann geküsst und schließlich der Falsche ermordet wurde. Die Opern waren voll von solchen Verwechslungen, Täuschungen, Irrtümern, die komisch oder tragisch enden konnten. In der Oper bevorzugte Salvatore das tragische Ende. Er hatte es auch für sich würdiger befunden, bevor es eingetreten war.

Eingetreten? Der Gedanke an den Troubadour gebot ihm Einhalt. Salvatore stand still, schaute und lauschte in sich hinein. Die Oper nach der Oper heute Abend lief noch einmal vor ihm ab. Er sah sich vom Künstlerausgang durch die Kolonnaden ins Foyer und in die Garderobe zurückrennen, aber in die des Parterre. Sein Sitzplatz hatte im ersten Rang gelegen. Dann hörte er den Hausmeister. Eine Frau vom Bühnenpersonal habe den *carlino* abgegeben; sein Name, hatte er Salvatore auf die Sprünge helfen wollen, stamme aus einer Oper. Salvatore hatte nicht den Namen des Marquis Posa, nur den der Oper genannt. Und nun sah er Leonora Errari, wie sie den Hund auf seinem Arm küsste. Ihre Dankbarkeit hatte nicht Maurizio Salvatore als Ritter gegolten, der sie gegen alle Angreifer zu verteidigen bereit war, nicht einmal Maurizio Salvatore als Nelkenkavalier, sie hatte ausschließlich dem Finder ihres Hundes gegolten. Eines *carlino* namens Don Carlo, den sie wie er in der Aufregung im Opernhaus vergessen hatte.

Als Maurizio Salvatore endlich schweißnass vor dem Teatro Regio stand, war das Haus finster bis auf eine matte Sparbeleuchtung im ersten Stock.

Salvatore war überzeugt, die Nacht schlaflos verbracht zu haben, nur die Erinnerung an seine Albträume widersprach dem.

Bis die *biglietteria* öffnete, hatte das Café an der piazza Garibaldi gut an ihm verdient. In der *biglietteria* wusste keiner etwas von einem vergessenen Hund. Salvatore wurde weiterverwiesen zur Verwaltung, von der Verwaltung zum Inspizientenbüro, vom Inspizientenbüro zum Hausmeister. Salvatore stieg zum Schein hinunter, drehte sich aber am Fuß der Treppe um und ging wieder hinauf. Da kam ihm eine Frau in Kittelschürze entgegen, die einen Duft nach Lavendelseife, künstlichem Zitronenaroma und etwas Schweiß ausdünstete, wohl eine vom Putztrupp. Ja, eine Kollegin habe gestern einen *carlino* mitgenommen, sein Besitzer hatte wohl vergessen ihn abzuholen. »Unvorstellbar«, sagte sie.

Salvatore fand das Haus auf Anhieb, weil er keinen nach dem Weg gefragt hatte. Auf sein Klingeln reagierte niemand. Da bemerkte er, dass die Tür einen Spalt breit offen stand. Die Wohnung bestand aus einer Küche, bereichert durch einen Resopalschrank, eine Bettcouch, vor der ein Esstisch stand, und einen Fernseher auf Konsole mit großem Flachbildschirm.

Sie trug einen Morgenmantel im Orangeton ihres Haares. Ihre Hand lag auf dem Rücken von Marquis Posa. Sein rechtes Auge tränte.

Das Ende des Marquis Posa war erschütternd. Salvatore schluchzte jedes Mal. Sein *Carlo, addio!* traf ihn immer wieder von Neuem. Und dann dieses *Ah! Ah!*, mit dem er, von den Schergen des Königs niedergeschossen, an der Seite des Freundes sein Leben aushauchte … Der Körper von Marquis Posa war unverletzt; wie es seiner Seele erging, verriet die Starre seines Körpers und seiner Miene. Dass Salvatore ihm das tränende Auge mit Rizinusöl gereinigt und eine halbe Stunde lang das Fell gebürstet hatte, war wirkungslos geblieben.

Die Inhaberin der Feinkosthandlung nahe beim Teatro Regio trug einen weißen Kittel und wusste das richtige Medikament, um Marquis Posa von seiner Depression zu befreien. Ihre Großmutter, sagte die Feinkostgöttin in Weiß, habe oft erzählt, dass sie in jungen Jahren die Welpen ihres Dienstherrn entwöhnen sollte, eines *carlino*-Züchters; der Conte befand, einen Anspruch darauf zu haben, weil sie die Amme seiner Kinder war.

Doch der Großvater hatte seiner Frau erklärt, der Conte verdiene es, hintergangen zu werden; statt der Brust der Großmutter hatte der Großvater den Welpen Schinken aus Zibello gereicht, den die Urgroßeltern herstellten. Nie sei der Conte dahintergekommen, warum seine *carlini* normalen Schinken nicht annahmen, und der Großvater habe, so betrachtet, mit Hundefutter die Grundlage seines merkantilen Erfolges geschaffen.

Nachdem Salvatore dem Marquis Posa zweihundert Gramm *culatello di Zibello*, hundert Gramm für zehn Euro, in hauchfeinen Scheiben verfüttert hatte, war er zur Weiterreise bereit.

Nun erst erkannte Salvatore, dass die Errari unbewusst durchaus versucht hatte, ihn zu verführen, war doch die Verwechslung der geliebten Tiere eine Anspielung auf die größte aller Intimitäten, das Verwechseln von Du und Ich. Stolz darauf, wie der homerische Odysseus im Bewusstsein seiner Mission dem Sirenengesang widerstanden zu haben und nicht vom rechten Wege abgebracht worden zu sein, brach Maurizio Salvatore zu seinem Bethlehem auf, dem Geburtsort von Giuseppe Verdi.

Maisfelder, Weizenfelder, Kartoffelfelder, Kohlfelder, Pappeln, Platanen und trauernde Weiden, übersichtliche Straßen ohne Kurven, ohne Erhebungen. Die Heimat Verdis war die Gegenwelt zu seinen Bühnenwelten. Sie kannte keine Leidenschaften und verschwendete sich in nichts. Salvatore kamen die Sonntage seiner Kindheit in den Sinn, wenn die Gemeinde mit lattengeraden Stimmen evangelische Kirchenlieder zeitgenössischer Tonsetzer gesungen hatte. Eine radikale Ausnüchterung nach dem Rausch der Toskana. Er fuhr trotzdem langsam. In kleinen Ortschaften drang der Geruch von Heu, Hühnerställen und Schweinen in den Wagen herein, hinaus drangen die Klänge von Verdis *Giovanna d'Arco*.

Vielleicht war es die aktuelle Zeitungsmeldung gewesen, die Salvatore darauf gebracht hatte, gerade das zu hören. Zwei italienische Kardinäle hatten den Ministerpräsidenten aufgefordert, sein Amt niederzulegen wegen seiner nebenehelichen Affären, seines nicht gottgefälligen Lebenswandels. Salvatore war erstaunt, hatte er sich doch wegen Donizettis *Lucrezia Borgia* Lektüre über den Vatikan beschafft und dessen Geschichte sehr abwechslungsreich befunden, was geschlechtliche Liebe, Betrug und Intrige anging. Neben der gelebten Oper der historischen Borgias, durchtränkt von Blut, Tränen und Sperma, wirkte Donizettis Werk harmlos. Außerdem hätte der als Librettisten statt dieses Felice Romani einen wie Maurizio Salvatore gebraucht, der Lucrezia endlich aus ihrer Opferrolle befreite, postum wenigstens. Die schöne Tochter von Papst Alexander IV., mit elf zum ersten Mal verheiratet, war als Giftmischerin und Gattenmörderin folgenreich verleumdet worden, der Lebenswandel von Bruder und Vater hingegen war aktenkundig und dem des Ministerpräsidenten weit überlegen an Abwechslungsreichtum wie an Unbekümmertheit moralischen Instanzen gegenüber. Schade auch, dass Donizettis Librettist so viele Nebenrollen verschenkt hatte, zum Beispiel die der Vanozza de' Catanei, Mutter von vier der acht nachweisbaren und zahllosen nicht nachweisbaren Kinder des Borgia-Papstes, deren Grabmal in Sant'Agostino sie als Mutter des päpstlichen Nachwuchses pries, darunter der mehrfache Mörder Cesare und die mehrfach verkaufte Lucrezia. Warum also diese kirchliche Entrüstung über das nebeneheliche Liebesleben eines Politikers?

Salvatore wunderte sich nur, warum der Ministerpräsident nicht längst aus ganz anderen Gründen exkommuniziert worden war. Dass er seine Parteifreunde als Apostel bezeichnete, die Zeugnis ablegen und seine Botschaft in die Welt tragen sollten, dass er sich gottgleich zu einem Schöpfer erklärte, das hätte früher genügt, ihn verbrennen zu lassen wie Johanna von Orléans. Sechshundert Jahre später heilig gesprochen zu werden war eine Entschädigung, die dem Ministerpräsidenten wohl weder drohte noch genügt hätte.

Es waren auch Namensanklänge, die in Salvatores Kopf tönten, als ihn der Prolog zur *Giovanna d'Arco* zu neuen Taten antrieb. *San Silvio d'Arcore ha fatto il miracolo*, hatte sich der Ministerpräsident nach geglückten Verhandlungen selbst gewürdigt. Der heilige Silvio von Arcore hat das Wunder bewirkt. Welche Schändung von Verdis Santa Giovanna.

Doch vor allem hatte Salvatore die *Giovanna d'Arco* als Begleitmusik seiner Fahrt durch die Bassa Parmense ausgewählt, weil er über Opfer nachdachte. Es genügte nicht, dass Sängerinnen Opfer bringen und Frauen verkörpern mussten, die sich aufopferten oder geopfert wurden, sie selbst wurden zum Opfer gemacht, meist bevor sie dessen gewahr wurden. Früher von den Impresarii, später von Intendanten und Dirigenten, die sie im Namen der Musik zu ihren Mätressen herabwürdigten, oft aber durch das Publikum, das sie gnadenlos bestrafte, oder die Strategen ihrer Karriere, die sie durch die Welt jagten.

Leonora Errari gehörte ebenfalls dazu, selbst wenn sie es sich noch nicht eingestehen wollte. Salvatore war überzeugt, bei ihrer öffentlichen Misshandlung den Beginn eines langsamen Sterbens erlebt zu haben, das in wenigen Jahren enden würde mit dem Tod ihrer Stimme und der Leichenfledderei durch ehemalige Lobredner. So schnell waren sie verbraucht, so schnell vergessen, die gerade noch als Jahrhundertstimmen gefeiert worden waren. Vermutlich gab es zu wenige, die wie er bereits die Risse in der Vase hörten, aus denen bald Sprünge würden, die nicht mehr zu reparieren waren.

Der Mittag stand bewegungslos über dem platten Land, als Maurizio Salvatore neben Marquis Posa in Le Roncole im Gras vor dem Geburtshaus Verdis saß, den Geruch von gerösteten Kartoffeln und Rosmarin von irgendwoher in der Nase, den Blick auf die Stele mit dem bärtigen Kopf gerichtet. Er wickelte den *panino* mit Parmaschinken aus dem Fettpapier, das Verdis Konterfei zierte, und sah seine Mission vor sich. Warner und Beschützer sollte er sein für die Sängerinnen. Er war ausersehen, sie davon abzuhalten, in Stadien, dem Taumel der Massen hingegeben, Stimme und Ruf zu ruinieren, sie daran zu hindern, sich zu verheben an wuchtigen Partien, zu verheizen mit zu vielen Auftritten, zu vergeben an dirigierende Ausbeuter. Wenige Kilometer weiter, auf Verdis Anwesen Sant'Agata, verfestigte sich diese Ahnung zur Gewissheit.

Eine Idylle döste hinter schmiedeeisernen Toren. Sie ließ sich von den Touristen nicht aus der Ruhe bringen. Gelb gestrichene Mauern, Schlagläden, Hecken und Rabatten, Rosenstöcke, im Inneren eine kupferglänzende Küche, in der die Erinnerung an Eintöpfe, Schmorgerichte und Risotti hing, in den Salons Biederkeit in Plüsch, Samt, vergoldetem Theaterbarock und gedrechseltem Mobiliar. Die Eleganz eines Gutsherrn, mehr nicht.

Jeder glaubte hier Verdis Worten, die groß auf einer Tafel standen. *Sono e sarà sempre un paesano delle Roncole.* Ich bin ein Bauer von Le Roncole und werde das immer sein. Die feuervergoldeten Schließen seines Umhangs waren wie Zylinder und weißer Schal Zugeständnisse an die Städter gewesen.

Doch Salvatore hörte nicht nur mehr als andere, er sah auch mehr. Ihm war, als verdunkelten die Schatten jener Melancholie das Haus, die Verdi und seine Frau heimgesucht hatten. Wenn mit dem Sommer und den Gästen die Heiterkeit verschwunden war, dann waren mit den Nebeln der Bassa Parmense die Erinnerungen aufgestiegen. Das hier war kein bäuerlicher Garten Eden, es war eine Fluchtburg, und deren Bewohner vergaßen nie, was sie hierhergetrieben hatte. In Busseto hatten fromme Christen Steine auf die Fensterscheiben der Villa geworfen, in der er, der große Sohn des Ortes, mit einer Sünderin in der Sünde lebte, einer, die aus dem Hurenhaus der Oper stammte, drei uneheliche Kinder von verschiedenen Vätern geboren hatte und nun Verdis Ruhm mit ihrem Ruf besudelte. Diese Giuseppina Strepponi war für sie nicht, was sie für das Opernpublikum von Paris und Mailand, London und Rom gewesen war, nur eine verdorbene, gefallene Frau, die sich, um nicht ins Bodenlose zu stürzen, an Verdi festkrallte. Ging sie beten, verließen die anderen die Kirche, ging sie durch Busseto, wechselten die Bussetani die Straßenseite.

Salvatore stand vor der weißen Marmorbüste. Das Haar in

der Mitte gescheitelt und im Nacken zusammengebunden, das Gesicht ebenmäßig und stark, von der steilen Stirn über die gerade lange Nase bis zu den Kieferknochen. Eine Soldatin, keine Mätresse, eher Giovanna d'Arco als Manon Lescaut. Doch wer die Oper kannte, wusste, dass Männer auch aus einer Soldatin wie Giovanna ein Opfer zu machen vermochten.

»Arme Sau«, sagte eine Stimme neben ihm. Sie stand da in Springerstiefeln und einem geblümten Hängekleid, das auf der Mitte ihrer Oberschenkel endete. In der linken Hand hielt sie ein Buch, den Zeigefinger in der Mitte eingeklemmt.

»Ja«, sagte Salvatore, »eine arme Frau.«

Dann seufzten beide Betrachter unisono in Verdis Klänge, die das Haus beschallten, den wissenden Blick auf die Büste der Giuseppina Verdi, geborene Strepponi, gerichtet, die in diesem Haus im November 1897 mit zweiundachtzig Jahren gestorben war.

Die Laufbahn der Giuseppina Strepponi war bereits jäh abgefallen, als sie sich mit der aufsteigenden von Giuseppe Verdi kreuzte. Gefeiert als einer der größten Soprane ihrer Zeit, der Malibran, der Pasta, der Grisi vergleichbar, hatte sie es versäumt, wie die Malibran durch einen frühen Tod zum Mythos oder durch eine gewinnbringende Heirat zur Salonkönigin zu werden. Sie, die als älteste Tochter vier verwaiste Geschwister und die Mutter durchbringen musste, die dem Bruder ein Medizinstudium finanzierte, hatte mit neunzehn ihre Karriere begonnen und, nach fünf, sechs Auftritten in der Woche, elf Jahre später beenden müssen. Es hieß, niemand sei in den *Nabucco* gegangen, weil sie die Abigaille sang, sondern obwohl sie die Abigaille sang.

»Arme Sau«, wiederholte die junge Frau in den Springerstiefeln und sah Salvatore von der Seite an. Sie war ungeschminkt und unfrisiert. Das aschblonde Haar hatte sie aufgetürmt und mit einer Plastikklammer festgesteckt. Auf ihrem Oberarm zeigte eine Tätowierung eine Hexe mit zwei Adlerschwingen.

»Sie starren mein Tattoo an? Darunter sollte *Va pensiero sull'ali dorate* stehen. Zieh hin, Gedanke auf goldenen Flügeln. Aber das war mir zu teuer.«

»Warum ist der Gedanke eine Hexe?«, fragte Salvatore.

»Gute Gedanken gelten als gefährlich. Sie werden deshalb verfolgt und meistens aus dem Weg geschafft«, sagte sie.

Dann sahen wieder beide auf die Büste der Giuseppina.

»Und warum ... Sau?«, fragte Salvatore, ohne ihr den Blick zuzuwenden.

»Sie haben sie abgestochen mit öffentlichen Schmähungen. Gemieden, als stinke sie, und hätten sie gern geschlachtet.« Sie schluckte. »Meine Eltern haben eine Metzgerei in Stuttgart. Aber dort gibt es nur Fleisch und Wurst von gut behandelten Tieren.«

Als Salvatore Richtung Busseto fuhr, saß auf dem Beifahrersitz die Metzgerstochter. Sie hatte die Knie unters Kinn gezogen und die Springerstiefel am Armaturenbrett aufgestellt, als sie ihm verriet, dass sie Opernsängerin sei und wegen des Gesangswettbewerbs hierhergereist war. Die *Voci Verdiane* gälten durch frühere Gewinner wie Pavarotti oder Carreras als eine Rampe, die junge Sänger in den Erfolg katapultieren könne. Sie sei unter den dreißig, die gestern und vorgestern aus über hundert Kandidaten ausgesiebt worden waren. Chancen auf einen der ersten drei Plätze rechne sie sich jedoch keine aus.

»Wegen Ihrer Kleidung?«

Sie lachte in kleinen Terzen von oben nach unten. Nein, ihr Name sei das Problem. »Den Deutschen trauen sie keine Belcantostimme zu. Die können in ihren Ohren nur Italiener haben, bestenfalls noch Spanier, Koreaner, Osteuropäer, vielleicht noch Chinesen und Amerikaner.«

Vorletztes Jahr hatte sie sich als Gast den Wettbewerb angehört. »Gewonnen hat eine Tiziana Caruso. Noch Fragen?«

Als Salvatore sich nach ihrem Namen erkundigte, war er auf das Schlimmste gefasst.

Sie hieß Gotlind Heinefetter.

Salvatore schwieg, bis er vor dem Gutshof im Westen von Busseto hielt, an einer *strada bianca* gelegen. Hier sei sie privat und kostenlos untergebracht. Jeder hier im Ort bete Verdi an und leiste seinen Tribut. Gänse paradierten auf der Wiese, schwarze Schweine gruben im Matsch, auf dem abgemähten Acker lagen zu mannshohen Rädern aufgerollte Heuballen.

»Warum legen Sie den Namen nicht ab?«

Sie war weit in den Sitz hinuntergerutscht und presste den Nacken auf der Höhe seiner Schulter an die Lehne. Ihr Blick kam von oben. »Mal was von Sabine Heinefetter gehört?« Sie kostete sein Schweigen aus. »Ja, da müssten Sie ja glatt ein Buch über Donizetti lesen.«

Das Profil ihrer Stiefel blieb sandig auf dem Armaturenbrett, als die Füße von dort verschwunden waren. Sie hatte die Tür geöffnet. Der dumpfe Geruch eines Hühnerstalls kam herein und der beißende von Gülle. Hier konnte eine Sängerin sich nicht sammeln, er musste sie herausholen.

Salvatore war erst den halben Satz losgeworden, als sie ihm ins Wort fiel. »Sie? Was wollen Sie überhaupt bei den *Voci Verdiane*? Gehen Sie doch lieber gleich zu einer Missenschau, da sehen sie mehr von Titten und Schenkeln.«

Als sie die Tür zuschlug, gab Marquis Posa einen Wehlaut von sich.

Salvatore bezog mit seinem Gefährten Quartier im Hotel I Due Foscari im Zentrum. Die Fassade warnte erfahrene Reisende. Mitten in der Emilia venezianische Gotik, zinnenbewehrte Türme, aufgestellt für einen Hollywoodfilm, erbaut vermutlich erst im 20. Jahrhundert. Aber einen Salvatore schreckte das nicht ab. *Im Besitz von Carlo Bergonzi, dem größten Verdi-Tenor aller Zeiten,* sagte der Prospekt in Salvatores Handschuhfach, *dem kongenialen Bühnenpartner der Callas.*

Er trat ein. Schummriges Licht aus Lüstern. Portieren, Draperien, Spitzbogen, Rot und Gold. Aus Lautsprechern flutete *I Due Foscari.* Eine Opernbühne mit einer modernen Inszenierung; zwischen dunklem Mobiliar mit Samtpolstern standen auf falschen Perserteppichen Nylon- und Wellblechkoffer und halbnackte Reisende in Sportschuhen.

Obwohl in seinem Zimmer kein Porträt von Verdi hing, nur eines von Pavarotti, umflort vom Geruch feuchter Mauern, fühlte sich Salvatore am richtigen Ort. Das Abendessen im Restaurant des Hauses bestätigte ihn darin, die einzig wahre Unterkunft gewählt zu haben. Der Kellner, der ihn bediente, sprach mit einer Stimme, die, auch wenn es um Nudeln und Knoblauch ging, an Degen und Radmantel gemahnte. Er sei ein angehender Heldentenor, Stipendiat einer Stiftung des größten Verdi-Tenors aller Zeiten und ein Jünger des größten Verdi-Tenors aller Zeiten. Den Digestif servierte eine Bedienung, deren Stimme ein Diadem aufhatte und schon den Selbstmord ankündigte. Salvatore war berückt. Eine Etage höher wurden seine Erwartungen in dieses Haus nicht enttäuscht. Von seinem Zimmer aus hörte er nebenan zwei Frauen vom Personal streiten. Sie stritten ohne Ermüdungserscheinungen bis 23 Uhr, volltönend. Jede Bühnenheldin weiß, dass ein Nachgeben ihren Untergang besiegelt und die Widersacherin triumphiert, ob sie nun Amneris oder Eboli heißt. Wenngleich den Organen nebenan das Timbre fehlte, es war Oper.

Salvatore genoss sie erhitzt. In seinem Bett hatte er sofort die Frau gefunden, nach der er suchte, im Stichwortverzeichnis seiner Donizetti-Vita unter H, und landete auf Seite 275. *Es ist ein gutes Vorzeichen, dass wir eine deutsche Primadonna, einen stotternden Tenor und einen französischen Bass haben, der wenig wert ist,* habe Donizetti zur Premiere des *Elisir d'amore* vermeldet, erfuhr er dort. Bei der deutschen Primadonna, klärte eine Fußnote ihn auf, habe es sich um Clara Sabina Stöckl-Heinefetter gehandelt, eine von sechs singenden Schwestern, geboren in Mainz, gestorben in der Irrenanstalt von Illenau. *In geistiger Umnachtung,* stand da.

Salvatore ahnte, wer sie in diese Nacht geführt hatte, ob es ein Ehemann wie der erste der Malibran gewesen war, der ihr Vermögen verschleudert hatte, ein Trophäensammler wie

Onassis, ein Impresario oder ein selbstsüchtiger Sängerkollege wie im Fall Strepponi. Es war ein Mann, es waren immer Männer, die den Königinnen der Bühne Ehre, Besitz, Stimme oder Verstand raubten. Salvatore offenbarte dem Marquis seine Entdeckung. Die meisten Männer ertrügen es nicht, dass eine Frau über sie Macht besitze, sei es durch ihre Stimme, sei es durch ihre visionäre Kraft wie *Giovanna d'Arco*. Nur die Macht der Schönheit tolerierten sie, weil die von allein erlosch.

Der Blick des Marquis signalisierte Zustimmung. Er protestierte auch nicht, als Salvatore ihm erklärte, dieses Übel müsse bekämpft werden. Erst als er seinen nächsten Plan erläuterte, atmete der Marquis heftig.

Bereits zu Beginn der nächsten Runde saß Salvatore am nächsten Vormittag im ersten Rang des Teatro Verdi beim Halbfinale der *Voci Verdiane*. Gotlind hatte ihm nicht verraten, wann sie an der Reihe war. Aus Treue zu Verdi, der dieses Theater als unverantwortliche Geldvergeudung beschimpft und niemals betreten hatte, fand Salvatore den hellblauen Himmel voller rosiger Genien kitschig und die Ausstattung auf dem Niveau einer Bonbonniere.

Es half nichts. Noch bevor der erste Kandidat auf die Bühne trat, auf der am Flügel der Begleiter wartete, fühlte er die heißen Arme dieser rotgoldenen Verführerin *opera* um seinen Hals und ergab sich.

Er wurde Zeuge einer Mutprobe. Betrat ein Kandidat die Bühne, wurde in diesem Augenblick verkündet, was er zu singen hatte. Was die Herren und Damen in den ersten Reihen des Parketts sprachen, war gut hörbar auf seinem Logenplatz. Inhaltlich verstand er, abgesehen vom Titel der Arien und Opern, jedoch nichts. Da war von *tessitura* und *passaggio*, von *siati* und *messa di voce* die Rede. Salvatore schämte sich seiner mangelnden Kenntnisse, war aber sofort beglückt darüber, auf diese Weise viele Fragen an Gotlind Heinefetter stellen zu können. Dass er sie wiedertreffen würde, war sicher.

In der Mittagspause zog sich Salvatore mit dem Marquis in

die nächstgelegene Trattoria zurück. Die Hauptspeisen waren ausnahmslos nach Verdi-Opern benannt. Er entschied sich für den *piatto Giovanna d'Arco,* eine ungewöhnliche Kombination von *cotecchino con lentille* und *wurstel con krauti.* Die Bedienung zeigte sich geduldig mit ihrem ahnungslosen Gast. Das sei doch ganz einfach, die Musik der *Giovanna* stamme von Verdi, aber das Libretto sei nach einer deutschen Vorlage, dem Theaterstück eines Schwaben namens Skiller geschrieben. Der Marquis hatte sich für die Kochwurst wie die deutschen Würste erwärmt, und Salvatore hatte sich mit Linsen und Kraut abgefunden, als sie eintrat. Statt des geblümten Kleides hatte sie eine langärmelige weiße Bluse und Jeans an.

Nachdem Salvatore sich entschuldigt hatte, den Namen Heinefetter nicht gekannt zu haben, nahm sie die Einladung an und bestellte drei Gänge. Während sie in kleinen Schlucken ihren Kamillentee trank, war er versucht, sie nach *tessitura* und *passagio, siati* und *messa di voce* zu fragen. Da fiel ihm ein, dass er keinesfalls die wichtigste Frage vergessen durfte; so etwas endete in Opern meistens elend. »Sie haben gesagt, die Hexe mit den vergoldeten Flügeln, die Sie in Ihren Oberarm haben brennen lassen, stehe für einen guten, aber verbotenen Gedanken. Was ist das denn für ein Gedanke?«

Gotlind Heinefetter sah ihn an. Ihre Augen waren hellblau, ihr Lächeln war rosig. »Meinen Vater umzubringen«, sagte sie. »Opernsängerinnen sind für ihn Prostituierte. Eine Tochter, die so etwas werden will, ist nicht mehr seine Tochter, hat er erklärt. Nur weil meine Mutter ihre Lebensversicherung verkauft hat, bin ich heute hier.« Dann fiel sie über ihre Vorspeisen her.

Es war genau drei Uhr, als Gotlind Heinefetter die Bühne des Teatro Verdi betrat. »*Le mie fibre*«, sagte diesmal der Älteste aus der Kommission. Salvatore sah nur seine von weißen Strähnen linierte Glatze und vernahm seine Stimme, nicht die eines greisen Mannes, sondern die eines Tenors, dessen strahlendes Silber in den Jahren angelaufen war. Silber blieb es. Das musste Carlo Bergonzi sein.

Salvatore erstaunte es nicht, dass diese Arie für die Heinefetter bestimmt worden war, erster Akt, zweite Szene der Giovanna d'Arco. *Le mie fibre scuote un senso, un turbamento, che interrogar pavento.* Mein Gemüt erschüttert ein Gefühl, eine Verwirrung, die ich nicht zu befragen wage. Die Heldin Johanna allein in einem Garten in der Fremde, fern ihrer Heimat. Sie hat ihre Mission erfüllt, doch was sie empfindet, wagt sie noch immer nicht zuzulassen: Liebe zu dem König, für den sie gekämpft und gesiegt hatte. Dass dieser Carlo, nicht Maurizio, hieß, verstellte Salvatore nicht den Blick auf das Gemeinte.

Die Heinefetter verfügte über den großen Atem, den die Partie der Giovanna verlangte, und über sichere Höhen. Stramm stand sie auf ihren Beinen, die Schenkel prall verpackt in strapazierfähigem Jeansstoff. Salvatore hörte, was er dort unten sah. Dass sie aus dem Traum erwachend das Geträumte als Auftrag zum Handeln verstanden und ihren Wahn in Wirklichkeit verwandelt hatte, nahm ihr keiner ab. Auch nicht die Anfechtungen, von denen sie jetzt sang. Sie kannte keine Zweifel, sie hörte nichts von den Dämonen, die sie zur Lust verführen wollten, so wenig sie die Engel vernahm, die sie davon abzubringen versuchten. Zu taumeln war ihr nicht möglich. Und einer Giovanna, die nicht taumelte zwischen den Welten, glaubte er kein Wort.

Salvatore gab den nachfolgenden Bewerbern widerstrebend eine Chance, besser zu sein. Sie waren schlechter. Die beiden Koreanerinnen sonderten vakuumierte Töne ab, jeder einzeln in Folie versiegelt; die Georgierin sang ihrem Teint nach, glatt, seidig, faltenlos; die Italienerin war in ihr Dekolletee so verliebt wie in den Klang ihrer Stimme und vergaß darüber den Pianisten und den Takt.

Salvatore wartete vor dem Ausgang. Seine Giovannna platzte ins Freie.

Ja, sie lasse sich gerne ausführen. Sie war im Finale.

Salvatore hatte das Restaurant mit Bedacht gewählt. Nichts Rustikales, sondern mondäne Eleganz.

Giovanna leerte ihre *birra Verdiana* mit einem Zug und ließ ihn reden, bis ihre *insalatina Giuseppe Verdi* vertilgt war. »Wenn Sie singen wollen wie die Callas«, sagte er, »müssen Sie denken und fühlen wie die Callas, ständig zu jedem Risiko bereit.«

Giovanna wischte mit dem Handrücken den Schaum ihres zweiten Bieres von den Lippen. »Hören Sie mir doch endlich mit der Callas auf. Eine wie die würde heute aus jedem Opernhaus gefeuert.« Eine Diva werde dort verpönt, Exzentrik sei den Regisseuren vorbehalten, nicht einmal die Dirigenten wagten noch zu wüten. Außerdem sei die Stimme der Callas völlig unausgeglichen gewesen, mit rauen Registerbrüchen und einem hässlichen Gurgeln in der Tiefe.

»Es gibt nichts Langweiligeres als einen mechanisch kontrollierten Ton, selbst wenn er gefühlvoll klingt«, sagte Salvatore.

»Das sagen die, die ihn nicht kontrollieren können.«

»Es gibt nichts, was mich so unberührt lässt wie eine nur schöne Stimme«, entgegnete Salvatore.

»Das behaupten die Callas-Verrückten immer, aber Toscanini war nicht unmusikalisch, oder? Er hat die Stimme der Tebaldi *voce d'angelo* genannt.« Als einer der größten Gesangsexperten die Tebaldi gefragt habe, ob sie nicht zu bescheiden sei, schließlich werde sie gerühmt, die schönste Stimme ihrer Zeit gehabt zu haben, habe sie gesagt: »Ich bin nicht bescheiden – es war die schönste Stimme.« Sogar die Callas, grinste Giovanna, habe zugegeben, wer eine Stimme wie die Tebaldi besitze, müsse keine Schauspielerin sein.

Salvatore blieb standhaft. Wer sich heute bitte noch an die Engelsstimme erinnere? Die Callas hingegen brenne jedem im Gedächtnis.

Da schaute Giovanna auf ihre Uhr, sagte »O Gott!« und stand auf.

Er musste verhindern, dass sie ging, ohne von ihm das Geheimwissen für einen Sieg erhalten zu haben. »Sie werden gewinnen, wenn Sie ...«, sagte er und verstummte.

Sie setzte sich. »Wenn ich ...?«

»Wenn Sie von ihr eines lernen. Die Callas wusste, dass sie Schönheit, Glanz und Eleganz brauchte als Rüstung in einer feindlichen Welt.«

»Wollen Sie damit sagen, dass ich mich schlecht anziehe?«

Salvatore antwortete nicht.

Sie kippte die Hälfte seines Rotweins in ihr Glas und hob es strahlend. »Gratuliere. Sie haben recht. Aber ich habe kein Geld.«

Es war schneller gegangen, als erwartet. In nur fünf Geschäften im Zentrum Parmas hatten die beiden alles gefunden, was eine Giovanna d'Arco für die Rüstung brauchte, in der sie unbeschadet zum Sieg durchbrechen würde.

Ein Gewitterregen ging nieder, als Salvatore Giovanna absetzte und sie in Springerstiefeln über den aufgeweichten Boden ins Gutshaus hastete. Doch er sah schon, wie sie ihn heute Abend zur intimen Generalprobe erwarten würde, in einem schwarzen Etuikleid, um den Hals eine dreireihige Perlenkette, er sah, wie sie über das Parkett gehen würde in diesen Pumps, die jeden Schritt gefährdeten und dadurch zum Ereignis machten. Was er in Stunden bis zum Abend an Zukunftsvisionen durchlebte, war später nur noch verschwommen in Salvatores Gedächtnis.

Als er vor dem Gutshof vorfuhr, parkte dort ein grün metallisch glänzender Achtzylinder, Stuttgarter Kennzeichen, neben dem Rückspiegel ein schwarzrotgelber Wimpel.

Um acht Uhr wollte Giovanna herauskommen. Salvatore war eine halbe Stunde zu früh dran. Er stieg aus. Die Polster des deutschen Wagens trugen karierte Schonbezüge. Auf dem Beifahrersitz lag eine Autozeitschrift, darauf eine eingeschweißte Wurst.

Kein Zweifel. Der Metzgermeister aus Stuttgart war angereist, um seine Tochter vor dem Finale der *Voci Verdiane* zur Rückkehr zu zwingen.

Besonnen bestieg Salvatore wieder den *cavallo andante* und

legte Marquis Posa seine Erkenntnisse dar. Alles war mühelos zu durchschauen, für jeden, der *Giovanna d'Arco* kannte. Giovannas Vater Giacomo, eine frei erfundene Figur, war die treibende Kraft in Verdis Oper. Er verfolgte seine Tochter auf ihren Exkursionen zu dem magischen Ort, an dem angeblich die Dämonen hausten. Er beobachtete sie, wie sie, erwachend, Frankreichs König leibhaftig vor sich sah, in dessen Namen das Vaterland zu retten ihr Traumgesichte befohlen hatten. Er war sofort überzeugt, seine Tochter sei nun, von jenen Dämonen behext, in verrückter Liebe dem König verfallen, für ihn ein feiger Verführer, der Giovanna und mit ihr ihn, den Vater, entehren würde. Und er war es schließlich, der seine Tochter als Hexe denunzierte, dem Volkszorn und dem Henker auslieferte.

Giacomo war einer von zahlreichen ähnlichen Vätern, die Salvatore in den letzten Monaten kennengelernt hatte. Wie Aidas Vater Amonasro, wie Gildas Vater Rigoletto und einige mehr würde der Metzgermeister seine Tochter ins Verderben führen, angeblich aus väterlicher Liebe. Salvatore wusste, was der Metzger aus Köln jetzt gerade in irgendeinem Zimmer hinter den Mauern des Gutshofs erzählte. Wie Amonasro vor Aida beschwor er die seligen Tage der Kindheit vor ihr herauf und die Dankesschuld der Tochter dem Vater gegenüber. Glichen diese Väter nicht alle seinem vermeintlichen, nicht leiblichen, der jeden Zauber aus dem Dasein verjagt und durch Vernunft ersetzt hatte? Wie in der *Traviata* der alte Germont seinem Sohn Alfredo hätte auch sein sogenannter Vater ihm ausgeredet, eine Frau zu lieben, die seinen Vorstellungen nicht entsprach. Wie Alfredos Vater wäre auch seiner überzeugt gewesen, mit der Wahl einer solchen Frau hätte sein Sohn das eigene Leben und alle Ambitionen seines Vaters zerstört. Verdi hatte sich nicht kleinkriegen lassen, weder von seinem Stiefvater Barezzi noch von den Busettani, diesem Chor rigider Väter.

Maurizio Salvatore überhörte die Einwände des Marquis Posa. Es galt, einzuschreiten, bevor auch diese Giovanna Opfer der mörderischen Realisten wurde, blind für Offenbarungen, taub für Stimmen von dort, wo die Vorsehung wohnte.

Allein schritt Maurizio Salvatore mit gesenktem Haupt, den Blick nach innen gerichtet, auf die Stätte zu, an der sich Giovannas Schicksal entscheiden würde. Durch den Hintereingang musste er eindringen und unerwartet die Szene betreten. Mit Worten, nichts als Worten, wollte er die Schlacht gewinnen. Er würde diesem Metzger ein Bild malen, auf dem er, wie der Schankwirt Verdi seinen Giuseppe, wie der Käsemacher Bergonzi seinen Carlo, die Tochter Gotlind hinauf zum Ruhm geleitete, um sich dort gemeinsam mit ihr zu sonnen.

Der Hund war schwarz und fast kalbsgroß. Dass seine Kette sehr lang war, bemerkte Salvatore zu spät.

Der Notarzt sagte, es bestehe keine Hoffnung, dass der Gutsbesitzer erlaube, seinem Rottweiler den Magen auszupumpen, zumal die Schuld am Unfall aus seiner Sicht ja der unbefugte Eindringling trage. Außerdem habe die Magensäure den Finger längst derart angegriffen, sodass es nichts brächte, ihn anzunähen. Die Kosten für Wundbehandlung und Spritzen sowie den Klinikaufenthalt hatte Salvatore in bar zu entrichten. Der Notarzt riet seinem Patienten bei der Bezahlung, Busseto so rasch wie möglich zu verlassen. In seiner Stammbar sei dieser Deutsche bereits das heißeste Gesprächsthema, der eine deutsche Sängerin auf den Wettbewerb verfolgt, zu gemeinsamen Mahlzeiten genötigt und mit Kleidern und Schmuck zu bestechen versucht habe und sie schließlich entführen wollte. Hier in Busseto sei wenig los, aber wenn mal irgendetwas passiere, dann werde daraus sofort eine große Oper gemacht. Vermutlich hätten die Bussetani das Gefühl, das ihrem Verdi schuldig zu sein. Der Bauer jedenfalls, bei dem die Sängerin einquartiert war, stehe strahlend samt Hofhund neben ihr im Blitzlichtgewitter. Er selbst, betonte der Notarzt, nehme Salvatore seine Darstellung der Geschehnisse voll und ganz ab. Doch mit den Busettani sei nicht zu spaßen.

Salvatore gedachte der Verfolgung von Giuseppina Strepponi

und Giuseppe Verdi. Auch sie hatten den Rückzug angetreten und so ihre Würde gewahrt. Spät erst hatte Verdi sich und die Geliebte gerächt, indem er den ihm geweihten Tempel schmähte und ihn zu betreten verweigerte.

Den Blick auf eine solche Zukunft gerichtet, ließen Maurizio Salvatore und Marquis Posa das Kaff der Kleingeister hinter sich. Weiter im Norden wollte Salvatore seine Temperatur senken und in Verona, der Stadt des größten Liebesdramas, sich erneut den Aufgaben widmen, zu denen ihn die innere Stimme rief. Er konnte sich nicht damit aufhalten, sich selbst zu rechtfertigen, er war dazu bestimmt, bedrohte Werte und unschuldig Verfolgte zu retten.

Es war Nacht, als sie Pontevico erreichten, den Ort, an dem Prinz Eugen einst sein Lager aufgeschlagen hatte. Salvatore hielt den *cavallo andante* an. Er trat mit seinem Gefährten auf die menschenleere *piazza*, ging bis in ihre Mitte und sah nach oben. Die Nacht war sternenklar. Nie hatte Salvatore das Sternbild des Löwen gleißender erblickt. Von dort oben vernahm er die Worte, die am Ende des Librettos von *Giovanna d'Arco* standen. *Una siderea luce spandesi improvvisamente per cielo.*

Da war es, dieses Sternenlicht, das Giovannas Ende bestrahlte und ihr Unsterblichkeit verhieß.

Nun erkannte Savatore seinen Irrtum. Giovanna d'Arco war er. Ihm wies den Weg, was andere für einen Wahn hielten, sein Mut speiste sich daraus wie der vieler großer Helden und Heldinnen, von Herakles bis zu Alexander dem Großen und Johanna der Heiligen. Sicher hatte auch Prinz Eugen die Türken nur bezwungen, weil er einer Vision folgte, die andere für ein Wahngebilde gehalten hätten. Die Größe eines Menschen zeigte sich darin, dass er sich von den Fesseln der Ratio zu befreien vermochte und es wagte, der Weisheit der Einbildungskraft zu vertrauen. Nur so konnten hohe Ziele erreicht werden.

Tief atmete er die Nachtluft ein, den Duft künftiger Späßen.

Verona

August 2009

Die Welt bewegte sich im Tempo eines Trauermarsches. Passanten schlichen über die Straße, Hunde krochen dahin, Autofahrer entstiegen schlaftrunken ihren Wagen. Salvatore war es, als flögen auch die Vögel langsamer. Temperaturen um die vierzig Grad versetzten alles in Trance. Wenn er wieder nicht wusste, wann er wohin abgebogen war, und vor sich hinsprach, gab der Marquis auf der Rückbank Geräusche von sich, als sei ihm nicht recht wohl mit diesem Mann am Steuer. Kurz wurde Salvatore dadurch wacher und daran erinnert, dass der Notarzt in Busseto ihn gewarnt hatte, mit Schmerzmitteln im Blut selbst zu fahren. Doch unweigerlich versank er rasch wieder in jenem Dämmerzustand, in dem er hellsichtig war. Ein Zustand, der ihn berauschte.

Salvatore litt an etwas, das nicht existierte. Er verspürte Schmerzen an einer Gliedmaße, die es nicht gab. Sein Körper war imstande zu einer Imagination, die er ihm niemals zugetraut hätte. Es pochte, es stach, es brannte in jenem mittleren Finger der rechten Hand, der ihm fehlte.

Die Oper war ein Kunstwerk, so unmöglich wie die ewige Liebe. Und doch war es den Menschen nicht auszutreiben, an ihre Möglichkeit zu glauben. Sie wollten daran glauben wie der Körper daran, nach wie vor über den verlorenen Finger zu verfügen. Salvatore hatte erkannt, warum. Der menschliche Organismus war imstande, Phantome und Phantasmen zu erzeugen. In ihm war die Oper ebenso angelegt wie die Vision von einer Liebe, die niemals endete. Für diese Einsicht schien Salvatore der Verlust einer Gliedmaße kein übertriebenes Entgelt.

Die Dame in Dunkelblau an der Rezeption des *albergo* hinter Sant'Anastasia ließ ihren Goldschmuck klappern und eröffnete

Salvatore, sie habe noch genau ein Zimmer frei. Es kostete in der Nacht so viel wie die Wohnung der Contessa in Lucca in einer ganzen Woche. »*Alta stagione a Verona*«, sagte sie. Es sei ein romantisches Zimmer, nichts für *Russi* oder *Americani*. »*Ma …*« Sie zog die Schultern hoch, die Brauen nach oben, die Mundwinkel nach unten und blickte an Salvatore vorbei in die Ferne.

Was dieses *ma* bedeutete, erfuhr Savatore, als er die Tür des Zimmers öffnete. Für ihn und Marquis Posa war darin kein Platz. Es war bis unter die Dachbalken angefüllt mit bewegungsloser Hitze. Er öffnete das Fenster. Ebenso gut hätte er die Heizung anstellen können.

Doch, natürlich werde die Klimaanlage repariert, aber jetzt sei Freitagmittag und vor Montag kein Handwerker zu bekommen, sagte die Dame in Dunkelblau.

In der Nacht legte Salvatore ein feuchtes Handtuch auf den Rücken von Marquis Posa. Nach einer halben Stunde war es trocken. Er selbst suchte den Schlaf gar nicht erst; jene Gedanken, die ihn wachhielten, waren zu kostbar, um verschlafen zu werden. An welche Lächerlichkeiten hatte er seine Fähigkeit, bezwingend zu argumentieren, früher doch vergeudet. Nun sah er sich vor die große Aufgabe gestellt, die Oper als eine im Menschen angelegte Sehnsucht und damit als Lebensnotwendigkeit nachzuweisen.

Am nächsten Morgen hing an dem Türknauf von Salvatores Zimmer in hoteleigener Plastiktüte ein deutsches Wochenmagazin. Salvatore klappte es in der Mitte auf, um die abgezwickten Krallen von Marquis Posa zu sammeln. Da lag sie auf dem Boden, strahlend. *In den Fußstapfen von Pavarotti: Deutsche gewinnt italienischen Gesangswettbewerb*, stand über dem Foto.

Salvatore beseitigte die Spuren der Pediküre und studierte den Bericht. Der Arm um Gotlind Heinefetters Schultern beunruhigte ihn nicht, er war Ende sechzig und weiblich. In der Bildunterschrift bekannte die Preisträgerin, nur ihrer Mutter, die zu guter Letzt noch die hausgemachte Gelbwurst nach Busseto gefahren habe, das beste Mittel gegen Stress, sei der Sieg zu verdanken. Sie trug die Perlenkette, das Etuikleid und die Pumps aus Parma. Die Dessous aus Parma sah nur Salvatore, leider wieder nicht auf ihrer Haut. Die Kommission habe gerühmt, wie glaubhaft sie im Finale der *Voci Verdiane* Violetta in ihrer Zerbrechlichkeit dargestellt habe, *la Traviata*, die Gestrauchelte, endlich einmal nicht als femme fatale, sondern als femme fragile.

Zufrieden trat Maurizio Salvatore mit dem Marquis in die Morgenhitze hinaus. Vor ihnen schob sich eine Gruppe japanischer Touristen durch die Gasse. Als Salvatore versuchte, sich daran vorbeizudrücken, steckte die italienische Anführerin ihm einen Faltprospekt zu. *Guided tour to the original places of Romeo & Juliet* stand rot auf gelb über einem Foto des Balkons. Auf dem Balkon posierte eine junge Frau mit langem dunklem Haar in einem weißen Spitzenkleid, vom Hof aus sah ein muskelgestählter Mann in blauweißem Mittelalter-Wams zu ihr empor.

Salvatore warf den Prospekt in den nächsten Müllkorb und betrat Sant'Anastasia. Kühle Stille umfing ihn. Er ließ ihr Zeit, zu wirken. Dann erst ging er gezielt in den linken Seitenflügel.

Sogar an einem Tag wie diesem herrschte hier Halbdunkel. Es verbarg Pisanellos Fresko mit San Giorgio über dem Torbogen, der einmal zur Capella Pellegrini geführt hatte. Erst nach einigen Minuten enthüllten sich die Linien und Figuren dem geduldigen Auge Salvatores.

In der Mitte der Szene wandte ein Pferd ihm seine helle Kruppe zu, links davon war der Ritter Georg zu sehen, rechts im Profil die Prinzessin von Trebizond, unwirklich in ihrem Federkleid, ein extraterrestrisches Wesen mit unnatürlich vorgewölbter Stirn, ziseliertem Elfenbeinprofil, das Haar auf dem Scheitel zu einer Kugel geformt und unter einem Gitterwerk verpackt. Über beiden türmte sich eine Stadt auf, in der sich die Pracht des Abendlandes und die Pracht des Morgenlandes drängten; daneben stieg über gepflügten Äckern ein nächtlicher Berg an, Tannen und eine Kapelle auf seinen Höhen. Halb entblößt baumelten zwei Gehenkte am Galgen. In deren Nähe verschworen sich sieben Männer mit Fratzen, wofür oder wogegen auch immer. Von dem Drachen war kaum mehr etwas zu erahnen, nur die Knochen seiner Opfer erinnerten an ihn. Doch die Leere dort, wo er gedräut hatte, übte einen Sog auf die Gestalten aus. Dorthin starrte die Prinzessin, dorthin glotzte der Hund, und auch der Blick des Ritters glitt in dieses Niemandsland, als komme von dort das Eigentliche. Es war die Momentaufnahme eines Traums. Keiner vermochte sicher zu sagen, ob es die Ankunft oder den Abschied des Ritters zeigte, ob der Wurm bereits getötet war oder noch auf ihn lauerte.

Salvatore erkannte sich in diesem Mann mit dem rötlich blonden Haar, der alles Niedrige überwand. Solche Männer dachten nicht in Verlust und Gewinn, sie dachten in anderen Dimensionen. Neben Schicksalslinien wurden die Kurven der Börsen bedeutungslos. Irgendwann würde Gotlind erkennen, wer sie befreit hatte von der Vorstellung, eine starke Wirkung sei nur durch starken Ton zu erreichen, und wer sie gelehrt hatte, sich mit Eleganz gegen Verwundungen zu wappnen.

Die Unruhe von Marquis Posa, der das klebrige Frühstück verschmäht hatte, zerrte Salvatore aus seinen Gedanken. Als er unter der Grenze des Kirchenportals stand, das Dunkel im Rücken, das blendende Helle vor sich, spürte er erneut den Finger, der ihm fehlte, und die Kraft, an das zu glauben, was nicht für jeden sichtbar war.

Amore per l'eternità stand auf dem Zeitungspapier. Der Metzger im Arztkittel, auf dem Kopf eine weiße Baumwollkappe, hatte darin die *soppressa* für ein dem Marquis genehmes Frühstück zusätzlich eingewickelt, der Hitze wegen. Unter den Schirmen auf der piazza delle Erbe welkten die Salatköpfe. Auf seinem Tisch im Antico Caffè Dante strich Salvatore die Zeitung glatt. Ewige Liebe wurde dort in einer Annonce angeboten, keine irdische, sondern himmlische. Ein norditalienischer Unternehmer hatte einen Bestellservice für Fürbitten im Jenseits eingerichtet. Gegen eine einmalige Zahlung von 300 Euro las ein katholischer Geistlicher, Gefängnisseelsorger im Mezzogiorno, jeden Monat die Gedenkmesse. Hinterbliebene mussten dafür nicht in den Mezzogiorno fahren, ein *cellulare* genügte, um an der gebührenpflichtigen Telefonmesse teilzunehmen. Der Geistliche, behauptete die Anzeige, finanziere so ein Heim für gestrauchelte Männer und Frauen. Dass er auch den Unternehmer finanzierte, stand nicht dort, dafür in einer Annonce darunter, womit derselbe norditalienische Menschenfreund seine Zeitgenossen von Ungewissheiten in Fragen irdischer Liebe befreite, ebenfalls ohne ihnen Kosten für die Anreise aufzubürden. *Astromante, chiromante, cartomante* oder *astrochirocartomante* waren bereit, telefonisch aus den Sternen, den Karten und sogar der Hand zu lesen. Salvatore schüttelte den Kopf.

Dem Kellner entging das so wenig wie der Gegenstand seiner Lektüre. »Sie sind Deutscher?«, fragte er, als er das Frappé abstellte. »Die Deutschen lieben die Italiener, aber sie verstehen sie nicht.«

Salvatore sah auf die piazza dei Signori hinaus. Dante stand, den Kopf in die Hand gestützt, nachdenklich in der Glut. Begann die *Divina Commedia* nicht damit, dass der Dichter bekannte, in seines Lebens Mitte nicht mehr ein und aus zu wissen? Endete sie nicht damit, dass der Dichter kapitulierte vor der Macht der Liebe, die imstande war, Sterne und Sonne zu bewegen? Dieser Kellner hatte recht. Es war typisch deutsch, sich ständig zu erregen über irreführende Beschilderungen, über mangelnde Ordnung und Sicherheit, über Aberglauben, Unzuverlässigkeit und Unpünktlichkeit. Dort, wo Salvatore herkam, wurde alles Lebendige mit Verboten zubetoniert. Hier hingegen fühlten sich die Menschen von den Gesetzen des Staates wie der Kirche herausgefordert, Wege zu finden, sie zu umgehen. Wie pedantisch waren seine Landsleute, die immer recht gehabt haben wollten. Hier lebte jeder sein Grundrecht auf Irrtümer aus und machte auch dann eine gute Figur, wenn mal wieder etwas schiefgelaufen war. Nicht etwas richtig zu machen war wesentlich, es schön zu machen zählte. Einem Fremden wortreich den Weg zu weisen, auch wenn man ihn nicht wusste, besaß Stil. Das hieß, ihn ernst zu nehmen und einer Antwort für würdig zu befinden. Wollte Salvatore zu den Einheimischen gehören, musste er die Würde des vermeintlich Chaotischen verinnerlichen und Gesetze wie rote Ampeln als gut gemeinte Empfehlungen betrachten. Darin lag die vielbeneidete Lebenskunst der Italiener.

Noch bevor er die piazza Brà und das offizielle Kartenbüro der Arena erreicht hatte, verweigerte Marquis Posa jede weitere Bewegung. Salvatore trug ihn bis zum Rand der Parkanlage beim Amphitheater, setzte ihn auf dem Rasen ab, ließ aus dem Trinkbrunnen Wasser in den Plastikteller laufen, den der Metzger ihm gespendet hatte, und setzte sich neben seinem Freund ins Gras. Eine Parkbank war weit und breit nicht zu entdecken, stattdessen Kunststoffschalen, auf denen nur einer Platz fand. Salvatore hatte erst den Panino aufgeschnitten und drei Scheiben *Soppressa* abgesäbelt, die vierte war für ihn selbst gedacht, als zwei Polizisten auf Mopeds mit ausgefahrenen Blaulichtern scharf neben ihm bremsten. Es sei verboten, in der Nähe historischer Gebäude auf der Straße im Gehen oder Stehen zu essen oder zu picknicken. Sie kassierten 50 Euro. Eine Passantin, bewaffnet mit Handtasche und einem Netz voll Fernsehzeitungen, blieb stehen, betrachtete kopfschüttelnd den Straftäter und seinen Hund. »*Grazie a Flavio*«, sagte sie.

Salvatore und Marquis Posa zogen um, hinaus aus der Innenstadt, in eine Pension in Borgo Venezia. Von Reisebussen sah man dort nichts, und von den neuen Gesetzen wollte man nichts wissen. Die Wirtin, Signora Cecilia, liebte die Oper und verfügte über sicher hundert Langspielplatten aus vergangenen Jahrzehnten, auch jene, die zur Erleuchtung des Moritz Redder geführt hatten. Salvatore saß auf einer Bank unter der Pergola mit wildem Wein und verzehrte mit dem Marquis die *soppressa*. Durch das offene Fenster drang aus dem *salone* Bellinis *I Capuleti e i Montecchi*. Es gefiel Salvatore, dass das Stück, auf dem Romanis Libretto zu dieser Romeo-und-Julia-Oper beruhte, nicht etwa von Shakespeare, sondern einem Mann namens Luigi Scevola stammte. Luigi Scevola, Ludwig Linkshänder, ein Hinweis, dass die Geschichte eine Rolle barg, die auf ihn persönlich wartete. Es gefiel ihm auch, dass die Wirtin ihre Arbeiten im Rhythmus der Musik verrichtete, ob sie welke Blüten abzupfte, die Terrasse kehrte oder bügelte.

Nach wenigen Tagen fühlte Salvatore sich zu Hause. Vor allem dann, wenn Signora Cecilia am anderen Ende des langen Holztisches im Schatten saß, während er las oder aß, Marquis Posa bürstete oder nur der Musik, die aus dem Inneren des Hauses drang, zuhörte.

Von ihr erfuhr er, wer dieser Flavio war. Sechzig Prozent der Veronesen hielten ihn für den Georgsritter, der ihre Stadt vor dem Drachen rettete, von dem sie sich bedroht fühlten. Flavio war von ihnen zum Bürgermeister gewählt worden, weil er versprochen hatte, Verona von Zigeunern, Marokkanern, Chinesen und Albanern sowie von Straßenschmutz, Pennern und Unsicherheit zu befreien. Die Fensterputzer an den Ampeln und die fliegenden Händler des falschen Luxus seien restlos verschwunden, sagte die Wirtin, die Wagenburgen der Sinti und Roma am Ortsrand ohnehin, und ihr sei erzählt worden, chinesische Lokale und Döner-Buden müssten täglich mit einer Razzia rechnen.

Bei seinem ersten Spaziergang mit Marquis Posa stellte Salvatore fest, dass seine Wahlheimat auf dem besten Weg war, sich des Rufes zu entledigen, das Land der Lässigkeit zu sein. Ergraute Männer in phosphorfarbenen Westen, auf denen *assistente civico* stand, patrouillierten mit gerecktem Kinn durch die Grünanlage. Sie machten ihn darauf aufmerksam, dass er verantwortlich dafür war, die Exkremente seines *bottolo* zu beseitigen, und dass es Hunden untersagt sei, auf den Plastikschalen zu sitzen, die sie Bänke nannten. Als Salvatore entgegnete, auf diesen Dingern werde er ohnehin nicht Platz nehmen, die seien viel zu unbequem, lächelten die älteren Herren in den grünen Westen. Ja, genau das sollten sie sein.

Die Wirtin saß mit Flickwäsche unter der Pergola, als Salvatore mit dem Marquis zurückkehrte. Sie wusste Bescheid. Ritter Flavio hatte Knappen rekrutiert, die unentgeltlich, mit Funkgeräten gerüstet, gegen Raucher auf Spielplätzen vorgingen, in öffentlichen Anlagen gegen unrasierte Männer mit mehr als sechs Einkaufstüten und auf der Straße gegen Passanten, die in der Nähe von Gotteshäusern, Denkmälern oder anderen Monumenten aus Glasflaschen tranken, uneingedenk der Tatsache, dass sich jeder Passant in Veronas Mitte so gut wie immer in der Nähe eines Gotteshauses, Denkmals oder Monumentes befand.

Vor kurzem hatten fünf Kahlrasierte mitten in der Stadt einen Künstler mit langem Haar auf offener Straße totgeschlagen, weil der ihnen keine Zigaretten gab. Von den Knappen war weit und breit nichts zu sehen gewesen. Einer der Kahlrasierten stammte aus Verona, die anderen kamen aus dem Umland. Für das Umland sei er nicht zuständig, ließ Ritter Flavio wissen, und dieser eine Veronese könne ihn nicht von seinem Ziel abbringen, die wirklich gefährlichen Feinde auszumerzen. Er hatte es schon so weit gebracht, dass sein Beispiel in Italien Schule machte. In Novara, wusste Signora Cecilia, dürften sich in öffentlichen Parks nach 23.30 Uhr nicht mehr als zwei Personen zusammen aufhalten; in vielen Städten sei es verboten, Waren in großen Taschen zu transportieren und im Zentrum außerhalb von Lokalen Alkohol zu trinken. Ihre Nichte und deren Verlobter in Cernobbio, in der Nähe von Como, hätten wie alle heiratswilligen Paare vor ihrer Hochzeit eine Hygieneprüfung der Wohnung über sich ergehen lassen müssen. Sogar im Süden habe Flavio schon die Menschen angesteckt. Irgendwo bei Salerno sei es strafbar, wenn Paare sich im Auto küssen oder umarmen. Das werde dieser *cazzomatto* von Verona vermutlich auch bald einführen.

»So wie der aussieht«, sagte sie, »weiß er nicht, wie Küssen geht.«

Ihre Tochter sei so gut wie verlobt, in einer Woche werde gefeiert, und der Vater ihres Zukünftigen, ein Veroneser Schneidemaschinenhersteller, stehe ganz auf Flavios Seite. Dieser Flavio sei auch noch stolz auf seine Aktionen. »Wissen Sie, was er sagt? ›Ich habe die Kontrolle über das Territorium‹, sagt er, ›und ich werde sie nicht mehr abgeben, denn ich liebe meine Heimat.‹ *Cazzomatto*!« Ergrimmt stach sie mit der Nadel in den Stoff. Salvatore starrte das Blut auf dem weißen Leinen an. Signora Cecilia legte die Arbeit aus der Hand und lutschte an ihrem Zeigefinger.

Salvatore ging in den *Salone* und legte *I Capuleti e i Montecchi* auf. Als er wieder hinaustrat, stand eine Flasche Rotwein mit zwei Gläsern auf dem Tisch.

Die Eltern der Pensionswirtin waren von Sizilien hierhergezogen, als sie ein Schulkind war; die Onkel und Tanten waren damals fast alle nach Deutschland ausgewandert. Flavio und Konsorten, sagte Signora Cecilia, seien Mörder. Schlimmer noch. »Schergen wie aus dem Mittelalter, die ihr Opfer noch foltern, bevor sie es verbrennen.« Flavio sei dabei, Italien lebendigen Leibes zu strangulieren, um es danach zu spalten.

Ihre Tochter habe einen Job als Giulietta. Sie trete für Touristen auf den Balkon, auch für Fotos in Broschüren oder Bildbänden, und ihr Liebesgeflüster mit Romeo sei so überzeugend, dass viele ihr, wenn sie sich danach im Hof unter die Massen mische, weinend um den Hals fielen. Gäste aus Fernost hatten sie unter Tränen beschworen, mit Romeo sofort das Weite zu suchen.

Das Rotweinglas war leer, Signora Cecilia hatte sich gefangen und nähte den nächsten Knopf im Rhythmus der Capuleti und Montecchi an. »Wenn einer in der Verwaltung draufkommt, dass sie das Kind von Sizilianern ist, dann ist sie den Job los. Und vermutlich auch ihren Verlobten.«

Schaute sie in Gedanken an den Ring ihrer Tochter plötzlich auf Salvatores rechte Hand?

»Poverino!«, sagte sie und wollte wissen, wie das passiert sei.

Während Salvatore redete, nähte sie weiter Wäscheknöpfe

an. Dann hob sie den Blick und richtete ihn erneut auf seine Hand. »*Fortunato!*«, schrie sie.

Salvatore sah sie verwundert an. Doch, er habe Glück gehabt, er habe den richtigen Finger verloren, sagte die Wirtin. Sie stand auf, ging um den Tisch herum, nahm Salvatores rechte Hand in ihre linke. Mit ihrer Rechten berührte sie der Reihe nach seine Finger. »Jeder steht für ein Gestirn. Der Daumen für Venus, der Zeigefinger für Jupiter, der Mittelfinger für Saturn, der Ringfinger für die Sonne, der kleine Finger für Merkur. Wer mag schon den Saturn?«

Salvatore saß, bis es dunkel wurde, mit Marquis Posa vor seinem Wein und lauschte den Worten der Wirtin nach. Mit dem Daumen hätte er die Liebesfähigkeit, mit dem Zeigefinger das Joviale, mit dem Ringfinger das Leuchtende, mit dem kleinen Finger alles Verbindliche verloren. Er aber hatte den unheilbringenden Mittelfinger eingebüßt. Saturn verschlang seine Kinder. Saturn lebte, hatte immer gelebt. Erkennbar war er an dem Satz, er wolle für seine Kinder das Beste, gleichgültig, zu welchen Katastrophen er sie navigierte. Saturn hieß heute Silvio oder Flavio und vernichtete die Zukunft seines Landes. Bei Bellini hieß er Capellio, war Oberhaupt der Capuleti und Vater von Giulietta. Erst als er vor den Leichen seiner Tochter und ihres Geliebten stand und fragte: *Wer hat sie umgebracht*?, sagten ihm der Arzt Lorenzo und die Montecchi die Wahrheit: *Du selbst.*

Die Nacht begann gerade erst den Klammergriff der Hitze zu lösen, als ein Auto auf dem Kiesweg bremste. Eng umschlungen kamen die beiden näher. Offenbar bemerkten sie den Gast und seinen Hund nicht. Sie küssten sich im Laternenlicht neben der Terrasse, als wollten sie einander auffressen.

Allein kam sie schließlich daher, als im Hintergrund ein Motor ansprang. Sie war in einem Lächeln verloren, das den vergangenen Minuten galt. Salvatore wünschte ihr eine gute Nacht. Sie fuhr zusammen.

Ihre Schönheit war ihm so vertraut, dass er ebenfalls erschrak. Diese unwirklich vorgewölbte Stirn über dem fein ziselierten Elfenbeinprofil und das unter einem Netz auf dem Kopf zusammengeballte lange Haar. Sie trug kein Federkleid, dennoch erkannte er sie sofort wieder. Ihr Blick verbot, sie anzusprechen. Dann stolperte sie über Marquis Posas Wasserschüssel.

Sie hieß Elena.

»Wann kommt endlich das Gewitter?«, fragte sie eine Stunde später und sah durch den wilden Wein in den Himmel. Ihre Stirn und ihre Wangen glänzten feucht. Der Schweiß machte sie noch schöner.

Gegen elf wusste Salvatore bereits, dass Elenas künftiger Schwiegervater sich eine andere Schwiegertochter ausgesucht hatte. Elenas Rivalin, ehemals Schulfreundin, war eine besonders beliebte *Velina*, täglich in wenig mehr als ihrem üppigen Haar auf einem der Kanäle des Condottiere zu bewundern, wo sie die schlechten Nachrichten aus dem Mund des Sprechers mit ihren Kurven abpufferte. Sie hatte also gute Aussichten auf eine politische Karriere. Was bedeutete dagegen die Tochter einer Pensionswirtin, die Dessous verkaufte und ab und zu Giulietta spielte?

Allmählich dämmerte Salvatore, welches seine Rolle war. Bei Shakespeare war es ein Mönch, der die Liebenden retten wollte, bei Bellini ein Arzt. Der Rettungsversuch scheiterte in beiden Fällen. Warum? Weil der Retter aus übertriebener Vorsicht mit verdeckten Karten spielte und zu wenige in seinen Plan einweihte. Doch war sein Misstrauen erklärbar, wusste er sich doch selbst als Einheimischer in die Veroneser Verhältnisse verstrickt. Ein Retter, der aus der Fremde kam, würde sich leichter tun.

Doch es gelang Salvatore nicht, einen Plan zu entwickeln, der ihm erlaubte, ins Geschehen einzugreifen. Was er dazu brauchte, war ihm klar. Die Oper war es immmer wieder gewesen, aus der er jene Hinweise bezog, die der Alltag ihm versagte. Sobald er die Capuleti und Montecchi als handelnde Personen erlebte und die Musik die Grenzen von Raum und

Zeit auflöste, würde er die Route der Entscheidungen vor sich sehen.

Nein, diese Oper stehe dieses Jahr gar nicht auf dem Spielplan, erfuhr Salvatore im Kartenverkauf neben der Arena.

»Aber in Salzburg wird doch auch jedes Jahr der Jedermann gespielt.«

»Wer ist Jedermann?«, fragte die Kartenverkäuferin. Für die Lucia di Lammermoor gebe es noch Restkarten in allen Kategorien, sogar *Poltronissima.*

Salvatore war informiert. Niemals würde er in diese Falle für Touristen gehen, denen das Teuerste als das Beste verkauft wurde. *Poltronissima* saßen die Geleimten, nah an der Bühne, weitab vom echten Leben. Er wollte wie die Menschen von hier auf den Steinstufen der Arena sitzen, den Picknickkorb mit einer Flasche Wein, Brot, Schinken und Käse neben sich.

Signora Cecilia fegte die Terrasse, als er mit einer prallen Einkaufstüte in die Pension zurückkehrte. Sie rümpfte die Nase. »*Pecorino di fossa.* Bitte nur im Freien essen«, sagte sie und kehrte weiter.

Salvatore erklärte, dafür sei er gedacht, aber er werde nicht einmal sie, sondern nur Lucia di Lammermoor damit behelligen.

Signora Cecilia stand still. »Was? Wissen Sie nicht, dass es seit diesem Jahr verboten ist, sich Essen und Getränke in die Arena mitzubringen?« Sie nahm ihre Arbeit wieder auf. »Nicht nur Ausländern«, sagte sie über die Schulter. »Allen. *Grazie a Flavio.*«

Salvatore beschloss, sich über die Lage Klarheit zu verschaffen und das Terrain zu sondieren, das dieser falsche Ritter in seine Gewalt gebracht hatte.

Am nächsten Tag machte er sich schon morgens auf den Weg in die Innenstadt. Alle zwanzig Meter wurde ihm mit einer Rose ein Handzettel hingehalten, der zur Eröffnung eines neuen Einkaufszentrums einlud. *In Anwesenheit des Bürgermeisters,* stand darauf. Dann hinderte ihn eine Mauer am Fortkommen, errichtet aus Männern in Phosphorwesten: Ritter Flavios Knappen standen Spalier bei einer Demonstration, veranstaltet von Flavios Partei. Sie richtete sich gegen ein geplantes Schwulenfest. Der Bürgermeister nehme persönlich am Protestmarsch teil, hörte Salvatore. Er blieb stehen. Das war die Gelegenheit, seinen Gegner erstmals ins Auge zu fassen.

»Welcher ist es?«, fragte Salvatore den nächstbesten Knappen in grüner Weste. Der reagierte nicht. Salvatore war bereits eingekesselt. Ihm blieb keine andere Wahl, als die Zeremonie der Saubermänner zu verfolgen. Transparente warnten davor, Italien verkomme zu einem Land der *finocchi.* Einer der Demonstranten, flankiert von Bewaffneten in Zivil, trug ein T-Shirt mit der Aufschrift:

Noi Romeo & Giulietta
Voi Sodom & Gomorrha

Konnte das sein Widersacher sein? An diesem Mann war alles farblos, sogar die Augen kamen Salvatore beige vor. Unter einem Italiener stellte er sich etwas anderes vor. Der hier wäre in der Stadt, an deren Namen er sich nicht erinnern wollte, nicht aufgefallen; so ähnlich sahen dort die meisten aus, ob sie in einer Versicherung arbeiteten oder in der Verwaltung. Signora Cecilia hatte gesagt, er sei ihres Wissens Jurist und achtunddreißig Jahre alt. Damit war er so alt wie Salvatore selbst und von Beruf dasselbe wie er.

Salvatore zog sich in ein nahegelegenes Café zurück. Es war fast voll besetzt.

Nachdem er den Marquis auf der Kunstlederbank platziert hatte, setzte er sich ihm gegenüber auf den Stuhl, studierte die Karte, entschied sich für einen *antipasto di salume Veronese* und blickte auf. Er sah einem Mann ins Gesicht, an dem alles farblos war. Sogar die Augen kamen ihm beige vor. Der Mann war Ende dreißig und schaute ihm aus dem Spiegel entgegen.

Zehn Minuten später betrat Maurizio Salvatore einen von der Straße nach hinten verlaufenden neonbeleuchteten Korridor ohne Fenster, der Wand entlang bestückt mit acht Stühlen, wie sie Salvatore aus den Zahnarztpraxen seiner Kindheit kannte. Die Patienten schauten beklommen. Ihre Hände waren unter weißen Lätzen verborgen. Die Herren, die sie behandelten, trugen weiße Kittel und sprachen gedämpft. Es roch nach Lavendelrasierwasser, Haarwasser und Seife.

Nein, er wolle nicht rasiert werden, auch der Haarschnitt sei nicht wichtig, erklärte er einem der behandelnden Herren. Der neigte den Kopf. »Ich verstehe. Sie möchten mehr Farbe in ihr Leben bringen. Darf ich fragen, welche?«

Die Wahl seines Patienten begrüßte er als mutig und männlich.

Als Maurizio Salvatore den Friseursalon verließ, vermochte er nicht an der Schaufensterscheibe vorüberzugehen, ohne darin diesen Mann zu betrachten, der jederzeit als Don Carlo, Simon Boccanegra oder Romeo auftreten konnte. Auch im nächsten Schaufenster interessierten ihn nicht die Auslagen, nur dieser Mann mit dichtem, kurzem schwarzem Haar. Der Anblick stärkte seinen Kampfgeist. Er war gerüstet, und diese schwarze Kappe sein Helm. Kein Mensch hatte Lust, sich selbst zu küssen. Keiner war imstande, sich selbst zu befehden. Nun war er ein anderer als sein Gegner, nicht diesem äußerlich verwandt. Er hatte sich äußerlich in den verwandelt, als der er sich fühlte: den Idealtyp des mediterranen Mannes.

Salvatore erstaunte es nicht, als die Kartenabreißerin in der Arena ihm erklärte, das neue Verbot, auf den Stufen zu picknicken, sei den *tedeschi* zuzuschreiben. Die hätten immer ihre Pizzakartons und Hamburgerstyropore liegenlassen.

Als er die Arena betrat, war er froh, den Marquis in der Pension zurückgelassen zu haben. Die Luft flimmerte. Der Stein des Amphitheaters hatte die Tagesglut in sich aufgenommen. Ein Kissen mitzunehmen hatte Salvatore versäumt, eines zu mieten erschien ihm als deutsche Rentnermarotte peinlich; entschlossen setzte er sich direkt auf die antike Herdplatte.

Die Frauen, die rechts und links von ihm Platz nahmen,

schimpften auf Deutsch, weil er nicht weichen wollte; sie trugen zu schwarzen Röcken Rüschenblusen in Rottönen von Zinnober bis Pink, Fächer aus schwarzer Plastikspitze und ein entmachtetes Deodorant. Während Salvatore den Besuchern zusah, die im Parterre ihre Stühle suchten, erfuhr er, dass die Busladung Karnevalscarmen aus Niederbayern angereist war. Als der erste Akt begann, war die niederbayrische Delegation damit beschäftigt, die Gestalten auf der Bühne zu identifizieren. Alle vermissten die Titelheldin Lucia. »Die hat doch ein Nachthemd an. Sieht irgendeiner hier jemanden im Nachthemd?«

Nach der zweiten großen Arie Lucias mischte Salvatore sich ein. Sie trage erst in der letzten Szene des letzten Aktes ihr Hochzeitsnachthemd. Lucia sei die ganz in Schwarz mit hochgeschlossenem Kragen. Die Aufmerksamkeit der Opernreisenden wandte sich daraufhin den in der Dämmerung kreisenden Fledermäusen zu, und ihre Diskussionen ließen Donizetti kaum eine Chance. Doch als sich Lucia und Edgardo am Ende des ersten Aktes über dem Grab seines Vaters Treue bis in den Tod schworen, da nahm Salvatore nichts mehr von Rüschen, Fächern und Fledermäusen wahr.

Eine Erkenntnis hatte ihn weit über die Wolken aus Parfum, Schwatz und Schweiß enthoben in eine Sphäre jenseitiger Klarheit: Durch Donizettis schottische Tragödie schimmerte die italienische. Edgar war der Romeo des Nordens, Lucia seine Giulietta, und ihr Verona lag in Schottland. Enrico, Giuliettas großer Bruder, hatte die Rolle des rigiden Vaters übernommen, er war Saturn, der die Zukunft vernichtete. Es fehlte hier nur der Retter. Keiner hielt zu Lucia, ihr Erzieher Raimondo fiel ebenso um wie ihre Vertraute Alisa. Ihre Feigheit verkauften sie als Vernunft und ihre Angst vor der Macht der Liebe als Einsicht in deren Unmöglichkeit. Alle rieten der großen Liebenden, klein beizugeben und Arturo zu heiraten, den Mann, den Enrico aus politischen Gründen für seine Schwester bestimmt hatte.

In der Pause nach dem ersten Akt blieb Salvatore ruhig sitzen. Doch auf einmal sah er sich umzingelt von schwarzen

Nylonstrumpfwaden. Die Carmentruppe hatte geschlossen die nächste Stufe erklommen und versuchte, Salvatore zur Räumung seines Platzes zu drängen, um die niederbayrische Phalanx ohne Unterbrechung aufzustellen. Anfangs tat er so, als bemerke er nichts davon, und schon bald bemerkte er nichts mehr davon. Die Hitze stand noch immer bewegungslos in dem steinernen Trog und erlaubte Salvatores Gedanken nicht, zu entfliehen. Das Operngeschehen, seine Geschichte, die Ereignisse draußen und die erhitzte Atmosphäre des nächtlichen Verona vermischten sich in diesem Gefäß miteinander, und die Mischung verdichtete sich mit jeder Minute.

Der zweite Akt begann mit den Intrigen Enricos und seines Verbündeten Normanno. Sie hatten nicht nur Briefe von Edgardo und Lucia abgefangen, sondern auch einen Brief Edgardos gefälscht, der Lucia von seiner Untreue überzeugen sollte.

Täuschte er sich? Salvatore nahm sein Opernglas zur Hand. Nein, dieser Enrico sah auch aus der Nähe einwandfrei zwillingsgleich dem Mann ähnlich, der an der Demonstration gegen die *finocchi* das T-Shirt getragen hatte, das ihn als Parteigänger von Romeo und Julia ausweisen sollte.

Salvatore nahm einen Schluck Grappa aus seinem Flachmann und einen weiteren, als im zweiten Bild dieses Aktes mit den Vorbereitungen zur Hochzeit zwischen Lucia und Arturo begonnen wurde, dem sie das Eheversprechen noch immer nicht gegeben hatte. Dann wurde vorgeführt, dass die Arena von Verona über ein Statistenheer verfügte, das keinen Vergleich kannte. Lärmend baute es das Fest auf. Tische wurden gedeckt, Tafelaufsätze herbeigetragen, Blumen verteilt, Kränze und Girlanden aufgehängt, und der Chor jubelte. War es der aufkommende Wind, der Salvatore frösteln ließ?

Als Edgardo, Enrico, Raimondo, Lucia und Alisa im Sextett *Chi me frena in tal momento* sangen, alle sechs zusammen und doch durch eisige Abgründe voneinander getrennt, fielen erste Tropfen. Die Arena dampfte. Salvatore war es kalt.

In der Pause schepperten aus den Lautsprechern Warnungen, laut Wettervorhersage sei mit einem schweren Gewitter zu rechnen. Doch der Regen war versiegt. Die Pause wurde ausgedehnt, der Himmel dräute fast schwarz, doch die Wolken hielten dicht. Es hörte sich widerwillig an, als die Fortsetzung der Oper mitgeteilt wurde.

Als Lucia im blutbesudelten Nachthemd auf die Treppe trat und den süßen Klang von Edgardos Stimme mit verzuckertem Timbre beschwor, brachen die Wolken.

Sänger, Statisten und Orchestermusiker räumten ihre Plätze in Rekordzeit. Regenmantelverkäufer drängten sich durch die Reihen, Plastikmaden, durch deren Haut es grün, schwarz oder rot leuchtete, quollen aus den Stuhlreihen der Arena und verschwanden in den Gängen. Auf den Stufen zerrten die Besucher ihre Jacken über den Kopf, spannten Schirme auf, lachten, kreischten und fluchten. Durch den Aufbruchslärm drang eine Lautsprecherstimme, die verkündete, die Aufführung werde nicht fortgesetzt.

Salvatore hörte nichts davon. Er hörte und sah nur sie, die noch immer oben auf der Treppe stand. Das weiße Hemd klebte an ihrem Körper. Sie sang für ihn allein. Der Zucker war weggespült von ihrer Stimme. Es war nicht die der Sängerin, die von der Bühne geflohen war, es war die der Callas, körperlos und jenseitig. Es war die Callas, die nun weihevoll als Braut die Stufen einer Kathedrale hinabschritt. Der Klang der Glasharmonika begleitete jeden ihrer Schritte in die Entrückung. Dorthin, wo der Geliebte auf sie wartete und keiner ihrer Liebe etwas anhaben konnte. Lucia wanderte über den Wasserspiegel der Leere auf ihn zu. Sie spürte seine Anwesenheit am gegenüberliegenden Ende des Amphitheaters. Sie wusste, dass dort der Mann saß, der sie hätte retten können, wäre er eingeweiht worden. Salvatores Tränen vermischten sich mit dem Regen.

Schlagartig traf ihn das Licht. Es tat weh. »Sie müssen die Arena sofort verlassen, sonst werden sie eingeschlossen«, schrie jemand in sein Ohr. »Und das kostet.«

Bis auf die Haut durchnässt betrat Salvatore das Weinlokal

im Keller, von dem Signora Cecilia erzählt hatte. Als er unten saß, konnte er nicht mehr sagen, wie er die Treppe herabgekommen war. Der Kellner bedachte ihn mit Mitleid und einem Handtuch. Er platzierte ihn an einen Tisch, an dem zwei Herren in nachtblauen Anzügen saßen und Kamillentee tranken, Italiener. Ihr Gespräch war erregt. Edgardo hatte sie enttäuscht und Lucia kalt gelassen. Sie bemerkten den neuen Tischgast, der die Weinkarte studierte.

»Sie waren auch in der Oper? Dann nehmen Sie auch zuerst einmal eine *infusione di camomilla*.«

Nach ihrem dritten Kamillentee brachen die Herren auf. Sie wirkten besänftigt.

Salvatore bestellte sich eine halbe Flasche Amarone, lehnte sich zurück und schloss die Augen. Lucia wartete bereits auf ihn. Ihr Nachthemd war nun ein antikes Gewand. Sie stand da als Orakelpriesterin, umnebelt von den Schwaden heiliger Feuersglut, aus der eine Vision steigen würde. Salvatore wartete auf Lucias Prophezeiung. Und endlich tat sie sich ihm in Bildern kund, die er in den letzten Stunden gesehen hatte, nun aber erst zu lesen vermochte. Es war ein Fest, ihr eigenes Hochzeitsfest, auf dem Lucia im Wahn den aufgezwungenen Mann im Bett erstach, um dem heimlich angetrauten treu zu bleiben. Wie jedes Fest verhieß auch dieses den Gästen, sich in einer Oase der Friedlichkeit zu befinden, wo nichts und niemand drohte. Indem das Grauen dort losbrach, wurde seine Schrecklichkeit im gleißenden Zerrspiegel des Festlichen ins Ungeheure vergrößert. Tosend stürzte die Sicherheit aller Anwesenden in jenem Augenblick ein, in dem Lucia im blutbesudelten Hemd, die Waffe in der Hand, erschien. Nun gab es kein Halten mehr, die Rachsucht konnte wüten.

Das Fest als Schauplatz eines Mordes zu wählen, welche Eingebung! Salvatore wusste, wo seine Aufgabe ihn erwartete.

Als er in die Pension zurückkehrte, war alles dunkel. Er blieb vor dem Haus stehen und atmete den Geruch des regennassen Gartens ein.

Aus dem ersten Stock drang ein Wimmern. Hatte er Marquis Posa zu lange alleingelassen? Nein, das war eine Frauenstimme. Sie verstummte, als seine Schritte durch den Kies hörbar wurden.

Beunruhigt ging Salvatore auf sein Zimmer und berichtete dem Marquis von seinen Erlebnissen. Von seiner Mission erzählte er nichts. Zu dicht stauten sich bei den ersten Andeutungen die Falten auf der Stirn seines Freundes. War er dabei, sich zu verrennen?

Klappern und Stimmen weckten ihn am nächsten Morgen. Er schaute aus dem Fenster. Pressspanplatten, hölzerne Böcke, Körbe voll weißer Tischwäsche, Metallrohre, Levkojen und Rosen in Plastikeimern. Rechts unten sah er Signora Cecilia auf einer Leiter; sie befestigte eine Girlande. Es war Freitag.

Salvatore floh mit Marquis Posa vor seiner Erregung durch den Hinterausgang des Hauses in die Stadt.

Er hatte nicht geplant, ausgerechnet dorthin zu wandern. Im Gegenteil, er hatte es sogar vermeiden wollen. Wie war er in die via Capello geraten? Was hatte ihn hergetrieben?

Im Hof von Haus Nummer 23 drängten sich bereits um diese frühe Stunde die Menschen. Ein Deutscher erklärte seinen Landsleuten, sie stünden hier an einem Ort der Täuschung, um nicht zu sagen des vorsätzlichen Betruges. Die Familie Capello, deren Wappen über dem Portal außen zu sehen sei, habe mit den Capuleti nichts zu tun, das Haus der Julia sei ursprünglich ein Stall gewesen und später als Wirtshaus genutzt worden, laut Tourist Charles Dickens *a most miserable inn*. In den Jahren 1936 bis 1940 sei daraus auf Initiative des Direktors vom hiesigen Städtischen Museum ein Haus im gotischen Stil gebastelt und mit Torbogen und Wandfresken versehen worden. Weil die Veronesen der Frage nach dem Balkon von Giulietta überdrüssig waren, hatte man einen angeklebt, Bruchstück eines antiken Sarkophages.

Der deutsche Aufklärer unterrichtete seine Gruppe, er verzichte auf den Besuch der *casa di Romeo* in der via arche

Scaligere und der *tomba di Giulietta* in der Krypta von San Francesco, wo sie ihren Romeo in der Zelle des Mönchs Lorenzo heimlich geheiratet haben sollte. Dort werde der Tourist ebenso billig für dumm verkauft. Während er gegen den Aberglauben focht, befingerten die Zuhörer in der hintersten Reihe die rechte Brust der lebensgroßen Julia in Bronze.

Als der Aufklärer seine Truppe an Julias Hausflur vorbeischleusen wollte und die Devotionalien darin als Indizien kindischen Wunderglaubens schmähte, lösten sich drei Unbekehrte ab und klebten, einer mit Kaugummi, die anderen mit Heftpflaster, Zettel an eine der Wände, die vom Fußboden bis zur Decke mit Liebesschwüren und Liebeswünschen bedeckt war. Salvatore lächelte. Er verstand, dass sie der Ausnüchterungszelle des wirklichen Lebens entrinnen wollten. Aber wie arm waren sie dran, die im Dunkel des Aberglaubens Trost suchten, anstatt sich von der Oper entrücken zu lassen in lichte Gefilde.

Er hatte bereits den Hof verlassen und den Weg Richtung via Nizza eingeschlagen, um an der Etsch entlang zu seinem eigentlichen Wallfahrtsziel zu pilgern, als Marquis Posa stehen blieb und sich umwandte. Vor dem Portal mit dem Wappen der Familie Capello war ein metallisch blauer Wagen vorgefahren, Achtzylinder, deutsches Modell, dasselbe wie der *cavallo andante.* Vier Männer stiegen aus, drei in schwarzen Hosen und Lederjacken, einer in zerbeulten Jeans, formlosem Jackett und offenem Hemdkragen. War das der blasse Feind der *finocchi*? Salvatore verharrte, hörte, dass in ein Mikrophon gesprochen wurde. Dann sickerte Musik aus den Lautsprechern, er verstand die Worte *O Verona,* amerikanisch gesungen. Nun war eine andere Männerstimme zu hören, Applaus brandete auf, über den eine Melodie zu dem Text *Kissing you* schäumte. Die Menschen stauten sich bereits vor dem Eingang zur *casa di Giulietta.* Salvatore fragte eine junge Frau, um deren Hüfte ein behaarter Arm lag, was dort drin eigentlich los sei. »Das war zuerst Flavio, unser Bürgermeister, und dann Luca Ceccarelli von Hellas

Verona. Flavio hat gerade verkündet, dass demnächst unser Fußballstar mit seiner Freundin in der *casa di Giulietta* standesamtlich getraut wird und von da an jeder gegen ein paar hundert Euro hier heiraten kann. Also wir machen das bestimmt.«

Salvatore verstand. Sein Gegner machte sich als Rattenfänger beliebt und würde bald alle Verliebten in seinem Schlepptau haben.

Benommen machte er sich auf den Weg zur chiesa dei Padri Filippini. Dort hatte im April 1949 die Callas Giovanni Battista Meneghini geheiratet, einen veronesischen Ziegelfabrikanten und ortsbekannten Opernverrückten.

Das Kirchenportal war verschlossen. Salvatore wechselte die Straßenseite und lieferte sich im Anblick der strengen Fassade den Erinnerungen an das Gelesene aus. Romantisch war die Hochzeit nicht gewesen, Maria hatte ihr Leben lang darüber geklagt, sie sei wieder einmal der Freuden und Phantasien beraubt worden, an denen jede Frau hänge; kein Brautkleid in Weiß, keine feierlichen Vorbereitungen, keine Geschenke, keine Hochzeitstorte, keine zu Tränen gerührten Freunde und Familienmitglieder.

Der kurzgewachsene, fast kahlköpfige dickliche Geschäftsmann, dreißig Jahre älter als sie, hatte ihr seine Verehrung, seinen Schutz und einen Vertrag angeboten: Sechs Monate lang hatte er sich um alles gekümmert, was das Äußere ihrer Karriere anging, um Garderobe, Kontakte, Reisen, Hotels, Restaurants, damit sie sich auf das Innere konzentrieren konnte; sollten beide danach zufrieden sein, wollte er den Vertrag in einen ehelichen umwandeln. Eines aber hatte in der Stadt von Romeo und Julia Romantik gehabt: dass Meneghini gegen den Willen seiner Mutter und seiner Brüder, die Battistas griechische Sängerin aus Amerika als eine verwerfliche, auf sein Vermögen lauernde Bühnenperson verteufelten, Maria geheiratet hatte.

In den ersten Jahren noch hatte sie ihn als Mann ihrer Träume bezeichnet und auch weiter daran glauben wollen, wunschlos glücklich zu sein, nachdem sie sich von der Raupe zur Schönheit entfaltet hatte und andere Bewerber anstanden. Dass ihr Durst auf romantischen Rausch ungestillt geblieben war, hatte sie Onassis in die Hände gespielt, einem Mann, der sie nicht wie Meneghini als Sängerin verehrte und als Geldmaschine nutzte, sondern als Frau liebte.

Wem war dieser Durst zu verübeln? Übel nur derjenige, der ihn wie der Feind der *finocchi* missbrauchte, doppelt missbrauchte, indem er aus einem Land der Phantasie und des Chaos eines der rigiden Ordnungen und Verbote machte, um dann die entstehende Einöde mit romantischen Attrappen zu dekorieren. Ja, es war an ihm, diesen Mann zu stellen. Nur wo und wie?

Es dämmerte bereits, als Salvatore mit dem Marquis zu Fuß die Pension von Signora Cecilia erreichte. Lampions leuchteten ihm entgegen, Fackeln flankierten die Einfahrt. Als er das Grundstück betrat, sah er inmitten vieler Gäste auf der Terrasse Elena in einem elfenbeinfarbenen Kleid und bei ihr im schwarzen Anzug den Mann, mit dem sie sich heute, ungeachtet der Widerstände, verlobt hatte.

Salvatore wollte die Feier nicht stören und betrat das Haus durch den rückwärtigen Eingang, ohne sich bei der Gastgeberin oder ihrer Tochter bemerkbar zu machen. Doch seine Gedanken über das Fest als Spielplatz des Schreckens verfolgten ihn.

Auf dem Schreibtisch in seinem Zimmer lag ein italienischer Zeitungsausriss. *Dunkle Wolken über der Arena von Verona*, war der Beitrag überschrieben. Zwanzig Millionen Schulden habe die Arena von Verona gemacht, seit der erfahrene Leiter der Stiftung durch einen ersetzt worden sei, der statt Erfahrung Solidarität mit Flavio zu bieten habe. Sogar die *Aida* sei in diesem Jahr nur zur Hälfte ausgebucht.

Salvatore setzte sich ans Fenster. Flavio war nur einer von denen, die er zu bekämpfen beauftragt war. Wer die Oper nicht liebte, liebte Italien nicht. Und wer das eine zu zerstören trachtete, zerstörte auch das andere. An der Oper zerschellte die Logik, die Geschichte, das Prinzip. Dieses Territorium konnte kein Flavio dieser Welt unter seine Kontrolle bringen.

Verdi-Klänge aus dem *salone* rollten den Teppich aus. Gläser klirrten, Gespräche schwirrten, Teller klapperten, Gelächter stieg auf und der Duft von Braten, Tomaten und Rosmarin. Salvatores Hand auf dem Rücken des Marquis wurde schwerer, sein Atem ruhiger. Die Dämmerung glitt in die Nacht, und er glitt hinein in sein Italien, das sich gegen alle Anfechtungen behauptete. Mit geschlossen Lidern lauschte er der Ouvertüre des Festes.

Da hörte er ein weiteres Auto vorfahren und im Kies bremsen. Er riss die Augen auf. Wer stieß so spät noch zu den Gästen? Salvatore sah die beiden Feinde des Brautpaares, wie sie den Weg entlang aufs Haus zugingen, der farblose Mann in Jeans, Jackett und offenem Hemdkragen, die Blondine, eingeschweißt in schwarze Seide.

Das konnten keine Freunde, keine Gäste sein. Sie gingen nicht, wie man auf eine Party geht. Er ging, als trete er gleich auf ein Rednerpodium, sie ging im Schnürschritt der Models, aber mit erhobenem Kinn. Sie berührten einander nicht. Jeder trug eine Tüte, in der sich etwas Ungemütliches abzeichnete. Salvatore erfasste die Situation sofort: Elenas Rivalin wollte das Fest sprengen und hatte sich den Veroneser Georgsritter als Recken an die Seite geholt, dem eine Ehe zwischen einer Sizilianerin und einem Veroneser aus alter Familie ein Dorn im Auge sein musste. Nein, es waren zwei Dornen in zwei Augen. Er war blind wie Saturn, wie der Vater Giuliettas, wie Enrico, und vernichtete blindwütig.

Die beiden unten blieben in einiger Entfernung vom Haus stehen. Warum hielten sie inne? Warum zogen sie sich ins Dunkel zurück? Planten sie den Ablauf eines Sabotageaktes, der das Fest und das Glück der Verlobten zerstören sollte?

Salvatore ergriff seine Taschenlampe, nahm die Treppe hinunter in vier Sätzen und näherte sich seitlich über den Rasen den Verschwörern. Doch halt. Was tat er da? Er wollte die Entscheidungsschlacht nicht im Verborgenen schlagen. Alle Festgäste sollten Zeugen werden, wie er die üblen Machenschaften entlarvte. Im Licht der Öffentlichkeit sollten sie am Pranger stehen, diese Feinde Italiens! Angst verspürte Salvatore nicht. Er wusste die Festgemeinde in seinem Rücken. An Wortgewalt würde es ihm nicht fehlen. Der einzige unter Italiens großen Komponisten, der das Schicksal von Romeo aus dem Hause der Montecchi und Giulietta aus dem Hause der Capuleti in einer Oper verewigt hatte, war Sizilianer aus Catania.

Entschlossen trat Maurizio Salvatore auf den beleuchteten Kiesweg und schritt ihn entlang Richtung Ausgang, exakt in der Mitte, aufrecht und erhobenen Hauptes, bis zu der Höhe, auf der er die Gegner vermutete. Er richtete den scharfen Strahl der Lampe ins Dunkel und schrie: *Avanti, traditori*. Und als keine Reaktion erfolgte, schrie er ein zweites Mal, noch lauter und setzte sicherheitshalber noch *sbirri, fascisti, razzisti!* nach.

Da traf ihn von vorn eine Ohrfeige, von hinten trat ihm jemand in die Kniekehle, Schreie schlugen über ihm zusammen. Stürzend meinte er noch, die Stimmen von Elena und Signora Cecilia erkannt zu haben.

»Sie können mit einem Gipsfuß nicht Auto fahren«, sagte Signora Cecilia.

»Der stört nicht. Es ist die linke Achillessehne«, sagte Salvatore. Sein Entschluss war unumstößlich. Es war eine Frage der Würde, diese Stadt so rasch wie möglich zu verlassen.

Dass ihm diejenigen, für die er sich geschlagen hatte, in den Rücken gefallen waren, vermochte er einzusehen. Als Gast mit kurzgeschnittenem schwarzem Haar musste er Cecilia und Elena völlig fremd gewesen sein, von hinten erst recht. Dass sie es ihm verübelten, den Festgästen die funkelnde Überraschng eines Feuerwerks verdorben zu haben, konnte er auch nachvollziehen. Selbst dass ihn dieser blasse Feuerwerker in der örtlichen Zeitung bloßgestellt hatte als einen Don Quixotte, der in jedem Veronesen einen Rassisten vermute, hätte er noch hingenommen. Nicht aber, dass er in der Presse als der typische Deutsche gebrandmarkt wurde, der in Italien die rauchenden

Revolver der Mafiosi im Spaghettiteller sehe, jedoch nicht die ewigen Nazis im eigenen Lande, die Erziehungslager für gewaltbereite ausländische Jugendliche errichten wollten. Vor allem, dass dieser Mann Signore Moritz Redder öffentlich warnte, es könne ihm vor Gericht als Heimtücke angelastet werden, sich das Haar schwarz gefärbt zu haben, empörte Salvatore.

»Je mehr sich ein Mensch dem Wunschbild angleicht, das er von sich besitzt, desto glaubwürdiger wird er«, sagte er zu Signora Cecilia.

Aber sie lächelte nur müde.

Marquis Posa zitterte, als er ihn zum *cavallo andante* trug. Salvatore setzte ihn an seinen Platz und sah ihn an. Im Gesicht des Marquis stand blanker Vorwurf. Salvatore versprach ihm erneut ruhigere Zeiten. Doch einen Anlass zur Reue sah er nicht. Er hatte getan, was er tun musste. Dass er nicht obsiegt und Verona vom Kleingeist befreit hatte, war Macht des Schicksals. Übeltäter überlebten die Schlacht immer unbeschadet. Ein Edgardo starb, ein Enrico blieb. Ein Romeo tötete sich, ein Capellio machte weiter.

»Große Männer und große Ziele werden durch Verluste nicht kleiner«, erklärte er dem Marquis. Ein Stöhnen antwortete ihm. Es herrschten schließlich noch immer 32 Grad.

An dem Tag, als Maurizio Salvatore die Stadtgrenzen von Verona für immer hinter sich ließ, stand Rossinis *Barbiere di Seviglia* auf dem Programm der Arena. »Das Stück passt nicht zu Verona«, erklärte er dem Marquis. »Wir fahren nach Pesaro. Das kann heiter werden.«

Pesaro

August, September 2009

Er hatte die besten Vorsätze. Nicht wieder dieselben Nummern! Das hatte Salvatore seinem Freund versprochen. Keine Begegnung mit einer Sängerin, keine Auseinandersetzung mit Gegnern, keine Verteidigung von Wehrlosen und Entrechteten, keine Verwechslung, keinerlei Wiederholung; stattdessen Opernentzug. In Pesaro werde er keine einzige Aufführung beim Rossini Opera Festival besuchen, nicht einmal eine Generalprobe; nur das Geburtshaus des Meisters wolle er besichtigen und vielleicht den Teatro Rossini, tagsüber natürlich. Das hatte er in Bologna noch einmal dem Marquis geschworen.

Schon seit er Verona hinter sich gelassen hatte, hörte Salvatore unterwegs Blockflötenmusik des norddeutschen Frühbarock, ein Sonderangebot von dreihundertachtzig Stunden Erregungslosigkeit. Die lauwarmen Klänge goss er in die glühenden Tage. Sie wurden dadurch noch schwüler.

Das Gras war braun, die Erde weiß. Staub bedeckte die Platanen an der Straße, die Markisen der Bars und Boutiquen, die Karosserien der parkenden Autos. Der *Ferragosto* hielt sein Versprechen, heißester Tag des Jahres zu sein, an dem Kaiser Augustus sogar den Sklaven Ferien zugestanden hatte.

Salvatore war noch bei der Ankunft in Forlì überzeugt, sein Versprechen auch hier halten zu können. Er hatte sich vorgenommen, träge zu werden und seinen Platz nicht auf einem rot gepolsterten Sessel, sondern in einer Hängematte zu suchen. Trägheit vertrug sich nicht mit der Oper. Trägheit gab der Schwerkraft des leicht Möglichen nach, Oper suchte das Unmögliche.

Sein Leben zu verlangsamen fiel Salvatore nicht schwer. Nicht nur sein Gipsfuß half ihm dabei, auch die einheimische

Bevölkerung, indem sie einem geheimen Befehl gehorchend in langen Kolonnen die Städte verließ, die großen, die mittleren, die kleinen, und in Richtung Adriatisches Meer fuhr. Schaute Salvatore ins Innere der Wagen, fiel sein Blick auf erschöpfte Männer am Steuer, umzingelt von gestikulierenden Familienmitgliedern mit dramatisch verzerrten Mienen. Keiner von denen brauchte jetzt eine Opernaufführung auf der Bühne; sie hatten das Strandleben vor sich. Liebesaffären, Intrigen, Belagerungszustände, Übergriffe auf fremdes Terrain, Familienkriege und Gelage, Täter und Opfer, Buhler und Nebenbuhler, Sandburgen und andere Arten von Festungen, Monster und Schwäne, Blut, Schweiß, Stiche und Tränen. Auch wenn es nicht zu Inzest und Mord kommen sollte, fehlte vermutlich nichts von dem, was die Oper bot, nur die Musik. Operngeschehen ohne schöne Stimmen war für Salvatore ein Festessen von Papptellern. Nein, den Strand würde er meiden, nur einen abendlichen Spaziergang, wenn die Badenden abgezogen waren, wollte er sich gönnen.

Faenza führte ihn nicht in Versuchung, seinen Schwur zu brechen. Natürlich hatte er den Teatro Masini gefunden, es half keinem Opernhaus, sich vor ihm in irgendeinem Innenhof zu verstecken. Doch die Türen waren geschlossen, die Plakate abgerissen, nicht einmal eine Führung durch das verstummte Haus wurde angeboten.

In Cesena erging es ihm nicht anders als in Faenza. Unter den Kolonnaden des Teatro Bonci gähnte die Langeweile. Bei seinem Gang durch die Stadt, langsam und mühsam, vom Brunnen auf der piazza del Popolo bis hinauf zu Rocca Malatestiana, war Salvatore, als liege er neben einer Schönheit im Bett, die in Ruhe gelassen werden wollte und ihre Unlust aus jeder Pore dünstete. Sie nahm sich ihre Auszeit um den *Ferragosto*, und wer sich jetzt für ihre Reize interessierte, behelligte sie nur.

Von Cesena aus war es nicht mehr weit zum Meer, aber zu weit, um einheimische Reisende anzuziehen. Apotheken, Arztpraxen, Souvenirgeschäfte, Osterien und Cafés hatten geschlossen. Ganz allein saß Salvatore mit dem Marquis unter dem

Gewölbe einer *cantina*. Die Kühle roch moosig. Es störte ihn nicht. Salvatore war bewusst, dass er mit Entzugserscheinungen rechnen musste. Um ihnen vorzubeugen, hatte er sich ersatzweise den komischen, melodramatischen und tragischen Opern zugewandt, die als Szenen des wirklichen Lebens verkauft wurden. Die Libretti dazu waren im politischen Teil der Tageszeitungen nachzulesen, manchmal auch unter Lokales oder Vermischtes.

Während Marquis Posa in den Vergleich dreier unterschiedlicher Mortadelle versunken war, las Salvatore in einer Tageszeitung, am Vortag seien bei einer Flüchtlingskatastrophe im Mittelmeer siebenundsiebzig Menschen ums Leben gekommen; nur fünf hätten angeblich überlebt. Drei Wochen seien sie inmitten der Verzweiflung unterwegs gewesen. Vergeblich hätten sie mehrere vorbeifahrende Schiffe um Hilfe gebeten. Der Kommentator in der nächsten Zeitung meinte, den Schiffern sei kein Vorwurf zu machen; schließlich habe einer von Flavios Parteifreunden gerade erst verkündet, jeder illegale Einwanderer sei ein Mörder. Und wer hole sich schon aus freien Stücken Mörder an Bord?

Salvatore ließ die Zeitung sinken und überdachte seine Reisepläne. Hatten die Flüchtenden vorgehabt, bei Ancona oder Bari zu landen, mussten sie dann nicht in dem Meer ertrunken sein, in das nun er wie all die anderen steigen wollte, um sich die Ärgernisse der letzten Wochen vom Leib zu waschen? Der Gedanke, vor derselben Küste, in demselben Gewässer zu baden, in dem die siebenundsiebzig Leichen trieben, beunruhigte Salvatore. Je schärfer er das Bild vor seinem inneren Auge stellte, desto grässlicher glotzte ihn das Entsetzen an. Verwesungsgeruch und Schuldgefühle würden ihm seine Urlaubsstimmung verpesten.

Er offenbarte dieses Szenario der Bedienung, die ihm einen Teller *antipasti Paolo e Francesca* brachte. Sie erschauderte.

»*Lei ha ragione*«, sagte sie. Sie haben recht.

Sie hieß Ulrica. Ihre Stimme hörte sich an, als müsse sie

sofort in Tränen ausbrechen. Nie mehr werde sie in der Adria baden, nie mehr.

In der folgenden Nacht lag Salvatore wie mit abgeschnittenen Lidern im Bett. Er wollte verhindern, dass ihm seine Träume halbzersetzte Leichen an den gepriesenen Sandstrand der marchegianischen Küste schwemmten. Die wachen Gedanken vermochten aber das Treibgut ebenso wenig abzuhalten. Als die erste Glocke schlug, eine scheppernde Armsünderglocke, stand Salvatore auf und beobachtete aus dem offenen Fenster den Rückzug der Finsternis.

Am Mittag klang Ulrica völlig verändert, als sie Salvatore mit einem Stapel druckfrischer Zeitungen empfing. In Bagnone, einem Nest im toskanischen Appenin, nicht weit von Massa Marittima, hatte einer von den zweitausend Einwohnern den höchsten Lottogewinn aller Zeiten gemacht: 147 Millionen Euro. Noch wisse dort keiner, wer der oder die Glückliche sei, las Salvatore, nicht einmal der Bürgermeister. Von Ugo, dem Waldarbeiter, den Bauarbeitern Enrico und Beppe sei die Rede, aber auch von Vanni, dem Barbesitzer, der den Lottoschein verkauft habe. Der Bürgermeister erwarte nur, dass der Gewinner ihm eine Mehrzweckhalle hinstelle mit einem Zentrum für die Jugend, damit sie nicht weiter abwandere aus der Schläfrigkeit von Bagnone.

In der folgenden Nacht trieb in seinen Träumen ein Floß dem Ufer entgegen, auf dem zwischen menschlichen Kadavern ein paar Gespenster fuchtelten. Am Sandstrand feierte ein Club in rotweißen Trikots ein Gelage mit Lamm am Spieß und Rotwein vom Fass, auf dem Rücken jedes Clubmitglieds stand die Höhe seines Lottogewinns. Die Gesellschaft ließ sich nicht stören von dem, was auf dem Meer geschah. Das Floß landete, einer der Halbtoten wankte auf die Feiernden zu. Da erhob sich der Mann am Haupt des Tisches. Er trug als Einziger eine rote Schärpe statt des Gewinnertrikots. Es war Flavio. Er blies eine Trillerpfeife. Aus dem Nichts stürmte ein Rudel phosphorgrüner Hunde herbei, fiel über den Halbtoten her, dann über die anderen, die ihm zu Hilfe kommen wollten, und fraßen sie alle auf.

Der Strand war weiß und leer und rein und die Hundemeute satt, zufrieden und friedlich.

Salvatore war außerstande, sein Cornetto zu frühstücken, das ihn mit Vanille- und Butterduft lockte. Nein, für die Opern der Wirklichkeit war er nicht geschaffen.

Gegen zwölf saß er an demselben Tisch wie tags zuvor, auf derselben Bank unter dem Gewölbe, neben sich den Marquis, vor sich einen Teller Pasta, und erwog, wie er die Fleischsauce gerecht teilen könne. Zeitungen lehnte er ab. Sein Bedarf an diesen Libretti war gesättigt. Doch Ulrica konnte nicht anders.

Sie kredenzte mit einem Glas Verdicchio das Neueste. »Der Bürgermeister von Bagnone meint, dass Fortuna in diesem Fall nicht mit verbundenen Augen das Los gezogen hat. Sie hat gesehen, sagt der Bürgermeister, dass seine vergessene Gemeinde die Aufmerksamkeit und den Tourismus braucht, um zu überleben.« Den Namen des Gewinners kenne der Bürgermeister angeblich noch immer nicht, wusste Ulrica. Nach dem großen Proseccobad am Tag der Losziehung seien alle Bewohner von Bagnone ernüchert in Misstrauen. Jeder wittere in seinem Nachbarn den geldschweren Egoisten.

Ulrica zeigte Verständnis für den großen Schweiger. Vor ein paar Jahren hatte ein sizilianischer Rentner, der sechzehn Millionen gewonnen hatte, im Fernsehen genau erklärt, wer aus seiner Sippe was bekomme; über Mildtätigkeit, Spenden an seine Vereine, Stiftungen für den Heimatort und Freiwein für die Allgemeinheit verlor er kein Wort. Daraufhin war auf offener Straße der Wertpapiertransporter überfallen worden, in dem sein Schein lag. »Mich interessiert der Name überhaupt nicht«, erklärte Ulrica dunkel. »Mich interessiert nur, mit welcher Methode er oder sie gewonnen hat.«

Sie verschwand hinter einem grünen Vorhang, kehrte schnaufend wieder, packte einen Stapel Zeitschriften, zu weichen Lappen zerlesen, auf den Tisch, und ein Buch. *Smòrfia* stand darauf. Ulrica nahm es zur Hand. »Wissen Sie, daran glaube ich.« Sie drückte das Buch mit beiden Händen an die

Brust. Ihr Dekolletee füllte sich. Ulrica hatte die Lider geschlossen. Ihre Lippen bewegten sich nur wenig, als sie sprach. »Ich habe es gleich gespürt, Sie sind ein Mann, der an Träume glaubt. Deswegen verstehen Sie mich.«

Salvatore ließ seinen Blick auf ihrem Gesicht ruhen, bis der Blick ganz von selbst unruhig wurde und sich gen Süden in die Hügellandschaft bewegte.

»Dieses Buch heißt *Smòrfia* nach dem Gott des Schlafes, Morpheus«, murmelte Ulrica. »Es deutet die Träume und sagt uns, zu welchen Gewinnzahlen sie uns raten. Wir müssen nur träumen, träumen, träumen«, summte sie. Und riss die Augen auf. Salvatores Blick rettete sich auf den Stapel am Tisch. »Das Glück liegt in uns«, gurrte Ulrica. Dann folgte sie seinem Blick. »Ach, dieses Zeug bringt gar nichts«, sagte sie. »Alle behaupten, sie hätten die todsichere Methode für garantierte Gewinne. Wenn sie die hätten, müssten sie doch ihre Zeit nicht dafür verschwenden, solche Hefte zu drucken.«

Sie setzte sich neben Salvatore auf die Bank und schlug die *Smòrfia* irgendwo auf. Ein Sarg war zu sehen. »Der bringt Glück in Verbindung mit der Nummer 13, aber wenn in diesem Traum auch noch eine schwarze Katze auftaucht ...« Ulricas Erregung stieg an, ihr Ausschnitt drohte überzugehen. Sie blätterte, bis sie auf die Abbildung eines grantigen dicken Katers stieß. 29 stand daneben. » ... dann müssen Sie natürlich auf 42 setzen. Davon sollten Sie, falls in demselben Traum eine Zypresse vorkommt, 14 abziehen. Allerdings nicht, wenn ein Bettler den Weg kreuzt. Oder wenn eine Krone zu Boden fällt.«

Salvatore genoss das Timbre ihres Alts, atmete den Geruch von Küche und Puder, sah vor sich einen Bettler, auf dessen Schulter eine schwarze Katze hockte. Er stand neben einem Sarg unter Zypressen. Dann hob der Bettler die Krone auf und sang von seinem früheren königlichen Glück. Oper war überall. Oper war in ihm. Er brauchte die Libretti der Zeitungen nicht. Die Wirklichkeit sollte ihn nicht weiter von der Wahrheit abhalten.

Als Salvatore im Hotelzimmer laut überlegte, hier noch ein

paar Tage zu bleiben, knurrte der Marquis. Galt sein Misstrauen Ulrica? Ihm Widerstand zu leisten wagte Salvatore nach all dem, was passiert war, nicht.

In dieser Nacht schlief er gut, bis ihn ein Geräusch am Fenster weckte. Er hatte die Jalousie nicht herabgelassen, nur die Gardinen zugezogen. Der aufgehende Morgen warf deren rosarotes Wellenmuster auf die Wände. Jemand schlug mit einem harten Gegenstand gegen die Scheibe, vielleicht einem Stein, vielleicht einem Ring, vielleicht dem Knauf eines Stockes. Hatte sich einer der Überlebenden mit letzter Kraft hierher gerettet? Von der Küste hierher war es nicht allzu weit, fünfzehn oder zwanzig Kilometer vielleicht. Ahnte ein Schiffbrüchiger, dass hinter diesem Fenster ein Mann schlief, der sich Salvatore nannte und diesem Namen verpflichtet fühlte? Gleich würde ihm ein von Entbehrungen gezeichnetes Gesicht entgegenstarren, gleich würden blutleere Lippen um Beistand flehen. Salvatore lauschte in sich hinein. Ja, er war bereit, ihn zu gehen, den Weg durch das Dornengestrüpp der Gesetze. Er war bereit, gegen alle Widerstände einen Hilflosen zu retten vor Flavios Saubermännern.

Salvatore stand auf. Er wankte mit seinem Gipsfuß durch die rosafarbenen Wellen. Vor dem Fenster verharrte er kurz. Wieder dieser Schlag, einmal, zweimal, dreimal, gefolgt von einem Geräusch, das so klang, als schüttle jemand eine Kunststoffschachtel mit Mikadohölzern. Vorsichtig, ganz vorsichtig musste er die Gardinen öffnen, um den Hilfesuchenden nicht zu verschrecken. Er wusste es aus so vielen Opern, dass die meisten Opfer nicht wagten, laut um Hilfe zu schreien. Stumm gingen sie zugrunde, ob sie getötet wurden, tödlicher Krankheit erlagen oder sich selbst den Tod gaben. Violetta wie Desdemona, Gilda wie Leonora, Mimi wie Cio Cio San. Sogar Tosca schrie erst, als sie sprang.

Es ging gut. Beinahe geräuschlos liefen die Plastikrädchen in der Plastikschiene. Sie hockte vor der linken Fensterscheibe und berührte sie beinahe mit ihrem Körper.

Offenbar hatte sie ihn wahrgenommen. Scheu zeigte sie nicht. Mit einem ihrer schwarzen Augen starrte sie durchs Glas. Noch nie hatte Salvatore eine so große Elster gesehen. Wieder stieß sie mit dem Schnabel gegen das Glas. Einmal, zweimal, dreimal.

Salvatore zerrte die Gardinen zu. Dann erst fragte er sich, was ihn so erschreckt hatte. Wie konnte ihm ein schwarzweißer Rabenvogel Angst einjagen?

Er wagte es nicht, die Vorhänge noch einmal beiseitezuziehen.

Eine Großbuchhandlung in der Ortsmitte hatte trotz der *Ferragosto*-Pause geöffnet. Die Buchhändlerin verkörperte das Rot des Firmenzeichens bis in die Haare.

Salvatore fragte sie nach einem Buch der Symbole.

»Der Traumsymbole?«, fragte sie zurück.

»Tiersymbole sollten vorkommen«, sagte Salvatore.

Die *Smòrfia* sei leider ausverkauft, bedauerte sie. »Brauchen Sie das Symbolbuch fürs Lottospielen?«

Salvatore verneinte. Dann könne sie ihm dienen.

Mithilfe dieses Buches, hieß es auf der Rückseite, könne jeder Mensch sein Inneres betreten.

Wollte er das? Bot es überhaupt genügend Platz für ihn? Ihm war, als stünde dort noch zu viel Gerümpel herum. Reste aus der Wirklichkeit.

Kaum war er im Freien, schlitzte Salvatore direkt neben der Ladentür die Plastikfolie auf und suchte nach *gazza*. Neben der laienhaft gezeichneten Elster stand nicht viel, aber es reichte.

Bedeutet meist das Böse, den Versucher, Eitelkeit, Verfolgung oder frühen Tod. Die Elster als Vorzeichen des Todes besitzt eine lange Tradition in Mythen, Märchen und Legenden.

Als Salvatore gegen ein Uhr mittags ins Hotelzimmer zurückkehrte, saß die Elster noch immer auf seiner Fensterbank. Obwohl er für die nächste Übernachtung ohnehin zahlen musste, trat Salvatore mit Marquis Posa die Weiterreise an.

Er hatte gerade erst das Ortsschild von Gradara passiert, da sog ein Plakat mit einem eng umschlungenen Paar seine Blicke auf. *Paolo e Francesca* stand darüber. Salvatore kannte die beiden nicht erst von den Antipasti. Dass Dante die Liebesgeschichte seiner beiden Zeitgenossen in der *Divina Commedia* geschildert hatte, konnte keiner vergessen, der sie gelesen hatte. Unter dem Bild las er: *Visitate il teatro originale della tragedia*. Der Originalschauplatz einer Tragödie versprach, was Salvatore suchte, die erlaubte Befriedigung seines Verlangens. Oper ohne Oper.

Die Burg sah bereits von unten danach aus. Zinnenbekrönte Ringmauern, zinnenbekrönte Türme, kleine Fenster, dahinter das Geheimnis. Francesca sollte von ihrem Vater Guido da Polenta, dem Herrn von Ravenna, mit Giovanni Malatesta, dem Herrn von Rimini, vermählt werden, um die Dauerfehde mit ihm zu beenden. Weil Guido wusste, dass der Bräutigam, lahm und missgestaltet, seine Tochter durch sein Äußeres so wenig gewinnen konnte wie durch sein Inneres, ließ er dessen Bruder Paolo zur Brautwerbung antreten und ergaunerte ihr Ja mit Paolo als dem Zukünftigen. In der Hochzeitsnacht erst offenbarte sich Francesca der Betrug. Sie lebte weiter ihre wahre Liebe mit Paolo, bis die Wirklichkeit sie einholte: Giovannni ermordete die Gattin und den Bruder.

Wie viel war Geschichte, wollte jeder Besucher wissen. Alles, hieß es, alles. Wohl jeder Besucher betrachtete danach Folterwerkzeuge und Keuschheitsgürtel mit feuchten Gedanken und kaufte die Souvenirs am Kreuzweg bergab mit der Erregung eines Fernsehzuschauers nach Sendungen aus dem Container.

Angewidert verließ Salvatore die Burg. Welche Macht übte die Wirklichkeit auf die Menschen aus? Warum erlagen sie ihr und nicht der Wahrheit? Warum erreichten Fernsehsendungen aus den Wohnzimmern der Alltäglichkeit weltweit ein Milliardenpublikum, die Oper aber nicht?

Vielleicht machte die Wahrheit Angst. Salvatore erinnerte sich, vor kurzem in der Zeitung gelesen zu haben, dass Italiens Ministerpräsident die nackten Brüste der Wahrheit habe übermalen lassen, die auf der Tiepolo-Kopie hinter seinem Schreibtisch im Regierungspalast immer ins Bild gerieten, wenn er dort gefilmt wurde. Das sei mit Rücksicht auf sein Volk geschehen, hatte der Ministerpräsident gesagt. Er wolle die Fernsehzuschauer nicht beleidigen. Beleidigten die nackten Brüste seiner *Veline* und all der anderen Lieblinge die Fernsehzuschauer nicht? *La verità svelata dal tempo*, hieß das Bild. Die Wahrheit, von der Zeit enthüllt. Befürchtete der Präsident, die Zeit sei bald gekommen?

Salvatore war verstört. Er fuhr anders als sonst. Das Fließende und Lässige, wozu er in den letzten Wochen gefunden hatte, war dahin. Er bremste vor roten Ampeln, beachtete Vorfahrtsregeln und wagte nicht einmal, zwei Espressi lang den *cavallo andante* auf einem Behindertenparkplatz abzustellen. Sein Reisegefährte reagierte verstimmt.

Wenn die Elster nahen Tod ankündigte, wessen Tod konnte es sein? Was Salvatore ängstigte, war nicht die Aussicht, selbst in allernächster Zeit zu sterben, sondern tatenlos zusehen zu müssen, wie jemand starb, der nicht sterben wollte oder sollte. Er hatte dem Marquis geschworen, nicht wieder als Held in Aktion zu treten. Blieb ihm keine andere Wahl, als diesen Schwur zu brechen und damit seinen einzigen Freund zu verlieren?

Unruhig näherte er sich Pesaro. Pesaro sei wie ihre Mutter, hatte Ulrica gesagt. »Und wie ist ihre Mutter?« »Sie fand Doris Day immer besser als Sophia Loren.«

Als Salvatore durch die Häuserreihen in Strandnähe fuhr, vorbei an Waschbetonkübeln mit rosigem Oleander, verstand er sie. Auch die blinkenden Aluminiumstühle auf der einen oder anderen Terrasse und ein paar zukunftskalte Cafés schreckten hier niemanden auf. In einem Prospekt hatte Salvatore gelesen, die Einwohner Pesaros hätten unter allen Italienern die höchste Lebenserwartung. Anscheinend wirkte die Langeweile hier konservierend. Ein Hotel am Lungomare wollte ihn mit lichtem Grün und Jugendstilranken in irgendeinen Zaubergarten locken. Er widerstand und bezog einen *albergo*, in dem seit den sechziger Jahren nur die Bettwäsche ausgetauscht worden war. In diesem Gebäude würden verbotene Gedanken nicht besser gedeihen als auf dem Liebeslager von Doris Day. Salvatore fühlte sich gefeit.

Sein Zimmer mit Meerblick lag im Hochparterre und eröffnete die Aussicht auf eine Pilzkolonie grüngelber Schirme, vor denen eine Pilzkolonie rotweißer Schirme wuchs, eingerahmt von einer türkisweißen rechter Hand und einer gelbblauen linker Hand. Die Liegen darunter trugen jeweils dieselben Farben. Salvatore dachte an Feldlager.

Vielleicht, weil er sich und seinem Freund beweisen wollte, dass er Wort hielt, wanderte Salvatore in die Innenstadt und ließ Posa auf dem markisengeschützten Balkon mit Schirmblick zurück. Seit Salvatore seinen Gips trug, schonte sich der Marquis an seiner Stelle.

Was er im Geburtshaus Rossinis in der via Rossini erfuhr, verwirrte Salvatore. Als *il tedeschino,* den kleinen Deutschen, hatten ihn seine Landsleute in jungen Jahren bezeichnet, weil er fleißig, diszipliniert und gründlich war. Doch gleich danach hieß es, der deutsche Kritiker Hanslick habe jenen Rossini ein *seichtes ungeschultes Talent* genannt, dem *jeder tiefere Herzenston versagt* geblieben sei, für ihn wohl typisch italienisch. Was war er nun gewesen? *Der Schwan von Pesaro,* wurde einstimmig verkündet.

Fast jedes Konterfei des erwachsenen Meisters zeigte das Gleiche. Ein nach unten breiter werdender Kopf ging halslos in den nach unten breiter werdenden Oberkörper über. Der ganze Leib vom Scheitel bis zu den Sohlen war ein einziges *rallantando.* Wie waren die Pesarese auf die Idee verfallen, diesen massigen Mann einen Schwan zu nennen? Wenn sie schon des Gesangs wegen an einen Vogel dachten, warum ausgerechnet an einen, der sein Leben lang keinen einzigen schönen Ton von sich gab und Gerüchten zufolge erst sterbend mit himmlischen Melodien betörte?

Die Briefe und Tafeln klärten Salvatore auf, dass sich die Welt in Rossini täuschte, weil sie sich täuschen wollte. Als Frohnatur feierten ihn die, die nichts von ihm wussten, Anekdoten wurden weitergereicht, die ihn als gutgelaunten Spaßmacher vorführten, doch die Aussagen des Dauerkranken waren bitter und nur dünn mit guter Laune überzuckert. Der Lebensüberdruss Rossinis schwamm auf Tokajer und Bordeaux, vergällte die teuersten Schinken und Pasteten.

Hatte Rossini vielleicht deshalb mit nur siebenunddreißig Jahren aufgehört, Opern zu komponieren, weil er sich nicht mehr zu der Unbeschwertheit imstande fühlte, die von ihm erwartet wurde? Hatte er sich mit all den Koloraturen nur rosa Wangen auf seinen Todernst geschminkt?

Salvatore hörte mitten im Museum die Elster an sein Fenster klopfen. Er musste sie loswerden. Nur die Oper konnte den Todesvogel aus seiner Seele jagen. Seine Füße trugen ihn von allein aus der *casa natale* hinüber zur piazza Lazzarini.

In den zugemauerten Fensteröffnungen des Teatro Rossini klebten Plakate mit dem Festivalprogramm. *Adelaide de Bourgogna, Mosè in Egitto, La Scala di Seta, Il Viaggio a Reims* und *Barbiere*. Salvatore las diese festliche Speisekarte, spürte den Speichel in seinem Mund, das Hungergefühl, roch das lang Entbehrte.

»Schade, vor drei Tagen zu Ende gegangen«, sagte jemand auf Deutsch neben seinem linken Ohr.

Eine Stunde später stand Salvatore mit zwei Leidensgenossen im Foyer des Teatro Rossini. Ursprünglich habe das Haus Teatro del Sole geheißen, 1818 sei es nach dem Umbau als Teatro Rossini wieder eröffnet worden, mit Rossinis *La gazza ladra* unter Leitung des Komponisten, sagte der Kustode. Dann drückte er auf einen Knopf. Trommeln klirrten, Militärtrommeln, sonst nichts. Salvatore schien es lange zu dauern, bis ihn endlich das Orchester von dem unheilverkündenden Geräusch erlöste.

Was hatte Rossini dazu verführt, die Oper damit zu beginnen? Salvatore kannte *La gazza ladra* nicht, er hatte sich immer vor ihrer Lustigkeit gefürchtet. Die Szenenfotos von den Rossini-Festspielen vergangener Jahre im Geburtshaus hatten Frauen mit drallen Brüsten im Mieder gezeigt, einen lächerlichen Dickwanst in Wichtigtuerkleidung, einen Zecher mit schwerer Bouteille in der Hand, eine Gutsherrin, die Besteck sortierte, alles in allem eine bunte kostümierte Landidylle.

Irrte Salvatore sich? War die Handlung so beunruhigend, wie es diese Trommelwirbel erwarten ließen?

Im Geburtshaus hatten Zitate von Rossini die Bilderserie ergänzt. Eines war bei ihm kleben geblieben. *L'impiego del tamburo all'orchestra era voluto della verità drammatica.* Der Einsatz der Trommel war nach Ansicht des Meisters unverzichtbar für das, was er dramatische Wahrheit nannte. War diese Wahrheit grausam und militant?

Salvatore wusste sich völlig unschuldig daran, dass der Kustode ausgerechnet diese Ouvertüre abgespielt hatte, auch daran, dass ihn sein Rückweg ins Hotel an einem Geschäft vorbeiführte, in dessen Schaufenster eine Gesamteinspielung von *La gazza ladra* lag. Die einzige im Handel, wie ihn der Verkäufer aufklärte. Jeder kenne die Ouvertüre, schimpfte er, keiner den Rest; der sei für den Geschmack der üblichen Rossini-Liebhaber makaber. »Verleumdung und lächerlicher Liebhaber, ein saukomischer sprechender Vogel und ein Todesurteil, das schmeckt denen nicht zusammen. Im Fernsehen und in der Zeitung stört es sie nicht, wenn direkt nach der Meldung von über siebzig ersoffenen Flüchtlingen vor ihrer Küste, hundert Erdbebenopfern im eigenen Land oder einem Attentatsopfer in der eigenen Stadt die gute Nachricht kommt, dass ihr Fussballclub gewonnen hat. Da knallen die Korken.«

Von all dem erzählte er Marquis Posa nichts, als sie gemeinsam den Strand entlanggingen. Die Sonnenschirme waren zusammengeklappt, die Liegen geräumt, der Geruch von Sonnenöl löste sich in der Abendbrise auf. Alte Damen mit Hollywood-Sonnenbrillen flanierten ihrem abendlichen Eisbecher entgegen, alte Herren mit tintenschwarzem Haar schauten jungen Müttern nach, die sich nicht zwischen Kleinkind, Zigarette und *telefonino* entscheiden konnten. Die Betonfassaden leuchteten marmorrosa. Mauersegler kreisten. Der Todesvogel war verschwunden. Rossini-Klänge drangen irgendwo von den Häusern her zum Strand. Salvatore konnte nicht anders, als ihnen zu folgen.

Er landete im Innenhof eines mehrstöckigen Palazzo. Vom Licht des zu Ende gehenden Tages war hier wenig zu sehen. Der Chor stand auf dem Podest an der Rückwand, die Damen in dunkelblauen Kleidern, die Herren, auch der Klavierspieler, in dunkelblauen Nadelstreifenanzügen, zweireihig. Alle trugen Sonnenbrillen. Alle, bis auf sie an der Rampe. Sie wirkte bedroht vor dieser Kulisse in ihrem weißen, weiten, dünnen Kleid. War es ihr schwarzes Gesicht, ihr schwarzer Körper, dass Salvatore sie als Ausgestoßene erlebte, obwohl sie sich im Herzen der Aufmerksamkeit befand?

Infelice, sventurata
Ti rassegna alla tua sorte.
No crudel non è la morte
Quando è termine al martir.

Was die Dunkelblauen sangen, klang pechschwarz.

Wer war sie, wen verkörperte sie, diese Unglückliche, Unbedachte, die der Chor zu begleiten versprach auf ihrem Schicksalsweg, die er damit zu trösten versuchte, dass der Tod nicht grausam sei, wenn er das Martyrium beende?

Deh tu reggi in tal momento
Il mio cor, pietoso Iddio!
Deh proteggi il padre mio,
E ti basti il mio morir! –

Der du in diesem Augenblick
mein Herz regierst, barmherziger Gott,
ich bitte dich, beschütze meinen Vater
und lass' dir mein Sterben genug sein!

Der Sopran schien im Schmerz zu zergehen. Schluchzer waren zu vernehmen.

Salvatore sah sich um. Wo war er gelandet?

Es hörte sich nach Rossini an. Aber so viel Gallebitteres in einer Oper des Pesaresen? Das musste doch jedem den Appetit auf *tournedos Rossini, makkaroni alla Rossini* oder *insalata Rossini* verderben. Der Verkäufer fiel ihm ein. Wurde hier etwa *La gazza ladra* aufgeführt? Er verspürte ein Ziehen in sich. War es Sehnsucht oder Sucht?

Marquis Posa zerrte an der Leine.

Una Rossignana, schrien die Zuschauer im Hof. Die Sängerin verneigte sich, die Hände auf der Brust überkreuzt.

Marquis Posa kläffte. Die Dame neben Salvatore fragte, ob der Hund beiße. Der zugehörige Herr riet Salvatore, das Feld zu räumen.

Salvatore und Marquis Posa verließen den Hof. In ihrem Rücken schrien sie noch immer *una Rossignana.* Sie schrien besessen, eher Bacchanten oder Mänaden als Liebhaber klassischen Wohlklangs.

Um Vorwürfen zu entgehen, er sei wortbrüchig geworden, kaufte Salvatore auf dem Rückweg bei einem Mann, der gerade seine Imbissbude dichtmachte, zwei *tramezzini Rossini.* Sie waren dick mit einer angeblich getrüffelten Pastete belegt und in Zellophan gewickelt. Zur Sicherheit wurden sie auch noch in Zeitungspapier eingeschlagen.

Salvatore las, ohne es zu wollen. Der Condottiere hatte eine der größten Zeitungen des Landes wegen Diffamierung verklagt. Die Zeitung hatte über seine letzten Skandale berichtet. Daneben las Salvatore eine Stellungnahme des Ministerpräsidenten. Er sei das größte Justizopfer aller Zeiten in Italien. Millionen habe er investiert, um Verleumdungen seiner Neider zu entkräften. Er sei stolz, dass es ihm soeben immerhin gelungen sei, die Ausstrahlung des verleumderischen Filmes *Videocrazy* zu verhindern. Das Wort Verleumdung blinkte in Salvatore.

Trotz des tiefen Verdauungsschlafs hätte der Marquis geweckt werden können, sollte Salvatore sich nun die Oper anhören. Doch sie zu lesen konnte der Marquis ihm nicht verübeln.

Es wurde bereits hell, als Salvatore das Buch mit dem Libretto zur Seite legte. Die Zofe Ninetta, das Opfer, bebte noch in seinen Armen. Auf dem Weg zum Galgen war sie durch einen Zufall gerettet worden. Was sie gestohlen haben sollte, war im Nest der Elster gefunden worden. Eine unglaubwürdige Geschichte?

Der Jurist, der Salvatore einmal gewesen war, soufflierte ihm, dass damals in Rossinis Heimat, die zum Kirchenstaat gehörte, der Papa Rè regiert hatte, dass im Papstkönigtum Priester die Amtsgeschäfte geführt hatten und Denunziation angeblicher Sünder vom Vatikan belobigt wurde. In der Rossini-Vita von Stendhal, Zeitgenosse des Maestro und Konsul im Kirchenstaat, hatte Salvatore gelesen, einem Dienstmädchen, dessen Dienstherr beschuldigt wurde, am Karfreitag Geflügel gegessen zu haben, sei damals die Absolution an Ostern verweigert worden, auch wenn die Schergen in dessen Garten keine Hühnerknochen ausgraben konnten. Damit sei sie ein gefallenes Mädchen gewesen, nicht mehr wert als eine Hure. Außerdem war es in Zeiten des Kriegsrechtes üblich, Diebstahl mit dem Tod zu bestrafen.

Und in Zeiten der Hysterie, wo ein Politiker Flüchtlinge als Mörder schmähen durfte und der Ministerpräsident die Auffanglager seines Landes mit Konzentrationslagern verglich, was war da möglich? In Rossinis Oper verselbständigten sich die Ereignisse und waren schließlich nicht mehr aufzuhalten, auch nicht von den Reuigen, auch nicht von den Wohlmeinenden. Geschah heute in diesem Lande nicht etwas Ähnliches?

Je länger Salvatore über die Geschichte der diebischen Elster nachdachte, desto wahrscheinlicher schien sie ihm. Das Einzige, was er nicht glauben konnte, war die Dummheit von Ninettas Geliebtem Gianetto. Es war seine Mutter gewesen, die das Dienstmädchen Ninetta des Diebstahls bezichtigt hatte. Warum nahm Gianetto die Tat nicht einfach auf sich? Warum sagte er nicht, er habe das vermisste Silberbesteck an sich genommen? War dieser Gianetto ein Feigling oder einfach nur dumm?

Salvatore war sicher, die Musik hätte ihm die Wahrheit über Gianetto verraten. So fieberte er ihr entgegen.

Der Schlaf, in den Salvatore fiel, musste kurz gewesen sein. Ein Trommelwirbel weckte ihn, Militärtrommeln. Sie schleuderten ihn aus dem Bett. Er lauschte. Die Trommeln waren verstummt. Er riss seine Zimmertür auf.

Sie lag auf dem Flur an der gegenüberliegenden Seite, reglos. Das Weiß ihres Kleides war verfleckt, bräunlich staubige und rostrote Flecken. Spuren von Tritten, Spuren von Verwundungen? Das Dunkle an der rechten Seite, das musste ihr Nacken sein. Sie lag offenbar mit dem Gesicht nach unten.

Ob es die Männer in den Nadelstreifenanzügen gewesen waren oder die Abgesandten von Flavios Parteibruder, war Salvatore gleichgültig. Er musste handeln. Salvatore nahm keinen Lift. Seine Schritte prasselten durchs Terrazzotreppenhaus. Die Rezeption war verwaist. Er drückte die Klingel. Kein Mensch rührte sich.

Salvatore rannte zurück in den zweiten Stock. Im Flur lag niemand mehr. Kein Wunder. Sie hatten die Leiche weggeschafft, durch irgendeinen Hinterausgang das *corpus delicti* verschwinden lassen. Er schlug an die Zimmertüren rechts und links. Die rechte öffnete sich. Ein Mann und eine Frau füllten den Rahmen, auf dem Kopf die gleichen schwarzgelben Strähnen, am geröteten Leib das gleiche T-Shirt in Übergröße mit dem Logo eines deutschen Fußballvereins. Der Schlaf hing in ihren Gesichtern. Kaum hatte Salvatore den Vorfall geschildert, waren sie hellwach. Sofort wussten sie Bescheid. Trickdiebstahl, ganz klar. In Italien nach wie vor an der Tagesordnung. Vor den Sizilianern, den Süditalienern überhaupt, sei man auch hier leider nicht sicher. Sie drängten Salvatore, sein Zimmer zu durchforsten.

Hatten sie recht? War er in seiner Italienliebe blind geworden? Er kontrollierte Koffer, Schränke, Schubladen, Taschen.

»Es fehlt nichts«, vermeldete er den Landsleuten.

»Dann haben Sie nicht richtig geschaut«, erklärten sie. »Wo sind Ihre Kameras?«

»Ich habe keine.«

Ihr Mitleid ließ sie das überhören. Salvatore solle den Vorfall unbedingt melden. Früher oder später werde er entdecken, was gestohlen worden sei. Nur wenn er Anzeige erstatte, habe er hinterdrein Anspruch auf Erstattung von Seiten der Versicherung.

Während des Frühstücks dachte Salvatore darüber nach.

Seine Landsleute halfen ihm dabei. Sein Zögern entging ihnen nicht. Die andere Möglichkeit sei, die Sache selbst in die Hand zu nehmen, meinten sie. Ein Kumpel von ihnen habe den Trickbetrüger, der ihn auf einen zerstochenen Reifen aufmerksam machte, während sein Komplize das Auto ausräumte, wiedergetroffen und dessen Bankkarte samt Geheimzahl aus ihm herausgeprügelt. Dann habe der Kumpel genau die Summe abgehoben, die das bereits versetzte Diebesgut wert gewesen war. Die Geschichte sei sogar im Internet nachzulesen. »Riskant ist nur, dass die Typen oft bewaffnet sind.«

Der Carabiniere empfing Salvatore mit einem Lächeln, das sich beim Blick auf den Gipsfuß vertiefte. »Zum Baden sind Sie ja wohl nicht gekommen?«

Empört wies Salvatore diesen Gedanken von sich. »Niemals würde ich in einem Meer baden, in dem an die achtzig Leichen treiben.«

Der Beamte erklärte, die seien vor Malta aus dem Meer gefischt worden, nicht vor Pesaro. Und meinte dann, während er einen Fragebogen herauszog, Salvatore beschäftige sich wohl wenig mit der Tagespolitik. »Die Flüchtlinge aus dem Kosovo, die an der Adria landen wollten, hatten wir vor zehn Jahren, jetzt haben wir Flüchtlinge aus Eritrea.«

Salvatore schwieg. Durfte er als einer, dem das Geschick dieses Landes schlaflose Nächte bescherte, einer, der bereit war, Italiens Moral und die wahren Werte zu retten, wenn auch noch nicht im großen Maßstab, das auf sich sitzen lassen?

Es brach aus ihm heraus, was er über den Condottiere und über Flavio samt Gesinnungsgenossen dachte.

Der Beamte lächelte noch immer. »In Pesaro werden diese Figuren nicht gewählt«, sagte er. »Höchstens von ein paar Versprengten.« Dann begann er, Salvatore zu dem Fund vor seiner Tür zu befragen.

Widerwillig berichtete dieser von den Zimmernachbarn, die hinter dem Ganzen einen Trickdiebstahl von Sizilianern vermuteten.

»Trickdiebstahl wird meinen Landsleuten aus dem Süden gerne unterstellt«, sagte der Beamte.

Als er wissen wollte, ob es sich nicht einfach um ein Bündel Schmutzwäsche gehandelt haben könne, das irgendjemand vom Personal dort abgelegt habe, reagierte Salvatore gereizt. »Halten Sie mich für drogensüchtig?«

Der Beamte bewahrte Fassung. »Was haben Sie denn zu sich genommen in den letzten zehn, zwölf Stunden?«

»Sie wollen mir unterstellen, ich sei angetrunken gewesen?«

Der Carabiniere lächelte immer noch. »Nein, keineswegs.« Er wiederholte seine Frage.

»Ich habe nichts konsumiert als ein Glas Rosso Conero, vielleicht auch zwei Gläser, und … eine Oper«, sagte Salvatore.

Das Lächeln des Carabiniere brachte seine Wut zum Überkochen. Ohne das Formular zur Anzeige zu unterschreiben, hastete er zum Hotel zurück. Zwei oder drei Mal blieb er unterwegs stehen. Konnte dieser Mann recht haben? Salvatore hatte noch das *una Rossignana* aus dem Innenhof im Ohr. Wie sollte ausgerechnet er die berauschende Wirkung der Oper bestreiten! Hatte ihn diese Oper ohne Musik ergänzen lassen, was ihm fehlte? Hatte er die Wahrheit Wirklichkeit werden lassen, um seine Leere zu füllen?

Als er die Eingangshalle des *albergo* betrat, war sein Zorn auf den Carabiniere verflogen. Er richtete sich nur noch gegen die deutschen Landsleute, die in ihm ein Misstrauen geschürt hatten, für das er, als ein Verbündeter der Italiener, eigentlich ihr

Bruder, sich schämen musste. Je energischer er sich den schwarzen Nacken in dem weißen Stoffgebilde auf dem Flur vorzustellen versuchte, desto weniger gelang es ihm.

Er drosch an die Tür der Landsleute, ein Zimmermädchen öffnete, in der Hand eine Plastikflasche mit Putzmittel. Die Herrschaften seien schon abgereist.

Auch Salvatore rüstete sich zum Aufbruch. Er war nervös. Wenn der angekündigte Tod noch nicht in sein Leben getreten war, wo lauerte er ihm auf?

Noch einmal schaute er in sein Buch der Symbole. Die Elster konnte auch Verfolgung bedeuten. Ihn verfolgte der stumme Vorwurf des Carabiniere. War er weltfern und verantwortungslos? Waren Idealisten Feiglinge, die vor der Wirklichkeit flohen?

Die Dame an der Rezeption war mit seiner Rechnung beschäftigt. Die aktuellen Zeitungen lagen auf dem Tresen. Salvatore griff die oberste. Auf der Titelseite ging es um den Rosenkrieg des Condottiere mit seiner Ehefrau, die ihren Gatten nicht mit Minderjährigen teilen wollte, durchaus aber das Vermögen mit ihm zu teilen gedachte. Es war genug da, um beiden ein luxuriöses Überleben bis zu ihrem fünfhundertsten Geburtstag zu sichern, doch beide beharrten auf ihrem Recht an einer Villa in Arcore.

Salvatore drehte die Zeitung um. Letzte Seiten waren meist Harmlosigkeiten oder Absurditäten gewidmet. Heute, am 30. August, jähre sich der Mordfall in der Villa Arcore, las er. Vor genau neununddreißig Jahren hatte dort Marchese Camillo Casati-Stampa seine Frau Anna Fallarino und deren Liebhaber Massimo Minorenti, einen fünfundzwanzigjährigen Studenten, erschossen, danach sich selbst. Die Villa war in den Besitz der neunzehnjährigen Tochter Annamaria übergegangen, die sich, um die Erbschaftssteuer zahlen zu können, entschloss, das Haus zu verkaufen, jedoch ohne antike Möbel, Gobelins, Gemäldesammlung, Bibliothek und umliegende Ländereien. Weil die Marchesina nicht volljährig und vor den Furien der Erinnerung und der Presse nach Brasilien geflohen war, unterschrieb sie eine Vollmacht, die einem alten Freund der Familie und dem Mann, der sich als Anwalt angedient hatte, erlaubte, mit ihrem Erbe nach Gutdünken zu verfahren. Der Anwalt rackerte sich ab und fand endlich einen Käufer, der das ganze Anwesen für 500 Millionen Lire, heute 250 000 Euro, erwarb, allerdings mit antiken Möbeln, Gobelins, Gemäldesammlung, Bibliothek und Ländereien. Käufer war der heutige Ministerpräsident, der sich später als San Silvio d'Arcore heiligsprechen sollte; zufällig hatte in seinem Unternehmen der Anwalt eine leitende Position inne. Der angehende Ministerpräsident bezog die Villa 1974, dehnte jedoch die Zahlungen an die Erbin bis 1980 aus, die ihre Erbschaftssteuern allerdings termingerecht zu entrichten hatte. Was mit dem Tintoretto und dem Tiepolo in der Gemäldesammlung geschehen war, von denen jedes Bild heute eine Million Euro brächte, wisse man nicht, hieß es.

Salvatore schwindelte es. Paolo und Francesca, Gradara und Arcore, Massimo und Anna, Silvio, Malatesta und Casati-Stampa, Bilder, Namen, Orte, Dichtung, Wahrheit, Wirklichkeit flimmerten vor ihm. Kurz kniff er die Augen zu. Dann wendete er die Zeitung erneut und verglich die Fotografien. Die große bunte auf der Vorderseite und die kleine in Schwarzweiß auf der Rückseite. Es war dieselbe Villa. Diese Geschichte konnte keiner glauben.

Trickdiebstahl wird meinen Landsleuten aus dem Süden gerne unterstellt. Der Ministerpräsident stammte doch aus dem Norden wie auch der Condottiere. Die Hinweise, dass der Ministerpräsident und der Condottiere ein und derselbe waren, verdichteten sich. Moritz Redder hatte politische Nachrichten nur wahrgenommen, wenn ein Reizwort aufblinkte. Wenn Rostock genannt wurde, wo seine Mutter herkam, wenn es um Regierungsdebatten über Computerspiele, Kartellrechte im Softwaregeschäft oder jene juristischen Reviere ging, in denen er selbst jagte. Maurizio Salvatore entkam der Politik nicht mehr, sie hatte die Oper im Klammergriff, und die Oper offenbarte ihrerseits eine politische Angriffslust, über die Kostüme nicht hinwegtrügen konnten.

Benommen bestieg Salvatore den *cavallo andante*. Wenn dieser Mann, der die Menschen in den Medien glauben machte, was er wollte, identisch war mit dem, der die Macht im Staate besaß, war er doch nichts anderes als ein Papa Rè. Die Verhältnisse zu Zeiten Rossinis waren gegenwärtig, heute aber frei gewählt.

Salvatore gab Gas. Musste er zum Realisten werden? War die Welt der Oper eine Fluchtburg? Er legte *La gazza ladra* ein. Die Sinnlosigkeit eines Entzugs war erwiesen. Er suchte die Stelle, wo der Chor mit dem düsteren Trauermarsch in Moll Ninetta zum Galgen begleitete. Rossini, hatte er im Geburtshaus des Meisters gelernt, war gänzlich unpolitisch gewesen. Trotzdem hatte er dieses Libretto vertont, in dem die Ungerechtigkeit in Koloraturen und Fiorituren angeprangert wurde. Vielleicht musste er sie mit Komödie wattieren, damit sie nicht zu viel Anstoß erregte und die Zensoren aufschreckte. Das hatten die Regisseure von *Videocracy* wohl vergessen. Rossini war jedenfalls mutiger gewesen als sein Held Gianetto, der im entscheidenden Augenblick versagte.

Als Salvatore die Polizeistation passierte, bremste er jäh. Ein Sportwagen mit Prahlsterz und deutschem Kennzeichen parkte gerade davor ein, heraus stiegen seine beiden Landsleute. Beide waren nun vollständig angezogen, sie hatten die Fanclubtrikots durch Jeans ergänzt. Ganz klar, was sie wollten: Anzeige wegen Trickdiebstahls gegen irgendeinen Südländer erstatten. Vermutlich behaupteten sie, ihre Kamera sei entwendet worden. Auf irgendeinem der Fahndungsfotos erkannten sie bestimmt den Täter. Auf Fahndungsfotos, das wusste Salvatore aus Redders Berufsjahren, erkannte jeder einen Täter, alle sahen wie Täter aus.

Salvatore sprang aus dem Wagen. Nun war der Augenblick da, Gianettos Scharte auszuwetzen. Er stürzte in das Büro. Derselbe Beamte wie heute morgen lächelte hinter dem Schreibtisch, davor dröhnten die Landsleute.

»Ich habe die Kamera gestohlen«, keuchte Salvatore. »Ich übernehme allein die Verantwortung.«

Es war kein böser Wille, es waren die Folgen des *Ferragosto*, dass Maurizio Salvatore die folgenden Tage in einer improvisierten geschlossenen Abteilung verbrachte. Er musste darauf warten, dass der psychiatrische Kollege des Amtsarztes an seinen Arbeitsplatz zurückkehrte. Obwohl das Zimmer in einen lichtlosen Innenhof hinausging, wurde Salvatore in diesen Tagen hellsichtig. Er wunderte sich, den Deutungen eines Traumbuchs verfallen zu sein, die offenbar von dunkler christlicher Weltschau diktiert waren. Jeder wusste doch, dass die Elster Symbol der List und der Klugheit war.

Marquis Posa war in fremde Hände gegeben worden. Doch die körperliche Abwesenheit seines Verbündeten hinderte Salvatore nicht daran, seine geplante Vorgehensweise mit ihm durchzusprechen und genau wahrzunehmen, wie der Marquis darauf reagierte. Was Salvatore vorhatte, hätte für feige gehalten werden können; er wollte dieses Mal auf den offenen Kampf verzichten. Doch Heldentum konnte sich ja auch anders beweisen. Der Marquis pflichtete Salvatore bei, was er plane, sei kein Verrat an den Idealen des Helden. Odysseus, genannt der Listenreiche, war nur ans Ziel gelangt, weil er die Kunst der Täuschung beherrschte. Was war Oper ohne Täuschung der Sinne? Sie bewies ihre Wirkungsmächtigkeit, indem sie Blech in Gold, Faschingsstoffe in Königsmäntel, Styroporkuben in Festungsmauern verwandelte, eine sommersprossig blasse Blonde in Tosca, die tosende Römerin, und das schmale Hemd mit Lampenfieber in den Draufgänger, der die Feinde angstlos niedermetzelte.

Nach den dreieinhalb Tagen erfuhr Salvatore, der Psychiater sei krank aus dem Urlaub heimgekommen, die psychiatrische Untersuchung werde sich also noch hinauszögern. Nach fünf Tagen wurde Salvatore mitgeteilt, er könne seinen Köter zu sich nehmen. Die Pflegeeltern des Hundes seien nervlich am Ende, weil er jede Nahrungsaufnahme verweigere und tags wie nachts

Geräusche von sich gebe, die kein Mensch aushalte. Die Wiedervereinigung mit dem Marquis beflügelte Salvatore. Sein Geist weitete sich, ungeachtet der Enge seines Aufenthaltsortes. Nach sieben Tagen verfügte Salvatores Strategie über die trügerische Leichtigkeit einer Rossini-Oper. Er spielte sie von der Ouvertüre bis zum Finale mit Marquis Posa durch. Am achten Tage aber geschah es.

»Sie sind Italiener, Pesarese?«, begann Maurizio Salvatore.

Der Psychiater bejahte freudig.

»Dann lieben Sie die Oper?«

Der Psychiater bejahte noch freudiger und lobte Salvatores Aussprache des Italienischen.

»Dann werden Sie verstehen, was mit einem Deutschen geschieht, der noch nicht allzu lang, dafür umso heftiger der Oper verfallen ist, wenn er erstmals den Boden Rossinis betritt. Ich habe *La gazza ladra* gehört und mich in der Nacht darauf in Gianetto verwandelt.«

Der Psychiater lachte und pries die sonore *voce bruna* des Maurizio Salvatore.

»Ich wollte«, hob der zum Finale an, »die Ideale der Oper in die Welt des Alltags heben, um zu beweisen, dass sie heute nicht von der Wirklichkeit liquidiert werden.«

Der Psychiater erhob sich, umarmte ihn und sprach, Tränen in den Augen: »Sie sind frei, mein Freund. Wirken Sie weiter, wahren Sie die Würde dieser Welt.«

Als er diese Worte sprach, schreckte Maurizio Salvatore aus seinem Tagtraum auf.

Am Ende des achten Tages ging er zur Tür seiner Zelle, drückte die Klinke und stellte fest, dass die Tür gar nicht verschlossen war. Der Flur war leer. Mit Marquis Posa unter dem Arm verließ Maurizio Salvatore ungehindert das Haus. Der *cavallo andante* wartete gegenüber der Polizeistation.

Wo sich Maurizio Salvatore nun befand, hatte er sich noch nie befunden und hätte sich noch vor einem Jahr niemals befinden wollen. Er befand sich auf der Flucht. »Ein Mensch, der auf der Flucht ist, ist verloren«, sagte jemand. Es war die Stimme seiner Mutter. Er stellte sie ab. Die Musik hatte ihm offenbart, warum Gianetto nicht zum Befreiungsschlag für seine vom Tod bedrohte Geliebte imstande war: Er war ein Muttersöhnchen. Sich selbst zu bezichtigen hätte geheißen, sich der Mutter zu widersetzen.

Während Salvatore durch Seitenstraßen aus Pesaro hinausfuhr, hörte er keine Oper. Er wollte hinausgetrieben werden von dem Pfeifen, Johlen, Brüllen, das Rossini aus Pesaro verjagt hatte. Die Clacque einer nicht erhörten Verehrerin hatte Rossini in seiner Heimatstadt, in seinem Opernhaus, nach einer Aufführung eines eigenen Werkes, von ihm selbst dirigiert, in die Flucht geschlagen. Nur durch die Hintertür war er den Verfolgern entkommen und hatte in derselben Nacht die Stadt seiner Geburt für immer verlassen.

Maurizio Salvatore erkannte, dass er sich auf dem richtigen Weg befand. Es war der Weg Rossinis, der ihn wie den Maestro von Pesaro nach Neapel führen sollte. Als polizeilich Gesuchter würde er nun auf manches verzichten müssen. Damit kam er den Opernsängern deutlich näher. Auch sie mussten so vielen Freuden und Genüssen entsagen. »Oper verlangt Opfer«, erklärte er seinem Freund. »Und sie fordert von jedem auf der Bühne, mit der Angst zu leben.«

Marken, Abruzzen und Neapel

Herbst 2009

Abwege – warum hatte er sie nicht früher entdeckt? Erst als Flüchtiger war er auf sie geraten, weil sie abseits der Routen lagen, denen die Gesetzestreuen folgten. Wie konnte er nur so lange zu denen gehört haben, die ein Ziel hatten und nichts anderes erreichen wollten. Nun strandete Maurizio Salvatore inmitten des Abseits, in Ortschaften, die sich auf Hügeln gegen das Heute verschanzten, in Kleinstädten, deren Schönheit nachts unbeleuchtet schlafen durfte, in Dörfern, die behaupteten, einmal etwas Besseres gewesen zu sein. Die Gegenden erinnerten oft weniger an Italien als an den Schwarzwald. Schluchten mit langem Echo, Wälder mit Nacht am Tage, Berge mit rauen Rücken. Es war abwegig, dorthin zu reisen, wo verriegelte Theater dem Beginn der Saison entgegendämmerten, doch das führte Salvatore zu sich selbst und zu seinen engsten Seelenverwandten. Es störte nicht, dass sie nicht mehr lebten.

Oper überlistete die Zeit. Dass *Aida* im Theben und Memphis der Pharaonen spielte, *Norma* im vorchristlichen Gallien und *Turandot* in ferner chinesischer Märchenwelt, nahm den Leidenschaften nichts von ihrer Hitze. Keinen kümmerte es, welcher Zeitraum überwunden wurde, während eine Oper über die Bühne ging, das konnten Generationen, sogar Jahrhunderte sein. Selbst die gelebte Zeit der Sänger musste nichtig werden, fand Salvatore. Es zählte nicht, ob Elisabetta jung genug war, um Don Carlos Liebe zu erwecken, und Filippo alt genug, um sein Vater zu sein; die Stimmen erwiesen ihre Macht darin, Alter vergessen zu machen und eine verblühende Erscheinung in eine blühende zu verwandeln. Nein, es war kein Problem, dass die Seelenverwandten tot waren. Salvatore erlebte sie auf seiner Flucht hautnah.

Achtunddreißig Jahre seines Daseins hatte er über die Marken nicht mehr gewusst, als dass man von Ancona aus nach Griechenland übersetzen konnte. Nun war er auf der Fährte von Zigtausenden, für die das wahre Leben dort zu Hause war, wo die Illusionen wohnten. Kaum eine der alten Städte hatte hier im 18., 19. Jahrhundert, noch zu Beginn des 20. darauf verzichtet, ein eigenes Theater zu bauen, eigentlich ein Opernhaus. Von den Auswärtigen, den Deutschen vorneweg, war das als Geltungssucht der Provinzler verspottet worden. Bereist hatten sie Italien, verstanden hatten sie es nicht.

Bald war es Salvatore gelungen, den richtigen Ton zu treffen, der selbst Furien erweichte und ihm den Zugang zu jedem Theater erschloss. Die *marchigiani* waren stolz. Herren und Damen mit Schlüsselgewalt nahmen bestenfalls Spenden zum Erhalt des jeweiligen Hauses an.

Dass Macerata oder Ascoli Piceno, Jesi oder Fano über einen *teatro* verfügten, erstaunte Salvatore weniger. Doch dass Gemeinden mit weniger als zweitausend Einwohnern ihrer Vergangenheit nachsannen, in der es als armselig gegolten hatte, keine eigene Bühne samt Rängen im Lüsterglanz zu besitzen, beschleunigte seinen Puls. Das waren Liebende gewesen, die es mit ihm hätten aufnehmen können.

Ganz allein, mit Marquis Posa auf dem Arm, neben oder hinter sich den jeweiligen Kustoden, stand Salvatore in diesen Gehäusen, belebte ihre Logen, besetzte ihre Parkettplätze, ließ das Orchester seine Instrumente stimmen und schließlich den Vorhang aufgehen. Ob die Säle hufeisenförmig, oval oder rechteckig waren, ob sie über Logen verfügten oder über Balkone, ob sie rotweißgolden glänzten oder blauweißsilbern, ob ihre Decken stuckierte Girlanden zierten oder geschnitztes Blattwerk, Gemälde mit nackten Genien oder Blumenbouquets, Fresken mit Landschaften oder Himmelsgewölben: Salvatore spürte, dass er hierhergehörte. So oft hatte er sich noch nie zu Hause gefühlt wie auf dieser Flucht.

Manche der Theater waren in Klöster, Rathäuser oder Paläste

eingebaut worden, manche in Hinterhöfe. Das raubte ihnen nichts von ihrer Würde. Ewas anderes beunruhigte Salvatore: Sie alle schienen in Melancholie verfallen zu sein. Antriebslos wirkten sie auf Salvatore, gelähmt vom Bewusstsein, nicht gebraucht zu werden.

Die Kustoden hatten jedes Mal betont, welche Leistung es sei, dass von weit über hundert historischen Theatern in den Marken nun ungefähr die Hälfte wieder benutzbar sei und genutzt werde. Doch ihnen fehlte etwas, jene Koketterie, die verriet: Ich weiß, ich bin begehrt. Allmählich konnte auch der erste Eindruck Salvatore nicht mehr täuschen. Der Teatro Flora in Penna San Giovanni, einem Ort von 1193 Seelen, verfügte über 99 Plätze. Das Haus bot alles, was ein großes bot, Gold, Samt und Pomp. Im späten Rokoko war es ausstaffiert worden als Schatulle der frivolen Heiterkeit. Doch sie prickelte hier nicht mehr.

Salvatore ahnte, warum die *teatri* schwermütig wirkten. Ihre 99, 225 oder 450 Plätze wurden von den Einwohnern nicht als das empfunden, was sie waren, Throne, die jeden Einzelnen zum Regenten erhöhten, wenn sich ihm hier unbezahlbare Wunder offenbarten. Die Oper war eine Schönheit, die nur durch Bewunderung leuchtete. In dieser Hinsicht war sie nimmersatt. Wer in ihren Armen nicht glühte, hatte sie nicht verdient. Die Oper zu behandeln wie eine Schalterbeamtin, die ihren Dienst verrichtet, war ein Vergehen, für das sie sich rächte. Sie büßte ihren Glanz ein. Sie verlor das Verführerische. Sie verkam zu einer ungeliebten Ehefrau, deren Körper ausdünstete, wie gleichgültig er ihr war.

Salvatore wusste, dass hier irgendwo eine Botschaft auf ihn wartete.

Es geschah im Teatro Comunale von Cagli. Rot tapezierte Logen, elfenbeinfarbene Balkone mit neobarocken Reliefs. Auf der Brüstung zwischen den Logen des zweiten Rangs hockte jeweils eine Sphinx. Von oben herab starrten die Sphingen Salvatore an und stellten ihm die Rätselfrage: Warum, wann und wohin war die Passion für die Oper entschwunden?

Nur wenn er das herausfand, konnte er retten, was unterzugehen drohte. Maurizio Salvatore nahm den Auftrag an.

In Camerino, wo er den Teatro Filippo Marchetti besuchen wollte, wähnte er sich erstmals auf einer Fährte. Er war an einem Sonntag angekommen. Als er durch die Straßen ging, kitzelte der Duft aus den Fenstern eine Sehnsucht in ihm wach. Hier gab es noch Menschen, die sich nicht mit Joghurt, Müsli und Räucherlachs um ein Sonntagmittagessen betrogen. Salvatore und Marquis Posa legten ebenfalls eine Pause ein und füllten sie in einer Trattoria mit einheimischer Küche. Die Gerichte aus weißen, roten, gesprenkelten und gefleckten Bohnen konnten Salvatore gewinnen, den Marquis überzeugte erst das Kaninchenragout.

Danach durchstreiften sie den Ort. Die Kathedrale war bei der Sonntagsmesse gut besucht, es gab noch keine Sushi-Bar, keine Tankstellen im Ort. Die unaufhaltsamen Würmer, die sich in die Innenstädte der Welt hineinfraßen, deren Gesichter wegnagten und ihre anonymen Eier legten, hatten es noch nicht bis nach Camerino geschafft. Auf einigen Plätzen trafen sich noch Männer in Anzügen.

Doch aus denselben Fenstern, aus denen um die Mittagszeit die Gerüche gedrungen waren, drangen danach die Geräusche der Fernseher. Es war in Camerino wie überall: Die Seifenopern des Condottiere hatten der Oper die Schau gestohlen, und der Ministerpräsident hatte, ganz im Sinn des Condottiere, der Oper die Mittel gestrichen. Von den Kustoden war Salvatore die Klage vertraut, das Geburtsland der Oper werde nun ihr Sarg; bei seinem Regierungsantritt letztes Jahr hatte der Ministerpräsident den Etat für Opern- und Konzerthäuser um 200 Millionen gekürzt, in diesem Frühjahr hatte sein Kulturminister nochmals an die 90 Millionen gestrichen. Auch die Fenice in Venedig und der San Carlo in Neapel mussten ihre Programme verstümmeln; der Carlo Felice in Genua, hieß es, werde wegen seiner 17 Millionen Schulden eine Zwangspause verordnet bekommen und der San Carlo mit seinen 20 Millionen Defizit einen staatlichen Kontrolleur. Statt der bisherigen Mittel gebe es gratis den Rat, auch ein Opernhaus müsse sich rechnen.

Das Programm des Teatro Filippo Marchetti für die nächste Saison hing bereits aus. Eine einzige Oper war vorgesehen, zur Eröffnung der Saison. Der Name des Komponisten war Salvatore fremd; sein Verdienst war, im Camerino des 18. Jahrhunderts geboren worden zu sein. Danach war ein *Athletisches Ballett* angesetzt, gefolgt von einem Theaterstück, das in die kleine Komödie jener Stadt gepasst hätte, an deren Namen sich Salvatore nicht erinnern wollte, einem Shakespeare in dünner Besetzung und je einem Werk von Pirandello und Dario Fo. Zum Abschluss wurde ein Kinder- und Jugendprogramm aus Süßigkeiten serviert, die keiner kauen musste. Das war's für ein halbes Jahr.

Bei der Führung durch das Haus hefteten sich fünf Deutsche an Salvatores Fersen. An die Decke des Saales waren Opernszenen gepinselt, mit Liebe für lockiges Blond, rosiges Fleisch und reiches Kostüm. Eine Dame in lilaschimmerndem Haar sagte, den Kopf im Nacken: »Sieht aus wie für *Liebig's Fleischextrakt.*« Salvatore musterte sie. Sie spürte seinen Blick. »Kennen Sie die nicht, diese Sammelbilder mit Opernszenen? Vor hundert, hundertdreißig Jahren wurde damit für Suppenkonzentrat geworben. Das ist eine Trouvaille für Opernliebhaber. Bekommen Sie in Antiquariaten für ein Spottgeld.« Sie seufzte ihn verschwörerisch an. Der Extrakt sei noch im Handel, aber die Zeiten, wo es ebenso viele Opernnarren wie Fleischbrühenesser gegeben habe, seien endgültig vorbei. Hier im Land der Fernsehherrschaft sowieso.

Salvatore versuchte, seine Sorgen in Rosso Conero zu ertränken. Als sie nach zwei Stunden noch immer oben trieben, zog er den Kellner ins Vertrauen.

»Sie haben Probleme!«, grinste der. »Über Streichungen in der Kultur regt sich kein Schwanz auf, nur diejenigen, die dort ihr Geld kassieren oder mit jemand verwandt sind, der dort sein Geld kassiert.« Nach kurzem Zögern fügte er noch hinzu: »Und vielleicht noch ein paar Weltfremde wie Sie.«

Salvatore gab kein Trinkgeld und verließ am Tag danach Camerino in Richtung Abruzzen.

Er solle die Ebene um L'Aquila weiträumig umfahren, hatte man ihm in seinem *albergo* geraten. Dort hause noch immer die Trostlosigkeit. Seit am 6. April um halb vier Uhr morgens die Erde gebebt, mehr als dreihundert Menschen unter Trümmern begraben und 70 000 ihrer Wohnungen beraubt hatte, sei aus der Stadt alles gewichen, was ihr früher jenen Adlerstolz verliehen hatte, den sie im Wappen trug.

An einem der letzten Septembertage ließ Salvatore seine wirkliche Haarfarbe wieder der wahren angleichen. Ein Dorffriseur am Nordrande des Parco Nazionale del Gran Sasso, eine Autostunde von L'Aquila entfernt, riet ihm, auch für die Augenbrauen ein markantes Schwarz zu wagen. Das verstärke die Glaubwürdigkeit des Haupthaars. Während der Meister im weißen Kittel hantierte, blieb Salvatores Blick nichts anderes übrig, als auf den Fernseher zu fallen.

Der Mann, der dort im Zweireiher redete, hatte das Muränenlächeln des Condottiere, doch die Rede war vom Ministerpräsidenten, in diesen Stunden zu Gast in L'Aquila. Diese zwei, die einander derart gekonnt zuarbeiteten, waren also wirklich ein und derselbe. Eine Militärkapelle spielte die Nationalhymne. Heute, an seinem dreiundsiebzigsten Geburtstag, mache der Ministerpräsident sich selbst das größte Geschenk, wurde verkündet. Er stand vor Betonzylindern, offenbar Sockel eines Gebäudes. Während er sprach, weitete die Kamera den Blick auf seine Umgebung. Zuerst war das Haus zu sehen, vor dem der Ministerpräsident stand; dreistöckig, zweckmäßig, dekoriert mit Streifen in Frühlingsgelb und -grün. Dann rückte die gesamte Anlage ins Bild, bestehend aus den gleichen dreistöckigen zweckmäßigen Häusern, dekoriert mit Streifen in Frühlingsgelb und -grün, gelegen an asphaltierten Straßen und Rasengevierten. Kein *ristorante*, keine Bar, kein Café. *Le Case di Presidente* nannte die Sprecherin das Ganze. Heute, an seinem privaten Feiertag, übergebe der Ministerpräsident den glücklichen Menschen die Schlüssel zu ihrem neuen Heim.

Der Friseur war bereits mit Salvatores Augenbrauen befasst, als die glücklichen Menschen, die er nicht sah, aber hörte, bekundeten, wie glücklich sie seien. An alles sei gedacht worden. Töpfe, Pfannen, Bettbezüge, Handtücher, Kaffeemaschine, zum Empfang ein Früchtekorb, Kuchen und eine Flasche Spumante mit einer Grußkarte, vom Ministerpräsidenten persönlich unterschrieben.

Selbstverständlich in allen Häusern und allen Wohnungen die gleichen Töpfe, Pfannen, Bettbezüge, Handtücher, Kaffeemaschinen, zum Empfang der gleiche Früchtekorb, der gleiche Kuchen, der gleiche Spumante und die gleiche Grußkarte, vom Ministerpräsidenten persönlich unterschrieben. Bald könnten alle Bewohner der Provinz L'Aquila, die durch das Beben obdachlos geworden waren, die Perfektion solcher *new towns* beziehen, erklärte ein Kommentator, und die alte Stadt werde gar nicht mehr gebraucht.

Als der Friseur die Sicht auf den Bildschirm wieder freigab, drückten zwei minderjährige Mädchen dem Ministerpräsidenten von rechts und links ihre Rosenlippen auf die gebräunten Wangen.

Der Friseur ließ die Arme sinken. »Er ist ein Vorbild für alle jungen Männer«, sagte er. »Sogar noch für uns ältere. Er zeigt uns, dass ein Mann auch noch mit siebzig und darüber für junge Frauen attraktiv sein kann.« Das, erklärte er, sei zukunftsweisend, denn in Zukunft werde es bekanntlich immer mehr alte Männer geben.

Während der Friseur den Haarschnitt vollendete, quollen aus dem Fernseher weitere Hymnen über das Wunderwerk, den *miracolo di L'Aquila*: Beweis für eine Regierung der Tat, sagte der Ministerpräsident, während die Opposition nur Intrigen, Pessimismus und Katastrophenstimmung verbreite.

»Hat der Ministerpräsident die Häuser entworfen?«, fragte Salvatore.

Der Friseur verneinte.

»Hat er sie gebaut?«

Der Friseur verneinte.

»Hat er sie bezahlt?«

Der Friseur verneinte.

Warum sie dann seinen Namen trügen?

Die Stimme des Friseurs klang gereizt. »Madonna, weil sie nur durch seine Initiative in dieser kurzen Zeit hingestellt werden konnten.« Der Ministerpräsident verstehe eben etwas von dem Geschäft. Schließlich habe er die Basis seines Vermögens als Bauunternehmer gelegt.

Er spürte wohl den Widerstand, als er Haarwasser in Salvatores Kopfhaut einmassierte. »Sie sind Deutscher, was?« Ohne Salvatores Antwort abzuwarten, erklärte er, mit ihren Vorurteilen gegenüber dem Ministerpräsidenten verrieten die Deutschen nur ihren Neid. »Die Männer wollen bei euch doch auch Partys mit feinstem jungem Gemüse schmeißen und träumen davon, genauso viel Geld zu haben wie er.«

In L'Aquila segnete der Ministerpräsident gerade die Kinder, tätschelte die Alten, küsste junge Frauen und schlug junge Männer zu Rittern, begleitet von den Klängen der Militärkapelle.

Widerstrebend ließ Salvatore den Gedanken zu, dass sein Friseur recht hatte. Ja, auch er war neidisch auf diesen Ministerpräsidenten. Librettist, Komponist, Regisseur und Hauptdarsteller in einem und zugleich der Agent, der das Ganze werbewirksam verkaufte. Er hatte die Mittel, als Staatsmann wie als Privatmann, die Oper im Geburtsland der Oper, den Belcanto in der Heimat des Belcanto zu retten. Doch damit hätte er sich und seiner schäumenden Welt der Seifenopern geschadet. Ungern erwog Salvatore, ob dieser Mann nicht klug war. Die Oper stellte Gewissheiten in Frage. Sie war die Gegenwelt zu den Häusern auf Betonsockeln. Vielleicht erkannte der Ministerpräsident die subversive Macht der wahren Oper und wusste, wie er sie ersticken konnte.

Bestürzt stellte Maurizio Salvatore fest, dass er über die Möglichkeiten des Mammons nachdachte.

Er konnte nicht anders. Zwei Tage später näherte er sich den *Case di Presidente.* Betonmischmaschinen und Bautrupps versperrten die Zugangsstraßen dorthin. Lärm ließ die Luft zittern. Schließlich stand Salvatore inmitten der Leistungsparks. Es erstaunte ihn nicht, dass Marquis Posa sich weigerte, seine Notdurft in dieser Umgebung zu verrichten. Sie musste ihm so unheimlich erscheinen, wie sie Salvatore erschien. Die Menschen, die aus den Häusern mit Streifen in Frühlingsgelb und -grün kamen, zwischen ihnen hindurch oder auf sie zugingen, bewegten sich, als wögen sie nichts. Körperlos trieben sie über ein virtuelles Spielfeld. Lemuren in einem Massengrab der Phantasie.

Zu Fuß machte sich Salvatore mit dem Marquis auf den Weg dorthin, wo einmal das Herz der Stadt geschlagen hatte, vorbei an Trümmerhalden von der Höhe der *Case di Presidente.*

Über der Altstadt lag das Herbstlicht des späten Nachmittags; es beleuchtete, was ihr an Schönheit verblieben war. Erschreckend still war sie. Polizisten und Soldaten patrouillierten um die Absperrgitter, Stahlträger und Balken stützten Gewölbe, Mauern, Eingänge und Fenster. Salvatore blieb stehen und lauschte. Da vernahm er es. Die alten Dächer, Kuppeln und Türme, die beschädigten Kirchen, die barocken Paläste, die schmalen Wohnhäuser, die weitgehend unbeschadete spanische Festungsanlage aus der Renaissance, die leeren Brunnen und grasvernarbten Plätze erzählten von L'Aquilas früherem Leben.

Die Schlüssel verlassener Häuser, die am Absperrgitter hingen, klirrten. An manchen baumelten Schilder und Zettel mit Namen. Hier konnte die Phantasie wieder austreiben. War es das, was die *new towns* verhindern sollten?

Außer dem Corso Federico II. dürfe nichts betreten werden, warnte die Patrouille Salvatore. Der sei schon seit Juli begehbar, weil der Ministerpräsident von dort aus seinen Staatsgästen die Verheerungen gezeigt habe. »Neues Leben wird es aber nur in den modernen Vorstädten geben, hat der Ministerpräsident gesagt.«

Salvatore sah ihn vor sich, wie er als Vater aller Landeskinder, König der Betonstädte, Papst des Fortschrittsglaubens mit dem Empfangslächeln eines Hoteliers diese Heimat eröffnet hatte, die keine werden konnte. Es gab dort keine Ritzen, aus denen das Unkraut der Einfälle wuchern konnte. Wo die Phantasie in Beton eingegossen worden war, wuchs der Wunsch nach Oper niemals mehr.

Der Beton behauptete sich Mauer für Mauer, Haus für Haus, Siedlung für Siedlung, Stadt für Stadt als nackte Vernunft. Der Triumph des Ministerpräsidenten ließ keinen Zweifel daran, dass sein Argument allen den Mund stopfte. Geld hieß es. Wer Geld hatte, entschied, was die Menschheit brauchte, und früher oder später glaubte die Menschheit, sie brauche auch nichts anderes mehr. Keinen Herd, um zu Hause zu kochen, keine Plätze, um sich zu versammeln, keine Bücher, keine Tischtücher, keine Oper.

Wenn ein Theater einmal geschlossen ist, wird es nie mehr eröffnet. Das hatte Verdi gesagt. Damals schon war vor dem Tod der Theater gewarnt worden. Die meisten der Totgesagten lebten noch. Wem war das zu verdanken? Mäzenen oder Machern?

Salvatore beschloss, sich aus jenem Bannkreis zu entfernen, in dem der Dunst des Ministerpräsidenten sich als Herbizid auf seine Phantasien senkte.

Als er zum *cavallo andante* zurückkehrte, stand der Deckel des Kofferraums offen. Dort, wo sich sein Gepäck befunden hatte, lagen, malerisch aufeinandergeschichtet, Trümmer, Scheite und Scherben. Obenauf hatte der Künstler eine welke Rosenblüte gelegt.

Maurizio Salvatore atmete auf. Vermutlich lächelte er sogar. Es gab Hoffnung. Noch sprossen hier die Einfälle. Die Oper hatte eine Chance.

Als der Oktober begann, war er mit seinem Verbündeten bereits auf dem Weg nach Neapel. Es drängte ihn, die Stadt zu betreten, in der sich ein Drama abzeichnete. Der San Carlo, einst das größte und wichtigste Musiktheater der Welt, war vom Untergang bedroht. Ein staatlicher Sonderbeauftragter kontrollierte, ob sich das Haus an den Sparkurs und die Bedingungen hielt. Keine Festanstellungen in den nächsten zwei Jahren. Vermutlich war auch festgelegt, was den Sängern an Gagen gezahlt werden durfte. Maurizio Salvatore wusste, dass er in Neapel gebraucht wurde.

Er fuhr über die *tangenziale* auf Neapel zu. Er war versucht, sie für ein Bauwerk der Camorra zu halten, ohne zu wissen, warum, denn von der Camorra wusste er nur, dass sie mit Beton, Zement und Müll Geld verdiente. Die Grausamkeit dieser Straße war ungeheuerlich. Sie zerschnitt eine Landschaft, die einmal venusgleich gewesen war, üppig und verlockend, blühend und fruchtbar, versunken in den Blick auf das Azurblau des Golfs. Dieser Schnitt aber hatte den Leib der Venus ausbluten lassen.

Nicht diese Straße, Rossinis Musik würde ihn nach Neapel tragen, in den Teatro di San Carlo, wo sein *Mosè in Egitto* im März 1818 zum ersten Mal aufgeführt worden war.

Er solle, riet ihm der Führer, noch vor den ersten Auswucherungen der Stadt, direkt von der *tagenziale* aus nach Camaldoli hinauffahren. Vom Belvedere des Klosters aus, über den Campi Flegrei gelegen, eröffne sich der Blick über die Stadt hinweg auf die Bucht, über die Inseln ins Meer hinaus. Der Weg war beschrieben, als finde er sich von selbst. Doch Salvatore verfuhr sich in einer Wüstenei aus Zementbruchstücken, Dornenhecken und Asphaltresten, zwischen Weinbergen, an deren Rändern Müllsäcke und Matratzen lagerten, und Lorbeerhainen, in denen leere Flaschen die Erde bedeckten.

Es war schon früher Abend, als er den *cavallo andante* parkte und sich mit dem Marquis zu Fuß durch das Gestrüpp eines Trampelpfades zum Belvedere vorkämpfte. An den Sträuchern hingen Papiertaschentücher, Hygienebinden, Plastiktüten und Kondome. Was Salvatore aber dann sah, war stärker als erwartet. Das Schreckensbild vom erstickenden Italien. Das Zukunftsbild der *new towns*. Schlote, Wohnkasernen, Fabriken, Bauruinen, Hochhäuser; dazwischen klaffte ein Stadion und Einöde voller Abfall. Das Meer dahinter nahm Salvatore nicht wahr, nur die weißen Hochhäuser mit Kreuzfahrttouristen, die darauf schwammen. Sein Atem ging flach. Noch war der Tag hell, aber er sah Nacht. Völlige Dunkelheit, eine der zehn Plagen, die Moses über Ägypten hatte niedergehen lassen, um den Pharao zu zwingen, sein Wort zu halten und ihn und sein Volk ziehen zu lassen.

Konnte hier die Oper überleben? Wollte sie es überhaupt?

Wenn Neapel das war, was sich hier zeigte, würde der Teatro San Carlo sterben, ganz von allein, ohne stranguliert zu werden.

Maurizio setzte sich mit Marquis Posa auf eine Mauer und überdachte seine Pläne. *Ah! Chi ne aiuta! O ciel!*, entrang es sich seiner Brust.

»Was sagen Sie?«, fragte eine weibliche Stimme in seinem Rücken. Sie fragte auf Italienisch. Die Frau trug ein kurzes schwarzes Kleid und schwarze Stöckelschuhe, ihr Lippenstift glühte.

»... dass keiner hilft, Himmel noch mal ... das singt der Chor am Anfang des zweiten Akts in Rossinis *Mosè* ...«

»Ich weiß«, sagte sie und nahm neben Marquis Posa Platz. »Woher kommen Sie?«

Trotz der hochsommerlichen Temperaturen zeigte sie ihre kurzen Beine nicht nackt, die Strümpfe schimmerten schwarz. Ihre kurzen Locken waren blond, doch die tiefdunklen Wurzeln verrieten, dass sie wie Salvatore die Kraft besaß, ihr eigentliches Wesen zu äußern.

Salvatore wollte den Eindruck nicht verderben. Er komme aus den Abbruzzen, aus L'Aquila.

Ihre Hand musste an Marquis Posa vorbei, um auf seinem Oberschenkel zu landen. Marquis Posa gab einen Unmutslaut von sich. »*Poverino!* Recht haben Sie, dort abzuhauen. Mit dem Aufbau werden sie alles zerstören, alles, für immer.«

Salvatore erkundigte sich, wer *sie* seien.

Sie streckte den freien Arm aus, spreizte die Finger der rechten Hand und beschrieb einen weiten Bogen über das, was unter ihnen lag.

»Sie meinen, die Camorra?«, fragte er.

Ruckartig zog sie ihre Hand von seinem Schenkel. Ihr Gesicht war blass und erfahren, nicht jünger als fünfundvierzig Jahre. »Wie kann einer aus L'Aquila kommen und derartig dumm sein? Sie haben doch sogar in den Medien den polizeilichen Mitschnitt gebracht, wo ein Baulöwe seinem Schwager am Telefon sagt: ›Jetzt müssen wir schnell sein, so ein Erdbeben gibt es nicht oft!‹ Danach haben die den Leckerbissen nicht gekriegt, aber die anderen. Die Wahl zwischen Pest und Cholera.«

Wer waren die einen, wer die anderen? Salvatore offenbarte seine Herkunft, die nicht wahr, nur wirklich war, um die Frage stellen zu dürfen.

»Deutscher sind Sie! Einer von den Millionen Blinden, die nicht sehen, wie sie auch bei Ihnen Großbahnhöfe und Wohnsiedlungen bauen, mit Pizzen und Drogen, Frauen, Waffen und Designermode handeln, Giftmüll verschieben und das ganze Land unterwandern.« Ihre Hände lagen auf ihren Schenkeln, die rechte rechts, die linke links, kleine breite Hände mit kurzen Fingernägeln.

Salvatore schwieg. Der Pfropfen in seiner Luftröhre wanderte weder nach oben noch nach unten. Er hatte doch von dieser Rosetta gelesen, die seit acht Jahren als Bürgermeisterin Neapel regierte. Von ihr hieß es, sie habe die Höhlen der Unterwelt hier ausgeräuchert. Der Pfropfen drückte. Salvatore schämte sich seiner Unkenntnis, die Angst zu ersticken war größer. Was mit Rosetta sei?

Sie spuckte ein Lachen zwischen Kippen und Kondome auf den Boden. »Rosetta ist sauber. Ihr Vorgänger war ein Dreckskerl mit Gloriole. Deshalb haben sie ihm ein paar blitzsaubere Erfolge und ihr den Dreck im letzten Jahr beschert. 200 Tonnen allein hier in den Straßen.«

Was sie von Neapel erzählte, kam Salvatore bekannt vor. Seit Jahrhunderten versprachen die Regierenden, die Stadt in die Freiheit zu führen, heraus aus der Gefangenschaft in Betrug, Erpressung, Bestechung, Bedrohung. Jeder sei wortbrüchig geworden. Der Duca Serra di Cassano habe das Hauptportal seines Palastes verriegelt, als sein Sohn 1799 durch dieses Tor zur Hinrichtung geführt worden war. Auf der piazza Mercato hatten sie den adligen Freiheitshelden und seine Mitstreiter geköpft. Nie mehr werde ein Cassano das Portal öffnen, bevor Neapel nicht frei atme. In seinem Palast befinde sich heute ein Institut für Philosophische Studien, begründet, finanziert und geleitet von einem Mann, der probeweise vor dem magischen Jahr 2000 einmal das Portal geöffnet habe. »Das war zu früh«, sagte sie. Rote Flecken brannten in ihrem Gesicht. Mit ihren kurzen Nägeln kratzte sie sich an den Schenkeln. Ihre Stimme schlingerte, ihr Atem ging rasch.

Den letzten Bürgermeister hatten die Neapolitaner vor zwölf Jahren als Heilsbringer gefeiert, vor acht Jahren noch als Krippenfigur angebetet. Letztes Jahr dann hatten sie lebensgroße Puppen mit seinem Namen an den Bäumen der Innenstadt aufgeknüpft.

Die Plagen, die biblischen. Salvatore begann zu erkennen, was hier geschah. Bei Rossini war Finsternis die erste Plage, mit der Mosè das Land schlug. Im zweiten Akt ließ er in Gottes Namen Feuer herabfallen, das die Felder versengte, Hagel, der die Ernte zerfetzte, bis im dritten Akt schließlich der *deus ex machina* in Gestalt eines Blitzes den Sohn des Pharao tötete.

Er war dankbar, dass ihm die *forza del destino* diese Frau zugeführt hatte. Sie hieß Elisa.

Wo sie geboren sei?

»In einem Palazzo.« Sie wartete ab. »Im *basso* eines Palazzo in Spaccanapoli. Hausgeburt.« Ob er sie in die Stadt zurückbringen könne?

Salvatore wagte nicht zu erkunden, was Elisa in dieser Aufmachung hierhergetrieben hatte. Er setzte den *cavallo andante* in Bewegung. Während sie an ihren schwarzen Strümpfen herumzupfte, um gezogene Fäden glatt zu ziehen, erfuhr Salvatore, dass ein *basso* ebenerdig liege, keine Klingel besitze, kein Treppenhaus, keinen Vorraum. Direkt von der Straße aus werde er betreten. Üblicherweise bestehe der *basso* nur aus einem Zimmer. »Am Tag stand früher der Esstisch im Mittelpunkt, heute ist es der Fernseher, vor den der Esstisch geschoben wird. Abends wird die Couch zum Ehebett ausgezogen, und die Kinder schlafen auf Klappbetten.«

Elisa strich über die Strümpfe. Sie hörte sich zufrieden an. »Wir waren nur zwei, weil meine Mutter nach dem zweiten erschossen worden ist, aus Versehen.«

Bei der Einfahrt nach Neapel steuerte Salvatore direkt auf ein weiß leuchtendes Gebäude zu mit einem Dreiecksgiebel über dem Mittelteil, ein Riegel von sicher 300 bis 400 Metern. Palmen wuchsen davor. Das sei, verriet ihm Elisa, der Palazzo dei Poveri, errichtet als Wohngebäude für die Alten, die Waisen, die Vagabunden, die Lahmen und Entstellten, von demselben König Carlo, der auch den Teatro San Carlo errichtet und nach nur acht Monaten Bauzeit an seinem Namenstag 1735 eröffnet hatte. Offenbar habe er mit diesem Hospiz den Ablass für die Oper entrichten wollen. »Die Oper war in Neapel nur für den Adel und seinen Anhang da. Das war nicht wie in Florenz oder Venedig, wo Handwerker und Händler das Haus füllten. Die waren hier sogar zur Zeit der Parthenopeischen Republik unerwünscht.«

Salvatore vermerkte stumm, dass er nichts über Neapels Geschichte wusste, und versuchte, sich den Namen jener Republik einzuprägen, der irgendwie nach Oper klang. Doch warum waren in einer Republik die Bürger nicht in die Oper gelassen worden?

»Geld!«, sagte Elisa. Es klang, als sagte sie: Idiot! Salvatore solle sie in der via Monte di Dio absetzen. An einem barocken Palast ließ sie ihn anhalten. Als er Elisa fragte, wie sie selbst zum Thema Opernfinanzierung stehe, kreischte sie kurz und stieg aus.

Er sah ihren Waden nach, die in exaktem Staccato die Treppen hinaufgingen. Dann erst las er, dass hier der Istituto Italiano per gli Studi Filosofici untergebracht war. Nach Sekretärin hatte sie gar nicht ausgesehen. Nach Geiz auch nicht. Und wenn sie den *Mosè* kannte, kannte sie alle Opern Rossinis.

Salvatore war verwirrt. Die Oper konnte sich doch nicht rechnen. Sie war als Verschwenderin geboren worden. Das war von jeher allen bewusst. Niemand hatte die Oper gebraucht. Erst als sie da war, wurde das Bedürfnis nach ihr wach, hatte bald die ganze Welt erfasst und Opernhäuser aus dem Boden wachsen lassen, von Catania bis Buenos Aires. Jetzt war es zu spät. Die Oper war, was sie war. Dieses verwöhnte Wesen konnte nicht spartanisch leben. Warum wurde ihr dann dauernd vorgerechnet, wie teuer sie den Staat, die Bürger zu stehen kam, heute, wo jeder reingelassen und keiner ausgesperrt wurde?

Die Balken an der Decke seines Pensionszimmers waren mit verblichenem bemaltem Papier beklebt, befanden sich in fünf Metern Höhe und waren vier Jahrhunderte alt. Die Pensionswirtin war eine Contessa, die Aristokraten hasste, mit neunzehn der kommunistischen Partei beigetreten war und in der Badewanne barocke Arien von Porpora sang. Der Verkäufer von Amuletten gegen den bösen Blick im Geschäft gegenüber liebkoste den Leguan auf seiner Schulter, während er die Wirkung der Koralle pries und gestand, seinen Beruf als Klempner aufgegeben zu haben, um einen Roman über die Schwester von Jesus Christus zu schreiben. Eine Straße weiter handelte ein Inder mit Heiligenbildern und Kruzifixen, dem eine Frau im Sari beim Verpacken von Kreuzessplittern half. Im Spanischen Viertel hatte Salvatore ein Marokkaner, auf dem nackten Mahagonikopf ein Barett, am Leib einen dunkelblauen Anzug und ein Rüschenhemd, an den Füßen locklederne Plateauschuhe mit Zwanzigzentimeterabsätzen, deren Pink zur Farbe des Wangenrouges passte, Beratung in Glücksspielfragen angeboten. In San Paolo Maggiore wurde ihm von einer bärtigen Nonne vom letzten Mordfall hier vor der Kirche berichtet. Es sei, raunte sie, an dem Tag passiert, als sich pünktlich wie jedes Jahr das Blut des heiligen Gennaro verflüssigt habe; der Ermordete habe Gennaro geheißen. Sie roch nach Moschus. In der Osteria, in der Salvatore einen Zackenbarsch aß, der in *verrücktem Wasser* gegart war, brannte ein ewiges Licht vor dem Foto einer Zweizentnerfrau mit schwarzem Madonnenhaar, über das geschrieben war: *Perla della mia vita.* Und als Salvatore dann mit dem Marquis hinaufwanderte zur Certosa di San Martino auf dem Vomero und auf die Bucht hinunterschaute, um deren Azur wie ein Amphitheater die Stadt aufstieg, da verstand er, dass die Neapolitaner kein Opernhaus brauchten. Sie waren das erwählte Volk. Und die Pharaonen von Neapel? Sie regierten vom Untergrund aus, der oft in den obersten Etagen zu liegen schien.

Am dritten Tage begab sich Maurizio Salvatore mit Marquis Posa zu seinem eigentlichen Ziel. Unter bedecktem Himmel stand er vor der Fassade des Teatro di San Carlo. Sein Blick stieg vom Grau der fünf Arkaden des Portikus hinauf zum kalkweißgetünchten Säulengang vor weißgestrichenen Sprossenfenstern bis zum kalkweißgetünchten Giebel, auf dem zwischen zwei Genien REAL TEATRO DI S. CARLO stand. Real, ja so wirkte dieser Bau. An das Königliche dachte bei diesem Wort zuerst einmal keiner. Eine Großbank in London, ein Tresor des Besitzstandes, von der Themse an den Golf von Neapel versetzt. Welcher Bankier hatte die Verschwendung darin finanziert und warum?

Als Maurizio Salvatore um die Mittagszeit die Weihestätte nach zweieinhalb Stunden verließ, hatte er einen neuen Begleiter, Domenico Barbaja. Der wich nicht mehr von seiner Seite. Kurzgewachsen, leicht bucklig, die Oberlippe überlang, der Mund dünn, die Nase knollig und gerötet, der Haarwuchs spärlich. Und der Blick – schlau oder verschlagen? Salvatore war nicht klar, ob es ein Freund oder ein Feind war, nur, dass er ihn so schnell nicht loswürde, wußte er. Barbajas Zeitgenossen war es offenbar genauso ergangen, wenn er deren Zeugnissen glauben durfte. Die einen hatten ihn als Vizekönig von Neapel gefeiert, als Adler der Künste, als Napoleon der Musik, als Fürsten der Oper, die anderen hatten ihn beschimpft, er sei ein Betrüger, ein Ausbeuter, ein Schwein, ein Menschenhändler. Geeinigt hatten sie sich darauf, dass seine Manieren lausig und seine beruflichen Wege abenteuerlich waren.

Er hatte hier, im Teatro San Carlo, die Uraufführung des *Mosè in Egitto* bewerkstelligt. Es war ein weiterer Hinweis auf die Bestimmung des Maurizio Salvatore, dass in der kommenden Saison der *Mosè* auf dem Programm des San Carlo stand, leider erst im Februar.

Im Gambrinus, dem Kaffeehaus in der Nähe der piazza del Plebiscito, wollte Salvatore im Glanz von Kronleuchtern, Spiegeln, vergoldetem Stuck und großer Vergangenheit seine Beziehung zu diesem Domenico Barbaja überdenken und herausfinden, ob er ein Vorbild sein konnte. Ermunternd wirkte manches. Ein Mann ohne musikalische Bildung, der in den Opernhäusern von Mailand, Wien und Neapel zum wichtigsten und mächtigsten Impresario aufgestiegen und es bis zu seinem Tod geblieben war. Rossini, Donizetti, Bellini hatten auf ihn geschimpft, ihn manchmal verflucht und wären doch ohne ihn weder zu solchem Ruhm noch zu so viel Geld gelangt. Immerhin hatte Rossini bei Barbaja sein erstes Vermögen angelegt, mit siebeneinhalb Prozent Zinsen. Der Teatro San Carlo verdankte Barbaja Uraufführungen, die zu den Glücksfällen der Operngeschichte gehörten. Dass er Donizetti Geld gestundet hatte, der jammerte, als Barbajas Sklave die Schulden mit Opern abarbeiten zu müssen, war nicht schön für den Komponisten, für die musikalische Welt und Nachwelt durchaus.

Der Ecktisch, an dem Salvatore und der Marquis am Vortag gesessen hatten, war besetzt. Neonblaue Strähnen leuchteten in ihrer dunklen Mähne. Sie saß über ein Buch gebeugt und nahm außer ihrem Buch nichts wahr. Salvatore sah ihr beim Lesen zu. Er beboachtete, wie ihre Mundwinkel zuckten, wie sie ihre Kopfhaltung veränderte, registrierte genau, wie sich ihre gepiercten Augenbrauen und Lider bewegten, wann sie eine

Haarsträhne um den Zeigefinger wickelte, in welchem Tempo sie umblätterte und mit welcher Bewegung. Er ließ auch ihre Beine, Stelzen in Kübeln, unter dem Tisch nicht außer Acht. Anfangs hatte sie beide streng nebeneinandergestellt, dann überkreuzte sie die Unterschenkel, rieb die Wade am Schienbein, das Schienbein an der Wade, öffnete die Schenkel, weiter, noch weiter und stellte sie wieder zusammen.

Nein, es war kein Buch, was sie vor sich liegen hatte, das Format war größer. Für Augenblicke bekam Salvatore einen schwarzen Leinenrücken, etwas von dem lindgrünen Deckel zu sehen. Das musste ein Klavierauszug sein. Kein anderer als der des *Mosè*. Salvatore hörte ihre Stimme, den Sopran der Jüdin Elcia, die ihre Liebe zum Sohn des Pharao besang. Zu gern hätte Salvatore seine Mutmaßung bestätigt gesehen. Die Sängerin anzusprechen, wagte er nicht.

Nach dem, was er gehört und gelesen hatte, bewunderte Salvatore an diesem Barbaja vor allem, wie er an Sängerinnen herangekommen war, ohne singen, ohne Klavier spielen, ohne eine Note lesen zu können. Alle hatte er persönlich gekannt, die Malibran, die Pasta, die Grisi; und die Colbran war, bevor sie zu Rossini überwechselte, jahrelang seine Geliebte gewesen. Die Colbran, die anscheinend so hausfraulich ausgesehen hatte wie die Tebaldi, aber auf der Bühne wie die Callas mordete, rächte oder sich selbst zerfleischte, die große, umjubelte Colbran, an die war er herangekommen, dieser unmusikalische Gnom.

Über den Rand seiner Tasse hinweg beobachtete Salvatore die Lesende. Barbaja war wohl nur Impresario geworden, um in die Nähe der Primadonnen zu gelangen. Es war klar, was in ihm diese Begierde geweckt hatte, in einem Kerl aus dem Niemandsland der Armut, der sein erstes Geld im Kindesalter als Küchenjunge und Kellner verdient hatte. In jungen Jahren hatte er in Mailand den *Caffè dei Virtuosi* direkt neben der Scala betrieben. Dort war ihm die Idee zu einem Rezept gekommen. *Barbajada* wurde das Getränk nach ihm genannt, zu gleichen Teilen aus Schokolade, Kaffee und Sahne oder Milch zubereitet, entweder auf dem Herd zu einer schaumigen Masse aufgekocht oder im Sommer eiskalt serviert, ein animierender Trank. Und dort war ihm der Duft der Sängerinnen in die Nase gestiegen.

Die Lesende stand auf und legte die Jeansjacke ab. Das orangefarbene Kleid darunter war ärmellos. Die neonblauen Strähnen konnten seinen Instinkt nicht in die Irre führen. Nein, kein Zweifel: Was von ihr herüberwehte, war genau dieser Duft. Ihn nur durch Zufall, aus der Ferne einzuatmen, war gefährlich. Es machte süchtig auf Nähe, auf mehr. Ihre Mozzarellaarme bebten leise, als sie sich setzte. Den Mann gegenüber nahm die Sängerin nicht wahr.

Was hätte Barbaja an seiner Stelle gemacht?

»Ist das eine *Barbajada*?«, fragte er den Kellner, als er ihm ein Glas auf den Tisch stellte, zu zwei Dritteln braun, zu einem Drittel weiß gefüllt.

»Sie haben eine *Granita di Caffè* bestellt, und das ist eine *Granita di Caffè*.«

Salvatore zog seine neu erworbene *Storia di Napoli* heraus. Ferne Tote, ferne Taten ließen gelassener werden, solange sie ihm lautlos in Buchstaben begegneten. Doch diese tönten. Arien von Macht, Leidenschaft und Rache. 1805 war König Ferdinando, Sohn jenes König Carlo, der die Oper erbaut hatte, auf Befehl Napoleons abgesetzt worden und nach Sizilien geflohen; von dort aus sah er zu, wie Napoleon 1806 seinen Bruder, 1808 seinen Schwager zum König von Neapel machte. Was die Oper anging, hatte der jedoch alles andere als Gleichheit, Freiheit und Brüderlichkeit im Kopf. Er verpflichtete den *San Carlo* per Dekret, nur beste Aufführungen mit den berühmtesten Künstlern zu bieten, und die waren teuer. Sie hatten die Veranstalter im Griff, denn das Publikum fand eine Oper nur so gut wie die Sänger. 1812 aber wurde Ferdinand auf dem Wiener Kongress wieder in sämtliche Rechte eingesetzt; Napoleons Schwager floh und wurde 1815 standrechtlich erschossen. Im Februar 1816 war der San Carlo zu großen Teilen abgebrannt. Zurückgekehrt zu denen, die ihn hassten, hatte Ferdinand 1816 in Neapel nichts

Wichtigeres zu tun, als die abgebrannte Oper wieder aufzubauen. Für sich und die Seinen, nicht für die Gemeinen. Im Herbst des drauffolgenden Jahres wurde sie bereits wieder bespielt.

Kaum ein Haus hatte mehr Uraufführungen erlebt, so viele große Stimmen gehört, so ruhmreiche Dirigenten am Pult gehabt und bis zum Ende des 20. Jahrhunderts derartige Spektakel erlebt. Die Technik des Teatro di San Carlo war Legende, seine Bühnenmaschinen ließen Wunder und Katastrophen geschehen. In Rossinis *Mosè in Egitto* waren die Neapolitaner gerannt, um Zeuge zu sein, wie Moses das Meer teilte und die ägyptische Armee auf offener Bühne darin ertrank. Feuerspeiende Vulkane, einstürzende Paläste, zerschellende Schiffe, fallende Götzenbilder, haushohe Monstren, Sturmgetöse, Weltuntergang und schließlich ein *deus ex machina* mit Blitz und Donner, alles war hier möglich gewesen.

Durch keinen anderen als den Kaffeehausbetreiber Domenico Barbaja. Angeblich hatte er eine Zeit lang sein Geld als Zirkusdirektor verdient, bevor er 1809 das Vorrecht pachtete, in den *Ridotti* der *Scala* Roulettetische aufzustellen. Kaum war er Impresario in Neapel, nutzte er auch hier das Foyer, um spielend Geld zu verdienen, und die Bühne zum Geldverlieren. Der König beglich die Defizite gern, solange jene Frauen sangen, die Barbaja zu Diven gemacht hatte. Seine Erfahrungen als Zirkusdirektor nutzten ihm, wenn er den Librettisten und Komponisten Aufträge erteilte, Sänger anheuerte, Bühnenbilder und Kostüme herstellen ließ, Angestellte in Schach hielt, Claquen engagierte und den Zeitungen sagte, was sie zu schreiben hatten.

Die Sängerin zog ihre Jeansjacke über, warf einen Blick auf Marquis Posa. Der Blick verhakte sich und zurrte ihre Brauen zusammen. Langsam aber lockerte sich die Miene, weitete sich ganz allmählich zu einem Grinsen. Kopfschüttelnd ging sie zum Ausgang.

Barbaja ermunterte Salvatore, ihr zu folgen. Schüchterne Männer hatten bei Diven keine Chancen.

Sie ging direkten Weges zum Teatro San Carlo. Am Seiteneingang blieb sie stehen und kramte in ihrer Tasche. Salvatore fasste Mut und sprach sie an.

»Ich arbeite hier«, erklärte sie.

Moderne Stars, die Jeansjacken, Kleider zu Springerstiefeln trugen, sich neonblaue Strähnen ins Haar färbten und Bier aus der Flasche tranken, mussten untertreiben. Der Mut verließ Salvatore nicht. »Wo?«, fragte er, »Wo genau arbeiten Sie?«

»Noch nicht dort, wo ich sein will.« Sie schloss auf und verschwand, ohne sich umzuwenden.

Salvatore verstand, was sie meinte, sah sie im *Mosè* auf der Bühne als Amenofi, Schwester des Helden, eine Nebenrolle für Mezzo, uninteressant. Sie brauchte einen Impresario, gerade in diesen Krisenzeiten. Und ein Impresario brauchte Geld. Das konnte er nur mit dem richtigen Auftritt gewinnen.

Als Salvatore die via Toledo verließ, um seine Einkaufstüten im Pensionszimmer abzuladen, fiel ihm die Auslage auf, in der auf grüner Filzdecke bunte Kartons, Spielkarten, Würfelbretter, aufgeklappte Backgammonkisten und Tischroulettespiele leuchteten. Darüber verhieß eine weiße Schrift auf besterntem Blau: *Inverno – la stagione di gioco.*

Hinter der Theke stand ein Priester in schwarzem Seidenhemd und weißem Jackett. Mit einem Sarastrobass geleitete er den Neuling in das Reich seiner Heilsgewissheiten.

»Wer in Neapel nicht spielt, ist verloren. Nur wer daran glaubt, dass sich das Rad der Fortuna unaufhaltsam dreht, überlebt hier.« In Neapel sei *Baccara* erfunden und schon vor über dreihundert Jahren das Lottospiel eingeführt worden. In Neapel sei die Oper durch das Glücksspiel zum Geschäft geworden. Roulette habe die Kunst lukrativ gemacht. In Neapel besitze jede anständige Familie eine *tombola, Tombola Classica, Tombola Cancella e Vinci* oder *Tombola Super Special,* ohne die der Winter nicht auszuhalten wäre. Hier könne jede Nonne *Faro* spielen.

Es war Mosè, der Salvatores Interesse auf den *Faro* lenkte. Der Bankier spiele gegen Geldsetzer von unbestimmter Zahl, begann der Priester dem Adepten die Regeln zu erklären. »Einer der Könige ist als Pharao gezeigt, diese Karte verheißt –.« Er verstummte lächelnd. Doch um in Neapel zu gewinnen, müsse man Neapel kennen, seine Engel und Teufel, seine Kuppeln und seine Gruften, die Anzahl seiner Heiligen und seiner Wunder, denn jeder in Neapel folge im Spiel mystischen Zeichen und Ziffern. »Spielen Sie erst gegen Einheimische«, riet er, als er kassierte, »wenn Sie Neapel von oben bis unten kennen.«

Die Höhen des Vomero, des Posillipo, des Belvedere auf der via Petrarca und der via Orazio waren Salvatore vertraut. Nun begab er sich an den Eingang zur Unterwelt. Er lag an der piazza San Gaetano hinter einem schmiedeeisernen Gittertor. NAPOLI SOTTERRANEA stand dort und darüber, links von dem Maskaron, *IV. sec. a. Ch.*, rechts davon *XX. sec.*

Die Stadt unter der Erde sei so groß wie die darüber, sagte der Mann, der mit den Karten die Kerzen verteilte. Aus dem Tuff, der unten fehlte, waren oben Häuser, Kirchen und Paläste gebaut worden.

Salvatore ließ sich durch schwefelgelbe Gassen und Straßen leiten zu einer Knochenstatt weißer Schädel und Gebeine, vorbei an verkrusteten Kleinlimousinen aus den sechziger Jahren, an Hinterlassenschaften von Picknicks in Zeiten wohligen Schauderns und von Überlebensnächten in Zeiten der Luftangriffe, an dem Weinkeller eines Nonnenklosters und dem Vorratslager eines Reifenhändlers. Ihn begleiteten Geschichten über Geister, die von hier aus in Wohnungen eindrangen und für alles verantwortlich waren, was verschwand, über Schwelbrände, die entstanden, wenn bei der privaten Müllentsorgung hinter leichter brennbarem Abfall ein Streichholz in die leeren Zisternen unter den Häusern fiel. Geschichten über Kinder, die hier Fußball spielten, und über Bankräuber, die von hier aus in Tresore eindrangen und wieder nach unten entschwanden. Vor allem aber über das, was die Männer der Unterwelt in diesem Terrain trieben, das sie als ihr angestammtes betrachteten.

Über 6000 Brunnenschächte führten aus privaten Häusern

hier herab, die den diskreten Abstieg und die Erkundung abgelegener Gelasse erlaubten, in denen Hehlerware, Drogen und Waffen vor unerwünschter Neugier sicher waren. Die Männer der Unterwelt waren in diesem Labyrinth zu Hause und richteten es sich bei Bedarf häuslich ein. Wurde einem von ihnen der Boden unter den Füßen zu heiß, wusste er, wo von der Wohnung eines Bruders aus der Zugang ins kühle Souterrain führte.

Salvatore dachte an Elisa. An das verschlossene Portal des Palazzo Serra di Cassone. An die Hoffnung des auserwählten Volkes, es werde einer kommen, der es in die Freiheit führe. Als er sich seitwärts durch einen der schmalsten Schächte gezwängt hatte und aufatmend ins Weite einer Krypta mit Kruzifix trat, sah er sie. Um genau zu sein, ihre Waden in schimmernden schwarzen Strümpfen und schwarzen Stöckelschuhen, die um die Ecke huschten. Was trieb Elisa hier? Salvatore rannte ihr nach. »Verlassen Sie auf keinen Fall die Gruppe«, schrie sein Führer.

Salvatore blieb stehen.

Was trieb Elisa hier unten, allein?

Zurück in der Oberwelt schwindelte es Salvatore. Mit dem Tageslicht brach über ihn die Erkenntnis herein, dass er nicht nur die Sängerin hinauf in die Höhen geleiten musste, er musste die Finsternis der neapolitanischen Ägypter erhellen, von innen heraus. Und es gab einen Weg: die Oper. Es waren doch Verzweiflungstäter, die in Syndikaten ihre einzige Chance sahen, der Erbärmlichkeit zu entkommen. Wenn es zu spät war, sie zu läutern, so konnte die Oper ihre Kinder und Kindeskinder davon abbringen, der Blutspur zu folgen, ihre Geliebten, ihre Ehefrauen und Mätressen mit einem Reichtum beschenken, der sie Villen, Brillanten und falsche Brüste vergessen ließ. Er verstand, dass sie aus der *Sotterranea* der Gesellschaft nach oben drängten, doch die Oper würde sie in Gefilde erheben, neben denen alle anderen schäbig erschienen.

Salvatore täuschte sich nicht darüber hinweg, dass es gefährlich war, die Ägypter zu fordern. Moses war erfolgreich gewesen, wider Erwarten. Er hatte den Hinweisen gehorcht, die ihm von oben gegeben worden waren.

Drei Tage später beschloss Maurizio Salvatore, ebenfalls den Zeichen Folge zu leisten und sich dem Pharao auszuliefern. Der Priester aus dem Reich der Spiele hatte ihm verraten, wo die Eingeweihten verkehrten.

Ihm war feierlich zumute, als er mit dem Marquis kurz vor zwölf im Gambrinus Platz nahm, in der Brusttasche alles ihm noch zu Gebote stehende Bargeld. Das Gefühl des Absoluten erhob ihn. Nur dass Marquis Posa ihm vor dem Verlassen der Bank an den Schuh gepinkelt hatte, beeinträchtigte diese Erhabenheit.

Die Flasche Spumante war zu einem Drittel geleert, als die Sängerin mit den neonblauen Strähnen im Haar zur Tür hereinkam. Ihr Blick suchte im vollbesetzten Gambrinus nach einem freien Platz und fiel auf den unbesetzten Stuhl an Salvatores Tisch. Ohne zu fragen, ob er frei sei, setzte sie sich ihm und dem Marquis gegenüber. Salvatore nahm Witterung auf. Der Duft einer Diva stieg ihm in die Nase. Barbajas Unternehmungsgeist stand als Menetekel vor Salvatores Auge. Durch Abwarten hatte er die Colbran bestimmt nicht erobert. Nachdem die Sängerin zwei Gläser Spumante geleert hatte, wanderte ihr Blick von Marquis Posa zu Salvatore, von Salvatore zu Marquis Posa, von Marquis Posa zu Salvatore. Erkannte sie die Tiefe dieser Freundschaft, dann war sie für ihn bestimmt.

Salvatore wartete.

»Ich habe«, sagte sie endlich, »noch nie ihm Leben einen so hässlichen Hund gesehen.«

Der Marquis bewegte sich nicht.

»Ist das ein *bottolo*?«

Der Marquis atmete pfeifend aus und entließ die Folgen seiner Blähungen in ihre Richtung. Dann schloss er die Lider.

Salvatore hatte aus der Oper gelernt, nichts als eindeutig zu nehmen, sondern alles als Hinweis zu verstehen. Die Entgleisung der Sängerin war ein Versuch, ihn zu provozieren. Er schwieg und senkte den Blick. Aus ihrer Handtasche ragte der Klavierauszug zu *Mosè in Egitto*. Zu lesen war auf dem Deckel: *Introduzione nella scenotecnica computerizzata.*

Ja, sie arbeite in der Bühnentechnik. Aber nicht mehr gern. Im San Carlo sei alles auf computergesteuerte Elektronik umgestellt worden, zig Millionen habe das gekostet. Für Sänger und Dirigenten sei deshalb kaum mehr Geld übrig. »Der reine Blödsinn. Extrem störungsanfällig. Ich habe im Teatro Comunale in Bologna gelernt. Dort ist alles aus Holz und zweihundert Jahre alt. Antriebstrommeln, Wellbäume, Blitzmaschinen, Speichenräder zum Heben und Senken der Rampenbeleuchtung, die Kulissenwagen, die Wellen- und Windmaschinen. Einfach wunderbar.« Sie seufzte und lud Salvatore samt *bottolo* ein, mit ihr in die Hintergründe des Teatro di San Carlo einzudringen.

War es ein Versuch, ihre Schuld abzutragen?

Der Geruch hinter den Kulissen umnebelte Salvatores Sinne. Durch den Nebel drang ihr Sopran, der von Seitenbühne, Hinterbühne, Schnürboden und Unterbühne sprach. Sie sei für die Unterbühne zuständig, sagte die Sängerin. »Siebzig Prozent des Bühnenbodens lassen sich öffnen, um Menschen und Requisiten auf die Bühne zu befördern. Oder von dort verschwinden zu lassen.«

Salvatore wankte in Trance durch die Maschinerie der Wunder.

Blitzschnell den Himmel in die Hölle zu verwandeln sei eine Lust, hörte er die Sängerin. Doch lieber wäre es ihr, von oben einzuwirken, als *deus ex machina*. Das sei schon im antiken Theater der Griechen die wichtigste aller Funktionen gewesen. »Wenn die Handlung völlig verfahren war, dann half nur noch eins: das überraschende Eingreifen eines Gottes.«

Salvatore spürte den Herzschlag der Oper in sich und die Gewissheit: Er war im Begriff, die Welt des Domenico Barbaja und diese Sängerin zu erobern, die mit seiner Hilfe zu ihrer Bestimmung finden musste.

Der Kuss, mit dem sie Salvatore verabschiedete, schmeckte verschwörerisch.

Seine Tiefe war nicht zu erklären mit dem Schein, den Salvatore ihr zum Dank in die Hand gedrückt hatte. Gestärkt ging er zum Ausgang.

Neben der Tür stand Elisa.

»Sie sehen so glücklich aus« sagte sie.

»Mich hat eine Frau erkannt«, sagte er. »Und ich habe sie erkannt.«

Elisa hatte nichts dagegen, das mit ihm zu feiern.

Die *trattoria* im vico Pallonetto lag versteckt hinter dem Kirchenvorplatz der Basilica San Domenico und hieß Opera. Ein bärtiger Kopf zierte das Etikett der Weinflasche, unverkennbar das Haupt des Moses, auch wenn darunter der Name irgendeines Heiligen stand. Die Artischocken, die Elisa als Vorspeise bestellte, nannten sich *carciofi alla giudia*. Aus den Lautsprechern drangen neapolitanische Schlager. *Salvami, Salvami l'anima,* lechzte eine Männerstimme. Die Fischsuppe für zwei, die Elisa auswählte, hieß *zuppa al Faro*. Dass laut Elisa dieser *Faro* den Leuchtturm meinte, nicht den Pharao, änderte nichts an dem, was für Salvatore zählte. Die Hinweise verdichteten sich, dass dieser Tag sein Glückstag war, wenn er den Zeichen Folge leistete.

Salvatore erklärte ihr, wie gut Rossinis *Mosè in Egitto* zum Ort seiner Uraufführung passte. Er legte Elisa die Parallelen dar. Als er sich dazu bekannte, gegen die Ägypter Neapels kämpfen zu wollen und alle finanziellen Mittel darauf zu verwenden, stand sie auf und küsste ihn. Der Kuss schmeckte wie der seiner Sängerin.

Es war bereits dunkel, als sich Maurizio Salvatore in seinem neuen dezent grauen Anzug und langen Socken in Londoner Grau allein auf den Weg machte. Das Haus befinde sich in einem etwas abgelegenen Viertel namens Sanità, hatte der Priester ihm gesagt. Der Spielclub sei im Erdgeschoss eines barocken Palazzo untergebracht. An der Klingel stand *circolo privato*.

Nachdem Salvatore wie aufgetragen dreimal den Knopf gedrückt hatte, öffnete ein Mädchen im Kommunionskleid, einen weißen Stoffblütenkranz auf dem Kopf. Aus dem Kleid war sie seit Jahren aufs schönste herausgewachsen.

Der Saal war mit Kerzen beleuchtet, der Tisch mit grünem Filz bedeckt.

Sechs Männer in dezent grauen Anzügen warteten auf ihn. Salvatore fühlte sich zu Hause. Nach zwei Stunden, in denen er anfangs verloren, dann aber immer häufiger gewonnen hatte, wechselte das Mädchen im Kommunionskleid die Musik im Hintergrund. *Ah! Chi ne aiuta? Oh ciel!*, sang der Chor. Und fragte: *Si tenebroso vel, quando si squarciera?* Wann wird sich das Dunkel lichten?

Ein Zufall? Ein Hinweis.

Maurizio Salvatore setzte alles. Risikofreude war Barbajas Erfolgsgeheimnis gewesen.

Und er gewann.

Berauschte ihn das Glück? Zeitigte der Spumante verspätet seine Wirkung?

Der Schrank an der gegenüberliegenden Wand, ein Schrank bis fast an die Decke, bewegte sich. Aus dem Nichts traten zwei Gestalten herein und blendeten alle. In demselben Augenblick brachen durch die Eingangstür Uniformierte.

Sechs Mal klickten die Handschellen. Draußen sprangen Motoren an. Die Spieler verließen ohne größeren Widerstand den Raum.

Dann war es auf einmal ganz still um Salvatore. Nur das Wimmern des Mädchens im Kommunionskleid war zu hören.

»Glück gehabt«, sagten zwei Frauenstimmen fast gleichzeitig.

Erst als er sie hörte, erkannte Salvatore Elisa und die Sängerin. Die Overalls standen ihnen nicht, die Helme entstellten sie, und die Scheinwerfer daran erniedrigten sie zu Insekten.

Beide klopften den Staub der Unterwelt von ihren Overalls.

»Wir können unseren Lockvogel ja nicht mit diesen Galgenvögeln braten lassen«, sagte Elisa.

»Außerdem sind wir ihm eine offizielle Vorstellung schuldig.« Die beiden sahen sich an und legten grinsend ihre Dienstausweise auf den Tisch.

»Auf Deutsch heißt das, glaube ich, ›verdeckte Ermittlung‹«, sagte Elisa, »und ist ein Hauptberuf.«

»Ich dachte …«, begann Salvatore.

Elisa kicherte.

»Wo ist Ihr *bottolo*?«, fragte die Sängerin. »*Bottolo* erinnert mich immer an *bottola*, die Falltür.« Sie lachte.

»Ich wollte…«, sagte Salvatore.

Die Sängerin lachte lauter.

»Ich habe nur gespielt, weil ich …«, setzte er an.

Elisa stimmte eine Terz tiefer in das Gelächter der Sängerin ein. Elisa tätschelte ihm die Wange. Die Sängerin legte ihm tröstend die Hand auf den Unterarm. Aber sie konnten nicht aufhören, zu lachen.

Sie lachten ihn zweistimmig aus dem Raum, hinaus auf die Gasse. Er wurde ihr Lachen nicht los, als er zurückhastete in die Pension, wo der Vorwurf in Gestalt des Marquis Posa auf ihn wartete. Immerhin wartete jemand.

Maurizio Salvatore verließ Neapel an einem Sonntag. Andere hielten es für einen Montag. Andächtig fuhr er auf die Fähre, die ihn nach Palermo bringen sollte. Sie trug den Namen von Enrico Caruso, in Neapel geboren, in der Welt gefeiert, in Neapel verkannt und nur durch einen dummen Zufall hier gestorben, wohin er niemals zum Singen zurückkehren wollte, nur zum Maccheroni-Essen.

Alles fügte sich. Salvatore stand mit Marquis Posa an der Reling und blickte aufs Tyrrhenische Meer hinaus. Nun erst ging ihm auf, dass er Neapel als ein Erwählter verließ. Bei sich führte er nur, was in einen Koffer passte, und etwas Handgeld, das die beiden verdeckten Ermittlerinnen ihrem Lockvogel gelassen hatten.

Maurizio Salvatore dankte der *forza del destino*, dass sie ihn befreit hatte, nicht nur von jeglichem Besitz. Sie hatte ihn befreit aus dem Bannkreis einer Macht, vor der die in die Knie gingen, die im Finsteren lebten. Befreit von der Illusion, es gebe eine andere Sicherheit als die der Phantasie. Befreit von dem, was jeden daran hinderte, einen aufrechten Freund und die wahre Liebe zu finden. Barbaja war bei einem Unfall zu Hause ums Leben gekommen, als er seine prächtige Villa noch prächtiger ausbauen wollte. Er war reich und mächtig gestorben, aber einsam. Phantasie hatte nichts mit Herrschaft zu tun. Geld und Macht belasteten sie. Pegasos hatte Schwingen, um sie zu erheben, keine goldschweren Hufe.

Zwei Albatrosse flogen neben dem Schiff her. Und Salvatore stieg mit ihnen auf in höhere Regionen.

Palermo

November, Dezember 2009

Zehn Stunden und dreißig Minuten lang hatte Maurizio Salvatore Zeit, sich auf sein neues Leben vorzubereiten. Er verbrachte sie an Deck. Von jetzt an musste er sich sein Geld als ungelernte Arbeitskraft verdienen. Außer ihm hielt nur ein einziger anderer Fahrgast ohne Unterbrechung im Freien durch, auch als es klamm wurde: ein Mann in schwarzgelber Jacke, eine schwarzgelbe Schildmütze auf seinem dünn mit Pergament bezogenen Schädel. Die ganze Fahrt über hatte er geschwiegen. Als am Horizont graubraun die vom Sommer versengten Leiber des Monte Catalfano und des Monte Pellegrino in Sicht kamen, sagte er, dorthin blickend, wo sich bald Palermo zeigen musste: »Ich war Pizzabäcker in Dortmund.«

Salvatore schwieg. Warum sprach der Fremde ihn auf Deutsch an? Ein Mann, der unüberhörbar Italiener war.

»Dreiunddreißig Jahre lang«, sagte der andere. »Dreiunddreißig Jahre und sieben Monate.«

Salvatore hatte keine Lust, sich vor der Landung auf Sizilien mit einem, der aus Deutschland kam, zu verbrüdern, über Deutschland und die Deutschen zu reden, womöglich nach der Stadt gefragt zu werden, an deren Namen er sich nicht erinnern wollte.

Der Pizzabäcker wandte Salvatore sein Gesicht zu, das eines alten, müden Mannes. »Kennen Sie Dortmund?«, fragte er.

Wortlos verneinte Salvatore.

»Ich habe dort nur überlebt«, sagte der Pizzabäcker, und seine Stimme verstummte beinahe, »... durch ...« Er räusperte sich. »Durch ...« Er räusperte sich wieder. »Durch *Borussia*. Der Verein war meine Familie. Das Stadion war mein Wohnzimmer. Das Fußballspiel war meine Messe und die Currywurst mit den anderen mein Sonntagsessen bei Mamma.« Er sah wieder aufs Meer hinaus.

Redder hatte sich für Fußball nie interessiert. Doch dass dem Pizzabäcker Tränen über die Wangen liefen, ließ Salvatore nicht kalt. Rührte ihn die Erinnerung an *Borussia* oder die herannahende Heimat, in die er auf seine alten Tage zurückkehrte?

Früher sei er nur alle zwei, drei Jahre hergekommen, zum Geburtstag seiner Mutter im Juli. Aber jetzt werde er bleiben, für immer. Sein Neffe habe ihm eine Stelle verschafft, von der Tausende träumten.

Salvatores Neugier wurde wach. »Sie wollen noch arbeiten?«

Er sei noch keine fünfzig, sagte der Pizzabäcker. »Dortmund hat mich alt gemacht.« Er lächelte. Ihm fehlten entscheidende Zähne. »Aber der Friedhof wird mich wieder jung machen.«

Die Bezüge der Liegen an Deck waren schmierig. Der Pizzabäcker stellte sich vor die nächstbeste, breitete seine Zeitung darauf aus, griff in die rechte Hosentasche und warf deren Inhalt auf die Zeitung. Er zog ein zerknautschtes Foto heraus, drehte sich um und warf es ins Meer. Dann nahm er einen Lippenstift und eine Plastikblüte mit Haarklammer aus dem Sammelsurium und warf auch sie ins Meer. Den Rest stopfte er wieder in die rechte Tasche und entleerte die linke. Zwischen drei verbogenen Zigaretten, einem Plastikfeuerzeug, einem Taschentuch mit Knoten und einer Trillerpfeife lag ein auf Streichholzschachtelformat zusammengefaltetes Papier. Er klappte es auf und hielt es Salvatore hin. »Mein Vertrag mit dem Friedhof, dem besten Friedhof von Palermo. Als Aufseher. Meine Cousinen haben Stellplätze für Blumenstände bekommen. Mein anderer Neffe übernimmt zwei Steinmetzbetriebe dort draußen und die Familie seiner Frau ein Bestattungsunternehmen.«

Schweigend standen beide an der Reling, bis die Hafenanlage von Palermo und der Häuserhaufen dahinter zu unterscheiden waren. Rosa Morgenlicht schminkte die Schäbigkeit. Es roch nach Salz, Maschinenöl und Tang. Kirchenglocken klangen herüber.

Der Pizzabäcker öffnete die Lippen. Er besaß fast keine Stimme. Es war eher ein Wimmern, in das er hineinsprach. Das machte nichts, Salvatore kannte, was er nun zu hören bekam. Jeden Ton, jedes Wort. *O tu Palermo, terra adorata, / De' miei verdi anni – riso d'amor.*

Es war Procida, der Held von Verdis *Vespri Siciliani*, der das zu Beginn des zweiten Aktes sang, als er nach langer Abwesenheit seine Heimat wiedersah. Der Motorenlärm der Fähre schwoll ab.

Hier fragt man nicht nach Arm und Reich, wir Fans auf der Bühne sind alle gleich, vernahm Salvatore die Stimme, die keine war. *Bei Wind und Wetter sind wir da. Wir wollen nur Borussia.*

Als sie nebeneinander an Land gingen, bewegten sich vier Frauen in pastellfarbenen Blusen und engen pastellfarbenen Strickjacken auf den Pizzabäcker zu. Sie breiteten die Arme aus und weinten, er breitete die Arme aus und weinte. Dann umarmten zwei Frauen den Pizzabäcker und zwei Salvatore. Er hatte die jüngeren erwischt.

Drei Stunden später trennte sich Salvatore von seinen neuen Freunden, um ein Stück Zitronentorte, ein Stück Mandeltorte, ein Stück Cassata, drei Gläser Likör und einen Zettel bereichert, auf dem *Ristorante Mascagni* stand, darunter der Name des Inhabers, Ehemann einer Nichte. Er könne gerade jetzt, um *Ognisanti* und die *Festa dei Morti* herum und dann für die Vorweihnachtszeit bis *Epifania* Aushilfskräfte brauchen.

Der Name des Lokals war ein gutes Omen. Als Santuzza in Mascagnis *Cavalleria Rusticana* hatte Maria Kalogeropoulos im April 1939, vier Monate vor ihrem fünfzehnten Geburtstag, ihr Bühnendebüt bei einer Studentenaufführung des Konservatoriums in Athen gegeben. Damit hatte sie den ersten Preis im Fach Oper gewonnen, trotz der Pickel, der dicken Brille und der Elefantenbeine. Was Salvatore immer zu denken gab, war, dass die Karriere der Maria Callas mit einer Opferrolle begonnen hatte. Santuzza war die Betrogene. Eine Frau, deren Liebe nicht erwidert wurde und die unwillentlich das, was sie liebte, zerstörte. Salvatore sah dennoch im Sieg der Callas das Orakel für seine Zukunft.

Salvatore bezog mit dem Marquis ein Zimmer in der Kalsa. Die Pension gehörte einer jüngeren Cousine des Pizzabäckers. Dass sie in diesem Stadtteil lag, der laut seinem Reiseführer nicht gut beleumundet war, gefiel Salvatore.

Die Hauswirtin sprach den Namen des Viertels *La Hausa* aus und erklärte ihm, das komme vom Arabischen *Al Halisa* und heiße die Auserwählte. Hier wohnten viele nicht Auserwählte. Menschen, die sich mit leuchtend bunten Kleidern und Kappen auf der schwarzen Haut gegen den Eindruck verwahrten, sie gehörten zur Asche. Sizilianer, deren Gesellschaftsleben sich auf Klappstühlen aus Plastik vor der Haustür abspielte, unter tropfender Wäsche, hinter parkenden Mopeds und nicht abgeholten Müllsäcken. Straßenverkäufer, die mit der bloßen Hand die *frittola*, ein Eingeweidengulasch, aus dem Kessel schöpften; alte Frauen, die sich am offenen Fenster frisierten, hinter dem die Höhle ihrer Behausung lag. Und doch befanden sich hier die meisten Heiligtümer Palermos. Die *Antica Focacceria,* wo sich Bänker, Rentner, parfümierte Minirockmädchen und Bettler ihr mit Milz gefülltes Fladenbrot abholten; die Kirche Santa Maria dello Spasimo, die tief herabgewürdigte, nun wieder hochverehrte Kirche, erst vor ein paar Jahren von den Wagenladungen an Abfall, Schrott und Schutt befreit, die in ihr gelagert hatten; und der Palazzo Albatellis, in dem die berühmteste Frau Siziliens wohnte, die Madonna der Verkündigung von Antonello da Messina.

Salvatore versank in dem kleinformartigen Gemälde mit der jungen Frau, die ein blaues Tuch um Kopf und Schultern trug, aber keinen Heiligenschein. Vermutlich hatte dem Maler seine eigene Frau Modell gesessen. Wie sie ihre rechte Hand erhoben hatte, so als sage sie *Halt!,* das verriet Misstrauen gegenüber dem, was sie sah und glauben sollte. War das eine sizilianische Geste, kennzeichnend für ein Land, das nicht an Wunder gewöhnt war, vielmehr an Katastrophen? Seit Jahrtausenden war die Insel Opfer von Erdbeben, Vulkanausbrüchen, fremden Besatzern und Ausbeutern, aber auch Zerstörern, die sie selbst geboren hatte. Wer mit der Opferrolle verwachsen ist, tut sich schwer, einem zu glauben, der behauptet: *Du bist gebenedeit.*

Das zweite Juwel des Palazzo Albatellis war größer und dunkler. *Trionfo della morte* stand neben dem Fresko aus einem von den Alliierten zerbombten Palast. Auf einem riesenhaften Pferdeskelett ritt der Tod, und wen er mit seinen Pfeilen traf, der verblich. Mit fahlgrauer Haut lagen die Getroffenen unter den Hufen des Pferdes, Jünglinge in Roben, Damen in Diamantenpracht, Geistliche in Mitrenmacht, Herren in Herrentracht. Die Armen aber in grauen Gewändern im Rücken des apokalyptischen Reiters überlebten mit rosiger Haut. War das ein Traum der Sizilianer, der Traum von später Gerechtigkeit, die jene niedermähte, die sich an dem bereichert hatten, was andere unter Qualen erarbeiteten? War es die Hoffnung, es werde einer kommen, der unterscheiden konnte?

»Reden Sie hier bloß nicht von den Mafiosi«, hatten der Pizzabäcker und seine Verwandten Salvatore eingebläut. »Auf Sizilien gibt es nicht mehr als in Deutschland oder Japan.«

»Wir waren nur die Ersten«, sagte eine der Cousinen.

»Wir waren in fast allem die Ersten«, sagte eine der Nichten. »Doch davon redet keiner.«

Salvatore und der Marquis machten sich zu Fuß auf den Weg in den Südosten der Stadt, zum ristorante Mascagni, in der Nähe der Polikliniken gelegen, an der Flanke des Friedhofs von *Sant'Orsola*. Ob das der Friedhof war, über den sein Pizzabäcker zukünftig die Aufsicht haben würde?

Zwischen Palmen, Zypressen, Buchssträuchern, um die sich keiner kümmerte, und Oleander in letzter Blüte dehnte sich die Totensiedlung der Mausoleen aus; dazwischen einfache Gräber mit den Porträts der Verstorbenen. Im Hintergrund flackerten Öllampen und Kerzen in roten Kunststoffbechern vor Mauern, in denen die Särge in Schubladen übereinander ein postumes Leben im Hochhaus boten.

Einige der Mausoleen erschreckten durch totalitäre Wucht. Manche übersättigten Salvatore mit neobarocken Schnörkeln, viele erstaunten ihn, weil hinter Glastüren Stühle standen, die auf Besucher zu warten schienen, nicht wenige verkündeten den Anspruch der Sippe, auch nach dem Tod noch etwas Besseres zu sein. Dreiecksgiebel, Pilaster, Säulen, Stuckverzierungen. FALCONE stand über einem Eigenheim dieser Art. Eine Frau, die ein paar Schritte weiter auf einem Kissen kniend die Plastikblumen vor einem Grabstein abwischte, zuckte die Achseln. Ob das der beste Friedhof sei?

»Wegen Falcone, meinen Sie? Na ja, Borsellino, der ja genauso berühmt ist, liegt auf dem *cimitero* von Santa Maria del Gesù, und die Riinas und Provenzones liegen auf dem Rotoli.« Das sei wohl der größte. Ungerührt nannte sie die Jäger der ehrenwerten Gesellschaft mit deren mächtigsten Tätern in einem Atemzug. Der Tod schied nicht, wie im *Trionfo della morte* versprochen, er verwischte offenbar den Unterschied zwischen Helden und Mördern.

Die Kirche inmitten des Friedhofs, dem Heiligen Geist geweiht, aber hier als Chiesa dei Vespri bekannt, war verschlossen. Das Wesentliche war vor ihren Toren geschehen, am Ostermontag 1282, vor Beginn der Vesper. Die Karwoche über hatte es unter dem Deckel bereits gebrodelt. Im Hafen von Messina hatte eine Kriegsflotte der Anjou vor Anker gelegen, der neuen, vom Papst bestellten Unterdrücker der Sizilianer. Agenten des Königs aus dem Hause Anjou hatten Schafherden, Rinder und Schweine zusammengetrieben, die Vorratsspeicher, Felder und Keller geplündert; alles Proviant für die Soldaten, die Ritter, deren Pferde. Was blieb den Sizilianern?

»Uns blieben immer unsere Feste und unsere Ehre«, hatte Salvatore am Tag der Ankunft irgendwann zwischen Zitronen- und Mandeltorte erfahren.

Wie immer war für jenen Ostermontag auf dem Platz vor Santo Spirito, nah an der alten Stadtmauer am Rande Palermos gelegen, ein Volksfest nach dem Gottesdienst geplant. Trotz der Besatzer war es vor Beginn der Vesper laut und lustig zugegangen, bis sich französische Miltärs unter die Einheimischen drängten. Sie waren angetrunken, machten sich an die Frauen heran, bemerkten nicht, wie der Hass der Männer sich erhitzte. Es brauchte nicht viel, ihn übergehen zu lassen. Als einer der Franzosen eine verheiratete Sizilianerin befingerte, stach deren Mann zu. Franzosen, die ihren Kameraden rächen wollten, stürzten röchelnd zu Boden, ein Messer in der Kehle, im Rücken, im Herz. Mit Beginn des Gemetzels hatten die Glocken von Santo Spirito, die Glocken von San Cataldo, von San Giovanni degli Eremiti, von San Giovanni dei Lebbrosi, die Glocken der Kathedrale, der Martorana, der Magione, aller großen und kleinen Kirchen der Stadt, begonnen, zur Vesper zu läuten. Von den Schreien war wenig zu hören gewesen. Der Aufstand der Palermitaner gegen die französischen Besatzer war nicht mehr aufzuhalten. Sie zogen durch die Stadt, brachen in Häuser und Paläste ein und kannten kein Erbarmen, bis um die zweitausend Leichen die Glut der Rache abgekühlt hatte. Endlich hatten Sizilianer es gewagt, die Opferrolle abzuwerfen.

Das Gebäude aus Kalktuffstein schwieg. Doch sagte das schwarze Lavagestein der Vesperkirche, mit dem die Blendarkaden und die Apsiden gegliedert wurden, nicht genug? Selbst die Stille des Platzes davor, unter dem ein Friedhof Namenloser lag, tönte. Der Tod war schön in Palermo, schön und ergreifend und allgegenwärtig wie in der Oper.

Nachmittags, kurz vor fünf Uhr, läutete Salvatore am Hintereingang des ristorante Mascagni. Des Pizzabäckers Neffe war vorbereitet auf seinen Besuch.

»Sie können es versuchen«, sagte er. »Aber ich befürchte, Sie werden sich fremd fühlen. Ich habe seit zwei Jahren nur weibliches Personal im Service.« Männer machten ihm zu viel Theater.

Obwohl diese Bemerkung ihn warnte, begann Maurizio Salvatore keine Stunde später, sein Geld als ungelernte Arbeitskraft zu verdienen.

Die jungen Frauen, die sich auf flachen weichen Schuhen, in engen schwarzen Hosen und schwarzen Blusen lautlos durch das Lokal bewegten, schienen Salvatore nicht wahrzunehmen. Er durfte Karaffen und Gläser, die gespült aus der Küche kamen, nachtrocknen und in eine Vitrine einsortieren, er durfte die verlassenen Tische abräumen. Tischdecken auswechseln durfte er nach dem ersten Versuch nicht mehr. Er hatte das alte Tuch entfernt und wollte das frische auflegen, als eine der Frauen ihn mit einem Zungenschnalzen abhielt. Wortlos führte sie vor, wie der Tisch aus- und anzuziehen sei, ohne dass die Tischplatte sich eine Blöße gab. War auch das eine Frage der Ehre?

Am nächsten Mittag, einem Freitag, verhielt es sich nicht anders. Salvatore war mittendrin und doch außen vor. In der Zeit, die ihm bis zum Beginn des abendlichen Dienstes blieb, zog er sich mit Marquis Posa auf den Friedhof bei der Vesperkirche zurück. Die Luft war lau und schwer von Feuchtigkeit. Der Buchs und die Taxushecken rochen stärker. Salvatore erholte sich.

Auf einer Bank stapelten sich zerlesene Tageszeitungen. Alle vermeldeten auf der ersten Seite dasselbe. Der Gouverneur des Lazio, vor vier Jahren in dieses Amt gewählt, war mit einer käuflichen Transsexuellen in deren römischer Wohnung gefilmt worden. Vier Polizisten waren verhaftet worden, weil sie versucht hatten, den Einundfünfzigjährigen mit diesem Minutendokument zu erpressen. Er selbst hatte anfangs beteuert, es handle sich um eine Fälschung, mit der er aus der Politik gedrängt werden solle von den Gegnern auf Seiten des Ministerpräsidenten. Schließlich war kurz vor der Wahl des Gouverneurs 2005 aufgedeckt worden, dass seine Gespräche heimlich abgehört worden waren. Doch der Film erwies sich als echt, selbst wenn das Kokain um den Pass des Gouverneurs herum vermutlich arrangiert worden war. Dem Gouverneur blieb nur noch, seinen Rückzug zu verteidigen. In der Affäre seien »bestehende Schwächen seiner Privatsphäre« ausgenutzt worden. Dennoch werde er von allen Parteiämtern zurücktreten. Er wolle seiner Partei nicht schaden und seine Familie aus der Sache heraushalten.

Am Samstag suchte Salvatore auf seiner mittäglichen Flucht aus dem Revier der Frauen direkt die Zeitungsablage auf. Der Skandal beherrschte nach wie vor die Titelseiten. Der vorübergehende Rückzug des Gouverneurs ins Kloster Monte Cassino und seine Heimkehr zur Ehefrau und den drei Töchtern, hatte die scharfen Worte der Kommentatoren nicht gemildert. Dass einer, dessen weiße Weste die Gegner des Ministerpräsidenten als Banner vor sich hergetragen hatte, sich ebenfalls im Morast gewühlt hatte, würzte die Empörung mit bitterer Enttäuschung. Abgebildet war nicht nur der Gouverneur, der vom Haarschnitt über die Krawatte und die Uhr bis zu den Schuhen eine *bella figura* machte, sondern auch Natalì, die sich nach eigenen Angaben seit sieben Jahren als seine Verlobte betrachtete, und deren Kollegin Brenda. Brenda war tot aufgefunden worden in ihrem Apartement, das ein Wohnungsbrand weitgehend verwüstet hatte. Überall dasselbe Foto von Brenda, der Brasilianerin. Groß, sehr groß, die Hüften schmal, die Büste prall unter einem rohweißen Rollkragenpullover verpackt. Dunkles schweres Haar, ölige braune Haut, weiße Plastikblüten an den Ohren, pinkfarbene volle Lippen, nur der Bartschatten war offenbar nicht ganz zu überpudern gewesen.

Salvatore war dankbar für das *domenica e lunedì chiuso* am ristorante Mascagni. Er brauchte diese Zäsur. Auf seinen Wanderungen durch Palermo, die ihn zu einer Entscheidung führen sollten, kam er an einem Plakat vorbei, das eine Ausstellung zu den *primi uomi dell' opera* anpries.

Einer von ihnen, wenngleich keiner der berühmtesten, war vor dreihundertsiebzig Jahren in Palermo geboren worden: Francesco Antonio Pistocchi. Neben dem Porträt Pistocchis mit zerfurchtem Gesicht in geistlichem Gewand las Salvatore, dieser *primo uomo* habe durch seinen liederlichen Lebenswandel die schöne Sopranstimme eingebüßt, sich dann vorübergehend als Mönch in ein Kloster zurückgezogen und seine Karriere als Altist und Lehrer fortgesetzt.

Andere Darstellungen, anatomische Folterszenen mit praktischen Hinweisen, aber auch das Chirurgenbesteck in den Vitrinen, verursachten Salvatore Übelkeit. Sie nötigten ihn, daran zu denken, wie viele Knaben in Hinterzimmern verblutet waren, als ein Engelmacher der anderen Art ihnen für immer die Unschuldsstimme der Kindheit zu bewahren versprach. Jedes Jahr, erfuhr er, seien im 18. Jahrhundert viertausend Jungen aus den Armenvierteln des südlichen Italiens kastriert worden; angeblich um ihrer Familie, ihren zehn, zwölf Geschwistern das Überleben zu sichern, vor allem aber um die musikalischen Gelüste derer zu befriedigen, denen neben der grenzenlosen Stimme eines Kastraten die einer Frau ärmlich vorgekommen wäre. Nur wenige der geopferten Lämmer wurden wie Farinelli oder Caffarelli mit einer Laufbahn belohnt, von Musikliebenden wegen ihrer Stimmgewalt gefeiert, von geistlichen Herren wie enttäuschten Ehefrauen als Liebhaber geschätzt. Die meisten waren einfach nur Männer, die nirgendwo zu Hause waren. Nicht in der Gesellschaft, nicht in der Familie, nicht in ihrem Körper.

Irgendetwas erinnerte Salvatore an Natalì und Brenda. Benommen torkelte er vorbei an Porträts von aufgetakelten Männern in Rüschen oder Rüstungen, an Karikaturen von Opernhelden mit kleinen Köpfen und wuchtigen Ärschen, an Rokoko-Ikonen mit Rosenlippen und Milchhaut, unter denen männliche Künstlernamen standen; vorbei an einer Landkarte, auf der Norcia eingezeichnet war, die heimliche Hauptstadt der Engelmacher, die gegen das Verbot des Vatikans vollzogen, was der Vatikan wie die Opernwelt wünschte.

War die Oper ein Monster, das seine Opfer forderte, früher wie heute, durch Heimatlosigkeit, Ängste und Entbehrungen? Oder war der Mensch ein Monster, weil er das Monströse liebte, und so gesehen die Oper nur urmenschlich?

Salvatores Verwirrung verdichtete sich von Bild zu Bild, von

Text zu Text. Warum hatte noch Rossini für Kastraten geschrieben? Warum waren in ein und derselben Oper die Frauenrollen mit Kastraten und die Männerrollen mit Frauen in Hosen besetzt worden? War es das Geschlechterflimmern, das die Gelangweilten erregte, ähnlich der Verbindung männlicher Lungenkraft mit weiblicher Stimmhöhe? Er sah sie vor sich, die Opernverehrer im Bann jener Männer mit Frauenstimme, er hörte auch die Herren im Publikum, die nach einer Bravourarie schrien: *Evviva il coltellino*! Es lebe das kleine Messer! Davor aber schob sich das Foto des Gouverneurs und der anderen hochmögenden Kunden, die es erregte, volle Brüste zu betasten und darunter ein männliches Geschlecht zu spüren. Die Objekte ihrer Begierde stammten, sagten die Zeitungen, großenteils nicht aus den Armenvierteln Süditaliens, sondern aus den Elendsquartieren Brasiliens. Das änderte nichts daran, dass diejenigen, die als sichere Sieger des gesunden Daseins galten, nach dieser Welt gierten, in der nichts war, was es zu sein schien.

War das ihre Oper? Lieferte das Kokain die Musik dazu?

Die Zahlen in den Zeitungen hatten sich in Salvatore festgesetzt. 60 000 Euro hatte der Gouverneur nachweislich geboten, um die Verbreitung des Minutenfilms zu verhindern, 3000 hatte er angeblich wie die meisten Kunden für einen Abend mit Natalì oder Brenda hingelegt. Ein teurer Opernabend, der, wenn die Fotos nicht logen, in versifften Wohnzellen stattfand, zwischen Whiskeyflaschen, Schlafsofa und offener Klotür. Solche Inszenierungen wurden meistens ausgepfiffen. Erst recht wenn sich herumsprach, was sie gekostet hatten,

Salvatore mäanderte zurück in die Pension. In den Auslagen der Konditoreien warteten Ritter, Prinzessinnen, Feen und Heroen aus Zuckerguss, fast armlang; um sie her waren Äpfel und Birnen, Zitronen und Orangen, Melonenschnitze und Bananen aus Marzipan arrangiert. Er starrte auf die süßen Blendwerke.

Hier, wo die Natur Früchte in vollkommener Reife schenkte und echte Schönheit verschwendete, wurde die Fälschung gepflegt. Salvatore konnte weder den Blick noch die Gedanken wenden.

Vielleicht war es die Liebe zur Künstlichkeit, die in Italien zur Geburt der Oper geführt hatte. Dieselbe Liebe, die es zum Herstellungsland der Kastraten machte und zum Einwanderungsland jener Chimären aus Frau und Mann.

Die Macht der Oper erwies sich darin, das Unmögliche möglich zu machen. Verhieß ein Wesen mit weiblichen Reizen und männlichem Geschlecht nicht dasselbe?

Salvatore wusste bereits, warum nun, vor dem Allerheiligentag, die bunten Versüßungen gebraucht wurden. Die Pensionswirtin hatte ihm erklärt, damit belohne man am 2. November, an der *festa dei morti*, die Kinder, denn in der Nacht davor würden sie von Toten besucht. Von der toten Großmutter, der verstorbenen Tante oder dem tödlich verunglückten Cousin.

»Glauben die Kinder etwa daran?«, hatte Salvatore gefragt.

Sie hatte gelächelt. »Aber natürlich, wir glauben ja auch daran. Die Toten sind mitten unter uns.«

Eigentlich hatten diese Menschen die Oper nicht nötig. Wer sie brauchte, waren Männer wie der Gouverneur, die der Zwang, normal zu sein, erstickte. Salvatore hatte ein Foto gesehen von der Ehefrau des Gouverneurs. Sie war perfekt, Frisur, Figur, Karriere, alles perfekt. Er musste ausgehungert sein nach dem Verbotenen, nach Grenzüberschreitungen.

Wäre er doch in die Oper gegangen –!

Vor einer Konditorei in der via Belmonte stand eine Frau auf hochhackigen Lackpumps. Ohne Schuhe wäre sie so groß wie Salvatore gewesen, so überragte sie ihn wohl eine Handbreit. Ein Rollkragenpullover umspannte ihre Brüste, der Rock saß so knapp, dass er der Phantasie keinen Spielraum mehr ließ. Sie wirkte sportlich, durchtrainiert und gebräunt. Ihre Handtasche im Rosaton des Pullovers und der Fingernägel erinnerte Salvatore an solche, wie sie in den Schaufenstern der via della Libertà präsentiert wurden, als Solitäre im Scheinwerferlicht. Das schwere schwarze Haar hatte sie am Hinterkopf zusammengebunden, von den Ohren baumelten rosa Glasperlen. Der Herr neben ihr sah dem Gouverneur nicht ähnlich, aber er kaufte offenbar in denselben Geschäften das Gleiche ein. Als Salvatore die Frau fixierte, verschwand sie im Geschäft. Ihr Begleiter blieb draußen und fixierte Salvatore.

Er floh, ohne zu wissen wovor. Als er endlich innehielt, um Luft zu holen, blickte er auf zwei Löwen. Sie balancierten auf halbhohen Mauern, zwischen denen eine Freitreppe hinauf zum Säulenportikus des Opernhauses führte. Salvatore umrundete den Bau, der den gesamten Platz beherrschte. Ruhe kehrte in ihm ein. Nur die Oper selbst konnte ihn davor bewahren, an ihr irre zu werden. Dass die *Cavalleria Rusticana* gegeben wurde, festigte seine Zuversicht, hier werde sich alles klären.

Die Eintrittskarte zum Teatro Massimo war die billigste seines bisherigen Daseins. Er saß im obersten Rang des drittgrößten Opernhauses Europas unter dreitausendfünfhundert Menschen, von denen mindestens dreitausendvierhundert gleichzeitig redeten. Durch die Parfums drang der Geruch von Fisch, Frittierfett, gerösteten Mandeln und Knoblauch. Die beiden Frauen zu seiner Rechten hatten ondulierte Rechtschaffenheit auf dem Kopf, Samt am Leib und ein Opernglas in Händen. Händen, denen anzusehen war, dass sie die Woche über Innereien hackten, Seeigel aufschlugen oder Miesmuscheln schrubbten, seit Jahr und Tag. Laut lasen sie sich vor, mit wem die Partie der Santuzza besetzt war, mit wem die der Lola, des Alfio, des Turiddu und von dessen Mutter Lucia, stritten über die aktuelle Verfassung der Sänger und darüber, wer heute Abend gewinnen, wer verlieren werde, wer vielleicht vorzeitig das Feld räumen müsse. Von schäg gegenüber winkte Salvatore über das Oval hinweg der Pizzabäcker aus Dortmund zu.

Als der Vorhang aufging, verstummten alle. Das Spiel schmolz sie zusammen. Alle. Die in ihren grauen, blauen oder schwarzen Erfolgsuniformen im Parkett und in den Logen des ersten Ranges mit denjenigen auf billigen Plätzen, gewandet in den Dunst ihrer Arbeit. Und als Alfio auf den Dorfplatz trat und die

Treue seiner Lola besang, doch nicht mit der Stimmkraft, die von ihm erwartet wurde, schrien sie unten wie oben *coglione*. Oben schrien sie nur kräftiger.

War es das, was die Oper vor dem Vergessen retten konnte, jenes Gemeinschaftserlebnis, das die Stadien füllte?

Der Pizzabäcker hatte Salvatore erklärt, gäbe es keine Fußballspiele, dann gäbe es tausendfach Kriege. »Mein Vater hat dem Krieg nachgeweint. Da hätten er und seine Kameraden zusammengehört, richtig zusammengehört.«

Salvatore war versunken in der Bühne und bemerkte, wie sich die Nebel in seinem Hirn lichteten. Am Herd stand die Mutter von Turiddu, der seine Verlobte Santuzza mit Lola betrog, die seine erste Geliebte gewesen war. Zu lange war er als Soldat fern der Heimat gewesen; zurückgekehrt fand er Lola als Ehefrau des reichen Alfio vor. Der Ehestand konnte die alte Flamme nicht ersticken, sie war aufgelodert. Ein ärmliches Glimmen dagegen nur, was Turiddu für Santuzza empfand.

Was nun kommen würde, wusste Salvatore. Aus Eifersucht forderte Alfio Turiddu zum Duell und tötete ihn.

Doch nun hörte er, wie Santuzza der Mutter von Turiddu klagte, sie sei entehrt, sah, wie sich in Lucias Küche die Frauen verbündeten. Lucia mit Santuzza und allen anderen, die das Betrogenwerden und die Männer kannten.

Eifersucht galt auf Sizilien als Gewürz der Ehe. Schwärmte der Gatte handgreiflich für eine andere, ohne sich dabei erwischen zu lassen und ohne darüber zu reden, oder hatte die Gattin einen Liebhaber, der schöner und jünger war als ihr Angetrauter, steigerte das nur den Appetit, solange keiner außer den dreien davon wusste. Nun erst verstand Salvatore, was Alfio zum Messer greifen ließ: Gerade hatte er von Santuzza erfahren, dass alle längst über die Untreue seiner Frau redeten. Damit war seine Ehre beschädigt. Ehrsucht, nicht Eifersucht machte ihn zum Täter. Und die Frauen, die das eingefädelt hatten, sahen zu und schwiegen und schlugen bestenfalls die Hände vors Gesicht.

Es waren die Frauen, die auf Sizilien die Macht besaßen.

Die Nacht war mondhell, und vom Meer her wehte ein erhitzter Wind, als Salvatore an seiner Pension in der Kalsa den Messingknopf drückte.

Der Ehemann der Pensionswirtin begrüßte Salvatore. *Mia signora vieni subito,* versprach er. Meine Herrin kommt sofort. Sie kam nach einer halben Stunde mit geröteten Wangen und lud Salvatore ein, zur Feier von *Ognissanti* mit ihrer Familie das späte Abendessen zu teilen und am nächsten Tag auf den Friedhof zu gehen. Die Kinder waren nervös und ließen die Hälfte der Pasta auf dem Teller liegen.

Die Familienmitglieder des Mannes waren auf dem Rotoli am Fuß des Monte Pellegrino bestattet, ihre auf dem *cimitero* di Santo Spirito. Sie fuhren zuerst zum Rotoli. Das Auto, in dem sie Salvatore mitnahmen, diente die Woche über als Lieferwagen des Hausherrn. Es roch nach Lacken, Dispersionsfarbe und den fünf Chrysanthemensträußen. Die Kinder kicherten, sangen, kreischten und bissen zwischendrin in eine ihrer Zuckerpuppen. Die Wirtin trug ein sonnenblumengelbes Kleid mit passendem Mantel, ihr Mann einen azurblauen Anzug mit passendem Rasierwasser.

Draußen am Friedhof parkten die Autos in Viererreihen. In Volksfestlaune schoben sich Hunderte, Tausende durch die Friedhofsstraßen. Sie saßen auf Holzstühlen in den Toteneigenheimen, auf Klappstühlen vor den Gräbern und berichteten den Toten von der Hochzeit der Tochter, von den Schulproblemen des Jüngsten, vom neuen Fernsehapparat und den Umbaumaßnahmen an der Terrasse. Die Toten mussten schwerhörig sein. Vor dem Mausoleum, auf dem PROVENZONE zu lesen war, stauten sich Besucher in dezenter Aufmachung. Sie sprachen gedämpft und trugen Sonnenbrillen.

»Liegt dort auch *der* Provenzone?«, wollte Salvatore wissen.

»Sie meinen Binnu, den Traktor, den sie 2006 nach dreiundvierzig Jahren endlich geschnappt haben? Ach was, der isst und trinkt, sicher üppiger als wir, nur weniger gesellig.«

Die Verwandten von Salvatores Hausherrn waren in Betonschubladen bestattet. Das Gespräch mit ihnen war daher anstrengender, musste auch im Stehen geführt werden, während die Söhne Fußball spielten und die Tochter Marquis Posa von Marzipanfrüchten zu überzeugen versuchte.

Da sah Salvatore sie, wieder in knapp sitzendem Rollkragenpullover und auf hohen Absätzen. Nur: Was machte eine Brasilianerin, oder sollte er sagen ein Brasilianer, auf einem sizilianischen Friedhof? Offenbar waren auch ihre Angehörigen in der Mauer untergebracht.

Während seine Gastgeber ihren Proviant auspackten, um die wenigen Minuten, in denen die Toten etwas von sich gaben, zu nutzen, durchschaute Salvatore das Gewebe. Es war ganz einfach. Nach dem Skandal um den Gouverneur hatte sich einer von dessen Kollegen mit ähnlichen Neigungen unter dem Vorwand, hier seinen Gräberbesuch zu absolvieren, mit seiner Natalì oder Brenda nach Palermo abgesetzt.

Ob die Idee gut war, wagte Salvatore zu bezweifeln. Eine Figur wie sie fiel hier auf. Die Vorübergehenden glotzten sie an, verstummten und fingen dann an, sich Zeichen zu machen, die Salvatore nicht verstand.

Verstört vom ersten Akt der Friedhofsoper verzichtete Salvatore auf den zweiten und zog sich mit Marquis Posa in die Pension zurück. Im *salone* lief der Fernseher. Das Zimmermädchen saß davor und stopfte sich Zuckersplitter in den Mund. Eine Frau von Mitte vierzig redete und gestikulierte. Die Hände waren schmal und vielfach beringt. *Vladimir Luxuria, un ex membro del parlamento,* las Salvatore. Brenda sei ermordet worden, sagte sie. Das sei sicher. Auch ein Autopsiebefund, der von Rauchvergiftung rede, werde sie nicht von dieser Überzeugung abbringen.

Schade, dass heute gute Librettisten fehlten. Was für ein Stoff!

»Wer ist das?«, fragte Salvatore.

»Steht doch dort« sagte das Zimmermädchen und fingerte

ihre Schuhe unter dem Sessel heraus. »Eigentlich heißt sie Wladimiro Guadagno, aber nach einem Jahr haben fast alle *Frau Abgeordnete* gesagt.«

»Und wer hat ihn, ich meine sie, ins Parlament gewählt?«

»Genügend, dass sie reinkam«, grinste das Zimmermädchen. »Die langweilen sich doch alle.«

Salvatore blickte ins Dekolletee von Vladimir Luxuria, wo ein silberner Anhänger funkelte, und hörte, dass Natalì unter Polizeischutz gestellt worden war. Es werde befürchtet, hieß es, einer ihrer anderen Verlobten könne ihr nach dem Leben trachten, um seine Ehre nicht zu verspielen.

Ehre. Das Wort klang in Salvatore zuerst wie eine Fanfare, dann schepperte und klirrte es und zerbarst.

Am Dienstag nach der *festa dei morti* erschien abends im Mascagni eine Frau, ohne Schuhe sicher so groß wie Salvatore, auf den schwarzen Lackpumps eine Handbreit höher, in der üblichen Begleitung.

Salvatore hatte dem ersten Rotweinglas beim Polieren den Stiel abgebrochen, als sich eine weitere Person an den Tisch setzte. Eine Gestalt aus einer Antikensammlung, belebter Marmor. Die Stirn ging fast ohne Absatz in die fein gemeißelte Nase über. Die Brückenbögen der Brauen waren von vollendeter Symmetrie. Für sich nannte Salvatore den Schopf Gelock. Diese Gestalt trug die Schönheit von Jahrtausenden in sich. Sie war immer schön gewesen und würde immer schön sein. Die drei saßen an dem Tisch in der Nische, dem einzigen ohne Fenster. Sie sprachen leise. Die Altstimme der antiken Gestalt war nur zu erahnen.

Salvatores Kolleginnen glitten in die Nische hinein, in ihr herum, aus der Nische heraus, immer dicht vorbei an dieser Schönheit, die keine Zeit kannte. Ihm jedoch gaben sie keine Chance, ihr näherzukommen.

Als er dem dritten Glas den Stiel abgedreht hatte, stand sein Entschluss fest, die Stelle im Revier der Frauen aufzugeben.

Der Neffe des Pizzabäckers entlohnte ihn höher als vereinbart. Er riet ihm, sich beim Hotel Villa Basile zu bewerben, einem Luxushotel im Nordwesten der Stadt. Dort kenne er den Frühstücksdirektor. Es arbeiteten ausschließlich Männer im Service, und Aushilfskräfte seien gefragt. »Dort finden sogar im November jede Woche mindestens vier Hochzeiten statt. Schon wegen der Kulisse.«

Es war Freitag, als Salvatore zur *Villa Basile* hinausfuhr. Vor dem Hoteleingang hatten zwei Rolls Royce geparkt, geschmückt wie Särge von Staatsministern. In beiden Sälen wurde getafelt. Durch die verglasten Flügeltüren sah Salvatore Magnumflaschen Champagner auf Tischen, deren Blumenschmuck für ein Staatsbegräbnis gereicht hätte. An der Rückwand des Saales war eine Pyramide aus Geschenken errichtet.

»Sie stehen im Weg«, sagte ein Kellner. »Wir müssen den achten Gang servieren.«

Eines der Brautpaare ließ sich auf der Terrasse ablichten, im Hintergrund ein antikes Tempelfragment, Palmen und das Meer. Salvatore zählte sieben Fotgrafen und fünf Filmer. Zwei Personen waren damit beschäftigt, das Seidenkleid der Braut und ihren perlenbesetzten Schleier zu arrangieren, zwei damit, dem Brautpaar die Nasen matt zu pudern.

Der Frühstücksdirektor erwartete ihn in einem Kabuff hinter der Rezeption, in dem drei Kopierer gleichzeitig bedient wurden.

»Von wo kommen diese Millionäre?«, fragte Salvatore ihn. »Aus Rom?«

»Das sind Mittelständler aus Palermo«, sagte der Frühstücksdirektor. »Die Hochzeit wird sie ruinieren.«

»Und warum feiern sie dann über ihren Verhältnissen?«

»Das gehört sich so«, sagte der Frühstücksdirektor. »Und das kann keiner verhindern. Nach meiner Hochzeit wurden sämtliche Kreditkarten meines Schwiegervaters gesperrt, und er musste eine Hypothek auf sein Haus aufnehmen.«

Eineinhalb Wochen später sollte Maurizio Salvatore zum zwölften Mal auf einer Hochzeit servieren. Er hatte viel gelernt.

Er wusste, dass jede Braut, ungeachtet ihrer Gewichtsklasse, ihres Alters, ihrer Hautprobleme oder ihrer Gesichtszüge, eine Göttin war; er wusste, dass die Foto- und Filmdokumente der Feierlichkeiten wesentlicher Inhalt ihres weiteren Daseins bis zum Tode sein würden und dass sie nach der Hochzeit vom Spiegelschrank für das Badezimmer, der Frisierkommode und den Paradekissen bis zu den Kuchengabeln alles besaß, was sie brauchte oder nicht brauchte. Kurz, er verstand, dass in seiner neuen Heimat die Hochzeit nicht weniger war als die Lebensoper zweier Menschen. Seine zwölfte Hochzeit war von Anfang an anders als die vorhergegangenen.

Es hatte bereits am frühen Morgen zu regnen begonnen, und der Himmel verdunkelte sich mit jeder Stunde stärker. An Fotos im Freien war nicht zu denken. Das allein vermochte nicht zu erklären, dass die Gäste angespannt wirkten.

Auch Salvatore selbst war angegriffen, schon seit dem Frühstück. Während er im *salone* der Pension sein Cornetto eingetunkt hatte, war der Fernseher gelaufen. Ein Kardinal hatte verkündet, alle Menschen mit sexuellen Neigungen, die Gottes Willen zuwiderliefen, besäßen keinerei Aussicht auf Seelenheil. Sie seien zur Hölle verdammt. Den verlorenen Seelen, die sich gar anmaßten, Gott ins Handwerk zu pfuschen und ihr angeborenes Geschlecht zu verändern, sei der *inferno* ebenso sicher wie denen, die sich mit ihnen einließen.

Da war es den Kastraten besser ergangen. Ihnen hatte der Vatikan durchaus einen Anspruch auf einen Platz im Himmel zugebilligt. Der Vatikan war ein Hort der Moral. Ehemalige Angestellte wurden gut behandelt.

Es irritierte Salvatore, dass er mit den Kastraten und den Brendas zu sympathisieren begann; nur diese stinkenden Pfützen, in denen die Brendas hausten, widerten ihn an. Vladimir Luxuria zeigte doch, dass es anders ging. Und sie, diese Pantherkatze im Rollkragenpullover, konnte sie es schaffen, sich mit dem Geld, das sie wie die Brendas und Natalis für intime Opernaufführungen kassierte, Freiheit und Anerkennung zu erkaufen? So viel Ehre, dass ihr die Verdammnis des Vatikans nicht mehr wehtat? Salvatore ertappte sich dabei, ihr Glück zu wünschen.

Vielleicht waren diese verwirrenden Empfindungen schuld daran, dass er es danach zum ersten Mal gewagt hatte, mit dem *cavallo andante* selbst hinauszufahren an den neuen Arbeitsplatz. Der Marquis verübelte ihm dieses Abenteuer, das der *cavallo andante* nur aufgrund artistischer Kunststücke der einheimischen Verkehrsteilnehmer unbeschadet überstanden hatte. Doch auch die Beschwerden seines Freundes brachten Salvatore nicht von den Überlegungen ab, was die Männer der Kirche an der geschlechtlichen Vielfalt, vor allem an den bunten Erscheinungen, so verwerflich fanden. War es das Opernhafte?

Die katholische Kirche hatte die Oper verboten, in den eigenen Mauern, und dann um 1700 herum, als die Opernleidenschaft das Abendland von London bis Wien erzittern ließ, für ein paar Jahrzehnte sogar auf den Bühnen. Die Opernkomponisten in Rom mussten ihre Opern als Oratorien schreiben, wollten sie nicht verhungern. Angeblich galt die Oper im Vatikan als sündig, weil Paulus den Frauen in jedem Gotteshaus absolutes Schweigen verordnet hatte. Doch von Kastraten war bei Paulus nicht die Rede. Und außerhalb der Gotteshäuser galt das Gebot des Apostels ohnehin nicht.

Als Salvatore die Champagnergläser aufs Silbertablett stellte, blinkte ihm die Erkenntnis entgegen. Die katholischen Geistlichen waren klug. Sie hatten Angst, dass die Oper ihre Kirche überflüssig machen könnte. Die Katholiken hatten das himmlische Jerusalem in Gestalt der Kathedralen auf die Erde geholt, damit die Irdischen es sich vorstellen konnten. Doch ein Opernhaus strahlte heller als eine Kathedrale. Fast alles, was in der Kirche angeboten wurde, bot auch die Oper: Zeremonien, Kostüme und glitzernde Requisiten. Sie entrückte die Menschen, erzählte von Liebe und Tod, von Verrätern und Märtyrern. Sie offenbarte ihnen eine Welt jenseits der wirklichen, in der andere Gesetze walteten. Sie verwöhnte diejenigen, die in der Erbärmlichkeit hausten, mit Pracht und Festlichkeit und offenbarte einen Einblick in das Paradies. Wunder, Erscheinungen aus dem Nichts und magische Verwandlungen wurden im Reich der Oper noch häufiger geboten als im Reich der Kirche. Nur ein Leben nach dem Tode, das konnte die Oper nicht versprechen. Verständlich, dass sich die Kirche dieses Vorrechts bediente.

Es passierte im Gang, der hinter dem weißen Saal verlief. Sie kam aus der Damentoilette. Das Tablett landete auf dem Parkett, Salvatore in ihren Brüsten. Er erkannte sie sofort.

Sie half ihm, die Scherben aufzusammeln. »Mein Lieblingsneffe heiratet«, sagte sie. »Sonst wäre ich nicht hier.«

»Ich werde Sie nicht verraten«, flüsterte Salvatore.

Sie sah ihn an. Was für ein starkes Gesicht. »Mich kennt hier ohnehin jeder, und ich weiß, dass die meisten mich hassen. Sogar hier im Saal. Nur meine engste Familie steht hinter mir.«

Als er den ersten Gang servierte, sah Salvatore, dass sie an einem Tisch mit der antiken Schönheit saß, von ihrem Begleiter keine Spur. Draußen wurde es beinahe Nacht. Salvatore spürte, wie sich Gefahr um die Brasilianerin zusammenbraute. Wer außer ihm konnte sie beschützen vor den Schergen eines feigen Politikers, der seine sogenannte Ehre retten und Beweise vernichten wollte?

Die Hochzeiter hatten begonnen, ihre *tournedos Rossini* anzuschneiden, als von der Einfahrt her Motorenlärm zu vernehmen war. Salvatore war alarmiert. Er schob die Gardine im Personalzimmer einen Spalt breit zur Seite. Aus einem Achtzylinder in Silbergrau stiegen zwei Männer, die nicht in diese Gesellschaft passten. Sie trugen Lederjacken und Turnschuhe. Sollten sie die Brasilianerin erledigen, hier, wo keiner sie vermutete? Im Fond des Wagens blieb jemand sitzen. Es war der Mann in Politikerkleidung.

Salvatore reagierte schnell und präzise. Er huschte in den Saal, schenkte der Brasilianerin nach, legte seine andere Hand auf ihre Schulter und sagte ihr, sie solle unauffällig mitkommen.

Der Griff, der ihn zu Boden zwang, war gekonnt. Aus den Augenwinkeln konnte Salvatore erkennen, dass es keinerlei Aufsehen erregte, wie er entfernt wurde. Niemand fühlte sich beim Essen gestört, keiner unterbrach sein Gespräch oder setzte das Glas ab.

Im Inneren des Achtzylinders befragten ihn nicht die beiden Lederjacken, sondern der Politiker.

Er solle nicht vorschützen, ein Einzeltäter zu sein, sondern besser gleich die Namen seiner Hintermänner nennen. Es sei bekannt, dass gegen Anna Rosaria ein Attentat geplant sei.

»Wer ist Anna Rosaria?«, fragte Salvatore.

Sechs hässliche Stunden später, in denen sein Mund, sein Gehirn, seine Seele ausgedörrt waren und scharfgespitzte Fragen ihn völlig zerstochen hatten, kannte er die Geschichte der Anna Rosaria. Sie war die Gerichtsreporterin, die mit dazu beigetragen hatte, dass nicht nur die Namen verurteilter Mafiosi publik wurden, sondern auch die der Ärzte, die falsche Diagnosen stellten, der Behördenmitarbeiter, die öffentliche Ausschreibungen manipulierten, der staatlichen Kontrolleure, die Schwarzbauten der Mafia übersahen, der Geschäftsleute, die kriminelle Gelder wuschen, und der Politiker, die sich mit den Stimmen der Mafia wählen ließen. Seither erreichten sie beinahe täglich Morddrohungen. Gegen Waffen und Sprengsätze schützte sie auch ihre Ausbildung in Nahkampftechniken nicht. Letzte Woche war bei ihr eingebrochen worden, obwohl die Wohnung rund um die Uhr von Frauen und Männern genauso gründlich bewacht wurde wie sie selbst. Dass nichts fehlte, war besonders beunruhigend.

Salvatore fühlte sich unfähig, zu gehen oder zu stehen. Die Muskeln waren ihm entzogen. Müdigkeit beschwerte jede seiner Gliedmaßen. Sogar seine Zähne waren müde. Und doch war er stolz, das erbracht zu haben, woran viele Opernhelden und Opernheldinnen scheiterten: Er hatte seine Unschuld bewiesen.

Die Geste, die der Mann in Grau vollführte, als sie ihn entließen, verstand er nicht. Er kehrte Salvatore die Handrücken zu und überkreuzte seine beiden Zeigefinger.

Salvatore ahnte, dass er Marquis Posas Seele viel zugemutet hatte. Er beschloss, ihn an diesem Abend auszuführen. Das Lokal befand sich im Gewölbe ehemaliger Stallungen und war nur schwach beleuchtet. Salvatore nahm sie erst wahr, nachdem er für Marquis Posa die Wachtel vom kleinsten Knochen befreit hatte, diese Antikenfigur, die, wie er nun wusste, einer der Leibwächter von Anna Rosaria war. Die knabenhafte Gestalt lehnte mit dem Rücken an der Mauer, ihr Profil zeichnete sich als Gemme vor dem Dunkel ab. Sie rauchte. Wie ihre Lippen die Zigarette berührten, ließ Salvatore die Entbehrungen der letzten Monate schmerzlich spüren.

Über alles dürfe auf Sizilien Witze gerissen werden, hatte ihm die Wirtin anvertraut, nur nicht über die Liebe. Die Liebe habe immer und überall Vorrecht. *Quannu l'amuri tuppulia, non lu lassari ammenzu a la via*, hatte sie ihm beigebracht. Wenn die Liebe anklopft, lass sie nicht draußen stehen.

Auch in der Oper war die Liebe das Einzige, was niemals lächerlich gemacht werden durfte. Sie war immer groß, im Busen einer Königin wie dem einer Prostituierten.

Ja, diese ganze Insel war eine Opernbühne. Hier wartete Liebe auf ihn.

Das Profil drehte sich, zwei schwarze Augen unter vollkommenen Brauenbögen sahen ihn an. »Tut mir leid«, hörte er diese Altstimme. »Aber es lässt sich nicht verhindern, dass es manchmal Unschuldige erwischt.«

Dann saßen sie einander gegenüber.

»Was heißt diese Geste?«, fragte Salvatore und ahmte nach, was der Mann in Grau mit seinen Händen gemacht hatte.

Ein Lächeln antwortete ihm, sonst nichts.

Die Kirchen der Kalsa schlugen halb zwölf, als die beiden das Lokal verließen und ganz dicht nebeneinander, aber ohne sich zu berühren, zu Salvatores Pension wanderten. Es war feucht und roch nach verwesenden Fischresten und Gemüsen, die zertreten auf dem Pflaster des leeren Marktgeländes lagen. Die Blicke, die andere Nachtschwärmer auf sie warfen, prickelten auf Salvatores Haut. Die Kirchen der Kalsa schlugen Mitternacht, während Salvatore zusah, wie die weite weiße Bluse nach oben gezogen wurde, langsam, ganz langsam. Ein flacher, fester Bauch, vollkommen geformte Rippen und exakt symmetrische Brustwarzen auf alabasterglatter Brust. Einer jungen, männlichen Brust. Salvatore verschränkte die Arme vor der Brust und sah zu, wie eine alabasterweiße Hand langsam die Knöpfe der Hose öffnete. Wie dumm vom Vatikan, solche himmlischen Epheben in die Hölle zu verdammen. Sie besaßen doch die androgyne Schönheit der Engel. Auch die Lenden des Epheben waren alabasterglatt und vollendet geformt. Erst, als er auch die Socken abgelegt hatte, trat er direkt vor Salvatore und machte Anstalten, dessen Hemd aufzuknöpfen. Er hatte nicht mit Marquis Posa gerechnet. Salvatore unternahm nichts, um den Marquis zu beruhigen, und zog sich von der Front an die hintere Zimmerwand zurück. Das verstand der Ephebe richtig. Es brauchte nur Sekunden, bis er fast vollständig angezogen barfuß in die Schuhe schlüpfte.

Das Gebell des Marquis hatte die Wirtin geweckt. Die Haustür krachte ins Schloss, als sie unter der Tür stand. »Wer war das?«, fragte sie.

Salvatore schüttelte den Kopf. Er imitierte die Geste des Mannes in Grau.

»Was heißt das?«, fragte er.

»Das bedeutet ein überkreuztes Gehirn. Anders gesagt: harmloser Irrer.«

Beim Frühstück erkannte Salvatore am Blick seiner Wirtin, dass die Zeit zum Abschied gekommen war.

Der Parkplatz, wo der *cavallo andante* auf die Weiterreise warten sollte, befand sich in der Nähe des Industriehafens. Auf der braunen Wiese wurden Gerüste errichtet, rote Teppichrollen von Lastwagen geladen, ein Podest aufgestellt, Lampen angebracht, Palmen dekoriert, Draperien aus Kisten gezogen. Eine Bühne, für wen?

Ein Kardinal werde am Sonntag erwartet, sagte einer der Arbeiter.

Dort, wo der *cavallo andante* gestanden hatte, baute ein anderer Trupp blaue Klohäuser auf.

»Ein Auto?«, fragten sie zurück, »was für ein Auto?«, und arbeiteten weiter.

Auf dem Weg von der Polizeistation zum Hauptbahnhof hatte Salvatore noch die Stimme des Polizeibeamten im Ohr, ein sonorer Bassbariton. Signore Redder könne selbstverständlich eine Anzeige gegen Unbekannt erstatten, aber in den dreiunddeißig Jahren seiner Dienstzeit habe noch keine einzige mehr gebracht, als zum Anschwellen der Aktenordner beizutragen.

Das Bahnhofsgebäude schimmerte hellrosa. Mit seinen Arkaden und Bogenfenstern, dem Stuck und den vorgelegten Säulen ähnelte es einem Opernhaus.

Als Salvatore die Halle betrat, verklang die Stimme des Beamten in den Klängen, die den letzten Aufzug dieses Aktes einleiteten.

»Addio«, sang Salvatore, *»addio«*, als er in den Zug stieg, der ihn nach Syrakus bringen sollte.

Der Abschied war in der Oper niemals belanglos. Er besaß immer Größe und tiefe Bedeutung.

Die Toten lebten auf Sizilien, das wusste er mittlerweile. Auch der *cavallo andante* würde irgendwo weiterleben, sein Motor hier, seine Räder dort, vermutlich sogar die Scheibenwischer.

Nicht beraubt, sondern beschenkt verließ Maurizio Salvatore die Stadt. Was er hier erlebt hatte, war die tiefste Offenbarung der Oper.

»Die Oper lässt uns Irrtümer anbeten«, sprach er zu seinem Freund am Fensterplatz. »Und wenn wir ihnen anheimgefallen sind und die Irreführung genossen haben, war die Oper gut.«

Kalabrien

Januar, Februar 2010

Eigentlich war Salvatore auf dem Weg von Reggio Calabria gen Norden in Rosarno nur aus dem Zug gestiegen, um umzusteigen auf die Seitenlinie, die am Meer entlang nach Tropea führte. Südwestlich der Stadt sollten Mauerreste vom *Portus Herculis* erhalten sein. Dort, wo sich heute Tropea befand, im Reiseführer als Saint Tropez Süditaliens gepriesen, habe sich Herkules von seinen Heldentaten erholt, aus Langeweile einen Hafen angelegt und eine Stadt gegründet.

Schon aus diesem Grund schien es Maurizio Salvatore der angemessene Ort, um zu sich zu kommen und neue Kraft zu sammeln. Das Klima sei mild, auch im Januar, hatte er gehört, und die Luft gerade zur Zeit der Zitrusfruchternte köstlich.

Als er am Bahnhof von Rosarno auf den Bahnsteig trat, meinte er, in die falsche Richtung gereist zu sein. Es sah aus, als wäre er auf dem afrikanischen Kontinent gelandet. Schwarzhäutige Menschen mit Wollmützen auf dem Kopf hockten auf Kanistern, Tüten, Reisesäcken, lehnten an der Wand, manche einen Zigarettenstummel zwischen den Lippen. Einige schälten Mandarinen oder Orangen und verteilten die Schnitze an die anderen. Nur wenige redeten.

Unter dem Schild ROSARNO stand ein hochgewachsener junger Mann, eine Götterstatue aus Ebenholz in Turnschuhen und dem kurzen, weiten Wollmantel eines älteren Herrn, auf dem Kopf eine Baseballkappe.

»Was machen Sie hier?«, fragte Salvatore auf Italienisch.

Der junge Mann grinste, spuckte einen Orangenkern aus, ging in die Knie und streichelte Marquis Posa. »*Nice dog*«, sagte er.

Salvatore fragte nochmals, auf Englisch.

Der junge Mann zog aus der Manteltasche eine zusammengerollte Zeitung und streckte sie Salvatore wortlos hin. Salvatore drückte der Götterstatue einen Geldschein in die Hand.

»*My name is Abadi, that means the comforter*«, sagte er und schlug Salvatore auf die Schulter.

Es war eine amerikanische Zeitung, zerlesen und wellig. Seit der Abreise von Palermo hatte Salvatore jeden Kontakt mit dem Weltgeschehen vermieden. Es hatte ihm gutgetan, auf der Zugfahrt nur aus dem Fenster zu sehen, den Fahrgeräuschen des Zuges zu lauschen, ihren Rhythmus zu dem seines Herzschlags zu machen und Marquis Posas Fell zu spüren, sonst nichts.

Die wenigen Bänke im Bahnhof waren belegt. Im Stehen las Salvatore, was hier, wo er nur umsteigen wollte, geschehen war.

Es war im letzten Monat passiert. Am Donnerstag, dem 7. Januar, hatten Einheimische in Rosarno aus dem Auto heraus mit Luftpistolen auf zwei afrikanische Erntehelfer geschossen, zwei von zweieinhalbtausend, die hier alljährlich Orangen, Mandarinen, Zitronen ernteten und entkernten, damit sie als Saftkonzentrat oder Limonadenbasis in alle Welt verschickt werden konnten. Daraufhin hatten Hunderte von Saisonarbeitern die Hauptstraße der Fünfzehntausend-Einwohner-Gemeinde mit Autos und Mülltonnen verbarrikadiert, das Ganze angezündet, Steine in die Schaufensterscheiben geschmissen, Balkone bestiegen, Blumenkübel hinabgestürzt und parkende Limousinen beschädigt. Sie seien, las Salvatore, randalierend durch die Stadt zum Rathaus gezogen, um den Präfekten zum Gespräch zu zwingen. »Wir sind keine Tiere«, sollen sie gegen ihre Ausbeuter revoltiert haben. Die Polizei habe sich überfordert gesehen, hieß es. Am nächsten Tag seien noch mehr Arbeiter zum Rathaus marschiert. Frauen hätten aus dem Fenster geschrien: *Tötet sie, tötet sie.* Die Fremden seien von Jugendlichen zusammengeschlagen, von Bürgern mit Autos angefahren und eingekesselt worden. Am Abend des zweiten Tages, an dem Einwohner der Stadt mit Eisenstangen, Knüppeln und Schusswaffen eine Treibjagd auf die Arbeiter eröffnet und sie über umliegende Felder gehetzt, schließlich eine ihrer Behausungen in Brand gesteckt hätten, sei dann die Polizei, unterstützt von Soldaten, eingeschritten. Alle Erntehelfer, derer sie habhaft werden konnten, seien in ein Auffanglager verbracht und von dort in Bussen abtransportiert worden, unter dem Applaus vieler Rosarnese. Siebenundsechzig Verletzte waren gezählt worden; nicht nur Saisonarbeiter, auch Einheimische und Sicherheitskräfte waren darunter.

»*And now?*«, fragte Salvatore.

»*... and now we are coming back*«, sagte der junge Mann im alten Mantel. Auf eigene Faust waren sie aus Bari wieder nach Rosarno gereist. Er brauche Geld, und anderswo sei es auch nicht besser. Daheim in Somalia habe er ein Haus am Meer und zwei Fischerboote, aber keinen Zugang zu Trinkwasser. »*The toilet water here in Rosarno is delicious*«, sagte er, »*but we had only one chemical toilet for two hundred people.*« Sein Englisch klang wie das jener Italiener, die für Italienisch als Weltsprache plädierten. Nein, nach Somalia wolle er nicht zurück, auf keinen Fall. »*My father is dead. They shot him.*« Er drehte sich eine Zigarette. »*Why? Because he could write, and they did'nt like what he wrote.*« Hier gebe es einen, der ihnen helfe, einen Rosarneso. »*Great man*«, sagte er. Der habe ihm und den anderen jetzt sogar eine neue Wohnung beschafft.

Abadi, der Tröster paffte, den Kopf in den Nacken gelegt, den Blick dorthin gerichtet, wo zwischen Bahnhofsvordach und Bahnhofsgebäude ein zartblauer Streifen zu sehen war. Gott habe Rosarno mit Wahnsinn geschlagen, sagte er, Gott werde Rosarno wieder vom Wahnsinn befreien. Am 8. Januar hatten ihn drei Leute getreten, als er bereits auf dem Boden lag. »*Everything went black*«, sagte er, »*but I saw the light of tomorrow.*« Salvatore hörte Zaccaria, den Hohepriester der Hebräer in *Nabucco*, der seine Landsleute aufrief, mit dem Jammern aufzuhören und die Hoffnung nicht aufzugeben: *Del futuro nel buio discerno.* Im Dunkeln erkenne ich die Zukunft.

Maurizio Salvatore beschloss, in Rosarno zu bleiben. Hier kam er mit dem Verdienst aus Palermo länger durch als anderswo. Vieles erinnerte in Rosarno irgendwie an *Nabucco*. Sogar von moderner Sklavenhaltung war in der amerikanischen Zeitung die Rede gewesen. In seinem Kopf dröhnte der Gefangenenchor, als er am folgenden Morgen aus seinem *albergo* auf die piazza del Duomo trat. Der Platz war leer und sauber und still. »Sie brauchen nichts zu befürchten«, hatte der Mann am Empfang gesagt, als Salvatore sich nach den Ereignissen erkundigt hatte. »Die haben jetzt alles im Griff. Die Regierung räumt hier auf.«

»Womit räumt sie auf?«, fragte Salvatore. Da musste der Hotelangestellte ans Telefon.

Mild war es nicht. Mehr als vier, fünf Grad über Null konnten es kaum sein. So kalt werde es in Kalabrien selten, hatte der Mann am Empfang gesagt, seit Jahren sei es nicht so kalt gewesen.

Die Leute auf den Straßen in Rosarno bewegten sich eckig mit starren Gliedern unter dem verhangenen Himmel. War es die Kälte?

Die Bedienung im Café hatte Salvatore neben den Cappuccino ein Stück Torrone auf die Untertasse gelegt. Es war weich und süß. Sie warf einen Blick auf seine amerikanische Zeitung. »Jaja, ich weiß schon, was die alle schreiben. Moderne Sklavenhaltung, Menschenhandel und so. Natürlich kassieren die ... diese ... Sie wissen schon, wen ich meine, ihren *pizzo* ab, die stecken auch hinter der ganzen Aktion. Die Schlimmsten waren fast alles Söhne von denen, na ja, Sie wissen schon. Aber wir, also wir«, sie fasste sich an die linke Brust, »sind keine Rassisten. In unserer Pfarrkirche steht eine schwarze Madonna mit einem schwarzen Jesuskind.« Sie schaute prüfend, ob Salvatore verstand. »Zwanzig Jahre lang hat es funktioniert mit den Erntehelfern.« Sie wartete, eine Hand in die Taille gestützt. Worauf wartete sie?

»Da drüben sitzt oft unser Präfekt«, sagte sie, als Salvatore die Zeitung weglegte, und deutete zum Ecktisch. »Ein astreiner Mann. Jetzt darf hier keiner mehr Leute ohne Arbeitsverträge einstellen. Das wird kontrolliert.«

Als Salvatore das Café verlassen wollte, rief sie ihm nach: »Und erzählen Sie die Wahrheit, hören Sie!«

Die Wolken hatten sich verzogen. Salvatore schaute von der Aussichtsterrasse mit Kurparklampen über die Ebene hinaus zum Golf. War das am Horizont schon die Costa degli dei, die Küste der Götter, wo die Seefahrer der Antike das Orakel befragt hatten? ALL'INFERNO CAFRI, hatte jemand mit Rot auf die Brüstung gekrakelt. Daneben prangte ein Herz, in das EBINAM + PIETRO geschrieben war. Der Reichtum der Natur ringsum wirkte nicht reich. Straßen zerschnitten kreuz und quer das Gesicht der Landschaft, die sich Piana di Gioia Tauro nannte, und diese Schnitte würden nicht mehr verheilen.

Als Salvatore sich am dritten Tag in Rosarno mit Marquis Posa erneut auf den Weg machte, um die Bühne des Dramas zu erkunden, hatte er das Gefühl, die ganze Ortschaft begrabe ihre jüngste Vergangenheit. Abrissbirnen standen neben verödeten Olivenölraffinerien, Bagger hatten aufgelassene Fabrikhallen und verrottete Bauernhäuser zum großen Teil niedergewalzt. Spuren eines überstürzten Aufbruchs umgaben die Ruinen. Verfaulter Reis in Blechnäpfen, volle Saftkartons, verweste Hühnerteile, geplatzte Matratzen, Spirituskocher, Plastikstühle, Gummistiefel, Tablettenblister und Thermoskannen. Und nicht weit davon lagen Plantagen, wo im dunklen Grün die Goldorangen glühten. Auch die Erde war übersät von Früchten. Die Luft aber roch nicht köstlich. Sie stank nach Vergorenem, Verschimmeltem, Vermodertem. Ein Bauer, den Salvatore fragte, wo es Richtung Meer gehe, erbrach Flüche, ohne ihm einen Blick zu schenken. Es sei scheißkalt, aber das sei gut so. Das halte die Kaffer davon ab, zurückzukommen. »Sie probieren es ja schon wieder, aber jetzt will sie keiner mehr, die *cafri*. Mir jedenfalls können sie gestohlen bleiben.«

Cafri, das weckte irgendeine Erinnerung bei Salvatore. Er

konnte sie nicht benennen. Je energischer er hineingriff in sein Gedächtnis, desto tiefer sanken die Wörter und Namen.

Der Bauer glotzte auf die Früchte auf dem Boden. Das geschehe den *cafri* recht, keiner hier könne sich leisten, ihnen plötzlich das Vierfache oder Fünffache für die vierzehn Stunden am Tag zu zahlen und dann auch noch Steuern. Lieber lasse er die Ente verkommen, dann müssten diese Arschgesichter im Norden eben endlich mehr für ihren Saft hinblättern. 700 Euro für eine Tonne Orangen! Das seien nicht einmal zehn Cent pro Orange. Er sei am Ende, 10 000 Euro habe er Strafe zahlen müssen für die *lavoratore in nero*. Er wiederholte den Ausdruck. Schwarzarbeiter, ein geniales Wort, sagte er und starrte den Marquis an. Was das denn für ein Hund sei? Er lachte und zog den Rotz hoch. »Schaut aus wie ein *cafro*, dieselbe Visage. Eine echte Verbrechervisage.«

Da schoss der Name an die Oberfläche, den Salvatore vergebens zu fassen versucht hatte: Cesare Lombroso. In Cesare Lombrosos Buch über den Verbrechermenschen hatte er, als er noch Redder war, von Kaffern gelesen. Wider Willen hatte das Machwerk ihn gebannt. Sogar der Name des Räubers war ihm in Erinnerung geblieben, an dessen Schädel Lombroso eine Hinterhauptsgrube entdeckt hatte, die sonst nur bei niederen Säugetieren zu finden war. Viella hatte er geheißen, dieser Mann, der Lambroso zu dem Schluss verleitet hatte, Verbrecher seien an bestimmten anatomischen Merkmalen zu erkennen, an körperlichen, an physiognomischen und an ihrer Unempfindlichkeit gegen Schmerz. Da diese Merkmale angeboren seien, handle es sich bei jedem Verbrecher um ein moralisch verwerfliches und unverbesserbares Wesen, in dem das Böse für immer wohne. Lombroso war überzeugt, vom Äußeren her einen Mörder von einem Dieb unterscheiden und generell kriminelle Veranlagung erkennen zu können: am fliehenden Kinn, an zusammengewachsenen Brauen, an starken Oberaugenwülsten oder angewachsenen Ohrläppchen.

Jetzt erst ging Salvatore auf, wie sich ein namhafter Psychiater und Neurologe derart hatte verrennen können. Lombroso hatte offenbar nie eine Oper besucht. Dort war die Erkenntnis unausweichlich, dass überall das Böse wohnen konnte, in schönen Köngstöchtern wie in heldenhaften Kriegern. Die Opern zeigten, dass jenes Böse selten in Verlierern, oft in Siegern hauste, dass aber inmitten des Bösen immer auch das Gute gedieh. Schon wieder strandeten Salvatores Gedanken bei *Nabucco*. Fenena, die Babylonierin, war es, die den unterdrückten Juden zur Rettung verhalf. Nabucco, König der Babylonier, zuerst vom Wahnsinn geschlagen, dann vom Wahnsinn befreit, schenkte ihnen schließlich die Freiheit. Allerdings erst nachdem er Angst bekam, mit den Babyloniern werde auch seine Tochter Fenena, Geisel in Feindeshand, ermordet.

»Haben Sie eine Tochter?«, fragte Salvatore den Bauern.

Der schaute ihn mit gesenktem Kopf von unten an. Dann schlug er mit der rechten Hand auf die Kante der Linken. Die Geste kannte Salvatore von irgendwoher. Der Marquis winselte und zerrte an der Leine. Salvatore sah, dass er den angestrengten Ausdruck trug, den er vor der Entleerung seines Dickdarms zuweilen zeigte.

»Gehen wir«, sagte Maurizio Salvatore.

Auf der Straße parkten verrostete Lastwagen mit halb gefüllten Ladeflächen. Nur in wenigen Plantagen sah Salvatore Arbeiter, schwarze Arbeiter mit bunten Mützen. Waren es dieselben, denen er am Bahnhof begegnet war?

Das Meer prickelte bereits in seiner Nase, als er am Rand eines Parkplatzes, der als Müllhalde genutzt wurde, an einer Reihe von Garagen vorbeikam, deren Tore offen standen. Der Geruch von Erdnussbutter und exotischen Gewürzen drang heraus. Vor den Garagen lagen flachgetretene Pappkartons, auf denen schwarze Männer in dicken Jacken und Anoraks knieten; mit der Stirn berührten sie den Karton. Ihre ausgetretenen Turnschuhe hatten sie ausgezogen und neben sich gestellt.

Va pensiero, sull' ali dorati, hörte Salvatore es unisono. Der Einklang der Stimmen versetzte seinen Schädel in Vibrationen, die Vibrationen nahmen zu und drohten das Gewölbe zum Einsturz zu bringen. Wie, wenn er die Afrikaner hier, ob aus Ghana oder Eritrea, Senegal oder Somalia, Burkina Faso oder Togo, dazu brachte, den Gefangenenchor zu lernen und ihn hier aufzuführen?

Es war an der Zeit, zur Tat zu schreiten. Er befand sich auf den Spuren des Herkules.

Die Betenden nahmen ihn nicht wahr. Salvatore trug dennoch ihr Einverständnis zurück in die Ortsmitte und kehrte wieder in das Café ein, das er am Morgen besucht hatte. Musik konnte erst durch die Erfahrung des Lebens wirksam werden. Diese Menschen besaßen sie. Wenn sie die Sehnsucht nach Freiheit und Heimat besängen, dann käme Verdis Musik nicht aus ihren Mündern, sie käme aus ihrem Innersten. Die Macht der Gewohnheit hatte den Gefangenenchor leergesogen wie das Porträt der Mona Lisa. Wie sollten ihn Sänger wieder mit Leid anfüllen, deren einzige Sorgen ihr Übergewicht, das Kreditlimit oder die Suche nach dem billigsten Urlaubsflug waren? Die Oper machte alles verstehen, Mörder und Heilige, Helden und Huren, Betrüger und Betrogene, Rächende und Vergebende. Auch heimatlose Arbeitssklaven, die Autos anzündeten. Die wahren Täter von Rosarno waren Jünger des Cesare Lombroso. Ihn konnte die Oper nicht mehr retten, aber die Menschen hier.

Während Salvatore seinen Cappuccino trank, spürte er, dass ihn die Bedienung von der Bar aus beobachtete. Er bestellte einen zweiten.

»Sie sind Deutscher, was?« Sie freute sich an seinem Schweigen. »Nur die Deutschen löffeln den Schaum aus«, grinste sie. Sie wandte sich ab, die leere Tasse in der Hand, und drehte sich noch einmal zu Salvatore um. »Glauben Sie bloß nicht, wir hätten hier nichts von Rostock erfahren. Auf jedem Sender haben sie das damals gebracht, tagelang. Immer wieder das brennende Ausländerwohnheim und die Leute davor, die bei jedem Brandsatz, der reinflog, applaudiert haben, und diesen Typen da …«

Salvatore hatte ihn vor sich, den Kerl in Deutschlandtrikot und feuchter Jogginghose, die Hand zum Hitlergruß ausgestreckt, trunken feixend. Das Reizwort Rostock hatte geblinkt, und Rosemarie Redder hatte erklärt, dieses Rostock habe mit ihrem Rostock nichts zu tun.

»*Perdona*«, sagte Salvatore.

Die Bedienung probierte ein Lächeln.

»*Perdona*«, sagte Salvatore noch einmal. Ja, das Böse wohnte überall, in Rostock ebenso wie in Rosarno. Er war selbst zu lange nicht mehr in der Oper gewesen, seit Wochen nicht, nein, seit mehr als einem Monat nicht; das drohte ihn blind zu machen. Er beschloss, sein Vorhaben mit dem Marquis zu besprechen, und rief die Bedienung zurück. Statt des Cappuccino wolle er ein Glas Aglianico und einen Teller mit Lucanica. »*La più antica salsiccia d'Italia*«, stand auf der Karte.

Die Wurst war geräuchert und stark gewürzt, aber offenbar nicht zu stark für den Gaumen des Marquis. Ein Fanal der Freiheitsliebe wolle er entzünden, erklärte Salvatore seinem Verbündeten. Da spuckte der Marquis sein Wurststück aus. Salvatore schob ihm das nächste ins Maul. Der Marquis presste es mit seiner rosa Zunge wieder heraus. Salvatore sah ihm in die Augen. Der Marquis wandte den Blick nicht ab. Die Falten in seiner Stirn waren tiefer als sonst. Vermutlich hatte Salvatore zu erregt gesprochen. Übermäßige Erregung ließ den Marquis immer nervös werden. Als die Bedienung fragte, ob sie dem Hund Wasser bringen solle, lud Salvatore sie auf ein Glas Aglianico ein. Sie sah um sich. Das Café war bis auf einen einzigen weiteren Gast leer. Sie setzte sich Salvatore gegenüber und hörte zu. Nach wenigen Sätzen schon lobte sie Salvatores Vorhaben. Als sie schließlich Salvtores Hände ergriff und ihm versprach, ihn bei der Verwirklichung in jeder Hinsicht zu unterstützen, sprang der Marquis von der Bank und verkroch sich darunter. Offenbar war ihm die Lucanica nicht bekommen. Maurizio Salvatore aber war nicht mehr aufzuhalten.

In der Nacht sah er es bereits vor sich. Hunderte von schwarzen Männern und Frauen auf der piazza del Duomo, direkt vor der Fassade des Domes, ihnen gegenüber ein paar Rosarnese. Er sah, wie sich zögernd immer mehr Einheimische dazugesellten. Er hörte die Arbeiter, wie sie zu Beginn die Freiheit in einer Traumvision leise beschworen, wie dann der anschwellende Einklang den Platz erfüllte, wie zuerst nur einzelne, dann viele, schließlich alle anwesenden Einwohner mit einstimmten und im *pianissimo* am Ende die Stimmen der Schwarzen und der Weißen miteinander verschmolzen.

Ihm kamen die Tränen.

Die Bedienung hieß Maria Maddalena und schwor Salvatore, ihm willig auf all seinen Wegen zu folgen. Der Proberaum, den sie organisierte, diente ihrem Onkel als Eisenwarenlager. Der Harmoniumspieler, Aushilfsorganist an der Pfarrkirche, war ein Schulfreund.

Salvatore erstaunte es nicht, dass er auf dem Weg zur Besichtigung des Lagerraums auf der Straße Abadi, den Tröster, traf. Auch Abadi war begeistert. Dann ging er in die Knie. *»But I fear, your nice dog isn't fine.«*

Es war ein Sonntag, an dem Maurizio Salvatore zum ersten Mal in seinem Leben das Innere der Musik betrat. Er dirigierte.

Es war nicht zu überhören, dass noch viele Proben notwendig sein würden. Die Choristen hatten statt des Textes ihren eigenen gesungen, ob das nun Kiswahili war oder Kabiyé. Doch Salvatore war von dem ersten Versuch bereits ergriffen.

Sein neues Leben war ein Erfolg. Mit jeder Etappe hatte sein Leben sich der Oper und die Oper seinem Leben mehr anverwandelt. Dass die Entwicklung für Uneingeweihte nach einem Scheitern aussah, bestärkte ihn nur. Doch nun hatte er endlich einen Fuß auf den Kontinent seiner Sehnsucht gesetzt. Erst lange nach den anderen verließ er die Lagerhalle.

Marquis Posa hatte verweigert, sie zu betreten und war vor der Tür geblieben.

Bei der zweiten Probe ebenfalls. Doch da erwartete Salvatore nicht nur sein Freund, es warteten außerdem zwei Herren in Anzug, Krawatte und schattenloser Freundlichkeit. Sie seien von seinem Plan unterrichtet worden und wollten das Projekt gerne unterstützen. Materiell und ideell, betonten sie. Sie hätten außerdem Interesse, einen Tonmitschnitt und eine Videoaufzeichnung zu finanzieren.

Das Abendessen mit ihnen verlief angenehm, bis sie auf Salvatores Fragen den Beweggrund ihrer Spendierfreude verrieten. Der italienische Innenminister habe hier in Rosarno nach den Ereignissen im Januar Enormes geleistet im Kampf gegen die Ausbeuter von der 'Ndrangheta. Siebzehn Personen seien verhaftet und Vermögen in Höhe von Dutzenden Millionen Euro beschlagnahmt worden. Sie beide fühlten sich der Partei des Innenministers und ihren großen und schönen Zielen nahe. Deren Vorsitzender verfolge das große und schöne Ziel, die bisherige Nationalhymne *Fratelli d'Italia*, ein dummes republikanisches Kampflied, wie sie betonten, durch Verdis Gefangenenchor zu ersetzen. »Er möchte dem Drang des Volkes endlich zum Durchbruch verhelfen und die heimliche Nationalhymne zur offiziellen machen.« Von Afrikanern gesungen zeige die Aufführung der Weltöffentlichkeit, dass das Lager des Innenministers völlig zu Unrecht als rassistisch verschrien sei.

Als Salvatore schwieg, verkündeten sie unisono: »Das wäre auch im Sinne von Verdi.«

Der Name des Vorsitzenden und seiner Partei waren Salvatore bekannt. Es war die Partei von Veronas Bürgermeister. Das musste ihn misstrauisch machen. Nur, was konnte an dem Angebot von Flavios Parteifreunden, Salvatores Projekt zu fördern, verdächtig sein? In Sizilien hatte er zwar Ende November gehört, eben jene Partei habe in einer norditalienischen Gemeinde unter dem Stichwort *White Christmas* eine Säuberungsaktion gegen Ausländer ohne Aufenthaltsgenehmigung, wie die Arbeiter hier in Rosarno, durchgeführt. Doch die Oper kündete von Wundern der Bekehrung. Amneris, die Verschmähte, flehte am Grab von Aida und Radames um Gnade und Rettung der Seelen; Abigaille, die intrigante Halbschwester der Fenena, starb in der letzten Szene des *Nabucco*, um Vergebung betend. Nabucco selbst hatte eine Kehrtwende vollführt. Warum also sollte nicht auch diese Partei ihren Irrtum erkannt haben? Salvatore hatte zwar gelesen, es gebe keinerlei Belege für die überall kolportierte Behauptung, Verdis Zeitgenossen hätten den Gefangenenchor schon bei der Mailänder Uraufführung als Signal verstanden, sich gegen die Unterdrücker zu wehren. Die Behauptung, er sei in jener Nacht zur heimlichen Hymne des *Risorgimento* geworden, habe die Forschung als unbewiesene Legende entlarvt. Und doch, was konnte sich schon Ungutes hinter diesem Plan verbergen? Es war nur Marquis Posas eigentümliches Schnaufen, das Salvatore zögern ließ, ja zu sagen. Er habe ein Problem damit, dass klassische Musik für politische Zwecke verwendet werde, erklärte er.

»Wenn es ein Streichquartett ist, vermutlich nicht«, meinte einer der Herren.

Salvatore sagte nichts. Marquis Posas hörbare Atemnot war unerträglich.

Er bitte um Bedenkzeit, sagte Salvatore. Die Herren beglichen die Rechnung dennoch.

Am nächsten Morgen stand in der Zeitung, bereits im März fänden Regionalwahlen in Kalabrien statt. Die Partei des Innenministers habe gute Aussichten, hier im Süden die Rathäuser zu erobern.

Sollte der *Nabucco* die Musik zu ihren Reden liefern? Wollten sie Verdi als Wahlkampfhelfer einsetzen? Zehn Minuten später sagte Salvatore ab. Eine halbe Stunde später erfuhr er, der Hilfsorganist könne zu seinem Bedauern nicht weiter mitwirken bei der Einstudierung. Eine Stunde später ließ man ihn wissen, der Proberaum stehe nicht mehr zur Verfügung. Gegen Mittag kam die Nachricht, eine Aufführung auf dem Domplatz sei aus Gründen der Sicherheit nicht möglich.

Am frühen Abend wanderte Salvatore mit dem Marquis hinaus zu den Wohngaragen. Es dämmerte bereits. Von der Küste her wehte ein frischer Wind, der die vergorene Luft salzte. Abadi, der Tröster, war da. Müde lehnte er an der Wand, einen Pappbecher in der Hand. Neben ihm hockte auf einem Plastikgartenstuhl eine junge Frau. Aus den Garagen drang nacktes Licht ins Freie.

»My sister Ugoshi«, sagte Abadi und deutete auf die junge Frau. *»That means gift of god.«* Sie hatte den Blick gesenkt und hob ihn nicht.

Beide hörten zu, ohne sich zu regen, als Salvatore berichtete, sein Plan sei gescheitert, er werde abreisen, zuerst nach Montalto Uffugo und von dort weiter nach Rom. Es dränge ihn, diese Stätte zu verlassen, wo er nichts bewirken könne, und Neuland zu betreten.

Da sah ihn Ugoshi an. Das Weiße in ihren Augen war hellblau. Sie stand auf. Ugoshi war so groß und schmal und drahtig wie ihr Bruder. *»May I go with you?«*, fragte sie.

Salvatore wurde es heiß.

Abadi strich ihr übers Haar, ergriff die Flasche zu seinen Füßen, schenkte seinen Pappbecher voll und reichte ihn Salvatore.

»May I go with you?«, fragte Ugoshi leiser.

Abadi nickte. Der braune Fusel brannte in Salvatores Mund.

Fenena, die Babylonierin, hatte sich aus Liebe zu Ismaele ins Lager der Juden begeben. Die Lager wechseln, war das vielleicht der Anfang des Verstehens?

Ugoshi stand mit einer prallen Einkaufstüte draußen neben der Haustür, als Salvatore und der Marquis Posa am nächsten Vormittag den *albergo* verließen. Stumm ging sie neben den beiden her.

Die drei schwarzen Männer mit bunten Mützen, die vor dem Bahnhofsgebäude herumlungerten, schienen bereits aus der Ferne die Näherkommenden zu fixieren. Salvatore legte schützend den Arm um Ugoshis Schultern. Die drei ließen ihre Pappbecher auf den Asphalt fallen. Ugoshi zitterte. War es die Kälte oder hatte sie Angst? Salvatore fasste Ugoshi enger und verlangsamte den Schritt. Was konnten die Männer von ihnen wollen? Erst als ihn zwei Fußtritte in den Unterleib trafen und ihn ein Schmerz zerriss, schlimmer als jeder, den er zuvor in seinem Leben verspürt hatte. Als es schon dunkel wurde, sah er ihre Gedanken: Ein Weißer entführte das Gottesgeschenk.

»Es ist möglich, dass Sie Ihre Fruchtbarkeit eingebüßt haben«, sagte der Arzt im örtlichen Krankenhaus. Als er Salvatore nach zwei Tagen entließ, korrigierte er sich: Es sei wahrscheinlich. Er fuhr seinen Patienten und Marquis Posa persönlich zum Bahnhof. »Wenn ich Ihnen einen Rat geben darf«, sagte er, »lassen Sie die Finger von der Politik.« Sein Lächeln war mitleidig. »Es wäre schade um Sie.« Salvatore sah schweigend durch die Windschutzscheibe auf das Bahnhofsgebäude. Einige schwarze Männer mit bunten Mützen trieben sich am Eingang herum.

Der Arzt legte seine Hand auf Salvatores Unterarm. »Zumindest in diesem Land, Signore Redder.«

Salvatore wandte ihm sein Gesicht zu. »Dieses Land ist so sehr Oper, dass die Oper dagegen unwirklich erscheint.«

Mit zusammengepressten Lippen schüttelte der Arzt den Kopf. »Sie sind ein Phantast, sie verleugnen die Wirklichkeit. Ihre Phantasie gefährdet Sie.«

Salvatore öffnete die Wagentür, nahm Marquis Posa von der Hinterbank und griff seinen Koffer. »Ohne Phantasie« erklärte er, »gibt es keine Wirklichkeit. Nur ein Sammelsurium aus Ereignissen, Zuständen und nackten Fakten ohne Bedeutung. Was für eine öde Welt.«

Der Arzt stand noch immer am Bahnsteig, als der Zug Richtung Norden anfuhr. Er sah hinauf zum Abteilfenster. Kein Zweifel, was in seinem Blick lag: neidvolle Bewunderung. Den Neid verstand Salvatore gut. Er wohnte in einem Luftschloss, für das andere die Miete zahlten, andere wie dieser Arzt. Dass er Bewunderung erntete, erschien ihm angemessen. Er hatte diesem Mann mit einem Lichtblitz seine finstere Realität erhellt.

Während Salvatore sich dorthin bewegte, wo ein vielfach zerstörter Ort namens Montalto Uffugo durch eine Oper unsterblich geworden war, stieg vor ihm eine Einsicht auf. Sie leuchtete goldorange. Hier, wo die übergroße Fruchtbarkeit der Natur zu Verwüstungen geführt hatte und er selbst vermutlich unfruchtbar geworden war, hatte sein Wirken begonnen, Früchte zu tragen.

Es hätte Salvatores Misstrauen wecken müssen, dass Montalto Uffugo am helllichten Tage schlief. Sich schlafend stellte, hätte er später gesagt. Es regte sich fast gar nichts in der *Città di Leoncavallo*, wie die kleine Bergstadt in der Provinz Cosenza, an der Ostflanke der Catena Costiera auf 470 Metern Höhe gelegen, in seinem Reiseführer genannt wurde. Eigentlich wäre *Città di Pagliacci* richtig; im Libretto dieser Oper benannte Leoncavallo Montalto als Ort der Handlung.

Die Kirchenglocken schlugen zwölf, als Salvatore mit seinem Freund in Montalto Uffugo ankam. Dort, wo sich zwischen Häuserfronten und Überresten der mittelalterlichen Stadtmauer der Blick auf die Landschaft ringsum eröffnete, blies es nasskalt herein in die Stadt. Der Marquis wirkte verstimmt. Die Fahrt mit der kalabresischen Eisenbahnlinie, die Zwischenaufenthalte in zugigen Hafenorten hatten ihm offenbar nicht behagt, die Kurventour mit dem Bus von *Stazione Montalto* aus hier herauf noch weniger. Salvatore wusste, was von ihm erwartet wurde. Er betrat die erste Vertrauen erweckende *osteria* von Montalto. Dass sie I Pagliacci hieß, konnte ihn nicht abhalten.

Auf der Vorderseite der Speisekarte war Caruso in der Rolle des Canio abgebildet, im weißen Clownsgewand des Bajazzo mit überlangen Ärmeln; auf der Rückseite las Salvatore unter dem Walrosskopf des Komponisten: »Montalto Uffugo war ein bekannter Wallfahrtsort, an dem alljährlich am 15. August ein volkstümliches Fest stattfand. Ruggero Leoncavallo lebte hier mit seinem Vater, der damals in der kleinen Stadt das Richteramt verwaltete. Eines Tages schlug der Leiter einer Komödientruppe in Montalto sein Zelt auf. Er verkörperte die Rolle des Bajazzo und bewachte eifersüchtig seine Ehefrau, die er nicht ohne Grund der Untreue verdächtigte. Gerade an jenem verhängnisvollen Abend des Volksfestes, als der kleine Ruggero, von einem Diener begleitet, das Wandertheater besuchte, erhielt der Bajazzo den unumstößlichen Beweis für die Untreue seiner Frau. Unbemerkt erstach er sie hinter der Bühne. Dann machte er sich auf die Suche nach dem Nebenbuhler und tötete auch ihn. Der Unglückliche, der auf diese tragische Art ums Leben kam, war ausgerechnet der Diener der Familie von Leoncavallo und hieß Giacomo Schiavelli. Der Mörder wurde zu zwanzig Jahren Zuchthaus verurteilt. Der Verurteilte verbüßte die Strafe, lebte danach als rechtschaffener Mann und erfuhr zu seiner Überraschung, dass er auf der Bühne unter dem Namen Canio Beifall erntete durch das Werk des Mannes, den er als Knaben durch das tragische Ende des armen Dieners in Schrecken versetzt hatte.«

Ein Luigi Biagioni hatte dieses Glaubensbekenntnis an Leoncavallo verfasst. Maurizio Salvatore glaubte ihm kein Wort. Fachleute behaupteten, Leoncavallo habe diese Geschichte nur in die Welt gesetzt, um vom Verdacht des Plagiats abzulenken, einem berechtigten Verdacht. Als Leoncavallo sich selbst sein Libretto zu *I Pagliacci* verfasste, existierten bereits zwei Bühnenwerke, ein französisches und ein spanisches Melodram mit gleichlautenden Handlungen; es galt als höchst wahrscheinlich, dass er beide gekannt hatte.

Salvatore glaubte ihm aus einem anderen Grunde nicht. Er wollte ihm diese Legende nicht abnehmen, würdigte Leoncavallo doch damit sich selbst herab, sein Werk, schlimmer noch, die Oper an sich. Er entmündigte damit die Phantasie, das musste Salvatore ihm verübeln.

Einen mutigen Namen besaß Leoncavallo, aber dieses Löwenpferd war für Salvatores Geschmack ein Angsthase gewesen, einer, der alles hintenrum arrangierte, auch intrigierte. Mit fünfunddreißig feierte er mit den *Pagliacci* seinen ersten Erfolg als Librettist und Komponist. Bis zu seinem Tod siebenundzwanzig Jahre später sollte es sein einziger bleiben.

Dass er Toscanini und Caruso gegenüber seine erfolglosen

Opern als Meisterwerke verteidigte, den *Pagliacci* weit überlegen, konnte Salvatore nachvollziehen. So verhielt sich eine liebende Mutter, von deren vielen Kindern nur eins etwas geworden war. Warum aber verteidigte Leoncavallo diese Oper, die ihn über Nacht berühmt gemacht hatte, mit dem billigsten aller Argumente, so sei es wirklich geschehen? Das hieß doch, dass er sie für unglaubwürdig hielt.

Der Zweiakter *I Pagliacci*, schon ein Jahr nach der Mailänder Uraufführung in Berlin, Prag, Budapest, London, New York, Buenos Aires, Stockholm, Mexico City, Basel und Moskau gefeiert, galt als Manifest dessen, was sich *verismo* nannte und verkündete, die Wahrheit, nichts als die Wahrheit zu zeigen. Hätte Leoncavallo der Wahrheit seiner Oper vertraut, dann hätte er doch nicht auf ihrer Wirklichkeit bestehen müssen.

Salvatore schlug die Speisekarte auf. Das Innere verlangte, als Opernarie vertont zu werden. Salvatore verstand kein Wort, aber es klang verführerisch.

Maccu di fave, mustica,
sciliatelli, filatieddi, sciunghata,
schiaffituni, laganoi, lagrimusa,
caneroni, cappocolli, 'ndugghia,
maccaruni, morseddu,
marro, tiana 'e caprettu,
formaggiu di quagghiu.

Nur was *maccaruni* waren, erriet Salvatore, die mochte er jedoch nicht. Mutig orderte er *mustica* und danach jenen *marro*, der unter den Fleischgerichten stand. Auf die in Chili und Öl eingelegten Anchovis reagierte der Marquis ebenso indigniert wie auf die Rouladen aus Ziegenbauchfleisch, umwickelt mit Ziegendarm, gefüllt mit Ziegenleber und Ziegenlunge, zur Bekömmlichkeit höllisch scharf gewürzt. Das sei eben echte einheimische Küche, erklärte der Kellner. Kalabrien sei arm, sei immer arm gewesen.

Wie reimte sich Armut auf Oper?

In Montalto gebe es keinen *teatro*, hatte der Kellner unter der Tür noch gesagt.

Missgelaunt trippelte der Marquis neben Salvatore her über das Pflaster, zu grob für seinesgleichen. Wo sollte hier Oper leben, wenn es kein Haus dafür gab, und wo lebte die Erinnerung an Ruggero Leoncavallo, ohne Museum, ohne Geburtshaus, ohne Sterbehaus? Nicht einmal ein Wohnhaus konnte irgendwer den Wallfahrern benennen.

Vor einer Buchhandlung, in deren Fenster sich Dutzende Einspielungen von *I Pagliacci*, Textbücher zur Oper, Leoncavallo- und Caruso-Biographien, Bajazzo-Fächer, Bajazzo-Puppen, Bajazzo-Porzellanfiguren und Bajazzo-Vasen in allen Formaten vor Repliken alter *I Pagliacci*-Palakate drängten, blieb Salvatore stehen. Hier war ein Kundiger zu erwarten.

Reiner Blödsinn, diese Geschichte von Leoncavallo, erklärte die Buchhändlerin mit einem Make-up von Toulouse-Lautrec. Sie wohnte erst seit ein paar Jahren hier, von Amantea aus war sie hierhergezogen. »Wegen meiner Tochter.«

Dort, wo sie mit einer Kopfbewegung hindeutete, kauerte in einem hohen Ledersessel ein Mädchen, nur an seinem Kleid als solches zu erkennen. Es hatte Kopfhörer auf und bewegte sich in einem Rhythmus, den sonst keiner vernahm. Der Kopf des Kindes war kahl, und die Augen starrten wimpernlos ins Leere.

Mit dem Thema Montalto und den *Pagliacci* war die Buchhändlerin vertraut, das müsse man hier sein. »Schon das Datum, das Leoncavallo auch im Libretto aufführt, ist falsch.« Nicht am Abend des 15. August, an Ferragosto, habe sich in Montalto dieses Eifersuchtsdrama abgespielt, sondern am 5. März 1865. Es sei längst nachgewiesen, was eigentlich passiert war in jener Nacht. Ein Schuhmacher namens Luigi d'Alessandro hatte in Montalto seinem Rivalen um die Gunst einer Frau ein englisches Schuhmachermesser in den Arm gebohrt, sein Bruder Giovanni, ebenfalls Schuhmacher, hatte ein ebenso gutes Messer in die Geschlechtsteile dieses Mannes getrieben.

Salvatore verspürte einen stechenden Schmerz im Unterleib. Er hatte Glück gehabt mit seinen Orangenpflückern.

Vom Opfer der brüderlichen Schuhmacher wusste man nur das Alter und den Namen: Es hatte sich um den zweiundzwanzigjährigen Gaetano Scavello gehandelt. Von der Frau wusste man gar nichts, ermordet worden war sie jedoch nicht. Die Eifersuchtstragödie habe sich keineswegs im Schauspielermilieu und schon gar nicht auf der Bühne abgespielt wie bei Leoncavallo, wusste die Buchhändlerin. Nur rein zufällig habe sich die Vergeltungsmaßnahme des Schusters im Theater von Montalto ereignet. Richtig an Leoncavallos Legende sei allein, dass sein Vater in diesem Kriminalfall die Ermittlungen geführt hatte. Verhandelt wurde der Mordfall, bei dem Signore Leoncavallo Untersuchungsrichter gewesen war, schließlich bei einem Prozess in Cosenza unter seinem Vorsitz. Und dort, in Cosenza, seufzte die Buchhändlerin à la Lautrec, gebe es auch ein Opernhaus, den Teatro Alfonso Rendano. Achthundert Plätze.

»Wer war denn Rendano?«, fragte Salvatore.

»Ein Pianist«, sagte die Buchhändlerin.

»Und was weiß man von dem?«

»Dass er Klavier gespielt hat.«

Sie verteidigte Montalto als *città di Leoncavallo*. Erstens gebe es ein Leoncavallo-Denkmal an der rechten Seite der piazza Enrico Bianco, zweitens finde hier jedes Jahr ein internationaler Wettbewerb in Operngesang im Namen des Komponisten statt, und drittens inszeniere Montalto im Sommer ein Festival mit Opernaufführungen.

»Ohne ein Theater?«, wunderte sich Salvatore.

»Sie haben unseren Kirchplatz noch nicht gesehen«, sagte die Buchhändlerin.

Es hatte zu schneien begonnen, als Salvatore und der Marquis auf die piazza Enrico Bianco hinaustraten. Und es wurde Oper.

Die Fassade von Madonna della Serra bildete die Kulisse. Oben unverputzte Ziegel, unten eine Kalksteinverblendung in exotischem Rokoko mit Schnörkeln und Rocaillen über den drei Portalen. Groß und fremd und unwirklich lag sie zwischen Pinien und Palmen, auf denen der Schnee liegen blieb. Unterhalb der Kirche eröffnete sich eine Treppenanlage mit Steingeländern, die jede weitere Bühnenarchitektur erübrigte. Genug Platz, um sich zu treffen und zu verfehlen, mit der Peitsche zu schlagen oder zu küssen, zu hintergehen, zu verraten, zu morden.

Vor dem Mittelportal standen ein Mann und eine Frau, sie in wattierter modergrüner Jacke und Jeans, er in dunkelblauem Mantel, und stritten. Sie stritten auf Italienisch. Das Haar der Frau besaß dieselbe Farbe wie die Ziegelmauer des Doms, sein Haar jenes jugendliche, zu perfekte Dunkelbraun, das der Condottiere liebte. Auch sonst war ihm anzusehen, dass er zwanzig bis dreißig Jahre älter war als sie. Das rechte Seitenportal wurde von einem breiten Rücken verstellt. Jemand war dabei, ein Plakat an die Tür zu schlagen. Auch er trug eine wattierte Jacke in Modergrün und Jeans, dazu eine zerzauste Frisur in der Farbe des Kalksteins, mit dem die Fassade verkleidet war. Einige Stufen weiter unten verharrte ein vermutlich Fremder mit Cowboyhut in sein Buch vertieft; aus dem Lammfellmantel ragten dürre Beine in roten Hosen.

Salvatore umriss die Bühnensituation. Die Kenntnis der *Pagliacci* half ihm dabei. Canio, die Hauptfigur, Prinzipal eines Wandertheaters, war ein alternder Mann, dessen einziger Trieb die Eifersucht war. Damit verfolgte er seine junge Frau Nedda, die er nicht erobert, nur gekauft hatte. Dass sie ihn auf der Bühne als Gehörnten lächerlich machte, wenn er den Pagliaccio spielte und sie die Colombina, gehörte zum Stück. Schadenfreude ist das sicherste Rezept, Menschen zum Lachen zu bringen. Doch in der Wirklichkeit kannte er umso weniger Nachsicht.

Machte der Mann vom Typ Condottiere seiner Frau Vorhaltungen, weil er sie mit dem Protestler erwischt hatte und hinter deren Zusammenarbeit mehr vermutete? Oder war er einfach ein Gegner von deren Aktivitäten? Danach sah er aus. Der Condottiere duldete Verrat in den eigenen Reihen nicht, auch keinen Spott über seinen Umgang mit zu jungen Frauen. Lächerlich war für solche Männer nur, wer die Spötter nicht sofort mundtot machte. Da hob der Lesende mit den roten Hosen den Blick und schaute auf den Platz herab, dorthin, wo im Sommer wohl die Zuschauer saßen. Etwas Unheilvolles lag über der Szene. Sie wirkte wie aus einem Theaterstück und doch konkret bedrohlich. Jede der Gestalten schien ein Ansinnen in sich zu verbergen. Salvatore sah den Lesenden, der sich wohl als Westernheld betrachtete, hörte Tonio, den Tölpel, der im Prolog der *Pagliacci* vor den geschlossenen Vorhang trat, um zu verkünden, der Dichter des Librettos habe ihn geschickt. Nicht um wie früher das Publikum zu beruhigen, die Tränen, die auf der Bühne vergossen würden, seien falsch, falsch wie die Seufzer und die Qualen der Schauspieler. Nein, heute müsse er warnen: Ein Stück echtes Leben werde gleich zu sehen sein. Echt die Liebe, echt der Hass, echt die Wut, der Schmerz und das bittere Gelächter.

Salvatore schloss die Augen, um die Oper beginnen zu lassen. Canio, der Prinzipal des Wandertheaters schlug auf eine große Pauke und kündigte dem Volk an, dass seine Truppe um elf Uhr abends hier mit einer *commedia dell'arte* auftreten werde. Eine kleine Truppe, zu der Nedda, seine junge Frau, Tonio und Peppe gehörten. Beide schienen Canio ungefährlich. Peppe flirtete mit Nedda nur auf der Bühne, als Arlechino. Mit dem Kostüm des Harlekin legte er auch die Rolle des Verführers ab und war ein braver Bürger mit Anstand und Moral. Und Tonio, auf der Bühne der Tölpel Taddeo, wirkte auch im Leben missglückt, kein Mann für Nedda, keine Konkurrenz.

Doch jetzt warnten ihn die Leute, Tonio sei abseits der Bühne hinter Nedda her. Da sah Salvatore Nedda, ohne Kostüm, im Alltagsgewand, wie sie ihren Liebhaber küsste, aber das war Silvio, ein junger Bauer. Salvatore vernahm ihre Stimme, diesen süßen Sopran. *A stanotte – e per sempre tua sarò.* Auf heute

Nacht – und für immer werde ich dein sein, verabredete sie sich mit dem Geliebten. Und Canio, von Tonio, dem Verschmähten, herbeigeholt, wurde Ohrenzeuge.

Salvatore erschauderte. Hier, in diesem intimen Moment des Glücks, schlug die Komödie im Salto mortale bereits zur Tragödie um. Doch auf der Theaterbühne erst wurde die Tragödie wirklich, als Colombina dort dieselben Worte sang. *A stanotte – e per sempre tua sarò.* Und Bajazzo hörte ihren süßen Sopran und sah nicht den Harlekin, wie er Colombina küsste. Er sah den jungen Bauern, der seine Nedda küsste. Im Spiel, wo die Worte nicht ernst gemeint waren, wurde es tödlich ernst. Nicht hinter, auf der Bühne geschah der Mord. Bei geöffnetem Vorhang stand Canio da, sein Messer in der Hand, stand vor den Leichen seiner Frau und ihres Liebsten und sagte: *La commedia è finita!*

Salvatore öffnete die Lider und wischte sich die Tränen aus den Augen.

Der Mann und die Frau stritten noch immer. Die Treppe zu ihren Füßen war rot verfleckt. War das Blut? Neben den Flecken stand eine leere Rotweinflasche.

Salvatore schüttelte die Bilder ab und zog sich mit dem Marquis in eine Bar zurück, die *tramezzini* anbot. Der Marquis war mit dem Belag beschäftigt, Salvatore mit der Frage, wie die Brotschwämme zu entsorgen seien. Nachdem er sie in einer Papierserviette zu einem kleinen Knödel zusammengequetscht und im Aschenbecher abgelegt hatte, widmete er sich der neu erworbenen Caruso-Biographie.

Er schlug dort auf, wo Caruso als Bajazzo abgebildet war. Mit keiner Rolle, erklärte die Bildunterschrift, sei er stärker identifiziert worden. Schon bei der dritten Aufführung der *Pagliacci*, wenige Tage nach der Uraufführung im Mai 1892, hatten sie Caruso im Teatro dal Verme vom Kantinentisch weg auf die Bühne geholt. Der Kollege in der Partie des Canio schwächelte so sehr, dass er kaum bis zum Ende durchhalten würde. Obwohl Caruso eine Portion Spaghetti, zwei Schweinskoteletts und einen Liter Wein im Bauch hatte, flog seine Stimme federleicht dahin, hinein in einen Beifallssturm. Auf seiner zweiten Schallplatte, ein halbes Jahr nach der ersten, im November 1902 aufgenommen, habe vor allem das Klagelied des Bajazzo, *Vesti la giubba*, weltweit für einen Verkaufsrekord gesorgt, erfuhr Salvatore.

Er machte die Augen zu und lauschte. Diese Aufnahme kannte er, auf der Hülle das Porträt des jungen Caruso, schlank, blaß, das schwarze Haar zu einer öligen Rolle gedreht, ein Frauenheld, der von der Grammophone Company, die berühmten Sängern üblicherweise zwei, drei Pfund für eine Aufnahme bezahlte, hundert auf die Hand verlangt und erhalten hatte. Wie Caruso dieses selbstverachtende *Bah, sei tu forse un uom*? Bist du vielleicht ein Mensch? herausschleuderte, wie sein Lachen danach vom Schluchzen zerfetzt wurde, er sich dennoch zu lachen befahl, zu lachen über seine zerbrochene Liebe, zu lachen über den Schmerz, der sein Herz vergiftete, war unnachahmlich; das führten die Nachahmer vor. Wer es einmal von Caruso gehört hatte, vergaß es nie mehr, sein *Ridi, pagliaccio*, verzweifelter als das haltlose Geheul späterer Interpreten. Weil er um Fassung rang, riss er alle mit. Jeder Mensch vor den Scherben seiner Liebe hält sein Leid für das größte der Geschichte, der Erde, der Menschheit. So wie Caruso sang, war es das größte. Und jeder erkannte das eigene Leid in seinem. Nein, ein Künstler brauchte die wirkliche Erfahrung nicht, um die wahre zu vermitteln. Für Salvatore waren Leoncavallo und seine Theorie, nur echte Geschichten rührten zu echten Tränen, damit Lügen gestraft worden. Leoncavallos eigener Lieblingssänger, den er Freund nannte, zeigte, dass ein Frauenheld besser als jeder andere den Gehörnten verkörpern konnte.

Salvatore vertiefte sich in das Foto von Caruso als Bajazzo, kein Jugendfoto für Verehrerinnen. Es zeigte eine gedrungene Gestalt mit großem Kopf und kurzen Gliedmaßen, die Stirn zerfurcht, in den Augen, großen, dunklen, glänzenden Augen, stark umschattet, der ganze Schmerz dieser Welt. Darunter stand: *In der Rolle des Canio am 30. Mai 1908, Royal Albert Hall, London.*

Bestärkt las Salvatore weiter. In jenem Mai in London, wo Caruso mit der Melba als Nedda vor der königlichen Familie den Bajazzo singen sollte, erreichte ihn eine Nachricht aus der italienischen Heimat: Seine Frau Ada hatte die gemeinsame Villa und die beiden Kinder verlassen und war mit dem Chauffeur, der Luxuslimousine und ihren Juwelen durchgebrannt. Wie mochte sich Caruso an jenem Abend bei seinem *Ridi, pagliaccio* gefühlt haben?, fragte der Verfasser.

Salvatore fragte Marquis Posa. Doch was sah er und was sah ihn an? Eine gedrungene Gestalt mit großem Kopf und kurzen Gliedmaßen, die Stirn zerfurcht, in den Augen, großen, dunklen, glänzenden Augen, stark umschattet, der ganze Schmerz dieser Welt.

In diesem Augenblick gab Maurizio Salvatore es auf, diese Grenze zu suchen, die angeblich zwischen Illusion und Realität verlief. Wozu auch? Die Vorstellung, dass beide Welten tränennass ineinander verschwammen im Aquarell des Daseins und die Auflösung ihrer Konturen beide befreite, erschien Salvatore auf einmal betörend. War sie richtig?

Marquis Posa sagte nein. Es konnte auch ein Vielleicht sein.

Als sie zusammen auf die *piazza* hinausgingen, fiel Salvatores Blick unwillkürlich auf die Opernbühne vor Madonna della Serra. Der Mann vom Typ Condottiere war verschwunden. Die Frau, mit der er gestritten hatte, saß ungeachtet der Kälte neben dem, der eine Jacke wie sie selbst trug, auf den Treppen, unter den Hinterteilen Papierstapel. An der rechten Tür des Doms hing nun ein Plakat. RIDI, MONTALTO, stand groß über dem Text. Salvatore stieg an den beiden Modergrünen vorbei hinauf, um den Rest zu lesen.

Es war das Protokoll einer langwierigen Vergiftung. Jeder Absatz begann mit einer Jahreszahl. 1985 war die erste, 2009 die letzte.

Der Mann mit den Kalksteinhaaren war aufgestanden, kam herauf und stellte sich neben Salvatore. Ohne ihn anzusehen, redete er. Er hob die Stimme nicht, kein einziges Mal, während die Sätze aus seinem Mund rannen.

1985 waren die ersten Frachtschiffe in den Gewässern vor Süditaliens Küsten verschwunden, die ersten von über dreißig Schiffen. Besatzungsmitglieder wurden in keinem Fall als vermisst gemeldet. Bald darauf raunten die ersten Gerüchte, die Schiffe seien mit Dynamit gesprengt und versenkt worden.

1990 war an der Westküste Kalabriens, zweieinhalb Autostunden südlich von Montalto Uffugo, ein rotes Schiff gestrandet, herrenlos. Es hieß Jolly Rosso. Und als das blutrote Schiff auf dem Sand vor Amantea lag, hatten Einheimische beobachtet, wie nachts Fässer aus dem Wrack auf Lastwagen umgeladen und ins Tal der Oliva gekarrt wurden, jenes Flusstal, das in der Provinz Cosenza südlich von Montalto Uffugo bis zum Meer verlief und bei Amantea mündete.

Amantea? Wer hatte gerade erst etwas von Amantea erzählt? Salvatores Gedanken irrten ab. Der Erzähler bemerkte das nicht. Er fuhr nach jedem zweiten, dritten Satz durch sein kalkfarbenes Haar, das nicht zu seinem rotbraunen, glatten Gesicht passte.

Später hatten dort, im Tal, wo sich die Liebespaare im Sommer hinter Dornengestrüpp oder Weidenstämmen im trockenen Gras betasteten, spielende Kinder Fässer auf dem Kies des Flussbetts gesehen. Sie hatten darüber geredet. Kurz darauf waren die Fässer verschwunden, aber nicht spurlos.

1994 hatte eine Umweltorganisation beim Polizeipräsidium von Kalabriens Hauptstadt Reggio Anzeige erstattet. Sie hatten von einem kalabresischen Giftmüllhandel erfahren, der zu sehr günstigen Beträgen, wahlweise gegen Waffen, radioaktive Schlacken in Fässern und Containern schadlos zu machen versprach. Einige Führungskräfte der staatlichen Energiebehörde Italiens waren von der Kompetenz dieser Experten so überzeugt, dass sie Aufträge zur Entsorgung von giftigem und radioaktivem

Müll aus Deutschland, der Schweiz und anderen europäischen Ländern direkt an jene Experten weiterleiteten. Fische trieben vor der Küste Kalabriens, den Bauch nach oben. Die Fischer bekamen Fangverbot. Die Zahl der jugendlichen Krebstoten stieg in diesem Teil Kalabriens, auch im Flusstal der Oliva, stetig an.

Salvatore sah vor sich die vielen Häuser in Amantea, Cleto und Malito, an denen er vorbeispaziert war. Unter toten Fenstern, auf rostigen Balkonen, an Türen, deren Messingknauf noch glänzte, das Schild VENDESI.

Doch im November 2000 waren sämtliche Ermittlungen zu den vergifteten Schiffen eingestellt worden. Kaum einer hatte dazu aussagen wollen, nachdem eine Journalistin und deren Kameramann, die Hintergründe und Hintermänner des Giftmüllhandels erkundet hatten, ermordet worden waren und bald darauf ein ermittelnder Korvettenkapitän eines unerwarteten und unerklärlichen Todes starb. Sogar die Fischer und die Kinder und die Familien der Krebstoten schwiegen.

2005 hatten maskierte Schützen einen Politiker, der sich für die Aufklärung des Giftmüllhandels in Kalabrien stark gemacht hatte, bei den Vorwahlen mitten im Wahlbüro von Locri mit fünf Schüssen niedergestreckt.

2006 sagte ein Kronzeuge aus, er persönlich habe drei Schiffe vor der kalabresischen Küste versenkt, im Auftrag der 'Ndrangheta, die sich vor Aufträgen aus aller Welt kaum retten könne, weil sie die besten Preise mache. Ein Lügner, hieß es von offizieller Seite.

2008 trat in Paola, einer Hafenstadt in der Nähe von Montalto, ein neuer Staatsanwalt sein Amt an. Seine Beamten stellten im Fluss Oliva Schwermetalle, Radioaktivität und erhebliche Mengen an Quecksilber fest.

Eine letzte Anamnese zur schleichenden Vergiftung von Calabria, der Schönen, war im September 2009 erhoben worden, als die regionale Umweltschutzbehörde dem zuständigen Staatsanwalt einen Fund gemeldet hatte: Auf dem Meeresboden, elf Meilen vor der kalabrischen Westküste, nordwestlich von

Cosenza, ungefähr auf der Höhe von Montalto Uffugo, sei irgendetwas Langes, mindestens 80 Meter lang, gesichtet worden. Der Staatsanwalt beauftragte den zuständigen Umweltreferenten, einen Meeresbiologen, mit seinem Spezialroboter einen Ausflug zu dem Fundstück zu unternehmen. Der entdeckte in fast 500 Metern Tiefe ein Wrack. Es war 120 Meter lang. Der Roboter zeigte versiegelte Fässer im aufgeplatzten Bug und versiegelte Fässer rund um den Schiffsleib.

Der Erzähler brach ab.

»Und nun wird endlich alles aufgedeckt!«, sagte Salvatore, den Blick auf das Plakat gerichtet.

Der Erzähler lachte. Es hörte sich schrecklich an, wie sein Lachen zerbarst.

Der Schnee auf den Palmen und Zypressen war weggeschmolzen. Doch es musste kälter geworden sein. Auch der Marquis zitterte.

Die Pension befand sich bei der Chiesa di San Giacomo, unterhalb des Denkmals mit einer deutschen Kanone, das an die einheimischen Opfer des Ersten Weltkriegs erinnerte. Das Zimmer kostete pro Tag und Nacht so viel, wie Redder in einer Viertelstunde verdient oder zumindest bekommen hatte. Über dem Bett hing ein Kruzifixus, darunter baumelte eine Puppe, erhängt an einer Kordel, die am Querbalken des Kreuzes befestigt war. Die Puppe trug Pluderhosen, einen schwarzen Schnurrbart und einen Turban mit Halbmond. In ihre Brust hatte jemand eine lange Nadel gebohrt. Im Frühstücksraum war der Tisch neben dem Ofen, der einzige mit einer Bank, reserviert. Ein Buch lag neben der Papierserviette, ein deutsches Buch über die authentischen Osterien Kalabriens.

Salvatore und der Marquis waren dabei, den letzten Rest konservierter Leberwurst, deutsches Fabrikat, zu teilen, als der Gast zum Buch erschien. Salvatore erkannte ihn sofort wieder, auch ohne seinen Lammfellmantel.

Der Gast stellte sich neben den Marquis und wollte dessen Nacken kraulen. Der Marquis raunzte. Der Gast entfernte seine

Hand. »Ja, dieses Land, das wir so lieben, wo treibt es hin?«, seufzte er. »Haben Sie das Plakat an der Tür des Doms gesehen?«

Salvatore nickte kauend.

»Wissen Sie, was das bewirken wird?«

Salvatore kaute leer und schwieg.

»Ich verrate es Ihnen«, kam es von oben. »Gar nichts. In Deutschland wäre das etwas anderes. Schon am Portal der Schlosskirche zu Wittenberg ...«

»Es war auch deutscher Müll«, sagte Salvatore und stand auf.

Er wollte sich nicht auf direktem Weg zur piazza Enrico Bianco begeben. Die Stadt bereitete sich schon auf das Finale des Karnevals vor. In den Schaufenstern Umhänge aus Faschingsseide, Indianerausrüstungen, Goldblechkronen, das Übliche. Doch im Zentrum jeder Auslage waren Masken und Pappmachéköpfe aufgebaut, wie sie Salvatore von keinem Karneval kannte. Die Haut honigfarben bis karamellbraun, das Haar schwarz, im Ohr oft eine falschgoldene Kreole, daneben Turbane, Nadeln mit Halbmonden, Schleier, burnusartige Gewänder und Krummsäbel.

Als Salvatore zum dritten Mal vor einem dieser Schaufenster verharrte, kam er dem Rätsel auf die Fährte. *Carnevale saraceno* war in roten Buchstaben auf ein türkisfarbenes Banner geschrieben, das über den Karnevalsartikeln hing. Dass Montalto Uffugo wie fast jede Stadt Kalabriens mehrmals von Sarazenen überfallen und am Ende des ersten Jahrtausends befreit worden war, hatte er gelesen. Nur, was hatte das mit Karneval zu tun? Ihm fiel der deutsche Gast am Frühstückstisch ein. Der genoss es, sich auf der Seite der Guten und Gerechten zu wissen und denen im Land der verdorbenen Sitten, der verlorenen Moral, der wuchernden Korruption zu bescheinigen, sie seien nicht mehr zu retten. Jeden Tag ein Siegergefühl, solange er hier unterwegs war. Ebenso machte es vermutlich den Menschen in Montalto Spaß, die Bösen jedes Jahr erneut zu besiegen, ganz gefahrlos, und den Triumph der Guten zu feiern.

»Am Schluss, in der Nacht zum Aschermittwoch, werden

die Masken und Köpfe in einem Freudenfeuer verbrannt«, sagte jemand neben ihm. Wieder der Gast im Lammfellmantel. »Für das Ephemere haben unsere italienischen Freunde eben mehr Sinn, als …«

»… als Sie«, sagte Salvatore und wandte sich ab. Er prallte auf eine wattierte Jacke. Sie waren soeben aus der Ladentür getreten, jeder eine Tüte in der Hand, die Frau mit dem Ziegelhaar und der Mann mit dem Kalksteinhaar. Die zwei Aktivisten nannte Salvatore sie.

Die Stufen unterhalb von Madonna della Serra waren leer. Ein Hund schleckte die Stufen ab, dort, wo gestern die Rotweinflasche neben den roten Flecken gestanden hatte. Die Flasche war entfernt worden. Salvatores Blick wanderte die Bühne hinauf. Am rechten Portal hielten die vier Zwecken nur noch vier Papierfetzen fest.

»Was habe ich gesagt?«, vernahm Salvatore in seinem rechten Ohr schon wieder den Gast, den er mied.

Salvatore schaute auf die Bühne. Die Luft über der Treppenanlage schien zu vibrieren. Oder vibrierte er selbst? Dieser Peppe im Lammfellmantel begann langsam die Stufen zu ersteigen. Rechts und links stürmten an ihm zwei Gestalten in modergrünen wattierten Jacken vorbei, ihre Gesichter waren nicht zu sehen. Sie trugen übergroße Pappmachéköpfe mit schwarzem Haar, eine Kreole im Ohr. Wovor flohen sie?

Salvatore drehte sich um. Am Rand des Platzes, bei der Stele mit Leoncavallos Kopf, war eine dunkelblaue Limousine vorgefahren. Ein Ringer in schwarzer Lederjacke öffnete hinten die Tür. Der Mann vom Typ des Condottiere stieg aus, die rechte Hand in der Manteltasche. Er kam näher. Sein Blick war auf die Fassade von Madonna della Serra gerichtet. Die beiden sarazenischen Aktivisten rüttelten an der mittleren Tür. Verschlossen. Sie rannten zur rechten. Verschlossen. Der Herr im Mantel zog langsam die Hand aus der Tasche. Mord an der Wahrheit, Mord an der Liebe, Mord an den Rettern Kalabriens? Egal. Salvatore zögerte nicht. Er holte zum Schlag aus.

Es war der Gast, den er mied, der ihn nach Cosenza fuhr. »In diesem chaotischen Land müssen wir zusammenhalten«, sagte er. Er hatte auch die Kollegin ausfindig gemacht, die als Kapazität galt. Zumindest in Westkalabrien.

»Der Augapfel ist nicht geplatzt«, sagte sie. »Aber Sie müssen damit rechnen, auf dem rechten Auge wenig oder gar nichts mehr zu sehen.«

Für seine Hilfe erwartete Peppe keinerlei Gegenleistung. Salvatore erbrachte sie dennoch, indem er zuhörte. Es blieb ihm keine andere Wahl. Auf der Rückfahrt nach Montalto malte der Landsmann im Lammfell sein Italienbild, und trotz der Binde auf dem rechten Auge musste Salvatore es betrachten. Ob Herr Redder im Wartezimmer mitbekommen habe, dass die Goldfische im Aquarium tot waren und dass die Zimmerpalme seit Monaten nicht mehr abgewischt worden sein konnte? In Italien werde man besser nicht krank. Übrigens sei Herr Redder aus seiner Sicht völlig unschuldig. Ein Deutscher denke nun einmal logisch und müsse auf ein Chaos wie das in Montalto logischerweise reagieren, wie Herr Redder reagiert habe. Er habe auch jedes Verständnis dafür, dass dieser italienische Papagallo in Kaschmir und Achtzylinder Salvatores gesunde Menschenkenntnis beeinträchtigt habe. »Bei uns käme ein linker Anwalt mit einem bescheidenen Kleinwagen an und würde Jeans und Pullover tragen.« Dieses Getue mit der *bella figura* sei schuld an Salvatores Missverständnis. Dann berichtete der Landsmann von den neuesten Skandalen in den Reihen des italienischen Zivilschutzes, dem tiefen Fall eines Idols, des sogenannten Helden von L'Aquila, der nun der Korruption im Baugeschäft bezichtigt werde; Korruption im Ausmaß des Erdbebens, betonte er. »Denk ich an Italien in der Nacht …«, seufzte er.

In der Pension las der Gast, den Salvatore nicht vermeiden konnte, ihm den Brief vor, der in einem orangefarbenen Couvert abgegeben worden war. Absender war eine Umweltorganisation. Die Unterzeichner erklärten, von einer Anzeige Abstand zu nehmen und auf Schadenersatz für die entfallene Veranstaltung in Madonna della Serra zu verzichten. Die entstandenen Unkosten waren dennoch genau aufgelistet. Vervielfältigung der Handzettel mit der Ankündigung, Heizkosten für den Dom, Spesen für den Hauptredner, einen der bekanntesten Anwälte Italiens im Kampf gegen die 'Nrandgheta und deren Giftmüllgeschäfte, Reinigungskosten für einen Mantel und eine schwarze Lederjacke.

Als Maurizio Salvatore neben Marquis Posa in dem Zug saß, der ihn von Cosenza nach Rom bringen sollte, kehrte eine große Ruhe in ihm ein. Er schloss beide Augen und sah mehr denn je. Er durchschaute, warum die Weltöffentlichkeit im Allgemeinen und die deutsche im Besonderen so gerne über das von Skandalen erschütterte Italien berichteten. Italien war die Bühne der westlichen Welt. Immer und überall war die Bühne ein Gleichnis. In dem, was auf der Bühne geschah, konnte der Zuschauer sich selbst beobachten und erkennen, doch er musste das nicht zugeben. Klammheimlich konnte er sich selbst auf die Spur kommen, wenn er wollte, seinen Gelüsten und Phantasien.

Je weiter er sich von dem Ort der *Pagliacci* entfernte, desto klarer sah Maurizio Salvatore, dass die Wirklichkeit die Wahrheit verdeckte und kleinmachte. Leoncavallo, Mascagni, Giordano und die anderen Komponisten des *Verismo* hatten Näherinnen, Milchfrauen, verarmte Studenten, Prostituierte, Barsängerinnen, Schmierenkomödianten und Bauernrüpel auf die Bühne geholt, um zu zeigen, dass deren Leid ebenso groß war wie das der Königinnen, Ritter, Priester und Helden. Aber groß wurden sie nur durch die Musik. Der sprechende Tonio zu Beginn der *Pagliacci* war kläglich, der sprechende Canio am Ende jämmerlich. Ohne Gesang wären sie vergessen, wie heute die Tragödien der Glasscherbenviertel. Die prägten sich den Menschen selbst dann nicht ein, wenn sie Titelseiten gefüllt hatten. Ließ eine Mutter ihr Kleinkind in einer Mülltonne verhungern, erstach ein Arbeitsloser seine Freundin auf dem Weg zum Strich mit dem Küchenmesser, dann hing kurze Zeit noch der Geruch der

Übeltat in der Luft, den die Menschen liebten und brauchten. War er verflogen, hatte sich auch die Erinnerung an solche Dramen verflüchtigt. Es war die Musik, die in der Oper jene Leiden der Namenlosen in eine höhere Sphäre hob und ihre Alltäglichkeit in einen Mythos verwandelte.

Maurizio Salvatore lächelte seine Zukunft an. Es fehlte zu seinem Leben nur die Musik. Sein Leben bot Stoff, von Anfang an. Geboren als das, was sich in Opern mal Bastard, mal Kind der Liebe nannte, ahnungslos, wer sein leiblicher Vater war. Seine Mutter einer Nonne ähnlich, die ihr Dasein in der Zelle nüchterner Entsagung fristete und niemals ein Wort über jenen Mann verlor, der aus dem Sarg heraus den Sohn auf eine Reise sandte, Irrfahrt, Wallfahrt, Ritterzug und Selbsterkundung zugleich. Geprüft von wechselvollen Geschicken, gereift durch überstandene Gefahren, gewachsen zu einem Genie der Besitzlosigkeit, geworfen in Erschütterungen, die Mythen zeugten. Welches Material!

In Rom spielte jene Oper, in der die Heldin von Beruf Sängerin war. Tosca sang sich selbst. In Rom, das wusste Maurizio Salvatore, würde auch er das, was er war: ein Opernheld.

Rom

März 2010

Unangemeldeten Besuch hatte es im Leben von Moritz Redder niemals gegeben. Klingelte es, ohne dass er jemanden erwartete, öffnete er nicht. Das hatte er von seiner Mutter übernommen, und daran hielt er sich eisern. Selbst wenn die Glocke mehrmals ging oder wenn sich jemand vor der Tür bemerkbar machte, klopfte, dagegenschlug oder rief, hatte er nicht reagiert. In einem unvorbereiteten Zustand ertappt zu werden, sich panisch abzufragen nach Mundgeruch, Frisur, Socken, Fingernägeln, hatte er gehasst.

Hier war das kein Thema mehr. So vieles war kein Thema mehr. Perfektion, Vollständigkeit, Unversehrtheit. Salvatore hatte sich damit abgefunden, nur noch auf einem Auge richtig zu sehen. Seit knapp einer Woche war er allein im Zimmer. Das werde allerdings nicht lange so bleiben, hatte ihn Maria Medea vorgewarnt. »Kein Thema«, hatte Maurizio Salvatore gesagt.

Es war ein neuer Pfleger, ums Handgelenk ein tätowiertes Armband aus Stacheldraht, der leise die Tür öffnete und sagte: »Sie haben Besuch, Signore Redder.«

Für ein Kind war sie zu alt. Ihr Haar war schwarz, aber sie trug es blond.

Salvatore griff unwillkürlich in das eigene Haar. Längst war es beige herausgewachsen. Auch die Brauen hatten wieder jene Farbe, in der sich die Natur bei ihm geirrt hatte.

»Barbara Coglione«, sagte die Besucherin und lächelte.

Ihm war, als habe er sie schon einmal gesehen.

»Ich bin Choristin am Teatro dell' Opera. Es tut mir leid, dass ich erst heute hier stehe. Als mir meine Kollegin damals alles erzählt hat, wollte ich Sie sofort aufsuchen, obwohl sie mir abgeraten hat.«

Was wollte diese Frau von ihm? Warum war sie hierhergekommen?

Sie ging auf ihn zu, nur einen Schritt.

»Warum …«, sagte Salvatore langsam.

Sie machte den zweiten Schritt.

»… sind Sie …«, sagte er.

Da machte sie den dritten Schritt in seine Richtung, blieb stehen und wandte sich zur Tür um. Die Tür war geschlossen. Obwohl die Besucherin keine Armlänge von ihm entfernt war, flüsterte sie. »Um Sie zu retten.«

Salvatore korrigierte den Eindruck, er sei des Trostes oder der Hilfe bedürftig, sofort. »Machen Sie sich keine Gedanken. Mich rettet meine Phantasie.«

Ihre Augen waren kornblumenblau. Sie füllten sich bis zum Rand mit Enttäuschung.

Salvatore hörte sich noch einmal die ersten Takte an. Kollegin, Choristin im Teatro dell' Opera, damals, alles erzählt. Stand diese Frau dort etwa neben seiner Tosca auf der Bühne, die angeblich keine Tosca war, sondern ebenfalls nur im Chor sang? Konnte er diese kleine Choristin in der Aufführung am Teatro dell'Opera wahrgenommen haben, hatte er sie am Künstlerausgang gesehen, als er auf die Sängerin der Floria Tosca wartete, oder täuschte er sich? Eindeutig war nur, dass diese Frau in ihrem Drang einzugreifen, jene Balance gefährdete, mit der er über den Dingen schwebte. Seiltänzer überqueren sicher die Niagarafälle, solange sich keiner einmischt.

»Die Welt ist voll der Erlösungsangebote«, erklärte er. »Ich suche das gelobte Land in mir selbst.«

Die kornblumenblaue Enttäuschung drohte überzugehen.

Es sei bestimmt schwierig gewesen, seinen Aufenthaltsort herauszubekommen, legte Salvatore entschuldigend nach.

Die Besucherin schwieg. Ihre Blicke tasteten den Raum ab. Die Bettgestelle, die Nachttische, die Spinde, die Wände, die Gitterstäbe vor dem Fenster.

Salvatore räusperte sich. »Wissen Sie, die kriegen mich hier nicht. Mein eigentliches Ich kann keiner einsperren, das habe ich in Sicherheit gebracht.« Er sprach von seinen Ausflügen in die Oper, für die keine Bühne, keine Sänger, kein Orchester vonnöten waren. Er sei ein Maler, der ohne Leinwand und Pinsel male, ein Mondsüchtiger, der keinen Mond brauche.

Die Sätze kamen ganz von selbst. Salvatore wurde zunehmend warm mit seiner Rolle, doch die Choristin stand verfroren da, mit fest geschlossenen Lippen. Salvatore wollte sie bewegen.

»Ich habe gehandelt, weil ich träumte. Jetzt bin ich erwacht und blicke ins Innerste der Dinge. Der Gedanke, zu handeln, wird mir täglich fremder. Ich erkenne in allem das Symbolische.«

Er spürte, wie die Größe seiner Worte den Resonanzraum füllte. Seine Stimme klang besser denn je. Nie zuvor war sie sonor gewesen.

Aber die Choristin verharrte reglos. Nur in ihrer Miene prickelte etwas, das nach außen drängte. Unvermittelt knallte der Korken heraus.

»Und was ist mit Ihrem Hund?«

Sie saßen nebeneinander auf dem Bett, als Maria Medea hereinkam. Es gebe ein Besucherzimmer, erklärte sie, da müsse man nicht derart eng nebeneinandersitzen. War es ein Versehen, dass die Tür donnernd ins Schloss fiel?

Die Choristin klang müde, als sie zu erzählen anfing. Sie stierte auf den Linoleumboden, als sei selbst ihr Blick erschöpft und könne nur noch fallen. Durch Warteschleifen, Formulare, Wartezimmer und Vorzimmer hatte sie sich gekämpft, bis sie Marquis Posa endlich zu sich nehmen durfte. Sie nannte ihn Marcellina. »Nach der Marcellina aus Beethovens *Fidelio*, weil das die größte aller Opern ist.«

Salvatore sah sie von der Seite an. Ihr Profil war präzise geschnitten, ein Kopf aus Elfenbein. Hartes Material. Es hatte Kraft verlangt, ihn so zu schnitzen.

»Warum rufen Sie meinen Hund dann nicht Fidelio? Er ist ein …«

»Ich weiß«, sagte sie und biss sich auf die Unterlippe. »Ich habe es ausprobiert, auf Fidelio hat er nicht reagiert.« Doch bei diesem a-i-a habe Marquis Posa die Ohren aufgerichtet.

Salvatore stellte sich vor, wie sich die schwarzen Ohren mit der feinen Längsfalte, die sonst nah am Kopf anlagen, bewegten. Seine Hände versuchten sich daran zu erinnern, wie sich Marquis Posas Ohren anfühlten. Es tat weh, aber es war ein süßer Schmerz. Salvatore nannte ihn Wehmut.

Nachdem Maria Medea zum zweiten Mal vorbeigeschaut, auf das Besucherzimmer hingewiesen und die Tür lautstark geschlossen hatte, stand die Choristin auf, verschränkte die Arme und musterte Salvatore aus ihren kornblumenblauen Augen.

»Sie sind Deutscher«, sagte sie.

Es war keine Frage; sein Beige war schuld. Er musste dringend herausfinden, wo und wie er sich hier wieder zu der angemessenen Haarfarbe verhelfen konnte.

»Das hören Sie nicht gern, was?« Sie grinste. »Nein, ich habe es Ihnen nicht angesehen und nicht angehört, ich habe es in den Zeitungen gelesen. Herr M.R., deutscher Staatsbürger aus …«

»Sagen Sie jetzt nichts«, unterbrach Salvatore in letzter Sekunde. »Ich will mich an den Namen dieser Stadt nicht erinnern.«

Die Choristin breitete die Arme aus und legte den Kopf in den Nacken, bereit, umfasst und geküsst zu werden. »Ah, ich liebe Deutschland.« Sie sang es beinahe und hörte nicht auf zu tönen. In den nächsten fünf Minuten erfuhr Maurizio Salvatore, dass jenes Land, das er in jeder Hinsicht hinter sich gelassen hatte, für sie das Land der Verheißung war. Hygienisch, logisch, effizient und doch romantisch mit seinen Burgen, Gartenzwergen, Wäldern und Fachwerkhäusern.

Nein, sie sei noch nie in Deutschland gewesen, aber sie kenne es. Deutschland verfüge über 65 000 Chöre, ein einsamer Rekord, über die größte Dichte an Opernhäusern weltweit und über Tiefe. Tiefe Denker, tiefe Künstler, tiefe Musik. »Die Deutschen haben, was uns Italienern fehlt. Das verraten schon unsere deutschen Fremdwörter.« Sie deklamierte mit Bühnenstimme: »*Il weltschmerz, il lied, la weltanschauung, il leitmotiv* und …«

Die Tür ging auf. » …*il kitsch, la realpolitik* und *la schadenfreude*«, sagte Maria Medea. Vor Ausgabe des Abendessens müsse übrigens der Besuch das Haus verlassen haben.

Zwei Tage später erschien Barbara Coglione erneut. Um ihre kornblumenblauen Augen lagen dunkle Ringe. Sie hatte noch an demselben Abend Marquis Posa mit seinem Namen angesprochen. Seither verweigerte er die Nahrung. Nie habe sie ihn vorher heulen hören. Jetzt heule er durch.

»Ich kann das Fenster nachts nicht offen lassen«, sagte sie. »Sonst fliegen Joghurtbecher und Tomaten herein. Ich wohne in Monti, wenn Sie wissen, was das heißt.«

Das Besucherzimmer war mit Neonlicht beleuchtet. Sessel und Gardinen sahen genauso aus wie die im Einwohnermeldeamt jener Stadt, an die Salvatore sich nicht erinnern wollte. Über der Couch hing in goldenem Rahmen ein Öldruck, der Ritter Georg bei der Befreiung der Jungfrau zeigte.

Sie setzten sich einander gegenüber. Das Kunststofffurnier der Tischplatte warf sich. Die Hände von Barbara Coglione lagen reglos da, zu groß für ihren Körper. Sie blickte auf das Bild mit Georg dem Retter in Salvatores Rücken. Der Blick wirkte ergrimmt.

Salvatore hörte, wie seine Stimme geschrumpft war, als er der Choristin gestand, in welchem tragischen Konflikt er sich befinde. Er habe nur die Wahl, seinen treuen Freund im Stich zu lassen oder seine Ideale zu verraten. Es werde von ihm erwartet, sein Erlebnis mit Tosca und Scarpia als eine vorübergehende Sinnestäuschung zu Protokoll zu geben. Dazu müsse er lügen.

»Die Lüge ist zuweilen wahrer als die Wahrheit«, sagte Barbara Coglione. »Und wenn Sie widerrufen, verraten Sie keine Ideale. Sie setzen eine Oper in Gang.«

Während Salvatore noch diesem Satz nachlauschte, fing sie unvermittelt an, von Beethoven zu reden. Sie sprach ihn

Bettooowen aus. Die Leonore sei ihre Wunschpartie. Aber wer einmal im Chor gelandet sei, habe bestenfalls die Chance, zum Chorsolisten aufzusteigen. Es fehle weltweit an Leuten für den Opernchor, an Solisten leider nicht. Sie schniefte, wischte sich mit dem Handrücken über die Augen, gab plötzlich einen Laut von sich, halb Schmerzenslaut, halb Fluch, riss die Lider auf, zog die Oberlippe lang, tippte mit der Fingerspitze auf den rechten Augapfel. Nun blickte Salvatore ein kornblumenblaues Auge an und ein kaffeebraunes. Barbara Coglione putzte sich energisch die Nase. »Es sei denn …«, sagte sie und öffnete ihre Handtasche. Aus der Brieftasche zog sie einen zusammengefalteten Zeitungsartikel. Sie schob ihn Salvatore zu und zog sich hinter einen Taschenspiegel zurück.

Die Konzertkritik widmete sich dem Auftritt des deutschen Ärzteorchesters mit Verdis Requiem in einem römischen Krankenhaus. Das Solo hatte ihre Kollegin gesungen, die keine Tosca war.

Während die Choristin den Ausschnitt verstaute, versuchte Salvatore sich ins Gedächtnis zu rufen, was er von Beethovens *Fidelio* wusste. Im Musikunterricht hatte er, der Einserschüler, versagt, als er nach dem Heiligenstädter Testament gefragt worden war. Daraufhin hatte er unter *Beethoven* das Wichtigste nachgelesen, auch zu seiner einzigen Oper. Eine Frau, die in Männerkleidern ihren Mann aus dem Gefängnis befreite und, wenn sich Salvatore richtig erinnerte, den Gegner mit einer Pistole bedrohte, konnte die von einer wie Barbara Coglione dargestellt werden, keine eins sechzig groß?

Wieder schaute Maria Medea herein, diesmal war Salvatore ihr dankbar. Der Blick unter dem Lidstrich hervor gemahnte ihn an sein Leitbild. Wie hatte er nur zweifeln können an Barbara Cogliones Fähigkeit, Leonore zu sein! Unförmig dick und unbeweglich war die Callas gewesen, als sie mit zwanzig im Königlichen Theater von Athen die Leonore gesungen und selbst ihre Widersacher bezwungen hatte. Sie sei nicht zufällig am Tag der heiligen Barbara geboren worden, hatte die Callas selbst erklärt, einer kämpferischen Heiligen, Schirmherrin der Artillerie, der sie sich besonders nahe fühle. Eine Barbara vermochte alles zu erobern, auch in Kindergröße.

Am nächsten Vormittag, einem Donnerstag, bat Maurizio Salvatore schon früh Maria Medea um einen Termin. Sie war gut gelaunt. Diesen Samstag werde sie endlich mal wieder in die Oper gehen, ein Ensemblemitglied habe ihr zwei Freikarten geschenkt.

Indem er noch einmal die Ereignisse in Sant'Andrea della Valle, auf dem Weg zur piazza Barberini und schließlich nach der *Tosca* vom Teatro dell'Opera Richtung Engelsburg, an sich vorüberziehen ließ, befolgte Salvatore den Rat von Barbara Coglione. »Spielen Sie die Rolle des Realisten«, hatte sie ihm eingeschärft. »Die ist ganz einfach. Realisten sagen nie die Wahrheit. Und machen Sie es wie alle Opernhelden: Die haben unbemerkt nicht ihr Gegenüber, sondern eine Vision vor Augen.« Salvatore sah durch Maria Medea hindurch, dorthin, wo von Licht umstrahlt Marquis Posa stand.

Das »Na also«, mit dem Maria Medea das Protokoll beendete, federte. Als der Chefarzt Salvatores Aussage abzeichnete, wirkte sie jedoch melancholisch.

Freitags, kurz vor zwölf, verließ Salvatore das Gebäude, in dem er mehr Opern gehört hatte als in jedem anderen. Weicher Wind begrüßte ihn. Der Himmel war harmlos hellblau. Es musste um die fünfzehn Grad haben.

Salvatore sah keine Tulpen, doch er roch sie, als er sich auf den Weg zur nächsten U-Bahn-Station machte. Am Kolosseum müsse er aussteigen, hatte Barbara ihm erklärt, von dort brauche er keine zehn Minuten zu ihr.

Als er von der Rolltreppe ins Freie stolperte, brach ein Tropenregen herab, animalisch und hemmungslos. Salvatore marschierte die via degli Annibaldi nach Norden und überquerte die via Cavour. Tropfnass kam er an dem achteckigen Brunnen an, bei dem er nach links abbiegen sollte. Der Himmel klarte auf und tat, als sei nichts gewesen.

Barbara Coglione wohnte neben der Werkstatt ihres Vaters und dem Laden ihrer Mutter gegenüber. Salvatore schaute bei beiden vorbei. Der Vater reparierte Autos jedes Fabrikats und Alters, solange sie für seine Werkstatt klein genug waren. Während er am Schutzblech eines roten Topolino schweißte, sang er. Die Mutter verkaufte alles, was hier gebraucht wurde, Fußbälle, Schrubber, Friedhofsvasen, Bügelbretter, Putzeimer, Porzellanmadonnen, Ständer zum Wäschetrocknen, Glücksspiele für zu Hause und Kruzifixe. Sie rubbelte Salvatore mit einem Handtuch trocken, während sie von ihrer Tochter schwärmte. Als Kind schon sei sie die Kleinste und die Mutigste unter den Geschwistern gewesen, in der ganzen Straße, vermutlich im ganzen *rione*.

Als Salvatore bei B. Coglione klingelte, hörte er von drinnen Musik, dunkle Orchesterklänge, und das Geheul eines Hundes. Seine Hände waren feucht, als er zum zweiten Mal den Knopf drückte.

Ein junger Mann, blond, ohne Bartwuchs, in Stiefeln, grauen Hosen und einem hochgeschlossenen Jackett öffnete. Es war die Choristin.

»Salve«, sagte Salvatore.

Da schoss Marquis Posa heraus.

Am Samstagmorgen gestand sich Salvatore ein, dass ihm die letzten Monate etwas gefehlt hatte. Er lag nackt auf dem Bett, und das Geräusch der Dusche nebenan hörte sich für ihn an wie Zwischenaktmusik. Bis Samstagmittag brachte er Barbara bei, ein deutsches R zu sprechen. Errungen, errungen, errungen, übte sie vor einer Kerzenflamme. Retterin, Retterin, Retterin. Schließlich kam es makellos: »Wer ein holdes Weib errungen, stimm' in unsern Jubel ein! Nie wird es zu hoch besungen, Retterin des Gatten sein.« Auch Treue beherrschte sie perfekt. Es war fast erschreckend schnell gegangen.

Nach dem Steinbutt aus dem Rohr mit *endivie alla Romana,* von Barbara in ihrer Kombüse unter der Dachschräge zubereitet, wusste Salvatore, dass er in den letzten Wochen auch gutes

Essen vermisst hatte. Am Samstagnachmittag stellte Barbara ihn offiziell ihren Eltern vor. Ihre Tochter sei immer eine Idealistin gewesen, sagte Signora Coglione. Deshalb sei ihre Entscheidung, blond und blauäugig zu werden, absolut konsequent. Die Deutschen, sagte Barbaras Vater, seien tüchtig. Der beste Koch in Rom sei kein Römer, nicht einmal ein Italiener, sondern Deutscher, Vorname Heinz. Ein tüchtiger Mann. Und der lebe nun schon seit über fünfzehn Jahren hier. Salvatore gefiel daran vor allem, dass tüchtig auf Italienisch *bravo* hieß. Und die Eltern Coglione erklärten, es wäre ihnen eine Ehre, den *carlino* zu hüten, wenn Barbara und Salvatore die nötigen Dinge im Vorfeld erledigten. Sie nannten ihn Marchese Posa. Am Montag habe der Juwelier bei Madonna dei Monti geschlossen, aber am Dienstag öffne er um zehn Uhr.

Die Premiere des neu inszenierten *Fidelio* begann um 20 Uhr. Erstmals kam er hier in deutscher Sprache auf die Bühne. Salvatores Sinne waren durch den langen Entzug empfindsamer geworden. Er roch das Parfum der Oper intensiver, erlebte die Erwartung im Saal pochender und empfand das Rot wie nie zuvor. Der Vorhang war rot. Die Sitze waren rot gepolstert. Die Schabracken an der Oberkante der Logen waren rot, auch das Innere der Logen war rot. Das Rot breitete sich in Salvatore aus und erwärmte ihn. Er war heimgekehrt.

Neben Salvatore saß Maria Medea mit dem neuen Pfleger. Den Pfleger trug sein Anzug in diesem ungewohnten Ambiente, er trug ihn, wie der Pfleger sonst schwache Menschen zu tragen gewohnt war. Maria Medea in schwarzem Etuikleid und Perlen wusste, wem sie darin noch ähnlicher sah als im weißen Kittel.

Der Gong hatte bereits zweimal geschlagen, das Erwartungsgeraschel hatte mit dem Licht abgenommen, als das Geraune im Saal plötzlich wieder anschwoll. Unten im Parkett verdrehten die Besucher die Hälse, manche zückten ihre Operngucker, alle starrten sie auf die Königsloge. »Der Mörder der Oper wagt es, eine Oper zu besuchen«, zischte Maria Medea. Salvatore hatte einen unverstellten Blick dorthin, wo sich zwischen hohen roten Vorhängen ein für die Karibik geschminkter Herr im Smoking zeigte; rechts überragte ihn ein schwarzhaariges Fabelwesen, links ein blondes, mit Oberweiten, die sie hinter der niedrigen Brüstung absturzgefährdet erscheinen ließen. Kein Zweifel, es war der Condottiere. Salvatore beugte sich vor. Da spürte er Maria Medeas Hand auf seinem Oberschenkel. Schon erlosch der Lüster an der Decke. Maria Medea atmete hörbar auf.

Die Ouvertüre riss Salvatore mit. Sie machte mit ihm, was sie wollte. Packte ihn, legte die Hand auf seine Stirn, schlug ihn nieder, stellte ihn wieder auf, zerrte ihn mit sich, besänftigte ihn, riss ihn empor. Er ließ es geschehen. Er genoss ihre Stärke.

Dann trat Jaquino auf. An ihm war alles schön bis auf die Stimme. Salvatore war peinlich berührt von der Art, in der er Marzelline mit seinen Anträgen bedrängte, die an einem Bügelbrett, wie Signora Coglione es verkaufte, Wäsche plättete. Marzelline bügelte Jaquino nieder. Recht hatte sie. Nur, warum verachtete sie diesen Jaquino und warf sich Fidelio in die Arme, so blindwütig, dass sie die Frau in ihm verkannte?

Die Musik entließ Salvatore aus ihrem Griff. Er kühlte ab. Er beobachtete den Cellisten, der in der Nase bohrte, die Bewegungen, mit denen die Frau schräg vor ihm ein Bonbon auspackte, und trieb sich in der Ablenkung herum, bis Marzelline ihren Blick hinauf in den dritten Rang erhob. Ihre Stimme war verklärt. *Mir ist so wunderbar,* sang sie. Wunderbar. Welche Weite wohnte in diesen drei Silben. Sie bargen das große Staunen. Was für ein Wort!

Nachdem Marzelline ihre Liebe offenbart hatte, fiel Leonore ein. *Wie groß ist die Gefahr,* sang sie. Was sie sonst noch sang, verstand Salvatore nicht, denn da hatten sich bereits Rocco und Jaquino dazugesellt, und wer in diesem Kanon was sagte, glaubte, meinte, fürchtete, war kaum zu erraten. Keiner sah den anderen an. Alle vier blickten ins Publikum.

»Wie in der Konferenz«, tuschelte Maria Medea. »Jeder redet vor sich hin, keiner hört zu.«

Salvatore überhörte sie. Hier sangen vier Menschen gleichzeitig und nahmen die anderen nicht wahr, weil sie in der Freiheit ihrer Gedanken die Gegenwart hinter sich gelassen hatten. Jeder hatte nur seine Zukunft vor Augen. Salvatore spürte, wie er abhob und mit den Stimmen in dieser Unwirklichkeit schwebte.

Beengt wurde seine innere Freiheit zunehmend durch das, was auf der Bühne los war. Das Spektakel dort zog die Musik ins Wirkliche herab und zerlegte sie. Pizarro, der Böse, trug wie die anderen Bösen eine SS-Uniform und metallbeschlagene Absätze, deren Klappern den Orchesterklang zerhackte. Florestan musste sich splitternackt ausziehen, und seine große Arie zu Beginn des zweiten Aktes wurde von einem Video begleitet, das die bekannten Folterfotos aus dem Irak zeigte. Leonore steckte ihrem Mann einen Hamburger und eine Flasche Coca Cola zu, während der Kerker von neonfarbenen Lichteffekten durchzuckt wurde und sich das Gestänge mit so lautem Rattern drehte, dass die Stimmen sich kaum behaupten konnten.

Doch dann sangen die Gefangenen. *O süße Lust, in freier Luft den Atem leicht zu heben.* Da fiel die Verärgerung von Salvatore ab. Er atmete mit den Gefangenen die Freiheit, atmete sie tief ein, als sei es die letzte Gelegenheit. Es kümmerte ihn nicht mehr, wie der Regisseur versuchte, die Musik zu zerstören, ein ungutes Kind, das dem trommelnden weißen Spielzeughasen den Bauch aufschlitzte, um dort drin dessen Geheimnis zu erkunden. Salvatore erlag dem Klang der Worte und stieg mit ihnen auf. Und als dann jenes Trompetensignal aus der Ouvertüre erneut erklang, war es um ihn geschehen.

Im Schlusschor versuchte Salvatore, Barbaras Gesicht ausfindig zu machen, ohne Erfolg. Mit Totenschädeln, weiß und kahl, bejubelten die Sänger Leonores Treue, bevor sie von Maschinengewehrsalven niedergemäht wurden.

Mit dem Antlitz des triumphierenden Christus nahm der Regisseur die Protestrufe entgegen. Erst jetzt erinnerte sich Salvatore an den Condottiere. Die Königsloge war geräumt.

»Einer wie Pizarro kommt nur in der Oper ins Gefängnis«, hörte er Maria Medea sagen.

Barbara hatte Salvatore eingeladen, sie hinter der Bühne zu besuchen. Salvatore war erregt bei dem Gedanken, zum ersten Mal jenen eisernen Vorhang zu durchbrechen, der ihn von den Sängern trennte. Der Portier am Künstlereingang winkte ihn durch. Einmal wollte Salvatore diese seine Welt von der Seite der Sänger aus betrachten, auch wenn die Lichter längst erloschen waren. Es drängte ihn, dorthinaus zu blicken, wo jeden Abend im Dunklen funkelnd und glitzernd Hydra lauerte, das vielköpfige Ungeheuer, bereit, den Sänger zu vernichten.

Barbara hatte sich die Totenblässe bereits abgeschminkt und stand mit den anderen zusammen. Welche Chorsänger und welche Solisten waren, konnte keiner erkennen. Die meisten trugen formlose Wollpullover und Jeans, einige Jogginganzüge, viele hatten feuchtes Haar, fast alle tranken Bier aus der Flasche. Eine Frau mit schwerem schwarzem Haar bis zum Hintern wandte sich jäh ab, als Salvatore auftauchte. Ihm war, als sei das jene Tosca gewesen, die angeblich Cecilia Cucinotta hieß und nur im Chor sang. Obwohl Barbara sofort Salvatore entgegenging, ihn an der Hand nahm und den anderen seinen Namen nannte, fühlte er sich unerwünscht. Sie wollten hier keinen, der ihnen zuhörte und in ihre abgeschminkte Vertrautheit eindrang.

»Du kannst ja schon vorausgehen zum Japaner«, sagte Barbara. »Die beiden anderen wissen Bescheid.«

Salvatore floh aus dieser Fremde ins Freie.

Es war nicht weit zu dem japanischen Restaurant, aber die Strecke, die seine Gedanken zurücklegten, war lang, sehr lang. Was wurde aus Marzelline? Würde sie nun doch mit Jaquino in der Reihenhausidylle vertrocknen, hinter Glasbausteinen und Ribbelglastür, zwischen Couchgarnitur und Einbauküche? Er hastete durch eine laue Vorfrühlingsnacht in Rom. Vor ihm her ging seine Mutter, zuerst mit schwarzem Haar in rotem Kleid auf hohen Absätzen, um die Schultern eine Boa. Dann warf sie das Haar, die Boa, die Schuhe, das Kleid ab und setzte ihren Weg fort in Gesundheitsschuhen, Jerseyhosen und Twinset, mit praktischem Kurzhaarschnitt in Beige.

Er bog um die Ecke. Frühling wehte ihm entgegen, prickelte in seiner Nase, süß und verheißungsvoll. Die rot erleuchtete Scheibe des japanischen Restaurants kam in Sicht. *Leb wohl, du warmes Sonnenlicht, schon schwindest du uns wieder*, sang der Gefangenenchor, und dann reimte sich auf das Sonnenlicht die Pflicht. Salvatore blieb stehen. Sein Blick fiel durch das herabgelassene Gitter auf die Auslage eines Juweliers, Nachtdekoration. Ringe wie die, mit denen man Vögel beringte, damit man ihre Spur verfolgen konnte. In der letzten Nacht hatte er Marquis Posa aussperren müssen. Angeblich hatte auch Napoleon den Mops von Josephine Beauharnais in der Hochzeitsnacht aussperren müssen.

Und was wurde aus dem Ehepaar, dem wiedervereinten? Beethoven hatte das mit der Treue nie ausprobiert, nicht einmal mit der Liebe. Durch das Programmheft wusste Salvatore, dass sich der Komponist, als er am *Fidelio* arbeitete, um die mit sechsundzwanzig frisch verwitwete Josephine von Deym bemüht hatte. Ob sie ihn wegen ihrer vier Kinder als Ehemann abgelehnt hatte oder weil sie keinen Mann wollte, der andere mit Körpergeruch, auffahrendem Wesen und anmaßendem Auftritt brüskierte, war unwichtig. Bei Beethoven war es bei der Vision von Treue geblieben, die er umso befreiter feierte.

Salvatore skandierte im Takt seiner Schritte den Namen seiner Bestimmung. *O pern held. O pern held, O pern held*. Glauben durfte er an die Treue, schwören durfte er sie wie Romeo, Don Carlo oder Radames auch, aber praktizieren? In sämtlichen Opern war die ewige Treue ein Ideal, das unerreichbar blieb, bleiben musste. Wäre gelebte, bedingungslose Treue nicht Verrat an seinen Idealen? War er dabei, mit dem Verlöbnis eine Ratenzahlung an die Vernunft zu unterschreiben? Das Schlimmste an der Vernunft war, dass sie von Geheimnissen keine Ahnung hatte. Das war es, was Marzelline an Jaquino ängstigte.

Salvatore fröstelte, als er vor der Tür des Japaners stehen blieb.

Zu erleben, wie Phantasie über die Vernunft siegte, war das Grundgefühl der Freiheit. Er trat ein.

Nicht nur Maria Medea und der Pfleger erwarteten ihn, auch Barbara war schon da.

»Wo kommst du denn her?«, fragte sie.

»Er ist ein Experte in der Vermeidung des direkten Weges«, lächelte Maria Medea. Ihre Stimme hatte nichts mehr von der eines Gummitiers, es war eher die einer mondänen, siegreichen Frau, die wie ein kleines Mädchen sprach, damit keiner Angst vor ihr hatte und sie in den Arm genommen wurde.

Sie bedankte sich bei Barbara Coglione für die Freikarten. Ja, es sei beeindruckend gewesen, dieses Werk, aber es sei nicht so ganz ihres.

»Zu harte Schwarz-Weiß-Kontraste«, sagte sie. »Meine Erfahrungen widersprechen diesem Bild.«

Barbara verteidigte den *Fidelio* mit Flamme und Schwert. Diese Oper sei das Gestirn, auf dem die Utopie einer guten, gerechten Welt möglich werde.

Maria Medeas Schweigen brachte sie zum Innehalten.

»Ich? Ich finde mich in Mozarts Opern«, antwortete Maria Medea auf Barbaras Frage. »Da gibt es kein Schwarz-Weiß, nur alle Schattierungen Grau.«

Dann reichte sie die Frage an den Pfleger weiter, der hungrig mit seinen Stäbchen kämpfte. »Sie müssen ja nicht …«, sagte Maria Medea.

Aufatmend nahm der Pfleger Messer und Gabel zur Hand und griff die Sashimi an. »Um ehrlich zu sein, für mich sind alle Opern absurd.«

Opern anzuhören sei absurd, hatte Frau Redder erklärt.

Während Salvatore dem Nichtklang des Absurden nachhörte, überrumpelte ihn Maria Medea. Wie sein Verhältnis zu Mozart sei?

»Ich habe keins«, sagte er. »So wenig wie zu Wien.«

Da lagen vor ihm drei stabile große Kartons und ein kleinerer. Die Haushaltshilfe hatte sie im Flur abstellen lassen. Auf jedem war derselbe Absender vermerkt, ein Wiener Notariat. Er entnahm dem Umschlag die Briefcouverts, alle in der Handschrift seiner Mutter adressiert an Herrn Stephan S. Pollacek, Rudolfsplatz, Wien, 1. Bezirk. In Wien war ihre Verwandlung geschehen.

»... noch nicht«, hörte Salvatore sich reden. »Ich meine, ich habe noch kein Verhältnis zu Wien und zu Mozart.«

»Und was ist Ihre liebste Mozart-Oper?«, wandte sich Barbara Coglione an Maria Medea.

Salvatore beobachtete, wie diese ein Stück Thunfisch zwischen die Stäbchen nahm, präzise, wie sie ihren Dienst verrichtete und ihre Anamnese erstellte. Exakt in der Mitte schob sie es in die Mundhöhle und kaute gründlich. Dann wischte sie die Lippen ab, legte die Serviette so, dass der Abdruck des Lippenstiftes nach unten zeigte, trank einen Schluck Wasser, noch einen Schluck und steckte eine Haarsträhne zurück.

»*Don Giovanni.* Wer sonst?«, sagte sie. »Er bleibt sich treu. Das ist Größe.«

Das Schweigen war so erregt, dass Salvatore aufsprang und Champagner bestellte.

»Aber das ist doch auch total absurd«, sagte der Pfleger.

»Finden Sie?« Maria Medea sah Salvatore an, als sie das fragte.

Da bemerkte er, dass sich das Wort *absurd* an ihn schmiegte. Er hatte sich mit dem Absurden befreundet. Diese Freundschaft befreite von den Fesseln der Logik, von der Pflicht zu begründen, zu argumentieren, zu erklären. Sinn und Zweck existieren nicht mehr. Nur wer das Absurde liebte, verstand die Oper und litt nicht mehr darunter, dass Übeltäter der gerechten Strafe entgingen und das Unheil die Schuldlosen traf. Nur wer das Absurde liebte, verstand ihn. Er war ein Spielball der *forza del destino.* Er konnte nicht vorhersagen, wohin sie ihn warf.

Der Champagner wurde ausgeschenkt.

»Wir haben etwas zu feiern«, sagte Barbara Coglione. Sie stand auf. Alle standen auf. Barbara küsste Salvatore. Er schloss die Lider. Sie schmeckte nach Tee, gut, klar, nüchtern. Als er die Augen öffnete, blickte er über die Schulter von Barbara in die Augen von Maria Callas. Die Verwandlung war geschehen.

Alle setzten sich.

»Ich finde, wir sollten aufs Du trinken«, sagte Barbara, »wir alle«, und hob das Glas. Sie stieß zuerst mit Maria an.

»Wie war das eigentlich am Anfang, als ihr euch auf der Station begegnet seid?«, fragte sie.

»Also am Anfang – «, sagte Maria und versank in einem Lächeln, das niemandem galt. Ihr Kleid war an der linken Seite über die Schulter hinabgerutscht. Ein schwarzer Spitzenträger war zu sehen. Die Schulter war weiß und warm.

Salvatore räusperte sich. »Am Anfang war die Einbildungskraft.«